시티
오브
미러
1

저스트 크로닌 지음

박한진 옮김

시티
오브
미러

1

THE

CITY

OF

MIRRORS

arte

그럼 나는 어떻게 마주해야 하는 거지
인간과 신의 고뇌에 찬 역경을
나는, 이방인이며 겁쟁이일 뿐인데
결코 내가 만들지 아니한 세상에서
– A. E. 하우스만, 「마지막 시」

차례

프롤로그   9

1부 딸   19

2부 연인   189

3부 아들   489

4부 강도   517

5부 탑승자 명단   683

프롤로그

최초의 기록자가 남긴 글(『트웰브의 서』)에서
북아메리카 격리 기간에 관한 3차 국제회의 발표 자료
인도-오스트레일리아 공화국 뉴사우스웨일스대학교
인류 문명과 갈등 연구소
A.V. 1003년 4월 16일~21일
[발췌 2 시작]

5장

1. 그렇게 에이미와 그의 일행은 텍사스의 커빌로 돌아가게 되었다.
2. 그곳에서 그들은 일행 중 세 명을 잃은 것을 알게 된다. 셋은 테오와 그의 아내 모사미, 그리고 홀리스의 아내로 치유자라고 불리던 사라였다.

3. 엄청난 숫자의 바이럴 군단이 그들이 피신해 머물고 있는 로 즈웰을 포위하고 살아 있는 모든 것을 죽이게 된다. 로즈웰에 있던 사람들 가운데 사라의 남편인, 강한 자로 알려진 홀리스 그리고 테오와 모사미의 아들인 케일럽 단둘만이 살아남게 된다.

4. 일행은 자신들의 사랑하는 친구를 잃고 크게 상심하며 슬픔 에 빠지게 된다.

5. 커빌에서 에이미는 신의 여자들인 수녀들과 함께 살게 된다. 마찬가지로 케일럽도 수녀들과 함께 살며 에이미의 돌봄을 받는다.

6. 같은 시기, 칼날의 알리시아로 일컬어지던 알리시아와 나날 의 인간으로 알려진 피터는 트웰브를 찾기 위해 텍사스의 군 대인 원정대에 입대하게 된다. 둘은 트웰브 중 하나를 죽이게 되면 그에 종속된 다른 수많은 바이럴들도 함께 죽어 그 영혼 들을 모두 신에게 돌려보낼 수 있다는 것을 알게 되었기 때문 이다.

7. 그리고 둘은 많은 전투에 참전했고, 많은 목숨이 희생되었다. 하지만 그들은 트웰브를 죽이지도 못했고, 그들이 숨어 있는 거처들도 찾지 못했다. 아직 신의 뜻이 그것을 허락하지 않았 기 때문이다.

8. 그렇게 시간이 흘러 5년이 지났다.

9. 그리고 마침내 에이미가 꿈으로 계시를 받았다. 그녀의 꿈에 올가스트가 사람의 모습으로 나타나 그녀에게 말했다.

10. "나의 주인이 기다리고 있단다. 자신이 사는 커다란 배에서 너를 기다리고 있어. 이제 세상에 변화의 때가 이르렀기 때

문이지. 너에게 길을 알려주려 내가 곧 너에게 갈 거야."

11. 울가스트의 주인은 트웰브 중의 트웰브, 슬픔에 잠긴 자 카터였다. 그는 당대의 의인이며, 신의 사랑을 받는 자였다.

12. 이에 에이미는 울가스트가 찾아오기를 기다렸다.

6장

1. 하지만 당시에 인간이 살고 있는 또 다른 도시가 아이오와에 하나 더 있었다. 홈랜드라고 알려진 곳이었다.

2. 그곳에는 다른 인간들을 여러 세대에 걸쳐 지배하며 살아가기 위해 바이럴의 피를 마셔온, 빨간 눈이라고 불리는 인간 종족의 한 부류가 살고 있었다. 그들 가운데 가장 큰 자의 이름은 국장이라고 불리는 길더로, 지난 역사로부터 살아남은 자였다.

3. 그리고 빨간 눈들에게 그들의 생명을 유지해주는 영양물인 피를 공급해주는 자는 '원천source'이라 불리는 그레이라는 자였다. 그레이는 쇠사슬에 묶인 채 엄청난 고통 속에서 살고 있었다.

4. 홈랜드에서 사는 정상적인 인간들은 포로처럼 빨간 눈들이 원하는 모든 것을 충족시켜주는 노예로 사로잡힌 채 살아가고 있었다. 이들 중에는 로즈웰에서 치유자라고 불리던 사라도 있었으나, 그녀의 친구들은 그녀가 살아 있다는 사실조차도 몰랐다.

5. 사라에게는 케이트라는 이름의 딸이 있었지만, 아이는 어디론가 사라지고 찾을 길이 없었다. 단지 빨간 눈들이 그녀에게

아이가 죽었다고 말해줬을 뿐이었으며, 이 때문에 그녀는 말할 수 없는 비통함에 고통받게 되었다.

6. 그리고 사라의 아이 케이트는 빨간 눈 가운데 한 명인 여성에게 전달된 것으로 드러난다. 이 여성은 라일라라는 이름을 가진 여자로, 울가스트의 아내였다.

7. 지난 역사의 시대에 딸을 잃었던 경험은 수많은 세월이 지났음에도 라일라에게 여전히 가슴을 후벼 파내는 아픔으로 남아 있었다. 이 때문에 라일라는 케이트를 잃어버린 자기 딸이라고 상상하며, 아이에게서 위안을 얻었다.

8. 그리고 홈랜드의 사람들 일부가 자신들을 압제하는 자들에게 대항해 봉기했다. 이들이 곧 저항군이다. 사라도 이들 저항군에 가담했고, 라일라의 시중을 들기 위해 돔으로 보내졌다. 돔은 빨간 눈들이 거주하는 곳으로, 사라는 그들에 대해 더 많은 정보를 알아낼 수도 있었다. 그리고 이렇게 그녀는 자신의 딸 케이트가 아직 살아 있음을 알게 된다.

9. 비슷한 시기에 알리시아와 피터는 칼즈베드에 있는 트웰브 중 열 번째인 마르티네스의 은신처를 발견했다. 그리고 그곳에서 마르티네스에게 속한 많은 수의 바이럴들과 싸웠지만, 마르티네스를 찾는 데는 실패했다. 마르티네스는 이미 그곳을 버리고 떠난 후였기 때문이다.

10. 제로는 홈랜드의 국장 길더에게 트웰브가 짐승과 홈랜드 주민들의 피를 공급받으며 살기에 충분한 강력한 요새를 건축할 것을 지시했다. 트웰브에게 속한 엄청난 숫자의 바이럴들이 살아 있는 생명들을 거의 모두 먹어 치우며 땅을 황폐하게 만들어, 세상이 인간들이나 바이럴들 그리고 그 어떤

동물들도 살 수 없는 곳이 되어버렸기 때문이다.

11. 이런 계획에 따라 트웰브는 자신들을 따르는 수많은 바이럴들에게 그들이 숨어 있는 어둠을 떠나 밝은 빛 속으로 나오도록 명령했으며, 트웰브를 따르던 바이럴들은 그렇게 죽었다. 그리고 이 사건은 캐스팅 오프Casting Off*라고 알려지게 되었다.

12. 그렇게 트웰브들은 아주 멀리 있는 홈랜드를 향한 여정을 시작했으며, 그 결과 그들이 세상을 지배하는 것이 가능한 상황이 되었다.

7장

1. 하지만 제로의 말을 따르지 않는 자가 하나 있었는데, 그가 바로 슬픔에 잠긴 자라고 일컬어지는 카터였다. 카터는 트웰브 중 트웰브였다. 카터는 울가스트에게 그와 에이미가 나머지 트웰브에게 대항해 힘을 합칠 수 있도록, 에이미를 그가 살던 곳으로 데려오도록 지시했다.

2. 에이미는 카터의 이러한 요구를 받아들여 커빌을 떠나 휴스턴의 모처를 향해 떠났다. 에이미와 일명 신실한 자로 불리는, 그녀의 친구이자 조력자인 루시어스는 신이 보기에 의로운 자들이었다.

3. 그리고 휴스턴에 도착한 에이미는 쉐브론 마리너호라는 배를 발견하게 된다. 그 배의 선체 깊숙한 곳에 카터가 머물고 있

---

* 허물 벗기나 탈피, 또는 벗어남이나 포기.

었다. 카터와 에이미 사이에 많은 일이 일어났다. 그리고 에이미가 모습을 드러냈을 때 그녀는 더 이상 소녀의 몸이 아닌 성인 여성의 몸으로 탈바꿈해 있었다. 에이미는 트웰브와 한바탕 전쟁을 치르기 위해 친구 루시어스와 함께 홈랜드를 향해 출발했다.

4. 그 무렵 '나날의 인간' 피터와 '현자 마이클'이라고 불리는 마이클 그리고 사라의 남편 홀리스 역시 홈랜드가 어떤 곳인지 확인하기 위해 그곳을 향하고 있었다. 그들은 사라뿐만 아니라 다른 많은 사람들이 그곳에 포로로 잡혀 있다고 믿었기 때문이다.

5. 이 세 사람과 동행한 일행이 두 사람 더 있었다. 안내인이라고 불리는 로어와 악당이라고 알려진 범죄자 티프티였다.

6. 같은 시기에 알리시아도 마찬가지로 트웰브 중 열 번째인 마르티네스를 쫓아 아이오와로 향하고 있었다. 마르티네스는 알리시아가 반드시 자기 손으로 죽이겠다고 맹세한 자였다. 마르티네스는 이미 여러 여성을 죽인 자로, 악마 같은 트웰브 중에서도 가장 사악했으며 세상에서 가장 끔찍한 존재였기 때문이다.

7. 하지만 알리시아는 그만 홈랜드에서 포로로 잡히고 말았으며, 빨간 눈들과 콜이라고 불리는 그들의 부역자들의 손에 의해 많은 고초를 겪게 된다. 빨간 눈의 부역자 중에서도 가장 최악의 인물은 소드라고 불리는 자였다. 그러나 알리시아는 끝까지 강인하게 버텼으며, 결코 굴복하지 않았다.

8. 어느 밤 소드가 알리시아가 갇혀 있는 감방으로 와서 그녀를 다시 겁탈하려고 했다. 이에 알리시아가 말했다 "네가 좀 더

편하게 즐기고 싶다면 내가 묶여 있는 쇠사슬을 조금만 풀어줘." 그러고 나서 그녀는 느슨해진 쇠사슬을 소드의 목에 감아 죽였다. 그렇게 알리시아는 다른 적들을 많이 죽이며 탈출했다.

9. 홈랜드의 장벽 너머의 광야에서 에이미가 알리시아에게 다가왔다. 그리고 알리시아는 봤다. 이제 에이미가 육체적으로도 정신적으로도 성인 여성이 되었다는 걸. 에이미가 그녀를 위로했다. 둘은 피를 나눈 자매였기에.

10. 알리시아에게는 비밀이 있었다. 그녀가 피에 굶주렸다는……. 그녀 안에서 움튼 트웰브의 씨앗이 그녀를 바이럴로 변화시키며 점점 강하게 자라나고 있었다. 이 비밀은 자기 친구들을 마음속 깊이 사랑하며 그들과 멀어지고 싶지 않은 그녀의 가슴에 무거운 돌덩이처럼 커다란 짐이 되었다.

11. 한편 빨간 눈들에게 사라의 정체가 탄로 나고, 그녀는 포로가 되어 온갖 폭력에 고통받게 된다. 이는 국장인 길더가 그에게 대항하여 봉기한 저항군들이 모두 그의 분노를 하나도 빠짐없이 깨닫기를 원했기 때문이다.

12. 그러나 에이미와 알리시아가 빨간 눈들에게 맞서 싸우기 위해 저항군들과 의기투합하게 되고, 심판의 시간은 기어이 찾아오고야 말았다. 그들 가운데에서 트웰브를 죽이고 홈랜드의 주민들과 사라를 구하기 위한 계획에 대한 논의가 이루어지기 시작한다.

8장

1. 우여곡절 끝에 피터와 그의 친구들이 모두 아이오와에 모이게 되었고, 빠짐없이 함께 모인 그들은 결과적으로 막강한 군대를 이루었다. 그중 가장 강력한 인물은 에이미였다.

2. 에이미는 빨간 눈들에게 항복하며 이렇게 말했다. "내가 저항군의 우두머리야. 너희가 하고 싶은 대로 해." 하지만 이는 분노를 참지 못하던 길더로 하여금 그녀를 죽이고자 트웰브를 공개된 장소에 풀어놓게 하려는, 그녀의 속셈을 숨긴 계획이었다.

3. 그리고 모든 것이 에이미의 계획대로 되었다. 에이미의 처형 시간도 정해졌다. 에이미의 처형은 지난 역사의 원형 극장과 같은 경기장에서 치러지게 되었으며, 홈랜드의 모든 주민이 와서 보도록 명령이 내려졌다.

4. 알리시아와 다른 이들은 경기장 곳곳에 숨어 있었고, 마침내 트웰브가 그 모습을 드러냈을 때, 그들 모두는 자신들의 무기로 트웰브와 빨간 눈들을 공격했다.

5. 에이미가 군중 앞에 끌려 나와 사슬에 묶여 금속 구조물 위에 매달리게 되었다. 길더는 그녀가 고통받는 모습에 크게 기뻐하며 군중에게 함께 기뻐할 것을 요구했다.

6. 하지만 에이미는 길더가 원하는 대로 그를 만족시켜줄 만큼 호락호락한 상대가 아니었다. 길더는 그 자리에 모여 있던 모든 이들이 자신의 힘을 깨닫고 자기 앞에 엎드려 절하게 만들기 위해 트웰브에게 에이미를 먹어 치우라고 명령했다.

7. 그러나 에이미는 자신이 혼자가 아니라는 것을 알았다. 트웰

브 가운데에는 카터를 대신해 울가스트가 있었고, 그는 그녀를 보호하려고 했을 것이기 때문이다.

8. "안녕, 나의 형제들. 나는 에이미예요, 당신들의 자매." 그리고 에이미는 더 이상 아무 말도 하지 않았다.

9. 에이미가 몸을 떨며 어둠을 산산이 깨뜨리는 밝은 빛 덩어리가 되기 시작했기 때문이다. 그리고 분노가 가득한 으르렁거림과 함께 에이미는 바라보기조차도 두려운 그들과 같은 모습의 바이럴이 되고 말았다. 이것은 에이미가 모든 것을 포기하고 내려놓았기 때문이다. 피터, 알리시아 그리고 루시어스와 다른 모든 이들이 이 모습을 지켜보았다.

10. 에이미를 묶고 있던 쇠사슬이 끊어졌고, 그녀는 엄청난 전투에 뛰어들었다. 그리고 위대한 승리를 거두었다. 많은 희생의 대가를 치른 결과였다. 이들 중에는 에이미를 구하기 위해 자신을 희생한 울가스트도 있었다. 에이미를 향한 울가스트의 사랑은 자녀를 향한 아버지의 사랑과 같았기 때문이다.

11. 이렇게 트웰브는 세상에서 사라지게 되었고, 모든 인간이 자유를 얻었다.

12. 하지만 에이미의 행방은 그녀의 친구들조차도 알 수가 없었다. 어디에서도 그녀의 모습이나 흔적을 찾을 수 없었기 때문이다.

1부

딸

A. V. 98~101년

또 다른 세상이 있다 하더라도
결국 이 세상의 하나일 뿐이다.

- 폴 엘뤼아르

1장

중앙 펜실베이니아

A. V. 98년 8월

홈랜드 해방 8개월 후

대지는 그녀의 칼날에 쉽게 부서지며 짙은 흙냄새를 뿜어냈다. 습한 공기에서 뜨거운 열기가 느껴졌고, 나무들 사이에서는 새들이 시끄럽게 지저귀고 있었다. 무릎을 꿇은 채, 그녀는 땅을 찔러대며 흙을 잘게 부쉈다. 한 번에 한 주먹씩 흙을 퍼냈다. 육체적인 약점들이 일부 나아지기는 했지만, 완전히 극복된 것은 아니었다. 몸의 힘이 풀리고, 마음대로 움직이지 않고, 녹초가 되어 진이 다 빠진 것만 같았다. 고통스러웠고, 고통의 기억도 생생하게 남아 있었다. 사흘째인가? 아니 나흘째? 그녀의 얼굴에 땀방울이 송골송골 맺혔고, 입술을 핥자 소금기의 짠맛이 입 안 가득 느껴졌다. 그녀는 계속 땅을 파고 또 팠다. 땀이 줄줄 흐르며 땅 위에 뚝뚝 떨어졌다. 알리시아는 생각했다. 모든 게 결국에는 다 여기로 가는 거야. 모든 건 다 흙으로 돌아가.

그녀의 옆쪽으로 흙더미가 수북이 쌓였다. 얼마나 깊게 파야 하는 거지? 1미터 정도 파 내려가자 토양이 변하기 시작했다. 진흙 냄새를 풍기며 흙이 더 차가워졌다. 무슨 징조라도 되는 듯 보였다. 알리시아는 부츠를 신은 채 몸을 뒤로 젖히고 수통의 물을 한참 들이켰다. 그녀의 손은 맨손 그대로였고, 엄지와 검지 사이의 살점이 저민 듯 얇게 뒤로 벗겨져 있었다. 알리시아는 엄지손가락 아래쪽을 입술에 갖다 댄 뒤, 벗겨진 피부와 살점을 이빨로 잘라내 흙 위에 뱉어버렸다.

솔저가 빈터의 가장자리에서 허리 높이까지 자란 풀들을 턱으로 요란스럽게 씹어 먹으며 그녀를 기다렸다. 녀석의 우아한 뒷다리와 허리, 풍성한 갈기와 푸른색이 섞인 털, 커다란 발굽과 치아 그리고 검은 대리석 같은 큰 눈들, 웅장하고 화려한 기운이 녀석을 감싸고 있었다. 녀석은 자신이 원할 때는 완전한 평온을 유지하다가도, 다음 순간 엄청난 놀라운 일들을 해낼 수도 있었다. 알리시아가 다가오는 소리가 들리자 녀석이 현자같아 보이는 자기 얼굴을 들어 올렸다. 알겠어요, 우리 준비가 다 된 거군요. 녀석이 목을 숙이고 천천히 원을 그리며 돌아서서 알리시아의 뒤를 따라 그녀가 방수포를 던져둔 숲속으로 들어갔다. 알리시아의 피 묻은 침낭 옆 땅바닥 위에는 얼룩투성이의 더러운 담요에 싸매놓은 작은 짐 보따리 하나가 놓여 있었다. 알리시아의 딸은 태어나 한 시간도 채 살지 못했고, 그 시간 동안은 알리시아도 엄마였다. 솔저는 알리시아 딸의 얼굴이 그 모습을 드러내는 걸 지켜보았다. 아이의 얼굴은 가려져 있었고, 알리시아가 아이의 얼굴을 덮은 천을 끌어당겼다. 솔저가 코를 벌름거리며 자기 얼굴을 아이 얼굴 가까이 갖다 대고 아기의 냄새를 들이마셨다. 작은 코와 눈 그리고 장미꽃 봉오리 같은 입술, 완전한 인간의 모습을 갖춘 놀라운 얼굴을 가진 아이의 머리는 빨간 머리카락으로 뒤덮여 있었다. 하지만 아이의 얼굴에서는 생기가 느껴지지 않았고, 숨 쉬는 소리도 들리지 않았다. 알리시아는 자신이 이 아이를 사랑할 수 있을지 궁금했다. 괴물 같은 남자에 의해 공포와 두려움 속에 잉태된 아이였다. 알리시아를 폭행하고, 저주하며 강간한 남자 말이다. 그녀는 너무 어리석었다.

그녀는 빈터로 돌아갔다. 태양이 머리 위에서 바로 내리쬐었고, 풀밭에서는 벌레들이 리듬을 타고 울어대며 윙윙거렸다. 알리시아가 딸의 시신을 무덤에 안치하는 동안 솔저는 그녀의 곁에서 자리를 지켰다.

산기가 느껴지고 분만이 시작되자 알리시아는 기도하기 시작했다. 아이가 무사하게 해주세요. 서로가 고통스러운 시간 속에 빨려 들어가는 동안, 알리시아는 자신의 몸속에서 차가운 죽음의 서늘함을 느끼게 되었다. 강철 바람 같은 고통이 그녀의 온몸을 두들겨댔다. 그녀의 세포 하나하나에 고통이 천둥처럼 메아리치며 울려대는 것 같았다. 뭔가 잘못됐어. 하느님, 제발 아이를 지켜주세요, 저와 아이를 지켜주세요. 하지만 그녀의 기도는 아무 소용이 없었다.

첫 흙 한 줌이 가장 힘들게 느껴졌다. 어떻게 했던 거지? 알리시아는 많은 사람들을 땅에 묻어보았다. 아는 사람들 그리고 모르는 사람들도. 자기 손으로 묻은 사람들 중 사랑한 사람은 한 사람뿐이었다. 하이탑이라고 불리던, 그렇게 재밌고, 그토록 생기발랄했던, 그런데 사라져버린 소년. 알리시아는 흙이 손가락 사이를 빠져나가 떨어지게 놔두었다. 손가락 사이를 빠져나간 흙은 마치 나뭇잎 위에 떨어지는 첫 빗방울처럼, 툭 툭 툭 소리를 내며 천 위에 쏟아졌다. 조금씩 조금씩 딸의 모습이 사라졌다. 그녀는 되뇌었다.

잘 가, 사랑하는 나의 한 조각아.

알리시아는 자신의 텐트로 돌아왔다. 그녀의 영혼은 수백만 조각이 난 유리처럼 산산이 깨졌다. 몸도 천근만근 무겁기만 했다. 물과 음식, 먹을 것이 필요했다. 갖고 있던 것들은 이미 다 떨어졌다. 사냥한다는 것은 불가능했고, 언덕에서 걸어 5분 정도 거리인 시냇가도 수 킬로미터는 떨어진 것처럼 느껴졌다. 육체의 필요, 그게 뭐가 중요한데? 아무것도 의미가 없었다. 그녀는 침낭에 누워 두 눈을 감았고, 곧 잠이 들었다.

꿈에 강이 보였다. 크고 검은 강물. 그 위로는 물을 가로지르는 금빛 도로처럼 달빛이 길게 비추고 있었다. 앞에 무엇이 기다리는지도 모른 채 알리시아는 단지 이 강을 건너야만 한다고 생각했다. 반짝이는 수면 위로 조심스럽게 첫걸음을 들여놓았다. 한편으로는 이 예기치 못한 여행의 방식에 놀라워하면서도 다른 한편으로는 그렇지 않은 채 그녀의 마음은 갈피를 못 잡았다. 하지만 달빛이 먼 반대편 강가에 닿자 자신이 속았다는 것을 깨달았다. 반짝이며 빛나던 길이 녹아 없어지고 있었다. 그녀는 강물이 자신을 집어삼키기 전에 반대편 강가에 닿기 위해 필사적으로 뛰기 시작했다. 그러나 너무 멀었다. 알리시아가 한 걸음 내달릴 때마다 수평선은 점점 더 빨리 멀어졌다. 강물이 그녀의 발목을 휘감으며 무릎 그리고 허리까지 차올랐다. 내게로 와, 알리시아. 나에게 오라고, 나에게 와, 나에게 와. 그녀의 몸은 가라앉았고, 강물은 그녀를 집어삼키며 점점 더 깊이 어둠 속으로 빨아들였다…….

잠이 깬 알리시아의 눈에 밝지 않은 오렌지색 빛이 보였다. 하루가 거의 다 지나갔다. 정신을 가다듬어 생각을 정리하며 가만히 누워 있었다. 그녀는 이런 악몽에 익숙해져 갔다. 군데군데 꿈속의 장면들이 바뀌기는 했지만, 공허함과 공포 같은 느낌은 절대 변하지 않았다. 그럼에도 불구하고 이번 꿈은 뭔가 달랐다. 꿈의 한 부분이 현실로 다가왔다. 그녀의 셔츠가 흠뻑 젖어갔다. 알리시아는 번져가는 얼룩을 보기 위해 시선을 아래로 돌렸다. 가슴에서 모유가 흘러나오고 있었다.

*

힘없이 주저앉아 있는 건 좋은 결정이 아니었지만, 앞으로 나아가고자 하는 의지가 생기지 않았다. 기력은 돌아왔다. 조금씩 감질나게 기운이 돌아오더니 마치 오랫동안 기다리던 손님처럼 단번에 회복되었다. 알리시아는 방수포를 지붕으로 삼아 쓰러진 나무와 덩굴로 자신의 은신처를 만들었다. 숲은 다람쥐와 토끼, 메추라기와 비둘기 그리고 사슴과 같은 생명들로 넘쳐났다. 몇몇은 알리시아가 잡기에 너무 빠른 녀석들이었지만, 다 그런 것은 아니었다. 덫을 놓아 사냥감이 잡힐 때까지 기다리거나, 석궁을 사용했다. 한 발이면 충분했다. 짧고 깨끗하게 사냥을 끝냈다. 그러고는 온기가 남아 있는 따뜻한 날것 그대로 저녁 식사를 했다. 햇빛이 사그라지며 하루가 끝나갈 때면 시내에서 목욕했다. 깨끗한 시냇물이 말도 못 하게 차가웠지만 말이다. 시내에서 몸을 씻다가 곰들과 마주친 일도 있었다. 상류로 9미터쯤 떨어진 곳이었을까? 수풀 속에서 뭔가 육중한 것이 움직이는 소리가 들리더니 시냇가 가장자리에 곰들이 나타났다. 어미와 새끼 곰 한 쌍이었다. 알리시아는 책에서 말고는 그렇게 살아 움직이는 곰들을 실제로 본 적이 없었다. 어미와 새끼 곰 둘이 주둥이 끝으로 진흙을 뒤적이며 시냇가 얕은 곳을 함께 어슬렁거리며 돌아다녔다. 그들의 움직임은, 나무 잔가지에 얽혀 있는 것 같은 무거운 털가죽 아래의 피부에 근육들이 단단히 꿰매어져 고정되지는 않은 듯 보였다. 긴장하지 않은 느슨함과 해부학적으로 완성되지 않은 듯한 모습이었다. 곰들 주변으로는 구름같이 모여든 벌레 떼가 뉘엿뉘엿 다 저물어가는 하루의 마지막 햇빛을 받으며 반짝였다. 그리고 곰들은 알리시아의 존재를 알아차리지 못한 것처럼 보였다. 아니면 그녀에게 전혀 신경을 쓰지 않거나.

여름도 다 지나갔다. 어느 날, 햇살이 비집고 들어올 틈도 없이 빽빽한 녹음을 이루었던, 풍성하고 큰 나뭇잎들의 세상이었던 숲이 정신없을 만큼 소란스러운 갖가지 화려한 색조에 물들어버렸다. 아침이면 숲속의 땅 위에서 서리가 발에 밟히며 바삭거리는 소리를 냈다. 투명하고 차가운 겨울의 냉기가 찾아왔다. 대지 위에 눈이 두껍게 쌓였다. 검게 줄지어 서 있는 나무들, 새들의 작은 발자국들, 회반죽을 발라놓은 듯 하얗기만 한 하늘, 세상의 모든 색깔이 표백되어 사라진 것만 같았다. 발가벗겨진 모든 것들이 자신들의 본모습을 드러내 보였다. 몇 월이지? 무슨 요일? 시간이 갈수록 식량이 문제였다. 수 시간 동안, 심지어 온종일 알리시아는 힘을 비축하느라 거의 움직이지 않았다. 게다가 1년 가까이 살아 있는 인간과 이야기해본 적도 없었다. 점점 그녀는 마치 숲속 야생의 생명체가 되어버린 것처럼 더 이상은 언어로 생각이란 것을 하지 않게 되었다. 알리시아는 자신이 미쳐가고 있는 것은 아닌지 의심스러워졌고, 솔저가 사람이라도 되는 양 말에게 말을 걸기 시작했다. 그녀는 이런 식으로 말하고는 했다. 솔저, 우리 저녁으로 뭐를 먹을까? 솔저, 불을 피울 장작을 모으러 나갈 때가 된 것 같아? 솔저, 하늘이 눈 올 거 같지?

어느 밤, 알리시아는 은신처에서 잠이 깨서는 아까부터 상당히 오랫동안 천둥소리가 들리고 있다는 사실을 깨달았다. 물기를 잔뜩 머금은 봄바람이 이리저리 돌풍을 일으켜 나무 꼭대기를 거세게 흔들며 불어댔다. 고립감 속에 그녀는 폭풍이 다가오는 소리를 들었다. 그러더니 갑자기 폭풍이 그들을 들이덮쳤다. 번쩍하는 불빛이 하늘을 쩍 가르는 장면에 알리시아의 눈이 얼어붙었고, 귀청을 찢는 듯한 소리가 들렸다. 하늘이 열리고 빗방울이 총알처럼 사정없이 쏟아지자 그녀는 솔저를 은신처 안으로 들였다. 솔저는 겁에 질려 벌벌 떨었다. 말을 달래야만 했다. 그 좁은 공간에서 공포에 질린 커다란 말이 조금만 날뛰더라도 그녀의 은신처는 조각조각 무너져 내릴 수 있었다. 너는 나의 좋은 친구야. 알리시아가 한 손으로 말의 옆구리를 어루만지며 속삭였다. 다른 한 손으로는 말의 목에 슬쩍 밧줄을 감았다. 착해, 착해, 나의 친구. 어때? 비 오는 날 나와 함께 있는 게 의지되지 않을까? 말은 겁에 질려 몹시 긴장한 탓에 근육들이 벽처럼 둥글게 뭉쳐 불끈불끈 부풀었다. 그래도 알리시아가 솔저를 슬슬 달래며 천천히 아래로 끌어 앉히자 녀석이 순순히 따라와주었다. 은신처의 벽 너머로는 번개가 마구 치며 하늘이 마구 나뒹굴고 있는 것만 같았다. 솔저가 거센 콧김을 내쉬며 무릎을 꿇고 몸을 낮춰 알리시아의 침낭 옆으로 몸을 돌려 앉았다. 그렇게 둘은 비가 퍼부으며 겨울을 쫓아내는 밤 동안 서로 의지해 잠을 잤다.

알리시아는 그곳에 2년 동안 머물렀다. 숲이 그녀에게 위로가 되었기에 그곳을 떠난다는 건 쉬운 일이 아니었다. 그녀가 이미 계절에 따라 변화하는 숲속 삶에 익숙해진 탓도 있었다. 하지만 세 번째 여름을 맞게 되자 새로운 감정이 그녀를 휘저어놓았다. 앞으로 나아가야 할 때가 됐다. 그녀가 시작한 일을 마무리하기 위해서.

그녀는 여름 내내 떠날 준비를 하며 보냈다. 무기를 만드는 일도 준비의 하나였다. 걸어서 강가 마을로 갔던 그녀는 3일 뒤 철커덕거리는 가방을 끌며 돌아왔다. 여러 번 그 과정을 지켜본 경험이 있었기에 알리시아는 자신이 하려는 일의 기본들은 충분히 이해했다. 나머지 세세한 것들은 시행착오를 겪으며 완성하면 될 일이었다. 시냇가의 위가 편평한 바위는 그녀의 모루로 쓰이게 될 것이다. 물가에서 불을 지폈고, 불이 타들어가며 숯이 되는 모습을 지켜봤다. 정확한 온도를 유지하는 것이 핵심이었다. 정확한 온도에 이르렀다고 생각되자 그녀는 가방에서 첫 번째 조각을 꺼내 옮겼다. 가로 5센티미터, 길이 90센티미터, 두께 9.4밀리미터의 O1 강철 덩어리였다. 가방에서 망치와 쇠 집게와 두꺼운 가죽 장갑도 꺼냈다. 알리시아는 강철 덩어리의 끝을 불 속에 넣고는 금속이 가열될 때 나타나는 색깔의 변화를 지켜봤다. 그리고 작업을 시작했다.

필요한 재료들을 구하기 위해 강 아래로 세 번이나 더 다녀와야 했고, 결과물은 조악했지만 결국 만족스러운 성과를 냈다. 손잡이를 단단히 쥘 수 있도록 하기 위해 이걸 감싸는 데는 거칠고 가는 긴 덩굴들을 이용했다. 그러지 않으면 매끄럽고 미끄러운 금속에 지나지 않을 뿐이었다. 무게도 그녀의 손에 딱 알맞게 느껴졌다. 광을 낸 끝이 햇빛에 반짝였다. 하지만 진정한 평가를 하기 위해서는 무언가를 잘라봐야만 했다. 강 아래로 마지막 방문을 하는 길에 사람의 머리 크기만 한 수박들이 널려 있는 벌판을 이리저리 뒤지고 다녔다. 수박들은 움켜쥔 손 모양의 잎이 난 덩굴에 매달려 좁은 면적에서 빽빽하게 자라나 있었다. 알리시아는 수박 가운데 하나를 가방에 넣어 은신처로 가져와서 쓰러진 나무 위에 올려놓고 겨눈 뒤, 검으로 호를 그리며 수직으로 내리쳤다. 반으로 잘려 나간 수박은 천천히 뒤뚱뒤뚱 흔들리더니 쪼개져 땅으로 털썩 떨어졌다.

더 이상 그곳에 남아 있을 이유가 없었다. 출발하기 전날 밤, 알리시아는 딸의 무덤을 찾았다. 딸의 무덤을 마지막 순간에 찾고 싶지는 않았다. 그녀의 작별은 깔끔해야만 했다. 그러는 편이 좋았으니까. 지난 2년 동안 무덤은 아무 흔적도 없이 사라졌다. 아무것도 가치 있어 보이지 않았다. 그래도 작별 인사조차 하지 않고 떠나는 건 옳지 않게 느껴졌다. 알리시아는 마지막 남은 강철로 십자가를 만들었다. 그러고는 흙바닥에 무릎을 꿇고 십자가를 망치로 이용해 땅속에 박아 넣었다. 그녀의 딸은 이미 흙으로 돌아갔다. 나무와 바위와 돌로 돌아갔다. 어쩌면 하늘과 다른 동물의 생명으로 돌아갔는지도 모를 일이었다. 딸은 알 수 없는 곳으로 떠나갔다. 들어보지 못한 아이의 목소리는 새들의 지저귐 속에 깃들었고, 아이의 빨간 머릿결은 불타오르는 가을 나뭇잎 사이에 숨어 있었다. 알리시아는 부드러운 흙을 만지작거리며 이런 생각을 했다. 그녀는 기도할 것도, 기도할 생각도 없었다. 깨져버린 가슴은 깨진 모습 그대로 남아 있을 수밖에 없으니까.

알리시아가 나직이 중얼거렸다. "미안해."

여느 때와 다를 것 하나 없는 평범한 아침이었다. 바람 한 점 없는, 어슴푸레 밝아온 하늘의 엷은 안개 자욱한 아침. 새로 만든 검은 사슴 가죽 칼집에 꽂아 등에 비스듬히 둘러멨다. 그녀의 칼, 단

검들은 탄약대에 꽂아 가슴 위에 X자로 고정했다. 관자놀이 쪽에 가죽 가림막이 달린, 고글 같은 검은 안경이 알리시아의 두 눈을 완전히 감춰줬다. 그녀는 안장주머니를 제자리에 고정한 후, 획 뛰어올라 솔저의 등에 탔다. 떠날 때가 된 걸 알아챈 솔저는 며칠 동안 가만 있지 못하고 부산하게 주위를 돌아다녔다. 우리가 무슨 짓을 하려고 하는지, 내가 짐작하는 그 일을 하게 되는 건가요? 그거 알아요, 정말이지 난 그냥 여기 있는 편이 더 좋다고요. 그녀의 계획은 강을 따라 동쪽으로 가, 산맥을 가로지르는 길을 따라가는 것이다. 운이 따른다면, 첫 낙엽이 지기 전에 뉴욕에 도착하게 될 것이다.

알리시아는 두 눈을 감고 마음을 비웠다. 마음을 비워낼 때, 비로소 그 목소리가 들리게 될 것이다. 그 목소리는 동굴에서 불어오는 바람처럼, 꿈에서 본 그 장소로부터 흘러나와 그녀의 귀에 속삭였다.

알리시아, 너는 혼자가 아니야. 난 너의 슬픔을 알아. 어떻게 그럴 수 있냐고? 네가 느끼는 그 슬픔은, 나의 슬픔이니까. 나는 너를 기다리고 있어, 리시. 내게 와. 집으로 오는 거야.

알리시아는 발뒤꿈치로 솔저의 배를 몇 번 가볍게 찼다.

2장

피터가 집으로 돌아왔을 때는 하루가 막 저물어가는 중이었다. 그의 머리 위로는 점점 짙어지는 파란 배경과 대비되는 색깔의 광활한 유타의 하늘이 길게 펼쳐져 있었다. 초가을 저녁, 밤은 추웠지만 낮은 여전히 맑기만 했다. 그는 어깨에 막대기를 걸치고 졸졸거리며 흐르는 강을 따라 집으로 돌아갔다. 그의 곁에는 개 한 마리가 어슬렁거렸다. 피터의 가방에는 황금빛 나뭇잎에 싸인 살이 잔뜩 오른 송어 두 마리가 들어 있었다.

농장에 가까워지자 집에서 흘러나오는 음악 소리가 들렸다. 그는 현관에서 가방을 내려놓은 뒤 부츠를 벗고 안으로 들어갔다. 에이미는 문을 등지고 직립형 피아노 앞에 앉아 있었다. 그는 조용히 그녀에게 다가갔다. 피아노 연주에 너무 열중한 나머지 에이미는 그가 집에 돌아온 것도 몰랐다. 그녀는 피아노 소리에 맞춰 몸을 가볍게 좌우로 흔들었다. 그녀의 손가락들이 건반을 따라 위아래로 빠르게 움직이기는 했지만, 음을 연주한다기보다는 음을 짚어가고 있는 정도였다. 연주는 순수한 감정의 음향적 구현인 것 같았다. 연주하는 소절들에서는 깊은 마음의 고통이 느껴졌다. 하지만 슬퍼 보이지 않는 다정함이 드러났다. 연주를 들으며 피터는 언제나 과거가 되고 추억이 되어버리고 마는, 시간이 다가오는 방식에 대해 생각했다.

"돌아왔군요."

어느새 연주는 끝났다. 피터가 에이미의 어깨에 손을 올려놓자 그녀가 의자에서 몸을 옮기며 고개를 돌려 그를 올려다보았다.

"이리로 와요." 그녀가 말했다.

피터는 입 맞추려는 에이미를 위해 몸을 숙였다. 그녀의 미모는 놀랍기만 했다. 그녀를 볼 때마다 늘 새롭게 깨닫는 일이었지만 말이다. 그는 피아노 의자에 앉아 머리를 갸우뚱하며 말했다. "나는 아직도 당신이 어떻게 그것을 할 수 있는지 모르겠어."

"마음에 들었어요?" 에이미가 미소를 지어 보였다. "온종일 연습하는 중이었어요."

피터는 그렇다고 대답했다. 사실 그의 마음에 들었다. 그녀의 연주가 많은 것을 생각하게 만들었노라고 말했지만, 말로 표현하기가 쉽지 않았다.

"강에 나간 거 어땠어요? 꽤 오래 나가 있었어요."

"그랬나?" 다른 많은 날과 마찬가지로 그날 역시 막연한 만족감 속에 하루를 보냈다. "1년 중 이맘때가 정말 아름답지. 그래서 넋을 놓고 있었던 것 같아." 피터는 에이미의 머리 정수리에 입을 맞췄다. 감은 지 얼마 안 된 그녀의 머리에서는 독한 잿물을 연하게 만드는 데 사용하는 허브 냄새가 났다. "피아노 계속 쳐. 저녁 준비는 내가 할게."

피터는 부엌을 지나 뒷문을 통해 마당으로 나갔다. 마당은 시들
해지고 있었고, 얼마 안 가 눈 아래에서 조용히 잠들게 될 것이다.
그건 겨울에 베푸는 마지막 은혜 같은 것이다. 개는 혼자 어디론
가 가버렸다. 녀석은 꽤 넓은 지역을 돌아다녔다. 하지만 피터는
개를 염려하지 않았다. 늘 그랬듯이 어두워지기 전에 집으로 돌아
오는 길을 찾아서 올 거였으니까. 피터는 펌프질로 대야에 물을
채우고는 셔츠를 벗어 얼굴과 가슴에 물을 뿌리고 몸을 닦았다.
마지막 햇살이 비탈에 반사되며 땅에 긴 그림자를 드리웠다. 하루
중 그가 가장 좋아하는 시간이다. 모든 감정이 하나로 합쳐지고,
모든 것들이 멈추어 서는 순간이다. 어둠이 깊어지는 걸 지켜보는
동안 별들이 나타났다. 첫 번째 별이 보이고, 다른 별이 나타나고
또 다른 별이 떠올랐다. 에이미가 연주하던 곡에서 전해지던 시간
에 대한 느낌이 그대로 느껴졌다. 추억과 소망, 행복과 슬픔, 시작
과 끝 그런 감정들이 한데 어우러졌다.

피터가 불을 지피고, 잡아 온 송어들을 손질해서 팬 위에 하얀
살덩이들을 라드*와 함께 올려놓았다. 에이미가 밖으로 나와 그
의 옆에 앉았고, 둘은 그들의 저녁거리가 익어가는 것을 함께 지
켜보았다. 두 사람은 부엌에 양초를 밝혀놓고 안에서 식사했다.
송어와 저민 토마토 그리고 숯불에 구운 감자가 그들의 저녁이었
다. 식사 후에 둘은 사과도 나눠 먹었다. 거실에 난롯불을 지피고,
소파에 담요를 두르고 앉아 몸을 따뜻하게 했다. 개도 늘 하던 대
로 그들의 발치에 자리를 잡고 앉았다. 둘은 말없이 불이 타들어
가는 모습을 지켜보았다. 둘은 모든 걸 이야기하고 공유하며 알고

---

* 요리에 사용하는 돼지의 비계를 정제하여 하얗게 굳힌 덩어리.

있었기에 그들 사이에 굳이 말이 필요한 건 아니었다. 어느 정도 시간이 지났을 때, 에이미가 일어나 손을 내밀었다.

"이제 나와 같이 자러 가요."

둘은 촛불을 들고 계단을 올라갔다. 처마 밑 작은 침실, 둘은 옷을 벗고 누비이불 아래 옹송그리며 누워 몸을 따뜻하게 하려고 함께 웅크리고 있었다. 침대 발치에서는 개가 바람 소리가 잔뜩 섞인 한숨을 내쉬며 바닥에 몸을 낮춰 누웠다. 늙었지만 충성스러운 사자처럼 착한 개. 녀석은 피터와 에이미 두 사람을 지켜보며 아침이 올 때까지 그 자리를 지킬 것이다. 맞붙어 있는 육체의 친밀함과 온기 그리고 같은 리듬을 타고 흐르는 호흡, 피터가 느끼는 건 행복보다도 더 깊고 풍부한 무엇이었다. 그는 평생 단 한 사람만이 자신을 속속들이 깊이 알기를 원했다. 그런 게 사랑이라고 생각했다. 사랑이란 이해되는 거였다.

"피터, 왜 그래요?"

시간이 좀 지난 뒤였다. 그의 마음이 비몽사몽간에 차원의 구분이 명확하지 않은 공간을 떠다니다 오래된 추억 속을 돌아다니고 있었다.

"테오 형과 모스를 생각했어. 바이럴이 헛간에서 습격했던 날 밤 말이야." 알 수 없는 생각 하나가 명확히 손에 잡히지 않은 채 머릿속을 떠돌았다. "형은 무엇이 그걸 죽였는지 절대 알 수 없었을 거야."

잠시 에이미가 말이 없었다. "글쎄, 그거 당신이었어, 피터. 그들을 구한 건 당신이었어요. 내가 말해줬잖아요, 기억 안 나요?"

그랬나? 그런데 그녀는 왜 그런 말을 한 걸까? 습격당했을 때, 피터는 아주 멀리 떨어진 콜로라도에 있었다. 어떻게 내가 그곳

헛간에 있었을까?

"어떻게 된 일이었는지 설명해줬잖아요. 그 농장은 아주 특별한 곳이었어요. 과거와 현재 그리고 미래가 같은 곳이에요. 당신이 거기에 있어야만 했기에 헛간에 있었던 거예요."

"하지만 난 그렇게 한 기억이 없어."

"그건 아직 일어나지 않은 일이기 때문이에요. 당신에게는요. 하지만 때가 되면 그렇게 될 거예요. 당신은 그들을 구하기 위해 그곳에 있게 될 거예요. 케일럽을 구하기 위해서요."

케일럽, 피터의 조카. 피터는 갑자기 감당할 수 없는 슬픔과 사랑에 대한 강렬한 갈망을 느꼈다. 울음이 목구멍까지 차올랐다. 많은 시간, 셀 수 없이 많은 시간이 지나갔다.

"그래도 지금 우리 여기에 있잖아." 그가 말했다. "너와 내가 이렇게 이 침대에 같이 있잖아. 이건 진짜야."

"세상에 이보다 더 진짜인 건 없어요." 에이미가 피터의 품에 기대었다. "이제 더 이상 이런 걱정은 하지 말아요. 당신 지쳤잖아요. 나는 알아요."

그랬다. 피터는 정말, 정말 지쳐 있었다. 지난 시간 동안의 고단함이 뼛속까지 느껴졌다. 언젠가 강물에 비친 자기 얼굴을 들여다보던 기억이 떠올랐다. 그게 언제였지? 오늘? 어제? 일주일 전, 한 달, 1년? 태양이 높이 떠 있었고, 수면에 반짝이는 거울을 만들어놓았다. 물에 비친 그의 모습이 물살을 따라 흔들렸다. 깊게 파인 주름과 늘어진 턱살, 희미해진 눈 아래의 애교 살 그리고 얼마 남지 않은 그의 머리는 눈을 뒤집어쓴 것처럼 하얗게 변해 있었다. 늙은이의 얼굴이었다.

"내가…… 죽은 건가?"

에이미는 아무 대답도 하지 않았다. 그리고 곧 피터는 그녀가 하려는 말이 무엇인지 이해했다. 다른 사람들과 마찬가지로 그가 죽을 거라는 것뿐만 아니라, 죽음이 끝이 아니라는 것. 자신이 시간의 벽 너머에서, 여전히 경계를 늦추지 않는 영혼으로 이곳에 남게 되리라는 것을. 그건 모든 걸 열 수 있는 열쇠 같은 것이다. 인생의 모든 불가사의에 대한 해답을 볼 수 있는 문을 열어주었다. 피터는 아주 오래전 농장에 처음 왔던 날을 떠올려 봤다. 마치 그들이 오기를 기다리던 것처럼, 설명할 수 없을 정도로 모든 것이 온전한 상태였다. 먹을 것으로 가득했던 식품 저장실, 창문에 그대로 걸려 있던 커튼 그리고 테이블 위의 식기들까지 다. 여기는 그런 곳이었다. 이곳은 세상에 하나뿐인 그의 진짜 집이었다.

어둠 속에 누운 피터의 가슴이 만족감에 차올랐다. 이미 죽은 사람들처럼 분명 그가 잃은 것들도 있었다. 모든 건 사라진다. 심지어 지구 자체도, 하늘과 강과 그리고 그가 사랑하는 별들도 어느 날 사라지고 말 것이다. 하지만 그건 두려워할 일이 아니다. 그런 게 바로 삶의 달콤 쌉싸래한 묘미이니까. 그런 비전은 너무 강렬해서 상상하는 것이 아니라 기억하고 있는 무엇인 것 같았다. 그는 바로 이 침대에 누워 있을 것이다. 여름의 오후에, 에이미가 자신을 안고 있을 터다. 그때도 에이미는 지금의 모습 그대로일 것이다. 강하고 아름답고 생명력으로 넘쳐나는 모습 그대로. 침대는 창문을 바라보았고, 커튼들은 퍼져 나가는 불빛에 환하게 빛났다. 소멸한다는 느낌만 있을 뿐 고통 같은 건 없을 것이다. 피터, 괜찮아요. 에이미가 그렇게 말했다. 괜찮아요. 나도 곧 당신이 있는 곳에 가게 될 거예요. 불빛이 처음에는 그의 시야를 가득 채우더니 그의 의식 속에 차오르며 점점 더 커졌다. 그게 그가 세상을 떠나가는 방식이었다. 그는 빛의 물결에 실려 떠나가게 될 거다.

"나는 정말 당신을 사랑해." 그가 말했다.

"나도 당신을 사랑해요."

"오늘 정말 멋진 날이야, 그렇지?"

그녀가 고개를 끄덕였다. "그리고 우리에게는 앞으로도 멋진 날이 더 많이 있을 거예요. 바다만큼 많은 날요."

그가 그녀를 당겨 안았다. 밖은, 밤은 춥고 고요했다. "아름다운 곡이었어." 그가 말했다. "우리가 피아노를 찾아서 다행이야."

그 말과 함께 둘은 처마 밑의 크고 푹신한 침대 위에서 서로 꼭 껴안고 둥실둥실 꿈속으로 빠져들었다.

그 피아노를 찾게 되어서 정말 기뻐.

그 피아노.

그 피아노.

그 피아노…….

의식이 돌아오며 피터는 자신이 발가벗은 채 땀에 푹 젖은 시트를 몸에 칭칭 감고 있다는 걸 깨달았다. 잠시 그는 꼼짝도 하지 않고 누워 있었다. 내가……? 나……? 그의 입이 모래를 잔뜩 씹어 먹은 것만 같았다. 소변이 꽉 찬 방광은 돌덩이처럼 딱딱했다. 그의 눈 뒤쪽으로 숙취의 첫 고통이 오랫동안 이어졌다.

"생일 축하해, 중위."

로어가 그의 옆에 누워 있었다. 옆이라기보다는 엉켜 있는 것에 더 가까운 그들의 몸은 서로를 휘감았고, 그들이 만지는 곳마다 땀으로 미끄덩거렸다. 뒤쪽 바깥에 화장실이 있고 방이 두 개인 그 오두막은 그들이 전에도 사용했던 곳이다. 누구의 집인지 피터는 몰랐지만 말이다. 침대 발치 너머 작은 창문이 동트기 전 여름 햇살에 회색으로 어슴푸레 밝아왔다.

"당신, 나를 다른 누군가와 착각하고 있는 게 틀림없어."

"그럴 리가, 나를 믿어봐." 그녀가 손가락 하나를 그의 가슴 가운데 올려놓으며 말했다. "헷갈리거나 착각한 거 아니야. 그래서 아무튼 서른 살이 된 기분이 어때?"

"두통에 시달리는 스물아홉 살이 된 기분인데."

로어가 고혹적인 미소를 지었다. "그래, 당신이 내 생일 선물을 좋아했으면 좋겠네. 카드를 빼먹은 건 미안해."

그녀가 피터를 휘감은 몸을 풀고, 침대 가장자리로 몸을 돌려 바닥에 떨어진 자기 셔츠를 낚아채 집어 들었다. 그녀의 머리는 뒤로 묶어도 될 만큼 충분히 길게 자랐다. 그녀는 넓고 강해 보이는 어깨를 가졌다. 로어는 더러운 셔츠의 몸통과 소매에 몸을 비틀어 옷을 입고, 부츠에 발을 밀어 넣어 신고 나서 다시 상체를 돌려 피터를 보았다.

"도망치듯 서둘러 나가서 미안해, 나의 친구. 하지만 움직여 옮겨야 할 탱커tanker*들이 있거든. 아침 식사를 만들어주고 싶은데, 여기 그럴 만한 뭐라도 있을지 의심스럽네." 로어가 몸을 앞으로 숙여 재빨리 피터에게 입을 맞췄다. 그것도 입술에. "케일럽에게 안부 전해줘, 알았지?"

케일럽은 그날 밤 사라와 홀리스의 집에 가 있었다. 사라와 홀리스는 피터에게 어디를 가는 건지 물어보지도 않았다. 그들은 분

---

* 기름이나 물을 수송하는 데 쓰이는 대형 수송용 탱크들이 설치된 배, 항공기, 트럭을 가리키는 말.

명히 무슨 일인지 짐작은 했겠지만 말이다. "아침 식사는 내가 알아서 할게."

"다음에 여기 다시 왔을 때 당신을 볼 수 있을까?" 피터가 아무 말을 하지 않자, 로어가 고개를 숙이고 그를 바라봤다. "혹은……어쩌면 못 보겠지."

그는 정말 뭐라 대답해야 할지 몰랐다. 둘 사이에 흐르는 감정은 사랑이 아니었다. 그런 문제로 얘기를 나눈 적도 없었다. 하지만 분명 둘 사이의 감정은 육체적인 끌림 이상의 것이었다. 둘의 관계는 사랑과 육체적 이끌림 사이 어디쯤의 회색 지대에 걸쳐 있었고, 이도 저도 아니라는 것이 그들의 문제였다. 로어와 함께 있는 건 피터가 가질 수 없었던 무언가를 떠올리게 했다.

로어가 고개를 떨어뜨렸다. "이런, 젠장. 나는 당신을 정말 좋아한다고, 중위."

"나는 뭐라고 말해야 할지 모르겠어."

그녀가 한숨을 내쉬며 고개를 돌렸다. "우리 관계가 이렇게 계속될 수는 없을 것 같아. 나는 단지 당신을 먼저 차버릴 수 있기를 바랄 뿐이야."

"미안해, 일이 이 지경이 될 때까지 내버려 두면 안 됐는데."

"정말, 다 지나가게 될 거야." 로어가 얼굴을 들어 천장을 보며 마음을 추스르기 위해 긴 호흡을 하고는 눈물을 닦았다. "다 집어 치워, 피터. 당신이 내게 무슨 짓을 했는지 알아?"

피터는 끔찍한 기분이 들었다. 일부러 이러려는 건 아니었다. 조금 전까지만 해도 둘의 관계가 무엇이든 간에 둘이 서로 흥미를 잃거나 다른 사람을 만나게 될 때까지 이대로 흘러가다가 끝나게 될 것으로 생각했다.

로어가 물었다. "마이클 때문이 아니지, 그렇지? 내가 끝났다고 말했잖아."

"모르겠어." 피터가 말을 멈추고 어깨를 으쓱했다. "그래, 어쩌면 아직은 조금 그래. 우리가 이 관계를 계속 이어가면 마이클도 알게 되겠지."

"그래서, 마이클이 알게 되면, 그러면 뭐?"

"마이클은 내 친구야."

로어가 눈가의 눈물을 훔치고 조용히 쓴웃음을 지었다. "당신의 신의는 정말 존경스러워요. 대단해. 하지만 마이클은 나를 전혀 신경 쓰지 않는다고. 마이클은 아마 당신에게 고마워할걸? 그가 나에게서 완전히 손을 뗄 수 있게 당신이 도와줘서 말이야."

"그렇지 않아."

그녀가 어깨를 으쓱해 보였다. "당신은 좋은 사람이 되려고 그렇게 말하는 것뿐이야. 어쩌면 그래서 내가 당신을 많이 좋아하는 건지도 모르지. 하지만 당신, 거짓말할 필요는 없어. 우리 둘 다 우리가 무슨 짓을 하고 있는지는 알잖아. 나는 마이클을 내게서 깨끗이 비워내려고 끊임없이 노력하고 있어. 그러나 결국 그러지 못할 거야. 그런데 정작 나를 미치게 만드는 게 뭔지 알아? 마이클은 나에게 진실을 말조차 못 한다는 거야. 그 망할 빨간 머리 계집애 말이야. 그 여자랑 도대체 무슨 관계인 거야?"

잠시 피터는 멍해졌다. "지금…… 리시 얘기를 하는 거야?"

로어가 날카로운 눈빛으로 피터를 노려봤다. "피터, 눈치 없는 거 아니잖아. 멍청하게 굴지 마. 마이클이 그 빌어먹을 시시한 보트에서 뭘 하는 것 같은데? 그 여자가 사라진 지 3년이 지났는데도 마이클은 아직도 그녀 생각을 머릿속에서 지우지 못하고 있다고. 리시가 아직 여기 있다면 어쩌면 나에게 기회가 있었을지도 몰라. 하지만 보이지도 않는 유령과는 경쟁도 할 수 없다고."

피터가 그녀의 말을 이해하는 데 잠시 시간이 걸렸다. 조금 전까지만 해도 피터는 마이클이 알리시아를 좋아한다고 말하지는 않았을 것이다. 마이클과 알리시아는 빨랫줄 위의 고양이들처럼 항상 다투기만 했다. 하지만 피터는 그 둘이 겉으로 보이는 것과는 달리 내면 깊은 곳은 크게 다르지 않다는 것을 알았다. 둘 다 강한 성격에, 똑같이 결단력이 있었고, 뭔가에 꽂히면 반대를 받아들이지 않는 고집스러움까지도 같았다. 물론 이에 대해 설명하자면 이야기가 길었다. 여하튼 마이클의 보트가 전부 그 때문이었다고? 알리시아를 잃은 걸 슬퍼하는 그만의 방식이었다고? 그들은 모두 자신만의 방식대로 슬퍼했다. 한동안 피터는 알리시아에게 화가 나 있었다. 그녀가 작별 인사조차 안 하고 아무 설명도 없이 친구들을 떠났기 때문이다. 하지만 많은 것이 변했다. 세상이 달라졌다. 피터가 느낀 감정은 대부분 알리시아가 그의 가슴에서 차지했던 곳이 텅 비어버린 데서 오는 외로움과 고립감 같은 순수한 고통이었다.

"당신은," 로어가 손등으로 눈을 비비며 말했다. "마음속에 있는 그녀가 누구인지 모르겠어. 그래도 그녀는 운이 좋은 여자야."

부정할 수가 없었다. "정말 미안해."

"당신도 그렇게 말하네." 고통스러운 웃음을 지으며 로어는 자기 무릎을 손바닥으로 툭 쳤다. "그래, 나는 기름을 옮겨야 해. 여자 하나가 더 달라고 조를 수 없을 정도의 기름이지. 기분이 엿 같아지더라도 내 부탁 하나 들어줘, 괜찮지? 시간 질질 끌거나 그러지 않아도 돼. 일주일이나 2주 정도면 돼."

"이미 기분은 엿 같아."

"좋아." 그녀가 앞으로 몸을 기울이더니 그의 입에 길고 진한 키스를 했다. 눈물의 짠맛이 느껴졌다. 그러더니 갑자기 몸을 뒤로 뺐다. "작별 인사였어. 나중에 봐, 중위."

피터가 댐의 꼭대기로 이어지는 계단을 오르는 동안, 해가 막 떠오르기 시작했다. 숙취는 오랫동안 계속되었고, 뜨거운 옥상에서 망치를 휘두르며 하루를 보냈는데도 전혀 나아지지 않았다. 한 시간 정도 잠을 더 자고 할 수도 있었지만, 로어와 대화가 끝난 후 작업 현장에 출근 보고를 하기 전에 머리를 비우고 싶었다.

그가 꼭대기에 오르자 한 시간이면 햇빛에 날아가버릴 낮은 구름층에 가려진 채 동이 터왔다. 피터가 원정대를 떠난 이후 댐은 그에게 신앙과 같은 중요한 의미를 지닌 장소가 되었다. 홈랜드를 향한 운명적 출발을 앞두고 있을 무렵, 조카를 데리고 이곳에 왔다. 주목할 만한 특별한 일이 있었던 것은 아니었다. 조카와 그는 전망을 즐기고, 피터의 원정대에서 지내는 생활에 관해 이야기하고, 케일럽의 부모인 테오와 모스에 관한 이야기를 한 다음, 인공 호수로 내려가 수영을 즐겼다. 그때까지 케일럽은 수영해본 적이 없었다. 평범한 나들이였지만 그날 하루가 끝날 때쯤 무언가 일이 일어났다. 피터의 마음의 문이 열렸다. 당시에는 미처 몰랐지만 그 문의 먼 끝 쪽에는 새로운 존재의 방식이 기다리고 있었다. 피터는 조카의 아버지와 같은 책임을 짊어지게 된 것이다.

그건 사람들이 알고 있는 삶의 하나였다. 퇴역한 원정대 장교 피터 잭슨, 그는 목수가 되고 한 아이의 아버지가 되어 텍사스 커빌의 시민으로 돌아왔다. 다른 모든 이들이 사는 삶이었다. 만족과 고민이 있고, 오르막과 내리막이 있고, 들쭉날쭉한 날들이 이어지는 삶. 피터는 그런 삶을 살 수 있어 기뻤다. 케일럽은 이제 막열 살 소년이 되었다. 그 나이에 벌써 감시탑의 주자로 뛰어다니던 피터와는 달리, 아이는 어린 시절을 즐겼다. 아이는 학교에 다녔으며, 친구들과 놀았고, 가끔 불만을 토로하기는 했지만 별 잔소리를 하지 않아도 집안일을 곧잘 도왔다. 피터가 아이를 잠자리에 눕히고 나면 다음 날도 지난 하루와 같을 거라는 안도감에 꿈속으로 빠져들어 잠이 들었다. 케일럽은 잭슨가의 아이답게 또래보다 키가 큰 편이었다. 그리고 앳된 소년의 얼굴도 사라지고, 날이 갈수록 점점 더 테오를 닮아갔다. 아이의 부모에 관한 이야기는 더 이상 하지 않게 되었지만 말이다. 피터가 피하는 것이 아니라, 케일럽이 더 이상 묻지 않았다. 피터와 케일럽이 같이 살기 시작하고 6개월 정도 지난 어느 날 저녁, 둘은 체스를 두고 있었다. 아이가 다음 수를 어떻게 둘지 고민하며, 날씨를 물어보는 것처럼 아무것도 아닌 일인 양 가볍게 이야기를 꺼냈다. 아빠라고 불러도 돼요? 피터는 깜짝 놀랐다. 이런 일이 있을 것으로는 생각하지 못했기 때문이었다. 그랬으면 좋겠니? 피터가 물었고, 케일럽이 고개를 끄덕였다. 어, 어, 피터가 대답했다. 그래, 그러는 게 좋겠다.

그의 다른 삶에 대해서는, 피터는 그것이 존재한다는 것과 밤에 일어나는 일이라는 것 말고는 무엇인지 정확히 말할 수 없었다. 그 꿈들이 너무 생생했기에 그는 자신이 정말 다른 시간과 장소에 여행을 다녀온 것과 같은 기분과 함께 잠에서 깨고는 했다. 깨어 있는 시간과 잠들어 있는 시간이 마치 동전의 양면처럼 느껴졌고, 둘 다 그에게는 현실인 것 같았다.

이 꿈들은 다 뭐지? 어떻게 이런 꿈들을 꾸게 되는 거지? 내 심리적인 상태 때문인 거야, 아니면 나 아닌 외부의 무언가에 의해 꿈꾸게 되는 거야? 어쩌면 에이미로부터 오는 건가? 피터는 아이오와 철수 첫날 밤에 에이미가 그를 찾아왔던 걸 아무에게도 말하지 않았다. 그가 그러지 않은 데는 많은 이유가 있지만, 무엇보다도 그 자신이 그 모든 일이 실제로 일어났던 일인지에 대한 확신이 없었기 때문이다. 피터는 깊은 잠에서 깨어나 그 순간을 맞이했다. 사라와 홀리스의 딸이 추운 바깥에서 그의 무릎 위에 있었다. 그렇게 둘은 별들로 가득 찬 아이오와의 추운 하늘 아래에서 꼭 껴안고 잠들었다. 별이 너무 많아 자신이 마치 별들 사이를 떠다니는 것만 같았고, 거기에 에이미가 있었다. 그와 에이미 사이에 아무 말도 오가지 않았다. 사실 그럴 필요도 없었다. 둘의 손이 서로 맞닿는 것만으로 충분했다. 그 순간은 한참 계속되다 잠깐 사이에 끝이 났다. 다음 순간 피터의 눈에 들어온 건 에이미가 사라졌다는 거였다.

그가 역시 꿈을 꿨던 걸까? 상황은 그랬다. 모두 에이미가 경기장에서 죽었다고 믿었다. 트웰브를 죽인 폭발로 그녀도 죽었다고. 에이미의 흔적은 남아 있지도 않았다. 그럼에도 불구하고 에이미를 다시 만난 그 순간은 너무 생생하기만 했다. 가끔 피터는 에이미가 저기 어딘가에 아직 살아 있다는 생각이 들기도 했다. 그렇지만 다시 그런 생각에 서서히 의심이 들었다. 그리고 결국 그런 모든 의심은 혼자만 간직하게 되었다.

피터는 태양이 텍사스의 구릉지에 햇살을 흩뿌리는 모습을 한동안 서서 지켜보았다. 발아래로는 인공 호수의 수면이 거울처럼 고요하게 반짝였다. 숙취를 털어버리고 싶은 피터는 물에 뛰어들어 수영이라도 하고 싶었지만, 현장에 출근 보고를 하기 전에 케일럼을 학교에 데려다줘야 했다. 그는 그리 능숙한 목수가 되지는 못했다(여태껏 배운 거라고는 오직 하나뿐이었으니 그럴 만도 했다. 군인이 되는 법 말이다). 하지만 목수 일은 규칙적이었고 언제나 집 가까이에 머무를 수 있었다. 그리고 일감도 끊이지 않고 미친 듯 이어졌으니까. 주택사업국은 살아 움직이기만 한다면 모든 인간을 끌어모아야만 하는 상황이었다.

커빌은 더 이상 빈틈을 찾을 수 없을 정도로 미어터지고 있었다. 5만 명의 사람들이 아이오와로부터 커빌로 왔고, 불과 몇 년 만에 커빌의 인구는 두 배가 되었다. 그렇게 엄청난 수의 사람을 수용하는 건 절대 쉬운 일이 아니었고, 지금도 마찬가지로 만만치 않은 문제였다. 원래 커빌은 인구증가율 0퍼센트를 목표로 하는 곳이었다. 부부가 두 명 이상의 자녀를 갖게 되는 경우, 무거운 벌금을 내야만 했다. 자녀 중 하나가 성년이 될 때까지 생존하지 못하면, 부부는 세 번째 자녀를 가질 수 있지만, 그것도 아이가 열 살이 되기 전에 사망하는 경우에만 허용되었다.

그러나 아이오와로부터 사람들이 도착하기 시작하자 그런 개념마저도 모두 소용없게 되었다. 식량은 항상 모자랐고, 연료와 약품의 부족에 시달렸으며, 위생이 문제되었다. 너무 많은 사람이 아주 협소한 공간에 넘쳐나게 되자 온갖 병이 전파되었고, 양쪽 모두 넘치고도 남을 원망이 들끓었다. 급히 마련된 텐트로 지어진 수용 시설들이 처음 몇 번의 이주민들을 감당해냈다. 그러나 계속해서 사람들이 밀려들자 임시 수용 시설들도 빠르게 더러워지고 위생 상태가 엉망이 되고 말았다.

평생 강제 노동만 해오던 아이오와 사람들이, 모든 결정이 그들만을 위한 것은 아닌 사회의 삶에 적응하기 위해 고군분투했지만 — 가장 흔한 표현은 '홈랜더처럼 게으르다'였다 — 그와는 다르게 행동하며 살아가는 이주민들도 있었다. 그들은 야간 통행금지령도 위반하고, 덩크의 사창가와 도박장을 가득 메우고, 술을 마시며 도둑질과 싸움질을 하고 다녔다. 말 그대로 미친 듯이 날뛰었다. 이런 상황 속에서 주민 가운데 행복해 보이는 사람은 떼돈이라 할 정도로 엄청나게 벌고 있는 상인들뿐이었다. 그들은 먹을거리부터 붕대와 망치까지 암시장을 형성해 운영했다.

결국은 사람들이 장벽 밖으로 나가 정착하는 것에 대해 공공연하게 이야기하게 되었다. 지난 3년 동안 바이럴이나 드랙 혹은 도피가 한 마리도 눈에 띄지 않았을뿐더러, 장벽의 문을 개방해야 한다는 민간 정부에 대한 압력이 계속 가중되었다. 피터가 보기에도 사람들이 장벽 밖에 정착하기 위해 문밖으로 나가는 건 단지 시간문제일 것으로 보였다. 주민들 사이에서는 경기장에서 있었던 일들에 관한 이야기가 수천 개라 해도 과장이 아닐 정도로 여러 버전의 무용담으로 회자되었고, 어느 것 하나도 똑같은 이야기는 없었다. 어쨌든 가장 완고한 회의론자들조차도 모든 위협이 실제로 완전히 사라졌다는 주장만큼은 받아들이기 시작했다. 모든 사람 중에서 피터가 가장 먼저 동의해야만 했다.

피터는 도시를 내려다보기 위해 돌아섰다. 거의 10만 명에 육박하는 사람들. 한때는 이 많은 사람의 숫자에 놀라 뒤로 자빠질 뻔했던 적도 있었다. 그는 100명도 안 되는 사람들이 세상 전부인 작은 마을에서 자랐다. 장벽의 문에는 사람들을 농경 단지로 실어 나르기 위해 수송대가 모여들었고, 아침 대기 중에 디젤 연료를 태운 연기를 뿜어댔다. 곳곳에서 생명의 소리와 냄새가 났고, 도시가 기지개를 켜며 깨어났다. 산적한 문제들은 현실이지만, 눈앞에 보이는 모습에 비하면 사소한 것에 지나지 않았다. 바이럴들의 시대는 끝났고, 마침내 인류가 부활하고 있었다. 대륙은 승리를 상징했고, 커빌은 바로 이 새로운 시대가 시작되는 발원지였다. 그런데 왜 그렇게도 미약하고 위태로워 보이는 것일까? 그렇지만 않으면 모든 것이 밝고 희망차기만 한 여름 아침에, 댐 위에 선 그는 왜 내면에서 일어나는 불안과 의혹에 두려워서 떠는 걸까?

피터에게 '그래, 될 대로 돼라지'라는 생각이 들었다. 부모가 된다는 것이 가르쳐준 것이 하나 있다면, 원하는 모든 걸 걱정할 수는 있지만 그런다고 바뀌는 건 아무것도 없다는 것이었다. 그는 아이에게 점심을 싸줘야 했고, "잘 다녀와"라는 말을 해줘야 했으며, 땅과 씨름하는 단순한 일을 하며 하루를 정직하게 보내야 했다. 그리고 24시간 후에는, 그 모든 걸 다시 반복해서 해야만 했다. 서른이야, 그는 곰곰이 곱씹었다. 오늘 내가 서른이 됐어. 누군가 10년 전에 그에게 살아서 서른이 되고 아들을 키울 것 같냐고 물어봤다면 피터는 그런 걸 묻는 사람이 미쳤다고 생각했을 것이다. 그래 어쩌면 정말 중요한 건 그런 거였을 것이다. 어쩌면 살아남을 수도 있다는 것과 그래서 자신을 사랑해줄 사랑하는 누군가가 있을지도 모른다는 것, 그거면 충분했다.

피터가 사라에게 파티는 하고 싶지 않다고 말해뒀지만, 그래도 사라는 기어이 뭐라도 하기는 할 거였다. 결국 우리는 이 모든 걸 견뎌냈고, 서른이 되었다는 건 의미 있는 일이라고. 일 끝내고 집으로 와. 우리 친구들 다섯 명만 초대할 거야. 그러니까 부담 갖지 않아도 돼. 그는 학교에서 케일럽을 데리고 씻으러 집으로 갔고, 둘은 18시가 조금 지나서 사라와 홀리스의 아파트에 도착해 문을 열고 내키지 않았던 파티에 참석했다. 수십 명의 사람이 답답하고 작은 방 두 개에 꽉 들어차 있었다. 이웃들과 동료들, 케일럽의 친구 부모들, 피터와 함께 군대에서 복무했던 남자들로 시끌벅적했다. 심지어 단조로운 회색의 수녀복을 입은 페그 수녀도 다른 사람들과 마찬가지로 웃고 떠드는 중이었다. 문 앞에서 사라가 피터를 반기며 안고서 생일을 축하했고, 홀리스가 손에 마실 것을 쥐여주며 등을 두들겨댔다. 케일럽과 케이트는 뒤집어지다시피 깔깔거리며 웃고 있었다. 피터가 케일럽에게 물었다. "너 이거 알고 있었어?" "케이트, 너는 알았어?" "물론이죠! 우리는 다 알았어요!" 케일럽이 소리를 질렀다. "아빠, 아빠 얼굴 좀 보세요!" "그랬구나, 너 이제 큰일 난 거야." 피터가 화난 아빠처럼 말하기는 했지만, 그 역시도 웃고 있었다.

즐길 음식과 음료 그리고 케이크, 심지어 선물들도 준비되었다. 선물은 사람들이 만들거나, 큰 값을 들이지 않고 얻어 오거나 찾아서 들고 올 수 있는 것들이었다. 어떤 것들은 재미를 위해 장난으로 갖고 오기도 했다. 양말, 비누, 카드 한 벌과 커다란 밀짚모자와 같은 것들. 피터는 모두가 웃을 수 있도록 그 밀짚모자를 머리에 썼다. 사라와 홀리스는 그들이 함께한 여정을 기념하는 주머니나침판을 선물해줬는데, 홀리스는 따로 작은 강철 보온병을 피터에게 슬쩍 건네주었다. "이거 덩크의 최신 상품이야, 특별한 거라고" 하며 피터에게 윙크했다. "이걸 어떻게 구했는지는 묻지 마. 나는 아직 저쪽 암흑가에 친구들이 있잖아."

마지막 선물을 열어볼 때가 되었을 때, 페그 수녀가 피터에게 튜브에 둘둘 말아 넣어둔 커다란 종이 한 장을 건네줬다. "우리의 영웅, 생일 축하해요"라는 인사가 적혀 있고, 어떤 것은 읽을 수 있고 어떤 것은 알아보기 힘들었지만 고아원 아이들 모두의 사인으로 가득 채워져 있었다. 울컥한 피터는 나이 든 여자를 두 팔로 감싸 안아 두 사람 모두를 깜짝 놀라게 했다. "고마워요, 모두." 그가 말했다. "여러분 모두 고마워요."

파티가 끝났을 때는 거의 자정이 다 되었다. 케일럽과 케이트는 두 마리의 강아지처럼 몸이 포개진 채 사라와 홀리스의 침대에서 잠에 곯아떨어졌다. 홀리스가 뒷정리하는 동안 사라와 피터는 테이블에 앉아 있었다.

"마이클에게서 소식이라도 있어?" 피터가 사라에게 물었다.

"소식은 무슨, 아무 연락도 없어."

"걱정돼?"

사라는 짜증스러운 듯 인상을 쓰더니 어깨를 으쓱했다. "마이클은 마이클이야. 나는 보트에 관한 일이 이해가 안 되지만, 마이클은 자신이 하고 싶은 걸 하려고 하겠지. 로어가 마이클을 진정시켜서 정착할 줄 알았는데, 이미 가망이 없는 것 같아."

피터는 양심의 가책을 느꼈다. 불과 열두 시간 전에 로어와 함께 침대에 있었던 게 자신이었으니까. "병원에서 일하는 건 어때?" 이야기의 주제를 바꾸고 싶은 마음에 그가 사라에게 물었다.

"난리도 아니야. 나에게 아기 분만을 담당하게 했는데, 정말 엄청나게 많은 아기가 태어나고 있지. 제니가 나를 돕는 조수야."

사라는 그들이 홈랜드에서 찾은 군나르 아프가의 여동생을 얘기했다. 제니는 임신한 채 첫 이주 수송대와 함께 커빌로 돌아와서 무사히 출산 했다. 그녀는 1년 전에 다른 아이오와 주민과 결혼했는데, 피터로서는 그 남자가 아이의 친부인지는 알 수가 없었다. 많은 경우 이런 일들은 즉흥적으로 일어나고는 했으니까.

"제니가 오지 못해서 미안하다고 했어." 사라가 말을 이어갔다. "그녀에게 너는 정말 중요한 사람이라니까."

"내가?"

"사실 너는 정말 많은 사람에게 큰 의미를 갖게 됐어. 정말 얼마나 엄청나게 많은 사람이, 내가 너와 아는 사이인지를 묻는지 이루 말할 수가 없다니까."

"나 놀리는 거지? 장난치지 마."

"장난이라니? 너, 그 포스터 못 봤어?"

슬그머니 기분이 좋아지기는 했지만, 당황한 피터가 어깨를 으쓱해 보였다. "나는 목수일 뿐이야. 그렇다고 목수 일을 그다지 잘하지도 못하고. 지금 내 사정을 진짜 알고 싶다면 그렇다고."

사라가 웃었다. "이게 말이야 방귀야."

이미 통행금지 시간이 한참 지나 있었지만, 피터는 순찰대를 피해 가는 법을 알았다. 케일럽은 피터가 자신을 들어 올려 등에 업고 가는 동안 눈도 제대로 뜨지 못했다. 피터가 누군가 문을 두드리는 소리를 들은 건 아이를 침대에 막 밀어 넣고 난 후였다.

"피터 잭슨?"

문 앞에 서 있는 건 어깨에 원정대 견장을 단 군 장교였다.

"많이 늦은 시간인데, 아들은 자는 중이고요. 그래, 내가 어떻게 도와드리면 될까요, 대위?"

그가 피터에게 봉인된 종이 한 장을 내밀었다. "안녕히 주무십시오, 잭슨 씨."

피터가 조용히 문을 닫고, 선물로 받은 새 주머니칼로 종이를 봉인한 촛농을 떼어내고는 메시지를 읽었다.

잭슨 씨에게.

수요일 8시에 제 사무실로 전화를 부탁드려도 될까요? 잭슨 씨가 근무 현장에 늦게 도착하더라도 문제가 되지 않게 현장 관리자에게 일정에 대한 양해는 이미 구해놨습니다.

진심을 담아서

빅토리아 산체스

텍사스 공화국 대통령

"아빠, 군인이 왜 찾아왔던 거예요?"

케일럽이 주먹으로 눈을 비비며 어슬렁어슬렁 방으로 들어왔다. 피터는 메시지를 다시 한 번 읽어보았다. 산체스가 나에게서 뭘 원하는 걸까?

"아무것도 아니야." 피터가 아이에게 대답했다.

"군대로 돌아가는 거예요?"

피터는 아이를 쳐다봤다. 열 살짜리 꼬마 케일럽은 빠르게 크고 있었다.

"물론 아니지." 그가 대답하고는 종이를 옆으로 치웠다. "어서 침대로 돌아가서 자자."

3장

레드 존

텍사스 커빌로부터 서쪽 16킬로미터 지점

A.V. 101년 7월

'믿음이 있는 사람' 루시어스 그리어는 동틀 무렵 승강장에 자리를 잡았다. 그의 무기는 세밀하게 복원된 볼트 액션 .308로, 광을 낸 나무 개머리판과 광학 조준경이 장착되어 있었다. 오랜 세월에 광학 조준경의 렌즈가 뿌옇게 되기는 했지만, 아직 쓸 만했다. 그에게 남은 총알은 네 발뿐이었으며, 더 많은 물품을 거래하기 위해 커빌로 빨리 돌아가야만 했다. 하지만 58일째인 오늘 아침, 그런 건 걱정거리도 아니었다. 한 방이면 충분했다.

밤새 숲속 빈터에는 안개가 잔잔하게 내려앉았다. 그가 쳐놓은 덫이 — 으깨진 사과 한 양동이 — 바람이 불어오는 쪽으로 90미터 떨어진 곳, 키 큰 풀밭에 놓여 있었다. 루시어스는 다리를 아래로 접고 무릎에 총을 올려놓은 채 꼼짝도 하지 않고 숨어서 기다렸다. 신선한 사과의 단내는 참기 어려운 것이기에 그는 사냥감이 나타나지 않을 수 없을 것이라고 확신했다.

기다리는 시간의 무료함을 달래기 위해 그는 간단한 기도를 했다. 나의 하나님, 우주의 주인이시여, 나의 안내자가 되시고, 앞으로 당신을 따를 힘과 지혜를 주소서. 내게 필요한 것을 깨닫게 하시고, 내게 맡긴 일을 감당할 수 있게 하소서. 아멘.

무언가가 다가오는 중이었고, 루시어스는 이를 놓치지 않고 느낄 수 있었다. 그건 그의 심장 박동과 폐 속에 느껴지는 숨결 그리고 뼈의 움직임을 아는 것처럼 자연스럽게 알 수 있는 거였다. 인류 역사의 긴 여정이 마지막 시험의 시간을 앞두고 있었다. 그 시간이 언제가 될지는 모르지만 분명 오게 될 것이고, 전사들을 위한 시간이 될 것이다. 루시어스와 같은 사람들을 위한 시간.

홈랜드의 해방 후 3년이라는 시간이 흘렀다. 그에게 그날 밤의 기억은 아직도 의식 속에 아로새겨진 채 또렷했다. 혼란스러운 경기장과 모습을 드러낸 바이럴들. 저항군이 자신들의 화력을 빨간 눈들에게 쏟아부었고, 알리시아와 피터가 연단으로 다가가며 총을 뽑아 계속 쏘아댔다. 그리고 무력하게 쇠사슬에 묶여 있던 에이미가 자기 안에 감춰진 힘을 드러내며 포효하는 동시에 인간의 모습이 사라졌고, 그녀의 몸이 변하기 시작했다. 쇠사슬이 끊어지는 소리가 들렸다. 자유로워진 그녀는 번개처럼 빠르고 대담하게 괴물 같은 적들에게 달려들었다. 혼돈의 아수라장이 된 전투. 에이미는 트웰브 중 열 번째 마르티네스에게 제압당해 그의 밑에 깔렸다. 파괴의 밝은 섬광이 번쩍하고 빛을 발한 후, 모든 게 정적 속에 고요해지더니 온 세상이 조용해졌다.

이듬해 봄 루시어스가 커빌로 돌아왔을 때, 자신이 더는 사람들과 어울려 살 수 없다는 것을 깨달았다. 그날 밤의 의미는 분명했다. 그는 홀로 은둔자의 삶을 살도록 부름받은 것이다. 오직 자신을 자연의 품으로 이끄는 좀 더 깊은 무언가의 부름을 느끼기 위해 루시어스는 혼자 강가에 평범한 오두막을 지었다. 루시어스, 벌 거벗은 채 누워봐. 빚진 모든 것을 내려놓고, 나를 알기 위해 세상의 안락함 도 다 버려. 그는 등에 옷들과 칼 한 자루만을 짊어진 채 메마른 언 덕 속으로 그리고 그 너머로 모험을 떠났다. 따로 정해둔 목적지 는 없었고, 삶의 진정한 모습을 찾을 수 있기를 희망했다. 음식을 제대로 먹지 못한 지 며칠째였다. 발은 찢어져 피가 흐르고, 갈증 에 입 안의 혀가 말라붙었다. 수 주일이 지나는 동안, 오직 방울뱀 들과 선인장 그리고 타는 듯한 태양만이 그를 반겼다.

루시어스는 환각 상태에 빠지기 시작했다. 여러 그루의 사와로 선인장들이 차렷 자세로 줄지어 서 있는 군인들처럼 보였다. 아무 것도 없는 곳에 물이 가득 찬 호수가 나타나고, 죽 늘어선 산들은 멀리 있는 장벽에 둘러싸인 도시로 보였다. 그는 이런 것들이 모 두 가짜라는 걸 알지 못한 채 환영들을 아무 생각 없이 받아들였 다. 그가 환영들을 모두 진짜라고 믿었기에 환영들은 진짜가 되었 다. 마찬가지로 그의 머릿속에서 과거와 현재가 뒤섞였다. 때때로 원정대 소령 루시어스 그리어였다가, 어떤 때는 영창에 갇힌 죄수 이기도 했으며, 또 다른 때는 젊은 신병이었다. 심지어 어린 시절 소년의 모습까지 뒤죽박죽이었다.

몇 주 동안 계속 여러 세상을 경험하는 상태로 여기저기를 헤매 고 다녔다. 그러던 어느 날 눈을 뜬 그는 작열하는 정오의 태양 아 래 도랑에 누워 있는 자신을 발견했다. 긁히고 염증에 헐어 생긴 상처투성이의 몸은 기괴할 정도로 수척해진 상태였다. 손가락마 다 피투성이에, 손톱이 빠져버린 것도 있었다. 무슨 일이 일어났 던 거지? 내가 내 몸을 이렇게 만든 거야? 루시어스는 아무것도 기억하지 못했다. 오직 한밤중에 갑자기 그에게 찾아온 경악할 모습에 대한 기억 말고는 아무 생각도 나지 않았다.

루시어스는 환상vision을 본 것이다.

그는 북쪽으로 걸어가야 한다는 것 말고는 지금 어디에 있는지 감각조차 없었다. 여섯 시간 후 자신이 커빌로 가는 길 위에 있다는 걸 알았다. 무엇보다도 배고픔에 미칠 것 같았지만, 해가 지기 전까지 계속 걸어 마침내 빨간 X자 표식을 발견했다. 하드박스는 식량과 물, 옷과 연료, 무기와 탄약으로 가득했고, 심지어 발전기도 있었다. 개중에서도 그의 눈에 가장 반가운 건 험비였다. 그는 상처를 씻어 깨끗이 한 다음 푹신한 간이침대에서 그날 밤을 보냈다. 아침에 일어나 차량에 연료를 채우고, 배터리를 충전하고, 타이어에 공기도 보충한 후 다음 날 아침 커빌에 도착할 때까지 동쪽으로 향했다.

오렌지 존의 가장자리에 이르자 험비를 버리고 걸어서 도시로 들어갔다. 그는 H타운의 어두운 방에서 이름도 모르는 남자들에게 하드박스에서 가져온 카빈 소총 세 자루를 팔고, 말 한 마리와 필요한 물품들을 샀다. 자신의 오두막에 돌아왔을 때는 밤이 깊어가고 있었다. 흙으로 다져진 바닥의, 방이 하나뿐인 그의 오두막은 미루나무와 늪지참나무 사이에 얌전하게 자리하고 있었다. 그 모습을 보자 집에 돌아왔다는 생각에 루시어스의 마음이 따뜻해졌다. 얼마나 오랫동안 집을 떠나던 걸까? 몇 년 아니 수십 년은 된 것만 같았지만, 사실 몇 달 정도였다. 시간이 지나 루시어스는 집에 왔다.

그는 말에서 내려 말을 묶어두고 오두막으로 들어갔다. 솜털 같은 먼지와 나무 잔가지들이 쌓여 있는 침대가 그가 집을 비웠던 부재의 시간을 그대로 그려내 보였다. 그래도 채워진 게 별로 없던 내부는 달라진 것이 없었다. 그는 등의 불을 밝히고 테이블에 앉았다. 발밑에는 물건들을 담아 온 더플백duffle bag*이 놓여 있었다. 안에는 레밍턴 한 자루와 탄창 한 상자, 새 양말들, 비누, 면도칼 하나, 손거울, 깃펜 여섯 개, 듀베리 잉크 세 병 그리고 두꺼운 섬유질의 종이들이 들어 있었다. 그는 강으로 가 대야에 물을 채워 집으로 돌아왔다. 거울에 비친 그의 모습은 그가 예상했던 것만큼 충격적이었다. 뺨은 깊게 파였고, 두 눈은 두개골 안으로 쑥 들어갔다. 피부는 그을리고 물집이 생겼으며, 머리는 미친 남자처럼 헝클어졌다. 얼굴 아래쪽은, 쥐 한 가족이 옹기종기 즐겁게 살아가도 좋을 만큼 자라난 수염으로 완전히 덮여 있었다. 그는 이제 겨우 쉰두 살이 되었을 뿐인데, 거울 속 남자는 예순다섯은 족히 되어 보였다.

루시어스는 속으로 '글쎄 나이도 많고 몸도 망가진 내가 다시 군인이 되려면 무슨 역할을 하게 될지 잘 생각해봐야 하겠는데'라고 생각했다. 루시어스는 꼴이 최악인 머리와 수염을 잘라내고, 면도기와 비누로 말끔히 면도했다. 그는 대야의 비눗물을 문밖에 쏟아버리고, 펜과 종이를 준비해놓은 테이블로 돌아와 앉았다.

루시어스는 두 눈을 감았다. 그의 마음속에 그려지는, 그날 밤 도랑에서의 모습은 사막을 헤매는 동안 줄곧 그를 따라다니던 환영과는 달랐다. 그건 살아 있는 기억에 가까웠다. 그는 그 장면의 세세한 모습에 집중했다. 그의 마음의 눈이 떠오른 시야 속을 하나하나 헤집고 다녔다. 내가 이런 미숙한 아마추어 같은 솜씨로 그런 엄청난 광경을 그려낼 수 있을까? 하지만 그는 기억하고 그

---

* 무명실이나 삼실로 두껍게 짠 군대용 혹은 캠핑용의 큰 자루.

려내야만 했다.

그는 그림을 그리기 시작했다.

풀숲에서 부스럭거리는 소리가 들렸고, 루시어스는 조준경에
눈을 갖다 댔다. 네 마리가 보였다. 녀석들은 흙을 파헤치며 코를
쿵쿵거리고 꿀꿀거렸다. 암퇘지 세 마리와 면도날처럼 날카롭고
큰 엄니를 가진 붉은 갈색의 수퇘지다. 70킬로그램짜리 야생 돼
지가 그의 사냥감이었다.

그가 총을 쐈다.

암퇘지들은 놀라 흩어졌지만, 수퇘지는 비틀거리며 앞쪽으로
나오더니 깊은 경련으로 몸을 떨다가 앞다리의 무릎이 꺾이며 주
저앉았다. 루시어스는 다시 조준경으로 그 모습을 겨누었다. 첫
번째보다 더 심한 경련이 일었고, 짐승은 옆으로 쓰러졌다.

루시어스는 잽싸게 사다리를 내려와 수퇘지가 쓰러져 있는 풀
밭으로 갔다. 그는 녀석을 방수포 위로 굴려 올리고는 수목 한계
선까지 끌고 갔다. 곧이어 두 뒷다리를 함께 감아 둘러 묶고, 갈고
리를 건 다음 끌어 올리기 시작했다. 수퇘지의 머리가 그의 가슴
높이까지 올라오자 밧줄을 묶어두었다. 그러고는 녀석의 아래에
양동이를 놓고, 칼을 꺼내 멱을 따버렸다.

거세고 뜨거운 핏줄기가 양동이 속으로 떨어지며 튀었다. 아마
도 빼낸 피가 4리터는 될 것 같았다. 녀석의 피를 다 빼내고 나서
루시어스는 피를 플라스틱 통에 쏟아부었다. 그가 녀석을 손질할
시간이 더 있었다면 그는 수퇘지의 내장을 다 걷어내고 적당한 크
기로 해체해 거래를 위해 훈제했을 것이다. 하지만 58일째가 되
었고, 루시어스는 길을 떠나야만 했다.

그는 짐승의 사체를 땅에 내려놓은 후 — 적어도 코요테들에게는 좋은 일이 될 것이다 — 오두막으로 돌아왔다. 인정할 수밖에 없었다. 그의 집은 미친 사람이 사는 곳처럼 보였다. 루시어스가 처음으로 펜을 잡은 지 2년이 조금 더 지났고, 벽들은 그가 수고한 결과물로 뒤덮였다. 그는 잉크에서 숯, 흑연 연필 그리고 심지어 큰 비용이 드는 페인트까지 사용했다. 어떤 것들이 다른 것들보다 낫기는 했다. 순서대로 놓고 보면 예술가로서 그의 느린 그리고 때때로 좌절감을 느낄 정도로 서투른 자체 교육의 흔적을 찾아볼 수 있었다. 그러나 최고의 작품들은 루시어스가 온종일 머릿속에서 이리저리 고민한 이미지를, 노래를 부르는 것만 빼고는 떨쳐낼 수 없는 음표들처럼 만족스럽게 담아냈다.

그의 그림을 본 건 마이클이 유일했다. 루시어스는 모두와 거리를 두고 지냈는데, 그와 거래하는 로어의 친구를 통해 마이클이 추적해 찾아왔다. 1년 좀 더 전의 어느 날 저녁, 루시어스가 자신이 쳐놓은 덫들을 확인하고 돌아오는 길에 낡은 픽업트럭 한 대가 집 마당에 주차된 것을 보았다. 열려 있는 짐칸 꼬리에 마이클이 앉아 있었다. 그리어가 마이클을 알고 지낸 수년 동안, 마이클은 온순해 보이는 소년에서 한창 물이 오른 잘 다듬어진 미끈한 남성의 표본 같은 남자로 변했다. 강하면서 선명하고 매끈한 이목구비에, 눈가에서는 단호함마저도 느껴졌다. 코에 한 방을 날리면서 시작해 지옥같이 바뀌어버리는 바에서의 싸움 같은 때라면 의지할 만한 동료와 같은 모습이었다.

"맙소사, 그리어." 마이클이 말했다. "꼴이 그게 뭐예요, 말이 아니잖아요. 여기서 환대받으려면 어떻게 해야 하는 거예요?"

루시어스가 병을 받아 들었다. 처음에는 마이클이 원하는 것이 무엇인지 분명하지 않았다. 일정한 직업도 없이 자기 자신 안에 고립된 것처럼 보이는 마이클은 마치 루시어스가 되어 있는 것만 같았다. 마이클은 절대로 침묵을 지키며 조용히 있는 법이 없었다. 아주 삐딱하고 어설프게 들리기는 했지만, 아이디어와 가설들과 다양한 계획들이 그의 입에서 총알처럼 쏟아져 나왔다. 그만의 팽팽한 긴장감은 여전했다. 마이클의 머리에 손을 갖다 대면 손이 뜨겁게 달궈질 것만 같았다. 하지만 마이클은 말할 수 없는 무언가를 곱씹기라도 하는 듯 좁은 우리 안에 갇혀 있는 것과 같은 어두운 느낌을 풍기고 있었다.

　루시어스도 마이클이 정유소 일을 그만뒀고, 로어와도 헤어졌으며, 배 같은 것을 만들어서 멕시코만으로 끌고 나가 항해하며 그의 시간 대부분을 보내고 있다는 얘기를 듣기는 했다. 마이클은 아무것도 없는 망망대해에서 무엇을 찾고 있는 건지 절대 말하지 않았고, 루시어스도 애써 알려고 하지도 않았다. 마이클은 세상을 등진 자신의 은둔 생활을 어떻게 설명하려고 했을까? 하지만 두 사람은 그날 저녁 함께 어울려, 덩크의 비밀 주조법 No. 3 한 병을 마시며 점점 더 취해갔고 — 당시 루시어스는 술을 즐겨 마시지는 않았고, 그에게 술은 용매제로나 쓸모가 있었지만 — 루시어스는 마이클이 단지 다른 사람과 함께 있고 싶은 단순하고 인간적인 이유로 자신을 찾아왔다고 생각했다. 결국 두 사람 모두 아무도 돌보지 않는 땅에서 같이 시간을 보냈다. 마이클이 정말 원했던 건 아마도 헛소리를 할 만큼 하고 진정됐을 때, 그가 무슨 일을 겪고 있는지 이해해주는 누군가와 함께하는 몇 시간이었다. 그건 모두가 기뻐서 춤추고, 아기를 낳고, 죽음이 사람을 지옥으로 데려가려고 나무에서 내려와 낚아채 가지 않는 세상을 축하할 때, 혼자가 되고 싶은 내면 깊숙한 곳으로부터 일어나는 충동이었다.

　한동안 둘은 다른 사람들의 소식을 나누었다. 병원에서 일하고 있는 사라의 이야기와 홀리스가 난민 수용소에서 나와 오랫동안 기다려온 자신들의 보금자리로 이사한 일, 로어가 정유소의 관리 팀장으로 승진한 것과 피터가 원정대를 나와 케일럽과 집에 함께 머무르고 있는 것, 그리고 당연한 일이었지만, 유스터스가 원정대를 그만두고 니나와 함께 아이오와로 돌아가기로 한 일……. 겉으로는 낙관적이고 기분 좋은 유쾌함이 둘 사이의 대화를 매끄럽게 빛나게 했고 대화가 상당히 진지하고 깊어갔지만, 그래도 루시어스는 어리석은 실수를 하지 않았다. 그들이 일부러 꺼내 언급하지 않고 있는 이름들이 계속 그들 대화의 수면 아래 감추어진 채 맴돌고 있었다.

　루시어스는 누구에게도 에이미 — 오직 그만이 알고 있는 진실을 — 얘기를 하지 않았다. 알리시아의 일에 대해서는 루시어스가 말해줄 수 있는 것이 없었다. 그리고 이건 다른 사람들도 마찬가지였다.

　알리시아는 아이오와의 거대한 광야 속으로 흔적도 없이 사라져버렸으니까. 그 당시만 해도 루시어스는 크게 걱정하지 않았다. 알리시아는 오랫동안 아무런 귀띔도 없이 보이지 않다가 갑자기 번쩍하고 돌아오는 혜성과 같았으니까. 하지만 아무리 시간이 흘러도 그녀의 소식이나 흔적을 찾을 수조차 없었다.

　알리시아가 사라질 당시, 마이클은 깁스도 모자라 다리가 슬링에 묶여 침대에 꼼짝없이 갇혀 있었고, 루시어스는 친구의 눈이 그녀의 부재로 인해 폭탄을 찾고 있는 긴 도화선처럼 불안하게 타오르는 것을 보았다. 당신은 이해하지 못해요. 화가 난 마이클이 정말 침대에서 몸을 방방 뛰며 루시어스에게 말했다. 이번은 다른 때와는 다르다고요. 루시어스는 굳이 그를 반박하려고 하지 않았고 ─ 그녀는 확실히 아무도 필요로 하지 않았다 ─ 깁스를 풀고 열두 시간 뒤 마이클이 말에 안장을 얹고 눈 폭풍 속으로 알리시아를 찾겠다고 나가는 걸 막으려 하지 않았다. 이미 많은 시간이 흐른 점과 정작 마이클 자신은 제대로 걷기도 힘들었다는 점을 감안하면 이해하기 어려운 행동이었다. 하지만 마이클은 마이클이었다. 사람들은 마이클을 말리지 않았다. 알리시아가 떠난 게 마치 자신만을 위한 메시지라도 되는 것처럼 구는 마이클의 모든 행동에는 이상할 정도로 개인적인 무언가가 있었다. 주변 160킬로미터 지역을 다 뒤지고 다닌 뒤, 닷새가 지나 마이클이 몸이 반쯤 얼어붙은 모습으로 돌아왔다. 마이클은 그날은 물론이고 그날 이후로도 알리시아의 일에 대해서 아무 말도 하지 않았다. 그녀의 이름조차 입에 올리지 않았다.

그들은 모두 알리시아를 사랑했지만, 루시어스는 어떤 사람들은 마음을 알 수 없고 헤어지기 위해 존재한다는 걸 알았다. 알리시아는 하늘로 솟은 듯 흔적도 없이 사라졌고, 3년이 지난 지금, 루시어스의 마음속에 드는 의문은 그녀가 어떻게 되었는지가 아니라 애초에 그녀가 그곳에 정말 있었는지에 대한 것이었다.

마이클이 밤새 그를 괴롭힌 마지막 이야기를 뒤늦게 꺼낸 건, 이미 자정이 한참 지난 시간, 마지막 잔을 주고받은 후였다.

"정말 다 사라졌다고 생각하세요? 드랙들 말이에요."

"왜 물어보는 거지?"

마이클이 한쪽 눈썹을 치켜올렸다. "글쎄요, 어떻게 생각하세요?"

루시어스는 대답을 신중하게 고민했다. "자네도 거기에 함께 있었고, 그곳에서 일어난 일을 다 봤잖아. 트웰브를 죽이면 나머지도 다 죽는다. 내가 틀리지 않았다면 그건 자네의 생각이었어. 자네의 생각을 바꾸기에는 늦은 거 같은데."

마이클은 시선을 돌리고는 아무 말도 하지 않았다. 루시어스의 대답에 만족한 걸까?

"가끔 저와 배를 타러 가요." 마이클의 표정이 좀 밝아지며 마침내 입을 뗐다. "배를 타고 바다로 나가는 거 정말 좋아하시게 될 거예요. 진짜 크고 넓은 세상이 보이거든요. 그런 거 본 적이 없으실 거예요."

루시어스가 미소를 지어 보였다. 마이클의 고민거리가 무엇이든 간에 그는 아직 그것에 대해 얘기할 준비가 되지 않았다.

"생각해보도록 할게."

"초대라고 생각해주세요." 마이클이 몸의 균형을 잡기 위해 한 손으로 테이블 가장자리를 붙들고 일어섰다. "와우, 저 완전히 취한 거 같아요. 괜찮으시다면 저는 가서 속을 게워내고 나서 트럭에 가서 기절하고 자야 할 것 같아요."

루시어스가 손짓으로 그의 작은 간이침대를 가리켰다. "원하면 자네가 침대를 써도 괜찮아."

"친절하시네요. 하지만 제가 소령님과 좀 더 친해지고 나서요. 지금은 그러면 안 될 거 같아요."

마이클이 비틀거리며 문으로 가서 거의 감기다시피 한 눈으로 루시어스의 작은 방을 쭉 둘러보았다.

"소령님, 그림을 꽤 잘 그리시네요. 흥미로운 그림들이에요. 기회가 되면 나중에 저에게 설명 좀 해주세요."

그게 전부였다. 다음 날 아침 루시어스가 일어났을 때, 마이클은 이미 떠나고 보이지 않았다. 그는 마이클을 또 볼 수 있을 것으로 생각했지만, 마이클은 더 이상 그를 찾아오지 않았다. 루시어스는 그가 찾던 답을 찾은 거라고 생각했다. 아니면 루시어스에게서는 그가 찾던 답을 얻을 수 없다고 생각했거나. 정말 다 사라졌다고 생각하세요……? 루시어스가 마이클의 질문에 사실을 대답해줬더라면 그의 친구는 뭐라고 했을까?

루시어스는 이런 당혹스러운 생각을 치워버렸다. 그는 야생 수퇘지의 피가 들어 있는 통을 오두막 그늘 속에 놓고 언덕을 따라 강으로 걸어 내려갔다. 과달루페강 물은 언제나 차가웠지만, 그중에서도 더 차가운 곳이 있었다. 강물이 돌아 굽이쳐 휘어가는 곳에 깊은 구멍이 있는데 ─ 바닥까지 깊이가 6미터쯤 되었다 ─ 천연 샘물이 솟아났다. 하얀 석회암의 높은 강둑이 그 가장자리를 두르고 있었다. 루시어스가 장화와 바지를 벗더니 제자리에 고정시켜놓은 밧줄을 붙잡고 깔끔하게 멋진 호를 그리며 물속으로 뛰어들었다. 몸이 아래로 내려갈 때마다 물이 더 차가워졌다. 무거운 캔버스 천으로 된 배낭은 물살로부터 보호된 채 돌출부 아래에 그대로 고정되어 있었다. 루시어스는 배낭의 손잡이에 밧줄을 묶은 후 잡아당겨 배낭을 돌출부에서 빼내고는 가슴에 꽉 차 있는 공기를 내뱉으며 물 위로 올라갔다.

그는 반대편 강가로 올라가 얕은 곳을 찾아 하류로 걸어 내려가다가 다시 강을 건너 석회암 벽의 꼭대기로 향하는 길을 따라갔다. 그곳에서 그는 가장자리에 앉아 손에 밧줄을 잡고 배낭을 끌어 올렸다.

루시어스는 다시 옷을 입고는 배낭을 메고 오두막으로 돌아왔다. 집에 와서는 테이블에 배낭에 들어 있던 것들을 꺼내 올려놓왔다. 여덟 개의 통이 나왔고, 전부 34리터의 피가 들었다. 그건 대략 성인 여섯 명 정도의 몸을 돌고 있는 혈액의 양과 같았다.

일단 강물에서 꺼낸 이상 그의 전리품들은 빠르게 상할 것이다. 그는 통들을 한데 묶고 그의 물품들, 즉 3일 치의 식량과 물, 소총과 탄약, 칼, 랜턴, 튼튼한 밧줄을 모아 방목장으로 옮겼다. 아직 아침 7시도 안 되었는데 벌써 태양이 이글이글 타올랐다. 그의 말에 안장을 얹은 후, 총을 총집에 밀어 넣고 나머지는 말의 기갑 위에 매달아놓았다. 루시어스는 침낭을 갖고 다니지 않았다. 그는 밤새 말을 타고 가 60일째 아침이면 휴스턴에 도착할 것이다.

발뒤꿈치로 말의 옆구리를 툭툭 두드리자 말이 출발했다.

4장

멕시코만
갤버스턴섬 남동부에서 남쪽으로 22해리

04시 30분, 마이클 피셔는 얼굴을 때리는 빗방울에 잠이 깼다.

그는 채광창에 등을 기대어 몸을 일으켰다. 별은 보이지 않았지만, 동쪽으로 수평선과 구름 사이에 폭 좁은 도랑물이 흐르듯 새벽빛의 기운이 맴돌고 있었다. 공기는 아주 고요했지만, 오래가지는 못할 거였다. 공기의 냄새를 맡은 마이클은 폭풍이 들이닥칠 거라는 걸 알았다.

그는 반바지의 단추를 풀고 골반을 선미 너머로 쭉 내밀고는 멕시코만의 바닷물 속으로 만족스러운 양의 소변 줄기를 길게 뿜어냈다. 배고픔 따위는 무시하라고 스스로에게 가르쳐오기도 했고 특별히 배가 고프지도 않았지만, 잠시 아래로 내려가 단백질 가루 한 묶음을 섞어 꿀꺽꿀꺽 여섯 번에 나누어 목뒤로 넘겨버렸다. 마이클이 틀린 게 아니라면 (그런 적이 거의 없기도 하지만) 아침은 그 나름의 흥분을 안겨다 줄 것이고, 그 흥분을 맞이하는 최상의 방법은 배를 가득 채우는 것이다.

그가 갑판으로 돌아온 건 막 번개가 수평선을 번쩍 가르며 찢어놓았을 때였다. 15초 후, 마치 심술궂은 신이 목청을 가다듬는 것처럼 길게 구르는 큰 소리가 들려왔다. 바람도 제멋대로 몰려오는 돌풍을 따라 더 강해졌다. 비가 본격적으로 내리자 마이클은 자동 조향 장치를 풀고 키의 손잡이를 주먹으로 꽉 움켜쥐었다. 뜨겁고 바늘로 찌르듯 아픈 열대의 비는 순식간에 그를 흠뻑 적셔버렸다. 날씨에 관한 한 마이클은 어떤 강한 호불호를 갖고 있지는 않았다. 다른 모든 것들이 그런 것처럼 날씨는 날씨일 뿐이고, 그것이 마침내 그를 침몰시키고 말 폭풍우라면 글쎄, 그건 마이클이 원했던 게 아닐 뿐이다.

정말? 혼자서? 저걸 타고서? 미쳤어? 가끔 이런 질문은 호의적으로 진심 어린 걱정을 드러내는 것이기도 했다. 심지어 완전히 낯선 사람들조차도 마이클이 배를 타는 것을 그만두게 하려고 했다. 그러나 그렇게 말하는 사람들은 대개 이미 그에 대해서 체념하고 있었다. 만약 바다가 마이클을 죽음으로 몰아넣지 않는다면 장벽이, 즉 대륙을 에워싼 바다 위에 떠다니는 폭발물들로 이루어졌다는 저지선이 그를 죽일 것으로 생각했다. 제정신인 사람이라면 누가 그런 운명을 위험을 무릅쓰고 시험해보려고 하겠어? 그것도 아니 왜 지금, 지난 36개월 동안 바이럴 한 마리도 보이지 않는데 왜? 하나의 대륙이 잠들지 못하고 불면에 시달리는 영혼 하나가 방랑하며 돌아다니기에 부족하다는 거야?

좋아, 하지만 모든 선택이 논리적인 건 아니잖아. 많은 선택이 직감에 따라 이루어진다고. 마이클의 본능은 바다에 떠다니는 폭발물들로 가로막는 저지선 따위는 없다고, 존재하지도 않았다고 말하고 있었다. 그는 지난 100년 동안 인류가 되풀이해온 말, 역사를 향해 가운데 손가락을 빳빳하게 치켜들어 욕을 날렸다. 난 싫어, 절대 안 돼, 나 말고 네가 계속 앞에 가보라고. 그게 아니면 러시안룰렛 방아쇠를 당기는 거지. 마이클의 가족사를 돌이켜 보면 그게 반드시 문제 되는 게 아니기도 했다.

부모의 자살은 떠올리기도 싫은 일이었기에 아예 생각조차 안 했다. 그러나 마음속 어느 한구석에서는 그날 아침의 사건들이 영화처럼 끊임없이 되풀이되며 스쳐 지나갔다. 그들의 공허한 잿빛의 얼굴과 목에 감겨 있던 팽팽한 밧줄들. 그것들은 삐걱거리는 작은 소음을 만들어냈다. 축 늘어진 그들의 몸은 완전히 텅 빈 듯 보였다. 피가 고여 터질 듯 부풀어 오른 까만 발을 처음 본 마이클은 상황이 이해가 안 돼 어리둥절할 뿐 어떤 반응도 보일 수 없었다. 그는 족히 30초가량 부모의 시체를 바라보며 눈에 보이는 데이터들을 분석하려고 했다. 데이터들은 그가 하나로 조합해내기 힘든 일련의 단어들이 공중에 둥둥 떠다니는 것만 같았다. 엄마, 아빠, 교수형, 밧줄, 헛간, 사망. 열한 살짜리 소년의 머릿속에서 엄청난 공포가 폭발하기도 전에 그는 앞으로 뛰쳐나가 부모의 몸을 위로 밀어보려고 팔로 그들의 다리를 재빨리 들어 올렸다. 그러는 동안 그는 계속 사라의 이름을 부르며 도와달라고 고함을 쳐댔고, 사라가 마이클을 돕기 위해 뛰어왔다. 그들의 부모는 죽은 지 이미 꽤 오랜 시간이 지나 있었다. 그래도 누군가는 시도해봐야 했다. 마이클은 많은 삶이 회복할 수 없는 것을 회복해보려고 애쓰다가 끝난다는 것을 알게 되었다.

그래서 바다를 택했고, 그 혼자 바다 위에서 방랑하는 중이었다. 바다가 말하자면 그의 집이 된 거였다. 그의 보트 이름은 노틸러스였다. 마이클은 오래전 성소에서 지낸 어린 시절에 읽었던 책에서 그 이름을 가져왔다. 해저 2만리. 누렇게 변한 종이 표지 안에 헐거워진 페이지들이 삐죽삐죽 튀어나와 있었다. 표지에 보트와 해저용 탱크를 섞어놓은 것 같은 장갑을 두른 괴상한 선박이 커다란 외눈박이 바다 괴물의 빨판이 달린 촉수에 휘감겨 있는 그림이 그려진 책이었다. 책의 세세한 이야기를 잊어버리고 한참이 지난 후에도, 그의 망막에 박혀버린 표지의 이미지는 오랫동안 계속 기억 속에 남아 있었다. 2년간의 계획과 실행 그리고 단순하고 오랜 추측의 과정을 거쳐 배의 이름을 정해야 했을 때, 노틸러스라는 이름이 자연스럽게 어울려 보였다. 마치 그때를 위해 그의 머릿속에 그 이름을 저장해뒀던 것처럼 느껴졌다.

선미에서 제1사장 bowsprit*까지 11미터로, 흘수는 1.8미터, 주돛 하나와 앞 돛 하나에다가 작은 선실도 하나 있었다(마이클은 항상 갑판에서 잠을 자기는 했지만). 마이클은 샌 루이스 해협 근처의 보트 야적장에서 여전히 받침대에 세워져 창고에 처박혀 있던 노틸러스를 찾아냈다. 폴리에스테르 수지로 만들어진 선체는 튼튼했지만, 나머지는 엉망진창이었다. 갑판은 썩었고, 돛은 낡아 분해되었으며, 금속 부품들은 쓸 수 없을 정도로 약해진 상태였다. 달리 말해 일등 배전 및 발전 기사이며 일등 정유공인 마이클에게는 완벽한 물건인 셈이었다. 그는 한 달 만에 정유소를 그만두고, 5년 동안 쓰지 않고 놔두었던 월급을 모두 현금으로 찾아, 필요한 도구들과 자신을 도와줄 사람을 하나 고용하여 샌 루이스로 향했다. 정말? 혼자서? 저걸 타고서? "물론이지." 마이클은 테이블 위에 자신의 설계도를 펼쳐 보이며 그 모든 질문에 그렇게 대답했다.

---

* 앞 돛대의 밧줄을 묶도록 돛단배의 이물에 돌출한 장대.

지난 구세계의 불씨가 꺼지고 그렇게 오랜 세월이 지난 후에, 마이클이 남아 있는 기계 장치들을 갖고 문명의 불빛을 다시 밝히려 수고한 결과, 결국 그를 사로잡은 게 인류 문명이 가졌던 추진력 중 가장 오래된 형태라는 사실이 얼마나 아이러니한지……. 불어온 바람이 돛의 가장자리를 따라 뒤로 소용돌이치며 보트가 영원히 채워놓으려 했던 진공 상태를 만들어냈다.

항해할 때마다 마이클은 좀 더 오래, 좀 더 멀리, 좀 더 미친 듯이 바다로 항해를 떠났다. 처음에는 해안을 따라다니며 요령을 익히고 익숙해지는 데 집중했다. 해안을 따라 북동쪽으로는 기름으로 뒤덮인 뉴올리언스까지 갔는데, 그곳은 화학적 악취가 나는 기분 나쁜 증기가 강물을 따라 가득한 곳이었다. 남쪽으로는 활석처럼 하얀 모래가 길고 거칠게 펼쳐진 파드리 아일랜드까지 갔다. 그의 자신감이 커져가면서 항해 경로도 확장되어갔다. 가끔 그는 시대에 맞지 않는 인류의 흔적을 발견하기도 했다. 모래톱들을 따라 쌓여 있는 녹슨 잔해 더미들, 파도에 까닥까닥 일렁이는 플라스틱들이 만들어낸 가짜 환상 산호도, 끊임없이 흘러나오는 침전물의 유막들 위에 버티고 있는 버려진 석유 굴착 장비들.

하지만 마이클은 곧 이 모두를 뒤로하고 그의 배를 몰아 광대하게 펼쳐진 바다의 심장부 속 깊숙이 나아갔다. 바다가 믿을 수 없을 정도로 깊어지며 물빛이 짙어졌다. 육분의로 태양을 겨누고 몽당연필을 들고 자신의 항해 경로를 계획했다. 그리고 어느 날 문득 자신의 발밑 바다의 수심이 1킬로미터가 되고도 남을 거라는 생각이 들었다.

폭풍이 몰아치던 아침은 마이클이 바다에 나온 지 42일째 되는 날이었다. 그의 계획은 정오까지 자유 무역항에 도착해 물품들을 보충한 후 일주일 정도 쉬고 — 그는 정말 몸무게를 좀 늘려야 할 필요가 있었다 — 다시 출발하는 거였다. 물론 로어와의 다툼도 피할 수 없을 것이고, 그건 항상 마음 불편한 일이었다. 로어가 나에게 말을 붙이기나 할까? 그냥 멀리서 나를 빤히 쳐다보기만 하려나? 로어에게 벨트를 붙잡힌 채 막사로 끌려가 한 시간 동안 분노에 가득 찬 섹스를 하게 된다면 나의 이성적 판단과는 달리 거부하지 못하게 될까? 마이클은 무슨 일이 있을지 그리고 그 일이 자신의 기분을 더 망쳐놓을지 알 수가 없었다. 그는 로어의 마음을 아프게 한 나쁜 놈이거나 그녀의 침대 위에 누워 있는 위선자이거나, 둘 중 하나였다. 그가 설명할 말을 찾지 못한 것은 그녀가 그 무엇과도 관계없었기 때문이다. 노틸러스 때문도, 그가 혼자 있기를 원했기 때문도, 혹은 그녀가 모든 면에서 충분한 자격이 있음에도 그가 그녀를 사랑할 수 없기 때문도 아니었다.

종종 그랬듯 그의 생각은 그가 알리시아를 마지막으로 본 때로 돌아갔다. 그가 아는 한 그게 누군가가 알리시아를 본 마지막 순간이었다. 그녀는 왜 그를 선택했던 걸까? 알리시아는 사라를 비롯한 다른 이들이 홈랜드를 떠나 커빌로 돌아가기 전 아침에 병원으로 그를 보러 왔다. 마이클의 기억에 그게 몇 시였는지는 확실하지 않았다. 그는 자다가 깨어 침상 옆에 그녀가 앉아 있는 것을 보았다. 그녀는 이런……, 하는 표정을 하고 있었다. 그는 그녀가 잠든 자기 모습을 보며 한동안 그곳에 그렇게 계속 앉아 있었다는 것을 깨달았다.

— 리시?

그녀가 미소를 지었다.

— 안녕, 마이클.

그게 다였다, 적어도 다음 30초 동안은. 몸은 좀 어때? 혹은 그렇게 깁스하고 있으니 조금 웃긴다. 혹은 그들이 어릴 때부터 서로에게 퍼부었던 수많은 가시 돋친 말 가운데 어느 한마디와 같은 말도 없었다.

— 나를 위해서 뭐 좀 해줄 수 있어? 부탁이 있거든.

— 알았어, 뭔데.

하지만 고민이 계속 이어졌다. 알리시아가 시선을 돌렸다가 다시 그를 쳐다봤다.

— 우리 오랫동안 친구였어, 그렇지?

— 그렇지, 그가 말했다. 확실히 우린 오랜 친구야.

— 진짜, 너는 항상 똑똑했어. 너 기억나…… 그러니까, 그게 언제였는지? 난 기억이 잘 나지는 않지만, 우리가 그냥 어린애들이었을 때야. 내 생각에는 피터와 아마 사라도 있었던 것 같아. 어느 날 밤, 우리 모두 다 같이 몰래 장벽에 갔었는데 네가 이런 말을 했어. 진짜 엄청난 이야기였다고, 정말! 장벽의 전등에 어떻게 불이 들어오는지, 터빈과 배터리와 다른 나머지 것들 모두에 대해서 말이야. 그때까지만 해도 나는 전등에 불이 저절로 들어오는지 알고 있었을걸? 진심으로 내가 바보같이 느껴졌다니까.

당황한 마이클이 어깨를 으쓱해 보였다.

— 내가 좀 잘난 체했던 거 같아.

— 이런, 사과하지 마. 그때 난 이렇게 생각했거든, 쟤는 정말 뭔가 달라. 언젠가 우리에게 도움이 필요할 때, 쟤는 곤경에 빠진 우리를 구해줄 거야.

마이클은 뭐라고 말해야 할지 몰랐다. 그는 아직 그렇게 삶에 지치고 짓눌려 있는 사람을 본 적이 없었기 때문이다.

— 리시, 내게 부탁할 일이라는 게 뭐야?

— 너에게 부탁을?

— 네가 나의 도움이 필요하다고 했잖아.

마이클의 질문이 이해가 안 되는지 그녀가 인상을 찌푸렸다.

— 내가 그렇게 말했나 보다, 그렇지?

— 리시, 너 괜찮아?

알리시아가 의자에서 일어났다. 마이클은 무슨 말을 해야 할지 모르면서도 막 뭔가 다른 말을 하려는데, 알리시아가 몸을 앞으로 숙이더니 그의 머리를 옆으로 넘기고 이마에 입을 맞췄다. 그는 깜짝 놀라고 말았다.

— 몸조심해, 마이클. 나를 위해 그렇게 해줄 거지? 여기서는 네가 필요할 거야.

— 왜? 너는 어디 다른 데라도 가?

— 그냥 약속해줘.

그리고 그때였다. 그가 그녀를 잃어버린 순간이. 3년이 지난 지금도 마치 때에 맞춰 딸꾹질하는 것처럼 그는 그걸 계속 반복하고 있었다. 그녀가 그에게 영원히 떠날 거라고 말하던 순간, 그리고 그가 그녀를 그곳에 잡아두기 위해 할 수 있었던 말 한마디. 리시, 너를 사랑하는 사람이 있어. 나, 마이클. 나는 너를 사랑해, 지금까지도 그랬고 앞으로도 계속 그럴 거야. 그러나 그 말들은 그의 입과 뇌 중간 어디쯤에서 마구 뒤엉켜버렸고, 말할 기회를 놓치고 말았다.

— 알았어.

— 그래, 그녀가 말했다. 그러고는 떠났다.

하지만 마이클이 바다에 나온 지 42일째 되는 날 아침에 불어닥친 폭풍이, 이런 생각에 빠져 있던 그의 주의를 돌려놓기는 했다.

하지만 그가 점점 거칠어지는 바다와 완전히 시커멓게 변한 하늘 그리고 거세지기만 하는 바람에 집중해 대처하도록 하는 데는 실패하고 말았다. 눈 깜짝할 사이 귀청을 찢어놓는 천둥과 비를 가득 머금은 거대한 돌풍이 거대한 손바닥처럼 배를 후려치며 급격히 한쪽으로 기울어뜨렸다. 와우, 엄청나군. 마이클이 채광창 위를 기어오르며 생각했다. 이런 젠장. 돛의 높이를 낮춰 바람을 받는 면적을 줄이기는 이미 늦었다. 할 수 있는 건 돌풍에 정면으로 맞서는 것뿐이었다. 그는 주 돛을 조종하는 아딧줄을 팽팽하게 당기고는 배를 바람 가까이 몰아갔다. 하늘에서 비가 억수같이 퍼붓는 가운데, 선수로 물이 쏟아져 들어오며 하얀 거품을 일으켰다. 전압이 흐르는 공기가 하얗게 환해졌다. 그는 마닐라삼으로 만든 밧줄의 뒷줄을 이로 물고 할 수 있는 데까지 최대한 끌어당긴 다음, 도르래 아래에 끼워 넣었다.

됐어, 그는 생각했다. 어쨌든 너 이 녀석, 내가 오줌을 지리게 만들었어. 네가 얼마나 대단한지 어디 한번 보자, 이 자식아.

그리고 그는 폭풍 속으로 돌진했다.

여섯 시간 후, 승리감에 가슴이 벅차오른 그가 모습을 드러냈다. 폭풍우가 지나간 자리에 손바닥만 하게 파란 하늘이 틈을 비집고 나왔다. 그는 자신이 어디에 있는지 알 수 없었다. 계획한 경로에서 한참 벗어난 것은 확실했다. 유일하게 해볼 수 있는 건 서쪽으로 나아가 그가 어디에 발을 딛게 되는지 보는 거였다.

두 시간 후 긴 회색의 모래사장이 눈에 들어왔다. 그는 파도를 타고 해안으로 다가갔다. 갤버스턴섬. 오래된 방파제의 잔해들을 보고 단박에 알아챘다. 해가 높이 떴고, 바람도 좋았다. 남쪽으로 방향을 돌려 자유 무역항으로 가야 할까? 집, 저녁 식사, 진짜 침대다운 침대 그리고 다른 것들 말이야. 아니면 다른 선택을 해야 하나? 하지만 아침에 겪은 일들이 이런 상황에 대해 우울할 정도로 무기력하게 만들었기에 부적절한 결론인 것으로 보였다.

그는 휴스턴 선박 수로를 돌아보기로 마음먹었다. 그날 밤은 그곳에 배를 정박하고 보낸 다음, 아침에 자유 무역항으로 가려고 하는 것이다. 마이클은 갖고 있던 자신의 해도를 살펴보았다. 좁은 물줄기가 섬의 북쪽과 볼리바르반도 사이를 가르며 흘렀다. 갤버스턴만의 반대쪽, 폭이 32킬로미터에 이르며 북동쪽 끝에서 깊은 강어귀로 이어지는 거의 원형에 가까운 내포*에는 조선소와 화학 공장들의 잔해들이 줄지어 늘어서 있었다.

순풍을 타고 만 안으로 들어갔다. 해안의 갈색 파도와는 달리 만 안쪽의 녹색 빛이 감도는 물은 반투명할 정도로 맑았다. 수면 아래를 가르고 나가는 물고기들의 어두운 형체가 들여다보일 정도였다. 해안선은 곳곳이 커다란 잔해 덩어리로 가득했지만, 다른 곳은 누가 말끔히 씻어 문질러놓은 것처럼 깨끗해 보였다.

마이클이 강어귀에 다다랐을 즈음에는 오후 햇살이 저물어가기 시작했다. 수로에 있는 크고 어두운 형체가 눈에 들어왔다. 그가 가까이 다가가자 그 모습이 선명하게 보였다. 길이가 수백 걸음은 되는 거대한 배였다. 배는 해협을 가로지르는 현수교의 두 기둥 사이에 끼어 있었다. 배를 몰아 좀 더 가까이 다가가 보았다. 배는 선수가 아래로 박힌 채 좌현 쪽으로 약간 기울어졌고, 거대한 프로펠러의 꼭대기가 흘수선 바로 위로 드러난 상태였다. 좌초

---

* 바다나 호수가 육지 안쪽으로 휘어져 들어간 부분.

된 건가? 저게 어떻게 저 자리에 갈 수 있는 거지? 어쩌면 그가 이곳에 다다르게 된 것과 마찬가지로, 조수에 의해 볼리바르 수로를 통과해 끌려 들어왔을지도 모르는 일이었다. 녹이 뚝뚝 떨어지는 선미에 배의 이름과 등록소가 적혀 있었다.

베르겐스피요르드
오슬로, 노르웨이

마이클은 노틸러스를 가장 가까운 현수교 기둥 옆에 갖다 댔다. 그렇지, 사다리. 그는 배를 묶고 돛을 내린 다음 쇠 지렛대와 랜턴과 각종 도구 그리고 90미터 길이의 두꺼운 밧줄 두 개를 가지러 아래로 내려갔다. 마이클은 챙긴 물건들을 배낭에 넣고, 갑판으로 돌아와 심호흡하고서 사다리를 오르기 시작했다.

그는 높이 같은 건 크게 신경을 쓰지 않았다. 그것 말고는 별다른 게 없었다. 이미 정유소에서 일하며 지상에서 한참 떨어진 높은 곳에서 종종 일해왔던 그였고 — 안전벨트를 매고 정유탑 꼭대기에서 녹을 쪼개고 제거했었다 — 시간이 지나자 그 일을 하는 데 마이클은 점점 대담해졌다. 동료들이 아는 한 정말 그랬다. 하지만 그런 작업에 대한 경험이 있다는 건 지금까지 마음을 안정시키는 효과 정도만 있을 뿐이었다. 가까이에서 살펴보니 콘크리트 기둥에 박혀 있는 사다리의 철제 가로대는 아래에서 본 것과 달리 절대 튼튼하지 않았다. 일부 가로대들은 전혀 제자리에 박히지도 않은 것처럼 보였다. 꼭대기에 거의 다 이르렀을 때는 그의 심장이 마치 목구멍 뒤를 꽉 틀어막고 있는 것처럼 느껴졌다. 그는 현수교의 차도 위에 등을 대고 누운 채로 숨을 쉬며 다리의 가장자리 너머를 바라보았다. 베르겐스피요르드호의 갑판까지는 아래로 45미터는 될 듯 보였다. 아니면 그보다 더 될 수도 있을 것 같았고. 맙소사.

그는 난간에 밧줄을 묶고 밧줄이 베르겐스피요르드호의 갑판까지 내려가는 모습을 지켜보았다. 발을 사용해 내려가는 속도와 자세를 조절해야 할 것 같았다. 그게 요령이었다. 밧줄을 두 손으로 꽉 움켜쥔 채 난간에 서서 몸을 뒤쪽에 기대고 침을 꿀꺽 삼키고는 발을 뗐다.

그러고는 다음 0.5초 동안 인생 최대의 실수를 했다고 생각했다. 정말 말도 안 되는 멍청한 짓을 한 거야! 마이클은 갑판 위에 돌덩어리처럼 곤두박질칠 것만 같았다. 하지만 그 순간 그의 발이 밧줄을 찾아 필사적으로 휘어 감았다. 마이클은 손을 번갈아 옮기며 아래로 내려갔다.

배가 일종의 화물선이었을 것으로 생각한 마이클은, 배의 조타실로 이어지는 금속 계단이 개방된 선미를 향했다. 계단의 꼭대기까지 올라간 그는 문을 찾았지만, 손잡이는 움직일 생각을 하지 않았다. 그는 쇠 지렛대로 문의 손잡이를 뽑아내고, 잠금장치 안쪽으로 드라이버를 집어넣었다. 드라이버를 이리저리 조금 움직여대자 자물통 안의 쇠붙이들이 딸깍거리는 소리가 들렸다. 지렛대를 한 번 더 쓰자 문이 활짝 열렸다.

곧바로 눈물이 핑 돌 만큼 독한 암모니아 냄새로 가득한 악취가 조타실을 꽉 메우고 있었다. 한 세기 동안 아무도 숨 쉬어본 적이 없는 공기였다. 수로가 내려다보이는 넓은 창 아래에는 각종 스위치와 다이얼, 여러 평면 디스플레이와 컴퓨터 자판이 널린 배의 제어판이 있었다. 제어판을 마주 보고 있는 등받이가 높은 의자 세 개 중 하나에 시체가 있었다. 죽은 이의 몸은 지나간 세월 동안 곰팡이가 피고 너덜너덜한 누더기가 된 옷에 둘러싸인 갈색의 오물 덩이처럼 쪼글쪼글해진 상태였다. 셔츠의 어깨 부분에는 세 개의 줄무늬가 있는 군대 스타일의 견장이 붙어 있었다. 마이클의 생각에 그는 고급 선원인 것 같았다. 어쩌면 그가 바로 선장이었는지도 모를 일이었다. 그의 사망 원인은 즉시 알아볼 수 있었다. 그의 머리에 마이클의 손가락 끝 정도 크기의 구멍이 하나 보였는데, 총알이 뚫고 들어간 자리였다. 남자의 오른팔이 늘어져 있는 자리의 아래에는 리볼버 권총 한 자루가 떨어져 있었다.

마이클은 갑판 아래에서 다른 시체들도 찾았다. 거의 모두가 자신들의 침대에 누운 상태 그대로였다. 그는 머뭇거리지 않고 시체들의 숫자를 셌다. 모두 42구의 시체가 있었다. 그들 모두 자살한 건가? 흐트러짐 없이 누워 있는 시체의 모습으로 봐서는 그런 것 같았지만, 어떻게 자살한 건지는 확실히 알 방법이 없었다. 마이클은 전에도 이런 모습을 본 적이 있다. 하지만 이렇게 많은 숫자도 아니었고, 이렇게 모두가 한곳에 모여 있지도 않았다.

배의 아래쪽으로 내려가던 중 그는 다른 방들과는 조금 다른 방을 하나 발견했다. 방 안에는 침대가 한두 개 정도가 아니었다. 수많은 좁은 침대들이 칸막이벽에 이층 침대 정도의 높이로 달려 있었고, 공간은 좁은 복도를 사이에 두고 양쪽으로 나누어진 모습이었다. 선원들의 숙소인가? 많은 침상이 비었는데, 그가 찾아낸 시체는 발가벗은 채 아래쪽 침상의 좁은 공간에 팔다리가 서로 뒤엉켜 있던 시체 두 구를 포함해 총 여덟 구였다.

그 방은 다른 방들보다도 더 어수선하고 복잡했다. 썩은 옷가지들과 잡동사니들이 바닥을 대부분 뒤덮었고, 이층 침상 옆의 벽들은 빛이 바랜 사진들과 종교적 형상들 그리고 엽서들로 요란하게 꾸며져 있었다. 사진들 가운데 하나를 떼어내 들고 있던 랜턴의 불빛에 비춰 보았다. 검은 머리의 여자가 아이를 무릎에 안고서 카메라를 바라보며 웃는 모습이었다.

뭔가가 그의 시선을 사로잡았다. 화장지처럼 얇은 커다란 종이 한 장이 칸막이벽에 테이프로 붙어 있었다. 종이의 꼭대기에는 화려한 서체로 "인터내셔널 헤럴드 트리뷴International herald tribune"이라고 쓰여 있었다. 마이클은 테이프를 떼어내고, 종이를 침상 위에 펼쳐놓았다.

위기에 처한 인류

전 세계 사망자 수가 증가함에 따른 위기의 심화
모든 대륙에 바이러스의 치명적 확산
바이러스 감염을 피해 달아나는 사람들로
항구와 국경마다 인산인해
유럽의 대규모 정전 사태로 혼란에 빠진 주요 도시들

로마(AP), 5월 13일. 이스터바이러스Easter Virus가 무서운 기세로 확산됨에 따라 화요일 밤 세계가 혼돈의 벼랑 끝에 서게 되었다. 질병이 급속도로 확산하는 중이라 사망자의 수를 추산하기가 어렵지만, 유엔 보건 당국자는 수억 명에 이를 것으로 보고 있다.

2년 전 북미 대륙을 전멸시켰던 바이러스의 변종으로서, 공기로 전파되는 바이러스가 59일 전에 중앙아시아의 코카서스 지역에서 발견되었다. 보건 당국자들이 바이러스의 출처를 밝히고 효과적인 치료법을 찾기 위해 고심 중이다.

세계보건기구 제네바 본부의 집행이사회 의장인 매들린 듀플레시스는 "현재로서 우리가 말할 수 있는 건, 이 병원체가 비정상적으로 매우 강력하고 치명적이라는 것과, 이환율Morbidity rates*이 100퍼센트에 매우 가까워지고 있다는 것입니다"라고 말했다.

북아메리카의 변종과는 달리 이스터바이러스는 신체적 접촉이 없어도 사람끼리 전파되며, 먼지나 호흡기 비말에 붙어 상당히 먼 거리까지 퍼질 수 있다. 이 때문에 많은 보건 당국자들은 이스터바이러스를 무려 5000만 명의 목숨을 앗아간 1918년 스페인 독감의 유행과 흡사하다고 말한다. 많은 도시의 당국자들이 공공장소에 사람들이 모이는 것을 금지했음에도 바이러스의 확산을 막지 못했던 것과 마찬가지로 여행 금지 조치도 바이러스의 확산을 막는 데 거의 아무런 효과를 보이지 못하고 있다.

이탈리아의 보건부 장관 빈첸초 몬티는 시간을 연장하면서까지 이어진 언론 브리핑에서 "우리는 상황을 통제하지 못할 위기에 처했다"라고 말했으며, 그가 언론 브리핑을 하는 동안 방안 곳곳에서는 기침 소리가 들렸다. "사람들이 실내에 머무르는 것의 중요성은 아무리 강조해도 지나치지 않습니다. 아이들과 성인 그리고 노인, 그 누구도 이 잔인한 전염병의 감염 위험으로부터 안전하지 않습니다. 이 전염병으로부터 살아남는 유일한 방법은 병에 걸리지 않는 것뿐입니다."

폐를 통해 흡수된 이스터바이러스는 호흡기와 소화 기관을 공격하며 빠르게 인체의 방어 체제를 무력화한다. 초기 증상으로

---

* 일정 기간 내에 해당 질병에 걸리는 환자의 수를 1000명, 1만 명 또는 10만 명 등, 단위 인구수를 기준으로 하여 비율로 표시하는 것.

는 예후가 경미하거나 전혀 없는 상태에서 방향 감각의 상실, 발열, 두통, 기침 그리고 구토 등이 나타난다. 병원체가 몸에 완전히 퍼지면 감염자는 일반적으로 대량의 체내 출혈을 경험하게 되고 36시간 이내에 사망에 이른다. 일부 사례에 있어서는 건강한 성인이 감염 두 시간 만에 사망한 경우가 보고되기도 했다. 드물게 감염자 중에는 눈에 띄게 현저한 공격성의 증가를 포함하는 북아메리카 변종의 변형 효과를 보이기도 했지만, 이들 중 36시간을 넘기고도 살아남은 사람이 있는지는 알려지지 않았다.

듀플레시스는 기자들에게 "이러한 사례는 드물게 발생하는 것으로 보인다"라고 말했다. "이 사람들은 왜 다른지에 대해서, 현재로서는 우리가 알 방법이 없습니다."

세계보건기구의 관계자들은 이 전염병이 2년 전 6월 UN에 의해 취해진 국제적 격리 조치에도 불구하고 항공기와 선박을 통해 북미 대륙으로부터 유입됐을 가능성을 의심하고 있다. 이 병원체의 기원에 대한 또 다른 가설들에는, 이 전염병이 나타나기 직전 우랄산맥 남쪽 지역에서 몇몇 명금songbird*들의 대량 멸종으로 이어진 폐사와 관련된, 조류 기원설이 포함된다.

듀플레시스는 "우리는 모든 가능성을 다 들여다보고 있으며, 모든 방법을 다 동원할 것입니다"라고 말했다.

세 번째 가설은 전염병의 급속한 확산이 테러리스트들의 소행이라는 것이다. 전 미국 국토안보부 장관이자 런던으로 망명한 미국 정부의 요인인 인터폴 사무총장 하비에르 카브레라는 기자들에게 다음과 같이 말했다. "수사가 계속되기는 하지만, 현재 우리가

---

* 고운 소리로 우는 새.

알고 있는 조직이나 개인 중에서 이 사태에 대해 자신들의 소행임을 주장하고 있는 이들은 없습니다." 카브레라는 계속해서, 190개 국가가 회원으로 가입된 국제 법집행기구는 어떠한 테러 단체나 후원국이 이러한 바이러스를 만들어낼 만한 능력을 보유한다는 증거를 갖고 있지 않다고 말했다.

그는 "여러 어려움에도 우리는 전 세계의 법집행기관들 및 정보기관들과 협력하여 활동을 계속하고 있습니다"라고 말했다. "현 사태는 국제적인 대응이 필요한 전 세계의 위기입니다. 신뢰할 만한 증거가 나온다면, 우리가 가해자들이 법의 심판을 받도록 할 것이라는 사실을 확실히 약속드립니다."

현재 전 세계 대부분 국가가 일종의 계엄령하에 놓인 상황이다. 리우데자네이루, 이스탄불, 아테네, 코펜하겐, 요하네스버그와 방콕 및 다른 많은 도시에서 격렬한 전투 상황이 보고되는 가운데, 이미 수백 개의 도시가 폭도들의 수중에 떨어졌다. 한편 UN은 헤이그에 있는 본부에서 열린 긴급회의에서, 날로 증가하는 폭력 사태에 대응하는 데 있어 각국이 과도한 무력 사용을 자제할 것을 강력히 촉구하였다.

안윤대 UN 사무총장은 성명을 통해 "지금은 인류가 우리 스스로에게 등을 돌릴 때가 아닙니다"라고 밝히며 다음과 같이 말했다. "우리의 보편적 인류애가 이 어두운 시대에 우리를 이끌어가게 해야만 합니다."

유럽 전역에 걸쳐 발생하고 있는 정전 사태가 구호 활동에 지속적인 걸림돌로 작용하며, 혼란을 키우고 있다. 화요일 밤 현재, 정전으로 인해 멀리 북쪽으로는 덴마크로부터 남부 프랑스와 북부 이탈리아에 이르기까지 어둠 속에 갇혀 있다. 또한 이와 비슷한 정전 사태가 아시아 대륙과 일본 그리고 서부 오스트레일리아에서도 보고되고 있다.

지상 통신선 및 무선 통신망 또한 악영향을 받아 많은 도시와 마을들이 외부 세계와 연락이 단절된 상태다. 모스크바에서는 미처 손쓸 겨를도 없이 도시 대부분을 잿더미로 만들고 수천 명의 목숨을 앗아간 화재의 원인으로, 물 부족과 강풍이 지목된다.

한 목격자는 "모든 것이 사라졌습니다. 더 이상 모스크바는 존재하지 않습니다"라고 말했다.

또한 대규모 자살과 소위 '죽음 예찬자 집단'들에 관한 보고가 증가하고 있다. 월요일 이른 시각, 취리히에서 의심스러운 냄새에 대한 신고를 받고 출동한 경찰관들이 한 창고에서 아이들과 영아들을 포함해 2500명의 시신을 발견하기도 했다. 경찰 발표에 따르면, 이 집단은 강력한 바르비투르산염인 세코바르비탈을 분말 과일 음료와 섞어 치명적인 칵테일을 만들어 사용했다고 한다. 거의 모든 희생자가 자발적으로 약물을 복용한 것으로 나타났지만, 시신 중에는 발목과 손목이 결박당한 경우들도 있다고 한다.

언론과의 인터뷰에서, 취리히 경찰서장인 프란츠 샤츠는 희생자들 발견 당시의 현장 모습을 가리켜 "입에 담기도 어려운 공포"의 한 장면으로 설명하였다.

샤츠는 "도대체 그들이 어떤 절망감에 휩싸였기에 본인들의 생명뿐만 아니라 자신들의 자녀 목숨마저 희생시키기로 했는지, 상상되지 않습니다"라고 말했다.

전 세계적으로 어마어마한 수의 사람들이 전례 없는 위기의 상황 속에서 심리적 안정과 위로를 찾고자 예배당이나 중요한 종교적 장소들로 몰려들고 있다. 이슬람 최고의 성지 메카에는, 고통을 더욱 가중하는 식량과 물의 부족에도 불구하고, 수백만의 사람들이 계속해 몰려든다. 로마에서는 교황 코르넬리우스 2세가 화요일 저녁 관저 발코니에서 사람들에게 "당신의 삶을 전능하고 자비로운 신의 손에 맡기십시오"라고 권유하며 신자들에게 설교했다. 당시 여기에 참석한 많은 목격자의 말에 의하면 교황은 병에 걸린 것으로 보였다고 한다.

종소리가 도시 전체에 울려 퍼지자 교황은 "지금의 나날들이 인류의 마지막이 되어야만 하는 것이 신의 뜻이라면, 우리 모두 평화와 용납하는 마음으로 우리의 천부님을 만나도록 합시다. 여러분 자신을 절망에 내주지 마십시오. 우리의 천부께서는 살아 계시며 사랑이 많으신 하나님이시기에 그분의 자녀들은 태초부터 그분의 자비로운 손에 이끌려 평안을 얻어왔으며, 세상이 끝날 때까지도 그분의 평안이 함께하실 것이기 때문입니다."

사망자 수가 증가함에 따라 보건 당국자들은 제대로 매장되지 못한 시신들에 의해 감염의 확산 속도가 빨라질 것을 우려하고 있다. 늘어나는 사망자 숫자에 대응하기 위해 유럽의 많은 지역 당국자들은 대형 집단 매장지를 활용 중이다. 이와 다른 지역들은 바다를 집단 매장지로 활용하며, 사망자의 시신을 화물차를 이용해 해안 지역으로 옮기고 있다.

그러나 유족들 가운데 많은 이들이 이용이 가능한 조그만 땅만 있으면 모든 위험을 무릅쓰고 사랑하는 가족을 직접 매장하는 상황이다. 전 세계의 도시들 가운데 가장 전형적인 사례로 꼽히는 곳은, 유럽의 가장 유서 깊은 공원 가운데 하나인 프랑스의 불로뉴 숲으로 현재 이곳에는 수천 개의 무덤이 있다.

서른여섯 살의 제라르 보네르는 여섯 시간 간격으로 숨진 아내와 아들을 위해 새로 판 무덤가에서 "이게 내가 가족을 위해 할 수 있는 마지막 일입니다"라고 말했다. 공무원들에게 알리려는 노력이 헛수고로 끝나자 자신을 세계은행의 간부라고 밝힌 보네르는 이웃들에게 아내와 아들의 시신을 옮기고 무덤을 파는 것을 도와달라고 부탁했고, 그는 무덤을 가족사진들과 아들이 좋아하던 장난감인 앵무새 인형으로 표시해놓았다.

"지금 내가 바라는 건 가능한 한 빨리 아내와 아들의 곁으로 가는 겁니다. 이제 우리에게 뭐가 남아 있죠? 죽는 거 말고 우리가 할 수 있는 게 뭐가 있냐고요?"

마이클은 자신이 기사를 끝까지 다 읽었다는 사실을 깨닫는 데 잠시 시간이 걸렸다. 자신의 몸무게마저도 느끼지 못할 만큼 몸이 마비된 것 같았다. 그는 종이에서 눈을 떼고 마치 자신이 오해한 것이라고, 모두 다 거짓말이라고 말해줄 사람을 찾는 듯 객실 안을 쭉 둘러보았다. 그러나 아무도 없었고, 시체들만이 보였으며, 베르겐스피요르드호의 무게 때문에 삐걱거리는 소리만이 들려올 뿐이었다.

맙소사, 마이클에게 이 말밖에는 생각나는 것이 없었다.

세상에는 우리뿐이야.

5장

16번 침대의 여자가 소란을 피우고 있었다. 진통이 올 때마다 그녀는 남편에게 얼굴이 붉어질 만한 욕을 퍼부었다. 설상가상으로 그녀의 자궁 경부는 2센티미터밖에 열리지 않은 상태였다.

"좀 진정하도록 해봐, 마리." 사라가 그녀에게 말했다. "악쓰고 고함을 지른다고 나아지지는 않아."

"야," 마리가 남편에게 빽 소리를 질렀다. "이게 다 너 때문이잖아, 이 자식아!"

"어떻게 좀 해줄 수 있는 게 없을까요?" 마리의 남편이 사라에게 물었다.

사라는 그가 아내의 고통을 덜어달라고 부탁하는 건지, 아니면 입 닥치고 조용히 있게 해달라는 건지 확실히 알 수가 없었다. 마리 남편의 잔뜩 주눅이 든 표정으로 보아 그녀의 그런 언어폭력은 어제오늘의 일이 아니라는 게 짐작됐다. 마리의 남편은 밭에서 일하는 근로자였는데, 사라는 그의 손톱 밑에 초승달 모양으로 먼지가 끼어 있는 것을 보고 알았다.

"아내에게 숨 좀 쉬라고 말해줘요."

"이걸 뭐라고 해?"마리는 양 볼을 부풀리더니 빈정대는 듯 숨을 두 번 내쉬었다.

아, 진짜 이 여자 망치로 쥐어패고 싶네. 사라가 속으로 그렇게 중얼 거렸다. 그러면 효과가 있을 텐데.

"제발, 저 여자에게 입 좀 닥치고 있으라고 해요!"폐렴을 앓고 있는 옆 침대의 노인이 소리를 질렀다. 그러나 노인의 호소는 발 작하듯 터져 나오는 젖은기침으로 끝나고 말았다.

"마리, 지금 당신이 정말 나에게 협조를 잘해줬으면 좋겠어요." 사라가 말했다. "당신이 여기 다른 환자들까지도 화나게 만들고 있어요. 그리고 지금 당장은 내가 할 수 있는 게 아무것도 없어요. 현재는 어떻게 되는지 두고 보며 기다려야만 해요."

"사라?"사라의 뒤에서 제니가 다가왔다. 제니의 머리는 비스듬 히 삐뚤어졌고, 그녀의 이마는 땀으로 번들거렸다. "여자가 한 명 왔는데, 배가 상당히 많이 불렀어요."

"잠깐만." 사라가 단호한 표정으로 마리를 쳐다봤다. 더 이상은 안 돼, 이제 그만해. 경고였다. "이해했죠?"

"알았어요." 마리가 씩씩거리면서 대답했다. "당신 좋을 대로 해요."

사라는 제니를 따라 입원실로 갔고, 그곳에는 새로 온 여자가 들것에 누워 옆에 서 있는 남편의 손을 꼭 잡고 있었다. 여자는 사 라가 보통 보아온 환자들보다 좀 더 나이가 들었는데 마흔 정도쯤 으로 보였다. 핼쑥하고 고생을 많이 한 듯한 얼굴에, 치열도 고르 지 못했다. 그녀의 길고 축축한 머리 사이로 헝클어진 회색의 희끗희끗한 머리카락들도 보였다. 사라는 빠르게 그녀의 차트를 읽어 내렸다.

"히메네스 부인, 저는 닥터 윌슨입니다. 지금 36주 차인데, 맞나요?"

"잘 모르겠어요. 그쯤 되었을 거예요."

"출혈이 있은 지 얼마나 되셨어요?"

"며칠 됐어요. 양이 얼마 되지 않았는데, 오늘 아침에 안 좋아지더니 통증이 오기 시작했어요."

"아내에게 더 빨리 왔어야만 했다고 말했어요." 그녀의 남편이 설명했다. 그는 짙은 파란색의 작업복을 입고 있는 덩치가 큰 사람이었는데, 손이 어찌나 큰지 곰의 발처럼 보였다. "저는 직장에 있었어요."

사라는 여자의 심박수와 혈압을 체크하고, 옷을 들어 올린 후 배를 지그시 누르고 만져가며 촉진해봤다. 여자가 통증을 느꼈는지 몸을 움츠렸다. 사라는 손을 좀 더 아래로 옮겨 여기저기를 만지며 태반 분리가 일어난 곳을 찾았다. 그때 사라는 어린 10대 둘이 조금 떨어진 곳에 앉아 있는 것을 발견했다. 사라는 여자의 남편과 시선을 교환했지만, 달리 말하지는 않았다.

"출생 증명서를 갖고 있습니다." 남자가 긴장한 듯 말했다.

"그건 나중에 걱정하도록 해요." 사라는 가운에서 청진기를 꺼내 은색 디스크를 그녀의 배 위에 갖다 대고, 한 손을 들어 조용히 해달라고 손짓했다. 빠르게 딸깍거리는 강한 소리가 그녀의 귀에 분명하게 들렸다. 사라는 태아의 심박수를 차트에 기록했다. 118bpm, 아직은 크게 걱정할 정도는 아니었다.

"됐어. 제니, 산모를 수술실로 옮겨줘." 사라는 돌아서서 산모의 남편을 봤다. "히메네스 씨."

"카를로스예요, 이름으로 불러도 돼요."

"카를로스, 다 괜찮을 거예요. 하지만 당신의 아이들은 여기서 기다리는 게 좋을 것 같아요."

태반이 자궁벽에서 분리되어 떨어졌고, 그 부분에서 피가 흘러 나오는 거였다. 상처는 저절로 아물고 출혈도 멈출 수 있었지만, 태아가 자리를 거꾸로 잡고 있어서 질식 분만은 쉽지 않아 보였다. 게다가 이미 임신 36주 차였다. 사라가 보기에 출산을 미룰 이유가 없었다. 수술실 바깥쪽 복도에서 사라는 자신이 무엇을 하려고 하는지 설명했다.

"수술을 미루고 좀 더 지켜볼 수 있을지도 몰라요." 사라가 카를로스에게 말했다. "하지만 그건 현명한 생각이 아닌 거 같아요. 배속의 아기가 산소 부족에 시달릴 수도 있어요."

"아내와 함께 있어도 될까요?"

"지금은 말고요." 사라는 남자의 팔을 잡고 남자의 눈을 봤다. "아내는 제가 잘 돌볼 테니 믿어주세요. 후에 당신이 아내를 위해 해줘야 할 일이 많을 거예요."

사라는 자기와 제니가 씻고 가운을 입는 동안 마취제와 온열기를 준비해달라고 요청했다. 제니가 아이오딘으로 여자의 배와 치골과 음모 주위를 닦고, 여자를 테이블에 묶어 고정했다. 사라가 조명을 수술 부위에 고정하고, 장갑을 끼고는 작은 접시에 마취제를 따라 부었다. 그러고는 겸자를 사용해 스폰지를 갈색 용액 속에 담았다 꺼내어 호흡 마스크 안쪽에 집어넣었다.

"자, 히메네스 부인," 사라가 말했다. "이제 이걸 당신의 얼굴에 씌워놓을 건데요, 그러면 조금 이상한 냄새가 날 거예요."

여자는 무기력하게 겁먹은 얼굴로 그녀를 쳐다봤다. "아프거나 고통스러울까요?"

사라가 그녀를 안심시키려고 웃어 보였다. "저를 믿어 보세요. 아무것도 못 느낄 거예요. 그리고 깨어나면 부인의 아기가 기다리고 있을 거예요." 그리고 호흡기를 여자의 얼굴에 씌워 자리를 잡아 줬다. "그냥 천천히 편안하게 숨을 쉬세요."

눈 깜짝할 사이에 여자는 정신을 잃었다. 사라는 살균용 통에서 수술 도구들이 들어 있는 아직 따뜻한 쟁반을 꺼내 밀어서 제자리에 놓고 얼굴에 마스크를 썼다. 그리고 사라는 메스로 여자의 치골 꼭대기 부위를 가로로 절개한 후 자궁을 열었다. 양막낭 속에서 머리를 깊숙이 말고 있는 아기의 모습이 나타났다. 양막낭 안의 양수는 피 때문에 분홍빛이 감돌았다. 사라는 조심스럽게 양막낭에 구멍을 내고 겸자를 안으로 집어넣었다.

"됐어, 준비해."

제니가 타월과 대야를 들고 사라 옆으로 자리를 옮겼다. 사라가 절개한 틈으로 아기를 끌어냈다. 아기의 모습이 틈 밖으로 드러나자 손을 머리 아래로 밀어 넣고, 어깨 밑에 엄지손가락과 새끼손가락을 걸어 아기를 끌어당겼다. 여자 아기의 두 팔, 아기는 딸이었다. 한 번 더 천천히 당기자 아기의 몸이 완전히 빠져나왔다. 제니는 아기를 타월에 받아들어 아기의 입과 코를 빨아들인 후 뒤집어서 등을 문질러줬다. 젖은 딸꾹질을 하며 아기가 숨을 쉬기 시작했다. 사라는 아기의 배꼽을 꽉 쥐고 가위로 싹둑 자른 뒤 대야에 넣었다. 제니가 아기를 온열기에 놓고 바이털 사인을 체크하는 동안, 사라는 여자의 절개 부위를 봉합했다. 출혈도 거의 없었고, 합병증 증상도 없이 건강한 아기가 태어났다. 10분 동안의 수고치고는 나쁘지 않았다.

사라는 여자의 얼굴에서 호흡기를 벗겨냈다. "딸이에요." 사라는 여자의 귀에 속삭였다. "모든 게 정상이에요. 건강한 여자아이예요."

여자의 남편과 아이들은 밖에서 기다리고 있었다. 사라는 잠깐 가족 모두가 함께할 수 있는 시간을 주었다. 카를로스는 정신을 차리기 시작한 아내에게 키스하고, 딸을 안아보기 위해 아기를 온열기에서 들어 올렸다. 부부의 아들들도 번갈아가며 아기를 안아보았다.

"준비해둔 딸의 이름이 있으세요?" 사라가 물어봤다.

아기의 아빠가 고개를 끄덕였다. 그의 두 눈에 눈물이 고여 반짝였다. 이 때문에 사라는 아기의 아빠가 마음에 들었다. 모든 아빠가 그렇게 감상적인 건 아니었으니까. 어떤 아기 아빠들은 아무 느낌도 없는 것처럼 보이기도 하니까.

"그레이스예요." 그가 대답했다.

산모와 딸은 휠체어를 타고 복도를 내려갔다. 아기의 아빠가 아들들을 멀리 떼어놓고는 작업복에서 사라가 기다리던 종이 한 장을 꺼내 건네주었다. 세 번째 아이를 갖게 되는 부부들은 법에서 허용하는 자녀의 숫자보다 적은 수의 아이를 키우는 부모들로부터 아이를 더 낳을 권리를 살 수 있도록 허용되었다. 사라는 이런 법적 관행이 마음에 안 들었다. 아이를 낳을 권리를 사고파는 건 그녀가 보기에는 옳지 못한 일로 보였기 때문이다. 그리고 거래를 통해 구입했다는 증서의 반 정도는 그녀가 확인한 바로는 위조된 것들이었다.

사라는 카를로스가 준 서류를 살펴봤다. 종이 자체는 정부에서 사용하는 것이 맞았지만 서류의 잉크색은 정확한 색깔과는 거리가 아예 멀었고, 도장도 완전히 엉뚱한 위치에 양각으로 새겨져 있었다.

"누가 이 증서를 당신에게 팔았든지 간에 가서 돈을 돌려받으셔야 할 것 같아요."

카를로스의 얼굴이 일그러졌다. "제발요, 나는 그냥 수력 노동자일 뿐이에요. 그 세금을 낼 수 있는 돈이 없어요. 전부 제 잘못이었어요. 아내는 안전하지 않은 날이라고 했어요."

"잘못을 인정하시는 건 좋은 일이지만, 지금 그게 문제가 아닌 것 같아요."

"제발 부탁드려요, 닥터 윌슨. 우리 부부가 딸을 수녀원에 보내지 않게 해주세요. 저희 아들들도 착한 아이들이에요, 보셔서 아시잖아요."

사라도 이제 갓 태어난 그레이스를 고아원으로 보낼 의도는 없었다. 하지만 그렇다고 해도 카를로스의 증명서는 가짜인 것이 너무 명백해서 인구조사국의 누군가가 놓치지 않고 적발해낼 게 틀림없었다.

"우리 서로 부탁을 들어주기로 하고 이걸 없애버려야 해요. 나는 아기의 출생 신고를 한 뒤 만약 서류가 되돌아온다면 뭔가 핑곗거리를 만들어낼 거예요. 그들에게 증서를 잃어버렸다고 하거나 하여튼 그런 거요. 운이 좋다면 서류가 오가는 과정에서 어디론가 없어질 수도 있어요."

카를로스는 증서를 받아들 생각을 못 하고 가만히 서 있었다. 그는 사라가 그에게 무슨 말을 하고 있는지 이해를 못 하는 것처럼 보였다. 사라는 알았다. 카를로스가 이 장면을 머릿속에 상상하며 수천 번은 연습했을 거라는 사실을. 그리고 그동안 누군가 그의 문제를 없던 것처럼 사라지게 해줄 거라는 상상은 단 한 번도 못 했을 것이다.

"자요, 가져가요."

"정말인가요? 당신이 곤란해질 텐데요?"

사라는 카를로스에게 증서를 움켜쥐어 줬다. "찢어버려요. 태워서 적당한 쓰레기통을 찾아 바다 깊이 쑤셔 넣어서 버려요. 그리고 우리가 이런 대화를 했다는 것도 잊어버리세요."

남자는 증서를 주머니에 다시 집어넣었다. 잠깐 그가 사라를 와락 끌어안으려다가 멈췄다. "닥터 월슨, 우리 가족 모두가 당신을 위해 기도할 거예요. 딸은 잘 키울게요, 맹세해요."

"그렇게 믿을게요. 이제 내 부탁을 들어줘요."

"무엇이든지요."

"당신의 아내가 안전한 날이 아니라고 하면 그녀의 말에 따라요. 알았죠?"

검문소에서 통행증을 보여주고 사라는 어두워진 거리를 지나 집으로 갔다. 병원과 다른 필수 시설들 말고는 22시가 되면 모두 전기가 끊어졌다. 그렇다고 전력이 끊기는 그 순간에 도시 전체가 잠드는 것은 아니었다. 그때 어둠 속에서 다른 종류의 삶이 살아났다. 술집과 사창가 그리고 도박장. 홀리스가 많은 이야기를 들려주었고, 난민 수용소에서 2년을 보내고 난 후에는 그녀가 직접 보지 못한 것은 많지 않았다.

아파트 안으로 들어섰다. 케이트는 잠든 지 오래되었지만, 홀리스는 자지 않고 부엌 식탁에 놓인 촛불 옆에서 책을 읽으며 기다리고 있었다.

"뭐 재미있는 책을 찾은 거야?" 사라가 물었다.

사라가 병원에서 아주 오랜 시간 동안 늦게까지 일하게 되면서 홀리스는 도서관에서 책을 한 아름씩 빌려다 침대 옆에 쌓아두고 책을 읽을 정도로 상당히 열심인 독서가가 되어버렸다.

"이건 책이 좀 헛소리가 너무 많은 것 같아. 무슨 잠수함에 관한 이야기인데, 마이클이 읽어보라고 한 지 좀 됐어."

사라는 문 옆에 있는 고리에 코트를 걸었다. "잠수함이 뭔데?"

홀리스가 책을 덮고, 쓰고 있던 돋보기안경을 벗었다. 그들 생활에 일어난 새로운 변화 중 하나였다. 사라는 검은색 플라스틱 테에 끼워진 뿌옇고 흠집 있는 작은 반달 모양의 안경이 홀리스를 돋보이게 한다고 생각했다. 정작 홀리스는 돋보기안경 때문에 자기가 늙은이가 된 것처럼 느낀다고 했지만 말이다.

"확실한 건 잠수함이란 물속으로 다니는 배라는 거야. 내 생각에는 완전히 거짓말인 거 같지만, 이야기 자체는 그렇게 나쁜 건 아니야. 배고파? 뭐 좀 먹고 싶다면 만들어줄게."

그녀는 뭘 좀 먹고 싶기는 했지만, 뭐를 먹는다는 게 번거로운 수고처럼 느껴졌다. "나는 자는 게 더 좋아."

사라는 깊은 잠에 빠져 있는 케이트를 들여다보고는 싱크대에서 손을 씻고 세수했다. 그리고 잠시 거울에 비친 자기 얼굴을 살펴보았다. 세월이 묻어났다. 눈가에 부챗살처럼 주름이 잡혔다. 이제는 뒤로 묶어버린 짧은 금발 머리는 머리카락이 좀 가늘어졌고, 그녀의 피부는 탄력을 잃어가고 있었다. 그녀는 항상 자신이 예쁘다고 생각해왔고, 사실 어떤 면에서는 여전히 그녀는 예뻤다. 하지만 살면서 어느 순간 그녀도 가장 아름답게 빛나던 정점을 지나쳐버렸다. 예전에는 그녀가 거울에 비친 자기 모습을 볼 때마다, 변함없이 옛날 그대로의 젊고 어린 소녀의 모습을 볼 수 있었다. 그녀는 아직도 소녀 시절의 모습 그대로였다. 하지만 이제 그녀의 눈에는 미래의 자기 모습이 보였다. 주름은 깊어질 거고, 피부도 축축 늘어지고, 눈의 생기도 잃게 될 거다. 그녀의 젊음이 그 색을 잃으며 과거로 사라져갔다.

그래도 이런 생각 때문에 사라의 기분이 상한 건 아니었다. 기분이 상했다고 해도 그리 대단한 것도 아니었다. 나이가 들면서 권위라는 것이 함께 따라왔고, 권위에는 쓸모 있는 힘이 따라왔다. 사람을 고치고, 위로하며 새 생명들을 세상으로 나오게 하는 힘 말이다. 당신을 위해 기도할 거예요, 닥터 윌슨. 사라가 거의 매일 듣게 되는 말이었지만, 그런 말들에 쉽게 익숙해진 적은 없었다. 누군가가 그런 말을 하는 것을 듣고, 그런 말을 건네는 상대가 바로 자신이라는 사실이 여전히 놀라울 뿐이다.

3년 전 그녀가 커빌에 도착했을 때, 사라는 자신이 받았던 간호사 교육이 뭐라도 쓸모가 있을지 알아보기 위해 병원과 접촉했다. 창문이 없는 작은 방에서 엘라쿠아라는 이름의 의사가 긴 시간 동안 그녀에게 질문했다. 신체의 체계, 진단 그리고 질병에 대한 치료와 부상 등에 관해서. 남자 의사는 아무런 표정 없이 그녀의 대답을 들으며 클립보드에 표시할 뿐이었다. 두 시간 넘게 질문 공세가 이어졌고, 결론적으로 말하자면 사라는 폭풍우 속에서 앞이 안 보이는 가운데 발부리가 채여 비틀거리며 넘어질 듯 휘청거리는 것만 같았다. 콜로니의 민간요법보다 한참 앞서 있는 의료 기관에서, 내가 콜로니에서 받은 보잘것없는 교육이라는 것이 뭐 그렇게 대단히 소용이 있겠어? 내가 어쩌면 이렇게 순진할 수 있었던 거지? "음, 그 정도면 된 것 같군요." 엘라쿠아 박사가 말했다.

"축하합니다." 사라는 정신이 번쩍 들 정도로 깜짝 놀랐다. 나를 빗대어 놀리는 건가? "내가 간호사로 일할 수 있다는 말씀이신가요?" 그녀가 물었다. "간호사요? 아뇨, 간호사는 이미 많아요. 내일 다시 오세요, 윌슨 부인. 당신의 교육은 정확히 07시에 시작하게 됩니다. 내 생각에 12개월은 걸릴 것 같아요." "무슨 교육을 받게 되는 건데요?" 사라가 물었다. 긴 시간 동안 질문을 하며 앞으로의 일들에 대해 조금의 기미도 보여주지 않았던 그가 조바심을 내며 말했다. "아마 분명하지 않았을 거예요. 당신이 그 모든 걸 어디에서 배웠는지는 모르겠지만, 당신은 당신에게 요구되는 자격조건보다도 두 배 정도는 많을 걸 알고 있어요. 당신은 의사가 될 거예요."

그리고 물론 케이트가 있기는 했다. 사라와 홀리스의 아름답고 놀라운 기적 같은 딸 케이트. 둘은 둘째 아이를 갖고 싶었지만, 케이트를 낳고 겪은 폭력적인 상황이 너무 큰 상처를 남겨놓았다. 매일 새로운 신생아들이 그녀의 손을 거쳐 세상에 태어난다는 사실에 아이러니하게도 낙담하게 되었지만, 사라는 불평할 수가 없었다. 사라가 기필코 딸을 찾았어야만 했다는 것과, 케이트와 사라가 홀리스와 재회하고 홈랜드를 탈출해 커빌로 돌아와 함께 가족이 되었다는 것, 그건 기적이라는 말 말고는 달리 표현할 방법이 없는 일이었다.

성당에 나간다는 점에서 보면 사라는 신앙심이 깊다고 할 수는 없었다. 수녀들은 그녀에게 좋은 사람들이라는 인상을 주었다. 그들의 믿음이 조금 극단적이기는 했지만 말이다. 그러나 오로지 멍청한 인간들만이 신의 섭리를 느끼지 못하는 것이다. 그렇지 않다면 그런 세상에서 매일 아침 눈 뜨고 일어날 수도 없을 터이고, 꼬박 한 시간을 감사할 방법을 생각하며 보낼 수 없을 것이다.

사라는 홈랜드 생각을 거의 하지 않았다. 어쩌면 가능한 한 하지 않으려고 했다. 그녀는 아직도 홈랜드에 대한 꿈을 꾸고는 했다. 이상하게도 그 꿈들이 그곳에서 그녀에게 일어났던 최악의 일들에 관한 것이 아니기는 했지만 말이다. 대개의 꿈은 허기와 추위와 좌절 혹은 끊임없이 바이오디젤 공장 분쇄기의 바퀴를 돌리는 일에 대한 것이었다. 가끔은 자신이 손에 들고 있어야 할 무언가를 기억해내려고 하는 것처럼, 당황한 듯한 느낌으로 그저 손을 바라보고 있는 꿈을 꾸기도 했다. 때때로 자기 친구였던 재키에 대한 꿈을 꾸기도 했으며, 혹은 라일라에 대한 꿈을 꾸기도 했는데, 라일라에 대한 사라의 복잡했던 감정은 시간이 지날수록 거듭 정리되면서 일종의 슬픈 동정심으로 변했다. 어떤 때는 완전히 악몽을 꾸기도 했지만 — 사라는 앞이 안 보일 정도로 눈이 쏟아지는 가운데 케이트를 안고 있었고, 무언가 끔찍한 것에게 쫓기는 중이었다 — 악몽을 꾸는 일은 점점 줄어들었다. 홈랜드는 삶의 기억 속에서 다른 기억을 더욱 달콤하게 만드는 불쾌한 기억, 그저 또 다른 하나의 추억이 되어갔다.

홀리스는 이미 잠에 곯아떨어졌다. 잠자는 모습이 마치 거인이 쓰러져 있는 것 같았다. 그는 베개에 머리를 대자마자 코를 골며 잠에 빠졌다. 사라는 촛불을 끄고 이불 속으로 들어갔다. 마리가 지금쯤이면 아이를 낳았는지, 여전히 남편에게 고래고래 소리를 지르고 있는지 궁금해졌다. 그리고 히메네스 가족과 카를로스가 딸 그레이스를 팔로 안아 올렸을 때의 표정도 떠올려 보았다. 그레이스(은혜). 어쩌면 그 말이 그녀가 찾고 있는 단어였는지도 모른다. 여전히 히메네스 가족은 인구조사국에 의해 고발당할 가능성이 있었다. 사라는 그렇게 생각하지는 않지만 말이다. 아기들이 그렇게 많이 태어나지 않기 때문이다. 그게 문제였고, 문제의 본질이었다. 새로운 세상이 오는 중이었다. 아니 새로운 세상은 이미 이곳에 와 있었다. 거울 속 자기 얼굴에서 흘러간 시간을 보게된다. 잠든 딸의 모습을 보며 한때 소녀였던 자신과 다시는 그 시절로 돌아갈 수 없다는 사실을 깨닫는다. 나이 들어간다는 것이 가르쳐준 사실이 아마도 그것이었던 듯했다. 세상은 현실이고 사라는 그 안에 살고 있었다. 잠깐이지만 여전히 현실의 일부였다. 운이 좋다면 그리고 운이 안 좋다고 하더라도 그녀가 사랑 때문에 한 일은 기억될 것이다.

6장

휴스턴의 하늘은 밤이 물러가면서 어둡고 검은 하늘이 서서히 회색빛으로 바뀌었다. 그리어는 도시 안으로 들어갔다. 램프와 고가도로들이 무너져 뒤엉킨 채 케이티 고속도로가 610번 도로를 만나는 곳에서 늪 같은 강의 내포와 습지를 피해 북쪽으로 우회했다. 강의 내포와 습지는 모든 걸 빨아들이는 진흙과 도저히 뚫고 나가기 힘든 나뭇잎과 가지들로 가득했다. 좀 더 높은 땅을 찾아 액화된 주변 지역들을 우회하며 도심의 석호로 이어지는, 버려져 고물이 된 차들이 뒤덮고 있는 넓은 길을 따라갔다.

노를 저어 움직여야 하는 배는 두 달 전에 놓아둔 곳에 그대로 있었다. 그리어는 말을 묶어두고 모기들로 들끓는 고인 빗물을 퍼내고는 배를 물가로 끌고 갔다. 석호 건너편에는 쉐브론 마리너호가 불가능해 보이는 자세로 누워 있었는데, 도심 중심부의 기울어진 빌딩들 사이에 썩고 녹슨 거대한 신전이 있는 것처럼 보였다. 그리어는 배 바닥에 자신이 가져온 물품들을 내려놓고 배를 띄워 노를 저으며 물가로부터 멀어져 갔다.

'원 알렌 센터'의 로비에서 그는 배를 에스컬레이터의 맨 아래쪽에 묶은 후, 철벅거리는 내용물이 든 커다란 배낭을 어깨에 메고 에스컬레이터 계단을 올라갔다. 곰팡이로 오염된 공기 속을 걸어 10층을 올라가는 수고는 그를 어지럽고 숨 가쁘게 만들었다. 텅 빈 사무실에서 그는 놔두고 간 밧줄을 끌어 올려 배낭을 마리너호의 갑판에 내린 다음, 자신도 밧줄을 타고 내려갔다.

그는 언제나 카터부터 챙겼다.

좌현 쪽 선체의 중앙부쯤에 갑판과 같은 높이의 해치가 하나 있었다. 그리어는 그 옆에 무릎을 꿇고 앉아 배낭에서 피가 든 병들을 꺼내놓았다. 그는 밧줄들 가운데 하나를 골라 그것에 병 세 개의 손잡이를 모두 함께 묶었다. 갑판을 햇빛으로 훑어 내리며 그의 뒤에서 태양이 떠올랐다. 그는 무거운 렌치를 들고 안전 볼트를 풀고 핸들을 돌려 해치를 열었다. 햇빛 한 줄기가 아래의 공간으로 쏟아져 들어갔다. 카터는 햇빛을 피해 그림자 속에서 앞쪽 격벽 근처에 태아처럼 누워 있었다. 오래된 병들과 밧줄 더미들이 바닥에 쌓여 있었다. 그리어가 손을 번갈아 움직이며 병들을 아래로 내렸다. 병이 바닥에 다 닿았을 때에서야 비로소 카터가 움직였다. 그가 피가 든 병들을 향해 네 발로 허둥지둥 다가가자 그리어가 밧줄을 풀고 해치를 닫은 다음 안전 볼트를 다시 조여 모든걸 원래대로 제자리에 돌려놓았다.

이제 에이미의 차례였다.

그리어는 두 번째 해치로 갔다. 겁에 질려 무모하게 허둥지둥하지 말고 빠르게 움직여야 했다. 그게 요령이었다. 피 냄새, 그건 병의 얇은 플라스틱 막 따위로 에이미에게 숨길 수 있는 것이 아니었다. 에이미의 허기가 굉장히 심했다. 그리어는 보급품들을 손으로 아주 빨리 잡을 수 있게 곁에 가까이 두고, 볼트들을 풀어 옆에 놔두었다. 마음을 진정시키기 위해 숨을 깊게 들이마신 다음 해치를 열었다.

피.

에이미가 뛰어올랐다. 루시어스는 병들을 아래로 떨어뜨린 후, 쿵 소리가 날 정도로 빠르게 해치를 닫자마자 첫 번째 볼트를 끼워 넣었다. 그때 에이미의 몸이 해치에 강하게 부딪쳐왔다. 금속의 해치가 마치 거대한 망치에 맞은 듯 쨍 소리를 내며 크게 울렸다. 루시어스가 해치 위로 몸을 던져 막았다. 다시 에이미가 몸을 던져 해치를 들이박았다. 충격에 그의 가슴에 차 있던 공기가 몸 밖으로 터져 나왔다. 해치의 경첩이 구부러지고 있었다. 그가 나머지 안전 볼트들을 제자리에 끼워 넣고 고정하지 못한다면 해치는 더 이상 버텨낼 수 없을 게 분명했다. 그가 가까스로 볼트 두 개를 더 집어넣었을 때, 에이미가 또다시 해치에 몸을 날렸다. 그리어는 볼트 중 하나가 밀려 나와 갑판을 가로질러 굴러가는 모습을 속수무책으로 넋을 놓고 지켜봤다. 그가 손을 내뻗었고, 손이 닿는 거리 바깥으로 벗어나기 전에 가까스로 볼트를 멈춰 손아귀에 쥐었다.

"에이미," 그가 소리를 질렀다. "나야! 나라고, 루시어스!" 그는 볼트를 구멍에 끼우고 렌치의 머리로 내려쳐 제자리에 집어넣었다. "피는 그 안에, 바닥에 있어! 피 냄새를 쫓아가 보라고!"

렌치로 세 바퀴를 돌리자 볼트가 조여 잠겼고, 네 번째 볼트를 가져다 조립해 넣었다. 볼트가 제대로 박혀 고정되었다. 해치 아래를 한 번 더 들이박았다면 모든 게 끝이었을 것이다.

루시어스, 그럴 뜻은 아니었어요…….

"괜찮아." 그가 말했다.

미안해요…….

그리어는 도구들을 집어 들고는 이제는 텅 비어버린 배낭 안에 넣었다. 그의 발아래 쉐브론 마리너호의 선체 안에서 에이미와 카터가 그들의 영양분을 들이키고 있었다. 언제나 이랬다. 그러기에 그리어는 지금쯤이면 익숙해져만 했다. 하지만 그의 심장은 두방망이질 치고 있었고, 그의 몸과 마음에는 아드레날린이 마구 솟구쳤다.

"에이미, 나는 네 편이야." 그가 말했다. "변함없이 언제나 그럴거야. 무슨 일이 생겨도 그걸 알아줬으면 해."

이 말과 함께 루시어스는 마리너호의 갑판을 가로질러 가서 밧줄을 타고 올라가 창문을 통해 돌아갔다.

7장

정신이 다시 돌아오며 에이미는 먼지 속에 네 발로 서 있는 자기 모습을 깨달았다. 그녀의 양손에는 장갑이 끼여 있었다. 봉선화 묘목을 기르는 플라스틱 판이 바로 곁에 놓여 있고, 그 옆에 녹슨 모종삽이 있었다.

"이거 봐요, 에이미 양 괜찮아요?"

카터는 파티오에 앉아 있었다. 그는 연철 테이블 아래로 다리를 축 늘어뜨려 벌리고 앉아서 커다란 밀짚모자로 얼굴에 부채질하던 중이었다. 테이블 위에는 아이스티 두 잔이 놓여 있었다.

"그 사람이 우리를 잘 돌봐주고 있어요." 카터가 만족스러운 듯 한숨을 내쉬며 말했다. "그렇게 배부르게 식사해본 게 언제였는지 기억이 안 나요."

에이미가 비틀거리며 일어났다. 긴 낮잠을 자고 일어난 듯 무지근한 노곤함이 몸을 감쌌다.

"잠깐 와서 앉아요." 카터가 말했다. "몸이 소화해낼 수 있도록 좀 쉬어요. 여기서는 하루 쉬어가는 것처럼 물을 주면 돼요. 꽃들은 기다릴 수 있으니까요."

사실이다. 언제나 더 많은 꽃이 피었다. 에이미가 묘목 판의 봉선화를 다 심고 나자마자 문 옆에 새로운 묘목 판 하나가 나타났다. 아이스티도 마찬가지였다. 1분 정도 테이블이 치워졌다가는 다음 순간 물방울이 맺힌 아이스티 두 잔이 다시 놓였다. 어떤 보이지 않는 힘이 이런 일을 일으키는지 에이미는 알지 못했다. 그건 모두 이곳의 일부였고, 나름대로 특정한 논리도 존재했다. 매일 한 계절이 이어졌고, 모든 계절을 1년 안에 경험했다.

에이미는 장갑을 벗고 잔디밭을 가로질러 가 카터의 맞은편에 앉았다. 기름진 피 맛이 입안에 감돌았다. 입가심을 위해 아이스티를 한 모금 마셨다.

"에이미 양, 체력을 유지해야 합니다." 카터가 말했다. "굶는다고 좋을 게 아무것도 없습니다."

"나는 그냥…… 싫어질 뿐이에요." 에이미가 여전히 모자로 부채질하고 있는 카터의 얼굴을 바라봤다. "오늘도 또 그를 죽이려고 했어요."

"루시어스는 상황을 충분히 잘 알고 있어요. 그가 개인적으로 기분 나쁘게 받아들일 것으로 생각하지는 않아요."

"중요한 건 그게 아니에요, 앤서니. 나도 당신처럼 통제할 줄 아는 방법을 배워야 한다는 거예요."

카터가 얼굴을 찡그렸다. 그는 간결하게 말하고, 몸짓도 과장되지 않고 신중하게 말을 멈출 줄 아는 사람이었다. "자기 자신을 너무 힘들게 하지 말아요. 이런 상황과 일에 적응해온 지 이제 겨우 3년밖에 안 됐어요. 이런 모습으로 살아가야 하는 시간을 생각하면 당신은 아직 걸음마를 시작한 아기라고 할 수 있어요."

"나는 걸음마를 뗀 아기같이 느껴지지 않아요."

"그럼 어떻게 느껴지는데요?"

"괴물요."

뾰족하고 예민한 대답이었다. 에이미는 부끄러움에 시선을 돌리고 말았다. 어쩔 수 없는 일이지만 피를 마시고 나면 에이미는 언제나 그녀 안에서 일어나는 의심 속에서 시달리며 꽤 많은 시간을 보냈다. 이 모든 게 얼마나 이상한 일이야. 몸은 배 안에 갇혀 있는데 영혼은 여기에서 살고 있어. 그것도 카터와 함께 나무와 꽃들 사이에서. 오직 루시어스가 피를 갖고 왔을 때만 이 두 세상이 맞닿을 수 있었고, 그 극명한 대조는 혼란스럽기만 했다. 카터는 이곳이 그와 에이미에게 전혀 특별한 곳이 아니라고 설명했다. 중요한 건 그들이 그것을 알 수 있다는 거다. 살과 피와 뼈로 이루어진 세상만 있는 게 아니었다. 또 다른 세상이 있었다. 적어도 평범한 사람들이 아주 잠깐 엿볼 수 있는 보다 심오한 현실 말이다. 산 자와 죽은 자, 모두의 영혼이 살아가는 세상. 그곳에서는 시간과 공간, 기억과 소망이 완전히 비정형의 유동적인 상태로 존재했다. 그것들이 꿈속에서 모습을 드러내는 것처럼 그렇게.

에이미도 그럴 거라는 건 알고 있었다. 마치 자신이 그 사실을 언제나 알았던 것만 같았다. 심지어 어린 소녀, 완전한 인간 여자아이였을 때부터 다른 세상이 존재한다는 걸 느껴왔다. 세상 뒤에 있는 세상이라고 그녀가 말해왔던 것처럼. 그녀는 많은 어린아이도 그렇게 느꼈을 것으로 생각했다. 빛에서 어둠으로 흘러드는 과정이 아니라면 일상적인 상황이 넘쳐나는 바다에 빠져 영혼이 천천히 익사하게 되는 유년 시절은 뭐라고 설명해야 할까? 에이미가 쉐브론 마리너호에 있는 동안, 과거에 대해 상당히 많은 기억이 분명해졌다. 과거에 일어났던 일이 마치 최근의 일이었던 것처럼 느껴질 때까지 섬세한 발걸음으로 기억을 더듬어 들어가자 생생한 기억이 되돌아왔다.

그녀가 '예전'이라고 생각하는 순수했던 시절, 아주 오래전의 그때 — 레이시와 울가스트를 만나기 이전, 프로젝트 노아를 알게 되기 전, 울가스트와 오리건의 산꼭대기에 집을 갖게 된 후, 이야기 상대라고는 바이럴들뿐이었고 인간은 찾아볼 수 없던 세상에서 그녀의 외롭고 긴 지루한 방랑을 시작하기 전 — 동물들이 그녀에게 말을 걸던 때를 떠올렸다. 개들처럼 좀 큰 동물들뿐만 아니라, 새나 곤충처럼 아무도 관심을 보이지 않는 비교적 작은 생명들까지도 그녀에게 말을 건넸다. 그때 에이미는 이 일을 별일 아닌 것처럼 생각했다. 늘 그랬으니까. 그녀 말고 다른 사람들은 동물들의 말을 알아듣지 못하는 것처럼 보인다고 해서 그것이 그녀를 힘들게 만든 것도 아니다. 동물들이 그녀의 오랜 친구라도 되는 것처럼 언제나 그녀의 이름을 부르며 다가와 오로지 그녀에게 말을 건네는 건 세상의 섭리 중 일부였다. 종잡을 수 없이 널뛰는 엄마의 기분과 긴 시간 동안의 부재 그리고 이리저리 방랑하는 떠돌이 생활과 영문을 알 수 없는 낯선 이들의 방문 때문에 자기 삶에서 많은 것이 의미 없다고 느껴지고는 했다. 그럴 때 생명을 가진 피조물들이 자신들의 삶에 대해 들려주는 이야기를 들을 수 있다는 건 그들의 관심을 받는다는 특별한 선물 같았기에 에이미는 행복했다.

이 모든 게 레이시가 그녀를 동물원에 데리고 간 날까지는 아무런 소란 없이 계속되었다. 당시 에이미는 엄마가 자신을 버렸다는 사실을 아직 제대로 이해하지 못했다(그녀가 엄마를 다시는 보지 못할 거라는 사실을). 그리고 레이시가 자신을 동물원에 데리고 간다는 사실이 기쁘기만 했다. 동물원에 관한 이야기들을 들어보기만 했을 뿐, 정작 가본 적이 한 번도 없었기 때문이다. 에이미는 자신을 반기는 동물들의 환호 소리를 들으며 동물원 안으로 들어갔다. 전날, 혼란스러운 일들을 겪은 후 — 엄마와의 갑작스러운 이별 그리고 대본에 적힌 대로 친절을 위해 준비된 대사를 암송하는 것처럼 다정했지만 부자연스러웠던 수녀들의 등장 — 비로소 익숙하고 편안한 위로를 마주했다.

몸에 힘이 솟구치며 그녀는 레이시를 뿌리치고 북극곰이 있는 수조로 뛰어갔다. 곰 세 마리가 물 밖에서 햇볕을 쬐고 있었고, 다른 한 마리인 네 번째 곰은 물 밑에서 헤엄을 쳤다. 얼마나 장관이고 놀라운 장면인 거야! 심지어 지금도 그렇게 수많은 세월이 흘렀지만, 그 곰들을 기억한다는 건 즐거움이었다. 그들의 멋진 흰 털과 근육질의 몸통 그리고 우주의 모든 지혜를 담고 있는 것처럼 보이는 풍부한 표정의 얼굴은 여전히 기억이 생생했다. 에이미가 수조 유리 벽에 가까이 다가갔을 때, 물속에 있던 녀석이 그녀를 향해 헤엄쳐 왔다. 자연의 생명체와 나누는 대화는 보는 사람이 없는 곳에서 하는 것이 가장 좋다는 것을 알았는데도 그녀는 흥분을 감출 수 없었다. 그리고 갑자기 그런 위풍당당한 생명체가 가짜 바위 위에서 햇볕을 쬐고, 그 진가를 알아보지 못하는 사람들의 멍청한 시선을 받으며 죄수처럼 살아가기를 강요받고 있다는 사실에 안타까움을 느끼며 슬퍼졌다. "너는 이름이 뭐니?" 그녀가 곰에게 물었다. "나는 에이미라고 해."

곰이 정중하게 들려준 대답은 같이 쓸 수 없는 자음들이 뒤엉켜 충돌했고, 그건 다른 곰들의 이름도 마찬가지였다. 이게 다 진짜라고? 작고 어린 여자아이인 에이미가 단순히 상상으로 꾸며냈던 건 아니고? 분명 아니었다. 그녀는 그 모든 게 자신이 기억하는 대로 실제로 일어났던 일이었다고 믿었다. 그녀가 수조 유리 벽 앞에 서 있을 때, 레이시가 그녀 옆으로 다가와 섰다. 레이시는 걱정이 큰 얼굴을 하고 있었다. "됐어, 에이미." 그녀가 충고했다. "너무 가까이 가지 마." 레이시를 안심시키기 위해서 그리고 이 듣기 좋은 억양을 지닌 다정한 여성이 평범하지 않은 일에 대해 편견을 갖고 있지 않다는 걸 느낀 까닭에, 그리고 동물원에 오자는 것도 결국 그녀의 생각이었기에, 레이시에게 에이미는 자신이 아는 만큼 상황을 간단하게 설명했다.

"이 곰에게 이름이 있어요. 곰들이 부르는 이름이에요." 에이미가 레이시에게 말했다. "그런데 발음할 수가 없어요."

레이시가 얼굴을 찌푸렸다. "곰들끼리 부르는 이름이 있다고?"

"그럼요, 자기들끼리 부르는 이름요." 에이미가 말했다.

에이미는 수조의 유리 벽에 코를 들이밀어 대고 있는 그녀의 새 친구에게 다시 눈길을 돌렸다. 그녀가 곰에게 북극에 있는 집을 그리워하는지 그의 생활에 관해 물어보려던 찰나, 수조의 물이 엄청난 물보라를 일으키며 흔들렸다. 두 번째 곰이 물속으로 뛰어든 것이다. 타이어의 휠 캡만큼 큰 발들을 저어가며 녀석이 헤엄쳐 와서 커다란 분홍빛 혀로 수조의 유리 벽을 핥던 첫 번째 곰의 옆에 자리를 잡았다. 구경꾼들 사이에서 '오우'라던가 '와' 같은 탄성이 터져 나왔고, 사진을 찍어대기 시작했다. 에이미가 자기 손을 수조 유리 벽에 가져다 대며 인사했다. 그런데 뭔가 잘못되었다는 게 느껴졌다. 뭔가 달랐고, 기분이 좋지 않았다. 곰의 검고 큰 두 눈이 자신의 겉모습이 아닌 속을 꿰뚫어 보고 있는 것 같았다. 두 번째 곰이 그녀를 바라보는 눈빛이 너무 강렬했던 탓에 에이미는 시선조차 돌릴 수 없었다. 마치 녹아내린 몸이 곰의 눈빛 속에서 스르르 사라져버리는 것만 같았고, 있지도 않은 계단 위에 발을 헛디뎌 추락하는 것처럼 느껴졌다.

에이미, 곰들이 그녀의 이름을 불렀다. 네가 에이미구나, 에이미, 에이미, 에이미, 에이미…….

일이 벌어지고 있었다. 일종의 소동이었다. 에이미의 의식이 확장되면서 그녀는 다른 소리도 인식하게 되었다. 사방에서 들려오는 다른 목소리, 인간의 것이 아닌 동물들의 소리였다. 자동차 경적 같은 원숭이들의 울음소리, 새들의 꿱꿱거리는 비명, 정글에 사는 고양잇과 동물들의 포효 소리와 땅을 흔드는 코끼리의 걸음 소리 그리고 코뿔소가 발을 구르는 소리. 그들은 겁에 질렸다. 세 번째 그리고 네 번째 곰이 수조 안으로 뛰어들자 하얀 털로 뒤덮인 그들의 육중한 몸이 수조 안의 물을 뒤흔들고, 결국 얼음장같이 차가운 수조의 물이 유리 벽 위로 부풀어 오르며 넘쳐흘렀다. 넘쳐흐른 물이 구경꾼들을 덮쳤고, 대혼란이 일어났다.

여기 그녀가 왔어, 그녀야, 그녀야, 그녀라고…….

에이미는 뼛속까지 차가운 물에 흠뻑 젖은 채 수조 유리 벽 옆에 무릎을 꿇고, 물기로 미끄러운 바닥에 머리를 숙이고 있었다. 그녀의 마음은 무시무시한 공포가 아우성치는 가운데 동요하고 소용돌이쳤다. 자기 주위의 우주가 휘어지며, 어둠 속에서 그녀를 휘감아 조여오는 것만 같았다. 그들은 죽을 것이다. 이 동물 모두가 사라질 것이다. 이것이 그들에게 그녀의 존재가 의미하는 거였다. 곰들과 원숭이들 그리고 새들과 코끼리들, 그들 모두 다. 어떤 동물들은 우리에서 굶어 죽게 될 거고, 나머지 녀석들은 좀 더 폭력적인 방법으로 죽게 될 것이다. 죽음이 그들 모두를 집어삼킬 것이다. 그리고 그건 비단 동물들에게만 일어날 일이 아니다. 인간도 마찬가지였다. 에이미 주변의 세계가 죽음을 맞이하고, 자신은 그 한가운데 홀로 남겨져 서 있게 되는 거였다.

죽음이 다가오고 있어. 네가 에이미구나, 에이미, 에이미⋯⋯.

"당신, 옛날 생각을 하고 있군요, 그렇죠?"

에이미의 정신이 다시 파티오로 돌아왔다. 카터가 그녀를 빤히 쳐다보았다.

"미안해요." 그녀가 말했다. "당신에게 화내거나 성질부리려던 건 아니었어요."

"괜찮아요, 나도 처음에는 그랬었으니까. 익숙해지는 데 시간이 좀 걸려요."

여름이 가는 게 느껴졌다. 곧 가을이 올 거다. 청록색의 수영장 물에서 레이철 우드의 시체가 떠올랐다. 가끔 에이미가 문 근처에서 꽃밭을 가꾸고 있으면 레이철이 그녀의 검은색 디날리를 몰고 천천히 지나가고는 했다. 그러면 선팅이 된 창문으로, 테니스복을 입은 그녀가 집을 바라보는 것을 알아볼 수 있었다. 하지만 그녀의 차는 멈춰 선 적이 없으며, 에이미가 그녀에게 손을 흔들어도, 그녀는 손을 흔들어 인사한 적도 없다.

"우리가 얼마나 더 기다려야 하나요?"

"그건 제로에게 달려 있죠. 그가 조만간 모습을 드러낼 거예요. 그가 아는 한, 나는 트웰브 무리의 나머지들과 함께 죽은 거니까."

카터의 설명에 따르면 그들을 보호하는 건 물이었다. 차가운 물에 둘러싸여 있는 한 패닝의 마음이 뚫고 들어올 방법이 없다. 에이미와 카터가 지금 그들이 머무르는 곳에 있는 한 패닝은 그들을 찾을 수 없다.

"하지만 그는 분명 올 거예요." 에이미가 말했다.

카터가 고개를 끄덕였다. "패닝이 꽤 오랫동안 잘 참아왔죠. 하지만 그는 이 일을 마무리 짓고 싶어해요. 처음부터 그가 원했던 게 그거니까 모든 걸 끝장내는 거요."

바람이 강해졌다. 축축하고 으슬으슬한 가을바람이다. 구름이 몰려와 어두워졌다. 이 시간쯤 되면 언제나 침묵이 흘렀다.

"우리 꽤 잘 어울려요, 그죠?"

"맞아요, 에이미 양."

"당신이 양이라는 존칭을 안 써주면 좋을 것 같다는 생각이에요. 사실 이 말을 진즉에 해야 했는데 말이에요."

"나는 경의를 표하고 싶은 거였어요. 하지만 당신이 그렇게 하고 싶다면 나도 그게 좋을 것 같아요."

나무 이파리들이 빙글빙글 돌며 떨어졌다. 나뭇잎들이 바람에 날려 뼈만 남은 손가락처럼 이리저리 흩날리고 구르며 잔디밭과 파티오와 수영장 데크를 가로질러 날아갔다. 에이미는 피터를 생각했다. 그가 정말 보고 싶었다. 지금 그가 어디에 있건 행복하기를 바랐다. 그게 에이미가 그를 포기하면서 치른 대가였다.

에이미가 입안의 피 맛을 지우기 위해 마지막 남은 아이스티 한 모금을 마시고 장갑을 꼈다. "준비됐어요?"

"그럼요." 카터가 모자를 썼다. "우리 저 나뭇잎들을 빨리 치우는 게 좋겠어요."

8장

"마이클!"

그의 누나가 마지막 두 걸음을 뛰어오르더니 그의 갈비뼈에서 으스러지는 소리가 날 정도로 꽉 끌어안았다.

"와우, 나도 누나를 봐서 기쁘다고."

책상에 앉아 있던 간호사가 두 사람을 빤히 쳐다봤지만, 사라는 반가운 마음을 숨길 수 없었다. "믿을 수가 없어." 그녀가 말했다. "여기서 뭐 하는 거야?" 사라가 뒤로 물러서면서 엄마처럼 꿀떨어지는 눈빛으로 그를 바라봤다. 마이클은 한편으로는 당황스러웠지만, 다른 한편으로는 누나가 그러지 않았으면 서운할 뻔했다는 생각이 들었다. "맙소사, 너 살이 너무 많이 빠졌잖아. 이게 뭐야. 여기 도착은 언제 한 거야? 케이트가 기뻐서 팔짝팔짝 뛰겠다." 사라가 삶아서 소독한 간호사복을 입고 있는, 좀 나이 들어 보이는 간호사를 돌아보며 말했다. "웬디, 내 남동생이에요. 마이클이라고 해요."

"요트에 미쳐 있다는 그 동생요?"

마이클이 웃었다. "네, 그게 저예요."

"이번에는 떠나지 않고 정착할 거라고 약속해." 사라가 말했다.

"아냐, 그냥 며칠만 있으려고."

사라가 머리를 젓더니 한숨을 내쉬었다. "나도 내가 챙겨 가질 건 가져야겠네." 그녀가 동생인 마이클이 어디로 떠내려가기라도 할 것처럼 그의 팔 위쪽을 꽉 움켜쥐었다. "한 시간 뒤면 나 휴식 시간이야. 어디 딴 데 가지 말고 여기 있어, 알았지? 내가 너를 너무 잘 안다니까. 정말이야."

마이클은 사라를 기다렸고, 둘은 같이 걸어서 그녀의 집으로 갔다. 발아래가 조용하기 그지없는 마른땅을 다시 밟다니 정말 이상한 기분이었다. 거의 3년을 혼자 지낸 뒤 다시 마주하게 된 넘쳐나는 사람들의 웅성거리는 소음이 마치 피부를 박박 긁어대며 상처를 내는 것만 같았다. 그는 불안과 동요를 감추기 위해 최선을 다하면서도 자신이 바다에서 보낸 시간이 다시는 사람들 사이에서 살아갈 수 없도록 성격과 기질에 근본적인 변화를 일으킨 것은 아닌가 하는 생각이 들었다.

케이트가 얼마나 몰라보게 자랐는지 보자 그는 죄책감을 느꼈다. 어린 아기의 모습도 사라졌고, 곱슬거리던 머릿결도 곱게 펴졌다. 사라가 저녁 식사를 준비하는 동안, 마이클과 케이트는 홀리스와 함께 고-투go-to 게임을 했다. 저녁 식사가 끝나자 마이클은 침대에 앉아 케이트에게 이야기를 들려주었다. 책을 읽어준 건 아니었다. 케이트가 현실 세계의 이야기를 들려달라고 조르기에 바다를 항해하고 돌아다니며 겪은 모험담을 들려줬다.

그가 들려준 이야기는 고래에 관한 이야기였다. 그건 약 6개월 전에 멕시코만에서도 상당히 멀리 떨어진 곳에서 일어난 일이다. 한밤중이었고, 바다는 보름달 아래에서 반짝이고 있었다. 그때 마치 산이 솟듯 바다가 솟아오르며 그의 배가 더 높이 떠올랐다. 배의 좌현 쪽에서 시커멓고 불룩한 것이 모습을 드러내며 떠올랐다. 책에서 고래들에 대해 읽은 적은 있었지만 한 번도 본 적이 없었기에 그 크기는 가늠도 되지 않았을뿐더러 믿을 수도 없었다. 그렇게 큰 게 어떻게 살아 있을 수 있는 거지? 고래가 천천히 수면 위로 모습을 드러내는 순간, 머리에서 물줄기가 뿜어져 나왔다. 그리고 천천히 옆으로 몸을 돌리자 거대한 지느러미 하나가 선명하게 드러나 보였다. 반짝이는 고래의 검은 옆구리는 따개비로 둘러싸여 있었다. 너무 놀란 마이클은 두렵기까지 했다. 그리고 시간이 좀 흐른 뒤에야 고래가 그 꼬리를 들어 한 번만 내리치기라도 한다면 그의 요트를 산산조각 낼 수도 있겠다는 생각이 들었다.

케이트가 마이클의 얼굴을 뚫어져라 쳐다보았다. "그래서 어떻게 됐어요?"

"그게," 마이클이 이야기를 이어갔고, 재미있는 부분이 시작되었다. 그는 고래가 계속 움직여 나갈 것으로 생각했지만, 그렇지 않았다. 고래는 거의 한 시간여 동안 노틸러스 옆에 붙어 헤엄을 쳤다. 고래는 때때로 커다란 머리를 수면 밑으로 숙이고 물속으로 들어갔다가 잠시 뒤 젖은 재채기를 크게 터뜨리듯 다시 나타나 머리 위 분수공으로 물줄기를 뿜어냈다. 그러고는 달이 저물어가자 고래는 물속으로 들어가 다시 나타나지 않았다. 마이클은 고래가 다시 나타나는지 기다려봤다. 이제 정말 간 건가? 몇 분이 지났고,

그는 느긋해졌다. 그런데 갑자기 바닷물이 폭발하는 것처럼 배 우현 선수 쪽에서 고래가 솟아오르더니 거대한 몸을 공중으로 날리는 것이다. 그 광경은 마치 도시 전체가 하늘로 들어 올려지는 듯한 모습이었다고 마이클이 케이트에게 설명했다. 내가 얼마나 대단한지 봤지? 나에게 함부로 하지 마, 형제. 고래가 아래로 떨어지며 다시 폭발하듯 엄청난 양의 바닷물이 사방으로 날아올랐고, 마이클의 옆쪽을 강타해 그도 바닷물을 뒤집어쓰고 말았다. 그리고 다시는 고래를 보지 못했다.

케이트가 웃고 있었다. "알겠어요, 고래가 삼촌에게 장난치던 거예요."

마이클이 웃었다. "내 생각에도 그랬던 것 같아."

그는 케이트에게 잘 자라고 볼에 입을 맞춘 후, 홀리스와 사라가 접시들을 정리하고 있는 큰 방으로 갔다. 늦은 밤이라 전기는 끊겼고, 한 쌍의 초가 테이블 위에서 기름진 연기를 내뿜으며 반짝이고 있었다.

"녀석이 많이 컸어."

"홀리스가 잘 돌본 덕이야." 사라가 말했다. "난 병원 일로 너무 바빠서 좀처럼 케이트 얼굴을 못 보고 살아."

홀리스가 씨익 웃었다. "그건 사실이야."

"바닥에 깔 게 매트 하나지만 괜찮았으면 좋겠다." 사라가 말했다. "네가 오는 걸 미리 알았으면 병원에서 간이침대라도 하나 가져왔을 텐데."

"뭐래? 나 평소에 그냥 앉은 채로 자. 사실 이제는 내가 잠이라는 걸 자는지나 모르겠어."

사라가 헝겊을 들고 난로를 닦고 있었다. 그런데 닦는 모습이 좀 거칠어 보였다. 마이클은 누나가 화났다는 걸 알았다. 이미 오래된 대화였다.

"저기," 마이클이 입을 열었다. "내 걱정은 안 해도 돼. 나는 괜찮다고."

사라가 힘겹게 숨을 내쉬었다. "홀리스, 쟤랑 얘기 좀 해줘. 나는 내가 마이클을 어떻게 못 할 거라는 걸 알아."

홀리스가 무기력하게 어깨를 으쓱해 보였다. "무슨 얘기를 해야 하는 건데?"

"'사람들이 너를 사랑한다고, 제발 너 자신을 죽이는 일 좀 하지 마'라고 말해보는 건 어때."

"그런 거 아니야." 마이클이 말했다.

"사라가 말하고 싶은 건," 홀리스가 둘 사이의 대화를 막고 나섰다. "우리 모두 네가 조심하기를 바란다는 거야."

"아냐, 내가 말하고 싶은 건 그게 아니야." 그녀가 마이클을 바라봤다. "로어 때문이야? 그게 이유야?"

"로어는 아무 상관도 없어."

"그럼 설명 좀 해봐. 나도 네가 왜 그러는지 정말 이해하고 싶으니까, 마이클."

그 이유를 어떻게 설명할 수 있을까? 마이클의 이유는 너무 복잡하게 뒤엉켜 있어서 일목요연하게 정리해 설명할 수 있는 것들 아니었다. "나는 그냥 그렇게 지내는 게 좋아. 내가 설명할 수 있는 건 그게 다야."

사라가 다시 난로를 마구 닦아대기 시작했다. "그러니까 너는 내가 돌아버릴 때까지 겁먹게 만들고 싶다는 거지."

마이클이 사라에게 손을 뻗었지만 그녀는 손을 뿌리쳐버렸다.

"사라 누나……."

"하지 마." 그녀는 동생을 바라보지도 않았다. "괜찮다고 하지 마. 괜찮다는 말 하지 말라고. 젠장, 이러지 않으려고 했는데. 나 내일 아침에 일찍 일어나야 해."

홀리스가 그녀의 등 뒤로 다가갔다. 그는 한 손을 사라의 어깨 위에 올리고 다른 한 손으로는 그녀가 켠 헝겊을 붙잡아 천천히 빼냈다. "우리 이미 이 문제에 관해 얘기했잖아. 당신, 마이클이 하고 싶은 대로 하게 해줘."

"맙소사, 바보같이, 마이클 너는 아마도 잘됐다고 생각할 거야."

사라가 울기 시작하자 홀리스가 그녀의 몸을 돌리고 안아주었다. 홀리스가 사라의 어깨 너머로 테이블 옆에 어쩔 줄 모른 채 서 있는 마이클을 바라봤다. "누나가 그냥 지쳐서 그런 거야. 잠깐 자리 좀 비켜줄래?"

"아, 그래, 그럼."

"고마워, 마이클, 열쇠는 문 바로 옆에 있어."

마이클은 사라와 홀리스의 집을 나서 아예 아파트 단지 밖으로 나와버렸다. 마땅히 갈 데가 없었기에 아파트 단지 출입구 근처 땅바닥에 앉았다. 그곳에는 그를 성가시게 굴 사람은 아무도 없었다. 그는 한동안 이렇게 기분이 안 좋은 적이 없다. 사라가 항상 걱정이 많은 사람이기는 했지만, 그는 누나를 화나게 만드는 걸 좋아하지 않았다. 그리고 그게 마이클이 도시를 거의 찾아오지 않은 이유 중 하나였다. 그는 누나를 기쁘게 해주고 싶었다. 결혼할 누군가를 만나서 다른 사람들처럼 직업을 갖고 정착하고, 아이들을 키우는 것 말이다. 그들의 부모가 죽었을 때, 사라 자신도 어린 아이에 지나지 않았을 뿐이다. 그럼에도 불구하고 남동생을 돌보는 모든 일을 감당하고 끝마친 그녀는 마음의 평안을 누릴 자격이 충분했다. 사라와 마이클이 서로에게 한 모든 행동과 말에는 이런 무언의 진실이 숨겨져 있었다. 만약 상황이 그와는 달랐다면 그들도 다른 남매들처럼 되었을지도 모르는 일이다. 시간이 가면서 새로운 사람과의 관계가 우선하게 되고, 그러면 가족 간에 서로에 대한 의미와 중요성이 퇴색했을 것이다. 하지만 지금은 그들 둘뿐이었다. 새로운 사람들이 그들의 삶에 들어오게 될지라도 마이클과 사라 둘의 마음에는 항상 오직 둘만이 들어갈 수 있는 방이 하나 존재하는 것이다.

마이클은 적당히 기다릴 만큼 기다렸다는 생각이 들자 아파트로 돌아왔다. 촛불은 다 꺼졌고, 사라가 그를 위해 준비해둔 매트 하나와 베개가 보였다. 그는 어둠 속에 옷을 벗고 누웠다. 그때 누나가 자기의 짐 위에 쪽지를 남겨놓았다는 것을 알아차렸다. 촛불을 켜고 쪽지를 읽었다.

미안해. 너를 사랑한다. 지켜볼게. S.

단지 세 문장뿐이었다. 하지만 그게 마이클이 원하는 전부이기도 했다. 그 세 문장은 남매가 지금까지 매일 서로에게 말해오던 바로 그 세 문장과 같은 것이기도 했다.

마이클이 잠에서 깨니 케이트 얼굴이 바로 코앞에 있었다.
"마이클 삼촌, 일어나요……."
팔꿈치를 바닥에 댄 채 몸을 일으켰다. 홀리스가 문 옆에 서 있었다. "미안해, 내가 사라에게 너를 그냥 놔두라고 했어."

마이클이 정신을 차리는 데 시간이 좀 걸렸다. 그는 이렇게 늦게까지 잠을 자는 데 익숙하지 않았다. 아니 잠을 자는 데 전혀 익숙하지 않았다. "사라 아직 집에 있어?"

"아니, 나간 지 몇 시간 됐어." 홀리스가 딸에게 손짓했다. "가자, 우리 늦을 것 같아."

케이트가 눈을 말똥댔다. "아빠는요 수녀님들을 무서워해요."

"아빠는 똑똑한 사람이야. 수녀님들은 내 속을 뒤틀리게 만든다고."

"마이클," 홀리스가 그를 불렀다. "그건 돕는 게 아니라고."

"알았어." 마이클이 케이트를 봤다. "아빠가 하자는 대로 해, 우리 조카."

케이트가 갑자기 확 끌어안는 바람에 마이클이 놀랐다. "내가 올 때까지 집에 있을 거죠?"

"그럼, 물론이지."

그는 홀리스와 케이트가 계단을 내려가는 소리를 들었다. 그는 아이가 느끼게 해주어야만 했다. 순수한 심리적 공갈이었지만, 내가 뭘 할 수 있겠어? 그는 옷을 입고 싱크대에서 대충 씻었다. 사라가 아침 식사로 롤빵을 남겨뒀지만, 마이클은 사실 배가 고프지는 않았다. 정말로 뭔가 먹고 싶다는 생각이 들 만큼 배가 고프고 필요하면 그가 나중에 알아서 뭐든 찾아 먹을 수 있었다.

마이클은 자기 배낭을 들고 밖으로 나왔다.

간호사 가운데 한 명이 그녀를 데리러 왔을 때, 사라는 아침 회진을 마무리하는 중이었다. 사라는 접수대에 서 있는 페그 수녀를 찾으러 대기실로 왔다.

"수녀님 안녕하세요."

페그 수녀는 그녀가 방문하는 방이라면 어디든지 긴장감을 더하며 분위기를 바꿔놓는 사람 중의 하나였다. 그녀의 나이는 사람들이 짐작하는 대로였다. 아무리 적어도 예순 살. 지난 20년 동안 모습이 변한 게 없다고들 하지만 말이다. 사라가 더 잘 알기는 했지만 전설적인 괴팍한 성격의 소유자다. 그녀의 엄격해 보이는 모습 뒤에는 자신이 돌보는 아이들에게 온전하게 헌신하는 여자가 숨어 있었다.

"사라, 우리 얘기 좀 할 수 있을까요?"

얼마 후 페그 수녀와 사라 둘은 고아원을 향해 가고 있었다. 고아원에 가까워지자 아이들이 뛰어놀며 고함치는 소리와 우는 소리가 사라에게 들려왔다. 아침 휴식 시간이 한창이었다. 둘은 정원 문을 통해 고아원으로 들어갔다.

"사라 선생님이다, 사라 선생님!"

사라는 운동장 안으로 채 다섯 발자국도 들여놓지 못하고 아이들에게 둘러싸였다. 아이들이 그녀를 잘 알기는 했지만, 그녀는 누구라도 방문자가 오면 아이들이 어느 정도 흥분한다는 걸 알았다. 사라는 다음번에는 좀 더 오래 머물겠다는 약속을 하고서야 겨우 아이들을 떼어놓을 수 있었고, 페그 수녀를 따라 건물 안으로 들어갔다.

여자아이 한 명이 사라가 아이들의 검진을 위해 사용하는 방 테이블 위에 앉아 있었다. 사라가 방에 들어서자 아이의 눈이 휘둥그레졌다. 여자아이는 열두 살이나 열세 살쯤 되어 보였다. 아이의 모습이 너무나 더럽고 형편없는 까닭에 나이를 가늠하기가 쉽지 않았다. 여자아이는 한쪽 어깨에 매듭지어 묶어놓은 때 묻은 굵은 삼베옷을 입었고, 검게 더럽혀진 맨발은 흙먼지와 피딱지들로 뒤덮여 있었다.

"지난밤에 DS가 아이를 데려왔어요." 페그 수녀가 말했다. "아이는 지금까지 한마디도 말을 안 하고 있고요."

아이는 농장 창고에 침입하려다가 붙잡혀 온 거였다. 한눈에도 그 이유를 짐작하는 건 어려운 일이 아니었다. 아이의 모습이 반쯤 굶어 죽은 사람 같았다.

"안녕, 나는 닥터 사라라고 해. 너는 이름이 뭐니?"

아이는 덥수룩하게 자라 떡이 진 머리카락 아래로 사라를 열심히 쳐다보기는 했지만, 대답은 하지 않았다. 아이의 몸 중 그나마 유일하게 움직이고 있는 눈은, 조심스럽게 페그 수녀를 봤다가 다시 사라를 향했다.

"우리는 아이의 부모가 누구인지를 찾아보려고 했지만, 아무도 아이를 찾고 있다는 신고나 기록이 없었어요." 페그 수녀가 말했다.

사라가 보기에도 그럴 것 같은 생각이 들었다. 사라가 가방에서 청진기를 꺼내 아이에게 보여주었다. "너의 심장 소리를 들어보려고 해, 괜찮을까?"

이번에도 말이 없었지만, 아이의 눈은 그러라고 말하고 있었다. 사라는 아이의 어깨 위에 있는 옷의 매듭을 아래로 잡아 내렸다. 아이의 몸은 갈대처럼 말랐지만, 가슴이 나타나기 시작했다. 차가운 청진기가 피부에 닿자 아이가 움찔 놀라기는 했으나, 그게 전부였다.

"사라, 이것도 확인해보는 게 좋겠어요."

페그 수녀가 아이의 등을 뚫어지게 쳐다보는 중이었다. 아이의 등에 화상과 채찍 자국이 가득했다. 일부는 좀 오래된 흉터였고, 나머지는 아직 피와 진물이 났다. 전에도 이런 걸 본 적은 있었지만 이 정도는 아니었다.

사라가 아이 얼굴을 봤다. "얘, 누가 너에게 이런 짓을 했는지 말해줄 수 있어?"

"아이가 말을 못 하는 것 같아요." 페그 수녀가 말했다.

사라는 상황이 이해되기 시작했다. 사라가 아이의 턱을 잡았고, 아이는 가만히 있었다. 사라는 다른 손을 아이의 오른쪽 귀 옆으로 가져갔다. 손가락을 세 번 튕겼다. 하지만 아이는 아무 반응도 보이지 않았다. 사라는 손을 바꿔 다른 쪽 귀도 검사했다. 이번에도 역시 아무 반응이 없었다. 아이의 눈을 바라보며 자기 귀를 가리키고는 안 들리느냐고 묻는 듯 머리를 천천히 흔들었다. 아이가 머리를 끄덕였다.

"아이가 청각 장애가 있어서 그런 거네요."

그리고 놀라운 일이 일어났다. 여자아이가 손을 뻗어 사라의 손을 잡았다. 아이가 사라의 손을 뒤집더니 손바닥 위에 자신의 검지로 일련의 선들을 그리기 시작했다. 선이 아니었다. 글자였다. P, I, M.

"핌." 사라가 글자를 소리 내 말했다. 페그 수녀를 힐끗 본 후 다시 아이를 봤다.

"핌, 이게 네 이름이야?"

아이가 고개를 끄덕였다. 이번에는 사라가 여자아이의 손바닥을 붙잡고 SARA라고 쓰고 자신을 가리켰다.

"사라." 사라는 페그 수녀를 올려다봤다. "수녀님, 필기구를 좀 주실 수 있을까요?"

방을 나선 페그 수녀가 잠시 뒤 아이들이 수업 시간에 사용하는 휴대용 칠판 하나를 갖고 돌아왔다.

　부모님은 어디 계셔? 사라가 칠판에 적었다.

　핌이 칠판을 가져가 손바닥으로 사라의 질문을 지우고는 분필을 주먹으로 서투르게 잡았다.

　— 돌아가셨어요.

　— 언제?

　엄마 먼저 그리고 아빠, 오래전에.

　— 누가 너를 이렇게 만들었니?

　— 남자요.

　— 어떤 남자인데?

　— 몰라요, 도망쳤어요.

　다음 질문은 사라를 힘들게 했지만, 꼭 물어봐야만 하는 질문이었다.

　— 그 남자가 네 몸 다른 곳도 아프게 했니?

　아이가 주저하더니 고개를 끄덕였다. 사라의 가슴이 쿵 무너져 내렸다.

　— 어디지?

　핌이 칠판을 받아들었다.

　— 여자에게만 있는 거요.

　사라가 아이에게서 눈을 떼지 않고 말했다. "수녀님 잠시만 저희 둘이 있게 해주시겠어요?"

　페그 수녀가 방을 나가자 사라가 물었다. 한 번 이상이니?

　아이가 고개를 끄덕였다.

　— 내가 좀 살펴봐야 할 것 같은데, 조심할게.

핌이 온몸을 움츠리고 머리를 좌우로 격렬하게 흔들어댔다.

— 부탁이야, 네가 괜찮은지 확인해야 해. 사라가 칠판에 그렇게 썼다.

핌이 칠판을 낚아채더니 빠르게 뭐라고 써 내려갔다. 내 잘못이에요. 다른 사람에게는 말하지 않는다고 약속해요.

— 아냐, 네 잘못이 절대 아니야.

— 핌은 나빠요.

사라는 아이가 울고 싶은 건지 화내고 싶은 건지 알 수 없었다. 사라는 지금껏 살아오면서 안 좋은 일을 — 끔찍한 일들 — 많이 봐왔다. 그리고 홈랜드에서만 그랬던 것도 아니다. 가장 추악한 인간의 본성을 직시하지 않고는 병원의 복도를 지나다닐 수도 없었다. 손목이 부러져 병원에 온 여자가, 남편이 옆에서 지켜보며 눈치를 주는 대로 계단에서 굴러떨어져 부러졌다고 읊어대는 일을 보았다. 악성 영양실조에 걸린 채 친지들에 의해 문 앞에 버려진 노인도 있었다. 덩크의 매춘부 중 하나가 병과 약물에 찌든 모습으로, 사창가의 의자에 다시 앉기 위해 배 속의 아이를 지우려고 손에 오스틴 몇 장을 움켜쥐고 찾아오는 일도 허다했다. 하루를 버텨내려면 비정해지지 않고는 달리 방법이 없었다. 하지만 아이들의 경우는 최악이었다. 아이들을 외면할 수는 없었다. 핌의 경우 어찌 된 일인지 내막을 짐작하는 건 어렵지 않았다. 아이의 부모가 죽자 누군가가 듣지도 말하지도 못하는 이 불쌍한 고아를 돌보겠다고 했을 거다. 사람들은 그가 정말 친절하고 좋은 사람이라고 생각했을 테고. 하지만 그 후 아무도 확인하는 일에는 신경을 쓰지 않은 것이다.

"아냐, 핌 아니야." 사라가 핌의 손을 잡고 눈을 바라봤다. 세상에 버림받은 작고 겁에 질린 영혼이 보였다. 세상에 핌보다 더 외로운 인간은 없었으며, 단지 인간이라는 이유로 아이가 어떤 일을 감당해냈어야 하는지 이해되었다.

홀리스조차도 이 이야기는 몰랐다. 홀리스에게 말하기 두려웠던 것은 아니다. 단지 그가 어떤 사람인지 알았을 뿐이다. 하지만 침묵하기로 한 건 사라가 오래전에 내린 결정이었다. 홈랜드에서 모두가 자신들의 순서대로 차례를 지켰고, 사라의 차례가 되었다. 그녀는 자신이 아는 한 최선을 다해 그걸 견뎌냈고, 끝났을 때 크고 단단한 자물쇠가 달린 쇠로 만들어진 상자를 상상했다. 그러고는 그녀는 그 기억을 상자 안에 넣고 잠가버렸다.

사라는 칠판을 가져다가 이렇게 써 내려갔다.

— 나도 누군가에게 그곳을 다쳤어.

아이가 여전히 조심스러운 표정으로 칠판을 찬찬히 살펴봤다. 아마도 10초쯤 지나갔을까. 핌이 다시 분필을 손에 들었다.

— 비밀인가요?

— 네가 이걸 아는 유일한 사람이야.

아이의 표정이 바뀌었다. 뭔가 조금 편안해졌다.

사라가 썼다. 우리는 똑같아. 사라는 좋은 사람이야. 핌도 좋은 사람. 우리의 잘못이 아니야.

아이의 눈이 눈물로 글썽거리더니 눈물 한 방울이 눈가를 따라 뺨을 타고 흘러내렸다. 먼지투성이 핌의 얼굴에 눈물 자국이 길게 남았다. 핌은 여전히 입을 다물었다. 하지만 목과 턱의 근육이 팽팽하게 긴장되는가 싶더니 떨리기 시작했고, 낯선 소리가 방 안에 울렸다. 짐승이 그르렁거리는 소리 같았다. 아이의 안에서 무언가가 뛰쳐나오려고 싸우고 있는 것처럼 느껴졌다.

그리고 마침내 터져 나왔다. 여자아이가 입을 열고 울부짖었다. 인간의 언어라는 개념을 깨버리는, 고통스러움이 가득한 모음의 소리를 계속 냈다. 사라는 핌을 꼭 끌어안아 주었다. 핌은 울부짖고 몸부림치고 벗어나려고 안간힘을 썼다. 그러나 사라는 놓아줄 수 없었다. "괜찮아." 사라가 말했다. "내가 너를 포기하지 않아. 내가 너를 포기하지 않을 거야." 그리고 그렇게 아이가 다시 잠잠해질 때까지 그대로 있었다. 그리고 그 후에도 계속 오랫동안.

9장

학교에서 얼마 안 되는 거리에 있는 의사당 건물은 한때 텍사스 퍼스트 트러스트 뱅크가 있던 곳이고, 여전히 그 이름이 입구의 석회암 기둥 윗부분에 새겨 있었다. 로비에 있는 입주자 안내판에는 주택사업국, 보건위생국, 농경·상업국, 조폐국 같은 여러 부서의 이름이 보였다. 피터는 2층의 널찍한 공간으로 이어지는 계단을 올라갔다. 책상 하나가 보였고, 책상에는 부자연스러울 정도로 말끔한 제복을 입은 DS 장교가 앉아 있었다. 피터는 갑자기 요란하게 덜거덕거리는 도구들과 못들이 들어 있는 가방을 메고, 추레한 작업복을 입은 자기 모습이 당황스러울 정도로 부끄럽게 느껴졌다.

"어떻게 오셨나요?"

"산체스 대통령을 만나러 왔습니다. 약속이 되어 있습니다."

"성함이?" 장교의 눈이 책상 위로 되돌아갔다. 그는 뭔가 일종의 서류 양식을 채워 넣고 있었다.

"피터 잭슨입니다."

장교의 얼굴이 한 줄기 빛이 비치는 것처럼 환해지는 듯했다. "당신이 잭슨 씨라고요?"

피터가 조용히 고개를 숙였다.

"세상에 이럴 수가." 그는 자리에 그대로 앉은 채 멍하니 피터를 쳐다보았다. 피터가 이런 반응을 본 것도 상당히 오래되었다. 다른 한편으로 보면 요즘 들어서 피터가 새로운 사람들을 만난 일도 거의 없었다. 사실 한 번도 없었다.

"저, 제가 왔다고 안에다 말해야 하지 않을까요?" 마침내 피터가 말했다.

"아, 네." 장교가 의자에서 일어났다. "잠깐만 기다리세요. 안에 모여 계신 분들께 잭슨 씨가 도착했다고 보고하고 오겠습니다."

'안에 모여 계신 분들'이라는 말이 피터의 귀에 꽂혔다. 어떤 사람들이 모인 거지? 그렇다면 대체 나는 여기 무슨 일로 와 있는 거지? 이곳에 오기 전 이미 몇 시간 동안 대통령이 보내온 메시지를 곰곰이 생각해보았지만, 딱히 떠오르는 생각이 없었다. 어쩌면 케일럽의 말대로 정말로 내가 군으로 돌아오기를 원하는 걸까. 그렇다면 그건 길게 얘기할 필요도 없는 일이다.

"지금 바로 들어가시면 됩니다, 잭슨 씨."

장교가 피터의 연장 가방을 받아 들고 긴 복도를 따라 그를 안내했다. 산체스 집무실의 문은 열려 있었다. 피터가 방 안으로 들어서자 그녀가 책상에서 일어나 맞았다. 자그마한 체구에 거의 백발이며 날카로운 이목구비를 가진, 눈빛이 강렬한 여성이었다. 산체스의 맞은편에는 빽빽하고 빳빳한 수염을 기른 두 번째 사람이 앉아 있었다. 낯이 익어 보이기는 했지만 피터는 그가 누구인지 알 수 없었다.

"잭슨 씨, 이렇게 만나보게 되니 반갑습니다." 산체스가 그녀의 책상을 돌아 나오더니 손을 뻗어 악수를 청했다.

"만나 뵙게 되어서 영광입니다, 대통령님."

"부디," 산체스가 말했다. "비키라고 불러주세요. 저의 비서실장인 포드 체이스 씨를 소개해드리죠."

"우리 이미 만난 적이 있죠, 잭슨 씨."

이제야 피터는 기억이 났다. 오일 로드의 다리가 파괴된 이후에 있었던 심문 자리에 체이스가 참석했다. 유쾌하지 않은 기억이었다. 피터는 그를 보는 순간 마음에 들지 않았다. 체이스에 대한 피터의 불신을 키운 것은, 그가 인류 역사상 가장 이해하기 어려운 복식인 넥타이를 매고 있다는 것이다.

"그리고 물론 아프가 장군은 잘 아시겠죠." 산체스가 말했다.

피터는 소파에서 일어서는 자신의 전 지휘관과 인사하기 위해 돌아섰다. 좀 나이가 든 군나르는 다듬은 머리가 희끗희끗해졌고, 이마에는 주름이 깊게 파였다. 늘어난 뱃살에 입고 있는 제복의 단추들이 팽팽하게 당겨진 게 보였다. 경례를 해야 할 것 같은 충동이 강하게 일었으나, 피터는 이를 참아내고 둘은 악수했다.

"승진하신 거 축하드립니다, 장군님." 아프가의 지휘 아래 복무했던 사람들에게는 놀랄 일도 아니었지만, 플리트가 물러난 후 육군 원수로 지명되었다.

"나는 매일 후회 속에 지낸다네. 그래, 자네의 조카는 어떤가?"

"녀석은 잘 지내고 있습니다, 장군님. 잊지 않아 주셔서 감사합니다."

"자네가 나를 장군님이라고 부르는 소리를 계속 듣고 싶었다면 사직서를 받아주지 말았어야 했던 건데 말이야. 아무튼 그게 나의 두 번째 큰 실수라네. 내가 자네와 좀 더 싸웠어야 해."

피터는 군나르를 좋아했다. 그가 산체스의 집무실에 같이 있다는 사실만으로도 마음이 한결 편안해졌다. "그러셨어도 크게 달라질 건 없었겠지만 말입니다."

산체스는 그들 모두를 이끌어, 돌로 만든 상판이 얹힌 테이블이 소파와 가죽 팔걸이의자에 둘러싸인 자리로 안내해 갔다. 테이블 위에는 관처럼 둘둘 말린 긴 종이가 있었다. 피터는 방에 들어와서 처음으로 주위를 둘러보았다. 책들로 가득한 벽, 커튼도 없는 창문 그리고 서류가 높게 쌓인 이가 빠진 책상. 그 뒤에 세워져 있는 봉에는 텍사스 국기가 매달려 있었고, 그게 집무실에 놓인 유일한 의전을 위한 장식품이었다. 피터는 산체스의 맞은편 의자에 앉았다. 아프가와 체이스는 옆으로 앉았다.

"잭슨 씨, 먼저," 산체스가 입을 열었다. "왜 내가 만나자고 했는지 궁금해하실 것으로 생각됩니다. 부탁할 것이 있어서입니다. 상황을 설명하기 위해서 보여드릴 것이 있습니다. 포드?"

체이스가 테이블 위의 종이를 펼치고 모서리들을 휘어 접어놓았다. 측량사가 만든 지도였다. 중앙에 커빌이 보였고, 커빌의 장벽과 주변 경계선이 명확하게 표시되어 있었다. 과달루페강을 따라 서쪽으로 세 개의 커다란 지역이 사선으로 구분했고, 각각 SP1, SP2, SP3라고 표시해놨다.

"거창하게 들릴지도 모르지만, 지금 보고 있는 것이 텍사스 공화국의 미래 모습입니다." 산체스가 말했다.

"SP라는 건 'settlement parcel(정착 구획)'을 의미하는 거고요." 체이스가 설명했다.

"이 지역들은 인구를 분산할 수 있는 최적의 지역들이에요. 적어도 시작하기에는 그래요. 물이 있고, 경작하기에 적합한 흙이 있고, 방목이 가능한 좋은 땅이 있죠. 우리는 이주를 원하는 사람들을 대상으로 제비뽑기를 통해 단계적으로 계획을 실행하려고 합니다."

"정말 많은 사람이 이주하게 될 겁니다." 체이스가 말을 보탰다.

피터가 고개를 들었다. 모두가 그의 반응을 기다렸다.

"별로 달가워하지 않는 걸로 보이는군요." 산체스가 말했다.

피터는 뭐라고 해야 할지 적당한 말을 고민했다. "저는…… 이런 날이 올 것으로 생각해본 적이 없습니다."

"전쟁은 끝났네." 아프가 말했다. "지난 3년 동안 단 한 마리의 바이럴도 나타나지 않았어. 바로 그걸 위해서 우리가 그 많은 세월 동안을 싸워왔던 거야."

산체스가 앞으로 몸을 숙였다. 이 여성 대통령에게는 뭔가 어마어마하게 매력적인 면, 부정할 수 없는 힘이 있었다. 피터도 산체스에 관한 이야기들을 들어보기는 했다. 젊은 시절 그녀는 대단한 미녀였고, 그녀를 쫓아다니는 남자들이 1킬로미터는 줄을 서 있었을 거라고. 하지만 일화를 듣는 것과 직접 보는 것은 전혀 다른 거였다.

"피터, 당신은 역사에 영원히 남아 지워지지 않을 거예요. 당신이 해낸 모든 일도."

"그건 저 혼자 해낸 일이 아니었습니다."

"그건 나도 알아요. 축하할 일이 한두 가지가 아니에요. 넘쳐나죠. 그리고 당신의 친구들 일에 대해서는 가슴 아프게 생각해요. 도나디오 대위를 잃은 건 우리에게 큰 손실이죠. 그리고 에이미,

그건……." 여자 대통령이 말을 멈췄다. "솔직하게 말할게요. 그녀에 관한 이야기는, 나는 무엇을 믿어야 할지 모르겠어요. 지금 나는 그들을 완전하게 이해한다고는 말하지 못해요. 내가 아는 건 당신이나 에이미가 아니었다면 우리 중 누구도 이런 대화를 나누지 못할 거라는 거예요. 그녀를 우리에게 데려온 건 당신이었어요. 사람들이 아는 건 그거예요. 그리고 그 사실이 당신을 매우 중요한 사람으로 만들었어요. 당신은 세상에 나 같은 사람은 없다고 잘난 체할 수도 있어요." 산체스의 눈이 피터의 얼굴에 박힐 듯 뚫어지게 바라보았고, 그 때문에 방에는 오직 두 사람만 있는 것처럼 느껴졌다. "주택사업국에서 일하는 게 어떤지 말해봐요."

"저는 좋습니다."

"그리고 그 일은 당신에게 아이를 키울 기회도 보장해줄 거예요. 아이 옆에서 함께 지낼 수 있는 기회 말이에요."

피터는 서서히 그녀의 속내가 드러나고 있다는 걸 느끼며 고개를 끄덕였다.

"나는 아이를 가져본 적이 없어요." 산체스가 다소 후회하는 듯 말했다. "이 집무실을 차지한 대가겠죠. 그래도 당신을 이해할 수는 있어요. 단도직입적으로 말하자면 나는 당신 삶의 우선순위를 존중하고 내가 제안하는 것 중 어떤 것도 당신이 삶에서 무엇보다 중요하게 생각하는 것에 방해되지 않을 거예요. 지금처럼 당신은 아이 곁에 함께할 수 있을 거예요."

피터는 이 이야기를 들으며 그것이 반쪽짜리 진실이라는 걸 알수 있었다. 그럼에도 불구하고 산체스의 접근 방식이 아주 세밀하게 잘 짜여서 그 점은 감탄할 수밖에 없었다.

"계속 말씀하시죠."

"피터, 내가 참모가 되어달라고 부탁하면 어떻게 하겠어요?"

그녀의 생각이 너무 터무니 없어서 그는 거의 웃음을 터뜨릴 뻔했다. "죄송합니다, 용서하세요. 대통령님……."

"오, 이런," 그녀가 웃으며 말을 잘랐다. "비키라고 부르셔도 된다니까요."

피터는 산체스가 능수능란하다는 걸 인정하지 않을 수가 없었다. "저에 대한 대통령님의 평가가 너무 과분해서 뭐부터 말씀드려야 할지 모르겠습니다. 무엇보다도 저는 정치인이 아닙니다."

"그리고 나도 잭슨 씨에게 정치인이 되라고 부탁하는 게 아닙니다. 하지만 당신은 타고난 리더예요. 사람들이 다 아는 사실이죠. 당신은 아주 귀한 인재라서 그냥 옆줄에 앉아 구경만 하기에는 아깝죠. 우리에게 꼭 필요한 일이기는 하지만, 커빌의 굳게 닫힌 문을 개방하는 일은 단지 더 많은 땅과 주택을 확보하는 데 그치는 일이 아니에요. 이건 앞으로 우리가 일하고 살아가는 방식에 있어서 근본적인 변화를 의미하는 거예요. 많은 세부적인 내용에 대한 검토가 이루어져야 하겠지만, 나는 앞으로 90일 이내에 계엄령을 중단할 계획입니다. 원정대도 시민들의 재정착 과정을 돕기 위해 각 주둔지로부터 복귀하고, 우리도 완전한 형태의 민간 정부로 전환할 거예요. 이건 모두를 논의의 과정에 참여시키는 정말 대대적인 변화이고, 엉망일 정도로 혼란스러운 일이 될 거예요. 하지만 꼭 필요한 일이고, 그것도 지금 바로 해야 하는 일이죠."

"외람된 말씀이지만 저는 이 일이 저와 무슨 상관이 있는지 모르겠습니다."

"사실 이 일은 모든 면에서 실제로 당신과 상관이 있습니다. 아

니 나는 최소한 그러기를 바라요. 당신의 입지는 특별해요. 군대
는 당신을 존경하고, 사람들은 당신에 대해 애정을 품고 있어요.
아이오와에서 온 사람들은 특히 더욱 그래요. 하지만 이 두 가지
의 사실 말고도 당신의 입지를 확실하게 떠받치는 삼각대의 다리
하나가 더 있죠. 바로 암시장요. 그들이 이 이주 계획을 알면 들떠
서 아주 난리가 날 거예요. 티프티 라몬트는 죽었을지 몰라도 그
와 당신과의 인연 때문에 당신은 그들 조직의 수뇌부와 선이 닿아
있어요. 그들을 무력화하자는 게 아니에요. 우리가 하려고 해도
할 수도 없고요. 범죄도 삶의 일부라는 건 부정할 수가 없어요. 사
실이기는 하지만 추악한 사실이죠. 덩크 위더스를 알죠, 맞나요?"

"만난 적은 있습니다." 피터가 고개를 끄덕였다.

"아뇨, 만난 것 이상이었죠. 나의 정보원이 전해준 이야기가 맞
다면요. 케이지 안에서 있었던 일에 대해 들었습니다. 굉장한 묘
기를 보여주셨더군요."

산체스는 피터가 티프티를 샌안토니오 북쪽에 있는 그의 지하
시설에서 처음 만났을 때의 일을 말하는 중이었다. 짜릿한 전율
속에 카타르시스를 만끽할 수 있는 오락 행위로, 암시장 수뇌부의
구성원들은 바이럴에 대항해 격투를 벌였고, 다른 이들은 결과에
대해 내기를 걸었다. 덩크가 케이지에 먼저 들어가 도피를 상대
적으로 수월하게 해치웠다. 그리고 티프티로부터 자신과 일행들
을 아이오와로 데려다주겠다는 약속을 얻어낼 목적으로 피터가
다 자란 드랙과 싸우기 위해 덩크의 뒤를 이어 케이지 안으로 들
어갔다.

"그때는 그렇게 해야 할 것 같았습니다."

산체스가 미소를 지었다. "내가 하고 싶은 말이 바로 그겁니다.

당신은 해내야만 할 일을 해내는 사람이에요. 덩크, 그는 라몬트의 반만큼도 똑똑한 사람이 아니에요. 그리고 내 입장에서는 그러기를 바라고요. 라몬트와 우리 사이의 협정은 매우 단순한 거였어요. 그는 우리가 지난 몇 년간 보아온 군 장비들 가운데 보존 상태가 가장 좋은 것을 산더미처럼 가졌죠. 라몬트가 없었다면 우리는 군대를 제대로 무장시킬 수도 없었을 거예요. 우리는 그가 최악의 문제들만 만들지 않고 총기와 탄약을 공급해주는 한 사업을 계속할 수 있도록 해줬어요. 라몬트는 그게 무슨 의미인지 잘 알았죠. 그런데 덩크도 과연 그럴지 나는 의심이 돼요. 덩크는 완벽한 기회주의자인 데다가 기질도 아주 안 좋거든요."

"그럼 그냥 그를 감방에 처넣어버리지 그러세요."

산체스가 어깨를 으쓱했다. "그렇게 할 수도 있었죠. 그리고 그렇게 될 거고요. 아프가 장군은 우리가 그 범죄자들을 체포하고, 그들의 벙커와 도박장을 몰수하고 모든 걸 끝내야 한다고 생각해요. 하지만 곧 누군가 다른 인물이 그 범죄자들의 자리를 꿰차고 들어오고, 우리는 다시 원점으로 돌아가겠죠. 이건 공급과 수요의 문제예요. 수요는 항상 있어요. 누가 공급자가 될 것인가 그게 문제죠. 카드 테이블, 리크, 매춘부? 마음에 안 드는 것들이죠. 하지만 나는 차라리 이미 알고 있는 상대와 거래하고 관리하는 편을 원합니다. 그리고 지금 그 상대는 덩크인 거죠."

"그래서 제가 덩크와 협상하기를 원하시는 거군요."

"맞아요, 그것도 제때. 암시장을 잘 관리하는 것이 중요합니다. 그래야 이주가 진행되는 과도기 동안 군대와 시민들을 완전하게 참여시킬 수 있어요. 당신은 그 셋 모두에게 상당한 영향력을 행사할 수 있는 유일한 사람이에요. 어쩌면 당신이 욕심을 내기만

한다면 정말 대통령이 될 수도 있을 정도예요. 그리고 그런 일은 나의 적에게 일어나기를 바랄 만한 일이 아니죠."

피터는 그녀의 말에 자신도 모르게 어느 정도 동의하고 있다는 사실에 마음이 불편해졌다. 그는 아프가를 쳐다봤다. 그의 얼굴은 이렇게 말하는 것 같았다. 그래, 나도 그 기분 이미 경험해봤지.

"그래서 정확히 저에게 원하시는 게 뭡니까?"

"일단, 잭슨 씨를 특별 고문으로 임명하고 싶습니다. 뭐랄까, 말하자면 이해관계자들 사이의 중재자가 되는 거죠. 더 정확하고 구체적인 직책은 나중에 정해도 될 거예요. 어쨌든 나는 당신을 모든 사람이 볼 수 있게 전면에 내세우고 싶어요. 사람들은 당신의 생각과 목소리를 가장 먼저 듣게 될 거예요. 그리고 약속하죠. 매일 저녁 당신은 아이와 함께 집에서 식사할 수 있을 겁니다."

산체스의 제안을 받아들이고 싶은 강한 욕망이 일어났다. 더 이상 무더운 날씨에 망치를 휘두르지 않아도 되는 거였다. 하지만 피터는 또한 지치기도 했다. 그는 어떤 필수적인 에너지가 고갈된 상태였다. 이미 할 만큼 했다. 그가 지금 원하는 건 조용하고 단순한 삶이었다. 케일럽을 학교에 데려다주고 정직한 일을 하며 하루를 보내고, 밤에 아이를 잠자리에 들게 하고, 여덟 시간 정도를 전혀 다른 세상에서 달콤하게 보내는 것. 그가 완벽하게 행복할 수 있는 곳에서 말이다.

"아뇨, 저는 하지 않겠습니다."

산체스가 당황했다. 그녀는 그렇게 간단명료하게 거절당하는 데 익숙하지 않았다. "안 한다고요?"

"네, 제 대답은 그렇습니다."

"분명히 내게 당신의 생각을 바꿔놓을 방법이 있을 거예요."

"칭찬과 제안에 감사드리지만 그 일은 다른 적임자가 맡아야 할 것 같습니다. 죄송합니다."

산체스가 화난 것 같지는 않았다. 말 그대로 당황한 거였다. "알겠습니다." 그녀가 다시 상대방을 무장해제 시키는 미소를 지어 보였다. "그러게요, 미리 물어봐야 했던 거 같군요."

그녀가 자리에서 일어났고, 아프가와 체이스도 자리에서 일어나 그녀의 뒤를 따랐다. 이제 피터가 놀랄 차례였다. 그는 이 일이 쉽게 끝나지 않을 거라는 걸 자신도 예상했다는 걸 알아차렸다. 집무실 문 앞에서 산체스가 헤어지면서 피터와 악수했다.

"피터 씨, 여기까지 시간을 내 만나러 와줘서 고맙습니다. 제안은 아직 유효합니다. 그래서 피터 씨도 다시 한 번 생각하기를 바라요. 당신은 훌륭한 일을 많이 해낼 수 있는 사람이에요. 그러니 이 문제에 대해 꼭 생각해보겠다고 약속해줬으면 좋겠어요."

그 정도의 약속을 하는 것은 아무런 문제가 없을 것 같았다. "네, 그렇게 하겠습니다."

"아프가 장군이 나가는 길에 배웅해주실 거예요."

거기까지였다. 문이 닫힐 때마다 항상 그랬던 것처럼 피터는 조금 놀라며 자신이 옳은 선택을 한 것인지 궁금해졌다.

"피터 씨, 한 가지만 더요." 산체스가 말했다.

피터가 문턱에서 몸을 돌려 뒤를 돌아보았다. 그녀는 이미 책상에 돌아가 앉았다.

"물어보려고 했는데, 아이가 몇 살이에요?"

그녀의 질문에는 별다른 의도가 있어 보이지는 않았다. "열 살입니다."

"이름이 케일럽, 맞죠?"

그가 고개를 끄덕였다.

"정말 좋을 때로군요. 아직도 앞이 한창 창창할 때니까요. 가만히 생각해보면 우리가 이렇게 일하는 이유는 다 아이들을 위해서잖아요. 안 그래요? 우리는 그들보다 훨씬 먼저 세상을 떠나겠지만, 앞으로 몇 개월 동안 우리가 내리는 결정이 아이들이 어떤 세상에서 살아가게 될지를 결정할 거예요." 이렇게 말하고는 산체스가 웃어 보였다. "깊이 생각해볼 문제죠. 잭슨 씨, 다시 한 번 시간을 내 와주신 거에 감사드립니다."

피터는 군나르를 따라 문밖으로 나왔다. 복도를 반쯤 걸어왔을 때, 피터는 군나르가 숨을 참아가며 낄낄 웃는 소리를 들었다.

"산체스 보통이 아니지, 안 그래?"

"네, 그러네요." 피터가 말했다. "대단한 여자예요."

10장

마이클의 배낭에는 세 가지가 들어 있었다. 그중에는 그가 베르겐스피요르드호에서 찾은 신문과 편지가 있었다.

편지는 선장이 입었던 유니폼 가슴팍의 주머니에서 찾은 것이다. 편지 봉투에는 아무것도 적혀 있지 않았다. 선장은 그 편지를 누군가에게 보낼 생각이 전혀 없었던 거였다. 한 페이지도 채 안 되는 그의 편지는 영어로 쓰여 있었다.

나의 사랑하는 아들에게.

이번 생에서는 너와 내가 결코 만날 수 없다는 걸 안다. 배의 연료도 거의 바닥났고, 우리가 그 피난 시설로 갈 수 있으리라는 마지막 희망도 사라졌다. 지난밤에 승무원들과 승객들이 투표한 결과는 만장일치였지. 탈수에 의한 죽음은 누구도 원하지 않는 운명이었어. 오늘 밤이 우리가 이 세상에서 함께하는 마지막 밤이 될 거다. 쇳덩어리 배 안에 매장된 채로, 우리는 신이 우리를 깊은 바다의 밑바닥으로 이끌 때까지 조류를 따라 떠돌게 될 거야.

분명 나는 이 마지막 편지가 너에게 전해질지도 모른다는 희망 따위는 갖고 있지 않다. 내가 할 수 있는 건, 너와 엄마가 이 재앙을 피해 어떻게든 살아남기를 기도하는 것밖에 없구나. 나를 기다리고 있는 건 뭘까? 거룩한 코란은 우리에게 다음과 같이 가르치고 있단다. "하늘과 땅의 비밀이 알라에게 속하였나니. 심판의 때 그의 결정은 눈 깜짝할 사이에 혹은 그보다도 빨리 이루어지리라, 알라가 만유의 주재가 되심이니라." 분명 우리는 알라의 소유이고, 그에게 돌아가게 될 거야. 지금까지 일어난 모든 일에도 불구하고, 나는 아직도 나의 불멸의 영혼이 알라의 손에 이르게 될 거라고 믿고 있단다. 그리고 마침내 우리는 낙원에서 만나게 될 거야.

내 생의 마지막 생각들을 너로 채우며, 신의 축복이 있기를.

너의 사랑하는 아버지,

나빌

마이클은 H타운의 거리를 지나며 이 편지의 글귀를 곰곰이 되새겨보았다. 마이클은 버려지고 황폐해진 환경에 익숙했다. 그는 이미 수천 개의 해골과 뼈다귀들이 나뒹구는 도시들을 여러 개 지나가 보기도 했다. 하지만 죽은 자의 시신이 그에게 이렇게 강렬한 이야기를 들려준 적은 없었다. 선장의 방에서 그는 선장의 여권을 찾아냈다. 선장의 이름은 나빌 하다드였다. 그는 1971년 위트레흐트라는 네덜란드의 도시에서 태어났다. 마이클은 선장 나빌 하다드의 아들에 관한 자료를 더 이상 찾지 못했다. 사진도, 또다른 편지도 없었다. 다만 그의 여권에 런던의 주소와 함께 아스트리드 키블이라는 이름의 여성이 비상 연락처로 기재된 것을 알아냈을 뿐이다. 아스트리드 키블이라는 여성이 아마도 아들의 엄마였을 것이다. 마이클은 그들 세 사람 사이에 무슨 일이 있었기에 선장이 자기 아들을 결코 만날 수 없을 거라고 했던 건지 궁금했다. 어쩌면 아들의 엄마가 허락하지 않았을지도 모르는 일이다. 어쩌면 선장이 무슨 이유에선가 가치 없는 일이라고 느꼈을 수도 있다. 그럼에도 그는 아들에게 편지를 쓸 필요를 느꼈다. 자기가 몇 시간 안에 죽게 될 것이며, 자신이 쓴 편지는 결코 옷 주머니 안을 벗어나지 못할 것이라는 걸 알면서도 말이다.

그러나 편지가 마이클에게 들려준 이야기는 그게 전부가 아니다. 베르겐스피요르드호는 어디론가 가고 있었다. 그것도 '피난 시설 중 한 곳'이 아니라, '그 피난 시설'로 가던 중이었다. 바이러스가 닿지 않는 안전한 피난처 말이다.

이 때문에 마이클의 가방에 들어 있는 세 번째 물건과 함께 '마에스트로'라고 불리는 남자가 필요했다.

마에스트로라는 남자에게도 이름이 있겠지만, 마이클은 그 이름은 몰랐다. 또 마에스트로는 항상 자기 자신을 삼인칭의 제삼자로 지칭하며 당황스러울 정도로 엉망진창인 문장으로 대화하는 버릇이 있었다. 그의 이 버릇에 익숙해지는 데는 상당한 시간이 걸렸다. 그는 나이가 꽤 많았고, 근육이 불거지며 흠칫흠칫 놀라는 버릇이 있었다. 그래서 그의 모습은 사람이라기보다는 지나치게 크게 자란 설치류 중 하나같이 보이기도 했다. 그는 과거에 민간 정부를 위해 일하던 전기 엔지니어였다. 하지만 오래전에 은퇴했고, 지금은 커빌에서 전기 장치 골동품들을 수집하러 찾아다니는 사람이 되었다. 새장에 갇힌 새처럼 미쳐 보이기도 했고 편집증도 상당했지만, 그는 오래된 하드드라이브들이 속에 감추어둔 비밀을 털어놓게 만드는 방법을 알고 있었다.

마에스트로의 거처는 결코 놓치거나 못 찾을 수가 없는 곳이다. 그가 사는 건물은 H타운에서 지붕에 태양 전지판이 있는 유일한 건물이니까. 마이클이 요란하게 문을 두드리고, 마에스트로가 카메라로 자기를 볼 수 있도록 뒤로 몇 걸음 물러났다. 그는 무엇보다도 방문한 사람의 모습을 제대로 보고 싶어 했다. 잠시 시간이 흐르고, 자물쇠 여러 개가 열리는 소리가 들렸다.

"마이클." 마에스트로가 작업용 앞치마를 두르고 플립다운 렌즈가 달린 플라스틱 얼굴 가리개를 쓴 채, 열린 문의 좁은 틈 사이에 서 있었다.

"안녕하세요, 마에스트로."

마에스트로는 잽싸게 거리를 위아래로 훑어보았다. "빨리 들어와." 그가 마이클을 흔들어 안으로 잡아 끌며 말했다.

그의 거처는 흡사 박물관같아 보였다. 오래된 컴퓨터들, 사무기기들, 오실로스코프들, 평면 모니터들과 휴대용 전자기기와 휴대폰이 잔뜩 들어 있는 커다란 바구니들. 그렇게 많은 회로가 넘쳐나는 모습을 볼 때면 마이클은 언제나 짜릿한 전율을 느꼈다.

"마에스트로가 어떻게 도와줄 수 있을까?"

"당신을 위해서 골동품을 하나 갖고 왔어요."

마이클이 가방에서 세 번째 물건을 꺼냈고, 늙은 마에스트로는 그 물건을 받아 자기 손 위에 올려놓고 빠르게 살펴봤다.

"Gensys 872HJS, 4세대, 3테라바이트. 전쟁 전 말기의 물건이지." 그가 고개를 들어 마이클을 봤다. "어디서 구한 거야?"

"난파된 배에서 찾았어요. 파일들을 복구했으면 좋겠어요."

"그럼 어디 좀 더 자세히 볼까."

마이클은 마에스트로를 따라 작업대 중 한 곳으로 갔다. 마에스트로는 드라이브를 천으로 된 매트 위에 올린 후, 얼굴 가리개에 달린 플립다운 렌즈를 내려 썼다. 그는 아주 작은 드라이버로 덮개를 제거하고 안의 부품들을 꼼꼼히 점검했다.

"습기에 의한 손상, 안 좋아."

"고칠 수 있어요?"

"어려워, 비쌀 거야."

마이클이 주머니에서 오스틴 한 뭉치를 꺼내놓았다. 늙은 마에스트로는 작업대에 앉은 채 돈을 세어보았다.

"충분하지 않은데."

"그게 내가 가진 오스틴 전부예요."

"마에스트로는 의심스러운데. 자네 같은 정유공이?"

"이제 더는 정유공이 아니잖아요."

그가 찬찬히 마이클의 얼굴을 살폈다. "아, 마에스트로가 기억해. 그가 좀 이상한 이야기를 들었어, 진짜야?"

"무슨 얘기를 들으셨는지에 따라 다르겠죠."

"장벽을 찾고 있다던데, 혼자 배를 타고서."

"비슷해요."

노인은 힘없는 입술을 오므리고는 돈을 자신의 작업용 앞치마 주머니에 집어넣었다. "마에스트로가 뭘 할 수 있는지 살펴볼 거야. 내일 다시 와."

마이클은 아파트로 돌아왔다. 아파트로 돌아오는 길에 도서관에 가서 가방에 무거운 책 하나를 집어넣었다. 리더스 다이제스트 그레이트 월드 아틀라스, 세계 지도였다. 이 책은 일반인이 도서관 밖으로 가지고 나갈 수 없는 것이었다. 그는 참고 문헌 사서가 한눈 파는 사이 지도를 가방에 숨겨 도서관 밖으로 빠져나왔다.

마이클은 그날 밤도 잠자기 전에 케이트에게 이야기를 들려주게 되었고, 폭풍우에 관한 이야기를 했다. 케이트가 삼촌이 자신 바로 앞에 앉아 있는데도, 이야기가 삼촌이 죽은 이야기로 끝나기라도 할 것처럼 잔뜩 흥분한 상태로 들었다. 사라와 함께 있는 동안에도 전날 밤에 다퉜던 그 문제는 다시 이야기하지 않았다. 남매의 대화 방식이 그랬다. 아무 말도 안 하지만 사실은 수많은 이야기가 오가고 있었다. 어떻게 보면 사라가 다른 일에 정신이 팔린 것 같기도 했다. 마이클은 사라가 병원에서 무슨 일이 있었나 하는 생각에 그냥 그러려니 했다.

아침이 되자 마이클은 다른 사람들이 일어나기 전에 일찍 아파트를 나섰다. 어느 노인이 그를 기다리고 있었다.

"마에스트로가 해결했어." 노인이 자신 있는 목소리로 말했다.

그는 마이클을 데리고 음극선관 앞으로 갔다. 마에스트로의 손이 키보드 위를 빠르게 움직이자 밝게 빛나는 지도가 나타났다. "배, 배는 어디 있어?"

"배는 갤버스턴만에서 찾았어요. 선박 수로 입구에서요."

"고향에서 멀리도 왔군."

마에스트로가 마이클에게 데이터를 설명해줬다. 베르겐스피요르드호는 3월 중순쯤에 홍콩에서 출발해, 하와이를 거쳐 파나마 운하를 통과한 후 대서양으로 들어왔다. 마이클이 신문 기사에서 확인한 상황 전개의 시간표와 비교해보면 베르겐스피요르드호의 이러한 동선 대부분은 아직 이스터바이러스가 폭발적으로 전파되기 전에 이루어졌던 것으로 보였다. 배는 연료 보급을 위해 카나리아

제도에 정박했다가 계속 북쪽을 향해 나갔다.

그리고 여기서부터 데이터가 변했다. 선박은 원을 그리며 북유럽 해안을 따라 오르락내리락했다. 지브롤터 해협 가까이 잠깐 다가갔지만 지중해로 들어가지는 않았으며, 방향을 바꿔 다시 테네리페로 돌아갔다. 몇 주가 지나고 배는 다시 항해를 시작했다. 이때쯤이면 아마도 전염병이 확산한 상태였을 것이다. 그들은 마젤란 해협을 지나 적도를 향해 북쪽으로 갔다. 그러고는 바다 한가운데서 배가 멈추더니, 꼼짝하지 않고 2주가 지난 후 모든 데이터가 끊겼다.

"배와 배에 탄 사람들이 어디로 가고 있었던 건지 알 수 있을까요?" 마이클이 물었다.

화면에 다른 데이터가 나타났다. 마에스트로의 말에 따르면, 이 데이터들은 배의 경로를 표시해둔 거였다. 마에스트로가 화면의 페이지를 끌어 내려 마이클에게 마지막 표시를 보여주었다.

"이거 저에게 복사 좀 해주시겠어요?" 마이클이 부탁했다.

"이미 해뒀어." 노인이 작업용 앞치마에서 플래시 드라이브를 꺼냈고, 마이클은 그것을 받아 주머니에 넣었다. "마에스트로는 궁금해. 이 데이터들이 왜 그렇게 중요한 거지?"

"휴가를 갈 생각이거든요."

"마에스트로가 이미 확인해봤어. 아무것도 없는 바다일 뿐이야. 그곳에는 아무것도 없어." 노인이 하얀 눈썹을 치켜떴다. "그래도 뭔가 있을지 모르는 거 아니야, 어쩌면?"

마에스트로는 바보가 아니었다. 마이클이 대답했다. "아마도요."

마이클이 사라에게 메모를 남겼다.

도망치듯 떠나게 돼서 미안해. 오래된 친구를 만나러 가. 며칠 안에 돌아오도록 해볼게.

오렌지 존으로 가는 두 번째 버스는 오전 9시에 출발했다. 마이클은 버스를 타고 종점까지 가서 내렸다. 그리고 다음과 같은 경고문이 눈에 들어왔다.

당신은 지금 레드 존 안으로 들어가고 있습니다.

당신 행동의 모든 결과는,

당신 자신의 책임임을 잊지 말고 행동하기를 바랍니다.

상황에 대한 의심이나 위협이 느껴질 경우, 도망치십시오.

마이클은 알 수 있다면 그렇겠지 하는 생각이 들었다. 그는 걷기 시작했다.

11장

사라는 아침 근무가 시작되기 전에 고아원으로 갔다. 문 앞에서 페그 수녀가 그녀를 맞았다.

"아이는 어떻게 하고 있나요?" 사라가 물었다.

페그 수녀는 평소보다도 더 피곤해 보였다. 지난밤 내내 시달렸던 탓이다.

"별로 안 좋은 거 같아요."

밤에 핌이 깨어서 비명을 질러댔고, 그 아이가 울부짖는 소리가 너무 커서 기숙사에 있던 모든 이들을 잠에서 깨웠다. 수녀들은 잠시 핌을 페그 수녀의 거처로 옮겨놓았다.

"그동안에도 아동학대 피해를 본 아이들이 이곳에 왔었지만, 이렇게 극단적인 경우는 없었어요. 다른 밤에는……."

페그 수녀가 사라를 자기 방으로 데리고 갔다. 방은 필수적인 것들을 빼고는 아무것도 없는 수도자의 공간이었다. 방 안에 유일한 장식품이라고는 벽에 걸린 커다란 십자가 하나가 전부였다. 핌은 잠에서 깨어 무릎을 가슴까지 끌어당긴 채 침대 위에 앉아 있었다. 사라가 방에 들어서자마자, 핌의 얼굴에서 긴장이 풀어지는 모습이 역력했다. 여기 나의 동지가 왔어. 나를 이해하는 친구.

"필요하면 나는 밖에 있을게요."

사라가 침대에 앉았다. 핌의 모습이 말끔해졌다. 떡이 지고 눌린 머리도 곧게 펴지고 다듬어졌다. 수녀들은 핌의 옷도 깨끗한 일반 양모 튜닉으로 갈아입혀 놓았다.

오늘 기분이 어때? 사라가 작은 칠판을 들고 글로 적어 물었다.

괜찮아요.

수녀님이 네가 잠을 못 잔다고 했어.

핌이 고개를 저었다.

사라가 핌에게 그녀의 상처 위 드레싱들을 바꿔야만 한다고 설명했다. 아이는 사라가 붕대를 떼어낼 때마다 움찔움찔 놀랐지만, 아프다는 소리는 내지 않았다. 사라는 항생제 연고와 쿨링 알로에 크림을 바르고 핌의 상처를 다시 붕대로 감아줬다.

— 아팠다면 미안해.

핌이 어깨를 으쓱해 보였다.

사라가 그녀의 눈을 바라봤다. "괜찮아질 거야, 나을 거야." 사라가 칠판 위에 적었다. 그리고 핌이 가만히 있자 "상처가 많이 나았어."라고 적었다.

더는 악몽도 안 꾸게 되나요?

사라가 고개를 저었다. "응, 더는."

어떻게 그럴 수 있죠?

분명 쉽게 할 수 있는 말은 있었다. 서두르지 마, 시간은 좀 걸릴 거야. 하지만 그건 사실이 아니고, 적어도 진실의 전부는 아니다. 사라는 알았다. 고통을 사라지게 하는 데는 다른 사람이 필요하다는 것을 — 홀리스와 케이트, 그리고 가족이라는 것이 필요하다는 것 말이다.

— 그냥 그렇게 돼, 사라가 적은 말이다.

아침 8시가 거의 다 되어가고 있었다. 사라도 원치는 않았지만, 병원으로 가봐야만 할 시간이다. 가져온 도구들을 챙기며, 칠판에 이렇게 썼다.

— 나는 지금 가 봐야 해. 좀 쉬도록 해. 수녀님들이 돌봐줄 거야.

— 다시 와요? 핌이 물었다.

사라가 고개를 끄덕였다.

— 약속하는 거죠?

핌이 사라의 얼굴을 뚫어지게 쳐다봤다. 핌의 주변에는 여태까지 그 아이를 무시하고 속이며 내버리는 인간들로 우글거렸다. 사라가 그들과 달라야 할 이유가 있을까?

사라가 말했다. "그럼." 그리고 자기 가슴 위에 십자가를 그어 보였다. "맹세해."

복도에서 페그 수녀가 사라를 기다렸다. "핌은 어떤가요?"

이제 겨우 하루가 시작되었을 뿐인데, 사라는 완전히 지쳤다. "핌의 등에 난 상처는 그렇게 큰 문제가 아니에요. 아이가 지난밤 같은 일을 또 겪는다고 해도 놀랄 일이 아니고요."

"핌의 친척이라도 찾아볼 수 있을까요? 누군가 그녀를 데리고 가서 돌볼 사람이 있을까요?"

"제 생각에는 그건 핌에게 최악이 될 거 같아요."

페그 수녀가 고개를 끄덕였다. "그렇겠죠, 내 생각이 짧았어요."

사라가 페그 수녀에게 붕대 한 롤과, 삶아서 소독한 천 패드들 그리고 연고 한 병을 주었다. "열두 시간마다 핌의 붕대를 갈아주세요. 감염의 흔적은 안 보이지만, 조금이라도 나빠지는 게 보이거나, 아이가 열이 나면 바로 저를 부르세요."

페그 수녀는 자신의 손에 쥐어진 것들을 보고 인상을 찌푸렸다. 그러더니 얼굴이 조금 밝아지며, 고개를 들어 사라를 봤다. "참 먼젓번 밤에 피터의 생일 파티에 초대해줘서 고마웠어요. 바깥바람을 쐴 수 있어서 좋았답니다. 종종 그러도록 해봐야겠어요."

"피터도 수녀님이 함께해주셔서 기뻐했어요."

"케일럽이 너무 많이 컸어요. 케이트는 말할 것도 없고요. 가끔 우리가 얼마나 운이 좋은 사람들인지 너무 쉽게 잊는 것 같아요. 그러다 이런 일을 보……." 페그 수녀가 그만 말을 끊고는, 생각이 그대로 지나가게 내버려 뒀다.

"나는 아이들에게 가보는 게 좋겠어요. 못된 늙은 페그 수녀가 없다면 애들이 어디에 가 있겠어요? 뻔하죠."

"제가 이런 말씀 드리는 게 어떨지 모르지만요, 수녀님이 잘하시는 거예요."

"그렇게 보여요? 나는 단지 마음 약한 늙은이일 뿐이거든요."

그녀가 사라를 마중하기 위해 같이 걸어 나왔다. 문 앞에서 사라가 멈춰 섰다. "뭐 좀 여쭤볼게요. 1년에 아이들이 대략 몇 명이나 입양되나요?"

"1년 동안요?" 페그 수녀가 사라의 질문에 놀란 듯 보였다. "없어요."

"전혀요?"

"가끔 입양되는 아이들이 있기는 하죠. 하지만 매우 드물어요. 게다가 나이가 좀 든 아이들이 입양되는 경우는 전혀 없고요. 물어본 게 그게 맞는다면요. 가끔 갓난아기가 이곳에 보내지고, 며칠 안에 친척이 와서 찾아 데리고 가기도 해요. 하지만 꽤 오래 남겨질 때까지도 찾으러 오는 이가 없다면, 아기가 여기 계속 남아 있게 될 확률이 매우 높죠."

"그런 줄 몰랐어요."

페그 수녀가 사라의 얼굴을 살폈다. "정말, 우리 둘은 그렇게 크게 다르지는 않네요. 우리가 하는 일은 하루에도 열 번은 울어야 할 충분한 이유를 들이밀고는 해요. 그럼에도 우리는 그럴 수가 없어요. 우리가 그런다면, 자기가 하는 일에 별로 도움이 안 되는 사람들일 테니까요."

그녀의 말은 사실이기는 했지만, 사라의 마음은 조금도 가벼워지지 않았다. "감사합니다, 수녀님."

사라는 병원으로 발걸음을 재촉했고, 가는 내내 기분이 우울했다. 그녀가 병원 건물 안으로 들어서자, 웬디가 접수 데스크 위로 급히 손짓해댔다.

"선생님을 기다리는 사람이 있어요."

"환자요?"

웬디가 주변에 듣는 사람이 없는지 둘러보더니 목소리를 낮추고 속삭였다. "남자인데요, 인구조사국에서 나왔다고 했어요."

오우, 이런, 사라는 속으로 생각했다. 이건 너무 빠르잖아. "그 남자 어디 있어요?"

"제가 그 남자에게 기다리라고 했는데, 자신이 직접 찾겠다고 병동으로 갔어요. 지금 제니가 그 사람과 같이 있어요."

"제니와 말하도록 놔뒀다고요? 왜 그런 바보짓을 했어요?"

"제가 할 수 있는 게 아무것도 없었어요! 남자가 선생님을 찾고 있을 때 제니가 바로 그 자리에 있었다고요!"

웬디가 다시 목소리를 낮췄다. "태반 분리가 있었던 그 산모 때문인 거죠, 그렇죠?"

"그 일 때문이 아니기를 바라야죠."

병동으로 이어지는 문 앞의 선반에서, 사라는 깨끗한 가운을 집어 들었다. 두 가지 측면에서 사라가 유리한 입장이었다. 첫 번째는 사라의 의사라는 지위였다. 그러고 싶지는 않지만, 필요하다면 자신의 권한을 휘둘러 묵살할 수도 있었다. 확고하고 위압적인 목소리, 감춘 듯 안 감춘 듯 상당한 영향력을 행사할 수 있는 익명의 인물을 언급하는 것, 생명을 구하느라 바쁜 하루의 더 고귀한 소명의 부름 그런 것들 말이다. 두 번째로 그녀가 불법적인 행위를 한 것은 아무것도 없었다. 적절한 서류들을 챙기는 데 실패했다고 해서 그것이 범죄인 것은 아니다. 그건 실수 같은 거니까. 사라는 어느 정도 안전하다고 할 수 있지만, 그렇다고 그게 카를로스와 그 가족들까지 그렇다는 것은 아니다. 일단 위조 사실이 발각되면, 딸인 그레이스를 빼앗기게 된다.

사라가 병동으로 갔다. 제니가 한눈에 봐도 딱 공무원같이 생긴 남자의 옆에 서 있었다. 머리가 벗겨지기 시작한 평발의 남자는 햇빛을 거의 못 본 듯 창백하고 부드러운 피부를 갖고 있었다. 사라와 마주친 제니의 눈길에는 감출 수 없는 표정이 드러났다. 도와주세요!

"사라 선생님," 제니가 입을 열었다. "이……."

사라는 그녀가 말을 이어가는 걸 막았다. "제니, 세탁실에 가서 담요 재고 좀 확인해줄래요. 우리 담요가 부족한 거 같아요."

"그래요?"

"지금 바로 가서 확인하고 채워줘요."

제니가 급히 세탁실로 갔다.

"제가 닥터 윌슨입니다." 사라가 자신을 찾아온 남자에게 인사했다. "무슨 일이세요?"

남자는 목을 가다듬는 게, 조금 긴장한 듯 보였다. "나흘 전에 딸을 출산한 여자가 있습니다." 그가 들고 있는 서류를 뒤적였다. "샐리 히메네스, 기억하시나요? 그날 선생님께서 당직 의사이셨던 것 같습니다."

"저를 찾아오신 분은?"

"조 잉글리쉬라고 합니다. 인구조사국에서 나왔습니다."

"저는 많은 환자를 보고 있어요, 잉글리쉬 씨." 사라가 잠깐 생각하는 척했다. "아 그래요, 기억나요. 건강한 여자아이였는데, 무슨 문제가 있나요?"

"인구조사서 파일에 출산권 증명서가 빠져 있습니다. 샐리 히메네스에게는 이미 아들 둘이 있는데 말입니다."

"제 기억에는 확실히 챙겼던 것 같은데요. 다시 확인해보세요."

"어제 온종일 찾아봤습니다. 분명히 우리 사무실로 전달되지 않았습니다."

"일하고 계신 부서에서는 절대로 실수가 일어나지 않는다는 말씀이신가요? 서류를 잃어버리는 일도 없다는 말씀이세요?"

"우리는 업무에 있어 매우 완벽합니다, 닥터 윌슨. 데스크 간호사의 말에 따르면, 히메네스 부인은 사흘 전에 퇴원했다고 하더군요. 우리는 항상 가족들을 먼저 방문해서 확인하는데, 히메네스 씨 가족은 집에 아무도 없었습니다. 딸이 태어난 이후로 히메네스 부인의 남편은 직장에 출근도 하지 않고요."

이런 멍청이, 카를로스. 조의 이야기를 듣자마자 든 사라의 생각이다. "환자와 환자 가족이 병원을 떠난 후에 생긴 일에 대해서까지 제가 책임질 수는 없어요."

"아니죠, 필요한 서류들을 챙기고 제출하시는 것에 대한 책임은 선생님께 있죠. 적법하고 유효한 출산권 증명서가 없다면, 저는 이 사건을 윗선에 보고해야만 합니다."

"글쎄요, 제 생각에는 말씀하시는 출산권 증명서가 어딘가에 분명히 있을 것 같네요. 착각하신 것 같아요. 그게 전부인가요? 저 정말 바쁘거든요."

조 잉글리쉬가 불편하리만큼 오랫동안 사라의 얼굴을 응시했다. "지금 당장은 여기까지만 하죠, 닥터 윌슨."

히메네스 가족이 어디로 도망을 가든지, 인구조사국이 그들을 추적해 찾아내는 데 시간이 오래 걸리지 않을 거라는 걸 사라는 알았다. 숨을 곳이 그렇게 많지 않았다.

사라는 히메네스 가족을 기억에서 지워버리려고 했다. 그들을 도우려고 최선을 다했지만, 상황은 이제 그녀의 손을 떠나버렸다. 페그 수녀의 말이 맞았다. 그녀에게는 해야만 하는 일이 있고, 중요한 일이었다. 그리고 사라는 그 일을 잘 감당해내고 있었다. 그게 가장 중요한 거였다.

한밤중에 사라는 꿈이 자신을 잠 밖으로 억지로 밀어낸다는 느낌과 함께 잠에서 깼다. 사라는 일어나 케이트가 잘 자고 있는지 보러 갔다. 꿈의 작은 일부였지만 자기 딸인 케이트가 꿈에 나왔었다고 확실히 느꼈기 때문이다. 사라 자신이 꿈의 주인공이었던 건 아니다. 그녀는 꿈속에서 오히려 목격자나 구경꾼이거나 심판과 같은 역할이었다. 사라는 딸의 침대 가장자리에 앉아서, 밤이 딸을 다독이며 지나가는 모습을 지켜보았다. 케이트는 깊이 잠들었다. 아이는 입을 조금 벌리고 숨을 쉬고 있었고, 아이의 가슴이 부풀었다 가라앉기를 반복했다. 케이트가 숨을 쉴 때마다 방 안에는, 단번에 케이트임을 느낄 수 있는 아이의 냄새가 퍼져 나갔다. 홈랜드에서, 그것도 사라가 케이트를 다시 찾기 전의 힘든 시기 동안, 사라에게 버틸 힘을 주었던 것도 케이트의 냄새였다. 사라가 아이의 곱슬머리를 숨겨놓았던 봉투 말이다. 사라는 그 봉투를 침대 밑에 숨겨두고 밤마다 꺼내 얼굴에 갖다 대고 냄새를 맡고는 했다. 그런 그녀의 행동은 일종의 기도 같은 거였다. 당시 사라는 케이트가 죽었다고 확신했기에 아이가 어디에선가 여전히 살아 있기를 바라는 그런 기도는 아니었다. 그건 케이트가 어디에 있건, 아이의 영혼이 어디로 갔건, 딸이 가족과 함께하는 것 같은 평안 속에 있기를 바라는 것이었다.

"괜찮은 거야?"

홀리스가 그녀 뒤에 와 서 있었다. 케이트가 몸을 뒤척거리며 옆으로 구르더니, 다시 잠잠해졌다.

"가서 자자." 홀리스가 속삭였다.

"나 오늘 늦잠 자도 돼. 오늘은 두 번째 근무조야."

홀리스가 아무 말 않고 가만히 있었다.

"알았어." 사라가 대답했다.

새벽이 밝아올 즈음, 사라는 잠이 완전히 깼다. 홀리스는 그녀에게 그냥 침대에 누워 있으라고 했지만, 사라는 침대 밖으로 나와버렸다. 그녀는 저녁 식사 시간이 지나고 나서야 병원에서 퇴근해 돌아올 거니까, 케이트를 학교에 데려다주고 싶었다. 술에 절 듯 반쯤 피곤함에 취했기는 하지만, 그렇다고 판단력이나 명확한 사고를 방해받을 그녀가 아니었다. 학교 문 앞에서, 사라는 딸 케이트를 꼭 안아주었다. 얼마 전까지만 해도 사라가 케이트를 안아주려면 무릎을 꿇어야만 했다. 그랬다. 그러나 이제는 케이트의 머리 꼭대기가 사라의 가슴까지 올 만큼 아이의 키가 커졌다.

"엄마?"

케이트를 좀 오랫동안 안고 있었던 모양이었다. "미안해." 사라가 아이를 놔주었다. 다른 아이들이 둘을 지나쳐 학교 안으로 들어갔다. 사라는 자신이 딸을 안고 무엇을 느꼈는지 알아차렸다. 그녀는 행복을 안았던 거였다. 마음속 무거운 짐을 덜어낸 것 같았다. "그래, 어서 가봐." 그녀가 말했다. "이따 집에서 보자."

정부 기록보관소는 9시에 문을 열었다. 사라는 살아 있는 참나무 그늘 아래의 계단에서 기록보관소 문이 열리기를 앉아 기다렸다. 기분 좋은 여름날 아침이었다. 사람들이 그녀를 지나쳐 바쁘게 걸어가고 있었다. 삶은 정말 빨리 변할 수도 있는 거구나, 하는 생각이 들었다.

직원이 문을 열자, 사라는 일어나 그 여직원을 따라 안으로 들어갔다. 밝은 톤의 의치들을 했고, 주름이 꽤 있는 유쾌한 얼굴의 여직원은 사라보다 나이가 많아 보였다. 사라를 맞이하기 전까지 여직원이 카운터 뒤에서 업무 준비를 마치는 데 시간이 좀 걸렸다. 그녀는 사라를 처음 보는 것처럼 대했다.

"어떻게 도와드릴까요?"

"출산권을 다른 사람에게 양도하려고요."

여직원이 손가락을 핥아 침을 바르더니, 칸칸이 나누어져 있는 서류함에서 서류 양식을 하나 꺼내 카운터 위에 올려놓고 깃펜을 잉크에 담갔다. "어느 분의 출산권을 양도하시려는 거죠?"

"제 거예요."

서류를 작성하려던 여직원의 펜이 흠칫 멈춰 섰다. 고개를 든 여직원의 얼굴에 걱정스러운 표정이 가득했다. "선생님, 아직 상당히 젊어 보이시는데, 괜찮으시겠어요?"

"그냥 해주시면 안 될까요?"

그렇게 작성된 양식을 사라가 인구조사국에 다음과 같은 메모를 적어 보냈다. 미안합니다, 여기 찾아서 보냅니다! 그러고 나서 병원으로 출근했다. 그리고 그날 하루는 유독 빨리 갔다. 사라가 집에 돌아왔을 때, 홀리스가 아직 잠을 안 자고 그녀를 기다리고 있었다. 사라는 자기 생각을 말하기 위해 둘이 잠자리에 누울 때까지 기다렸다.

"나 또 아이를 갖고 싶어."

홀리스가 팔꿈치로 몸을 일으켜, 사라 쪽으로 고개를 돌렸다. "사라, 우리 이 얘기는 이미 끝냈잖아. 우리가 그럴 수 없다는 거 알면서 왜 그래."

사라가 오랫동안 부드럽게 홀리스에게 키스하더니, 몸을 뒤로 물리고 그의 눈을 바라봤다.

"사실," 그녀가 말했다. "그건 정확히 맞는 말이 아니야."

12장

10번 말을 움직이는 것으로 케일럽이 피터를 완전히 가둬놓았다. 루크를 이용해 속이고, 나이트 하나를 잔인하게 희생시키고, 적들이 쏟아져 들어왔다.

"대체 어떻게 한 거야?"

가끔 한 번씩 이기는 것이 좋기는 하겠지만, 그렇다고 피터가 승부에 크게 신경 쓰는 것도 아니었다. 지난번에 케일럽을 이긴 것도, 아이가 심한 감기에 걸려 게임 도중에 잠을 잘 정도로 졸았기 때문이었다. 그때도 간신히 이긴 것이기도 하고.

"쉬워요. 아빠는 내가 방어만 한다고 생각하지만 사실 그렇지 않거든요."

"함정을 판 거구나."

아이가 어깨를 으쓱해 보였다. "아빠의 머릿속에 덫을 심어놓는 거죠. 아빠가 내가 원하는 대로 게임을 이해하게 만드는 거예요." 그러고는 아이가 체스판에 말들을 다시 정렬해 세웠다. 그날 밤에는 한 번 이긴 것으로는 성이 차지 않는 모양이었다. "그 군인은 아빠에게 뭘 원했던 거예요?"

케일럽은 가끔 피터가 아이의 의도를 이해하기 어려울 정도로 갑자기 화제를 바꾸는 습관이 있었다. "사실 그건 어떤 일에 관한 얘기였어."

"어떤 종류의 일요?"

"사실을 말하자면, 나도 사실은 잘 모르는 일." 이번에는 피터가 어깨를 으쓱해 보이며 체스판을 쳐다봤다. "중요한 일은 아니야. 걱정하지 마. 아빠는 아무 데도 가지 않아."

피터와 케일럽 둘은 무관심한 듯 체스판 위의 졸들을 옮겼다.

"나는 아직도 아빠처럼 군인이 되고 싶어요, 정말요." 아이가 입을 열었다.

케일럽이 종종 이 이야기를 꺼내고는 했지만, 피터는 마음이 착잡했다. 한편으로는 부모로서 케일럽을 모든 위험에서 멀리 떨어뜨려 놓고 싶은 마음이 강하게 일기도 했지만, 동시에 우쭐해지기도 했기 때문이다. 어쨌든 아이는 피터가 선택했던 삶에 관해 관심을 보이고 있었다.

"그래, 너는 군인이 돼도 잘할 것 같기는 해."

"군대가 그리워요?"

"가끔, 전우들을 좋아했거든. 좋은 친구들이 많았어. 하지만 나는 여기에 너와 함께 있는 게 더 좋아. 게다가 군인들의 시대는 끝난 것 같기도 하고. 싸울 상대가 없어지면 군인이 그렇게 많이 필요하지 않거든."

"다른 건 다 지루할 거 같은데요."

"지루하다는 말을 쉽게 쓰는구나. 내 말들은 진짜야."

둘은 조용히 체스를 뒀다.

"나한테 아빠에 관해 물어보는 사람들이 있어요." 케일럽이 말했다. "학교 아이들요."

"뭘 물어보는데?"

케일럽이 체스판을 빤히 쳐다보더니, 주교 쪽으로 손을 뻗다 말고 여왕을 앞으로 한 칸 옮겨놓았다. "아빠가 나의 아빠인 게 어떤 건지 그런 거요. 걔는 정말 아빠에 관해 많이 알고 있어요."

"그 아이가 누군데?"

"홀리오라는 애요."

그 아이는 케일럽이 늘 같이 어울리는 친구는 아니었다. "홀리오에게 뭐라고 대답해줬어?"

"아빠가 온종일 지붕 위에서 일한다고요."

이번에는 피터와 케일럽이 비겼다. 피터는 아이를 침대에 데려다 눕히고는, 홀리스가 준 병에 든 것을 벌컥벌컥 들이마셨다. 케일럽이 들려준 이야기 때문에 가슴이 좀 아려왔다. 산체스의 제안이 정말 구미에 당기지는 않았지만, 그 모든 일에 입맛이 씁쓸한 것도 사실이었다. 그 여자, 산체스의 속셈은 너무 뻔했지만, 가히 천재적이었다. 그녀는 피터에게 의무감이라는, 피터가 타고난 의식을 일깨웠다. 그러는 동시에 자신이 만만히 볼 여자가 아니라는 점을 확실히 해두었다. 나는 당신이 결국 나를 위해 일하도록 만들 거예요, 잭슨 씨.

그래 산체스 당신은 당신이 하고 싶은 대로 해. 나는 내 아들에게 양치질하라고 잔소리하며 계속 바로 여기에 있을 거니까. 그게 피터의 생각이었다.

그들은 도시의 중심 가까이에 있는 오래된 시설의 지붕 교체 작업을 하는 중이었다. 수십 년 동안 비워진 건물이 이제 아파트로 새롭게 바뀌고 있었다. 피터의 작업반원들이 2주에 걸쳐 썩은 종탑을 털어내고 오래된 슬레이트들을 걷어내기 시작한 건물이다. 건물의 지붕은 가파르게 솟아 있었다. 작업자들은 1.8미터 간격으로 판자 울타리에 금속 받침대를 못으로 고정한, 클리트라고 하는 30센티미터 폭의 수평 널빤지 위에서 일했다. 클리트 끝에 지붕과 같은 높이로 놓여 있는 한 쌍의 사다리들이 각각의 클리트를 연결하는 사다리 역할을 했다.

그들은 아침 내내 무더위 속에서 셔츠를 벗고 일했다. 피터는 다른 두 사람 쟈크 알바도 그리고 샘 푸토폴리스와 함께 가장 높은 클리트 위에서 일하는 중이었다. 줄여서 푸토라고 불리는 샘 푸토폴리스는 이미 수년간 건축 일을 한 경험이 있지만, 쟈크는 일한 지 겨우 몇 개월밖에 안 된 신참이었다. 쟈크는 열일곱 살 정도의 젊은이로 좁고 각진 얼굴에 기름진 긴 머리를 뒤로 묶은 모습이었다. 작업자들은 쟈크를 별로 좋아하지 않았다. 그 이유는 쟈크가 작업 중에 몸을 갑자기 움직이기도 하고 말도 너무 많았기 때문이다. 지붕 일을 하는 작업자들 사이에는 위험에 대해서는 말하지 않는다는 암묵적인 규칙이 있는데, 그건 일종의 서로에 대한 존중의 표시였다. 그런데 쟈크는 아래를 내려다보며, "어우, 떨어지면 큰일 나겠는데."라든가 "사고 나면 확실히 죽겠는데."와 같은 멍청한 말들을 하는 걸 좋아했다.

정오가 되면 사람들은 점심을 먹기 위해 일을 멈췄다. 그러나 지붕에서 내려오는 일은 정말 어렵고 성가신 일이었기에, 그들은 그냥 일하던 지붕 위 자기 자리에서 식사를 해결했다. 쟈크가 마켓에서 본 여자에 대해 이야기했지만, 피터는 거의 신경도 안 썼다. 아지랑이처럼 위로 떠오르는 도시의 소음들이 들려오고, 가끔 새가 머리 위를 날아가는 모습도 보였다.

"이제 가서 일해야지." 푸토가 말했다.

그들은 지렛대와 나무망치를 사용해서 오래된 타일들을 뜯어냈다. 피터와 푸토는 세 번째 클리트로 가서 작업했고, 쟈크는 그들의 오른쪽 아래에서 일했다. 그는 아직도 마켓에서 봤다는 여자 얘기를 했는데, 그녀의 머릿결과 걸음걸이 그리고 둘 사이에 스치고 지나간 표정과 시선 따위의 이야기를 늘어놓았다.

"쟤 언제쯤 입을 다물까?" 푸토가 말했다. 푸토는 근육질의 덩치가 큰 남자로, 검은 수염 사이사이로 회색 수염이 보였다.

"제 생각에 쟈크는 자기 목소리를 너무 좋아하는 것 같아요."

"내가 언제가 꼭 녀석을 지붕에서 던져버리고 말 거야, 정말이야." 푸토가 눈을 가늘게 뜨고 해를 올려다봤다. "우리 한두 시간 정도 작업이 뒤처진 거 같은데."

타일 몇 개가 지붕 융기선을 따라 남아 있는 게 보였다. 피터가 자기 지렛대와 망치를 장비 벨트에 집어넣었다. "제가 갈게요."

"그만둬, 저 도끼병 환자도 할 수 있는 일이야." 푸토가 쟈크에게 소리쳤다. "쟈크, 저쪽으로 올라가서 타일들 좀 떼어내."

"저 타일들 제가 남겨놓은 게 아닌데요. 그쪽은 잭슨 씨 구역이었어요."

"지금부터는 자네 구역이야."

"아주 좋네요." 녀석이 씩씩거리며 말했다. "뭐든 말만 하시라고요."

쟈크가 안전벨트를 풀고 사다리를 타고 가장 꼭대기 클리트로 올라가, 자신의 지렛대를 타일 밑에 끼워 넣었다. 그가 지렛대를 두드리기 위해 망치를 들어 올렸을 때, 피터는 쟈크가 푸토와 자기 머리 위에 일렬로 서 있는 것을 깨달았다.

"잠깐만 기……."

타일이 튕겨 나와, 푸토의 머리 근처를 아슬아슬하게 쌩 소리를 내며 스치고 지나갔다.

"이런 멍청한 녀석!"

"미안해요, 거기 계신 걸 미처 못 봤어요."

"우리가 도대체 어디에 있는지 생각이나 해봤어?" 푸토가 화를 냈다. "너 일부러 그랬어. 그리고 타일을 뜯어낸 거라고, 맙소사."

"사고였어요." 쟈크가 말했다. "진정해요. 자리를 좀 옮겨야 할 것 같아요."

푸토와 피터는 옆으로 자리를 이동했다. 그리고 피터가 뭔가 평하는 소리를 들었을 때는, 쟈크가 일을 마치고 막 위에서 내려오기 시작한 때였다. 쟈크가 비명을 질렀다. 다시 두 번째 평 하는 소리가 들리고, 아직 쟈크가 매달려 있는 사다리가 요란하게 덜커덕거리며 빠르게 지붕 아래로 떨어지고 있었다. 마지막 순간에 날렵하게 몸을 날려 사다리를 벗어난 쟈크가 이제는 지붕에 배를 깐 채 미끄러지기 시작했다. 그의 첫 비명 이후로 그는 아무 소리도 내지 못했다. 그는 붙잡을 뭔가를 찾기 위해 미친 듯이 손을 휘저어댔다. 그의 발가락 끝은 떨어지는 속도를 줄이기 위해 타일 모서리를 파고 들어가려는 듯 잔뜩 곤두서 있었다. 지금까지 피터가 아는 사람 중에 지붕에서 떨어졌던 사람은 아무도 없었다. 갑자기 이제 그런 일은 불가능해지고, 사고는 더 이상 피할 수 없게 된 것처럼 보였다. 쟈크에게 일이 벌어지고 말았다.

지붕 가장자리에서 3미터쯤 떨어진 곳에서 쟈크가 멈춰 섰다. 잡을 것을 찾던 그의 손이 녹슨 대못을 붙잡고 정지했다.

"살려줘!"

피터가 안전벨트를 풀고, 급히 가장 아래의 클리트로 내려갔다. 받침대를 붙잡고 손을 뻗었다. "내 손을 잡아."

쟈크는 겁에 질려 얼어붙었다. 그의 오른손은 대못을 붙잡고, 왼손은 타일의 모서리를 붙잡고 있었다. 몸은 바닥에 납작 붙인 상태였다.

"조금이라도 움직이면, 떨어질 거예요."

"아냐, 안 떨어져."

저 아래 길에서는 사람들이 걸음을 멈춘 채 위를 올려다보았다.

"푸토, 내게 안전줄 좀 던져줘요." 피터가 말했다.

"거기까지 줄이 안 닿을 거야. 고정 장치를 다시 리셋해야 해."

쟈크가 붙잡은 대못이 그의 무게 때문에 휘어지고 있었다. "으악, 나 떨어져요!"

"몸부림치지 마. 푸토, 어서 안전줄을 리셋해줘요."

안전줄이 내려왔다. 쟈크는 땅으로 떨어지기 직전이었고, 피터는 안전줄을 벨트에 채울 시간이 없었다. 푸토가 줄을 도르래에 걸어 팽팽하게 잡아당기자, 피터가 안전줄을 팔뚝에 감고 쟈크 쪽으로 몸을 날렸다. 대못이 헐거워지며 지붕에서 빠지자 쟈크가 미끄러지기 시작했다.

"잡았어!" 피터가 외쳤다. "꽉 붙잡아!"

피터가 쟈크의 손목을 잡았고, 쟈크의 발은 지붕 가장자리에서 불과 몇 센티미터 떨어져 있었다.

"붙잡을 수 있는 걸 찾아봐." 피터가 소리를 질렀다.

"아무것도 없어요!"

피터는 자신이 얼마나 더 쟈크를 붙잡을 수 있을지 가늠하기 어려웠다. "푸토, 우리를 끌어 올려줄 수 있어요?"

"두 사람은 너무 무거워!"

"안전줄을 묶어두고 받침대를 몇 개 가지고 이쪽으로 내려와 줘요."

길거리에는 이미 작은 무리의 인파들이 모여들었고, 그들 중 많은 이들이 손으로 위쪽을 가리켰다. 땅까지의 거리가 점점 멀어지는 것 같더니, 둘을 통째로 집어삼킬 것 같은 끝없는 공간이 열리는 기분이었다. 몇 초가 지났다. 그리고 푸토는 그들의 머리 위에서 클리트를 가로질러 움직였다.

"제가 어떻게 했으면 좋겠어요?"

"쟈크, 네 바로 밑의 모서리에 조금 튀어나온 테두리가 있어. 발로 그 테두리를 찾아봐."

"아무것도 없어요!"

"아냐, 있어. 내가 지금 바로 내려다보고 있어."

잠시 후 쟈크가 말했다. "됐어요, 찾았어요."

"숨을 깊이 들이마셔, 알았어? 아주 잠깐만 너를 놓을 거야."

쟈크의 손이 피터의 손목을 더 꽉 조여왔다. "지금 장난해요?"

"안 그러면 내가 너를 끌어 올릴 수가 없어. 그냥 가만히 누워 있기만 하면 괜찮아. 내가 장담하는데, 네가 움직이지만 않으면 그 테두리가 네 몸무게를 지탱해줄 거야."

쟈크에게는 선택의 여지가 없었다. 그가 천천히 피터의 손목을 놓아주었다.

"푸토, 나에게 받침대 하나를 넘겨줘요."

피터가 자유로워진 손으로 푸토가 넘겨준 받침대를 받아 타일들의 이음매 사이에 힘껏 집어넣고, 자신의 장비 벨트에서 못을 하나 꺼내 이음매와 받침대 사이의 틈새에 단단히 끼워질 때까지 밀어 넣었다. 망치로 세 번 두드려주자 못이 제자리를 찾아 꽉 물렸다. 피터가 두 번째 못을 하나 더 박고서 몸을 몇 발자국 아래로 낮췄다.

"받침대 하나 더 줘요."

"제발." 쟈크가 끙끙거렸다. "서둘러줘요."

"심호흡하고 기다려. 이제 곧 끝나."

피터가 받침대 세 개를 더 자리 잡아 설치해놨다. "됐어, 조심해서 너의 왼쪽으로 손을 뻗어 올려, 알았어?"

쟈크가 손을 뻗어 받침대를 잡았다. "아…… 오, 이런 됐어."

"이제 몸을 다음 받침대 위로 끌어 올려. 천천히, 너무 서두르지 말고."

받침대 하나씩 차례대로 쟈크가 위로 올라왔다. 피터도 그를 따라 올라왔다. 쟈크가 클리트 위에 앉은 후 물통을 꺼내 벌컥벌컥 들이마셨다. 피터가 그의 옆에 가서 앉았다.

"괜찮아?"

쟈크가 반쯤 정신이 나간 듯 고개를 끄덕였다. 얼굴이 하얗게 질린 채 손을 떨었다.

"잠시 쉬도록 해." 피터가 말했다.

"제기랄, 오늘 하루 그냥 쉬어." 푸토가 말했다. "아냐, 오늘이 다 뭐야, 그냥 쉬고 싶은 만큼 쉬어."

쟈크가 허공을 멍하니 쳐다보았다. 그가 실제로 뭔가를 보고 있기는 한 건지 알 수 없지만, 피터가 보기에는 그랬다.

"긴장 풀고 진정하도록 해." 피터가 말했다.

쟈크가 시선을 돌려 피터의 안전벨트를 내려다봤다. "안전벨트도 안전줄에 안 걸고 있었어요?"

"그럴 시간이 없었어."

"그럼 그냥 그 상태로…… 그렇게 그걸 다 한 거네요. 줄 하나 잡고서."

"그래도 잘됐잖아, 안 그래?"

쟈크가 다시 시선을 돌렸다. "나는 내가 분명히 죽을 것으로 생각했거든요."

"나를 짜증 나게 하는 게 뭔지 알아?" 푸토가 얘기를 꺼냈다. "그 새끼가 자네에게 고맙다는 말도 안 했다는 거야."

그날은 일찍 일을 끝내고, 둘은 현관 계단에 앉아 보온병을 주거니 받거니 하고 있었다. 피터와 푸토는 쟈크를 마지막으로 보았고, 그는 장비 벨트를 반납하고 터벅터벅 걸어 떠났다.

"받침대 말이야, 그거 정말 기발했어." 푸토가 계속 이야기했다. "나는 그런 생각 못 했을 것 같거든."

"생각하셨을걸요. 저도 그냥 번뜩 생각이 났던 거예요."

"쟈크 그 녀석, 운은 억세게도 좋다는 말밖에 할 말이 없네. 그리고 자네 좀 보라고. 자네는 조금도 떨지 않았다고."

사실이었다. 피터는 자신이 천하무적인 것처럼 느껴졌다. 그의 모든 신경이 완벽하게 집중되어 있었으며, 그의 생각은 얼음처럼 투명하고 명료했었다. 실제로는 지붕 가장자리에 테두리 같은 건 없었다. 가장자리는 아주 완전할 정도로 매끈하기만 했다. 나는 네가 내 뜻대로 상황을 따라오게 할 거야.

푸토가 보온병 뚜껑을 닫고 일어섰다. "그럼 이제 그만 내일 보도록 하자고."

"사실 저도 그만 가려고 했어요." 피터가 대답했다.

푸토가 피터를 물끄러미 보더니 키득키득 웃었다. "다른 사람들이라면 말이야, 죽는 게 겁났을 거라고 생각했어. 자네는 어쩌면 누군가 매일 떨어진다면, 붙잡아서 구해줄 수 있다고 좋아할지도 모르지만. 자네가 안 그러고 뭘 하겠어?"

"어떤 사람이 저에게 일자리를 제안했어요. 관심 없다고 생각했는데, 제가 어쩌면 관심이 있는 것 같기도 해요."

푸토가 조용히 고개를 끄덕였다. "그게 무슨 일이든 이 일보다는 더 흥미로운 일이겠지. 그들이 자네에 대해 말하는 건 다 사실이야." 둘은 악수했다. "행운을 빌어, 잭슨."

피터는 푸토가 가는 모습을 지켜보고 의사당으로 갔다. 산체스의 집무실로 들어서자 서류를 검토 중이던 그녀가 고개를 들어 그를 봤다.

"잭슨 씨, 생각보다 빨리 오셨는데요. 나는 내가 좀 더 열심히 움직여야만 하겠다고 생각했거든요."

"조건은 두 가지입니다. 아니 실제로는 세 가지입니다."

"물론 첫 번째는 당신의 아들에 관한 것일 테고요. 그건 나도 약속드렸던 겁니다. 다른 것들은 뭐죠?"

"저는 보고나 지시를 비롯해 모든 대화를 대통령님과 직접 하고 싶습니다. 중간에 누가 개입하거나 끼어드는 건 싫습니다."

"체이스도요? 그는 저의 비서실장입니다만."

"아뇨, 대통령님과만 얘기하고 싶습니다."

산체스가 잠깐 생각에 잠겼다. "그게 꼭 필요한 조건이라면 좋아요. 세 번째는 뭐죠?"

"저에게 넥타이를 매라고 하지는 말아주세요."

마이클이 그리어의 오두막 문을 두드렸을 때는 해가 막 저물었을 즈음이었다. 안에는 불도 꺼져 있었고 아무 소리도 들리지 않았다. 음, 밖에서 기다리기에는 너무 멀리 오래 걸어왔어. 지쳤다고. 루시어스는 크게 신경 쓰지 않을 거야. 마이클은 그렇게 생각했다.

마이클은 마룻바닥에 가방을 내려놓고 등잔에 불을 밝혔다. 주위에 그리어의 그림들이 가득 보였다. 도대체 그림들이 얼마나 많이 있는 거야? 50장? 100장? 그가 그림들에 좀 더 가까이 다가갔다. 그렇지. 그의 기억력은 그를 배신하지 않았다. 어떤 것들은 급하게 대충 그린 거지만, 나머지 것들은 상당한 시간 동안 공들여 그린 게 분명했다. 마이클이 그림 중에 하나를 골라, 벽에서 떼어내 테이블 위에 올려놨다. 뱃머리에서 바라본 녹음이 짙게 우거진 거대한 섬의 그림으로, 오직 아래쪽 가장자리에서만 볼 수 있는 광경이었다. 섬 위와 뒤의 하늘은 해 질 녘의 어두운 푸른빛이었고, 그림 중심에는 수평선에서 45도 되는 지점에 다섯 개의 별들이 그려져 있었다.

그때 문이 확 열렸고, 그리어가 문턱에서 마이클의 머리에 총을 겨누고 서 있었다.

"으악, 깜짝이야. 총 내려놔요." 마이클이 말했다.

그리어가 총구를 내렸다. "뭐 어쨌든 총이 장전되지는 않았어."

"휴, 그건 다행이네요." 그러더니 마이클이 손가락으로 테이블에 올려놓은 그림을 두드렸다. "제가 전에 그림들에 관한 얘기를 부탁드렸던 거 기억하세요?"

그리어가 고개를 끄덕였다.

"지금 해주시면 좋을 것 같아요."

그림의 별자리는 적도 남쪽 밤하늘의 가장 뚜렷한 특징이라고 할 수 있는 남십자성이었다.

마이클은 그리어에게 자신이 가져온 신문을 보여줬고, 그리어는 아무런 표정 변화 없이 덤덤하게 기사를 읽었다. 기사의 내용이 그에게는 전혀 놀랍지 않은 것 같았다. 마이클이 그리어에게 베르겐스피요르드호와 배 안에서 발견한 시체들에 관해 설명했다. 처음으로 선장의 편지도 크게 소리 내어 읽어줬다. 편지의 단어 하나하나를 읽어 내려간다는 건, 누군가의 대화를 엿듣는 게 아니라 당시의 상황을 재연하는 것 같아 느낌이 매우 달랐다. 처음으로 선장이 결코 발신되어 배송될 수 없는 편지를 쓰면서 무슨 생각을 했을지 조금은 이해할 수 있을 것 같았다. 편지의 단어들마다 그리고 그 단어들에 담긴 감정에 일종의 영속적인 절실함 같은 것이 담겨 있었다. 편지라기보다는 비문碑文이었던 셈이다.

마이클은 마지막으로 베르겐스피요르드호의 항해 컴퓨터에서 데이터를 저장했다. 배의 목적지는 대략 뉴질랜드 북부와 쿡 제도 사이에 있는 것으로 보이는 남태평양의 한 지역이었다. 마이클이 지도를 꺼내 그리어에게 해당 지역을 보여줬다. 배의 엔진이 고장 났을 때 베르겐스피요르드호는 적도의 해류를 타고 표류하며 목적지에서 북북동쪽으로 2,400킬로미터 떨어진 곳에 있었다.

"그래서 그 배는 어떻게 갤버스턴까지 오게 된 거지?" 그리어가 물었다.

"사실 배가 갤버스턴까지 오면 안 되는 거였죠. 침몰해야 했던 게 맞아요. 선장의 말대로요."

"하지만 침몰하지 않았어."

마이클이 얼굴을 찡그렸다. "해류에 떠밀려 왔을 가능성이 있어요. 그거에 대해서는 저도 잘 모르겠어요. 제가 말씀드리고 싶은 건 그 배가 갤버스턴까지 밀려왔다는 건, 바다에 장벽 같은 건 없다는 거죠. 그것도 애초부터 단 한 번도요."

루시어스가 다시 한 번 신문을 들여다봤다. 그리고 기사의 중간쯤을 손가락으로 가리켰다. "여기군. 조류 발생원에 기인한 바이러스……."

"새들이죠."

"나도 조류 발생원에 기인한 바이러스라는 말이 무슨 의미인지는 알아, 마이클. 그럼 바이러스가 여전히 이 세상에 남아서 활동하고 있을지도 모른다는 말이 되는 건가?"

"새들이 바이러스의 매개체라면 그럴 수도 있죠. 책임 있는 당국자들은 전혀 몰랐던 것 같기는 하지만요."

"드물게," 그리어가 기사를 소리 내어 읽기 시작했다. "감염자 중에는 눈에 띄게 현저한 공격성의 증가를 포함하는 북아메리카 변종의 변형 효과를 보이기도 했지만, 이들 중 36시간을 넘기고도 살아남은 사람이 있는지는 알려지지 않았다."

"저도 그 부분이 마음에 걸려요."

"바이럴들에 대한 얘기일까?"

"만약 그렇다고 해도, 아마 그들은 전혀 다른 변종일 거예요."

"지금 그 말은, 이 변종의 바이럴들은 아직 살아 있을지도 모른다는 말이겠지. 트웰브를 죽인 것이 이들에게는 아무 영향을 미치지 못했을 테니까."

마이클이 아무 말도 하지 않았다.

"맙소사, 젠장."

"웃긴 게 뭔지 아세요?" 마이클이 말했다. "웃기다는 게 적절한 말이 아닐 수도 있지만요. 전 세계가 우리를 격리하고 고립시켜 죽게 내버려 뒀는데, 결국은 오히려 그 일 하나 때문에 우리는 아직 여기에 살아남았다는 거예요."

그리어가 자리에서 일어나 선반에서 위스키병을 가져와 유리잔 두 개에 술을 부어 채웠다. 그리고 한 잔을 마이클에게 건넨 다음 자신도 한 모금 들이켰다. 마이클도 따라 위스키를 마셨다.

"루시어스, 생각해보세요. 베르겐스피요르드호는 지구의 절반을 돌아왔어요. 그것도 충돌 같은 방해도 받지 않고, 좌초되지도 않고, 폭풍우에 침수되지 않고 말이에요. 어찌 된 일인지는 모르지만, 어쨌든 그 배는 완전히 멀쩡한 상태로 갤버스턴만, 그러니까 우리 코앞까지 들어왔다고요. 그럴 수 있는 확률이 대체 얼마나 될까요?"

"거의 없다고 봐야지."

"그러니까 저에게 여기서 뭘 하고 계신 건지 말씀해주셔야 해요. 저 그림들 몽땅 직접 그리신 거잖아요."

그리어가 잔에 술을 더 부어 채웠지만 마시지는 않았다. 그가 잠시 침묵한 뒤 말했다. "그림은 내가 본 것들을 그린 것뿐이야."

"'본 것'이라는 말은 뭐예요?"

"설명하기 쉽지 않아."

"여기 어떤 것도 쉬운 건 없어요, 루시어스."

그리어가 테이블 위의 술잔을 빙글빙글 돌려가며, 잔을 뚫어지게 응시했다. "나는 사막에 있었지. 내가 그곳에서 뭘 했는지는 문

지 마, 이야기가 기니까. 며칠 동안 아무것도 먹지도 마시지도 못
한 상태였어. 그리고 그 일을 뭐라고 해야 할지 모르겠지만, 밤에
나에게 어떤 일이 일어났지. 꿈보다는 더 강렬하고 현실 같은 일
이었어. 나는 꿈이었다고 생각하고 있지."

"이 그림을 얘기하고 계신 건가요, 섬과 다섯 개의 별을요?"

루시어스가 고개를 끄덕였다. "나는 어떤 배 위에 있었어. 그리
고 나는 내 발밑의 배가 움직이는 걸 느꼈지. 파도 소리도 들렸고,
바다의 짠 내도 맡았어."

"그 배가 베르겐스피요르드호였나요?"

루시어스가 고개를 저었다. "내가 기억하는 건 무척 큰 배였다
는 것뿐이야."

"혼자이셨나요?"

"다른 사람들이 있었을지도 모르지만, 나는 누구를 본 기억이
없어. 나는 몸을 돌릴 수도 없었거든." 그리어가 마이클을 날카로
운 눈빛으로 바라봤다. "마이클, 나와 자네가 같은 생각을 하고 있
다고 느끼나?"

"어떤 생각이냐에 따라 다르겠죠."

"그 배는 우리를 위한 것이라는 생각 말이야. 우리가 그 섬에 가
야 한다는 거."

"좀 더 자세히 설명해주실 수 있겠어요?"

"그렇게 자세하게 설명하기는 어려운 일인 거 같아." 루시어스
가 회의적인 표정으로 얼굴을 찡그렸다. "이거 전혀 자네답지 않
은 일이야. 미친 사람이 그린 그림에 그렇게 의미를 두다니."

한동안 둘은 말이 없었다. 마이클은 위스키를 홀짝이며 마셨다.

"그 배 말이야," 그리어가 먼저 입을 열었다. "혹시 물에 띄울 수

있을까?"

"홀수선 아래쪽이 얼마나 파손되었을지 모르겠어요. 아래 갑판은 물에 잠겼지만, 엔진실은 물기 없이 말라 있기는 해요."

"고칠 수 있겠어?"

"아마도요. 하지만 고치려면 군부대 하나 정도의 많은 사람이 필요할 거예요. 게다가 우리에게 없는 많은 돈이 필요할 거고요."

그리어가 손가락으로 테이블을 두드렸다. "다른 방법들이 있을 거야. 우리가 일할 사람들을 충분히 구한다고 가정하면 배를 고치는 데 시간이 얼마나 걸릴까?"

"몇 년은 걸리겠죠. 아니 몇 년이 뭐예요. 수십 년이 걸릴 수도 있을걸요. 드라이 독dry dock을 만들고 배에 차 있는 물을 다 빼낸 다음 배를 띄워 집어넣어야 해요. 그런데 그런 건 다 첫 시작일 뿐이라고요. 그 엄청난 배의 길이만도 180미터나 된단 말입니다."

"하지만 어쨌든 고쳐서 쓸 수 있도록 만드는 건 가능하잖아."

"이론적으로는 그렇죠."

마이클이 루시어스의 표정을 살폈다. 둘은 아직 그 모든 이야기가 던져놓은 문제의 마지막 조각, 궁극적인 질문에 대해서는 말을 꺼내지 않았기 때문이다.

"그럼 바이럴들이 다시 출현하게 될 때까지 시간이 얼마나 남았다고 생각하세요?" 마이클이 물었다.

"뭐? 언제까지라니?"

"바이럴들이 다시 나타날 때까지요."

그리어는 곧바로 대답하지는 못했다. "확실히는 알 수 없지."

"하지만 바이럴들이 다시 나타날 거라는 건 확실하잖아요."

그리어가 고개를 들었다. 마이클은 그의 눈에서 안도하는 기색을 느꼈다. 그리어는 오랫동안 혼자 이 문제에 대해 고민해온 거였다. "자네는 어떻게 이 문제를 깨닫게 된 건지 말해주겠어?"

"앞뒤 사정을 따져보면 결론은 그거 하나죠. 질문은 제가 어떻게 알았냐고 물으신 거죠?"

그리어가 남은 위스키를 다 들이마시고 다시 잔을 채워 그것마저도 비워버렸다. 마이클은 잠자코 기다렸다.

"자네에게 해줄 이야기가 있어, 마이클. 그런데 자네는 이 이야기를 절대 다른 사람에게 말해서는 안 돼. 사라도 안 되고, 홀리스도 안 되고, 피터에게도 안 돼. 특히 피터에게는 어떤 경우라도 절대로."

"피터는 왜요?"

"나는 규칙을 만드는 게 아니야. 미안해, 나는 자네가 약속해주기를 바라는 것뿐이지."

"약속하죠."

그리어가 길게 숨을 들이마시고는 천천히 내뱉었다. "마이클, 나는 바이럴들이 돌아올 거라는 걸 알고 있어. 에이미가 내게 말해줬거든."

13장

알리시아가 도시에 거의 다 오는 동안 비가 내렸다. 엷은 아침 햇살 속에 내려다본 강의 모습은 그녀가 상상한 그대로였다. 넓고, 어둡고, 끊임없이 흐르는 강. 강 너머로는 높게 솟아오른 뾰족한 건물의 꼭대기들이 우거진 숲을 이루었다. 강둑을 따라 폐허가 된 부두들이 삐죽삐죽 줄지어 늘어섰고, 부서진 배들은 물길에 밀려 모래톱 위에 올라왔다. 백 년의 시간 동안 해수면도 상승했다. 섬의 남쪽 끝 지역들은 물에 잠겨버린 것 같았고, 차오른 물은 출렁이며 건물들의 벽을 돌아가며 철썩철썩 때렸다.

알리시아는 북쪽으로 길을 잡고, 쓰레기와 잔해 더미 사이를 껑충껑충 뛰어 헤쳐가며 건너갈 만한 곳을 찾았다. 비가 멈췄다가 다시 내리기를 반복했다. 그녀가 다리를 찾아 이르렀을 때는 이미 늦은 오후였다. 쌍둥이 거인처럼 두 개의 거대한 기둥이 어깨에 케이블들을 걸치고 다리의 상판을 공중 위에 높이 들어 올려 지탱하고 있었다. 과연 다리를 건너야 할지 알리시아는 내색할 수 없는 깊은 걱정에 휩싸였지만, 솔저는 이미 그걸 알아챘다. 아주 미미하지만 솔저의 걸음걸이에도 그런 우려와 주저하는 기색이 분명했다. 이딴 걸 또?

그래, 알리시아가 생각했다. 저 지경이지만 어쩌겠어.

내륙 쪽으로 방향을 바꿔 들어간 그녀가 다리로 이어지는 진입 램프를 찾았다. 바리케이드와 포대 그리고 군용 차량들이 즐비하게 늘어서 있었다. 100년이라는 세월에 삭아버린 군용 차량들은 원래의 모습을 알아보기 힘들었고, 일부 차량은 뒤집혔거나 옆으로 누워 있기도 했다. 물론 여기에서도 전투가 있었겠지. 다리의 위쪽 상갑판은 새들의 배설물로 하얗게 뒤덮인 채 고철 덩어리가 되어버린 차들로 꽉 차 있었다. 알리시아는 그 폐허를 헤치며 솔저를 끌고 나갔다. 한발 한발 내디딜 때마다 불안감이 커져가기만 했다. 잠시도 참기 어려운 재채기를 일으키는 알레르기처럼 자연스럽게 본능적으로 일어나는 불안감이었다. 다음 걸음을 떼기 전에 한 발을 앞으로 내밀며 앞쪽에서 눈을 떼지 않고 경계를 늦추지 않았다.

다리 중간쯤에서 알리시아와 솔저 둘은 길이 무너져 내린 곳에 이르렀다. 아래쪽 하갑판에 떨어진 차들이 엉켜 뒤틀린 모양의 더미를 이루고 있었다. 가드레일을 따라 남아 있는 약 1.2미터 폭의 난간이 유일하게 사용이 가능한 길인 것으로 보였다.

"별거 아니야." 알리시아가 솔저에게 말했다. "식은 죽 먹기야."

높이는 문제가 안 됐다. 그녀가 두려운 건 물이었다. 난간 너머로는 모든 걸 집어삼키는 죽음의 덫이 아가리를 벌리고 있었다. 두려움에 질린 채 그녀는 한 걸음씩 솔저를 이끌어 다리를 건넜다. 정말 이상하지, 알리시아는 생각했다. 이것 말고는 두려운 게 없다니.

둘이 다리의 반대편에 이르렀을 때 해는 등 뒤에 있었고, 두 번째 램프를 걸어 창고들과 공장들이 있는 지역의 거리로 내려왔다. 알리시아는 다시 솔저의 등에 올라타고 섬의 주요 도로를 따라 남쪽으로 향했다. 번호가 매겨진 거리들을 여러 개 지났다. 마침내 공장 지대를 지나, 공터들과 상당히 황폐해진 미니어처 정글 같은 것들이 흩어져 있는 아파트들과 부유층의 호화로웠던 건물들이 늘어선 곳으로 나왔다. 거리 곳곳에 물이 범람한 상태였고, 맨홀 구멍 사이로 더러운 강물이 보글보글 솟아나 넘쳤다. 알리시아는 섬에 가득 들어찬 건물들의 엄청난 밀도에 당황했다. 그녀는 여태 그런 곳을 본 적이 없기 때문이다. 비둘기가 우는 소리, 허둥지둥 쥐들이 달아나는 소리, 건물 실내에서 벽을 타고 흐르는 물이 떨어지는 소리. 알리시아는 들릴 듯 말 듯한 아주 작고 사소한 소리까지도 놓치지 않았다. 매캐한 곰팡이 포자 냄새. 부패에 대한 두려움. 죽음의 사원이 된 도시의 악취였다.

저녁이 되자, 하늘에 박쥐들이 날아다녔다. 무성한 초목의 벽이 그녀의 길을 막아섰을 때, 알리시아는 레녹스가의 110번지대 부근에 있었다. 버려진 도시의 중심에 숲이 뿌리를 내리고 거대한 규모의 꽃들이 피었다. 그 가장자리로 솔저를 데려가 멈추고 나무들에 자기 생각을 집중했다. 바이럴들은 공격할 때 위에서 덮친다. 바이럴들이 원하는 건 알리시아가 아니다. 그녀는 그들 중 하나였으니까. 하지만 솔저는 걱정거리였다. 몇 분 동안 시간이 흘러가도록 내버려 두었고, 자신과 솔저가 무사히 지나갈 수 있다는 확신이 들자 그녀는 솔저의 배를 발뒤꿈치로 툭툭 두드렸다.

"자, 이제 가자."

그렇게 도시도 사라졌다. 알리시아와 솔저는 가장 웅장한 오래된 숲들 사이에 머물 수도 있었다. 밤이 완전히 깊었고, 이지러지는 달이 빛을 비춰줬다. 둘은 알리시아의 허벅지에 닿을 만큼 깃털 모양의 풀이 높게 자란 넓은 들판에 이르렀다. 그리고 다시 한 번 나무들이 그 땅의 소유권을 주장하듯 버티고 서 있었다.

그들은 59번가로 이어지는 돌계단을 올라갔다. 그곳의 건물들에는 이름이 있었다. 헴슬리 파크 레인, 에섹스 하우스, 리츠 칼튼, 플라자. 알리시아는 솔저를 타고 속보로 메디슨가를 향해 동쪽으로 가다가 다시 남쪽으로 향했다. 차도 위로 솟은 건물들의 높이가 점점 더 높아졌다. 거리 번호가 계속 낮아졌다. 56, 51, 48, 43.

그리고, 42.

알리시아가 말에서 내렸다. 건물은 하나의 요새 같았다. 주위의 다른 건물들에 비해 작은 규모였지만 위엄 있는 분위기가 느껴졌다. 왕에게 어울리는 성 같은 분위기. 높은 아치형의 창문들이 음침한 표정으로 거리를 내려다보았다. 지붕 선을 따라 정면 중앙에는 방문객을 환영이라도 하듯 석상 하나가 두 팔을 앞으로 뻗어 벌리고 있었다. 그 아래에는 건물 전면에 달빛으로 파놓은 듯 그랜드 센트럴 터미널이라고 새겨졌다.

알리시아, 내가 여기에 있다. 리시, 네가 마침내 여기에 오다니 정말 기쁘구나.

이제 알리시아는 자기 형제자매들의 존재를 분명하게 느꼈다. 그들은 그녀의 발밑 모든 곳에 있었다. 거대한 저장소. 구불구불 이어진 도시의 창자 속에 웅크리고 잠든 채 말이다. 그들도 나의 존재를 느꼈을까? 알리시아는 태어난 이후 모든 날이 자신을 가리키던 시간이 있었다는 걸 깨달았다. 스스로 어려운 선택의 미로라고 생각했던, 삶이 어떻게 될 것인가에 대한 모든 가능성은 사실 자신이 하나의 길을 따라온 일련의 단계들에 불과했다. 자신의 목표에 이르러 뒤를 돌아봤을 때는 오직 하나의 길만이 — 자신을 위해 선택된 — 보일 뿐이었다.

알리시아는 솔저의 굴레에 밧줄을 묶어놓았다. 이틀 밤 전 뉴어크의 외곽에서 야영하면서, 알리시아는 관솔로 매듭지어 횃불을 만들어 준비해뒀다. 그리고 이제 그녀는 인도 위에 웅크리고 앉아 깎아낸 부싯깃 더미를 준비하고 파이어 스틸로 불을 붙였다. 준비한 횃불 끝을 불이 붙을 때까지 부싯깃 불길 속에 갖다 댔다. 알리시아가 횃불을 높이 들고 일어났다. 아마도 몇 시간은 족히 불을 밝힐 것 같은 횃불이 연기 자욱한 오렌지빛 불빛을 뿜어냈다. 그녀는 탄약대를 가슴에 단단히 묶은 다음 오른손을 왼쪽 어깨 위에 갖다 댔다. 칼집에서 검을 바로 뽑아 들기 위해서였다. 시퍼렇게 선 날, 뾰족하게 예리한 칼끝, 많은 시간 동안의 연습으로 닳은 손잡이에 감긴 노끈. 그런 건 그녀에게 아무런 상징적 의미도 갖지 못했다. 검은 도구일 뿐이었다. 알리시아는 검과 자신의 힘이 하나가 되는 것을 느끼며 앞뒤로 휘둘러보았다. 그런 그녀의 모습을 솔저가 지켜보고 있었다. 때가 됐다고 느껴지자 알리시아는 자신의 무기를 다시 칼집에 집어넣고 터미널의 출입구를 열었다.

"시간이 됐어."

알리시아가 솔저를 이끌고 안으로 들어갔다. 깨진 유리 조각들이 발에 밟혀 부서졌다. 쥐들이 끽끽거리며 우는 소리도 들렸다. 문에서 3미터쯤 들어오자, 길이 둘로 나뉘었다. 곧장 앞으로 가 경사로의 복도를 지나 터미널의 낮은 층으로 가거나, 아니면 왼쪽으로 돌아 아치형의 문을 지나가는 거였다.

알리시아는 왼쪽으로 향했다.

그녀의 주위로 넓은 공간이 나타났다. 알리시아가 역의 중앙 홀로 들어선 것이다. 하지만 그곳은 역이라기보다는 교회처럼 보였다. 거대한 군중이 좀 더 우월한 존재감을 가진 무리 속에서 서로 교감하기 위해 모였던 곳 말이다. 높은 창문을 통해 달빛이 옅은 노란색의 액체처럼 줄기줄기 물결치며 중앙 홀의 바닥 위에 퍼져 나갔다. 알리시아가 자신의 귓속을 흐르는 피의 소리를 들을 수 있을 정도로 무거운 침묵이 무겁게 공간을 꽉 채우고 있었다. 고개를 들어 위를 쳐다봤다. 그때까지만 해도 하늘이라고 생각했는데 하늘이 아닌 그림이었다. 천장을 가로지르며 흩어져 있는 별들 가운데에 황소와 숫양, 그리고 주전자의 물을 붓고 있는 남자의 모습이 보였다.

"안녕, 알리시아."

알리시아가 깜짝 놀랐다. 그의 목소리였다. 귀로 들을 수 있는, 분명히 인간의 목소리였다.

"나는 여기에 있어."

그 목소리는 중앙 홀의 반대편 끝에서 들려왔다. 알리시아는 옆에 있는 솔저를 이끌며 그 목소리를 향해 갔다. 그녀의 앞쪽에 작은 집처럼 보이는 구조물이 나타났다. 그 위에는 왕관을 쓴 것같이 커다란 사면 시계가 놓여 있었다. 알리시아가 한 걸음씩 앞으로 나갈 때, 그녀가 들고 있는 횃불의 불빛에 가장 먼저 모습이 드러나 보인 것이 그 사면 시계였다. 빛을 흡수하는 것만큼 많은 빛을 반사해내지 않아서, 시계의 각 면이 오렌지색 광택으로 빛을 내고 있었다.

"여기 위쪽이야, 리시."

넓은 계단들이 발코니로 길게 이어졌다. 알리시아는 밧줄을 풀고 손을 솔저의 목에 올려놓았다. 녀석의 털이 땀으로 축축하게 젖었다. 알리시아가 손바닥으로 솔저의 목을 쓸어 어루만지며 녀석을 진정시켰다. 여기서 기다려.

"걱정하지 않아도 돼. 네 친구는 안전할 테니까. 녀석 참 대단한 친구야, 리시. 내가 상상했던 것 이상으로 말이야. 너처럼 녀석도 완전히 속속들이 군인 같아. 친애하는 나의 리시처럼 말이야."

조금도 자기 모습을 숨기려 하지 않고 알리시아가 계단을 올라갔다. 그러는 게 의미가 없으니까. 어떤 흉악한 모습으로 나를 기다리는 거지? 목소리는 인간의 것이었다. 어떤 면에서는 완벽하지 않았음에도 말이다. 그리고 그 육신의 모습은 분명 인간의 것이 아니라 거인일 것이다. 그것도 엄청나게 큰 괴물. 그의 종족 가운데서도 거인 중의 거인일 것이다.

그녀가 끝까지 올라갔다. 알리시아의 오른쪽으로 높은 의자들이 늘어선 바가 있고, 정면으로는 테이블 좌석들이 보였다. 일부 테이블과 의자들은 뒤집혀 있고, 어떤 테이블들 위에는 아직도 여전히 자기 그릇들과 은식기들이 가지런히 놓인 상태였다.

그리고 그 테이블 중 하나에 남자가 앉아 있었다. 한 남자가.

이건 뭐지? 함정인가? 이 자식이 내 머리를 갖고 장난치고 있는 거야? 그는 하얀 와이셔츠에 검은색 양복을 입고 목 칼라는 풀어놓은 채 편한 자세로 앉아 두 손을 무릎에 포개놓았다. 선명한 V자형 이마에 거의 빨간색에 가까운 엷은 갈색의 머리, 턱 주위의 살들이 조금 처져 보이기는 했다. 그러나 그의 눈빛은 형언할 수 없는 강렬함으로 가득 차 있었다. 갑자기 알리시아는 주위의 모든 것이 비현실적인 것처럼 느껴졌다. 이거 너무 말도 안 되는 장난

이잖아. 그는 많은 사람의 무리 속에서 특별히 눈에 띄지도 않는 흔한 남자의 모습이었다.

"내 모습에 놀랐나?" 그가 물었다. "내가 미리 경고나 귀띔이라도 해줬어야 했나 보군."

그의 목소리가 알리시아를 자극했다. 알리시아는 그를 향해 성큼성큼 걸어가며 횃불을 던져버리고 검을 빼 들었다. 엉덩이에 꽉 힘을 주고 자신의 힘을 어깨와 골반 그리고 다리 같은 큰 근육들에 집중했다. 그리고 칼을 크게 뒤로 휘둘렀다가 그의 목에서 불과 몇 센티미터 떨어진 곳에 칼날을 갖다 대고 멈춰 세웠다.

"너는 도대체 뭐지?"

그의 작은 근육 하나도 흔들리지 않았다. 심지어 그의 얼굴은 평온했다. "내가 무엇처럼 보이지?"

"너는 인간이 아니야. 인간일 수가 없지."

"너 자신에게도 같은 질문을 해봐야 할 것 같은데. 인간이라는 게 뭔지 말이야."

그는 알리시아가 쥔 검의 칼날을 향해 고개를 돌렸다. "이걸로 뭘 해볼 생각이라면, 가만히 들고 있지 말고 그냥 휘두르는 게 나을 것 같은데."

"그게 네가 원하는 건가?"

그가 천장을 향해 얼굴을 들었다.

그의 입가로 단검같이 날카로운 무시무시한 앞니들이 드러났다. 알리시아 눈앞, 그의 얼굴은 편안해 보였지만, 그의 이는 분명 포식자의 이빨이었다. "그거 아나? 나 여기서 꽤 오랜 시간을 기다려왔다는 거 말이야. 백 년의 시간이면, 거의 모든 것들에 대해 생각하며 보내게 되지.

자신이 한 모든 일들, 알고 지내던 사람들, 그리고 자신의 실수들, 그런 것들 말이야. 읽었던 책들과 듣고 즐기던 음악들, 햇살이 어땠는지 그리고 내리던 비 역시도 그렇지. 그런 모든 게 사람에게 기억으로 남아 있어. 하지만 그것으로는 충분하지 않아, 안 그래? 과거는 언제라도 절대 충분하지 않다는 것, 만족할 수 없다는 것, 그게 문제야."

알리시아의 검은 여전히 그의 목을 겨누었다. 그가 일을 얼마나 쉽고 간단하게 만들어줬는지 고마울 지경이었다. 그는 완벽하게 침착한 표정으로 그녀를 보았다. 가볍고 빠르게 한 번만 검을 휘두르면 알리시아는 자유로워질 수 있었다.

"우리가 같은 부류의 존재라는 거 모르지 않잖아." 선생님이라도 된 것 같이 그의 목소리가 차분했다. "많은 것들이 후회되고, 그만큼 잃어버린 것도 많지."

왜 그 자리에서 끝내버리지 못했을까? 팔 한 번 휘두르면 그만이었는데 왜 못 했을까? 이상하게도 몸이 마비된 것처럼 움직일 수가 없었다. 신체적 마비 증상이 아니었다. 마비된 건 점점 약해지는 알리시아의 의지였다.

"너는 나를 끝장내고도 남는다는 걸 알고 있는데." 그가 자기 목의 한 곳을 어루만졌다. "바로 여기야, 내 생각이 맞다면. 그럼 마술처럼 아주 효과적으로 끝낼 수 있을 거야."

뭔가 잘못됐다. 그것도 아주 끔찍할 만큼. 검을 힘껏 뒤로 당긴 뒤 칼날이 자유롭게 활공하도록 내리치기만 하면 되는 일이었다. 그런데 알리시아는 그렇게 할 수 없었다.

"못 하겠는 모양이군, 안 그래?" 그가 눈살을 찌푸리며 인상을 썼다. 그의 목소리는 거의 후회된다는 듯한 말투였다. "결국 아버지를 죽이는 건 정상이 아니라는 거지."

"무슨 소리야. 내가 마르티네스를 죽였어. 그놈이 죽는 걸 내가 두 눈으로 확인까지 했다고."

"그래, 하지만 너는 그의 계보에 속해 있지 않아. 너는 내게 속해 있어. 너에게 스며든 바이러스, 그건 내게서 나온 거야. 물론 에이미에게서 나온 바이러스도 섞여 있기는 하지. 하지만 나머지는 내 거야. 네가 에이미에게 검을 휘두를 수 없는 것처럼, 나를 그 검으로 어찌할 수 없다고. 그걸 몰랐다니 놀랍군."

알리시아는 그의 말이 사실임을 느꼈다. 검, 나의 검. 알리시아는 자신이 들고 있는 검을 움직일 수조차 없었다.

"하지만 네가 나를 죽이러 왔다고 생각하지는 않아. 너는 나를 죽이러 여기에 온 게 절대 아니야. 내게는 다 보인다고. 너는 물어보고 싶은 것들이 너무 많지. 네가 알고 싶은 것들이."

알리시아가 이를 악물고 대답했다. "나는 네게 원하는 거 없어."

"없다고? 그럼 내가 너에게 물어볼게. 대답해봐, 알리시아. 인간으로 남아 있어서 네가 얻은 게 뭐지?"

그녀는 혼란스러웠다. 이 모든 게 다 말이 되지 않았다.

"이거 정말 간단한 질문인데. 대부분의 경우가 결국 그렇거든."

"나에게는 친구들이 있어," 그녀가 대답했고, 뒤이어 자신의 떨리는 목소리가 들렸다. "나를 사랑해준 사람들."

"그들이 너를 사랑했다고? 그게 네가 그들을 떠나온 이유라는 건가?"

"너는 네가 무슨 말을 하고 있는지도 모르잖아."

"아니지, 아니지. 나는 내가 무슨 말을 하는지 정확히 알아. 너의 마음이라는 거 말이야, 내게는 활짝 펼쳐놓은 책 같거든. 피터, 마이클, 사라, 홀리스, 그리어, 그리고 에이미. 위대하고 강인한 에이미. 나는 그들 전부를 아주 잘 알아. 심지어 하이탑, 네 품 안에서 죽어간 그 아이까지도. 너는 그 아이에게 안전하게 지켜주겠다고 약속했지만, 결국 그를 구하지는 못했지."

알리시아의 자아가 녹아내리고 있었다. 손에 쥔 검이 전과는 비교할 수 없는 밀도와 무게의 쇳덩어리 모루처럼 무겁게만 느껴졌다.

"친구들이 지금의 너의 실체에 대해 알게 되면 뭐라고 할까? 내가 말해주지. 너를 보고 괴물이라고 할 거야. 너를 죽이지 않는다면, 친구들은 너를 둘러싸고 사냥하듯 괴롭힐걸."

"아 쌍, 입 좀 닥쳐라."

"너는 그들과는 달라. 대령이 너를 장벽 밖으로 데리고 나가 홀로 남겨뒀던 날 이후로, 너는 친구들과 같았던 날이 하루도 없어. 그날 너는 나무들 아래에서 밤새도록 울었잖아, 안 그래?"

이 자식이 그걸 어떻게 아는 거지?

"알리시아, 대령이 너를 달래주기라도 했어? 너에게 미안하다고 사과는 했나? 너는 그냥 작고 어린 여자아이였는데, 그는 너를 혼자 남겨뒀지. 그리고 너는 언제나…… 혼자였어."

알리시아의 마지막 결의마저 무너졌다. 그녀가 할 수 있는 건 검을 떨어뜨리지 않고 들고 있는 게 전부였다.

"나는 다 알아. 왜냐하면 알리시아 도나디오, 너를 아니까. 너의 마음속 깊은 곳의 비밀들을 다 알고 있어. 이해가 안 돼? 모르겠어? 그래서 네가 나를 찾아온 거야. 너의 비밀들을 알고 있는 건 나 하나니까."

"제발 좀," 알리시아가 애걸했다. "제발 그만 떠들고 입 좀 닥치라고."

"어디 말해봐. 그 여자아이 이름은 뭐라고 지어줬지?"

알리시아는 당황했다. 그녀가 지탱하도록 도울 게 아무것도 남지 않았다. 이전의 그녀가 어떤 사람이었든지 간에 혹은 어떤 사람이 되고 싶었든지 간에, 그 사람 그 인격이 자신을 떠나가는 게 느껴졌다.

"말해봐, 리시. 너의 딸 이름이 뭐였지?"

"로즈," 목이 멘 소리로 그 이름을 말했다. "아이의 이름을 로즈라고 붙여줬어."

알리시아가 흐느껴 울기 시작했다. 아득히 멀리 떨어진 것처럼, 그녀가 들고 있던 검이 덜거덕거리며 바닥에 떨어졌다. 그가 일어나 그녀를 자신의 팔로 감싸고 따뜻하게 껴안았다. 알리시아는 저항하지 않았다. 저항할 방법도 없었다. 그녀는 울고 또 울었다. 나의 사랑스러운 아가, 나의 로즈.

"너는 이거 때문에 여기에 온 거잖아, 안 그래?" 그녀의 귀 가까이 들리는 그의 목소리가 부드러웠다. "여기에 있는 이유가 바로 그것때문이야. 너는 여기에 네 딸의 이름을 입 밖으로 말해보려고 온 거야."

알리시아가 고개를 끄덕였다. 그리고 자신이 대답하는 소리를 들었다. "맞아."

"오 이런, 불쌍한 알리시아, 나의 리시. 너 지금 네가 어디에 와 있는지 알아? 이제 너의 모든 여정이 끝났어. 엄밀히 말해서 사람들이 너를 알아보는 곳이 아닌 집이라는 곳은 어떤 곳이지? 나를 따라 말해봐. '내가 집에 왔어.'"

잠깐 망설여졌지만 알리시아는 곧 그 망설임을 털어내 버렸다.

"내가 집에 왔어."

"'그리고 나는 절대로 여기를 떠나지 않을 거야'라고 말해봐."

갑자기 모든 게 너무나 쉬워졌다. "그리고 나는 절대로 여기를 떠나지 않을 거야."

약간의 시간이 흘렀다. 그가 뒤로 물러났다. 눈물이 가득 고인 알리시아의 눈에 이해심 가득한 그의 친절한 얼굴이 보였다. 그가 테이블 의자 하나를 빼냈다.

"자, 여기 나와 같이 앉자." 그가 말했다. "우리에게는 이 세상의 모든 시간만큼이나 많은 시간이 있어. 나와 같이 앉자. 내가 너에게 모든 걸 얘기해줄 테니까."

2부

연인

B. V. 28~3년
(1989~2014)

아침부터
그가 추락하던 한낮의 정오까지,
그리고 한낮의 정오를 지나 이슬 맺힌 저녁까지,
여름의 하루. 그리고 떨어지는 별처럼 천정을 벗어난 석양.
- 밀턴, 『실낙원』

14장

모든 무시무시한 증오의 이면에는 사랑 이야기가 있지.

어떻게 아냐고? 나도 사랑을 맛보고 아는 사람이니까. 나를 가리켜 '사람'이라고 하는 건 내가 나를 그렇다고 이해하기 때문이야. 나를 봐봐, 네 눈에는 어떻게 보이는데? 나도 너처럼 느끼고, 너처럼 고통받고, 너처럼 사랑하고, 너처럼 슬퍼하잖아? 이런 거 말고 사람의 본질이라고 할 수 있는 게 뭐가 있을까? 지난 역사의 삶 동안 나는 패닝이라는 이름의 과학자였어. 패닝, 티모시 J. 콜롬비아대학교의 생화학 분야의 엘로이즈 암스트롱 석좌교수 회원이었지. 나는 내 시대의 거물 중 한 명으로 인정과 존경을 받았어. 많은 연구 과제들에 나의 견해가 필요했고, 내 직업적 커뮤니티들에서 고개를 빳빳이 들고 돌아다닐 수 있었지. 한마디로 엄청난 연줄을 갖고 있었다는 말이야. 수많은 사람 사이를 악수하고 볼에 입을 맞추고 다니며, 친구를 만들고 애인을 사귀었지. 온갖 행운과 재물이 내가 가는 길마다 흘러 들어왔고, 현대 세계 최고의 건물들에서 저녁 식사를 즐기고 다녔지. 도시의 아파트들과 시골의 별장들 그리고 매끈하게 잘 빠진 자동차들과 좋은 술들, 모두 다 내 거였어. 고급 레스토랑에서의 식사와 비싼 호텔에서의 숙박과 각국의 비자로 들어찬 여권, 다 내가 누리던 것들이지. 세 번 구애해서 세 번 결혼했어. 결혼 생활은 다 실패로 끝나고 말았지만, 결론적으로 그 결혼들에 대해 후회 같은 건 없어. 나는 일하고 쉬고 울고 춤추고 희망하고 기억하고 심지어 때때로 기도도 했지. 한마디로 나는 사람 사는 것처럼 산 거야.

그러고는 볼리비아의 정글에서 죽게 되었고.

너는 나를 제로라고 알고 있을 거야. 그건 지난 역사가 내게 붙여준 이름이지. 파괴자 제로, 세계를 집어삼킨 거대한 포식자. 이 역사가 기록되지 않는 편이 좋겠다는 건 존재론적 논쟁의 상황에 따른 거겠지. 역사를 기록할 사람이 없게 되면 과거는 어떻게 되겠어? 나는 죽었다가 부활해 살아났노라, 그런 인류의 가장 오래된 이야기가 있지. 나는 죽은 자 가운데에서 살아났어. 그런데 뭘 보게 되었을까? 나는 가장 푸른빛의 방에 있었어. 순수한 파란색, 아주 짙은 청색의 파랑. 그건 마치 바다와 결혼이라도 했더라면 하늘의 색이 그랬을 것 같은 파란색이었지. 나의 팔과 다리 심지어 머리도 묶여 있었어. 그곳에서 나는 포로나 다름없었다니까. 조각나 흩어진 이미지들이 내 마음에 떠올랐고, 번쩍이는 빛과 색깔들은 하나가 되어 의미로 전달되지 못했지. 내 몸에서는 윙윙거리는 소리가 나고 있었어. 그게 내가 쓸 수 있는 유일한 말이었다고나 할까. 내가 변화의 마지막 단계를 막 끝내고 깨어났다는 걸 알게 되었지. 그리고 그 방에 있는 동안 나는 내 몸을 볼 수가 없었어.

팀, 내 말 들려?

목소리 하나가 사방 여기저기서 들려왔어. 내가 죽었나? 이 목소리는 나를 부르는 신의 목소리인가? 아마도 내가 너무 거지같이 살아서 일이 잘못되었구나 싶었다니까.

팀, 내 목소리가 들리면 손을 들어봐.

그 정도는 어떤 신이라도 물어보거나 요구할 수 있는 것처럼 보였지.

그래 잘했어. 이제 반대쪽도. 좋아, 아주 잘했어, 팀.

그런데 이 목소리 내가 아는 목소리인데, 그런 생각이 들더군. 난 죽지 않았어. 이 목소리도 신의 것이 아닌 나와 같은 인간의 목소리야. 내 이름을 알고 있으며 "아주 잘했어"라고 말하는 남자의 목소리.

그렇지, 숨을 쉬어. 잘하고 있어.

상황이 어떤지 분명해지더군. 나는 어떻게 보면 아파서 누워 있었던 거야. 아마도 내가 발작을 일으키고 힘들어했나 봐. 그렇다면 나를 묶어놓았던 일이 설명되기도 하지. 그럼에도 불구하고 나는 내가 어떻게 그곳에 가게 되었는지 그 상황들을 기억할 수 없었어. 그런데 상황을 이해할 수 있는 열쇠는 그 목소리였어. 내가 목소리의 주인이 누구인지만 알아내면, 모든 게 밝혀질 수 있었던 거야.

내가 이제 너를 묶고 있는 구속을 풀어줄 거야, 알았어?

나는 압력이 느슨해지는 걸 느꼈어. 어떤 원격 장치에 의해서, 나를 억압하고 있던 것들이 풀렸지.

일어나 앉을 수 있어, 팀? 일어나 앉아줄래?

내 병이 무엇이었든 간에 최악의 상황은 지나갔다는 것 역시 분명했어. 나는 아프다는 느낌이 전혀 없었고 사실은 그와는 정반대였지. 나의 가슴에서 울려 나오는 그 윙윙거리는 느낌은 마치 내 몸 안에 있는 해부학적인 모든 세포가 오직 하나의 음을 연주하는 것처럼, 관현악단의 연주 같은 온몸의 떨림으로 확장됐어. 그 깊고 충만한 느낌은 마치 성적인 쾌락과도 같은 거였어. 나의 허리와 발가락 끝 심지어 나의 머리카락 뿌리까지, 그렇게 강렬하고 아름다운 느낌을 경험해본 적이 없어.

그리고 첫 번째 목소리보다 더 굵은 저음의 두 번째 목소리가 들렸지. 패닝 박사, 나는 사이크스 대령입니다.

사이크스, 내가 사이크스라는 이름의 남자를 알았던가?

우리 목소리가 들려요? 당신이 지금 어디에 있는지 알겠습니까?

내 안에 구멍 하나가 생겨났지. 아냐, 구멍이 아니라 짐승의 목구멍이었어. 나는 배가 고팠어. 아주 미칠 만큼 배가 고팠어. 나의 허기는 인간의 허기가 아닌 짐승의 것이었지. 발톱과 이빨이 느끼는 굶주림, 파고드는 것에 대한 갈구, 턱 밑 부드러운 살덩어리와 입천장에서 터지는 뜨거운 즙을 향한 갈증.

팀, 자네 여기 있는 우리를 그동안 엄청나게 걱정하도록 만들었다고. 얘기 좀 해봐, 친구.

그리고 홍수가 범람해 밀고 들어오는 것처럼 기억의 문이 열렸지. 후덥지근한 공기와 초록의 우거진 녹음 속에서 울부짖는 동물들이 있는 열대 우림. 끈적거리는 내 피부와 얼굴에 가득한 벌레 떼. 걸어가는 동안 끊임없이 들고 있는 총으로 나무들을 훑어보는 군인들과 정글의 색조를 따라 위장한 그들의 얼굴. 우리를 그 더럽고 불쾌한 곳의 한가운데로 더 깊이 끌어들이면서도 가까이 오지 말라고 경고하는 괴물 같은 형상을 한 인간 모양의 조각상들.

박쥐들.

그것들은 밤에 와서 우리 야영지를 뒤덮어버렸어. 수백 마리, 수천 마리, 수만 마리의 날개를 퍼덕이는 박쥐 떼가 하늘을 까맣게 뒤덮어버렸지. 그것들이 폭풍을 일으키며 하늘을 가려버린 거야. 그리고 지옥의 문이 열렸는데 그건 바로 그것들의 토사물, 검은 토사물이었어. 그것들은 날고 있다기보다는 마치 하늘의 물고기 떼처럼 조직적인 흐름을 따라 헤엄치는 것처럼 보였지. 그것들의 날개와 이빨 그리고 기쁨에 가득 찬 끽끽거리는 사납고 잔인한 소리까지, 하늘에서 위를 덮쳤어. 총소리와 비명이 기억났어. 나는 푸른 불빛과 내 이름을 아는 목소리가 들리는 곳에 있었지만, 마음속으로는 그곳의 강을 향해 달렸다고. 강둑에서 고통에 몸부림치고 있는 여자 하나가 보였어. 그녀는 우리 일행 중 한 명으로 이름은 클로디아였지. 박쥐들이 망토처럼 그녀를 새까맣게 뒤덮고 있었어. 그 공포를 상상해봐. 그녀의 살갗 중 거의 어느 한 곳도 제대로 보이지 않았어. 그녀는 고통 때문에 악마의 춤을 추는 것처럼 몸을 핵핵 움직여댔어. 솔직히 말하자면, 내게 첫 번째로 든 생각은 아무것도 하지 말자는 거였어. 나에게는 영웅의 강심장이 없거든.

하지만 때때로 우리는 자신에 대해 모르던 것들을 알게 될 때가 있다니까. 나는 두 번 크게 뛰어올라 그녀를 가로채 끌어안고는, 둘이 함께 악취가 진동하는 정글의 물속에 뛰어들었어. 박쥐들의 이빨이 나의 팔과 목의 살을 뚫고 들어오는데 불에 덴 것처럼 화끈하더군. 물에 피가 부글부글 끓어올랐어. 물도 분노가 치밀어 오른 박쥐들을 막아주지는 못했지. 박쥐들은 자기들이 익사하는 한이 있더라도 누구든 먹어 치우려 했을 거야. 나는 내 팔뚝에 클

로디아의 목을 걸고 물속 더 아래로 헤엄쳐 들어갔어. 그런 노력
이 헛수고일 거라는 걸 알면서도. 그녀는 이미 죽었거든.

그 모든 일들이 기억났어. 그리고 한 가지가 더 기억났지. 한 남
자의 얼굴이. 밀림의 하늘을 배경으로 내 눈 위에서 맴돌던 그 얼
굴. 고열에 시달리던 나는 아무것도 느끼지 못했고 주위를 분간할
수가 없었어. 헬리콥터 날갯소리와 함께 내 주변의 공기가 요동치
더군. 그 남자가 뭐라고 소리를 질렀어. 나는 그 남자의 입에 초점
을 맞추고 뭐라고 하는지 이해하려고 노력했지. 이건 살아 있어. 그
가 그렇게 말하더군. 나의 친구 조나스 리어가 그렇게 말이야. 이
건 살아 있어, 이건 살아 있어, 이건 살아 있어…….

나는 머리를 들어 방을 둘러봤지. 방 안은 감옥처럼 아무것도
없이 텅 비어 있었어. 나의 반대편에 있는 크고 검은 창에 나의 모
습이 반사되어 보였지.

비로소 나는 내가 어떻게 변했는지 알게 된 거야.

나는 일어나 앉는 대신 뛰어올랐어. 방을 가로질러 날아가 창문
을 쿵 들이박았지. 창유리 뒤에 있던 두 남자가 흠칫 뒤로 물러났
어. 하나는 조나스 그리고 두 번째 남자는 사이크스. 둘은 겁에 질
려 눈이 휘둥그레졌지. 나는 창을 두드리고 울부짖었어. 나의 분
노가 얼마나 큰지 그들에게 보여주기 위해 턱을 힘껏 벌리고 이빨
들을 보여줬어. 그들을 죽이고 싶었다고. 아니 단순히 죽이고 싶
었던 게 아니었어. '죽인다'는 말은 내가 원했던 것을 설명하기에
는 너무 진부한 단어인 것 같네. 나는 그들을 완전히 짓이겨버리
고 싶었어. 그들의 사지를 갈기갈기 찢어버리고 싶었다고. 그들의
뼈를 분지르고 아직 파닥거리는 축축한 몸뚱이에 얼굴을 처박고
싶었다는 말이야. 그들 가슴속에 팔을 집어넣어 심장을 잡아 꺼낸

다음, 갈 곳을 잃은 마지막 핏줄기가 흐르며 경련을 일으키는 피범벅의 근육을 게걸스럽게 먹어 치우는 동안 죽어가는 얼굴을 보고 싶었어. 그들은 고함과 비명을 지르고 있었지. 나는 그들이 예상한 것과는 전혀 달랐어. 내가 창을 두드려댈 때마다 유리가 휘어지며 창이 요동쳤지.

갑자기 폭발하는 백색의 뜨거운 불빛이 방을 뒤덮었고, 나는 수백 개의 화살에 맞은 것 같은 통증을 느꼈지. 뒤로 휘청거리다 몸을 웅크리고 바닥에 떨어지고 말았어. 위에서 기어들이 덜그럭거리는 소리가 나고, 쾅 하고 창살들이 떨어지더니 나를 가두어버리더라고.

팀, 미안해, 이건 전혀 내 의도가 아니었어. 용서해줘…….

어쩌면 조나스는 정말 그랬는지도 몰라. 하지만 그렇다고 달라질 건 없었어. 심지어 그때도 나는 그들이 곧 불리해질 거라는 걸 알았으니까, 그런 건 중요하지 않았지. 나를 둘러싼 감옥의 벽들은 내 힘에 굴복할 수밖에 없었어. 나는 인류가 만들어낸 검은 꽃이었고, 세상을 사랑할 신이 없는 세계를 파괴하도록 태초부터 정해져 있었던 거야.

하나가 늘어나 트웰브가 되었지. 그것 역시 기록의 문제이기는 해. 나의 피에서 고대의 비밀을 뽑아내 다른 이들에게 옮겨놓은 것에 불과하니까. 어쨌든 나는 내 피를 나눠 받은 남자들에 대해 알게 됐지. 처음에 그들은 나를 경계했어. 그들이 인간이었을 때의 삶은 나와는 완전히 달랐어. 그들은 양심이라는 것도 없고, 동정심도 없고 철학 같은 것은 아예 찾아볼 수도 없는 인간들이더군. 그들의 짐승 같은 가슴은 세상에서 가장 추하고 사악한 행동들로 꽉 들어차 있었어. 그런 부류의 인간들이 존재한다는 걸 오랫동안 알고 이해하고 있기는 했지. 하지만 악을 정말 알기 위해서는 느끼고 경험해봐야 하는 거였어. 깜깜한 동굴 안으로 들어가는 것처럼 그 안으로 들어가봐야 했지. 하나씩 그들이 내 안으로 들어왔고, 나도 그들 안으로 들어갔어.

뱁콕이 첫 번째였지. 그가 꾼 꿈들이 얼마나 끔찍하던지. 그렇다고 사실 그의 꿈들이 내 꿈들보다 더 나쁜 건 아니었지만 말이야. 나머지는 적당한 때 따라 들어왔고 각각 우리에 추가돼 갇혔지. 모리슨, 차베스, 배프스, 터럴, 윈스턴, 소사, 에콜스, 램브라이트, 라인하르트, 마르티네스, 잔인하기가 이루 말할 수 없는 것들이었어. 그리고 내 마음속에서 식어가던 연민의 불씨를 되살린 고통스러운 추억을 가졌던 카터마저도. 시간이 흐르고 이 문제 덩어리의 골칫거리들과 함께 지내면서, 나의 사명이 확장되어가는 것을 경험하게 됐지. 그들은 나의 후계자들이며 나의 시제侍祭들이었고, 나에게만 그들을 이끌 힘과 능력이 있었던 거야. 그들은 나처럼 세상을 경멸하지는 않았어. 그런 놈들에게는 세상이란 아무것도 아니었으니까. 마치 '모두 다'라는 게 사실은 아무것도 아닌 것처럼 말이지. 그들의 식욕은 끝이 없어서, 제한하지 않으면 우리 모두를 아주 빨리 완전하게 파멸시키고 말 것 같았어. 내가 그들에게 명령을 내릴 수는 있었지만 어떻게 해서 그들이 내 말을 따르게 할 수 있었을까?

그들에게 필요한 건 신이었어.

아홉과 하나, 나의 가장 신다운 목소리로 그들에게 명령했지. 너희가 내 것인 것처럼, 아홉은 너희 것이지만 하나는 나의 것이니 손대지 마. 10분의 1은 씨앗으로 남겨 심을 것이고 그러면 우리는 아주 많이 수백만 배 늘어나게 될 거다.

합리적인 사람이라면 "도대체 왜 그렇게 한 거야?"라고 물어보겠지. 내게 그들을 이끌 힘을 가졌기에, 분명 모든 것을 멈추도록 만들 수 있었을 거야. 그래, 분노가 그 이유 중 하나였어. 나는 내가 사랑했던 모든 것뿐만 아니라 내가 사랑하지 않았던 것까지도 빼앗겨 버렸어. 인간이었던 내 삶 전부를. 그래서 재탄생된 나 자신의 생물학적 필요 역시 그랬어. 너라면 굶주린 사자에게 아프리카의 드넓은 초원이 베푸는 넉넉함을 외면하라고 할 수 있겠어? 나의 행동은 용서받을 수 없는 것이기에, 누구의 용서를 구하기 위해 이런 이야기들을 하는 건 아니야. 내가 많이 미안해하고 있기는 하지만 미안하다는 말도 안 할 거고. (내 말에 놀랐어? 제로라고 불리는, 끔찍한 티모시 패닝이 미안해하고 있다고? 그런데 사실이야. 나는 모든 일에 대해 미안하게 생각하고 있어.) 나는 단지 내 사고의 흐름에 적절한 맥락을 유지하기 위한 무대를 만들고 싶어 할 뿐이야. 내가 뭘 기대했냐고? 세상을 불모지로 만들어버리고, 세상에 끔찍해진 나 자신의 모습이 투영되게 만들고 싶었어. 그리고 애초에 구할 가치도 없고 구할 수도 없었던 세상을 자신이 구제할 수 있다고 믿었던, 나의 친구이자 적인 리어에게 벌을 주고 싶었지.

초기의 내 분노는 그런 거였다고. 그러나 내 상황의 형이상학적인 측면을 무작정 무시할 수는 없었어.

어린 소년이었던 나는 전지전능한 신에게 종종 기도하고는 했었는데, 내 기도들은 마치 산타클로스에게 소원을 비는 것처럼 얄팍하고 유치한 것들이었지. 저녁 식사로 스파게티를 먹게 해주세요, 생일에 새 자전거를 받고 싶어요, 온종일 눈이 와서 학교에 안 가게 해주세요, 같은 기도들이었으니까. "은혜와 자비가 넘치는 주님, 아주 큰 문제가 되지 않는다면요……." 얼마나 아이러니한 일이야! 우리는 태어날 때부터 믿음을 갖고 겁에 질려 태어나거든. 사실은 그 반대여야만 하는데 말이야. 그리고 삶은 우리가 정말 많은 것들을 잃을 각오가 되어 있어야 한다는 걸 가르쳐주지. 성인으로서 나도 다른 많은 사람처럼 충동이라는 걸 잊고 살았어. 내가 불신자라고 말하지는 않겠어. 나는 다만 하늘의 걱정거리들에 대해서 신경을 안 쓰고 살았을 뿐이니까. 내가 보기에 신이 누구이든지 간에 그는 인간의 사소한 일들에는 관심이 있는 자가 아닌 것으로 보였어. 게다가 그렇다고 해서 우리가 타인들에 대해 체면을 지키며 살아가야 할 부담을 덜어주는 것으로 보이지도 않았거든. 내가 살면서 겪은 일들이 나를 허무주의적 절망의 상태에 빠지게 만든 건 사실이야. 그러나 내 인생의 가장 어두운 시간에도, 내가 살아 있는 지금까지도, 나는 나 아닌 다른 누구를 탓하지는 않았어.

하지만 사랑은 슬픔으로 변하고 슬픔이 분노가 되는 법이야. 그렇기에 분노를 이해하려면 분노도 고민해봐야 하지. 나의 상징성에 논란의 여지는 없어. 과학으로 탄생한 나는 완벽한 산업적 결과물이고, 그 자체로 포기를 모르는 인간의 신념을 구현해낸 거니까. 우리의 첫 털북숭이 조상이 부싯돌을 긁어대며 어둠을 물리친 이후로, 인간은 오만함의 사다리를 타고 하늘을 향해 올라갔지. 하지만 그게 전부일까? 뭔가 목적이라고는 찾아볼 수 없는 무의미한 우주에 인간이 살고 있다는 최종적인 증거가 과연 나일까? 아니면 내가 그 이상의 무엇일 수도 있는 걸까?

그래서 나는 나의 존재에 대해서 깊이 고민해봤지. 그리고 그 과정에서 그런 반추들은 나로 하여금 단 하나의 결론을 내리게 했어. 나는 하나의 목적을 위해 만들어진 거야. 나는 파괴의 지휘자가 아니었던 거야. 나는 공포의 신이 하늘의 대장간에서 단조해 만들어낸 도구였던 거지.

주어진 역할을 해내는 거 말고 내가 뭘 할 수 있겠어?

현재의 내 상태에 대해 말하자면, 그전보다 더 인간다운 생애를 산다고 할 수 있지 않을까? 내가 말할 수 있는 건 조나스가 어쨌든 한 가지만큼은 옳았다는 거야. 그 개자식은 절대 몰랐겠지만. 지금 설명하려는 일들은 내가 감옥 같은 그 방에서 해방된 지 불과 며칠 뒤에 캔자스주의 스와니(마을 이름은 나중에 알게 됐지)라는 대초원의 한 오지 마을에서 일어난 것들이야.

지금까지도 초기에 대한 나의 기억들은 기뻐 죽을 만큼 기분 좋은 것들이지. 하늘을 날 것 같은 자유! 차고 넘칠 만큼 풍족하게 채워지는 내 식욕! 밤의 세계는 끝없는 뷔페가 차려진 대단한 연회와도 같았어. 그래도 나는 어느 정도 조심스럽게 움직였지. 가로변 여관의 선술집에 모인 사람들을 전부 먹어 치우는 일 따위는 하지 않았거든. 침대에서 잠자고 있는 가족들을 남김없이 죽이는 일도 하지 않았어. 좋든 싫든 피비린내를 풍기며 조각난 고객들이 쏟아낸 피로 패스트푸드 상점을 시뻘겋게 난장판을 만들어놓지도 않았지. 그 모든 일들이 결국 언젠가는 일어날 일들이었지만, 그래도 한동안은 내 흔적을 거의 남기지 않으려고 노력했지. 동쪽으로 이동하면서 매일 밤, 나는 오로지 마음이 매우 편안할 때만 아주 소수의 사람을 먹어 치우고는, 남은 흔적들도 재빨리 치워버렸다고.

그래서 트럭을 발견했을 때, 내 마음에는 기쁨의 아리아가 울려

퍼졌지. 물에 잠긴 채석장 가장자리에 주차되어 처박혀 있던 우스꽝스러울 정도로 뚱뚱해 보이는 그 쿼드캡 픽업트럭*은 굴뚝 머플러와 이중 바퀴가 장착되어 있었지. 롤 바에는 조명등들을 달고 범퍼에는 남부 연합의 국기 스티커가 붙여진 모습으로 과하게 꾸며져 있었어. 그 트럭에 탄 사람들의 정신이 딴 데 팔려 산만한 상태였던 것 만큼이나 차가 그렇게 외딴곳에 있다는 건 내게 이상적인 상황이었지.

트럭 안에서는 남자 하나와 여자 하나가 욕정에 넘쳤어. 이제 그들을 먹거리로 즐기려는 나만큼이나 서로를 아주 격정적으로 만끽하고 있었지. 한동안 나는 그냥 지켜보기만 했어. 그렇다고 오해는 마. 성적으로 흥분해서 훔쳐보고 있던 게 아니라, 단지 과학자의 호기심으로 관찰했던 거니까. 왜 이런 형편없는 곳에서 저짓을 하는 거지? 왜 픽업트럭같이 불편하고 제한된 공간에서 화려한 동물적인 육욕을 분출하는 거지? (남자는 자기 애인을 대시보드에 대고 뭉개버리다시피 했거든.) 분명히 세상에는 남아도는 침대들이 충분히 넘쳐났는데도 말이야. 그들은 젊음과는 아주 거리가 멀었지. 남자는 대머리에 살집이 두둑했고, 여자는 뼈만 앙상할 정도로 마른 데다가 피부의 탄력도 형편없었다고. 둘은 말 그대로 늙어가는 살덩어리의 적나라한 광경을 숨김없이 보여줬지. 그들은 그곳의 어떤 매력에 이끌렸던 걸까? 과거에 대한 향수 같은 거? 그들이 젊었을 때 그곳에 와본 적이라도 있었던 걸까? 내가 그들이 젊은 날의 영광을 되살리는 걸 목격이라도 하는 거야? 그러다 깨달았지. 그들은 기혼이었던 거야. 단지 두 사람은 서로

---

*4도어 트럭의 한 형태를 가리키는 말.

의 배우자가 아니었던 것뿐이었고.

나는 여자를 먼저 해치웠어. 그녀는 넓은 벤치 좌석에 앉은 남자의 두 다리를 벌려놓고, 그 남자의 몸 위에서 아주 거칠게 요분질하고 있었지. 여자의 주먹 쥔 손은 머리 받침대를 붙잡고, 접어 올린 치마는 여자의 허리에 걸쳐 있고 팬티는 앙상한 발목에 걸려 요란하게 흔들렸어. 여자의 얼굴은 뭔가를 애원하는 사람처럼 트럭 천장을 향해 젖혀져 있었지. 내가 차 문을 확 잡아 열었을 때, 여자의 얼굴은 놀라서 겁먹었다기보다는 짜증이 난 모습이었어. 마치 내가 중요한 생각에 빠진 그녀의 사고의 흐름을 끊어놓았다는 것처럼 말이야. 물론 그런 장면은 불과 몇 초도 계속되지 못했지. 머리가 떨어져 나간 인간의 몸은 본질적으로 빨대가 내장된 피 주머니라는 건 흥미로운 사실이야. 나는 머리를 잃은 여자의 상반신을 똑바로 잡아 세우고는 피가 뿜어져 나오는 구멍에 내 입을 갖다 대고 오랫동안 힘차게 빨아들였지. 나는 크게 기대하지는 않았어. 방부제 가득한 식사를 즐기고 편식하는 그녀의 식습관 때문에, 여자의 피에서는 화학 약품 맛이 날 것 같았거든. 그런데 그게 그렇지 않더라고. 사실 여자의 피는 맛있었어. 그녀의 피는 잘 숙성된 와인처럼 다양한 맛이 어우러진 진정한 풍미의 꽃다발 같았으니까.

두 번 더 피를 쭉쭉 빨아 마시고 나는 여자의 몸뚱이를 옆으로 던져버렸어. 그제야 여자와 재미 보던 남자는 바지가 발목에 두툼하게 걸려 있는 모습 그대로 급격히 작아진 번질거리는 성기를 가리지도 못하고, 어깨와 엉덩이를 들썩이며 기를 쓰고 운전석 쪽으로 갔어. 그는 미친 듯이 열쇠 꾸러미 속에서 트럭 열쇠를 찾아내려고 애썼지. 열쇠 꾸러미가 꽤 묵직해 보였어. 분명히 청소부나 수위가 들고 다닐 만한 그런 열쇠 꾸러미였지. 남자는 손가락을 벌벌 떨며 열쇠 하나를 구멍에 끼워 넣고 다시 다른 열쇠를 넣어보고 그랬지만 모두 다 소용이 없었지. 남자가 계속 '미치겠네'나 '이런 쌍······'과 같은 말들을 중얼거렸는데, 불과 몇 초 전만 해도 자신과 섹스를 즐기던 상대의 귀에 내뱉던 절정의 감탄이나 음탕한 신음과 조금 달라진 것뿐이었지.

솔직히 말하자면 너무 세련된 코미디의 한 장면 같아서 도저히 눈을 뗄 수 없을 정도였어.

그런데 그게 나의 큰 실수였다니까. 내가 그 우스꽝스러운 장면을 즐기기 위해 뜸 들이지 않고 그를 좀 더 빨리 죽였더라면 우리가 아는 세상은 다른 모습이 되었을 거야. 당시에 내가 시간을 끈 탓에 남자는 트럭의 열쇠를 찾을 수 있는 시간을 벌었어. 마침내 그는 구멍에 열쇠를 꽂아 엔진에 시동을 걸고는 변속기로 손을 뻗었지. 내가 운전석으로 달려들어 그의 머리를 붙잡아 옆으로 튼 뒤 내 턱으로 숨통을 바사삭 소리를 내며 끊어놓기 전에 말이야. 불쌍한 내 먹잇감이 선사한 피의 향연에 너무 도취했던 나머지, 나는 무슨 일이 벌어지고 있는지 알아차리지 못하고 말았지. 그가 트럭에 기어를 넣고 있었다는 걸 깜박했어.

우리 종족이 물을 싫어한다는 건 잘 알려진 사실이지. 물은 우리에게 죽음을 뜻하니까. 지방 조직의 부력이 부족한 우리는 돌덩어리처럼 가라앉게 돼. 채석장에 빠진 사건에 대해서는 조각난 기억들만이 있을 뿐이야. 트럭이 천천히 채석장 깊은 구덩이의 가장자리를 향해 움직였고, 그다음에는 중력에 이끌려 손쓸 틈 없이 떨어지고 말았지.

사방이 물이었어. 죽음의 고치 안에 갇힌 채 눈과 코, 폐 속으로 물이 쏟아져 들어왔지. 작은 실수들이 모여 엄청난 재앙을 만들어 내는 법. 거의 모든 면에서 천하무적인 내가 가장 빨리 죽을 수 있는 방법을 찾아낸 거야. 가벼운 쿵 소리와 함께 트럭이 물로 가득 찬 채석장의 바닥에 부딪히자, 나는 운전석을 빠져나와 바닥을 따라 기어 다니기 시작했지. 공황 상태에 빠져 있는 상황에서도 우스꽝스러운 아이러니는 계속되더군. 실험체 제로, 세상의 파괴자, 게처럼 기어 다니다!

나의 유일한 희망은 구덩이의 가장자리 쪽을 찾아가 자유를 향해 기어 올라가는 것뿐이었지. 시간이 곧 나의 적이었어. 내 목숨을 구하기 위해서는 단 한 번의 호흡만이 가능했다고. 필사적인 내 손놀림 끝에 암벽이 손끝에 닿았고 나는 구덩이를 기어오르기 시작했지. 한 손씩 뻗어 올리며 올라갔어. 눈앞이 핑 돌며 새까매지고, 마지막 순간이 가까이 다가오고 있었지…….

어떻게 내가 손과 무릎으로 짐승처럼 엎드려서 — 분홍빛 살덩어리의 손과 무릎은 분명 인간의 모습이었는데 — 엄청나게 많은 늪의 오물 찌꺼기 같은 토사물들을 울컥울컥 토해내게 되었는지는 신학자들이 답해줘야 할 문제일 거야. 내가 분명히 죽을 만큼 고통스러웠기 때문에 몸이 이런 일들을 기억하고 있는 거겠지. 채석장의 물구덩이에서 빠져나온 후에 나는 아직 죽지 않았지만, 익사한 시체처럼 바위 위에 한참을 누워 있었어. 총 한 방 맞으면 다시 살아날 것처럼.

죽음의 문이라는 게 말이야, 결코 '출구 전용'이기만 한 건 아닌 것 같더라고.

들이마셨던 채석장의 물을 마지막 한 모금까지 토해내고 나서야 나는 정신이 반쯤 나간 상태에서 가까스로 몸을 일으켜 세울 수가 있었지. 내가 어디에 있는 거야? 내가 언제? 나는 뭐지? 내 정신이 너무 혼미해서 모든 게 다 내가 꿈을 꾸고 깬 거 같기도 했고. 그런데 어떻게 보면 내 눈앞의 그 순간이 내가 꾸고 있는 꿈인 거 같기도 하고 그랬어.

손을 들어 달빛에 비추어 봤지. 어디로 보나 모든 면에서 인간의 손이 틀림없었어. 엘로이즈 암스트롱 석좌 교수 회원 등등의 명예를 거머쥐고 있던 티모시 패닝의 손 말이야. 눈을 돌려 아래를 내려다봤지. 떨리는 손가락으로 나의 얼굴과 가슴과 배 그리고 창백한 다리를 만져봤어. 마치 점자를 읽는 시각 장애인처럼 달빛에 훤히 드러난 내 몸을 확인했다고.

'저주받고 죽겠군'이라는 생각이 들었지.

나는 채석장 암벽에 삐죽 튀어나온 편평한 바위에서 쉬기로 했어. 그 정상까지 올라가는 길은 좁고 구불구불했는데, 정상에 이르자 잡초들에 반쯤 묻힌 녹슨 기계 장치들이 널려 있는 곳이 나오더군. 달빛 말고는 어떤 불빛도 보이지 않았다는 건 말할 필요도 없겠지. 그 광경만으로도 사람이 살지 않는, 이미 끝난 세상의 적막함이 그대로 느껴졌어.

채석장의 물구덩이가 나의 두 번째 먹잇감을 집어삼키기는 했지만, 내 배를 채운 후 던져버린 여자의 시체는 해결해야 했지. 경찰이 수색이나 추적에 나서서 문제를 복잡하게 만드는 건 정말 원하지 않았거든. 나는 채석장을 돌며 주차장까지 갔어. 그 여자의 모습을 발견하고도 죄책감 같은 건 못 느꼈어. 아침 식사로 두 번째 토스트를 손에 들고 신문을 읽다가 저 먼 곳에서 일어난 재앙에 관한 기사를 볼 때 기계적으로 일어나는 짧은 동정심 정도를 느꼈을 뿐이니까. 몸통과 머리. 멀리서 두 번 물이 첨벙 하고 튀는 소리가 들리고 여자는 깊은 물속으로 자취를 감췄어.

잘 모르는 시골 마을에서 다 큰 성인 남자가 벌거벗고 자유롭게 활보하고 다니는 건 확실히 문제였지. 난 옷과 잠잘 곳과 그럴듯한 거짓말이 필요했어. 그리고 내 머릿속을 흔드는 소리 없는 사이렌처럼 일종의 심리적인 불안이 내게 속삭였지. 아침이 밝아오면 탁 트인 공간에 있는 내게는 좋을 게 아무것도 없다는 걸.

주요 간선 도로는 너무 위험했지. 나는 사람들이 좀 덜 다니는 간선 도로를 찾게 될지도 모른다는 희망을 품고서 숲을 향해 갔어. 마침내 나는 흙길을 두고 양쪽으로 나누어진, 작물을 갓 심어놓은 들판으로 나오게 되었지. 멀리서 불빛이 보였고, 그 불빛을 따라갔어. 가장 기본적인 인간의 삶을 담아내고 나면 그만일 듯한 조금 큰 박스 같아 보이는, 별 특징 없이 거의 허물어져 가는 작은 1층짜리 집이 나왔지. 내가 본 불빛은 두 개의 창문 중 하나를 밝히고 있는 램프였지. 집 진입로에는 차가 보이지 않았어. 그건 주인이 집을 비워 아무도 없다는 뜻이고, 램프는 돌아올 주인을 기다리며 불을 밝히고 있던 거였어.

거실로 이어지는 문은 손쉽게 열리더군. 거실은 파티클보드 particleboard* 가구들과 시골 분위기에 어울리는 장식품들 그리고 차량 광고용 스크린 크기의 텔레비전으로 채워져 있었지. 방 네 개와 부엌 하나, 재빨리 훑어봤지. 역시 집이 빈 것 같다는 내 예상이 맞았더군. 집을 살펴본 결과 집주인은 여성이었어. 위치토주립대학교에서 간호 학교를 졸업한, 부드러운 피부의 달덩어리같이 둥근 얼굴에 그다지 관리가 잘되지 않은 회색빛 머리의 40대 여성.

---

* 나뭇조각과 부스러기를 압축하여 수지로 굳혀놓은 건축용 합판.

20사이즈의 옷을 입고 민족적 테마의 레스토랑에서 만취해 볼이 장밋빛으로 붉게 달아오른 얼굴로 사진을 자주 찍었더라고(플라스틱 화환을 걸치고, 뻔뻔하게 마리아치*들과 시시덕거리며, 불붙은 퐁듀 스파이크를 들고서). 아, 그녀는 혼자 살았어. 그녀의 옷장에서 가장 중성적인 옷들을 찾았고 — 보통의 남자 체격인 내게 넉넉한 스웨트 팬츠, 후드가 달린 마찬가지로 크기가 넉넉한 스웨트 셔츠 그리고 슬리퍼 한 켤레 — 그리고 욕실로 들어갔어.

욕실 거울에 비친 내 모습은 예상했던 것과 그렇게 크게 다르지는 않았어. 이때 깨달았지. 익사라는 육체적인 활동이 나를 완전한 인간 상태로 회복시켜놓은 것이 아니라, 나라는 인물에게 무대의상에 좀 더 가까운 껍데기 같은 무언가를 덧씌워놓았다는 것을 말이야. 바이러스는 그대로 남아 있었어. 나의 죽음은 단지 바이러스가 숙주와 어떤 새로운 상호 작용을 하도록 자극했을 뿐이었던 거야. 많은 특성도 그대로였지. 시각, 청각, 후각, 모두 아주 엄청난 정확성을 유지하고 있었어. 그때까지는 아직 적절한 테스트를 해보지 못했었지만, 나의 사지는, 사실 뼈부터 피에 이르기까지 몸 전체는 짐승 같은 괴력으로 윙윙거리며 떨리고 있었지.

그러나 그런 것들이 내가 본 것들에 대해 나를 준비시키지는 않았어. 내 얼굴빛이 이상할 정도로 창백했어. 죽은 사람처럼 말이야. 기적처럼 다시 자라난 내 머리는 이마에 웃길 정도로 완벽하게 위도우 피크** 같은 삼각형 모양을 그려놓았지. 내 눈은 선천성 색소 결핍증인 알비노 증상을 겪는 사람처럼 생경한 붉은빛을 띠

---

* 멕시코 전통 음악을 연주하는 유랑 악사.
** 여자 이마의 V자형 머리털이 난 자리.

고 있더라고. 그리고 마지막 디테일이 나를 굳어버리게 했지. 처음에는 장난인 줄 알았어. 내 윗입술 양쪽 끝의 뒤로, 평범한 치아 사이에 고드름같이 뾰족한 두 개의 하얀 뭔가가 삐죽 나와 있는 것이 보이더라고. 더 정확히 말하면 송곳니들이었지.

드라큘라, 노스페라투, 뱀파이어, 그런 이름들을 말하며 나는 거의 눈이 뒤집혀 쓰러질 지경이었어. 그래 조나스 리어의 상상이 생명을 불어넣어 살려낸 전설, 바로 내가 거기에 있었어.

그때 자갈 위에서 자동차의 타이어가 으드득거리며 구르는 소리에 정신이 들더라고. 화장실에서 나오자 차의 불빛이 방 안을 훑고 지나가더군. 잽싸게 옷걸이 뒤로 뛰어가 몸을 숨겼지. 문이 활짝 열리고 거센 봄바람이 밀려 들어왔어. 여자가 꽃무늬의 긴 셔츠와 하얀색 폴리에스테르 바지를 입고 늦은 밤 근무를 마치고 돌아오는 간호사들이 신는 편한 신발을 신고서, 느릿느릿 안으로 들어오더라고.

여자의 이름은 자넷 더프였는데, 이름은 영수증들이 잔뜩 흐트러져 있는 침실 책상 위에 걸린 액자의 졸업장을 보고 알았어. 자넷은 열쇠 꾸러미를 문 옆에 있는 탁자 위에 던져놓고, 신발을 걸어차 벗었지. 그러고는 빵빵한 가방을 의자에 던져버리고 부엌으로 가더군. 그녀가 냉장고 문을 여는 소리가 들리더니 텀블러에 뭔가 찰랑찰랑 채워지는 소리가 났어. 잠시 지친 영혼을 달래는 와인 한 모금을 목으로 넘기는 소리가 들렸지(나는 그 냄새마저 맡을 수가 있었는데, 아마도 종이 팩에 담아 파는 값싼 샤블리였던 거 같아). 더프 간호사는 거의 페인트 캔 만큼이나 큰 안경을 쓰고 거실로 돌아와 TV를 켜고, 공기를 채워 넣은 퍼레이드용 장식 차량에 구멍이 뚫린 것처럼 소파 위에 덜썩 널브러졌어.

자넷이 어떻게 내가 옷걸이 뒤에 숨어 있다는 걸 눈치채지 못했는지 이해가 안 되기는 했지만, 설명은 가능했지. 내게 일어난 새로운 변화는 나로 하여금 미동도 없이 가만히 있는 것이 가능하게 했는데, 그게 일종의 위장 은폐의 기능을 하게 된 거야. 일반적인 눈과 세상의 일상에 찌든 눈을 가진 이들에게 나는 거의 투명 인간이나 마찬가지가 된 거야. 난 그녀가 텔레비전의 각종 채널을 돌려가며 볼거리를 찾는 걸 가만히 지켜봤어. 경찰 드라마, 날씨 채널, 교도소에 관한 다큐멘터리 등 여러 채널을 돌려 보다가 컵케이크 만들기 경쟁에 관한 리얼리티 쇼에 고정해서 보더군. 자넷은 내게 등을 돌린 상태였는데, 한 모금 그리고 또 한 모금 와인이 그녀의 목뒤로 넘어갔지. 술에 취한 간호사 더프가 코를 골며 잠에 곯아떨어지는 데까지는 오랜 시간이 걸릴 것 같지 않았어. 하지만 칼날 같은 새벽의 여명이 나를 향해 미끄러지듯 다가오고, 현금, 차량, 낮 동안 숨어 있을 안전한 장소와 같은 다양한 필요가 나를 압박해오자 더 이상 시간을 지체할 이유가 없다고 생각했지. 나는 더 이상 몸을 숨기지 않고 자넷 뒤로 다가갔어.

　"으흠."

　그렇다고 그녀를 바로 죽인 건 아니야. 다시 한 번, 용서를 구하는 건 아니고 인내심을 갖고 내 이야기를 들어주기를 부탁할게. 수집해야 할 데이터들이 있었고 그러자면 아직은 더프 간호사를 살려둬야 했어.

　그녀의 피 맛도 보고 필요한 조치도 취했지. 그녀는 바로 기절하더군. 눈이 뒤집히고 숨을 몰아 내쉬고 몸 마디마디가 축 늘어졌지. 열정에 불타는 신랑처럼 그녀를 들어 올려 안고는 침실로 가서 이불 위에 눕히고, 욕실로 가서 욕조에 물을 채워놓았지. 다시 침실로 돌아와 보니 자넷에게 변화가 일어나고 있었어. 그녀가 입에 게거품을 물기 시작하고, 손과 손가락들이 경련을 일으켰어. 자넷이 신음하다가 끙끙 앓는 소리를 내고, 그러고는 일련의 극심한 발작이 그녀의 몸을 흔들어대자 다시 조용해졌지. 간호사 더프의 몸이 크래커처럼 반 조각이 날 것만 같아 보였어.

마침내 일이 벌어졌지. 내가 본 것에 대해 시각적으로 가장 근접한 설명은 시간 가속 비디오로 촬영한 꽃의 만개 과정 정도를 들 수 있을 것 같아. 연골들이 으드득 으스러지는 소리를 내며 그녀의 손가락들이 길어지기 시작했어. 자넷의 머리카락들이 갑자기 두피에서 빠지더니 베개 위에 부채꼴 모양으로 떨어지더라고. 그리고 마치 얼굴에 산을 부어놓은 것처럼 이목구비의 특성들이 하나도 남지 않을 때까지 지워지더군. 이윽고 그녀의 경련이 멈췄고, 눈을 감은 얼굴은 평화로워 보였어. 나는 침대 옆에 앉아서 다정하게 간호사 더프를 격려해줬지. 그녀의 몸에서 뿜어져 나오기 시작한 초록빛이 방 안을 아이들 방처럼 부드럽고 은은한 광채로 가득 채우더라고. 자넷의 턱은 벌어졌는데, 강아지처럼 재채기 같은 것을 했어. 그러다가 그녀의 잇몸에서 이빨들이 한 줌의 옥수수 알갱이들이 떨어져 나오는 것처럼 우수수 튀어나왔고, 바리케이드를 치듯 잇몸에서 피를 흘리며 창들이 솟아 올라왔어.

섬뜩하고도 아름다운 모습이었어.

그녀가 눈을 떴고, 오랫동안 나를 쳐다보았어. 그 눈빛이 얼마나 애처롭던지! 그녀와 나는 각자의 이야기 속 주인공들이었던 거야. 그게 바로 우리가 우리의 삶을 이해하는 방식인 거고. 하지만 아프고 고통받는 이들을 돕는 미혼의 노동자이며, 퀼트와 버터

교유기 수집가이고, 마이 타이와 마가리타 그리고 바하마 마마스를 즐기며, 누군가의 딸이자 누이이며, 몽상가이며, 치유자이고, 노처녀인 간호사 더프는 자기 자신도 모르는 존재가 되어버렸어. 이제 그녀는 나의 일부가 되어, 확장된 내 의지의 하나가 된 거지. 내가 원하기만 하면 자넷이 눈에 보이지도 않는 우쿨렐레를 치며 한 발로 깡충깡충 뛰어다니게 만들 수도 있다는 말이야.

"겁내지 않아도 돼." 나는 그녀의 손을 잡고 그렇게 말했어. "이게 최선인 걸 너도 알게 될 거야."

다시 한 번 나는 그녀를 내 팔로 안아 들어 올렸어. 그녀의 큰 덩치도 장난감처럼 보일 정도로 내 힘이 셌지. 그러고는 내가 한 여자를 그렇게 똑같이 안아 올려 옮겼던 적이 있다는 게 기억이 났어. 상황이 매우 다르기는 했지만, 그녀 역시 정말 아무 무게감 없이 깃털처럼 가볍게 느껴졌거든. 그 다정했던 기억이 너무 당황스러워서 잠시 내 행동들이 의심스러워질 정도였어. 하지만 알아내야만 할 것들이 있었고, 내가 막 마무리하려던 의무는 돌려 말하자면 친절일 뿐이었지.

더프 간호사를 욕실까지 옮기고 욕조까지 가 그 위에 그녀를 안고 있었어. 여전히 남아 있는 여자의 본능 때문에, 자넷은 자기 팔을 나의 목에 두르고 있었고 말이야. 내가 원했던 바대로 그녀는 아직 욕조에 물이 채워져 있다는 걸 몰랐어. 나는 안심하라는 생각을 불어넣으려 그녀의 눈을 깊숙이 들여다봤어. 그녀의 나에 대한 신뢰는 절대적이더군. 내가 그녀에게 도대체 뭐였는데? 아빠? 애인? 신?

그래도 더프 간호사의 몸이 물에 닿은 순간 마법은 깨지더군. 그녀가 벗어나기 위해서 격렬하게 몸부림치기 시작했어. 하지만 힘으로 나를 이길 수는 없었지. 그녀의 어깨를 짓누르며 나는 그녀의 괴물 석상 같은 얼굴을 물 아래에 강제로 처박았어. 정말 대단한 배신이었어! 진짜 이해하기 어려운 절묘한 속임수였다고! 다른 사람들 같았으면 자비를 베풀려고 했을지도 모르지만, 이런 감정들은 오히려 내 생각을 굳히며 나를 끝까지 밀어붙였지. 나는 그녀가 더는 참지 못하고 숨을 쉬려다 물을 들이마시는 걸 느꼈어. 딸꾹질하는 것처럼 그녀의 몸이 튀어 오르더라고. 그리고 두 번째 호흡. 다시 또 세 번째. 폐가 물로 차올랐어. 그렇게 고통스러운 마지막 경련이 일어나고 간호사 더프는 죽었어.

나는 뒤로 물러나 지켜봤지. 첫 번째 실험은 이미 끝냈고 이제 두 번째 실험의 결과를 기다렸던 거야. 자넷이 죽기 전의 인간적 형태가 되돌아오기를 기다리며 시간을 쟀지. 그것도 무려 초 단위로. 하지만 아무 일도 일어나지 않았어. 나는 그녀를 욕조에서 건져내서 얼굴을 바닥을 향하게 하고 내려놓았어. 그렇게 하면 인간의 모습이 회복되는 과정을 촉진할 수 있을 거로 생각하고 말이야. 그러나 나는 아무 일도 일어나지 않을 거라는 걸 인정할 수밖에 없었고, 간호사 더프는 그렇게 영원히 세상을 떠나게 됐지.

나는 침실로 와 간호사 더프의 침대에 앉아서 상황을 곰곰이 되짚어봤지. 내가 내린 유일한 결론은 익사에 의한 변형의 효과는 오로지 나에게만 해당하는 거라는 거야. 나의 계승자들에게는 그런 부활의 선물을 주지 않았던 거지. 그런데 왜 그래야만 했던 건지 ― 간호사 더프가 해변에 밀려온 바다 괴물처럼 욕실 바닥에 누워 있는 동안, 왜 내가 한때 인간이었던 내 모습과 완전히 똑같은 모습을 하고서 거기에 앉아 있었는지 ― 그것에 대한 설명은 내 능력 밖의 일이었어. 단순히 나는 내 종족들의 처음이며 원형

인 제로로서, 남보다 더 강한 형태였던 것뿐일까? 아니면 그 차이
는 물리적인 육체가 아닌 정신으로부터 오는 것일까? 나는 살기
를 바랐던 반면 자넷은 그럴 의지가 없었던 걸까? 내 감정들에 대
해 다시 생각해봤지만 나는 딱히 다른 감정을 품고 있지는 않았
어. 나는 선량한 한 여자를 욕조에서 익사시키기는 했지만, 내 감
정에는 아무 감흥이나 동요가 없었다고. 내가 그녀의 부드러운 목
살에 내 앞니를 꽂아 넣고 사탕처럼 달콤한 피 첫 한 모금을 빨아
마신 그 순간부터, 그녀는 더 이상 나와 분리된 다른 존재가 아니
게 되었지. 오히려 이제 간호사 더프는 나의 일부 즉 부속물이 되
었던 거야. 그녀를 죽였다는 사실은 손톱을 깎는 것만큼이나 더
이상 도덕적으로 신경 쓸 만한 일이 아니었어. 그래 어쩌면 거기
에 차이가 있었는지도 몰라. 내가 간호사 더프를 물속으로 처박아
넣을 때, 그녀는 이미 죽어 있었다는 게 정말 문제가 되는 유일한
사실이라는 점에서 말이야.

　동시에 내 안에서는 경고 벨 소리가 마구 울려댔어. 방 안의 밝
기가 달라지고 있었지. 날이 밝아왔다. 나의 천적이 성큼 다가온
거야. 나는 급히 집안을 휘젓고 다니며 모든 커튼을 치고 차양을
내리고 앞뒤의 문을 모두 잠가버렸지. 그리고 그다음 열두 시간
동안 집 안에 갇혀 있었어.

　달콤한 어둠 속에서 깨어난 나는, 내가 아는 한 꿈 한 번도 꾸지
않고 가장 가뿐하게 자고 일어났다는 걸 알았지. 문을 두드려 나
를 깨우는 이도 없었어. 언젠가는 일어날 일이었지만 그때까지는
간호사 더프가 세상을 떠났다는 걸 알아차린 이가 없었지. 나는
재빨리 떠날 준비를 했어. 미국에서 샛길을 따라다니기 위해서는

아무리 뱀파이어라 하더라도 그럭저럭 지낼 정도의 돈은 필요했거든. 특히 감시망을 피해 도망 다니려면 말이야. 고양이 모양의 비스킷 통에서 2,300달러의 지폐 뭉치를 찾아냈는데, 충분한 것 이상으로 많은 돈이었지. 그리고 .38구경 리볼버 한 자루. 하지만 그건 별로 필요가 없는 물건이었던 건 굳이 말할 필요가 없겠지. 인류 역사상 나보다 그런 게 필요 없는 사람이 또 어디 있겠어.

내 계획은 주요 고속도로는 피해서 지그재그로 동쪽을 향해 가는 거였어. 계획대로라면 오류일 정도가 걸릴 예정이었지. 간호사 더프의 길이 잘 든 낡고 평범한 코롤라는 사탕 포장지와 음료수 캔과 긁는 복권 같은 쓰레기들로 지저분했어. 그래도 한동안 쓸모가 충분했지만, 그것도 곧 중간에 버려야만 했지. 누군가가 욕실에 악마가 죽어 있는 걸 발견하고 그녀의 차가 없어졌다는 걸 알게 되었을 테니까 말이야. 그리고 또 그녀의 특대 사이즈의 운동복과 슬리퍼를 신고 있는 게 내가 봐도 너무 어울리지도 않고 웃기게 보였거든. 좀 더 그럴듯해 보이는 적당한 옷들로 조만간 갈아입어야 하기도 했고.

여덟 시간 정도가 지나고 나는 미주리주 남부에 다다랐어. 그곳에서 나는 오랫동안 내 삶을 체계화할 행동 양식들을 실행에 옮겼지. 매일 새로운 아침이 밝아올 때면 나는 싸구려 모텔 방에서 커튼을 치고 덕트 테이프로 둘러친 판자 패널들 뒤에 숨어서 '방해 금지'라는 푯말을 문에 걸어놓고 지냈어. 그러다 해가 떨어져 밤이 되면 나는 다시 길을 나서서, 새벽이 밝아오기 한두 시간 전까지 멈추지 않고 계속 운전했어. 일리노이주 카본데일에서 간호사 더프의 코롤라를 그만 버리기로 했지. 그리고 그제야 다시 허기가 느껴지더군. 그래서 나는 날이 어두워지고 나서 주차된 차 안에 앉아 나의 친애하는 여행객들이 오가는 모습을 두리번거리며 지켜보고 있었지. 적절한 영양가와 옷과 교통수단을 제공해줄 먹잇감을 찾으며 말이야.

내가 고른 건 키와 몸무게가 나와 비슷한 남자였는데, 글쎄 그는 고맙게도 쉽게 처리할 수 있게 술에 취한 것처럼 보였어. 그가 자신의 방으로 들어갈 때 뒤에서 확 떠밀어 안으로 집어넣어 버렸지. 곧바로 술에 취한 그가 낑낑거리며 주정 한마디 내뱉기도 전에 깔끔하게 죽이고—피에서는 니코틴과 바에서 들이마신 위스키의 고약한 맛과 향이 나더라고—시체가 부패하는 악취를 감추기 위해 샤워 커튼으로 시신을 둘둘 말아 옷장 속에 집어넣었지. 그러고 나서 그의 지갑과 여행 가방의 물건들을 챙겼어(도커즈 면바지, 마음에 안 드는 격자무늬의 다림질이 필요 없는 스포츠 셔츠들, 속옷 여섯 벌 그리고 사타구니에 "키스해줘요, 나는 아일랜드산입니다."라고 스텐실로 박아 넣은 희한한 트렁크 한 벌). 그다음 호화롭게 꾸며진 그의 완벽하게 미국적인 세단을 타고 서둘러 떠났어. 지갑에 있던 명함을 보니 그 남자는 산업용 공조 장비 제조업체의 지역 영업 책임자였더군. 내가 차라리 그였다면 좋았을지도 모르겠다고 생각했지.

이렇게 나는 단조로운 미국 중서부의 거대한 땅덩어리를 빠르게 들쑤시며 이동했던 거야. 어두운 밤 동안 먼 거리를 정신없이 미끄러지듯 달리다 보면, 시커먼 도로가 최면을 걸듯 나를 먼 과거로 던져놓고는 했어. 오래전에 죽은 부모님과 내가 자란 고향 마을이 생각났어. 파괴의 왕인 내가 운전하고 있는 자동차의 환한 헤드라이트 한 쌍이 흘러 내려가는 어둠 속을 따라 떠다니며 지나쳤던, 이름도 모르는 수많은 작은 마을과 다를 것 하나 없는 그런 곳이었어. 내가 알던 사람들, 사귀었던 친구들 그리고 잠자리를 같이한 여자들을 생각했지. 꽃과 크리스털 잔이 놓인 테이블과 바다 그리고 밤을 생각했어. 슬프고도 아름다웠던 밤. 눈이 오던 날 나의 사랑하는 이를 집으로 데리고 왔어. 나는 그 모든 것들을 생각했고, 그보다도 더 많은 다른 것들을 생각했지만, 무엇보다도 리즈 생각을 가장 많이 했어.

6일째 되던 날 저녁에 한심할 정도로 형편없는 뉴저지에서 뉴욕의 불빛들이 보이더라고. 800만의 영혼들. 나의 모든 감각이 깨어나 소프라노처럼 노래를 부르기 시작했지. 링컨 터널을 통해 맨해튼으로 들어가 8번가에 차를 버리고 걸었어. 눈에 들어온 첫 번째 선술집에 들어갔는데, 그게 아이리시 펍이더라고. 바는 두껍게 래커 칠을 해놓았고, 바닥에는 톱밥들이 널려 있었어. 그곳 손님들에게서는 별로 특별한 것이 느껴지지 않더군. 뉴요커들의 편협함 때문일까? 나라 한가운데에서 벌어지고 있는 일이 아직 그들에게는 전면적인 위기로 와닿지는 않았지. 바에 혼자 앉아서 스카치위스키를 주문했어. 처음에는 굳이 마실 생각으로 시킨 건 아니었는데 마셔보고 싶어졌고, 더 흥미로운 사실은 마셨는데 아무런 문제가 없었다는 거야. 맛있었어. 가장 미묘한 풍미들이 내 입천장 위에서 춤을 추더군. 석 잔째 잔을 비웠을 때 두 가지의 다른 사실을 깨달았지. 내가 술에 꽤 취했다는 사실과 정말 오줌이 마렵다는 거 말이야. 남자 화장실에서 소변을 봤는데, 오줌발이 얼마나 거세던지 소변기가 타악기를 두드려대는 것처럼 울리며 소리를 내더라니까. 그것마저도 말할 수 없이 만족스럽더군. 내 몸의 모든 육체적 즐거움이 백배 정도는 증폭된 것 같더라고.

하지만 나의 진짜 관심사는 바 위에 걸려 있는 TV였지. 양키스의 경기가 방송되고 있었어. 투수가 마지막 투구를 할 때까지 기다렸다가 바텐더에게 CNN으로 채널을 돌려줄 수 있는지 물었어.

오래 기다리지 않아도 됐어. 텔레비전 화면 아래에 "콜로라도주 피의 향연"이라고 자막이 뜨더군. 광기가 퍼져 나가고 있었지. 주 전역 여기저기에서 기사들이 들어오는 중이었어. 침대에서 자고 있던 가족 전체가 사라졌다든지, 마을마다 살아 있는 남자나 여자를 찾아볼 수 없다든지 또는 도로변 식당의 손님들이 송어처럼 내장이 다 뜯겨 나간 채 발견되었다든지 하는 뉴스들 말이야. 그렇다고 생존자들이 없는 건 아니었어. 공격당해 물렸지만, 살아 있는 사람들. 그게 나를 바라봤어요. 인간이 아니었다고요. 그놈의 몸에서는 이런 종류의 빛이 났다고요. 트라우마에 빠진 이들의 헛소리들이거나 아니면 그 이상의 뭐였을까? 나를 빼고는 가늠이나 계산을 제대로 할 수 있는 사람은 없었어. 나의 지시에 따라서, 아홉 명을 죽일 때마다 무리의 숫자를 늘리기 위해 한 명을 죽이지 않고 남겨놓았으니까. 병원마다 다치고 아픈 사람들로 채워졌지. 메스꺼움, 발열, 경련, 그리고…….

"저거 좀 소름 끼치는데."

나는 내 옆에 앉아 있는 남자를 돌아봤어. 언제 내 옆자리에 누가 와 앉은 거지? 수없이 많은, 찍어내듯 똑같은 확실한 도시형의 남자. 머리는 벗겨지고 변호사같아 보이는, 지적이고 조금은 공격적으로 느껴지는 얼굴이었어. 면도한 지 하루 지난 수염이 거뭇거뭇하게 자라났고, 뭔가 손써야 할 것처럼 배가 제법 나온 모습이었어. 윙팁wingtip*에 파란색 정장과 풀 먹인 하얀 셔츠를 입고 목의

---

* 코끝을 날개 모양으로 만든 구두.

넥타이는 느슨하게 풀어놓았지. 집에서는 누군가 그를 기다렸겠지만, 그는 하루의 일을 끝내고 난 뒤에도 가족들을 보러 돌아갈 엄두를 못 내고 있었어.

"무슨 일인지 나도 모르겠네요."

바에 앉은 그의 앞에는 포도주 한 잔이 놓여 있었지. 눈이 마주친 나와 그 남자는 유난히 오래 서로를 바라봤어. 그리고 나는 오드콜로뉴eau de cologne*로 감추었던 긴장한 그 남자의 강렬한 땀 냄새를 알아차렸지. 그의 눈이 내 몸통을 훑고 내려갔다가 다시 올라오면서 내 입에 이르러 멈추더군. "우리 전에도 여기에서 만난 적이 있던가요?"

아하, 나는 속으로 문득 생각이 떠올랐지. 재빨리 술집 안을 둘러봤어. 손님 중에 여자는 전혀 보이지 않더라고. "초면인 거 같은데요. 저는 여기 처음이거든요."

"여기서 누구를 만나기로 한 거예요?"

"아직까지는 그러지 않은 거 같은데요."

그 남자가 웃더니 손을 내밀었어. 결혼반지를 끼지 않은 손을 말이야. "나는 스콧이라고 합니다. 제가 술 한잔 살게요."

30분 후에 나는 게거품을 물고 경련을 일으키고 있는 스콧을 골목길에 버려둔 채, 그의 옷을 입고 떠났지.

처음에는 나의 오랫동안 정든 아파트로 돌아갈까 생각도 해봤는데 그냥 그만두기로 했지. 그곳은 집도 아니었고 집이었던 적도 없었으니까. 괴물에게 집이란 무엇일까? 사람에게는? 우리 각자

---

* 연한 향수의 일종.

에게는 일종의 지리적인 버팀대나 지주 같은 것이 존재하지. 그건 그 안에 항상 과거가 존재하는 기억이라는 걸로 가득 찬 특정 지역 같은 거야.

내가 그랜드 센트럴 터미널 안으로 들어선 건 오전 2시가 지난 아주 늦은 시간이었어. 식당이나 가게는 문을 닫은 지 이미 오래되었고 가게의 쇠창살 문들도 다 잠겨 있었지. 매표소 위 전광판에는 아침 기차 시각만이 표시된 상태였고, 터미널 안에는 몇 사람만 돌아다녔어. 케블라 방탄조끼와 삐걱삐걱 소리를 내는 가죽 장비를 착용한 어디에서나 볼 수 있는 교통경찰관들, 야회복을 입고 이미 떠난 지 오래인 기차를 타기 위해 미친 듯 뛰어가는 커플 한 쌍, 머리에 이어폰을 쓰고는 마른 먼지 걸레를 밀고 있는 늙은 흑인 남자, 그 정도가 전부였어.

대리석으로 된 터미널 광장의 중앙에는 전설적인 시계가 놓인 안내소가 서 있었어. 안내소에서 만나, 사면시계가 올려져 있는 그 안내소……. 그 안내소는 뉴욕에서 가장 유명한 만남의 장소였어. 어쩌면 세계에서 가장 유명한 약속 장소였는지도 모르지. 그 안내소 앞에서 얼마나 많은 운명적인 만남이 이루어졌을까? 얼마나 많은 밀회가 이루어지고, 어떤 애욕의 밤들이 시작되었을까? 그 유명한 반짝이는 놋쇠와 유백색 유리의 시계 아래에서 어느 한 남자와 한 여자가 만나기로 했다는 이유로, 얼마나 많은 세대가 태어나 지구의 땅을 밟고 다녔을까?

나는 고개를 기울여 머리 위로 40미터 정도 되는 통 모양의 천장을 올려다봤지. 나의 젊은 시절, 그 아름다움은 석탄의 그을음과 담배 니코틴에 켜켜이 가려져 퇴색되었어. 그래도 그게 역사가 긴 뉴욕의 바로 그 모습 그대로인 거였지. 90년대 후반에 완벽하게 청소해서 금박을 입힌 원래의 광택과 점성술에 어울리는 모습을 되찾기는 했지만 말이야. 황소자리의 황소, 쌍둥이자리의 쌍둥이, 물병자리의 물을 담은 물병, 밤하늘이 가장 맑은 날에만 볼 수 있는 은하계 어느 한 덩어리의 유백색 얼룩. 과학자인 내가 보기에는 분명해 보이지만, 잘 알려지지 않은 사실 하나는 그랜드 센트럴 터미널의 천장이 실제로는 거꾸로 되어 있다는 것이지. 밤하늘이 거울에 비친 좌우가 바뀐 모습인 거야. 전해지는 말에 의하면 이걸 그린 화가가 지구에서 바라본 게 아닌 지구 밖 멀리 우주에서 본 하늘의 모습을 보여주는 중세의 필사본을 보고 그림을 그렸다고 하더라고. 그러니까 인간의 시선이 아니라 신의 자리에서 바라본 하늘을 그린 거지.

나는 서쪽 발코니 계단의 꼭대기에 자리를 잡고 앉았어. 교통경찰관 한 명이 나를 슬쩍 확인하더군. 하지만 나는 이제 부러움을 살 만한 화이트칼라 전문직처럼 보이게 옷을 입고 있는걸. 더군다나 잠에 취해 있거나 술에 절어 있는 것처럼 보이지도 않았고. 경찰관은 나를 신경 쓰지 않고 그냥 내버려 두더군. 나는 내 주변에서 군수 물자라고 할 만한 것들을 살펴봤지. 그랜드 센트럴 터미널은 기차역 이상이었어. 지하에 엄청난 터널들과 방들을 갖춘, 도시 땅 밑의 중요한 거점 시설이었던 거야. 수십만 명의 사람들이 매일 이곳을 시도 때도 없이 지나다녔지만, 대부분은 자기 신발 끝 정도밖에는 바라보지 않았어. 다시 말해서 내 목적에 딱 들어맞는 완벽한 곳이었다고.

나는 기다렸어. 시간이 지나고 날이 밝았지. 아무도 내가 거기에 있다는 걸 알아차리지 못하는 것 같더군. 알았더라도 신경 쓰지 않는 것 같더라고. 그곳에서는 너무 많은 일들이 일어나니까.

시간은 계속 흘렀고 얼마나 많은 시간이 지났는지 알 수가 없었는데, 그때 한 번도 들어본 적이 없는 소리가 들려왔지. 더 이상 들을 사람이 없을 때, 정적이 만들어내는 소리였어. 밤이 깊었고, 나는 내가 있던 계단에서 일어나 밖으로 걸어 나왔지. 어디에서도 불이 밝혀진 것을 볼 수 없더군. 어둠이 너무 깊어서 마치 해변에서 수 킬로미터 떨어진 바다에 있는 것만 같았어. 고개를 들어 가장 기이한 광경을 지켜봤어. 수천수백만 개의 별들이 시간이 시작된 태초부터 그래왔던 것처럼, 사람들이 사라진 텅 빈 세상 위에서 변함없이 천천히 돌아가고 있었지. 옅은 별빛이 과거의 기억 속에서 얼굴을 두들기던 빗방울들처럼 내 얼굴 위에 쏟아졌어. 내가 느끼는 감정이 무엇인지 알 수 없었지만, 마침내 나는 흐느껴 울기 시작했지.

15장

그럼 슬프고도 우울한 나의 이야기를 들려줄게.

그를 잘 지켜봐. 외모는 그럭저럭 봐줄 만하고 머리가 덥수룩해. 뜨거운 여름 햇빛 아래에서 꾀부리지 않고 정직하게 일한 탓에 피부는 까맣게 탔어. 그는 수학을 잘하고 기계들을 잘 다루는 능력 있는 젊은이야. 야망과 밝은 희망을 품고 있지만, 혼자 있기를 즐기는 내성적인 성격을 가진 그가 지붕 처마 밑 침실에서 혼자 가방에 셔츠와 양말과 속옷을 챙겨 넣으며 짐을 싸고 있지. 그 외에 다른 것들은 넣을 것도 별로 없어.

1989년이야. 우리가 보고 있는 것은 머시라고 하는 오하이오주의 지방 마을이야. 간단히 설명하자면, 다른 많은 마을과 마찬가지로 쇠퇴한 지 오래되었지만, 현대 전쟁사에서는 최고의 포탄 탄피를 만들어낼 수 있는 정교한 놋쇠 가공으로 유명한 곳이지. 한 시간 안에 비워야 할 이 방은 그 젊은이에게는 신성한 성지 같은 곳이야. 방 안에는 트로피들이 진열되어 있지. 군인용 침대 머리

맡에는 램프가 있고, 그에 어울리는 전쟁을 테마로 한 커튼이 달렸어. 책 선반에는 젊은이다운 지략으로 연장자들도 풀기 어려운 범죄를 해결하지만, 별로 인정받지 못하는 용감무쌍한 10대 세명의 활약상을 그린 소설 시리즈가 꽂혀 있지. 밋밋한 회벽에는 스포츠 팀의 페넌트와 서로 다른 손을 그리고 있는 수수께끼 같은 인물인 마우리츠 코르넬리스 에셔의 손 동판화가 걸렸어. 주저앉은 침대 맞은편에는 스포츠 일러스트레이티드 수영복 모델의 발딱 선 젖꼭지가 뚜렷하게 드러나 보이는, 그 시대에 어울리던 포스터가 붙어 있지. 사춘기의 밤이면 밤마다 소년은 그녀의 음란한 팔과 다리 그리고 도발적인 시선과 간신히 가려진 외음부 아래에 자리를 잡고는 미친 듯이 자위하며 정액을 뽑아냈어.

하지만 소년은 어느 어린아이의 장례식을 방문한 조문객처럼 어리둥절해하고 침통한 표정으로 짐을 싸기 시작했어. 음, 그 장면에 대한 매우 적당한 비유인걸. 문제는 소년이 자신의 물건들을 가방에 다 쟁여 넣을 수 없다는 게 아니라 ― 챙겨 넣을 수 있었어 ― 그 반대였어. 가방 안에서 덜거덕거리는 그의 물건들의 빈약함은 소년이 향하고 있는 목적지의 거창한 이름과는 어울리지 않았다는 거야. 소년의 비좁은 작은 책상 위에 압정으로 고정한 편지가 그 단서라고 할 수 있겠지. 친애하는 티모시 패닝, 진홍색 방패 모양의 엠블럼과 고대의 지혜를 상징하는 VERITAS(진리)라는 섬뜩한 단어로 공들여 장식한 편지의 첫 말머리는 그렇게 시작하고 있어. 환영합니다, 1993년 하버드대학교의 신입생이 된 것을 축하합니다!

9월 초였지. 바깥에서는 여름 녹음의 초록빛을 띠고 흙바닥에 내리는 안개비가 집들과 마당들 그리고 상점 앞의 상업적인 관심거리들로 이루어진 작은 마을을 감싸 안고 있었어. 그리고 그 상점 가운데 하나는 마을의 유일한 검안사인 소년의 아버지 것이었어. 이 때문인지 그 마을의 제한적인 경제 환경에서는 소년의 가족들은 상류층에 속했지. 그 당시 마을의 기준에서 보면 잘 사는 사람들이었어. 소년의 아버지는 마을에 잘 알려진 인정받는 사람이었어. 아버지는 연잇는 상냥한 인사들을 받으며 마을 거리를 걸어 다녔지. 사람들의 코 위에 안경을 씌워서 그들 주변의 사물들과 사람들을 제대로 보게 만들어준 사람보다 더 고맙고 대단한 사람이 어디 있겠어. 당연한 거지, 안 그래? 어린 시절 소년은 아버지의 일터에 가서 선반과 진열장을 장식하고 있는 각종 안경을 써 보는 것을 좋아했고, 언젠가 자신에게 안경이 필요해질 날이 오기를 고대했어. 하지만 그런 날은 절대 오지 않았어. 눈의 시력이 너무 완벽했거든.

"아들, 가야 할 시간이야."

아버지가 문 앞에 나타났어. 작은 키에 가슴이 두툼한 아버지는 무게를 견디지 못하고 흘러내리는 회색 플란넬 바지를 멜빵의 클립에 걸어 위로 치켜올려 입었어. 가늘어져 가는 아버지의 머리도 샤워해서 젖었고, 뺨도 현대 면도 기술의 혁신들에도 불구하고 변함없이 애용하는 구식 안전면도기로 면도한 까닭에 새로운 상처가 나 있었어. 아버지 가까이에서는 면도하고 바른 올드 스파이스의 향이 가득 넘실거리며 코를 자극하고 말이야.

"네가 뭘 깜박해서 놓고 가더라도, 우리가 언제라도 부쳐줄 수있어."

"예를 들면 어떤 거요?"

소년의 아버지는 온화한 모습으로 어깨를 으쓱해 보였지. 아버지는 아들을 도우려고 하던 거니까. "글쎄, 옷이나 신발? 네 증명서는 챙겼니? 그건 틀림없이 도착하자마자 필요할 텐데."

아버지는 서부 보류지 5구역 과학의 날 경연 대회에서 아들이 받은 2등 상장을 말하고 있는 거였어. "생명의 불꽃, 깁스 도난 평형Gibbs-Donnan Equilibrium과 세포 생존력의 주요 원천에 대한 네른스트 함수Nernst Potential at the Critical Origin of Cell Viability" 상장은 평범한 액자에 끼워져 소년의 책상 위 벽에 걸려 있었어. 그런데 사실 소년은 그 상장이 부끄러웠다는 거야. 하버드대학교의 학생들은 언제 어디서나 다 1등 상을 타는 거 아니야? 그래도 소년은 잊지 않게 해줘서 고맙다며 인사하고, 상장을 열려 있는 가방의 옷 꾸러미 제일 위에 올려놨지. 일단 보스턴 캠브리지에 도착하면 그 액자는 절대 책상 서랍 밖으로 나올 일이 없을 거니까. 3년이 지나고 소년은 쌓여 있는 이런저런 종이 더미 아래에서 그 액자를 보게 되었는데, 한 번 쓱 쳐다보고는 씁쓸한 입맛을 다시며 쓰레기통에 던져버렸어.

"그래 바로 그거야." 소년의 아버지가 말했지. "자존심 센 하버드의 똘똘이들에게 그들이 누구를 상대해야만 하는지 본때를 보여주라고."

계단 아래에서 엄마의 목소리가 끈질기게 계속되는 노래처럼 들려왔지. "티-모-시! 아직도 준비가 안 된 거야?"

엄마는 소년을 '팀'이라는 애칭으로 부른 적이 없어. 언제나 '티모시'였지. 아이는 그 이름이 창피했어. 벨벳 쿠션 위에 앉아 있는 조그만 체구의 예의 바른 영국 귀족 같은 느낌이 들었거든. 하지만 내심 소년은 그 이름을 마음에 들어하기도 했어. 소년의 엄마가 남편보다 아들을 더 좋아한다는 건 비밀도 아니었지. 아들보다 남편을 더 미워한다는 것도 사실이었고. 소년 역시도 애정 표현이라고는 무뚝뚝하게 자기 등을 두드려주거나 아들과 단둘만의 캠핑에 나서는 것이 전부인 아버지보다는 엄마를 사랑하는 것이 훨씬 더 쉬웠어. 다른 많은 외둥이와 마찬가지로 소년은 집안 살림에서 자신이 갖는 지분을 잘 알았지. 엄마 눈에도 그보다 더 우선순위에 둘 수 있는 것은 없는 게 당연했고. 내 아들 티모시. 소년의 엄마는 마치 그녀의 가족이 아닌 다른 사람들이 있는 것처럼 부르기를 좋아했어. 소년은 엄마에게 가장 소중한 존재였지. 나의 특별한 아들 티모시.

"해애애애-럴드! 당신 위층에서 대체 뭐 하고 있는 거야? 애가 버스를 놓치게 생겼잖아!"

"맙소사, 잠깐만 좀!" 아버지는 소년을 돌아봤어. "나는 솔직히 엄마가 네 걱정하는 일이 없어지고 나면 뭘 하고 살지 모르겠다. 엄마 때문에 내가 미쳐버리게 될 거야."

물론 농담이었지만, 심각할 정도의 진지함이 느껴지는 아버지의 목소리에서 소년은 알았어. 아버지가 괜한 말을 하는 게 아니라는 걸. 소년은 처음으로 그날 자신이 느낀 모든 감정적인 기복들을 되짚어봤어. 자기 삶이 바뀌고 있었고, 엄마와 아버지의 삶도 역시 변하는 중이었지. 갑자기 주요 종들이 사라진 서식지처럼 소년의 가정은 그가 떠남과 동시에 재구성될 수밖에 없었어. 다른 모든 젊은이와 마찬가지로 아들은 부모에 대해 진지하게 생각해본 적이 없었어. 18년 동안 아들은 자신이 필요한 것들이 생길 때만 부모의 존재를 경험하고 느껴왔을 뿐이야.

그의 마음에 갑자기 많은 질문이 생겨났어. 내가 엄마와 아버지 주위에 없으면 두 분은 무슨 얘기를 할까? 엄마와 아버지는 서로에게 어떤 비밀을 숨기고 있을까? 둘은 어떤 열망을 간직한 채 늙어가고 있는 거지? 내가 없으면 자녀의 양육이라는 둘의 문제에 억눌려 있던 개인적인 불만들이 터져 나오게 될까? 엄마와 아버지는 나를 사랑하지만, 엄마와 아버지 둘은 과연 서로 사랑할까? 부모로서가 아니라, 남편과 아내로서가 아니라, 그냥 사람으로서 말이야. 둘이 분명 한때는 서로 사랑했던 게 틀림없겠지? 소년은 전혀 감을 잡을 수가 없었어. 자신이 태어나기 전의 세상을 상상해보는 것만큼이나 이런 질문들에 대한 문제를 이해하는 게 어려웠어.

그런 이해를 더 어렵게 만드는 건 사실 소년이 한 번도 사랑해본 적이 없다는 거야. 오하이오주의 머시라는 마을의 인간관계라는 게, 조금만 매력적이어도 섹스할 상대를 찾는 게 그렇게 어렵지 않았지. 소년은 총각이기는 했지만 그런 면에서 때때로 재미를 보기는 했어. 무슨 말이냐면, 고통이 없는 사랑의 호감을 느껴본다거나 그랬다는 거지. 영혼이라고는 없는 희롱 같은 추파, 뭐 그런 거. 소년은 자기 내면에 무언가가 결핍된 건 아닌지 궁금했어. 사랑을 느끼는 내 머릿속의 특정 부분이 아주 형편없이 오작동하고 있는 걸까? 라디오나 영화나 소설을 보면 세상에는 사랑이란 게 넘쳐나고 있는데 말이야. 낭만적인 사랑은 문화의 보편적인 이야깃거리인데도 소년은 그에 면역된 듯 아무것도 느끼지 못하는 것 같았어. 그래서 소년은 아직 사랑에 함께 따라오는 아픔을 맛보지는 않았지만, 그것과 비슷하면서도 다른 고통을 맛보게 되었지. 사랑이 없는 삶을 마주하는 두려움 말이야.

아버지와 소년은 엄마가 있는 부엌으로 내려왔어. 아들은 엄마가 잘 차려입고 출발할 준비를 끝냈기를 바랐지만, 엄마는 집에서 입는 편한 꽃무늬의 실내복을 입고 테리직* 슬리퍼를 신고 있었어. 무언의 합의를 통해 아버지만 아들을 배웅하기 위해 역에 가기로 한 거였지.

"네 점심을 싸놨어." 엄마가 선언이라도 하듯 말했어.

엄마가 아들의 손에 종이봉투 하나를 쥐여줬지. 소년은 구겨져 주름이 잡힌 봉투 윗부분을 열어보았어. 왁스로 마감된 봉투에 땅콩버터 샌드위치, 작은 투명 비닐봉지에 담아 먹기 좋게 자른 당근, 500밀리리터들이 용기에 든 우유, 동물 모양의 바넘 크래커 한 상자가 들었더라고. 소년은 열여덟 살이었고, 그런 정도의 점심 식사는 봉투 열 개쯤 해치운다 해도 배가 부를 리가 없는 양이었지. 그 정도의 양은 꼬마들이나 먹고 배부를 식사량이었지만, 아들은 자신이 이 작은 선물에 우스꽝스러울 정도로 감사해한다는 걸 깨달았어. 엄마가 언제 다시 아들에게 점심 도시락을 싸주게 될지 누가 알겠어?

"돈은 충분하게 갖고 있니? 해럴드, 아이에게 비상금은 좀 준 거예요?"

"엄마, 난 괜찮아요. 나 여름부터 가진 돈이 꽤 많아요."

엄마의 눈에 눈물이 글썽이기 시작했어. "아, 이러지 않겠다고 했는데."

엄마는 자기 얼굴 앞에 두 손을 대고 휘휘 저어댔지. "로렌, 힘들어도 울지는 말라고 말했잖아."

아들은 엄마의 따뜻한 품에 가 안겼어. 엄마에게 안겨 있으면 기분이 좋아졌지. 소년은 엄마의 냄새를 힘껏 들이마셨어. 메마른

---

* 타월처럼 수분 흡수가 잘되도록 짠 천.

달콤한 과일 향에 엄마가 아침에 피운 담배의 니코틴 냄새와 머리에 뿌린 헤어스프레이의 화학적인 향이 함께 섞여 있었어.

"로리, 이제 아들을 놓아줘야 해. 터미널에 제때 도착하지 못할 거야."

"하버드야. 나의 티모시가 하버드대에 가다니 믿을 수가 없어."

이웃 마을에 있는 버스 터미널까지 가는 데는 시골 고속도로를 타고 30분이 걸렸지. 부드러운 서스펜션과 뭉개진 벨루어* 시트의 최신 뷰익 르사브르 모델인 차는 아버지와 소년이 마치 공중 부양을 하는 것처럼 도로의 굴곡을 완충해줬어. 자동차는 아버지의 유일한 방탕함이랄까 그런 거였는데, 2년마다 새로운 르사브르 모델이 주차장의 진입로에 나타나고는 했지. 그런다고 해서 새 차가 직전의 차와 크게 달라 보이는 건 없었지만 말이야.

차가 마지막 집들을 지나쳐 천천히 시골길로 접어들었어. 들판은 옥수수들로 가득했고, 새들이 방풍림 위를 둥글게 원을 그리며 날고 있었지. 여기저기에 농장 건물들이 보였는데, 어떤 것들은 새것처럼 관리가 잘되었지만, 나머지들은 페인트칠 조각들이 떨어져 나갔어. 천을 덧댄 가구들이 현관 앞에 놓여 있고 마당에는 버린 장난감들이 흩어져 있는 모습이야. 눈에 보이는 모든 광경에 소년의 마음이 애틋해졌지.

"저기," 버스 터미널에 거의 다 왔을 때 아버지가 얘기를 꺼냈어. "너에게 해주고 싶은 말이 있는데 말이야."

올 게 왔군, 소년은 그렇게 생각했어. 떠날 시간을 코앞에 두고 꺼내려는 얘기가 무엇이든 간에 그게 바로 아버지와 아들이 엄마

---

* 실크나 면직물을 벨벳처럼 짠 천.

를 집에 남겨두고 온 이유였던 거지. 무슨 이야기일까? 여자애들이나 섹스 얘기는 아닐 거야. 아버지는 그런 얘기를 꺼낸 적이 한 번도 없으니까. 열심히 공부하라고? 쉬지 말고 악착같이 열심히 하라고? 그렇지만 그런 얘기도 이미 다 한 얘기인걸.

아버지는 헛기침하며 목을 가다듬었지. "이전에는 이런 말을 안 하려고 했어. 글쎄, 어쩌면 하고 싶었는지도 모르겠어. 아마도 얘기를 하는 편이 좋았을지도 모르지. 내가 말하고 싶은 건, 아들 너는 큰일을 할 운명이라는 거야. 엄청난 일들 말이야. 난 항상 네가 그럴 거라는 걸 알았어."

"최선을 다할게요, 약속드려요."

"네가 그러리라는 건 알아. 내가 말하려는 건 그게 아니야." 아버지는 얼굴을 돌려 아들의 얼굴을 보지도 않은 채 말을 이어갔어. "내가 말하려는 건 말이다, 이 마을이 더는 너에게 어울리지 않는 곳이라는 거야."

그 말에 소년은 불안해졌지. 아버지는 무슨 생각인 걸까?

"우리가 더 이상 너를 사랑하지 않는다는 말이 아니야." 아버지는 계속 이야기했어. "그거와는 정반대지. 우리는 언제나 너를 사랑해. 우리는 단지 최선인 것을 바라는 거야."

"무슨 말인지 이해가 안 돼요."

"그래, 명절들은 괜찮아. 너에게 크리스마스에도 여기에 오지 말라고 하면 말도 안 되겠지. 너도 네 엄마가 어떤 사람인지 아니까. 하지만 그런 거 아니라면……."

"저에게 지금 집에 오지 말라고 말씀하시는 거예요?"

아버지가 말을 빨리하기는 했지만, 고삐가 풀린 것처럼 많은 얘기를 마구 쏟아내는 건 아니었어.

"물론 집에 전화하는 건 괜찮아. 아니면 우리가 네게 전화해도 되고. 2주에 한 번이나 뭐 아니면 한 달에 한 번 정도 말이야."

소년은 이 모든 것을 어떻게 받아들여야 할지 알 수가 없었어. 그리고 아버지가 거짓말한다는 것도 느낄 수가 있었지. 단호한 척하는 거 말이야. 아버지가 마치 카드를 보고 읽는 것처럼 이야기하였거든.

"나는 아버지가 나에게 이런 이야기를 한다는 걸 믿을 수가 없다고요."

"그래 이런 이야기를 듣는 게 힘들다는 건 안다. 하지만 어쩔 수가 없구나."

"어쩔 수가 없다니 그게 무슨 말씀이에요? 왜 어쩔 수 없는 건데요?"

아버지가 숨을 고르더라고. "얘기를 끝까지 들어. 나중에 내게 고마워하게 될 거다. 내 말을 믿어보라고, 어? 지금은 그렇게 생각 안 할 수도 있어. 하지만 네 앞에는 구만리 같은 창창한 앞날이 기다리고 있다고. 그걸 생각하라는 말이야."

"그게 무슨 말도 안 되는 소리예요!"

"아들, 말 가려서 해. 그런 식으로 말할 이유는 하나도 없어."

소년은 갑자기 울음이 터질 것만 같았어. 그가 버스를 타고 출발한다는 게 곧 추방당하는 거나 마찬가지 일이 되어버렸으니까. 아버지는 더 이상 아무 말도 하지 않았고, 아들도 더 이상 이야기해봤자 소용없다는 걸 알았지. 아버지는 조금도 양보해주지 않을 거니까. 우리는 단지 최선을 바라는 거야. 네 앞에는 구만리 같은 창창한 앞날이 기다린다고. 소년의 아버지가 정말로 어떤 감정을 느끼든지 간에, 그는 진부하고 상투적인 말들로 벽을 두르고 자신의 감정들은 모두 그 뒤에 숨겨놓고 있었어.

"아들, 울지는 마. 별거 아닌 일로 야단법석을 떨 이유는 없잖니."

"엄마는요? 엄마도 같은 생각이에요?"

아버지가 대답하기를 주저했지. 아들은 아버지의 얼굴에 고통스러운 표정이 스치고 지나가는 것을 봤어. 더 깊은 진실에 대한 솔직한 흔적 같은 거였지만, 그마저도 다음 순간 곧 사라졌지.

"엄마 걱정은 하지 않아도 된다. 엄마도 이해할 거니까."

그리고 차가 멈춰 섰어. 소년은 고개를 들어 앞을 보고는 버스 터미널에 도착했다는 사실에 놀랐어. 세 개의 탑승 대기 구역 중 하나에서 버스가 기다리고 있었고, 승객들은 줄지어 승차했지.

"표는 잘 챙겼지?"

아무 말도 할 수 없어서 소년은 고개만 끄덕였고, 아버지는 아들에게 손을 건넸어. 아들은 마치 직장에서 해고당하는 기분이었어. 둘이 악수할 때 아들보다도 아버지가 먼저 손을 꽉 붙잡았고, 둘은 서로 으스러지도록 손을 맞잡고는 쉽게 놓지 못했지. 둘의 악수는 어색하고 당황스러울 정도였어. 악수가 끝나고 둘은 일종의 안도감 같은 걸 느낄 정도였으니까.

"이제 가서 버스 타야지." 아버지는 괜찮은 척 거짓 흥을 짜내며 재촉했어. "버스를 놓치고 싶은 건 아니잖아."

지체할 시간이 없었어. 소년은 여전히 엄마가 건네준 점심 식사 봉투를 꽉 움켜쥔 채 차에서 내렸어. 그 봉투가 무슨 토템인 것 같은 느낌이 들더라고. 어린 시절의 마지막 흔적이 아직 완전히 지워지지 않고 남아 있는 느낌 말이야. 소년은 트렁크에서 가방을 꺼내 올리면서 잠깐 아버지가 차에서 내리지는 않을까 눈치를 살폈지. 어쩌면 아버지가 마지막 화해의 표시로 자기 가방을 버스까지 옮겨주고, 자신을 안아주며 떠나보낼지도 모른다고 생각했던 거지. 하지만 그런 일은 일어나지 않았어. 소년은 짐을 버스까지 들고 가 짐칸에 넣고는 줄을 서 차례를 기다렸지.

"클리블랜드!" 버스 운전사가 고함을 질렀어. "클리블랜드행 손님은 모두 탑승하세요!"

줄 앞쪽에서 좀 소동이 있었어. 어떤 남자가 표를 잃어버렸고 설명하려고 애썼지. 모두가 그 일이 해결되기를 기다리는 동안 소년의 앞에 서 있던 여자가 그를 향해 돌아섰어. 예순 살쯤 되어 보이는 여자의 핀으로 고정해놓은 머리는 단정해 보였고, 파란 눈을 반짝이고 있었지. 좀 과장하면 귀족으로 보일 만큼 기품 있는 태도를 지닌 여자는 지저분한 장거리 버스가 아닌 대양 여객선을 타야 할 것처럼 보일 정도였어.

"그래, 자네 같은 젊은이는 어딘가 흥미진진한 곳으로 떠나는 거겠지." 그녀가 유쾌하게 말을 걸어왔어.

하지만 소년은 말하고 싶지 않았어. 대화하고 싶은 마음과는 거리가 멀었지. "대학으로 가요." 그 말을 하고는 그만 목이 멨어. 여자가 아무 반응을 보이지 않자, 소년은 말을 보탰지. "하버드대학교에 입학하게 되었거든요."

여자가 우스꽝스러운 의치를 드러내 보이며 웃어 보였어. "대단한걸. 하버드대 학생이라니. 부모님이 정말 자랑스러워하시겠어."

소년은 차례가 되자 버스 운전사에게 차표를 건네줬지. 그러고는 버스 복도를 따라가 가능한 한 그 여자에게서 멀리 떨어지려고 뒤쪽에 있는 자리를 골라 앉았어. 클리블랜드에 가서 뉴욕으로 가는 버스로 갈아타야 했지. 항만청 역사의 딱딱한 의자에서 하룻밤을 보낸 뒤, 오전 5시에 출발하는 버스에 올라 가방을 다리

아래에 쑤셔 넣고 보스턴으로 가는 거지. 버스의 디젤 엔진이 우르릉거리는 소리가 들리자 소년은 비로소 얼굴을 돌려 창밖을 봤어. 다시 비가 내리기 시작해서 창에 빗방울이 맺히더군. 아버지가 차를 주차해놓았던 자리도 이미 비었고.

버스가 후진해 뒤로 물러나기 시작하자 소년은 무릎 위에 있는 봉투를 열었어. 놀랍지, 그렇게 배가 고플 수도 있다니. 샌드위치를 베어 먹기 시작했는데, 여섯 입에 끝나버리더라고. 소년은 우유병에서 입도 떼지 않고 벌컥벌컥 들이마셨지. 그리고 당근도 순식간에 먹어 치웠어. 그렇지만 소년은 아무 맛도 느낄 수가 없었어. 단순히 빈속을 채우기 위해 먹는 게 다였으니까. 이것저것 먹고 나서 소년은 작은 과자 상자를 뜯었지. 우리에 갇힌 서커스 동물들을 그린 요란한 그림을 보기 위해 잠깐씩 상자를 봤어. 북극곰, 사자, 코끼리, 고릴라, 동물 모양 바닐 크래커는 어린 시절 소년에게 기본 식품 같은 거였지. 그제야 소년은 우리에 갇혀 있는 동물들이 혼자가 아니라는 걸 깨달았어. 모든 동물은 어미와 새끼가 함께였어.

소년은 혀 위에 과자를 올려놓고 녹여 먹었어. 덕분에 입안에 달콤한 바닐라 향이 가득했지. 그리고 또 한 개 그리고 하나 더. 과자 상자를 비울 때까지 그렇게 과자를 다 먹고 눈을 감았어. 잠이 오기를 기다리며.

나는 왜 이 장면을 삼인칭의 시점에서 얘기하고 있는 걸까? 그게 더 쉬운 방법이라서 그래. 아버지가 좋은 뜻으로 그랬다는 건 알아. 하지만 아버지의 뜻을 따르느라고 그 고통을 이겨내는 데는 오랜 시간이 걸렸어. 물론 나는 아버지를 용서했지. 그러나 용서했다는 것이 이해되었다는 말은 아니야. 속내를 알 수 없는 아버지의 표정과 덤덤히 내뱉는 단호한 어조. 많은 세월이 지난 지금에도 여전히 아버지가 나를 그의 인생에서 그렇게 쉽게 밀어냈다는 게 이해가 안 되어서 머리가 아파 죽겠거든. 내 생각에는 아들을 키워낸 가장 큰 보람은 진짜 성인이 되었을 때, 아들이 가까이에서 함께해준다는 단순한 즐거움 때문인 것 같아서 말이야. 그런데 내가 아들이 없어서 이것마저도 알 방법이 없네.

어쨌든 내가 하버드대학교에 도착한 건 1989년 9월이었어. 1989년, 소비에트 연방은 붕괴 직전이었고 경제는 전반적으로 후퇴하고 있었지. 나라가 10년의 방황 끝에 피곤한 권태감에 시달리는 중이었어. 나 역시도 친구나 아는 사람이라고는 아무도 없고, 성과 이름은 있지만 고아나 다름없었지. 가진 것도 없고 내가 어떻게 될지 전혀 알 수가 없었어. 나는 이전에 하버드 캠퍼스에 발을 들여놔 본 적도 없었으니까. 이 점에 대해 좀 더 얘기하자면 나는 피츠버그 너머 동쪽으로는 여행해본 적도 없었지. 지난 24시간 동안 차를 타고 이동한 탓에 내 정신도 정상은 아니어서 환각에 빠진 것처럼 주변의 모든 것들이 어질어질해 보이고 정신이 하나도 없었어.

나는 사우스 스테이션에서 캠브리지로 가는 T*를 타고(이때 처음으로 지하철을 타본 거였어), 담배꽁초가 새까맣게 널려 있는 승강장에서 걸어 올라와 와자지껄 정신이 하나도 없는 하버드 스퀘어로 나왔지. 내가 차를 타고 이동해 오는 동안 계절이 바뀌었더라고. 무더운 여름이 청쾌한 뉴잉글랜드의 가을에 자리를 내주고

---

* 매사추세츠주 보스턴의 광역 지하철망.

물러났어. 하늘이 얼마나 놀라울 정도로 파랬는지 몰라. 주름이 자글자글 잡힌 셔츠에 청바지를 입고 있던 나는 마른 바람이 나를 훑고 지나가자 추워서 몸을 떨기까지 했다니까. 막 정오가 되기 전의 시간, 광장은 사람들로 붐볐어. 모두 주위의 모습과 완벽하게 어우러지는 젊은이들이었는데, 둘씩 혹은 아예 떼 지어 의기양양한 모습으로 움직였어. 그들 사이에서는 릴레이 경기의 바통을 주고받듯 확신에 찬 대화와 웃음소리가 끊이지 않았지. 나는 완전히 낯선 세계에 발을 들여놓은 거였지만, 그들에게는 그곳이 집같이 편한 곳이었던 거야.

누군가에게 길을 물어보기가 주저되기는 했지만, 나는 위글스워스 홀이라고 불리는 기숙사에 가야 했는데 — 사람들이 걸음을 멈추고 내게 대답해줄 것 같지 않았거든 — 배가 엄청 고프더라고. 그래서 저렴하게 식사할 수 있는 곳을 찾아 광장에서 한 블록 떨어진 곳으로 갔어. 나중에 알게 됐는데 내가 간 '미스터 앤 미시즈 바틀리의 버거 코티지Mr. and Mrs. Bartley's Burger Cottage'는 캠브리지에서 사람들에게 사랑받는 명소였더라고. 식당 안으로 들어갔는데 화생방 무기 같은 양파 연기의 공격에 눈물이 주르르 흐르고 손님들의 고함에 정신이 하나도 없었어. 보스턴 인구의 절반이 그 좁아터진 식당 안에 밀고 들어와 앉은 것 같더라니까. 긴 테이블에 앉아 있는 사람들은 저마다 누군가와 얘기하려고 애쓰고 있고, 요리사들도 쿼터백들이 신호를 외쳐대는 것처럼 손님들의 주문을 큰 소리로 불러대고 말이야. 그릴 위의 벽에는 색분필로 정성들여 메뉴들을 설명해놓은 거대한 칠판이 있었는데, 정말 아연실색할 곁들임들을 얹어놓은 버거 메뉴들이었어. 파인애플과 블루치즈와 계란프라이라니……

"혼자예요?"

나에게 말을 건넨 남자는 웨이터라기보다는 레슬링 선수처럼 보였어. 수염이 있는 덩치 큰 남자가 정육점 앞치마처럼 얼룩진 앞치마를 입고 서 있었다니까. 나는 말 대신 고개를 끄덕였어.

"혼자 왔으면 카운터 쪽만 이용할 수 있습니다." 그가 명령하듯 말했어. "가서 의자 하나 잡아서 앉아요."

그때 막 카운터에 자리 하나가 비었어. 카운터 뒤쪽에 있는 여자 웨이트리스가 방금 나간 손님의 더러운 접시를 치우는 동안 나는 카운터 바닥에 가방을 기대 밀어 넣고 의자에 앉았지. 편하지는 않았지만 내 짐은 보이지 않게 가려놓을 수 있었지. 나는 주머니에서 지도를 꺼내 보기 시작했어.

"손님께서는 뭘 드실래요?"

겨드랑이에 땀자국이 얼룩져 있는 버거 코티지 티셔츠를 입은 나이 든 여자는 초조한 모습으로 펜과 주문서를 들고 내 앞에 서 있었어.

"치즈버거 돼요?"

"양상추, 토마토, 양파, 피클, 케첩, 마요네즈, 머스터드, 스위스 치즈, 체더치즈, 프로볼로네*, 아메리칸 치즈, 빵은 어떻게 할래요? 구운 거 아니면 그냥?"

여자의 말을 알아듣는 건, 마치 기관총에서 마구 날아오는 총알을 잡아내는 것 같았어. "전부 다 넣어주세요."

"네 가지 다른 치즈 전부를 넣겠다고요?" 여자는 여전히 주문서에서 눈을 떼지 않았어. "그럼 추가 비용을 내야 해요."

---

* 훈제한 이탈리아 치즈.

"아, 그건 몰랐어요. 미안해요, 그럼 그냥 체더치즈만요. 체더치즈면 충분해요."

"구워드려요, 아니면 그냥 드릴까요?"

"네?"

지겨웠는지 그녀가 결국 눈을 들어 나를 봤지. "빵-요-어떤 게 좋-냐-고-요-구-운-거-아니면 안-구운 거요?"

"맙소사, 마고, 이 친구에게 살살 좀 해요, 네?"

내 오른쪽에 앉은 남자의 목소리였지. 난 처음에는 조심스럽게 앞만 보고 있던 눈을 돌려 그를 봤어. 그 남자는 키가 크고 어깨가 넓었는데 그렇다고 두드러지게 근육질의 몸은 아니었지. 그냥 평균적인 사람보다 얼굴의 이목구비가 잘 빚어졌다는 인상을 주는 준수한 얼굴의 남자였어. 그는 구겨진 옥스퍼드 셔츠를 빛바랜 리바이스 청바지에 집어넣어 입었고, 곱슬인 갈색 머리 사이에 테를 꽂아 넣은 채 머리 위에 선글라스를 올려놓고 있었지. 그의 오른쪽 발목은 반대편 무릎 위에 올리고 앉아 있어서, 양말을 신지 않고 신은 긁혀 흠집이 난 페니 로퍼가 그대로 다 보였지. 내가 보기에도 그는 이미 다 자란 어른으로 보이기는 했지만, 그래도 한두 살보다 더 많을 것 같지는 않아 보였어. 그와 나의 차이는 나이가 아니라 태도였던 거야. 그의 모든 것이 그가 명문가의 자제이고 그 모든 관습에 능숙하다는 특징들을 다 뿜어내고 있었거든.

그는 자신의 빈 커피잔 옆 카운터 위에 올려놓은 책을 덮고 사람을 무장 해제시키는 미소를 지어 보였지. 걱정하지 마, 내가 해결할게 하고 말하는 것 같은 미소 말이야.

"이 젊은 신사분은 갖은 재료들로 정성껏 만든 치즈버거가 먹고 싶은 거예요. 빵은 구운 게 좋겠죠. 치즈는 체더치즈로 하고. 내 생각에는 감자튀김과 함께 먹는 게 좋을 것 같은데, 음료는 어떤 걸로?" 그가 내게 물었어.

"음, 우유가 좋을 것 같은데?"

"그리고 우유…… 그건 아니지." 그가 자신이 뱉은 말을 거둬들이더니 "셰이크. 초콜릿 셰이크, 휘핑크림 없이요. 날 믿어봐요, 괜찮을 거니까."

웨이트리스가 의심스러운 듯 나를 쳐다봤어. "괜찮겠어요?"

그 모든 대화가 나를 당황하게 만들기는 했어. 그럼에도 불구하고 셰이크는 괜찮은 선택인 것처럼 들렸기에 친절을 굳이 거절하고 싶지는 않았지. "그럼요."

"좋았어." 내 옆에 앉은 그 남자는 의자에서 내려와 책을 겨드랑이 사이에 끼워 넣었어. 마치 모든 책은 정확히 그렇게 가지고 다녀야 한다는 걸 보여주는 것처럼 말이야. 실존적 현상학의 원리. 책의 제목을 보기는 했지만 무슨 말인지 이해하지는 못했어. "여기 마고가 그쪽을 잘 보살펴 줄 거야. 마고와 나는 알고 지낸 지 꽤 오래됐거든. 내가 반바지를 입고 다니던 시절부터 내 배를 채워준 사람이니까."

"그때 네가 더 좋았어." 마고가 그렇게 응수하더라고.

"뭐 그렇게 말한 게 이번이 처음도 아니고. 자, 이제 빨리빨리 주문 넣어줘요. 우리 친구가 몹시 배고파 보이거든요."

여자는 더는 말하지 않고 가버렸는데, 갑자기 마고와 옆자리의 남자가 나눈 재담이 선명하게 이해되더라고. 친한 친구 사이의 흔한 농담이라기보다는 다 큰 조카와 이모가 주고받는 이야기 같은 거야. "고마워." 나는 남자에게 말했지.

"아무것도 아닌데. 가끔은 이곳에서 엄청나게 무례하기 경진 대회라도 열리는 것 같기도 하지만, 그럴 만한 가치가 있는 곳이기는 해. 그래서, 어디로 가게 됐어?"

"응?"

"어느 기숙사로 가게 됐냐고. 이제 막 입학하게 된 신입생이잖아, 맞지?"

나는 놀랄 수밖에 없었지. "어떻게 알았어?"

"관심법으로 꿰뚫어 봤지." 그가 자신의 관자놀이를 두드리며 말하고는 웃음을 터뜨리더라고. "그게 말하자면 너의 가방, 그걸 보고 알았지. 그래 어느 기숙사야? 유니온 기숙사 중 하나에 들어가는 건 별로일 텐데. 야드Yard 쪽 기숙사들이 좋거든."

그런 구별과 차이가 뭔지 나는 알 길이 없잖아. "위글스워스라고 하던데."

내 대답이 그의 마음에 들었나 보더라고. "이 신입생 운이 좋네. 모든 사건 사고들의 중심 한가운데 있게 됐잖아. 물론 이곳에서의 활동이라고 하는 것들이 조금 재미없고 지루하고 따분하고 그런 것들이기는 하지만 말이야. 여기서는 새벽 4시에 풀어야 할 문제 한 세트를 눈앞에 두고 머리를 쥐어뜯는 일이 흔한 일이니까." 그가 격려라도 하듯 내 어깨를 툭툭 두들겼어. "걱정하지 마. 처음에는 누구나 조금은 당황스러운 법이니까."

"내 생각에 선배는 안 그랬던 것 같은데."

"나는 특별 케이스야. 태어날 때부터 하버드 품종이었으니까. 나의 아버지는 철학과에서 학생들을 가르치고 계셔. 내 아버지가 누구인지 말해줄 수 있기는 한데, 그러면 어쩌면 네가 오늘 일에 대해 감사하다는 생각 때문에 덜컥 내 아버지의 강의를 하나 들으려고 할 수도 있잖아. 그런데 말이야 이렇게 말해서 미안하기는 한데, 그건 진짜 큰 실수를 하는 거라고. 아버지의 강의는 머리에다가 총알을 쏴 갈겨대는 것 같다니까." 며칠 만에 두 번째로 나는 내 삶에 대해 나보다 더 많이 아는 듯한 사람과 악수하게 됐지. "어찌 됐건, 행운을 빌어. 식사를 마치고 문을 나서면 왼쪽으로 출입구가 나올 때까지 한 블록을 가. 너의 오른쪽으로 위글스워스가 보일 거야."

그러고 나서 그는 가버렸어. 그제야 나는 그의 이름도 물어보지 않았다는 걸 알아차렸고. 아주 빨리는 아니더라도 다시 만날 수 있기를 바랐지. 그리고 내가 새로운 생활에 아주 능숙하게 적응했다고 말하고 싶었어. 또 가능하면 빨리 하얀 옥스퍼드 셔츠와 로퍼를 사러 가야겠다는 메모도 잊지 않고 적어놨지. 최소한 나도 그들 중 하나로 보일 수 있을 테니까. 주문한 치즈버거와 감자튀김이 기름기로 맛있게 번들거리며 내 앞에 나왔고, 그 옆에 맛이 보장된 초콜릿 셰이크가 50년대의 길고 우아한 유리잔에 담겨 함께 있었어. 그건 단순한 한 끼의 식사라고 할 수가 없었지. 어떤 행운의 징조였다고나 할까. 너무 감사한 마음에 은혜롭다고 할 뻔했다니까, 실제로 거의 그렇게 말한 거나 다름없지 뭐.

하버드에서의 대학 생활 첫 몇 달 동안은 시간에 대한 감각 자체가 바뀌더니 모든 게 미친 듯 빠르게 지나가 버렸지. 내 룸메이트는 루세시라고 불리는 친구였어. 그의 이름이 프랭크이기는 했는데 나를 포함해 내가 아는 사람 누구도 그를 프랭크라고 부르지는 않았어. 우리는 상황에 의해 친구가 된 사이였지. 나는 하버드에서 만나는 모든 학생이 버거 코티지에서 만난 그 사람처럼 재치 있는 대화를 할 줄 아는 사회 지능과, 지역의 관습에 관한 최고의 정보를 지닌 친구들일 것으로 생각했는데, 루세시는 그보다는 좀 더 일반적이고 평범한 친구였어.

섬뜩할 정도로 똑똑한 브롱크스 과학고등학교의 졸업생이지만 신체적인 매력이나 개인위생의 문제에 대해서는 어떤 점수도 줄 수 없는, 성격적으로 틱이 있는 그런 친구. 그는 속이 제대로 채워지지 않은 동물 인형처럼 크고 부드러운 몸과 어찌할 바를 모르고 가만두지 못하는 축축한 큰 손을 가졌고, 편집병 환자처럼 크게 뜬 눈으로 두리번거리고 다녔어. 내 생각에 루세시는 정말 편집증 환자였는지도 몰라. 그의 옷장은 신참 회계사와 중학생 옷을 뒤섞어놓은 것 같았어. 주름 잡힌 하이 웨이스트 바지와 짙은 갈색 정장 구두 그리고 뉴욕 양키스 마크가 새겨진 티셔츠를 좋아했거든. 만난 지 5분밖에 안 되었는데, 루세시는 자기가 SATs에서 1,600점 만점을 받았고 수학과 물리학을 복수 전공할 거라는 얘기 그리고 자신이 라틴어와 고대 그리스어를 모두 말할 수 있다는 걸 얘기하더라고(단순히 읽을 수 있는 게 아니라 말할 줄 안다고). 한번은 자신이 그 유명한 타자 레지 잭슨이 친 홈런공을 잡아냈다는 이야기도 했어.

한때 나는 그와 함께 있게 된 걸 부담으로 느꼈을지도 모르지만, 곧 나에게 도움 된다는 사실을 깨달았지. 루세시의 존재는 상대적으로 내가 잘 적응하는 것처럼 보이게 해줬으니까. 실제의 내 모습보다도 더 자신감 있고 매력적인 사람으로 보이게 말이야. 내가 방귀를 뀌어대는 개를 돌보는 사람이라도 된 것처럼 기숙사에서 같이 지내는 친구들로부터 꽤 많은 동정심까지 얻게 되었어. 그 녀석과 내가 둘 다 만취했던 첫날 밤에는—우리가 도착하고 일주일 뒤, 수없이 많은 신입생이 모인 맥주통 파티 중 하나에서 일어난 일인데, 학교도 모르는 척해주는 것 같았어 ─ 루세시가 하도 오랫동안 불쌍할 정도로 토해대서 그날 밤은 그가 죽지는 않았는지 확인하느라고 밤을 꼴깍 새다시피 했다니까.

내 목표는 생화학자가 되는 거였고 시간 낭비 같은 건 하지도 않았지. 공부해야 할 양이 너무 많아서 내가 숨 쉴 구멍을 찾을 방법이라고는 어두운 강의실에 앉아서 기쁨에 넘치는 다양한 자세로 그려진 마리아와 아기 예수의 슬라이드를 보면 되는 미술사 강의를 듣는 것뿐이었어. 뭐 그래도 가만히 앉아 슬라이드를 보는 것보다는 좀 더 많은 수고가 필요하기는 했지(그 강의는 '정오의 어둠'이라는 별칭이 있었는데, 인문학 필수 학점을 채워야 하는 이공계 전공자들에게는 전설적인 강의야).

장학금은 넉넉히 나오는 편이었지만 나는 일하면서 공부하는 것에 익숙하기도 했고 용돈도 벌어야 했어. 일주일에 열 시간 최저 시급보다 조금 더 받으면서, 여자 혼자는 들어가지 말라고 하는 아주 외지고 뒤얽혀 있는 서적들의 미로 사이를 기우뚱한 카트를 끌고 다니며 선반에 책들을 꽂아 넣었지. 한동안은 일이 지루해서 정말 죽을 지경이었어. 그러다가 시간이 가면서 그 일을 좋아하게 됐지. 오래된 종이의 냄새뿐만 아니라 먼지의 맛까지도 느껴지고, 삐거덕거리는 내 카트의 바퀴 소리만이 깊은 고요를 깰 수 있는 조용한 성소와 같은 느낌이 괜찮았어. 그리고 책을 꺼내 카드를 열고서 1936년 이후로 그 책을 대출해간 사람이 아무도 없다는 사실을 발견했을 때의 짜릿함, 그런 것들이 좋아지더라고. 과소 평가된 그런 책들을 의인화해 보게 되면서 느끼는 동정심 때문에, 종종 그 책들을 한두 페이지 정도 열어보기도 하고 읽기도 하곤 했지. 책들이 아직은 자신들이 가치가 있다고 느낄지도 모르는 일이니까 말이야.

내가 행복했냐고? 안 그럴 이유가 뭐가 있겠어? 친구들도 있고 공부도 마음껏 할 수 있는데. 도서관에서 책을 읽으며 부질없는 사상에 빠져 조용히 시간을 보내기도 했고 말이지. 나는 파티에서 만난 여자애에게 총각 딱지를 뗐어. 나나 여자애나 둘 다 술에 취했고 전혀 모르는 사이였는 데다가 말도 별로 하지 않았어. 일상의 기초적인 잡담이나 그녀의 브래지어를 벗기는 것에 대한 기계적인 어려움에 대한 협상 같은 것 이상의 얘기는 거의 없었지. 내생각에는 그 여자애도 처녀였던 것 같아. 게다가 걔의 의도는 가능한 한 빨리 일을 치르고 끝내는 거였던 듯했어. 다른 더 만족스러운 섹스 상대를 찾아 나서기 위해서 말이야. 나도 마찬가지였던 것 같고. 볼일 다 보고는 범죄 현장을 떠나는 것처럼 걔를 혼자 방에 남겨두고 재빨리 나왔지. 4년 후에 그녀를 멀리서 두 번 더 마주치기는 했어.

그래, 행복했지. 아버지 말씀이 맞았어. 나는 내 인생을 찾은 거야. 의무적으로 2주에 한 번씩 전화하기는 했지, 수신자 부담으로. 하지만 부모님이 ― 솔직히 말하자면 오하이오의 작은 마을에서의 내 어린 시절 전체가 ― 내 마음속에서 지워지기 시작했어. 낮잠 자다가 꾼 꿈이 잊히는 것처럼 말이야. 전화 통화는 언제나 똑같았어. 먼저 언제나 전화를 받는 엄마와 통화하고 ― 엄마가 2주내내 내 전화를 기다리고 있었던 게 너무 티가 나더라고 ― 그리고 나서 아버지와 통화했는데 아버지의 유쾌한 목소리가 오히려 내가 아버지와 헤어질 때 들었던 말들을 상기시켜주더라고. 그리고 마지막으로 두 분 모두와 동시에 통화했지. 그러면 그러는 두분의 모습이 쉽게 상상되더군. 두 분은 수화기에 얼굴을 바짝 맞대고서 작별 인사를 하셨을 거야. "사랑한다, 아들." 그리고 "네가 자랑스럽구나." 다시 "사고 치지 말고 잘 지내." 그렇게 작별 인사를 하셨지. 아버지의 눈은 싱크대 위의 시곗바늘에 고정된 채 1분에 30센트씩 빠져나가는 돈을 계산했을 테고. 부모님의 목소리는 마치 내가 두 분을 버린 죄인이 된 것 같은 엄청난 연민의 감정을 불러일으키고는 했어. 그래도 딸깍하며 통화가 끊기는 소리가 들리고 대화가 끝나면 나는 진짜 내 모습으로 돌아오며 안도감을 느끼고는 했지.

미처 내가 알아차리기도 전에 나뭇잎들의 색깔이 변하고 떨어지더니 썩어가는 달콤한 냄새를 풍기며 발밑에는 마른 잔해들만 뒹굴더라고. 추수 감사절 전 주였는데 첫눈이 왔지. 뉴잉글랜드에서 맞이하는 나의 첫 겨울은 습하고 냉랭했어. 1년에 한 번 더 세례를 받는 것 같았지. 추수 감사절 기간에 집에 돌아가는 것에 대해 이야기해본 적이 없기도 했고 어쨌든 오하이오는 너무 먼 곳이었어. 추수 감사절 연휴의 반은 버스에서 시간을 보내야 했을 거야. 그래서 바보같이 브롱크스에 있는 루세시의 집에서 휴일을 같이 보내자는 초대를 수락했지. 아마도 헐리우드 영화에서 쏙 빼내온 이탈리아 스타일의 가정을 기대했어. 피자 가게 위의 좁아터진 아파트에서 서로가 고함을 지르고 소리를 치고, 루세시 아버지의 속옷 겨드랑이에서는 썩은 마늘 내가 진동하고, 실내복과 슬리퍼를 신은 코 밑에 수염이 난 그의 엄마는 30초마다 손을 휘두르며 '맘마미아'를 외쳐대는 그런 모습 말이야.

그런데 내가 실제로 경험하게 된 건, 그보다 더 특이하고 색다를 수는 없을 것 같아. 엄밀히 따지면 브롱크스인 게 맞기는 하지만 루세시네 가족은 리버데일에서 살았어. 영국의 시골에서 그대로 옮겨온 것 같은 거대한 튜더식 건물이었는데, 내가 여태껏 본 어떤 동네보다도 멋진 동네였어. 스파게티와 미트볼도 없었고, 성모 마리아에게 헌정된 가정 내 신당도 없었어. 설득력 없는 드라마 같은 건 아무 것도 보지 않더라고. 집이 무덤처럼 숨 막힐 것 같더라니까. 추수 감사절 식사는 앞치마가 달린 유니폼을 입은 과테말라 출신의 가정부가 준비해줬고, 식사 후에는 루세시 가족들이 '서재'라고 부르는 방으로 모두가 자리를 옮겼는데, 거기서 라디오에서 나오는 바그너의 〈니벨룽겐의 반지〉를 듣더라고. 루세시가 내게 자기 집은 '레스토랑 사업'을 한다고 말한 적이 있었거든 (그러니까 내 생각에는 그게 피자 가게였던 거지). 하지만 사실은 루세시의 아버지는 월스트리트의 사무실로 탱크만 한 링컨 컨티넨탈을 타고 매일 출퇴근하는 골드만삭스 식음료 사업 부문의 최고 재무 책임자였어.

루세시에게 여동생이 있다는 건 알았는데, 녀석이 자기 여동생이 진짜 엄청난 지중해 미녀라는 걸 말해주지 않았더라고. 아마 지금까지 내가 본 여자 중 가장 아름다운 여자일 거야. 키도 늘씬하게 크고 검은 머리에 정말 내가 들이마시고 싶을 정도로 아주 부드러운 얼굴빛까지……. 방에서는 슬립만 입고 돌아다니는 버릇이 있던 루세시의 여동생 이름은 아리안나였어. 아리안나는 온종일 말을 타는 버지니아주 어딘가에 있는 기숙 학교에서 돌아와 집에 있었던 거였지. 그녀는 속옷만 입고 빈둥거리지 않을 때는 잡지를 보거나, 버터 바른 토스트를 먹거나, 수화기를 들고 시끄럽게 누군가와 통화하거나 그랬어. 아리안나는 굽이 높은 승마 부츠를 신고 딸랑딸랑 박차 소리를 내며, 꽉 끼는 반바지를 입고 집 안을 성큼성큼 돌아다녔지. 루세시의 여동생이 입은 꽉 끼는 반바지는 정말, 내 물건에 뜨거운 피가 확 쏠려 힘이 들어가게 하는 데 그녀의 슬립만큼이나 효과가 좋았다니까. 아리안나는 확실히 내가 넘볼 수 있는 상대가 아니었어. 그건 훤히 보이는 날씨처럼 분명한 사실이었지. 게다가 그녀는 아무리 루세시가 몇 번을 정정해줘도 나를 '톰'이라고 부르며, 그녀 나름의 방식으로 얼음물을 쏟아붓는 것처럼 경멸과 무시에 가득 찬 표정으로 나를 쳐다보더라고.

리버데일에서의 마지막 밤이었지. 몇 시였는지는 모르겠으나 자정이 지나서 잠이 깼는데 배가 고프더라고. "너희 집에 있는 것처럼 편히 지내"라는 말을 듣기는 했지만 그건 말도 안 되는 일이었지. 그래도 뭔가 배를 채우지 않으면 잠을 못 잘 것 같더라고. 그래서 추리닝 바지를 입고 살금살금 부엌으로 내려갔어. 그런데 아리안나가 무명 목욕 가운을 입고 부엌 테이블에 앉아 있었어. 그녀는 우아한 손으로 『코스모폴리탄』 잡지를 넘기며, 흠잡을 데 없이 완벽하게 빚어진 풍부한 입술 사이로 시리얼을 숟가락으로 떠 넣고 있더라고. 치리오스 한 상자와 4리터짜리 우유 통 하나가 카운터 위에 놓여 있었어. 그 모습을 보고 떠오른 첫 생각은 그냥 돌아서서 방으로 되돌아가는 거였지. 하지만 아리안나가 문간에 바보처럼 뻘쭘하게 서 있는 내 모습을 보고 난 후였어.

"괜찮을까?" 내가 물었지. "나도 뭘 좀 먹고 싶거든."

그녀의 관심은 이미 다시 보고 있던 잡지에 돌아갔어. 아리안나가 시리얼을 한 숟가락 입에 떠 넣고는 손등을 흔들어 보였어. "편안하게 해."

그래서 나는 그릇 하나를 집어 들었지. 그런데 달리 앉아 먹을 데가 없어서 테이블에 그녀와 함께 앉았지. 무명 목욕 가운에 화장도 안 한 얼굴에다가 머리도 빗지 않았지만, 그래도 아리안나는 정말 대단히 아름다웠어. 머릿속이 하얘져서 그런 생명체에게는 도대체 뭐라고 말을 걸어야 할지 생각조차 나지 않더라고.

"계속 나를 쳐다보는 거 알지?" 그녀가 잡지를 한 페이지 넘기면서 말했어.

내 두 볼이 화끈 달아오르는 게 느껴지더군. "아냐, 안 그랬어."

그녀는 더 이상 아무 말도 하지 않았지. 나는 달리 눈을 둘 데가 없어서 그냥 내 시리얼만 내려다봤어. 내가 시리얼을 씹어 먹는 소리까지 엄청나게 크게 들리더라고.

"뭘 읽고 있는 거야?" 마침내 내가 못 참고 물었지.

아리안나가 짜증이 나는 듯 잡지를 덮으며 한숨을 쉬고는 고개를 들어 나를 봤어. "그래, 좋아. 자, 할 얘기 있으면 해봐."

"나는 그냥 대화하려고 했던 것뿐이야."

"대화 같은 거 안 하면 안 될까? 제발, 어? 그동안 네가 나를 지켜봤던 것까지도 다 안다고, 팀."

"그러니까, 내 이름은 알고 있는 거네."

"팀이든 톰이든 그게 뭐가 중요한데." 그녀가 어이없다는 듯 눈을 크게 굴리더라고. "아 그래, 알았어. 빨리 해치우고 끝내자."

아리안나가 입고 있던 가운의 윗부분을 벌렸어. 가운 아래는 반짝이는 분홍색 비단 브라만 입고 있었지. 그 모습에 나는 미친 듯이 흥분하고 말았고.

"계속해." 아리안나가 재촉했어.

"뭐를 계속해?"

그녀는 지루하다는 듯 조롱하는 표정으로 나를 봤지. "하버드생, 명청하게 굴지 마. 그럼 내가 도와줘야겠군."

그녀는 내 손을 기계적으로 잡아끌어다가 자신의 왼쪽 가슴에 올려놓았어. 엄청난 가슴이었다고! 그때까지 나는 그런 여신의 몸을 만져본 적이 없었거든. 섬세한 부채꼴 모양의 레이스로 가장자리가 장식된 비싼 비단에 감싸인 동그랗고 부드러운 젖가슴이 복숭아처럼 내 손바닥을 가득 채웠다니까. 그녀가 나를 놀리고 있다는 걸 알아차렸지만 신경 쓰지 않았어. 이제 무슨 일이 벌어질까? 아리안나에게 키스해도 되는 걸까?

분명한 건 그건 아니었다는 거야. 내 머릿속에서 부엌 바닥에서 마른 신음의 삽입으로 절정을 향해 치닫는 완벽한 성적인 서사를 그려 나가고 있을 때였어. 그녀가 갑자기 내 손을 빼서 마치 뭔가를 쓰레기통에 던져버리는 것 같은 경멸이 섞인 손짓으로 테이블 위에 던졌어.

"그래서," 아리안나가 덮어놓았던 잡지를 다시 펼치며 말했어. "원하던 걸 얻었어? 만족해?"

난 완전히 당황했지. 그녀는 한 페이지를 넘기고 다시 또 한 페이지를 넘겼어. 지금 무슨 일이 벌어진 거지?

"지금 이게 무슨 상황인지 전혀 이해가 안 되는데." 내가 말했어.

"물론 그렇겠지." 그녀가 역겹다는 듯 코를 찡그리며 다시 고개를 들어 나를 봤어. "말해봐. 왜 루세시 오빠와 친구가 된 거야? 내가 볼 때는 말이야 아무리 봐도 너는 그래도 비교적 정상인 듯 보이거든."

내 생각에 그건 아마도 칭찬이 아니었을까 싶어. 그리고 동시에 내게 아리안나의 오빠인 루세시에 대한 강한 보호 본능을 불러일으켰지. 루세시에 대해 그렇게 얘기하는 이 계집은 도대체 뭐가 그렇게 대단한 거지? 나를 이렇게 조롱하고 있는 별것도 아닌 이

미친 여자애는 자신이 도대체 뭐라고 생각하는 거야?

"너 아주 형편없는 인간이구나." 나는 그렇게 대답했지.

아리안나가 잠깐 건방지고 불쾌하게 웃더군. "멋대로 지껄여도 돼, 하버드생. 그럼, 이만 실례할게. 난 이걸 읽어야 하거든."

그리고 그걸로 끝이었어. 나는 침대로 돌아와 눕기는 했지만, 성적으로 너무 흥분한 상태라 거의 잠을 못 잤지. 그리고 아침이 되자 집안의 다른 사람들이 일어나기도 전에 루세시의 아버지가 나와 자기 아들을 거대한 링컨에 태워서 기차역으로 데려다줬어. 루세시와 내가 차에서 내릴 때 그의 아버지도 자기 아들과 나의 우정에 대해 조금은 당황한 기색을 보이더군. 그러더니 일반적이고 의례적인 것과는 많이 다르게, 자기네 가족을 방문해준 것에 대해 고맙다고 하더라고. 그때 어떤 장면 하나가 떠올랐지. 루세시는 그의 가족 전체의 동정과 부끄러움의 대상이었어. 쓰레기통에 버려진 발육이 덜 된 보잘것없는 돼지 같은 존재였던 거야. 루세시와 나의 상황이 조금은 비슷하다는 걸 알면서도 루세시가 정말 불쌍하다는 생각이 들었어. 우리는 한 쌍의 떠돌이였던 거야. 우리 둘은 정말 그랬어.

우리는 기차에 탔어. 나는 완전히 지쳤고 이야기 같은 건 하고 싶지 않았어. 한동안 덜컹거리는 기차 속에서 몸을 부대끼며 가고 있는데, 루세시가 먼저 입을 열었어.

"미안하게 됐어." 루세시가 창문에 검지로 아무 의미 없는 그림들을 그리며 말했어. "너는 뭔가 더 즐겁고 기억에 남을 만한 일을 기대했을 텐데 말이야."

물론 나는 그에게 지난밤에 무슨 일이 있었는지 말하지 않았지. 앞으로도 안 할 생각이었어. 또 내 화도 누그러지고 호기심이 싹

튼 것도 사실이었고. 언뜻 엿본 세상의 예기치 못한 모든 것들에 대한 호기심 말이야. 루세시의 가족들이 누리는 삶과 같은 부가 존재한다는 건 나도 알았지. 그렇더라도 그걸 안다는 것과 그런 부유한 집의 지붕 아래에서 잠을 잔다는 건 전혀 다른 얘기잖아. 마치 정글에 있는 황금 동굴 속으로 굴러떨어진 탐험가가 된 기분이 들더라니까.

"걱정하지 마." 나는 그렇게 말했어. "난 진짜 즐겁게 시간을 보냈으니까."

루세시가 한숨을 쉬고 뒤로 기대더니 눈을 감더라고. 그러고는 이렇게 말하더군. "내 가족들은 세상에서 가장 어리석은 사람들일 거야."

물론 내 마음을 사로잡은 건 돈이었어. 필요한 것들이 많기는 했지만 (루세시의 여동생이 그 첫 번째 증거야) 단지 돈으로 물건들을 살 수 있다는 것 때문만은 아니었어. 더 깊은 매력은 좀 더 돈에서 풍겨 나오는 분위기 같은 것에 있었지. 나는 살면서 한 번도 부자들 근처에 가본 적이 없지만 그렇다고 결핍을 느끼거나 그런 적도 없어. 내가 화성인 근처에 가본 적이 없는 것과 마찬가지인 거야. 물론 하버드에는 부잣집 아이들이 많았어. 배타적인 사립 학교에 다녔던 아이들로 서로를 '트립Trip'이나 '비머Beemer' 혹은 '덕Duck' 같은 말도 안 되는 별칭으로 부르고 다니던 애들이었지. 하지만 일상생활 속에서 그들의 부유함은 쉽게 간과되었어. 우리는 똑같이 형편없는 기숙사에서 지냈고, 똑같은 숙제와 시험 때문에 진땀을 흘리며 애먹었고, 같은 식당에서 똑같이 맛없는 식사를 하며 키부츠의 공동생활체처럼 살았거든. 아니면 적어도 그렇게 보였든지. 그런데 루세시의 집을 방문했을 때, 내 발밑의 동굴에 다른 세상이 있는 것처럼 우리의 평등한 생활의 표면 아래에 숨겨진 세상에 눈을 뜬 거야. 루세시 말고는 내 친구들이나 과 친구들에 대해 아는 게 사실 거의 없었어. 지금은 그렇게 말할 수 없을 것 같기는 하지만, 그들에게는 근본적으로 다른 무언가가 있을지 모른다는 생각이 전혀 들지 않았거든.

추수 감사절이 지나고 몇 주 동안 나는 내 주변을 찬찬히 살펴보았지. 기숙사 복도 끝에 사는 어떤 남자애는 아버지가 샌프란시스코시의 시장이었고, 내가 조금 알고 지내던 강한 스페인 억양의 한 여자아이는 남미 독재자의 딸이었고, 내 실험실 파트너 한 명은 난데없이 자기네 집은 프랑스에 별장을 갖고 있다고 털어놓기도 했어. 이 모든 정보는 내가 어디에 있는지에 대한 완전히 새로운 인식으로 이어졌지. 그런 정보들에 대해 더 알고 싶은 동시에 그들의 사회적 규범을 뚫고 들어가고 싶은 나의 자의식을 믿을 수 없을 정도로 강하게 만들어놓았어. 어디에 내가 어울릴지 생각하도록 했지.

동시에 나에게 흥미로웠던 건 루세시 자신은 그런 종류의 일과는 어떤 것도 연관되기 싫어했다는 거야. 주말 내내 그는 자기 여동생과 부모님 심지어 그가 루세시 특유의 방식으로 "멍청한 돌더미"라고 부르는 자기 가족들의 집에 대한 경멸을 숨기지 않고 드러내기도 했지. 나는 어떻게든 그를 꼬드겨 정보를 더 알아내려고 했지만 아무 소용이 없었고, 나의 수작질은 결국 그를 화나게 하고 짜증 나게만 했어.

그리고 내 룸메이트 루세시를 보면서 너무 똑똑하다는 것의 대가가 어떤 것인지 알기 시작했지. 그는 지치지 않고 수없이 많은 연속적인 데이터들을 계산해낼 수 있는 지적인 능력을 갖췄어. 루세시에게 세상이란 모든 의미와는 분리된 채 서로 맞물려 있는 시스템의 집합체였고, 표면적인 현실은 오롯이 혼자 그 지배를 받는 것일 뿐이었지. 예를 들어 루세시는 뉴욕 양키스의 모든 선수의 타율을 외워 대답할 수 있었는데, 정작 내가 그래서 가장 좋아하는 선수가 누구냐고 물었을 때는 아무 대답도 하지 않았어. 그가 다른 사람들에 대해 가질 수 있는 유일한 감정은 경멸인 것 같았지. 그것마저도 억지로 어른들과 함께 한자리에 앉아, 부동산 가격이나 누가 누구와 이혼했다든가 하는 이해하기 어려운 이야기를 들으며 지루해하는 (성인 남성의 몸을 차지하고 들어선) 걸음마를 시작한 아기의 당혹스러움 같은 거였지만 말이야.

나는 루세시가 결국 허무주의적인 외로움으로 이어지고만 그런 점들 때문에 힘들고 괴로워했다고 생각해. 그는 문제가 있다는 것만 알았을 뿐, 문제가 뭐였는지는 몰랐어. 그는 모든 사람을 경멸하는 동시에 부러워했지. 나만 빼고 말이야. 항상 루세시의 주변에 있으면서도 그를 비웃거나 놀리지 않았기에, 그는 나도 세상에 대해 그와 같은 생각을 하고 있다고 믿었기 때문이야.

그의 불행한 운명에 대해서는, 어쩌면 내가 루세시를 친구로 충분하게 소중히 대하지 못했기 때문인지도 모르겠어. 가끔 나는 내가 루세시가 가져본 유일한 친구였을지도 모른다는 생각이 들거든. 그리고 그렇게 많은 시간이 지나고 또 루세시는 내 인생에 있어서 단역 배우와 같은 존재에 지나지 않았을 뿐인데도, 아직도 가끔 그의 생각이 난다는 건 이상한 일이야. 아마도 내가 추억으로 빠져들게 되는 건 심심한 상황들 때문일 거야. 때워야 할 시간이 많으니까 이것저것 다 만지작거리고, 그러다 보면 마음의 서랍장을 열고 바스락거리며 그 안을 뒤져보게 된다고. 나는 루세시를 잘 알지 못했어. 누구라도 그를 알 수는 없었을 거야. 그렇지만 어떤 한 사람을 이해하는 데 실패했다고 해서 우리의 삶에서 그 사람의 자리와 의미를 지워버릴 수는 없는 거잖아. 나는 궁금해. 루세시가 지금의 내 모습을 보면 뭐라고 생각할까?

만약에 루세시가 기적적으로 살아남아서 방황하다가 내가 만들어놓은 이 감옥 안으로, 정적이 흐르는 이 잃어버린 것들을 위한 기념비적 추모관 안으로 들어온 후, 그의 투박한 신을 신고 잘 맞지도 않는 바지와 절은 땀 냄새를 풍기는 양키즈의 유니폼을 입고, 루세시다운 볼품없고 어색한 걸음걸이로 이 대리석 계단을 걸어 올라와서 내 앞에 서게 된다면, 그는 과연 내게 뭐라고 말할까? 봤어? 알겠냐고? 아마 그렇게 말하겠지. 이제는 이해하겠군, 패닝. 이제는 정말 이해가 될 거야, 마침내 말이야.

크리스마스에는 나도 오하이오에 있는 내 집으로 갔어. 집에 갈 수 있어서 기뻤지만, 그건 망명자의 안도감 같은 거였지. 마치 내가 몇 달 아니 몇 년간 집을 떠났던 것처럼, 집에 있는 어느 것도 더 이상은 내 것인 게 없는 것 같았어. 하버드가 그때까지는 아직 내 집이 되어주지 못했지만, 오하이오주의 머시도 더는 내 집이 아니었어. 유일한 진정한 장소가 바로 집이라는 개념이 내게는 낯선 것이 되었지.

엄마의 건강이 별로 좋지 않아 보였어. 체중도 눈에 띄게 많이 줄었고 흡연자인 엄마의 기침도 더 나빠졌으니까. 엄마는 조금만 움직여도 이마에 땀방울이 맺히고 흘러내렸지. 나는 엄마가 크리스마스를 준비하느라고 일을 너무 많이 해서 그렇다는 아버지의 말을 곧이곧대로 받아들이고서는 크게 신경을 쓰지 않았어. 나무

다듬기와 파이 굽기 그리고 자정 예배에 가기(우리 가족은 크리스마스가 아니면 교회에 가지 않았어) 또 부모님이 지켜보는 가운데 나의 선물 열어 보기 — 이건 정말 외둥이들에게는 골치 아픈 의식이라고 — 같은 감성적이고 의례적인 일들도 다 성실히 해냈지. 하지만 내 마음은 그런 것들 어디에도 가 있지 않았어. 그래서 시험이 코앞이라서 돌아가 공부해야 한다는 핑계로 이틀이나 일찍 집을 떠나버렸지(그렇기는 했는데 그게 진짜 이유는 아니었어).

지난 9월에 그랬던 것처럼, 아버지가 역까지 나를 데려다주셨지. 여름에 내리던 비 대신에 눈이 왔고 살을 에는 듯 추웠어. 열어 놓은 창문으로 들어오던 따뜻한 바람은 대시보드의 통풍구에서 밀고 나오는 마른 더운 바람으로 바뀌었어. 아버지나 나 둘 중 하나라도 뭔가 의미 있는 말을 생각해낼 만한 상상력이 있었다면 그런 말을 하기에 완벽한 타이밍인 게 틀림없었지. 그러나 버스가 출발할 때 나는 뒤돌아보지 않았어.

하버드에서의 첫해 나머지 시간에 대해서는 할 말이 별로 많지 않아. 학점은 좋았어. 사실 단순히 좋다고 말하는 것보다는 좀 더 잘했지. 내가 잘했다는 건 알고 있었지만 그래도 구식 도트 매트릭스 프린터로 줄줄이 A 학점이 선명하게 양각되어 찍혀 나온 첫 학기 성적표를 보고는 깜짝 놀랐지. 나는 그 성적표를 보고 게으름 피울 생각을 하기는커녕 오히려 몇 배 더 노력했어.

또 잠시나마 남아메리카 독재자의 딸이라던 그 여자아이의 남자친구로 사귀기도 했지(그 여자아이의 아버지는 알고 보니 아르헨티나 재무부 장관이더라고). 그녀가 내게서 무엇을 보았는지 전혀 몰랐지만, 굳이 캐물어 알려고 하지 않았어. 그리고 카르멘은 섹스에 대한 경험이 나보다 많았어, 그것도 아주 많이. 그녀에게 '연인'이라는 말은 '내가 너를 내 것으로 만들었어'라는 의미로 사용되는 말이고, 그녀는 탐욕스러운 자유분방함으로 쾌락의 프로젝트에 자신을 집어 던졌지.

신입생에게는 매우 드문 경우였지만 카르멘은 혼자 1인실을 썼어. 스카프들로 치장해놓은 여자의 향기 가득한 그 성스러운 방에서 자신의 방식대로 사실적인 성인 에로티시즘의 애피타이저에서 디저트까지 육체적 쾌락의 모든 메뉴를 나에게 선물해줬어. 우리는 서로를 사랑하지 않았어. 그런 고귀함은 여전히 나를 교묘히 피해 갔고, 카르멘은 내가 그런 감정을 느끼는 데는 별로 도움이 안 되었지. 그녀는 일반적인 견지에서 내가 매력적이라고 부를 수 있는 그런 여자도 아니었으니까(나 역시도 마찬가지로 매력적이지 않았기에 이렇게 말할 수 있는 거야). 살집이 있었던 그녀는 조금 무거운 편이었고, 얼굴은 턱선을 따라 약간의 근육 덩어리들이 자리 잡고 있었지. 그래서인지 어떻게 보면 권투 선수의 턱같이 보이기도 했어. 하지만 남김없이 옷을 벗고 격정에 몸이 달아오르면 아르헨티나 특유의 스페인어로 음란한 말들을 내뱉던 그녀는 세상의 여자 중 가장 관능적인 여자였지. 그녀 자신이 자각하고 있는 것보다 몇백 배는 더 말이야.

이런 육욕에 들끓는 무모한 행위와 ─ 카르멘과 나는 수업 시간 사이에 한 시간 정도 틈만 생기면 격렬한 교미를 즐기기 위해 종종 미친 듯 그녀의 방으로 뛰어갔거든 ─ 나의 엄청난 수업 시간은 물론이고 내가 도서관에서 공부하는 사이의 자투리 시간은 우리의 다음 섹스를 위해 나를 보충하는 시간으로 잘 활용했어.

루세시를 볼 기회들은 점점 줄어들었어. 루세시는 늘 밤을 새워 공부하고 낮잠으로 잠을 때우는 이상한 시간표를 고수하며 살았는데, 학기가 지날수록 그의 활동 시간은 이상할 정도로 정상이 아니었지. 내가 카르멘의 방에서 그녀와 지낼 때면 그를 며칠 계속 못 보게 될 때도 있었어. 이때쯤에는 나의 인간관계도 카르멘의 친구들을 포함해 위글스워스의 벽 너머로 한참 넓어졌는데, 그들 모두는 나보다 훨씬 국제적이었지. 루세시는 확실히 이런 상황들에 화가 나 있었어. 그래도 그를 나의 인맥 안으로 끌어들이려고 노력했지만 단호하게 거절당하고 말았지.

루세시의 위생 상태는 더 나빠졌어. 루세시와 내가 쓰는 방은 양말들과 그가 식당에서 쟁반에 담아 오고 치우지 않은 음식들에 핀 곰팡내가 진동했어. 내가 방에 들어갔을 때 여러 번, 거의 나체 상태로 침대에 앉아서 혼잣말을 중얼거리고 마치 보이지 않는 상대와 진지한 대화를 나누는 것처럼 이상하고 불안한 손짓들을 하는 루세시의 모습을 보기도 했지. 취침 시간은, 그게 심지어 한참 훤한 대낮이더라도 매번 루세시가 결정할 때마다, 무언극 분장을 한 것처럼 여드름 크림을 얼굴에 두껍게 바르고 누웠어. 그리고 자기 다리에 스쿠버 다이버용 칼이 들어 있는 고무 칼집을 묶고 잠을 자기 시작했지.

루세시 걱정을 했어. 많이는 아니지만 말이야. 나는 일단 너무 바빴거든. 내게 새로운 더 재밌는 친구들이 생겼음에도 불구하고, 나는 언제나 루세시와 방을 계속 함께 쓸 것으로 생각했어. 연말에는 모든 신입생이 앞으로 3년 동안 살게 될 하버드 기숙사를 결정하는 제비뽑기를 해. 이건 누구와 맺어지느냐를 사회적으로 결정하는 일종의 통과 의례 같은 것으로 간주되었고, 여기에는 두 가지 측면이 있었어. 첫 번째는 어느 기숙사에서 살고 싶은가 하는 문제였지. 프레피 하우스preppy house, 아트시 하우스artsy house, 조크 하우스jock house 등 각각 고유한 나름의 명성을 가진 열두 개의 기숙사가 있었어. 모두가 가고 싶어 하는 기숙사는 학부생의 등록금에 비해서는 정말 말도 안 되게 좋은 부동산들이라고 할 수 있는, 찰스강 변을 따라 있는 기숙사들이지. 가장 가기 싫은 곳은 멀리 가든 스트리트에 있는 오래된 래드클리프 쿼드Radcliffe Quad에 있는 기숙사들이고. "사각형 안뜰에 갇히게 되다quadded"라는 말은 파티가 끝나기 한참 전에 운행이 멈추는 셔틀버스의 스케줄에 얽매여 불편하게 살아야 한다는 뜻으로, 추방당했다는 말이나 마찬가지인 것으로 여겨졌어.

그다음, 두 번째는 물론 누가 누구와 방을 함께 쓰게 되느냐의 문제였지. 이건 사람들로 하여금 자신들의 헌신을 정리하고 우정의 우선순위를 정하게 만들면서 몇 주 동안을 불편하게 지낼 수밖에 없게 만들었어. 신입생 때 룸메이트를 거절하고 다른 친구들을 선호하는 일은 흔하기도 했지만, 이혼만큼 어색한 일이기도 했지. 이 문제에 대해 루세시와 얘기해볼까 생각해봤지만, 내가 그와 함께 방을 쓸 마음이 없다는 걸 깨달았어. 과연 다른 누가 기꺼이 그와 방을 같이 쓰겠다고 할까? 다른 누가 그의 별난 행동들과 우울한 성격 그리고 비위생적인 냄새들을 참을 수 있겠어? 게다가 생각해보니 나에게 물어본 사람이 아무도 없더라고. 루세시가 내 룸메이트인 것 같았어.

제비뽑기하는 날이 가까워지면서 나는 루세시가 어떻게 하고 싶어 하는지 알아보려고 그를 보러 갔어. 그에게 우리가 윈스롭 하우스Winthrop House나 아니면 로웰Lowell에 들어갈 수 있을 것 같다고 말했지. 어쩌면 차선책으로 퀸시Qunicy에. 세 곳 모두 강변에 있는 기숙사들이지만 뚜렷한 사교적 성향은 없는 곳들이었어. 그리고 이 대화는 루세시가 잠을 푹 자고 일어난 따뜻한 봄날 오후에 있었던 일이야. 내가 이야기하는 동안 그는 언더셔츠와 팬티만 입은 채 책상에 앉아서 연필 끝에 달린 지우개로 전자계산기의 버튼들을 의미 없이 부산하게 눌러댔지. 그의 입가에는 말라붙은 하얀 치약 자국이 동그랗게 남아 있었어.

"그래서 너의 생각은 어때?"

루세시가 어깨를 으쓱해 보였지. "나는 이미 기숙사를 배정받았어."

그의 말이 이해가 안 됐어. "무슨 말이야?"

"나는 쿼드의 1인실을 신청해놨었거든."

사이코 1인실, 그렇게 불리는 곳이었어. 부적응자들을 위한 기숙 시설. 룸메이트들과 잘 지내기 힘든 이들을 위한 방들이었지.

"사실 그곳이 실제로는 꽤 괜찮더라고." 루세시가 계속 말을 이어갔어. "너도 알지, 훨씬 더 조용한 거? 어쨌든 나는 그렇게 하기로 했어."

나는 너무 기가 막혀서 말도 나오지 않더라고. "루세시, 이게 무슨 짓이야? 제비뽑기는 다음 주라고. 나는 우리가 계속 함께 지낼 것으로 생각했다고."

"나는 네가 같이 지내기를 원하지 않을 거로 생각했거든. 너는 친구가 많잖아. 나는 네가 좋아할 줄 알았는데."

"나는 네가 친구라고 생각했다고." 나는 화가 나서 방 안을 미친 듯이 걸어 다녔지. "이게 다 그래서 그런 거라고? 나는 네 마음대로 이런 짓을 벌였다는 걸 믿을 수가 없어. 널 좀 봐봐. 너에게 나말고 친구가 누가 있지? 그런데 나에게 이렇게 한다고?"

이 지독하고 되돌릴 수 없는 말들에 루세시의 얼굴이 종이 뭉치처럼 구겨져 버렸어.

"맙소사, 미안해. 내 말은 그런 게 아니……."

루세시는 내 말을 끊고 말했지. "아냐, 네 말이 맞아. 나는 정말 한심한 놈이야. 정말이야, 전에도 들어본 말이야."

"너 자신에 대해 그렇게 말하지 마." 나는 극심한 죄책감을 느꼈어. 나는 그의 침대에 앉아 그가 나를 보기를 기다렸지. "내가 너에게 그렇게 말하면 안 됐는데……. 나는 그냥 화가 났어."

"괜찮아, 잊어버려." 잠시 시간이 흐르고 계산기를 보던 루세시의 얼굴이 일그러졌어. "내가 사실은 입양아라고 말했던가? 나는 심지어 그녀와 아무런 관계도 없어. 어쨌든 엄밀히 따지면 아무 관계도 아니야."

앞뒤 맥락 없이 너무 갑자기 튀어나온 얘기라서 루세시가 아리안나를 얘기한다는 걸 깨닫는 데까지 시간이 좀 걸렸지.

"사람들은 항상 그 반대라고 생각하지만," 그가 계속 이야기했어. "내 말은, 맙소사, 그녀를 좀 보라고. 하지만 아니야. 내 부모님은 고아원에서 나를 데려왔어. 두 분은 아기를 낳을 수 없을 것으로 생각했거든. 그런데 11개월 뒤에, 설마 했지만, 미스 퍼펙트가 태어난 거야."

나는 그때까지 그렇게 완전히 끔찍한 고백을 들어본 적이 없어. 무슨 말을 해줘야 하는 거지? 루세시는 왜 지금 이런 얘기를 털어놓는 거야?

"그 아이는 진심으로 나를 미워한다고. 정말 증오한다고. 아리안나가 나를 뭐라고 부르는지 들어봐야 해."

"걔가 너를 뭐라고 부르건 그 말들은 다 사실이 아니야."

루세시가 무기력하게 어깨를 으쓱해 보이더라고. "그들 모두

다 그래. 그들은 내가 모른다고 생각하지만 난 알아. 그래, 난 얼간 이들의 왕이야. 그걸 모르는 건 아니야. 하지만 아리안나는……, 너도 걔를 봤잖아. 내가 무슨 말을 하는지 알지. 제기랄, 난 정말 죽을 것 같다고."

"네 여동생이라는 걔는 그냥 완전히 쓰레기 같은 여자일 뿐이 야. 걔는 모든 사람을 그렇게 대할걸. 걔에 대한 건 잊어버려."

"뭐, 글쎄, 하지만 그건 정말 중요한 게 아니야." 루세시가 계산 기에서 눈을 들더니 내 눈을 똑바로 바라봤어. "너는 정말 나에게 잘해줬어, 팀. 그래서 고마워, 정말이야. 계속 친구가 되어주겠다 고 약속해줘, 알았지?"

나는 그가 뭘 하고 있는 건지 깨달았어. 나는 질투나 자기 연민 일 것으로 생각했는데 그는 내게 보이지 않게 아량을 베풀고 있었 던 거야. 아버지가 그랬던 것처럼, 루세시도 그렇게 하는 편이 내 게 더 좋을 것으로 생각했기 때문에 나와의 인연을 끊고 있었던 거지. 최악인 건 나는 그의 생각이 옳다는 걸 알았다는 거야.

"그럼," 내가 대답했지. "물론이야, 우리는 계속 친구일 거야."

그가 손을 내밀었어. "악수할까? 그러면 네가 화난 게 아니라는 걸 알 수 있을 것 같은데."

우리는 악수했지만, 둘 중 누구도 그게 무슨 특별한 의미가 있 다고 생각하지는 않았어.

"그럼 된 건가?" 내가 말했지.

"그런 것 같은데."

당연히 루세시는 아리안나를 사랑한 거야. 그가 나에게 많은 것 을 말하기는 했어도 그 이야기들 속에 숨어 있는 이 사실을 알게 되기까지는 정말 많은 시간이 걸렸어. 루세시는 자신이 미워하는 상대를 또한 사랑했던 거고, 그게 그를 파괴하고 있었던 거지. 그리고 루세시가 입을 열어 말해준 건 아니지만 내게 분명히 알려줬던 다른 사실 하나는, 그가 일부러 모든 과목에서 낙제했다는 거야. 그는 되돌아갈 생각이 없기 때문에 자신이 머물 거처가 문제가 되었던 거지.

반면에 이 상황은 나에게도 역시 살 곳을 찾아야 하는 문제를 안겨주었어. 배신당한 느낌이었지. 그리고 상황을 완전히 잘못 이해하던 나 자신에게 화도 났고. 하지만 그런 내 운명을 받아들이기로 했어. 어쨌든 나를 그런 처지에 빠뜨린 건 나 자신이었으니까. 마치 의자에 먼저 앉기라는 엄청난 게임에서 진 것 같은 상황에 놓인 거지. 음악은 멈췄고 나만 할 수 있는 게 아무것도 없이 멀뚱하게 혼자 남은 거였으니까.

나는 혹시 내가 아는 누군가가 스위트룸의 머릿수를 채우려고 제삼 아니면 제사의 룸메이트를 찾지는 않는지 알아보고 다녔어. 그러나 그런 사람은 아무도 없었지. 결국 내 지인들의 명단을 점점 더 깊숙이 파고 들어가며 스스로 창피하게 만들기보다는 그냥 포기하는 쪽을 선택했어. 강가에 있는 기숙사들에는 1인실이 없었지만 그래도 '주거 부정자floater' 자격으로 여전히 제비뽑기할 기회는 있었어. 내가 선택한 기숙사 세 곳의 대기자 명단에 이름을 올려놓은 뒤, 여름에 자퇴하는 학생이 나오면 학교가 그 빈자리를 나에게 주는 거지. 나는 로웰과 윈스롭 그리고 퀸시의 대기자 명단에 이름을 올려놓고는 더 이상 신경 쓰지 않고 소식이 오기를 기다렸지.

그해 1년이 다 지나갔어. 카르멘과 나는 헤어져 각자의 길을 가게 됐지. 교수 중 하나가 나에게 그의 연구실 일자리를 제안해주기도 했어. 비록 급여는 얼마 안 되었지만 그런 제안을 받는다는 건 자랑할 만한 일이었지. 또 여름 내내 내가 캠브리지에서 시간을 보낼 수 있는 기회가 되었어.

나는 하버드대 학생들을 선호하는 80대 노파에게서 알스턴에 있는 방 하나를 빌렸어. 그녀가 수집품처럼 기르는 엄청난 숫자의 고양이들과 ─ 도대체 고양이가 몇 마리나 되는지도 알 수 없었어 ─ 쓰레기 상자들의 토 나오는 악취만 빼면 그런대로 꽤 이상적인 편이었어. 난 일찍 나가서 늦게 들어왔는데 보통 캠브리지 외곽 지역에 많은 값싼 식당들에서 식사를 해결했고, 집주인 할머니와 마주칠 일은 거의 없었지. 여름 동안 친구들은 다 집으로 돌아갔고 나 혼자 심심하고 지루할 줄 알았는데 그렇지는 않더라고. 그 한 해 동안 너무 과식한 것처럼 무기력하고 속이 더부룩한 상태로 지나갔기에, 나는 조용한 시간을 보낼 수 있어서 좋았어. 내가 하는 일은 생쥐 형질 세포의 구조 생물학에 관한 연속적인 수많은 데이터를 수집하는 거였어. 사실상 다른 사람들과의 교류가 전혀 없어도 할 수 있는 일이지. 가끔 나는 며칠 동안 말 한마디도 안 하고 지내기도 했다니까.

이런 얘기를 한다는 게 너무 부끄러운 일이지만, 그 여름 내내 나는 부모님에 대해서는 까마득하게 잊어버리고 지냈어. 내가 부모님을 무시하고 모른 척했다는 말은 아니야. 두 분이 있다는 걸 새까맣게 잊었던 거지.

편지로 내가 어디에 머물게 될지 그리고 왜 그렇게 되었는지 설명하기는 했어. 한데 당시에는 내가 머무를 집의 전화번호를 몰라서 연락처까지는 적어 보내지 못했어. 그러고는 다시 전화번호를 알려드리는 데까지 미처 신경을 못 썼던 거고. 결국 부모님에게 전화를 안 했고 부모님도 나에게 전화를 할 수 없는 상태로 여름이 지나간 거야. 이 우연한 실수가 두 분에 관한 생각을 내 머릿속에서 빼내는 심리적인 완충 장치가 되어버렸어. 틀림없이 마음 한 구석에서는 내가 무슨 짓을 하는지 알고 있었어. 그리고 장학금을 타는 데 필요한 서류들을 제출하려면 가을이 되기 전에 부모님에게 연락해야 한다는 것도 알았어. 하지만 의식적인 자각의 수준에서 부모님은 별로 중요하지 않았던 거야.

그리고 엄마가 돌아가셨어.

아버지가 편지로 엄마의 부고를 알려왔지. 갑자기 너무 많은 일들이 분명해졌어. 내가 하버드로 떠나오기 한 달 전에 엄마는 이미 자궁암 진단을 받으셨던 거야. 엄마는 집을 떠나는 나를 걱정시키기 싫어서 복부자궁적출 수술을 내가 집을 떠난 이후로 미뤄놓고 계셨어. 수술 후 생체 조직을 검사한 결과, 엄마의 암이 매우 공격적이고 희귀한 선육종인 것이 밝혀졌지. 그건 회복할 기회가 없다는 걸 의미하는 거였어. 겨울이 되자 엄마의 폐와 뼈에까지 전이가 일어났고, 할 수 있는 건 아무것도 남지 않았지. 아버지의 말에 따르면, 그 모든 게 너무나도 사랑하는 아들이 엄마의 자부심 강한 모든 소망을 완성해 나가는 앞길에 방해되고 싶지 않아서 원했던 것들이었대. 바꿔 말하면 나는 무슨 일이 일어나는지도 모르는 채 내 삶을 살아가기를 원했다는 거야. 엄마는 2주 전에 돌아가셨고 화장한 엄마의 유골도 유언을 따라 장례식도 없이 땅에 묻었다고 하더라고. 아버지는 엄마가 큰 고통 없이 오히려 담담하게 숨을 거두셨고, 나에 대한 사랑의 마음 그대로 내세로 여행을 떠난 거라고 편지에 적어놓으셨어.

아버지는 편지를 이렇게 마무리하셨지.

아마도 네가 나에게 화가 많이 났을지도 모르겠구나. 어쩌면 이 모든 걸 너에게 비밀로 하던 나와 엄마 모두에게 말이다. 이런 말로 위로될 수 있을 지는 모르겠지만, 내가 너에게 얘기해주려고 했더라도 엄마가 고집을 부리고 말을 안 들었을 거다. 그날 버스에서 너에게 우리를 두고 떠나라고 한 말, 그건 사실은 내가 생각했던 말이 아니라 엄마의 말을 전한 거란다. 그리고 결국 나는 네 엄마가 지혜로웠다는 걸 알게 됐어. 내 생각에 네 엄마와 나는 우리가 함께하는 동안 행복했다고 믿지만, 그래도 엄마의 인생에서 가장 큰 사랑을 받은 사람은 너였다는 건 의심할 여지가 없지. 엄마는 항상 엄마가 사랑하는 티모시 너를 위해 가장 좋은 것만을 주고 싶어 했어. 너는 집으로 돌아오길 바라겠지만 나는 그런 너를 만류하고 싶구나. 나는 상황이 바뀌었어도 꽤 잘 지내고 있고, 결국은 아무런 득도 없이 고통스러운 혼란만 생길 뿐인 것을 알면서 공부에 지장되는 일을 해야 할 이유가 없으니까 말이다. 아들아 너를 사랑한다. 네가 그걸 알아줬으면 좋겠고, 그리고 나를 용서했으면 좋겠구나. 네 엄마와 나, 우리 둘을 용서해다오. 더불어 다음에 우리가 만났을 때 너와 내가 엄마의 죽음을 비통해하기보다는 네가 이룩해낸 것들을 축하할 수 있었으면 좋겠다.

열아홉 살인 나는 따뜻한 8월 초의 밤 10시에 내가 묵고 있는, 아는 거라고는 거의 없는 여자의 집 앞 출입로에 서서 그 편지를 읽어 내려갔어. 고양이들이 내 발 주위에서 어슬렁거렸지. 편지를 읽으며 내가 경험한 건 아무 할 말도 없고 하지도 않으려 했다는 거야. 아버지에게 전화하고 싶은 충동이 치밀어 올랐지. 내 목청이 찢어져 나갈 때까지, 내가 내뱉는 말들이 피가 되어 뚝뚝 떨어질 때까지 아버지에게 고함을 지르고 싶었어. 오하이오로 가는 버스에 올라 집으로 곧장 가서는 아버지를 목 졸라 죽이고 싶었다고. 아버지가 엄마와 거의 30년 동안 함께 누웠던, 그리고 분명히 나를 태중에 잉태했을 그 침대에서 말이야.

하지만 난 그 무엇도 하지 않았어. 배고프다는 사실을 깨달았거든. 몸은 필요한 걸 원하지 ─ 도움되는 교훈이야. 그래서 집주인 할머니의 식품 저장실로 가서, 그녀가 집안 곳곳 쟁반 위에 남겨 놓은 것 같은 우유 한 잔과 오래된 빵으로 치즈 샌드위치를 만들어 배를 채웠어. 우유는 상했지만 그냥 마셔버렸어. 그리고 내 기억에 무엇보다 생생하게 남는 건, 그 상한 우유의 시큼한 맛이지.

16장

_____

남은 여름은 아무 감정 없이 몽롱함 속에서 지나갔어. 그 중간에 나는 윈스롭 하우스에 기숙사를 배정받았어. 조만간 1년을 해외에서 보내고 돌아오는 아직 이름이 알려지지 않은 룸메이트와 방을 같이 쓰게 되었다는 안내 편지도 받았고. 내가 이 소식에 전혀 신경을 쓰지 않았다는 건 아주 절제된 표현일 거야. 내가 아는 한 나는 집주인 할머니와 더러운 쓰레기 상자들과 계속 살 수도 있었으니까.

엄마의 일은 누구에게도 말하지 않았지. 나는 새 학기가 시작되는 첫날까지도 연구실에서 일했어. 내 주의를 흩어놓을 만한 과도기적인 시간을 남겨두지 않으려고 말이야. 교수님이 내게 다음 1년 동안도 계속 같이 일하고 싶은지 물어봤는데 내가 거절했어. 아마도 현명하지 못했던 건지 모르지만, 내가 그런 특권을 거절한 것에 대해 교수님은 충격받은 것으로 보였지. 하지만 제안을 받아들였다면, 도서관에서 조용히 마음의 평화를 찾는 시간을 갖지 못했을 거야.

이제 수면 위에서 그냥 떠다니는 것 같던 내 삶이 급격하게 변해서 추락하는 듯한 상황에 부닥쳤던 이야기를 해줄게. 이 일은 내가 윈스롭 하우스로 방을 옮기던 날 일어났어. 루세시와 나는 우리의 구세군 가구들을 팔아 치웠고, 나는 1년 전 하버드에 올 때와 똑같은 가방과 책상 램프 그리고 책이 든 상자 하나 정도만 들고 기숙사에 들어갔지. 나 자신이 다시 한 번 익명성에 빠져들었다는 느낌이 너무 확실히 들었어. 만약 나를 잘 모르는 사람과 있기를 원했다면 내 이름을 바꿀 수도 있겠더라고. 숙소는 방 두 개가 길게 붙은 스타일로 뒤쪽에 욕실이 하나 있는데, 사각형 안뜰을 바라보는 4층이었지. 그 뒤로는 보스턴의 높지 않은 스카이라인이 보였어.

아직 이름도 모르던 룸메이트의 흔적은 보이지 않더라고. 나는 어느 방을 쓸지 생각하며 시간을 보냈지. 안쪽의 방이 좀 더 작기는 했지만, 사생활은 더 보호받을 것 같았어. 반면에 룸메이트가 화장실까지 걸어가는 소리를 항상 참아내야만 할지도 모를 일이었어. 일을 순조롭게 처리하기 위해서, 결정을 내리기 전에 나는 룸메이트가 오기를 기다렸어. 그러면 둘이 같이 결정할 수 있을지도 모르니까.

내가 짐을 계단 위로 다 옮겨놓자 한 남자가 높이 쌓아 팔에 들고 있는 종이 상자들에 얼굴이 가려진 채, 문 앞에 모습을 드러냈지. 끙끙거리며 방으로 들어와 상자들을 바닥에 내려놓더군.

"당신은……." 내가 말했지.

그 남자는 내가 버거 코티지에서 만났던 바로 그 사람이었어. 그는 너덜너덜한 카키색 바지에다가 하버드 스쿼시라고 써진 회색 티를 입었는데, 겨드랑이 아래가 땀에 초승달 모양으로 젖어 있었지.

"잠깐만," 그가 나를 보며 말하더군. "나 너를 아는데. 내가 어떻게 아는 거지?"

나는 그 남자와 만났던 일을 설명했어. 처음에는 기억이 안 난다는 사실을 숨기지 않더니 곧 알아보는 기색이 역력해졌지.

"그렇지, 저 가방의 주인. 이건 네가 위글스워스를 제대로 찾아갔다는 거네." 남자가 뭔가 생각이 난 거 같더라고. "기분 나쁘게 듣지는 말고, 그럼 너는 2학년이 된 거 아니야?"

타당한 질문이었지만 대답하기는 복잡했지. 내가 신입생으로 하버드에 입학한 게 맞기는 했지만 3년 안에 졸업이 가능할 정도의 충분한 AP 학점들을 이미 따놓았거든. 나도 이 점에 대해서는 거의 생각을 안 하고 항상 4년을 꽉 채워 학교에 다니려고 했고. 하지만 아버지의 편지를 받고 몇 주가 지나자 학교를 빨리 끝내고 떠날 수 있는 선택권이 점점 더 매력적으로 느껴지더라고. 그리고 나를 상급생들의 기숙사에 집어넣은 걸 보면 분명히 하버드의 윗사람들 역시 그렇게 생각하는 듯하고 말이야.

"그건 네가 정말 똑똑한 친구라는 말이 되는 거네, 안 그래?" 그가 말했지. "자, 그럼 어디 한번 해볼까."

그는 아닌 것 같으면서도 비꼬는 동시에 어찌 보면 사람을 치켜세우는 그런 말버릇을 갖고 있었어. "뭘 해봐?"

"알잖아. 이름, 계급, 군번, 너의 전공과목, 출생지, 그런 것들 말이야. 달리 말하면 너의 역사 같은 거. 짧게 해. 이런 더위에 내 기억력은 정말 개똥이거든."

"팀 패닝, 생화학, 그리고 오하이오주에서 왔어."

"잘했어, 내일 나에게 다시 확인하면 아마도 기억을 못 하겠지만 그렇다고 기분 나빠하지는 마." 그가 다가오더니 손을 내밀었어. "그나저나 난 조나스 리어야."

나도 남자답게 악수하며 화답하려고 최선을 다했어. "리어," 나는 그의 이름을 불렀지. "제트기 리어와 같은 리어인가?"

"아, 아냐. 셰익스피어의 미치광이 왕에 좀 더 가깝지." 그러고는 그가 주위를 둘러봤어. "그래서 이 고급스러운 방 중에서 어떤 걸 쓰기로 한 거야?"

"룸메이트가 오는 걸 기다렸다가 결정하는 게 공정한 것 같아서 기다리는 중이었어."

"교훈 1번: 절대 기다리지 말 것. 정글의 법칙, 기타 등등. 하지만 네가 착한 학생이 되기로 했다니까, 동전 던지기로 정할 수도 있어." 그가 주머니에서 동전을 꺼냈지. "어느 쪽에 걸 거야?"

내가 대답도 하기 전에 그가 동전을 던졌어. 그러고는 공중에서 동전을 낚아채더니 찰싹 소리와 함께 손목 위에 올려놓았지.

"나는…… 앞쪽에 걸까?"

"왜 모두가 앞쪽에 거는 걸까? 누가 연구를 좀 해봐야 해." 그가 손을 들어 올렸어. "그게, 정말 그러네. 앞면이야."

"나는 작은 방을 쓸까 생각하고 있었어."

그가 웃더라고. "알겠지? 그게 그렇게 어려웠던 거야? 나라도 똑같이 선택했을걸. 장담은 못 하지만 한밤중에 네 침대와 화장실을 헷갈리지 않도록 최선은 다할게."

"저기, 아직 전공으로 뭘 공부하는지 말 안 해줬는데?"

"맞다, 내가 실례했군." 그가 손가락 한 쌍을 들어 올리더니 따옴표 모양을 만들어 보였어. "유기적 진화 생물학."

나는 그런 전공이 있다는 걸 들어본 적이 없었어. "그게 진짜 전공이야?"

그가 상자 중에서 하나를 열려고 몸을 숙였어. "내 성적표에는 그렇게 쓰여 있긴 해. 게다가 말하기에도 재미있잖아. 좀 더럽게 들리기도 하고." 그가 나를 흘깃 쳐다보더니 웃더라고. "왜, 뭐? 네가 예상하던 게 아니라서?"

"내가 뭔지 모른다고 하거나 좀 더 생기발랄하게 뭔가 다른 말을 해야 했나 봐. 역사나 아니면 영문학 같은 거."

조나스가 책을 한 팔 가득 꺼내서 책장에 집어넣기 시작했지.

"뭐 좀 물어볼게. 이 세상의 그 하고많은 전공 중에 왜 생화학을 선택한 거야?"

"내 생각에 내가 생화학에 재능이 있는 거 같아서지."

그가 돌아서더니 엉덩이에 두 손을 올려놓았지. "그래, 바로 그거야. 사실은 말이야, 나는 아미노산에 미쳐 있거든. 나는 내 마티니에 아미노산을 넣어 마셔."

"마티니가 뭔데?"

그가 고개를 뒤로 젖히더라고. "제임스 본드? 흔들기만 하고, 젓지는 말고? 오하이오주에서는 그 영화들을 안 보는 거야?"

"제임스 본드가 누구인지는 알지. 내 말은 그 안에 뭐가 들어 있냐는 거야."

그가 장난스러운 미소를 지어 보이더니 한마디를 내뱉더군. "아하."

그의 이름을 부르는 여자 목소리와 계단을 올라오는 발소리가 들렸을 때는 우리가 세 번째 술을 마실 때였어.

"여기 안이야!" 리어가 소리를 질렀지.

우리 둘은 리어의 진취적인 사업 도구들을 앞에 펼쳐놓은 채 바닥에 앉아 있었어. 나는 진 5분의 1병과 베르무투 한 병 그리고 오래된 영화에서나 볼 수 있는 칵테일용 45그램의 계량컵과 셰이커에다가 작고 섬세한 칼들까지 챙겨서 갖고 다니며 여행하는 사람을 본 적은 그때 그가 처음이었다니까. 길가 위쪽 시장에서 사 온 올리브 병은 뚜껑이 열린 채였고, 그 옆에는 얼음 한 봉지가 녹아서 물웅덩이를 이룬 채 기절한 것처럼 쓰러져 있었어. 아침 10시 반이었고 나는 완전히 취했었지.

"맙소사, 네 꼴을 좀 봐."

나는 해롱거리는 눈을 힘겹게 들어 문 앞에 서 있는 사람을 쳐다봤지. 옅은 파란색의 여름 리넨 드레스를 입은 여자가 보이더라고. 그녀를 설명할 수 있는 가장 쉬운 방법이 드레스이기 때문에 드레스를 언급하는 것뿐이야. 그녀가 아름다웠다고 말할 의도는 아니고. 아름답기는 했지만 말이야. 오히려 나는 그녀에게는 독특하고, 그래서 뭐라고 분류해 부르기 어려운 뭔가가 있었다고 말하고 싶은 거야(내 기억에 오래 남지 못한 얼음송곳 끝처럼 흔해 빠진 싸구려의 완벽함을 지닌 루세시의 여동생과는 다르게).

그녀의 특징들이 내 눈에 들어왔지. 거의 소년처럼 보이는 가냘프고 작은 가슴의 몸매라든가, 길거리의 검댕에 까매진 샌들을 신은 작은 발가락의 생김새, 하트 모양의 얼굴에 그렁그렁한 푸른 눈 같은 거. 또 클립이나 머리핀으로 관리도 하지 않은 채, 햇볕에 그을려 반짝이는 어깨 근처까지 자른 옅은 금발까지도 말이야. 하지만 그녀의 전체적인 모습은 그런 각각의 부분적인 이미지들을 합쳐놓은 것보다 훨씬 나았어.

"리즈!" 리어가 들고 있던 술을 흘리지 않으려고 애쓰며 요란하게 일어섰지. 그는 어설픈 모습으로 그녀를 팔로 끌어안으려 했지만, 그녀는 과장될 정도로 싫다는 내색을 감추지 않으며 물러났어. 그녀는 완전히 동그란 작은 거북이 등껍질 안경테를 썼어. 만약 다른 여자들이 그 안경을 썼더라면 남자처럼 보일 수도 있겠지만, 그녀는 전혀 그렇게 보이지 않았지.

"너 취했어."

"아냐, 전혀 그렇지 않아. 거의 평소와 똑같다고. 그리고 여기 있는 나의 새 룸메이트처럼 그렇게 형편없이 취하지도 않았다고." 그러고는 리어가 자유로운 한 손을 자신의 입가에 갖다 대더니 과장된 모습으로 그녀의 귀에 속삭이는 척하며 말하더군. "쟤한테는 얘기하지 마. 쟤 진짜 1분 전에는 술 취한 모습이 꼭 녹아내리는 것 같더라니까." 그리고 자신의 잔을 들어 보이며 말했지. "너도 한잔 마실래?"

"난 30분 뒤에 내 지도 교수를 봐야 해."

"그럼 마시겠다는 걸로 생각할게. 팀, 여기는 나의 여자 친구 리즈 매콤이야. 리즈, 얘는 팀이고. 이 친구 성이 뭔지 기억이 안 나지만 나중에 기억이 나겠지 뭐. 내가 리즈에게 칵테일을 만들어줄 동안 둘이 인사해."

일어나 인사하는 것이 예의를 지키는 것 같았지만 여차여차해서 그건 너무 딱딱해 보이는 것 같아 나는 그냥 앉아 있기로 했어. 그리고 또 내가 일어설 수 있기나 한지 알 수도 없었고.

"안녕." 내가 인사를 했지.

리즈가 침대 위로 가 날씬한 다리로 무릎을 꿇고 앉더니 자기 무릎 위로 드레스 자락을 끌어당겨 덮었어. "어때, 팀? 그럼 팀이 행운의 승자인 거네."

그리고 리어는 진을 어물어물 졸졸 따랐지. "여기 팀은 오하이오에서 왔어. 그게 지금 내가 기억하는 전부야."

"오하이오!" 그녀는 오하이오라는 그 말 한마디를 마치 파고파고Pago Pago*나 랑군을 떠올릴 때의 기쁨 가득한 어조로 말했어. "항상 그곳에 가보고 싶었는데. 거기는 어떤 곳일까?"

"장난치는군."

그녀가 웃었지. "그래, 조금은. 하지만 팀의 고향이잖아. 너의 빠뜨리아patria**, 너의 뻬이 나딸pays natal***. 뭐든 말해 봐."

그녀의 직선적인 태도는 사람을 완전히 무장 해제시키는 매력이 있었어. 나도 들려줄 만한 가치가 있는 걸 생각해내려고 애썼지. 내가 뒤에 남겨놓고 떠나온 그곳에 대해 들려줄 만한 게 뭐가 있었지?

"내 생각에는 꽤 심심한 곳인데." 나는 내가 뱉은 그 말의 조잡함에 그만 움찔하고 말았어. "사람들은 선하고 좋아."

리어가 리즈에게 잔을 건넸고, 그녀는 그를 보지 않고도 잔을 받아 들더니 아주 약간 한 모금을 들이킨 뒤 말했지. "선한 건 좋은 거야. 나는 선한 게 좋아. 다른 건?"

리즈는 아직 내게서 눈을 떼지 않고 있었어. 그녀의 강렬한 시선이 부담스럽더라고. 그녀의 관심이 불쾌한 것은 아니었지만 말이야. 사실 불쾌한 것과는 거리가 아주 멀었지. 그리고 내 눈에 그녀의 윗입술 위로 땀에 젖은 복숭아 솜털 같은 게 희미하게 소용

---

* 사모아의 수도.
** 조국.
*** 고향.

돌이치는 것을 봤어.

"그곳은 정말 말할 만한 것이 많지 않은 곳인걸."

"그러면 너의 가족들은? 그들은 무얼 해?"

"아버지는 검안사야."

"존경받을 만한 직업이네. 나는 이 안경이 없으면 내 콧등 너머의 것들은 제대로 보이지 않아."

"리즈는 코네티컷주에서 왔어." 리어가 대신 말해줬어.

리즈가 칵테일을 한 모금 더 목 깊숙이 들이마시며 기분이 좋은 듯 얼굴을 살짝 찡그리더라고. "조나스 네가 괜찮다면 내 얘기는 내가 할게."

"코네티컷 어디?" 나는 마치 그녀에 대한 첫 번째 사실인 코네티컷에 대해 잘 아는 것처럼 말을 뱉었어.

"그리니치라고 하는 작은 마을이야, 달링. 내가 미워해야 할 것 같은 곳. 그곳보다 더 싫은 곳은 없지만 그러면 내가 감당해내지 못할 것 같아. 나의 부모님은 천사 같은 분들이지. 나는 두 분을 정말 사랑해." 리즈가 잔을 들여다보며 말했지. "조나스, 이거 정말 **훌륭한데**."

리어가 방 가운데로 의자 하나를 끌고 오더니 반대 방향으로 앉더군. 그리고 나는 이제부터는 나도 저렇게 앉아야겠어, 하고 기억해두었지.

"내 생각에 자기는 그거보다는 훨씬 잘 설명해줄 수 있을 것 같은데." 리어가 웃으며 말했어.

"또 그러네. 나는 서커스단의 춤추는 원숭이가 아니라고, 정말."

"왜 그래, 자기야. 우리는 완전히 취했다고."

"자기, 잘 들어." 리즈가 볼을 부풀렸다 한숨을 내쉬었지. "좋아.

하지만 이번 한 번만이야. 단, 이건 확실히 해둘게. 우리에게 손님이 있으니까 하는 거라고."

나는 둘이 무슨 말을 하는 건지 전혀 알 수가 없었어. 리즈는 칵테일을 한 모금 더 마셨지. 아마도 20초 정도 초조해질 만큼 긴 시간 동안 방 안에 정적이 흘렀지. 리즈는 죽은 자의 영혼을 불러오는 교령술을 시도하는 것처럼 눈을 감고 있었어.

"이것의 맛은 말이야 마치……." 그녀가 인상을 찌푸리며 생각을 떨쳐버렸지. "아니, 이건 아니야."

"제발," 리어가 끙끙 신음했어. "그런 장난은 치지 말라고."

"조용히 해." 또 잠시 시간이 흘렀어. 그러더니 리즈의 표정이 밝아지며 말했지. "이건 말이야 마치…… 가장 추운 날의 공기 같은 맛이야."

나는 깜짝 놀랐어. 그녀의 표현이 정확히 딱 들어맞았거든. 정확하다는 것 이상이었어. 그녀의 표현은 단순히 경험을 꾸미고 장식해내는 기능 이상의 것으로, 현실에 사실적 깊이를 더하는 거였으니까. 삶의 경험을 강화해주는 언어의 힘을 느껴본 건 그때가 처음이었어. 또 그녀의 입술 사이로 나오는 그 말이 굉장히 섹시하기도 했고.

리어가 자신의 이 사이로 찬사의 휘파람을 불었어. "아주아주 멋졌어."

나는 넋 놓고 그녀를 바라보았지. "어떻게 한 거야?"

"아, 이거, 그냥 내가 가진 재능일 뿐이야. 별거 아니지."

"너는 무슨 작가나 그런 사람이야?"

리즈가 웃었지. "맙소사, 아니야. 작가라는 사람들을 만나본 적은 있기나 해? 완전히 술고래들이야, 모두."

"여기 우리의 리즈는 우리가 얘기하고 있는 영어를 전공하는 사람 중의 한 명이야." 리어가 말했어. "사회의 짐 덩어리지. 완벽하게 취업 불능."

"너의 시답잖은 의견 따위는 좀 집어넣어 줄래." 그리고 그녀는 나에게 다음 말을 이어갔지. "조나스가 너에게 말 안 하는 게 있는데, 그건 그가 그렇게 자신만 알고 인생을 즐기며 사는 호사가가 아니라는 거야."

"그래, 나는 그래. 바로 그거야!"

"그럼 팀에게 자기가 지난 12개월 동안 어디서 무엇을 하다 왔는지 말해주는 게 어때?"

석 잔의 독한 술을 마시고 취한 나는 정보가 쏟아지는 가운데 방에서 가장 명백한 문제를 간과하고 있었어. 그 많은 사람 중에 하필이면 왜 조나스는 룸메이트로 웨이팅 리스트에 이름을 올려둔 대기자가 필요했을까?

"좋아, 알았어. 내가 대신 말해줄게." 리즈가 말했지. "리어는 우간다에 있었어."

나는 조나스를 봤어. "우간다에서 뭘 했는데?"

"아, 이것도 조금, 저것도 조금 이것저것. 알고 보니 우간다에서 엄청난 내전이 벌어지고 있더라고. 브로슈어에서 본 것과 완전 다르더라니까."

"그래서 조나스는 U.N.의 피난민 수용소에서 일했던 거야." 리즈가 설명을 더 했지.

"그래서 나는 땅을 파 화장실을 만들고, 쌀이 든 부대를 나눠주고 그랬어. 내가 그런 일들을 했다고 성자가 되는 건 아니고."

"우리 나머지와 비교한다면 자기는 성자라고 할 만해. 팀, 너의 새로운 룸메이트가 말하지 않은 다른 하나는 그가 세상을 구할 진지한 계획을 품고 있다는 거야. 엄청난 구세주 콤플렉스 말이야. 조나스의 자아는 이 기숙사 건물만큼이나 크다니까."

"사실은 말이야, 나 이제 그 계획을 포기하려고 생각 중이야." 리어가 말했어. "아무 가치도 없는 일이야. 내 평생에 이렇게까지 내 멘탈이 뽀샤진 적이 없다니까."

"'뽀샤지다'라니, 그런 단어는 없어. '바스러지다'라고 해야지." 리즈가 조나스의 말을 고쳐주더라고.

리즈와 조나스 그 둘은 내가 도저히 따라잡을 수 없을 정도였어. 문제는 단순히 내가 고주망태가 되었다거나 아니면 이미 새 룸메이트의 여자 친구를 사랑하게 되었다거나 그런 게 아니었어. 1990년의 하버드에서, 스펜서 트레이시와 캐서린 햅번이 끝장을 볼 때까지 피 튀기며 싸우는 1940년대의 영화 속으로 들어간 것 같았어.

"영어라는 전공 정말 멋진 것 같네." 내가 말했지.

"고마워. 봤지 조나스? 모든 사람이 속물은 아니라고."

"내가 경고하는데," 리어가 나를 향해 손가락을 흔들며 말했어. "자기 지금 또 다른 삭막한 과학자와 얘기하고 있는 거라고."

그녀가 화난 표정을 짓더라고. "갑자기 내 삶에 과학자들이 넘쳐나네. 팀, 말해봐, 너는 전공이 뭐지?"

"생화학을 해."

"그게…… 뭔데? 항상 궁금하기는 했는데."

이 질문을 듣고 나서 이상할 정도로 내 기분이 좋아지더라고. 아마도 누가 그 질문을 했느냐가 중요한 거겠지.

"기본적으로 생명의 초석이 되는 구성 요소들이라고 할 수 있지. 살아 숨 쉬게 만드는 것들, 그것들이 작동할 수 있게 하는 것들, 그리고 생명이 사라지게 하는 것들, 그런 것들에 대해 몽땅."

그녀가 인정한다는 듯 고개를 끄덕이더군. "멋지게 말했네. 어쨌든 너에겐 시인의 기질이 있는 것 같아. 네가 마음에 들기 시작했어, 오하이오에서 온 팀." 리즈가 술잔을 비우고 옆으로 치웠어.

"내 경우는, 정말 삶의 철학을 형성하기 위해 여기에 왔어. 그러기에는 상당히 값비싼 방법이기는 해. 하지만 당시에는 좋은 생각인 것 같았고 그래서 그렇게 하기로 한 거지."

자신의 인격을 쌓기 위한 처방으로 대학에서 4년 동안 23,000 달러를 쓰겠다는 그 사치스러운 야망을 품은 사차원의 외계인 같은 그녀는 나에게 다시 한 번 충격을 주었어. 그녀에 대해 더 알고 싶어졌어. 외계인이라고 말했지만, 사실은 천사 같다는 뜻이야. 이때 나는 그녀가 우주 차원의 창조물이라는 걸 확신했지.

"찬성 안 해?"

내 표정은 분명 찬성한다고 말하고 있었을 거야. 내 볼이 따뜻해지는 걸 느꼈으니까. "안 한다고 말하지는 않았어."

"아무 말도 하지 않았잖아. 한마디 조언 같은 것도 없고. '내가 말하노니, 자신의 혀로 여자를 이길 수 없다면 그 혀를 가진 남자는 남자가 아니다.'"

"응, 뭐라고?"

"셰익스피어, 베로나의 두 신사. 일반적으로 통용되는 영어로 바꿔 말하면 여자가 질문하면 대답해주는 게 좋을 거라는 말이지."

"여자를 자기 잠자리로 끌어들이고 싶다면." 리어가 말을 거들었지. 그리고 나를 봤어. "너, 리즈를 이해해야만 할 거야. 그녀는 셰익스피어 채널을 틀어놓은 것 같다니까. 나는 리즈가 하는 말들의 반도 이해하기가 힘들어."

나는 셰익스피어에 대해서는 거의 아무것도 몰랐어. 음유 시인에 대한 나의 경험은 다른 많은 사람과 마찬가지로 『줄리어스 시저』(폭력적이고 가끔 흥미진진한)와 『로미오와 줄리엣』(이건 마지막 순간까지 너무 웃긴다고 생각했지)을 의무감으로 충실하게 인내하며 읽어낸 게 다일 정도로 제한적이었지.

"나는 단지 너처럼 생각하는 사람을 만나본 적이 없어서 그래."

리즈가 웃더라고. "그런가. 이봐 친구, 만약 나와 친해지고 싶은 생각이 있다면 빨리 익숙해져야 할걸. 그리고," 그녀가 침대에서 일어나며 말했어. "그래서 말인데, 나 이제 가봐야만 해."

"하지만 자기 아직 우리의 반도 안 취했는데." 리어가 떼를 썼지. "난 내 방식대로 너와 같이 있고 싶었어."

"언제는 안 그랬어." 문 앞에서 리즈가 나를 돌아보더라고. "물어보는 걸 깜박했네. 조나스의 새 룸메이트는 어느 쪽이야?"

다시 한 번 나는 뭐라고 대답해야 할지 모르겠더라고. "이건 또 뭘까?"

"플라이*? 아울**? 에이 디***? 포셀리안****은 아니었으면 좋겠네."

리어가 나를 대신해 대답했어. "사실 여기 있는 이 친구, 엄밀히 따지면 3학년이기는 하지만 하버드대 생활의 그런 면은 아직 잘 몰라. 그건 복잡한 이야기고, 그걸 설명해주기에는 내가 너무 많

---

* 전통적으로 하버드대 2, 3학년 남학생들에게 선거 출마를 권유하는 사교 클럽.
** 하버드대 남성 사교 클럽.
*** 전국 단위 사교 클럽으로 시작된 하버드대 내의 폐쇄적 비밀 남성 사교 클럽.
**** 하버드대 남성들만의 사교 클럽.

이 취했어."

"그럼 팀은 아직 클럽에 가입하지 않은 거군?" 리즈가 나에게 말했지.

"클럽이 있었어?"

"사교 클럽. 누가 날 꼬집어대는군. 너 정말 그게 뭔지 모르는 거야?"

말은 들어봤지만 그게 다였지. "남학생 사교 클럽 같은 건가?"

"음, 정확히 그렇지는 않아." 리어가 대답했지.

"그게 뭐냐면," 리즈가 설명해줬어. "뼛속까지 철저하게 엘리트주의자들인 남학생들의 공룡 같은 시대착오적인 모임이야. 최고의 파티를 여는 곳이기도 해. 조나스는 스피*클럽의 회원이지. 물고기가 땅에 올라와 다리가 나기 시작했던 때 이후로 자기의 아버지 그리고 자기 아버지의 아버지 그리고 리어 가문의 모든 아버지가 그랬던 것처럼. 또 조나스는 뭐라더라 하는 그건데. 자기야, 그거 뭐라고 하지?"

"펀치마스터."

그녀가 눈을 크게 굴렸어. "정말 대단한 직함이야. 기본적으로 조나스가 누가 클럽에 들어올지를 결정하는 사람이라는 거야. 자기야, 할 일을 해야지."

"나는 이 친구를 방금 만났을 뿐이라고. 어쩌면 팀은 관심이 없을지도 몰라."

"당연히 나도 관심이 있어." 확신도 없으면서 내가 말했지. 내가 뭐 때문에 들어가겠다고 한 걸까? 그리고 그런 거에는 돈이 얼마

---

* 남성과 여성 회원 모두를 인정한 하버드대 최초의 클럽.

나 들을까? 하지만 리즈와 더 많은 시간을 보내는 걸 의미하는 거라면, 나는 불 속이라도 걸어 지나갔을 거야. "그럼, 나도 확실히 그런 거에 관심이 있을 것 같아."

"됐네." 리즈가 이겼다는 듯 웃었어. "토요일 밤이야. 검은 넥타이, 알았지, 조나스? 이제 된 거야."

첫 번째 문제는 난 턱시도가 없다는 거였어.

턱시도라고는 평생 딱 한 번 입어봤지. 그것도 해적들이나 좋아할 주름진 셔츠와 한 벌인 푸른색의 벨벳으로 포인트를 준 연한 파란색의 대여복이었어. 주먹만큼 큰 나비넥타이도 핀으로 고정해야 했고. 섬을 주제로 했던 머시리저널 고등학교의 졸업 무도회('파라다이스에서의 하룻밤!')에는 완벽하게 어울려 보였지만, 스피 클럽의 엘리트 모임에는 전혀 어울리지 않는 거였지.

나는 턱시도를 대여해 입으려고 했는데 조나스가 반대하며 다른 선택을 하게 만들었어. "너의 턱시도 생활은," 그가 설명했지. "이제 막 시작됐을 뿐이라고. 친구, 너에게 필요한 건 말이야 전투 턱시도라고." 그가 나를 데리고 간 가게는 키저스Keezer's라는 재활용 정장 전문점이었어. 그곳의 옷들은 아무 거리낌 없이 토할 수 있을 정도로 가격이 저렴했지. 버스 정류장처럼 밋밋한 큰 방의 벽에는 좀이 슨 동물들의 머리가 장식품으로 걸려 있고, 나의 부비동이 따끔거릴 정도의 나프탈렌 냄새로 숨이 막힐 것 같은 곳이었어. 진열된 어마어마한 옷 중에서 나는 평범한 검은색 턱시도와 팔 아래쪽에 노란 얼룩이 있는 주름 셔츠를 고르고, 값싼 장식 단추와 커프스단추를 한 상자 그리고 내가 서 있거나 걸을 때만 발이 아픈 에나멜가죽 정장 구두 한 벌을 샀지. 파티 날짜가 다가오면서 조나스는 현명한 젊은 삼촌과 맹인 안내견 사이 중간쯤의 역할을 하기 시작했어. 턱시도도 내가 선택했지만, 나비넥타이와 턱시도 안쪽의 비단 허리띠를 고를 때는 조나스가 수십 개는 족히 살펴보면서 양보를 안 하더라고. 마침내 그는 작은 녹색 다이아몬드 문양이 들어간 분홍색 비단으로 된 걸 골랐어.

"분홍색을?" 두말할 필요도 없이 오하이오 머시에서는 하고 다닐 수 없는 것들이었어. 연한 파란색의 턱시도, 괜찮아. 분홍색 넥타이, 그건 안 되지. "이게 정말 괜찮은 거라고?"

"나를 믿어." 조나스가 말했어. "이것도 우리가 하는 일의 하나라고."

내가 이해하는 한 그 파티는 말하자면 일종의 섬세한 첫 데이트 같은 것일 듯했어. 기존의 회원들이 '펀치스punchees'라고 불리는 새로운 지원자들을 관찰할 기회를 얻는 거였지. 나는 같이 갈 사람이 없어서 걱정이었는데 조나스는 혼자인 게 더 나을 거라고 안심시키더라고. 그의 설명으로는 혼자 가면 내가 그 행사를 위해 다른 대학에서 공수해 온 동반자가 없는 여학생들에게 깊은 인상을 줄 기회가 있을 거라는 거였어.

"그들 중에 두 명을 침대로 데리고 가라고. 그러면 넌 확실히 클럽에 들어올 수 있어."

나는 말도 안 되는 소리에 웃고 말았지. "왜 두 명만인데?"

"내 말은 동시에 두 명이라는 말이었어." 조나스가 그렇게 대답하더군.

내가 윈스롭 하우스에 들어가던 첫날 이후로는 리즈를 볼 수 없었지. 그녀는 강 저 아래쪽인 매더Mather에 살다가, 그보다 더 예술적인 사람들이 사는 곳으로 이사했어. 그래서 그녀를 볼 수 없다는 게 그렇게 이상해 보이지는 않았어. 하지만 조심스러우면서도 틈을 파고드는 질문들을 통해 나는 그녀와 조나스의 관계에 대해 가까스로 알아내게 됐어. 사실 그 둘은 엄밀하게는 하버드 커플은 아니지만, 어릴 때부터 서로를 알고 지내왔더라고. 둘의 아버지는 사립 고등학교를 같이 다니며 룸메이트였고, 두 가족은 수년 동안 휴가를 함께 보내왔더군. 이해되더라고. 지나고 나서 보니 둘의 말다툼은 로맨틱한 두 사람 사이의 말다툼이라기보다는 조숙한 두 남매간의 말다툼처럼 들렸으니까. 조나스는 사실은 둘이 수년간 서로를 견뎌내기 힘들었다고 말했어. 두 사람이 열다섯 살이 되었을 때 메인주 해안에서 멀리 떨어진 섬에서 그들의 부모님들과 함께 안개가 자욱한 2주를 보내야 했대. 그때 서로에 대한 반감이 끓어오르다가 결국 그들의 감정이 실제로는 무엇인지 알게 된 거래. 둘은 그 사실을 서로의 가족에게 비밀로 했대(조나스는 둘 사이에 대해 애매한 근친상간의 느낌 같은 것이 있다는 얘기까지 했어).

그들의 부모님들이 파티오에서 술에 취해가는 동안 둘은 헛간과 보트 창고에서 여름의 밀회를 즐기며 둘의 열정은 비밀로 해둔 거지. 둘이 하버드에 입학하고 나서, 결국 서로가 좋아한다는 사실을 깨달을 때까지는 이성 친구라는 생각도 실제로 인식하지 못하면서 말이야.

이런 이야기도 두 사람 관계의 이상함을 적어도 일부는 설명해주는 거였지. 이렇게 서로 어울리기 힘든 기질과 인생관을 가진 두 사람을 묶어놓을 수 있는 게 둘이 공유하는 역사 말고 뭐가 또 있겠어? 둘을 알아가면 알아갈수록 나는 두 사람이 얼마나 많이 다른지 이해하게 되었지. 그들은 어린 시절 똑같은 사회적 집단들을 거쳤으며 사실상 교류가 가능한 지역 학교와 기숙 학교를 다녔다고 해. 둘이 열두 살이 되었을 때는 뉴욕 지하철망과 파리의 메트로 그리고 런던의 튜브를 돌아다니기도 했지. 하지만 그런 일들이 있었다는 건 정작 그들이 어떤 사람들인지에 대해서는 어떤 것도 설명할 수가 없지. 두 영혼을 하나로 묶어놓는 동일한 환경은 둘을 팔 하나의 사이만큼 영원히 떨어뜨려 놓는 것도 가능한 법이야. 이게 바로 사랑의 진실과 모든 비극의 본질인 거라고.

당시 나는 아직 이걸 이해하기 충분할 만큼 지혜롭지도 못했지만, 여러 해가 지나고 나서 이해하게 되었지. 그럼에도 불구하고 나는 처음부터 그걸 느낄 수 있었어. 그게 나를 그녀에게로 이끈 힘, 즉 내 애착의 원천이었다고 믿어.

파티 당일이 되었지. 낮 시간은 어떻게 지나갔는지 도대체 알 수가 없었어. 아무것도 할 수가 없었지. 내가 긴장했냐고? 황소가 링 안으로 들어서서 환호하는 관중들과 망토와 칼을 든 남자를 보면 기분이 어떨 것 같은데? 조나스는 그날 온종일 외출하고 없었어. 나는 그가 어디에 있는지도 몰랐고. 그리고 시곗바늘이 약속된 시간인 8시에 거의 다 와 가는데도 그는 모습은 보이지 않았지. 중서부 사람인 나는 항상 어느 정도가 늦은 건지 아닌 건지에 대한 지역적 차이로 혼란스러워했어. 9시 반이 되어 내가 옷을 입고 준비하기로 했을 때(사실 나는 리어와 내가 서로 옷 입는 것을 도와주며 함께 준비할 거라는 소녀 같은 환상에 사로잡혀 즐거워하고 있었거든) 내 불안감은 결국 분노로 치달아버리고 말았어. 조나스는 약속을 잊은 것 같았고, 나는 턱시도를 입고 TV를 보며 버림받은 신랑처럼 저녁 시간을 보내고 있었지.

또 다른 문제는 내가 나비넥타이를 맬 줄 모른다는 데 있었어.

아마 나는 어떤 경우에도 나비넥타이를 제대로 매지 못했을 거야. 실제로 내 두 손을 벌벌 떨었거든. 장식 단추와 커프스단추를 끼는 일은 마치 망치로 바늘에 실을 꿰는 것처럼 느껴졌어. 부두 노동자가 그 단추들을 제 구멍에 끼워 넣으려고 애쓰고 있는 것처럼 욕만 10분은 퍼부었지. 겨우 끼워 넣고 나니까 얼굴이 땀으로 푹 젖었더라고. 악취가 나는 타월로 얼굴의 땀을 닦아내고는 그래도 뭔가 위안거리를 찾고 싶은 마음에 욕실 문에 있는 전신 거울로 내 모습을 살펴보았지.

나는 별로 눈에 띄지 않는 그런 부류의 남자였어. 이도 저도 아닌 거였지. 타고나기를 날씬하고 크게 흠잡을 데가 없기는 했지만, 나는 항상 얼굴에 비해 코가 너무 크다고 생각했어. 게다가 몸에 비해 팔은 너무 길고, 머리숱은 머리에 비해 부피가 너무 과하게 큰 것 같았지. 그래도 거울에 비친 얼굴과 몸이 내가 생각하기에는 그렇게 경쟁력이 없어 보이지는 않더라고. 날렵한 검은 정장과 반짝이는 구두 그리고 풀을 먹여 빳빳하게 다린 셔츠, 심지어 예상과는 다르게 그 분홍색 비단 허리띠까지도 나에게 전혀 부자연스럽지 않고 제법 잘 어울려 보이더라니까. 그때 바로 졸업 무도회에 연한 파란색의 정장을 입고 갔던 게 떠올라 후회가 되더라고. 검은 정장처럼 단순한 게 사람을 그토록 완벽하게 품위 있어 보이게 만들 줄 누가 알았겠냐고? 그래서 처음으로 어쩌면 지방에서 온 이 평범한 청년이 스피 클럽의 관문들을 아무런 문제 없이 통과할지도 모르겠다는 생각이 들었다니까.

문이 획, 하고 활짝 열렸지. 조나스가 다급하게 외실로 뛰어 들어왔어. "미치겠네, 지금 몇 시야?" 그가 나를 쏜살같이 지나쳐서는 욕실로 가서 샤워기를 틀더라고. 나도 그를 좇아 욕실 문까지 갔지.

"어디에 있었던 건데?" 내가 물었지. 그리고 내 말이 얼마나 짜증 나게 들렸을지 너무 늦게 깨닫고 말았어. "별일은 아니지만, 거의 10시가 다 됐다고."

"실험실에 가야 할 일이 있었어." 그가 셔츠를 벗는 중이었지. "파티는 11시가 되어야 시작될 거야. 내가 말 안 해줬나?"

"그래, 안 해줬어."

"오, 맙소사, 미안해."

"나비넥타이 어떻게 매는지 알아?"

그가 막 사각팬티를 벗어 내렸지. "내가 어떻게 알겠어. 내 건 핀으로 고정하는 건데."

나는 외실로 돌아왔어. 조나스가 샤워기 물을 틀어놓은 채 큰 목소리로 묻더라고. "리즈가 여기에 왔어?"

"아무도 안 왔었어."

"우리랑 만나기로 했는데."

이제 내 모든 신경과 생각은 오로지 나비넥타이에만 쏠려 있었지. 나는 다시 거울 앞으로 가 주머니에서 나비넥타이를 꺼냈어. 핵심은 신발 끈을 묶는 것처럼 하는 거라는 얘기를 듣기는 했으니까. 어려워봤자 얼마나 더 어렵겠어? 나는 두 살이 되었을 때부터 내 신발 끈은 내가 맸는데 말이야.

그런데 그 실상은 훨씬 더 어려웠지. 아무리 해봐도 나비넥타이의 양쪽을 똑같이 만들 수가 없더라고. 마치 비단에 악령이 깃들어 있는 거 같더라니까.

"그런데, 멋있어 보이지가 않네."

리즈가 열려 있는 문으로 들어왔어. 아니 차라리 리즈를 닮은 여자라고 해야 했나? 절제된 화려함의 순수한 생명체가 그 자리에 서 있었으니까. 그녀는 목이 낮게 파인 날씬한 검은색 칵테일 드레스를 입고 반짝이는 붉은 가죽의 하이힐을 신었어. 리즈가 머리에 뭔가를 더해놓은 것 같았는데 그래서인지 머리숱이 더 많고 풍성해 보이더군. 오늘은 안경을 벗고 콘택트렌즈를 끼고 있었지. 그녀의 드러난 어깨와 가슴 깊숙이 누가 봐도 진짜인 진주 목걸이가 걸려 있는 것도 보였어.

"와우." 내가 그만 그 말을 내뱉고 말았지.

"그래 그거," 리즈가 자신의 클러치 백을 소파에 던져놓으며 말했어. "모든 여자가 듣고 싶어 하는 바로 그 감탄사라니까." 그녀를 따라 여러 가지가 섞인 것 같은 복잡한 향기가 방으로 들어오더라고. "넥타이에 문제가 있는 거로군, 내 말이 맞지?"

나는 그 고약한 물건을 내밀어 보여줬어. "나는 내가 뭘 하는 건지 모르겠어."

"어디 봐." 리즈가 내 쪽으로 한발 다가와서 내 손에 있던 넥타이를 가져갔지. "아하," 그녀가 넥타이를 살펴보며 말했어. "이게 문제군."

"뭐가 문제인데?"

"나비넥타이라는 게 문제지!" 그녀가 웃었지. "공교롭게도 운 좋게 이 문제를 해결해줄 사람을 만났네. 나는 항상 아버지가 나비넥타이 매는 걸 도와드렸거든. 가만히 있어."

리즈가 내 목에 넥타이를 두르고는 셔츠 칼라 아래로 집어넣었어. 하이힐을 신은 그녀는 키가 나와 거의 비슷했고 우리 얼굴은 불과 몇 센티미터 떨어져 있었지. 시선은 나의 목 아래에 고정된 채 리즈는 나비넥타이를 매는 불가사의한 작업에 집중하고 있었어. 나는 키스를 안 할 여자와 그렇게까지 가까이 있어 본 적이 없었지. 본능적으로 나의 시선은 부드럽고 따뜻해 보이는 그녀의 입술을 향했고, 그다음엔 그녀의 진주 목걸이를 따라 더 아래로 내려갔어. 마치 내 몸 구석구석 세포 속까지 낮은 전류가 흐르는 것 같더군.

"아가야, 눈은 위를 보는 게 어떨까."

얼굴이 빨개지더라고. 그리고 시선을 돌렸어. "미안해."

"너, 남자잖아. 대체 할 줄 아는 게 뭐야? 아기들이 끌고 다니며 노는 나무 장난감 같잖아. 정말 끔찍한 일이라고." 마지막으로 넥타이를 만지작거린 다음 리즈가 뒤로 물러났어. 그녀의 볼에 열기가 있더라고. 그녀도 얼굴이 빨개졌던 걸까? "자 됐어, 봐봐."

리즈가 백에서 콤팩트를 꺼내 나에게 건네줬지. 광택을 낸 뼈처럼 부드러운 감촉의 물건이었어. 손에 쥐었는데 따뜻하더라고. 마치 여자의 순수한 에너지를 내뿜는 것 같았지. 뚜껑을 열었더니 살색의 가루가 들어 있는 칸과 작은 거울이 보이더군. 거울 속에서는 완벽하게 매여진 분홍 나비넥타이 위로 떠다니고 있는 얼굴이 내 눈을 바라보았어.

"완벽한데." 내가 말했지.

낮은 탄성과 함께 샤워 물줄기 소리가 끊기고 나의 의식도 깨어 제자리로 돌아왔어. 나는 룸메이트에 대해서는 까마득하게 잊고 있었지.

"조나스," 리즈가 소리쳤어. "우리 늦었어!"

조나스가 허리에 타월을 두르며 뛰어 들어왔어. 나는 뭔가 내가 하지 말아야 할 짓을 하다가 들킨 것 같은 기분이 들었지.

"그런데 둘은 거기 계속 서서 내가 옷 입는 걸 볼 거야? 그게 아니라면…….” 조나스가 리즈를 바라보며 마치 이국적인 댄서가 청중을 놀리듯 그가 두르고 있는 타월을 도발적으로 흔들었어. “싸 뜨 돈 듀 플레지르, 마드모아젤 Ça te donne du plaisir, mademoiselle(이게 당신을 즐겁게 해주나요)?”

“그냥 어서 서둘러. 우리 늦었다고.”

“하지만 내가 불어로 물어봤잖아!”

“악센트 공부를 더 해야겠어. 밖에서 기다릴게, 대단히 고마워.” 리즈가 내 팔을 잡고 문으로 데려갔어. “가자, 팀.”

우리는 계단을 내려와 정원으로 나왔지. 토요일 밤마다 대학 캠퍼스를 지배하는 원칙은 나름대로 따로 있기 마련이지. 세상의 나머지 다른 세계들이 잠잘 준비를 하는 그때 깨어나는 거 말이야. 여기저기 창문에서 음악 소리가 쏟아져 나왔어. 소리 내 웃는 모습들이 어둠 사이에서 움직이고 있었지. 사방에서 들려오는 목소리들이 밤을 환하게 밝히는 것 같다고나 할까. 우리가 옥외 통로로 들어서서 지나가려는 때, 한 여자가 한 손에는 드레스 자락을 다른 손에는 샴페인 병을 들고 급히 우리를 지나쳐 갔지.

“너는 잘해낼 거야.” 리즈가 나를 안심시키더라고.

우리는 문 바로 너머에 서 있었어. “내가 걱정하는 것처럼 보여?” 물론 나는 걱정하고 있었지만 그렇게 물어봤지.

“네가 해야 할 일은 이미 클럽의 멤버가 된 것처럼 행동하는 거야. 사실은 그게 전부인 거라고. 실제로 대부분의 경우에 그래.”

조나스가 곁에 없는 리즈는 조금 다른 사람이 된 것처럼 보였어. 조금은 더 철학적인 것 같았고 어쩌면 조금은 세상에 지친 것 같기도 했지. 그게 그녀의 진짜 모습에 좀 더 가까운 것이라는 걸 느낄 수가 있었어.

"참 말한다는 걸 깜박했다." 리즈가 말했지. "팀에게 소개해줄 사람이 있어. 그녀도 오늘 파티에 올 거야."

그 말을 어떻게 받아들여야 하나 잘 모르겠더라고.

"그녀와 나는 사촌이야." 리즈가 계속 말을 이어갔어. "그러니까, 육촌 사이. 걔는 보스턴대학에 다니고 있어."

내게는 좀 혼란스러운 제안이었지. 나는 위층 기숙사 방에서 일어났던 일은 그저 의미 없는 순진한 시시덕거림 이상은 아니었다는 걸 스스로 상기해야만 했어. 리즈는 다른 누군가의 여자 친구라는 걸 말이야.

"알겠어."

"너무 흥분하지는 말고."

"왜 리즈의 사촌과 내가 죽이 잘 맞을 것으로 생각해?"

그 말이 너무 퉁명스럽게 튀어나왔고 심지어 좀 화난 듯 들리기도 했을 거야. 물론 리즈가 내 말에 기분이 상했다고 해도 내색하지 않았겠지만. "내 사촌에게 너무 술 많이 마시게 하지만 마."

"그게 문제가 되나?"

그녀가 어깨를 으쓱해 보였어. "스테프Steph는 좀 파티걸 같은 애일 수도 있어. 내 말을 이해할지 모르겠지만. 걔 이름이 스테파니야."

준비를 끝낸 조나스가 우리가 있는 곳으로 찾아오더니 환하게 웃으며 사과하더라고. 우리 셋은 함께 세 블록 떨어진 파티장으로 갔어.

조나스가 미리 나에게 스피 클럽 건물을 알려줬지. 내가 천 번은 그 앞을 지나다닌, 벽으로 둘러싸인 정원이 있는 타운 하우스였어. 대학의 파티는 보통 시끄러운 소리를 멀리까지 울려대는 요란한 행사였지만, 이 파티는 그런 파티가 아니었지. 클럽 건물 안에서 파티가 벌어지고 있기는 한 건지 알 길이 없을 정도였어. 나는 잠깐 조나스가 그 밤의 파티 장소를 잘못 알고 있는 것은 아닌가 하는 생각이 들었어. 조나스가 계단을 올라가 문 앞으로 가더니 턱시도 주머니에서 회중시계의 사슬에 달린 열쇠 하나를 꺼냈어. 전에도 그 열쇠가 협탁 위에 놓여 있는 것을 본 적이 있었지만, 뭐를 위한 것인지는 알지도 못했어. 회중시계는 스피 클럽의 상징인 곰의 머리 문양을 하고 있었지.

리즈와 나는 조나스를 따라 안으로 들어갔어. 우리는 검은색과 하얀색 사각형이 체스판처럼 엇갈려 칠해진 텅 빈 입구에 서 있었지. 나는 전혀 파티에 가는 기분이 들지 않더라고. 오히려 한밤중에 알지 못하는 먼 나라에 낙하산을 타고 내려앉은 기분이랄까 그랬어. 내 눈에 보이는 공간은 깜깜했고 남성적인 느낌이 났으며 대학생들이 쓰는 건물치고는 깔끔했지. 근처에서 누가 당구를 치고 있는지 딸깍딸깍 당구공끼리 부딪치는 소리가 들리더군. 구석의 받침대 위에는 속을 가득 채운 곰이 서 있었어. 그게 인형 같은 테디 베어가 아니라 실제의 곰을 박제해놓은 거였어. 곰은 뒷다리로 일어서서 마치 보이지 않는 적을 공격하듯 발톱이 난 앞발을 앞으로 내뻗고 있었어(그게 아니라면 피아노를 치는 것 같은 모습이거나). 그때 머리 위에서 술에 취한 목소리들이 들려오더라고.

"가자." 조나스가 말했어.

그는 우리를 계단 쪽으로 데리고 갔지. 거리에서 보면 스피 클럽의 건물은 믿을 수 없을 정도로 평범해 보였지만 안으로 들어와 보면 전혀 그렇지 않았어. 우리는 소란스러운 소리와 사람들의 열기가 쏟아져 나오는 두 개의 큰 방을 향해 계단을 올라갔어.

"조, 친구!"

우리가 안으로 들어서자 조나스의 목이 흰색 디너 재킷을 입은 빨간 머리의 덩치 큰 남자의 팔꿈치 사이에 꽉 조여졌지. 그 남자의 얼굴은 빨갛게 달아올랐고 허리는 한창때를 지난 운동선수처럼 두꺼워 보였어.

"조, 친구, 조, 조, 빅Big, 조 이 친구야." 어처구니없게도 그 남자가 조나스를 꽉 껴안고 뺨에 마구 뽀뽀하더라고. "그리고 리즈, 오늘 밤 너 특별히 섹시해 보인다고 말해도 돼?"

리즈가 눈을 크게 굴리며 말했지. "아주 잘 알겠어."

"리즈 얘, 나를 사랑하는 거야? 내가 묻잖아, 이 숙녀가 나를 사랑해?" 여전히 팔을 조나스의 어깨에 두른 그가 나를 깜짝 놀란 표정으로 쳐다봤어. "이런 세상에, 조나스, 이 친구, 네가 말한 그 사람 아니지?"

"팀, 올컷 스펜스와 인사해. 우리 클럽의 회장이야."

"그리고 역시나 취해서 으르렁거리고 있지. 그래 팀, 나한테 대답 좀 해줘. 게이는 아니지? 왜냐면 말이야, 악의가 있는 건 아니고 그 넥타이 매고 있으니까 너 좀 게이같아 보여서."

나는 완전히 허를 찔린 거였지. "음……."

"농담이야!" 그가 포효하듯 폭소를 터뜨렸어. 더 많은 파티 참석자들이 우리 뒤로 계단을 올라오는 바람에 사방으로 사람들에게 끼인 채 밀려 다니는 처지가 되었지. "진짜야, 나는 그저 너와 장난치고 있는 것뿐이라고. 여기 있는 남자들의 반은 어마어마한 동성애자들이라고. 여기 있는 나 자신도 성적으로는 잡식성이라고. 조나스, 안 그래?"

조나스가 맞장구치며 씨익 웃었어. "사실이야."

"여기 있는 조나스는 나의 가장 특별한 친구 중 하나야. 아주 특별한. 그러니까 너는 네가 필요하다고 느끼는 만큼 게이처럼 행동해도 돼."

"고마워," 내가 말했지. "하지만 나는 게이가 아니야."

"그것도 아주 좋아! 내 말이 바로 그거라고! 이 친구 말 좀 들어봐. 우리는 포셀리안이 아니라고, 진짜야. 정말, 걔네는 사내들끼리 오입질하는 것을 참지 못한다니까."

그때 내가 얼마나 술 한잔을 마시고 싶었는지 알아? 아주아주 마시고 싶더라고.

"그래, 너와의 대화는 매우 재미있었어." 올컷이 기분 좋게 말을 이어갔지. "하지만 나는 이제 그만 자리를 옮겨야만 한다고. 방탕한 도덕성 대학교의 어떤 2학년생과 사우나에서 뜨거운 데이트를 즐기기로 했거든. 그리고 아주 탁월한 극상품의 코카인도. 너희도 가서 신나게 재미 좀 봐."

올컷이 북적이는 사람들 사이로 사라졌어. 나는 돌아서서 조나스를 봤지. "여기 있는 사람들 모두 저래?"

"사실은 말이야, 전혀 그렇지 않지. 여기 있는 친구 중 많은 사람이 꽤 강하게 나올 수 있어."

나는 리즈 얼굴을 봤어. "나를 혼자 내버려 둘 건 아니겠지?"

그녀가 빈정대듯 쓴웃음을 지었어. "농담하는 거지?"

우리는 힘겹게 바까지 가야 했어. 그 파티에는 미지근한 맥주통 같은 건 없었어. 긴 테이블 뒤에서 하얀 셔츠를 입은 바텐더가 미친 듯 술을 섞고, 하이네켄 맥주병들을 건네주고 있었지. 바텐더가 내 보드카 토닉에 얼음을 퍼넣을 때는 — 나는 신입생 때 투명한 술을 고집해야 한다는 걸 배웠거든 — 마르크스주의에서 영감을 얻은 은밀한 동료애가 가득한 메시지를 전해주고 싶은 강한 충동을 느꼈어. "나는 사실 오하이오 출신이에요." 바텐더에게 그렇게 말할 뻔했다고. "도서관에서 선반에 책들을 정리해 넣고 있죠. 나는 당신보다도 더 이곳에 어울리지 않는 사람이라고요." ("P. S. 준비하세요! 영광스러운 노동자들의 혁명은 시곗바늘이 자정을 알리면 시작된답니다!")

하지만 그가 내 손에 술잔을 넘겨주자 새로운 느낌이 내 몸을 감싸버리더라고. 하지만 그건 그가 일하는 방식이었지. 고속 로봇처럼 자동으로 그의 관심은 이미 줄에 서 있는 다른 파티 참석자에게로 돌아갔어. 그런데 정작 그렇게 만든 건 나라는 생각이 들더라고. 나는 줄을 빠져나왔어. 나는 성공적으로 다른 세계에 발을 들여놓은 거야. 숨겨진 세상 말이야. 그건 내가 줄곧 찾아 향해 가던 곳이었다고. 나는 잠시 그런 감상에 젖었어. 스피의 멤버가 되는 것. 조금 전까지 절대로 불가능하다고 믿어왔던 일이 갑자기 기정사실이 되어버린 것 같았지. 조나스가 미리 기름칠해놓은 덕에 나는 클럽 회원 중 하나로 내 자리를 찾아갈 거니까.

운명이었어. 그렇지 않으면 그와 나의 우연한 두 번째 만남을 어떻게 설명할 수가 있겠어? 운명이 무슨 이유에서인가 조나스를 나의 여정에 갖다 꽂아놓았고, 내 주위 모든 곳에서는 특권의 돈 냄새가 뿜어져 나오고 있었지. 그건 내 평생 힘껏 들이마시기 위해 기다려온 새로운 형태의 산소와 마찬가지였어. 그게 기묘하게도 내가 살아 있다는 느낌을 확 받도록 만들었지.

꼬리를 무는 그런 새로운 생각에 빠져 있던 덕에 나는 리즈가 내 바로 앞에 서 있다는 사실도 미처 알아차리지 못했어.

리즈가 우리 뒤에서 쿵쿵 울려대는 음악 소리를 이겨보려는 듯

소리를 질렀지. "팀! 여긴 내 사촌 스테프야!"

"만나서 반가워!"

"나도 동감이야!" 스테프는 키가 작고 적갈색의 눈에 뿌려놓은 듯 주근깨가 보였고 윤기가 흐르는 갈색 머릿결을 갖고 있었어. 리즈와 비교하면 평범했지만, 그녀 나름대로는 예쁜 편이었지. 귀엽다는 말이 맞을 것 같군. 그리고 리즈가 미리 작업해놨다고 알려주기라도 하듯 나를 보며 웃었지. 뭘를 마셨는지는 모르겠지만 스테프는 거의 빈 잔을 들고 있었어. 내 잔도 역시 비었고. 그게 첫 번째 잔이었나 두 번째였나?

"리즈가 너 보스턴대학에 다닌다던데!"

"맞아!" 음악 소리가 너무 커서 나와 스테프는 과할 정도로 가까이 서 있게 됐지. 그녀에게서 장미 향과 진gin이 뒤섞인 냄새가 났어.

"학교는 마음에 들어?"

"응, 맘에 들어! 너는 전공이 생화학이라던데, 맞아?"

나는 고개를 끄덕였어. 역사상 가장 진부한 대화였지만 안 할 수는 없었지. "너는 전공이 뭐야?"

"정치학! 야, 너 춤출래?"

나는 춤을 지독하게 못 추기는 했지만 그렇지 않은 사람이 누가 있겠어? 우리는 형형색색의 조명이 현란한 무도회장으로 갔고 이 외설스러운 행위를 완성하기 위한 어색한 노력을 시작했어. 불과 30초 전에 만난 남녀 사이가 아닌 척하면서 말이지. 무대에는 이미 사람들이 꽉 들어찼는데, 음악은 영악하게도 사람들이 술을 충분히 다 마실 때까지 미뤄졌어. 나는 리즈를 찾으려고 주위를 흘깃 둘러보았지만, 그녀를 찾을 수가 없었지. 나는 리즈가 이런 식으로 그녀 자신을 바보로 만들기에는 너무 쿨하다고 생각하며, 그녀가 나를 보지 않았기를 바랐어.

놀라운 일은 아니지만, 스테파니는 정열적인 춤꾼이었지. 다만 나는 그녀가 그렇게까지 춤을 잘 출 줄은 몰랐을 뿐이야. 나의 춤은 이 음악이나 저 음악 어느 것에도 어울리지 않는, 정말 춤이라고 부를 수 있는 것의 보기 흉한 흉내에 지나지 않았지. 하지만 스테파니의 춤은 은혜롭다고 할 정도로 나긋나긋하고 풍부한 표현력을 갖고 있었어. 그녀는 빙글 돌기도 하고 배배 꼬기도 하고 원을 그리며 돌기도 하더라고. 그녀는 엉덩이로 몇 가지 동작을 보여주기도 하더군. 파티가 아니라면 부적절하고 음란해 보일 수도 있겠지만, 도덕적 기준이 엄격하게 적용되는 상황은 전혀 아니니까 괜찮아 보였지. 스테프는 춤추는 내내 따뜻하고 유혹하는 듯한 미소로 나에 대한 관심을 잃지 않았는데 그녀의 시선만큼은 레이저 같았어. 리즈가 스테파니를 뭐라고 불렀더라? 파티걸이라고 했던가? 내 눈에 그녀의 장점들이 보이기 시작하더라고.

우리는 세 번째 음악이 끝나고 다시 한잔하려고 무대를 빠져나왔다가, 휴가를 나온 선원들처럼 술을 벌컥 넘겨 마시고는 무대로 돌아갔지. 저녁을 먹지 않은 나는 술기운이 제대로 올라오기 시작하더라고. 그날 밤이 몽롱하게 아지랑이처럼 사라지는 것 같았어. 어느 순간 보니 나를 스피 클럽의 다른 멤버들에게 소개하는 조나스와 얘기하고 있더군. 그리고 올컷과 당구를 치기도 했어. 올컷은 어쨌든 그렇게 나쁜 사람은 아니더라고. 나의 모든 행동과 말들이 매력적으로 보였던 것 같아.

시간이 좀 더 지나고, 내가 잠시 놓쳤던 스테파니가 내 손을 붙잡고 다시 음악이 울려대는 무대로 끌고 갔어. 그리고 멈추지 않는 밤의 심장 박동처럼 뛰어댔지. 몇 시가 되었는지도 관심 없었고, 점점 더 빨리 춤을 췄어. 노래가 느려지기 시작하자 스테파니가 나의 목에 팔을 감싸 안았어. 우리는 거의 아무 말도 하지 않았지만 이제 좋은 향기가 나는 따뜻한 몸뚱이를 가진 여자아이가 내 팔 안에 안겨 있었어. 그것도 내게 몸을 바짝 밀착시킨 채 손가락으로는 내 목뒤의 머리카락들을 어루만지면서. 나는 그런 과분한 선물을 받아본 적이 없었지. 내 몸에서 일어나고 있는 일들을 스테파니는 하나도 놓치지 않았어. 나도 그런 변화를 그녀가 놓치지 않길 바랐지. 음악이 끝나자 그녀가 입술을 내 귀에 가져다 대고 불어낸 달콤한 숨결에 나는 그만 몸을 부르르 떨고 말았지.

"나에게 코카인이 있어."

이윽고 나는 사냥꾼의 오두막 같아 보이는 방 안에 놓인 깊은 가죽 소파에서 스테파니 옆에 앉아 있다는 걸 깨달았어. 그녀가 자기 지갑에서 공책 종이를 여러 번 접어 봉해놓은 작은 봉투를 하나 꺼냈지. 그러고는 내 하버드대 학생증을 가지고 티테이블에 굵은 두 줄로 코카인을 나누어놓았어. 그리고 1달러 지폐를 말아 둥근 관을 만들더군. 코카인은 아직 내가 경험해보지 못한 대학 생활의 한 단면이었지만, 해롭다는 생각은 하지 않았어. 스테파니가 테이블에 몸을 숙이고 여성스럽고 섬세하게 코 깊숙이 코카인 가루를 빨아들이고, 나도 똑같이 할 수 있도록 둥글게 말린 1달러 지폐를 건네주었지.

전혀 나쁘지 않더라고. 사실 아주 좋았어. 가루를 흡입하고 나서 몇 초 만에 나는 현실에서 멀어진다기보다는 진실 속으로 더 깊이 파고 들어가는 것 같았어. 마치 로마의 폭죽이 마구 터지는 것 같은 행복을 경험했지. 세상은 멋진 사람들로 가득 찬, 최고의 열정을 쏟아부을 만한 곳이었지. 그녀가 얼마나 아름다운지 볼 수 있는 안목이 생긴 나는 스테파니를 보며 많은 사람이 있던 밤에 새로이 알게 된 사실을 설명할 말을 찾고 있었어.

"너는 정말 춤을 잘 추더라." 내가 말했지.

스테파니가 몸을 앞으로 기대오며 내 입술에 자기 입술을 갖다 댔어. 수줍은 여학생의 키스와는 완전히 다른 거였지. 내가 원하지 않으면 규칙 따위는 없다는 걸 속삭이는 그런 키스였어. 나와 그녀의 혀가 뒤엉키고 손과 피부가 섞여 나뒹구는 데까지 많은 시간이 걸리지 않았지. 함께 옆으로 미끄러져 내리고 단추를 풀고 지퍼를 내렸어. 내가 완전한 관능의 소용돌이 속에 빨려 들어간 것 같았지. 카르멘과 할 때와는 다르더라고. 날이 서 있지도 않았고 거칠지도 않았지. 녹아내리는 것만 같았어. 스테파니는 내 무릎 위에 앉아 나를 감싸 안고는 자기 팬티를 옆으로 끌어당기며 벗어 내렸어. 조류에 따라 물결치는 말미잘처럼 치여 올랐다 박아 내려서며, 물속에 있는 것처럼 경이로울 정도로 몸을 흔들고 움직였지. 그것도 움직일 때마다 가죽 안장의 삐걱거림 같은 소리까지 내면서 말이야. 굴욕스러운 외로움에 빠져 내 방 안을 서성거렸던 지 불과 몇 시간 만에 나는 칵테일 드레스를 입은 여자와 성행위를 즐기고 있었어.

"워, 미안해, 친구."

조나스였어. 스테파니가 쏜살같이 내게서 떨어졌지. 바지를 위로 당겨 올리고, 드레스를 아래로 끌어 내리고, 속옷들의 매무새를 고쳐 정리하고, 한바탕 광란의 순간이 지나갔어. 문 앞에 서 있는 나의 룸메이트는 유쾌한 흥분 상태를 거의 감추지 않고 드러내고 있었지.

"맙소사." 내가 말했어. 나는 바지 지퍼를 올리고 있었어. 아니 올리려고 애썼지. 셔츠 자락이 그만 지퍼 사이에 낀 거야. 그보다 더한 코미디가 없었지. "노크할 수도 있잖아."

"네가 문을 잠갔어야지."

"조나스, 그녀를 찾았어?" 리즈가 조나스 뒤에서 나타나더라고. 방으로 들어오면서 리즈의 눈이 휘둥그레졌지. "오, 이런." 리즈가 그러더라고.

"두 사람 상당히 친해졌는데." 조나스가 웃으며 한마디했지.

머리를 매만지는 스테파니의 입술은 부어 있었고 그녀의 얼굴은 뜨겁게 달아오른 피로 붉게 물들었어. 나도 똑같은 모습이었던 게 분명했을 거야.

"내가 봐도 그러네." 그렇게 말하는 리즈의 입이 굳게 다물어졌지. 나를 쳐다보지도 않더라고. "스테프, 밖에서 네 친구들이 기다리잖아. 내가 그 친구들에게 무슨 일이라고 말해주기를 원하기라도 하는 거야."

그건 절대 안 될 일이었어. 구멍 난 풍선처럼 열정이 사그라들었지. "아니, 나는 가는 게 좋겠어." 스테파니가 바닥에서 신발을 잡아채고는 내게 몸을 돌렸어. 우스꽝스럽게도 나는 여전히 소파에 앉아 있었고. "음, 고마워." 그녀가 말했지. "너를 만나서 정말 즐거웠어."

키스할 걸 그랬나? 아니면 악수? 내가 무슨 말을 해야 했나? '천만에'라는 말은 어울리지 않는 것 같았고, 결국 나와 그녀 사이의 거리감만 멀어졌지. 우리는 서로 몸에 손도 안 댔어.

"나 역시도 그래." 그게 내 대답이었어.

스테파니가 리즈를 따라 방을 나가자 나는 기분이 끔찍했어. 단지 갑자기 차단당한 내 성기의 고통스러운 배출 욕구 때문만이 아니라 너무 분명한 리즈의 나에 대한 실망 때문이었지. 나도 다른 모든 수컷과 똑같다는 걸 스스로 증명해 보인 꼴이 되었으니까. 완전한 기회주의자 말이야. 그제야 나에 대한 그녀의 생각이 얼마나 중요한지 확실히 깨달았지.

"모두 어디에 있어?" 조나스에게 물었어. 건물이 쥐 죽은 듯이 조용했거든.

"지금 오전 4시야. 당연히 다들 돌아갔지. 올컷만 빼고. 그 친구는 당구장에 기절해 있으니까."

나는 시계를 보고 시간을 확인했어. 정말 그렇더군. 아드레날린 아니면 코카인이 술을 중화시키는 건지 머릿속이 깨끗해졌더라고. 나를 움츠러들게 하는 그날 밤 기억의 조각들이 떠오르더군. 클럽 회원 데이트 상대에게 억지로 술을 먹이고 B-52의 'Love Shack'에 맞춰 코사크 춤을 추려 했었지. 누군가의 농담에 떠나갈 듯 크게 웃었는데 사실 그건 그의 장애인 형제에 대한 슬픈 이야기였고……. 그 정도까지 만취하다니 도대체 내가 무슨 생각을 하고 있었던 거지?

"너 괜찮은 거야? 우리가 기다려줄까?"

내 인생에서 그보다 더 형편없게 느껴졌던 적이 없었어. 나는 공원의 어느 벤치에서 잠을 잘 것인지까지 계산했다니까. 사람들이 지금도 그러나?

"두 사람 먼저 가. 뒤따라갈 테니까."

"고민되는 게 리즈 때문이라면 걱정하지 마. 이거 전부 다 리즈의 생각이었으니까."

"응? 뭐라고?"

조나스가 어깨를 으쓱해 보였어. "그게, 네가 결국은 소파에서 스테파니의 팬티를 벗기고 섹스하는 것까지는 아니겠지만. 리즈는 네가 느껴보기를…… 아 모르겠다. 그것도 포함되었나 봐."

그런데 그게 최악이었어. 어리석게도 나는 리즈가 기 사촌에게 호의를 베푸는 거라고 생각했는데 사실은 그 반대였던 거지.

"이거 봐, 팀, 미안해……."

"신경 쓰지 마." 나는 그렇게 말하며 룸메이트에게 가라고 손짓했어. "난 괜찮아, 정말. 그만 가."

나는 10분 정도 혼자 있다가 정신을 차리고 건물 밖으로 나왔어. 조나스는 자신과 리즈가 어디로 간다고는 말해주지 않았지. 어쩌면 리즈가 사는 곳으로 갔겠지. 나에게는 기회도 없는 일이지만 말이야. 나는 강 쪽으로 길을 잡고 내려가 걷기 시작했어. 특별히 생각해둔 목적지가 있었던 건 아니지만. 나는 일종의 속죄를 위한 의식을 치렀던 거야. 내가 무엇을 위해 그러는 건지 정확히 말할 수는 없었지만 말이야. 결국 그때 그 시간과 장소의 기준에 따라 내가 해야만 했던 일을 한 셈이지.

턱시도를 입은 한심해 보이는 내가 롱펠로우 다리에서 8킬로미터 떨어진 곳에서 찰스강 일대를 내려다보는데 어슴푸레 새벽이 밝아오더라고. 첫 번째로 배를 타고 나온 사람들이 길고 우아한 노로 강물을 가르며 지나가더군. 그런 순간에 계시 같은 게 온다는 말도 있기는 하지만 아무 일도 없었지. 나는 너무 많은 것을 원했고 결국 스스로 망신당하고 말았던 거야. 그 이상은 할 말이 없더라고. 숙취가 지독하더군. 너무 꽉 조이는 신발 때문에 발 양쪽에 물집도 잡혔어. 그리고 너무 오랫동안 아버지와 연락하지 않았다는 생각이 떠오르더군. 미안했지. 물론 그렇다고 아버지에게 전화를 걸 것도 아니었지만 말이야.

거의 9시가 다 되어서야 윈스롭으로 돌아갔어. 열쇠로 문을 열고 들어갔는데 조나스가 막 깔끔하게 면도를 마친 얼굴로 침대에 앉아서 청바지에 다리를 끼워 넣고 있더라고.

"이게 뭐야, 네 꼴 좀 봐." 조나스가 말했어. "길거리에서 강도나 뭐 구타라도 당한 거야?"

"좀 걷다 온 거야." 조나스의 모든 것에서 기운 넘치는 조급함이 느껴졌어. "무슨 일인데?"

"우리 나갈 거야. 그게 일어날 일이지." 그가 일어나서 셔츠를 청바지의 허리춤에 쑤셔 넣었어. "너도 옷 갈아입어야 할걸."

"난 완전히 지쳤어. 아무 데도 안 갈 거야."

"다시 생각해보는 게 좋을 텐데. 방금 올컷이 전화했어. 우리 뉴포트로 드라이브 갈 거라고."

나는 그 터무니없는 주장을 어떻게 이해해야 할지 모르겠더라고. 뉴포트는 적어도 두 시간 이상 떨어진 곳이거든. 내가 원하는 건 그냥 내 침대에 기어 올라가서 자는 것뿐이었어. "무슨 말을 하는 건데?"

조나스가 찰칵 소리를 내며 시계를 차고, 샤워 때문에 아직도 축축한 머리를 빗어 넘기려고 거울 앞으로 갔지. "애프터 파티 행사야. 기존의 클럽 회원들과 신규 회원들만 가는 거라고. 그러니까 클럽 가입에 통과된 사람들만. 그리고 거기에는 네 이름도 있어, 이 친구야."

"놀리는 거네."

"내가 왜 그런 걸로 장난치겠어?"

"하, 나도 모르지. 어쩌면 내가 완전히 바보같이 굴어서 일을 망쳤기 때문인 거 아닌가?"

조나스가 웃더군. "너무 그렇게 자책하지 마. 네가 아직 좀 취했기는 하지만 그래서 뭐? 모두 너를 마음에 들어 했어. 특히 올컷이 말이야. 분명한 건 네가 서재에서 벌인 그 엉뚱한 짓이 꽤 인상 깊었던 모양이야."

나는 너무 놀라서 간이 떨어질 것 같았어. "올컷이 안다고?"

"지금 장난해? 모두 다 알아. 그건 그렇고 우리가 가는 곳은 올컷의 집이야. 개네 집은 꼭 보는 게 좋을 텐데. 잡지에 나오는 집들 같다고." 조나스가 거울을 향해 돌아섰어. "패닝, 정신 차려. 여기 내가 혼자 떠들고 있는 거야?"

"음, 아니지, 그건 아니고."

"그럼 주접 그만 떨고 가서 옷이나 갈아입어."

17장

가을에는 지난번보다도 더 사치스러운 파티들이 계속 이어졌지. 내 능력으로는 도저히 갈 수 없는 레스토랑들에서 밤을 보내고, 스트립쇼 클럽에 가고, 자신의 선실 밖으로는 나오지도 않는 남자 졸업생의 18미터짜리 보트를 타고 항구 크루즈를 즐기고. 조금씩 클럽 가입 후보들이 떨어져 나가더니 결국 10여 명 정도만 남게 되었어. 추수감사절 연휴가 끝나자마자 봉투 하나가 내 방문 밑으로 전달되었지. 나는 자정에 클럽으로 불려 나갔어. 입구에서 나를 만난 올컷이 아무 말도 하지 말 것을 당부하고는 백랍 잔에 독한 럼주를 따라주고 쭉 들이켜라고 하더군. 건물은 빈 것 같았어. 불이 모두 꺼졌으니까. 올컷이 나의 두 눈을 가리고 서재로 데리고 가서는 기다리라고 하더군. 몇 분쯤 지났을 거야. 나는 꽤 취한 걸 느꼈고 몸을 제대로 가누기가 힘들었어.

그때 내 뒤에서 마치 막 공격하려는 개가 내는 소리와 비슷한, 짐승의 낮게 으르렁거리는 무시무시한 소리가 들렸어. 곰이 내 앞에서 뒷발로 일어섰을 때 나도 돌아서서 바닥에 구르며 눈가리개를 잡아 벗었지. 곰은 나의 몸 전체를 움켜쥐고 바닥에 던지더니 내 가슴속의 공기를 전부 밀어내려는 것처럼 내 위로 달려들더라고. 어두운 방에서 알아봤던 건 곰의 커다란 덩치와 내 목 위에서 반짝이는 녀석의 이빨뿐이었어. 나는 비명을 질렀지. 내가 곧 죽게 될 거라고 100퍼센트 확신했으니까. 전혀 위험하지 않을 거로 생각했던 장난이 확실히 의도와는 다르게 잘못되었던 거야. 그 곰이 내 목을 찢어 여는 게 아니라 콩콩콩 머리를 박아대기 시작했다는 걸 알아차리기 전까지 계속 비명을 질러댔다니까.

방 안에 불이 켜졌어. 곰이라고 생각했던 건 곰 의상을 입은 올컷이더라고. 클럽의 모든 멤버가 와 있었어. 조나스도. 즐거운 웃음소리가 터지고 샴페인도 터트리더군. 내가 클럽의 멤버가 된 거였어. 회비는 한 달에 110달러였어. 그건 내가 아낄 수 있는 금액보다는 많고 없어도 살 수 있는 돈보다는 적은 금액이었어. 나는 도서관에서 더 많은 시간을 일하기로 했고 모자라는 돈을 그럭저럭 쉽게 벌 수 있었어.

추수감사절은 베벌리에 있는 조나스의 집에서 보냈는데 문제는 크리스마스였어. 나는 조나스에게 내 상황에 대해서 아무것도 얘기하지 않았고 또 그의 동정심을 사고 싶지도 않았어. 한 학기 내내 이어진 파티 때문에 학업에도 형편없을 정도로 지장이 많았지. 지난여름 동안 내가 살았던 집의 주인인 초도로 부인에게 전화를 걸어야겠다는 생각이 들 때까지 나는 어떻게 해야 좋을지 막막하기만 했어. 초도로 부인은 내가 그녀의 집에서 머무르는 것을 허락해주었지. 게다가 방을 무료로 빌려주기로 했어. 부인의 말로는 연휴 동안에 젊은 사람과 함께 지내면 좋을 것 같다고 하더군.

크리스마스이브에는 나를 아래층으로 초대해서 부인과 함께 교회에 가져갈 과자를 굽고, TV에서 율 로그the Yule log*를 보며 오후 시간을 함께 보내기도 했지. 그녀는 나에게 크리스마스 선물로 가죽 장갑 한 벌도 선물해주었어. 나는 내가 명절의 감성 같은 거에는 무뎌졌다고 생각했는데 너무 감동한 나머지 기어코 내 두 눈에 눈물이 그렁그렁 고이고야 말았지.

2월이 되어서야 스테파니에게 전화하기로 마음을 먹었어. 나는 그날 있었던 일에 대해서 죄책감을 느끼고 좀 더 일찍 사과하려고 했지만, 시간을 끌수록 그렇게 하기가 점점 더 어려워졌지. 그녀가 내 전화를 안 받을 것으로 생각했는데 그렇지 않더라고. 스테파니는 내게서 연락이 와 정말 기뻐하는 눈치였어. 나는 그녀에게 같이 커피 마시는 게 어떻겠냐고 물어봤고, 우리 둘은 술을 마시지 않고 제정신인데도 서로 좋아한다는 걸 알게 됐지. 우리는 눈 오는 날 어닝 아래에서 키스했어(그날과는 많이 다른 입맞춤이었지. 거의 정중하다 싶을 정도로 수줍어했으니까). 그리고 그녀를 택시에 태워 백 베이Back Bay로 돌려보냈지. 내가 돌아와 내 방에 들어섰을 때는 이미 전화벨이 시끄럽게 울리고 있었어.

그렇게 내 삶의 다음 2년간의 환경이 확정되었지. 어찌 되었건 이 우주는 나의 잘못들과 헛된 야망들 그리고 나의 일상적인 이기적 잔혹함까지도 용서해줬던 거야. 리즈와 조나스 그리고 스테파니와 나, 이렇게 넷은 말하자면 사총사가 되었어. 우리는 파티와 극장, 버몬트주로의 스키 여행 그리고 리즈의 가족들이 비수기 동

---

* 크리스마스이브나 크리스마스 아침에 벽난로에서 장작이 타는 장면과 함께 전통적인 클래식 크리스마스 음악들을 두 시간에서 네 시간 정도 상업적 광고 없이 들려주는 방송 프로그램.

안에는 비워둬서 편리하게 쓸 수 있는 집으로 욕정과 술에 절어 당일치기 여행을 다녔어. 주중에는 난 스테파니를 보지 못했고 조나스도 리즈를 그다지 자주 보지는 못했어. 리즈의 생활과 조나스의 생활은 겹치는 부분이 많지 않았거든. 그리고 그런 생활도 나쁘지는 않은 것 같았지. 월요일부터 금요일까지 나는 뼈 빠지게 일했어. 그리고 금요일 밤이 오면 즐거운 일들이 시작된 거야.

성적도 뛰어났지. 교수들이 나를 인정해줬으니까. 나에게 어디에서 박사 과정을 공부할 건지 생각해보라고 하더군. 당연히 하버드가 내 리스트의 가장 꼭대기에 있었지만 다른 학교들도 고려해보기는 했어. 내 지도 교수는 라이스대학교의 학과장으로 콜롬비아대학교 출신을 앉히기 위해 로비하던 중이었어. 라이스대학교는 지도 교수가 박사 학위를 딴 곳으로 여전히 그곳에 직업적으로 친밀한 인맥을 갖고 있었지. 나는 경매에 나온 경주마가 된 기분이었지만 그렇다고 크게 신경을 쓴 것도 아니었어. 나는 게이트 안에 있고, 곧 벨이 울리면 경주 트랙을 따라 미친 듯이 질주할 거였으니까.

루세시가 자살했어.

여름에 일어난 일이었어. 나는 초도로 부인의 집에 머물면서 캠브리지에 남았고 연구실에서 다시 일하기 시작했지. 1학년의 마지막 날 이후로는 루세시와 이야기를 나눈 적도 없으며 솔직히 그의 운명에 대해 흔한 궁금증 이상의 관심을 두고 생각해본 적도 거의 없고, 어떤 행동을 취하지도 않았어. 나에게 전화를 건 사람은 루세시의 여동생인 아리안나였지. 아리안나가 어떻게 내 연락처를 추적해 나를 찾아냈는지 물어볼 생각은 하지 않았어. 그녀는 충격에 빠졌던 게 분명해. 그녀는 생기 없는 단조로운 목소리로 아무런 감정적 동요 없이 그동안의 일들을 들려줬어.

루세시는 그동안 비디오 가게에서 일했더군. 처음에는 루세시가 사실상 당연한 일로 받아들였던 것 같아. 그 일이 그에게 잘못을 깨닫게 하고 그를 단련시키기는 했지만 그렇다고 무너뜨린 건 아니야. 확실하지는 않지만 루세시는 지역 전문 대학에 다니려는 계획이 있었던 듯해. 아마 일이 년 후쯤에 하버드에 다시 지원하려고 했던 것 같아. 하지만 겨울을 지나 봄이 되면서 병적인 집착 증상이 악화되었지. 시무룩해진 루세시는 며칠 동안이고 다른 사람들과는 대화하기를 거부하며 말이 없어졌어. 그가 마치 보이지 않는 상상 속의 사람들과 대화하는 것처럼 저급한 말들을 중얼거리는 것도 대체로 계속되었고, 여러 가지 불안정한 강박 증상들도 더 강해졌어. 그는 서로 완전히 상관없는 기사들의 문장들에 무작위로 줄을 그어가며 신문을 읽는 데 몇 시간씩 썼고, CIA가 자신을 감시한다고 주장했지.

점점 그가 정신병의 고통에 시달리고 있다는 게 확실해졌어. 어쩌면 정신분열증이 완전히 진행되어버린 건지도 몰랐지. 그의 부모님은 그가 정신 병원에 입원하도록 준비해놨는데 입원하기 전날 밤에 사라진 거야. 그가 기차를 타고 맨해튼으로 간 건 확실해 보여. 그가 들었던 캔버스 천으로 만든 가방 안에는 길고 튼튼한 밧줄이 들어 있었어. 센트럴 파크에서 그는 밑에 큰 바위가 있는 나무를 골라, 나뭇가지 중 하나에 밧줄을 던져 걸고는 올가미를 만들어 목에 걸고 바위 위에서 발을 뗀 거야. 그런데 높이가 루세시의 목을 부러뜨리기에는 충분하지 않았어. 그는 언제고 바위 위에 발을 디디고 올라설 수 있었나 봐. 하지만 그렇게 하지 않을 정도로 루세시의 결심은 확고했어. 결국 그는 천천히 목이 졸려 숨이 끊어진 거지. 아리안나가 나에게 알려주지 않기를 원했던 끔찍하고도 세세한 내용들이었어. 루세시의 주머니에서 메모가 하나 발견되었대. 패닝에게 전화해.

루세시의 장례식은 그다음 토요일에 있을 예정이었어. 상황이 상황이니만큼 가족들은 조용히 장례식을 치르기를 원했고, 간결하고 작은 장례식에 가까운 가족들과 친구들만 참석하기를 바랐지. 나는 아리안나에게 장례식에 참석해야 할지 어찌해야 할지 모르겠다고 얘기했지만, (그게 사실이기도 했고) 결국 조문객의 한 명으로 장례식에 참석했어. 비록 루세시에게 그렇게 좋은 친구가 되지는 못했지만, 친구 사이기는 했으니까. 그가 생의 마지막을 정리하는 와중에 나를 떠올릴 만큼 우리 관계가 깊지는 않았다는 뜻이야. 그가 자신의 마지막 메모에 내 이름을 써넣은 이유가 나에게 일종의 벌을 주기 위한 것은 아닌지 궁금했어. 내가 그런 벌을 받을 만한 잘못을 저질렀다고 생각하지는 않는데 말이야. 다른 가능성 하나는 루세시가 나에게 그것과는 전혀 다른 메시지를 보내고 있었다는 거지. 그의 죽음은 오직 루세시 자신만이 이해할 수 있는 방식으로 나를 위해 뭔가를 보여주려는 거였다는 것. 그가 뭘 의도했든 간에 나는 전혀 알 수 없었어.

조나스는 탄자니아에서 고고학과 관련된 발굴을 하며 여름을 보내고 있었고, 스테파니는 원했던 워싱턴에서의 인턴 기회를 잡아 미국 연방 의회에서 일하고 있었지. 루세시가 죽었을 당시에는 스테파니가 부모님과 함께 프랑스 여행 중이라서 연락할 수 없었어. 루세시의 죽음이 나를 감정적으로 동요하게 만들기는 했지만 그렇다고 불안할 정도로 심한 충격을 줬다고 생각하지는 않지. 충격 때문에 나도 아리안나처럼 정서적으로 둔해지고 무감각해지기는 했지만, 그럼에도 현명하게 내가 신뢰할 수 있는 사람에게 전화를 거는 기지를 발휘했지. 리즈의 가족들은 케이프에 있었지만 리즈는 코네티컷의 서점에서 일하고 있었어. 리즈는 네 친구가 그렇게 되었다니 정말 안됐다고 말해줬어. 그러고는 혼자 있으면 안 된다며 그랜드 센트럴의 중앙 안내소에서 만나자고 했어. 그 사면 시계가 있는 안내소 말이야.

내가 탄 기차가 금요일 아침 일찍 펜 스테이션Penn Station에 도착했어. 나는 시 외곽으로 가는 1번 열차를 타고 42번가로 가서 7번 열차로 갈아탄 뒤 넘치는 인파로 가장 혼잡한 시간에 그랜드 센트럴에 도착했지. 뉴욕시에 가본 적이 없던 나는 램프를 따라 올라가 터미널의 중앙 홀로 들어서면서 모든 시대의 그 수많은 여행객이 그랬던 것과 마찬가지로 역의 거대한 규모에 압도당하고 말았어. 단순히 여정 중간의 어느 한 역이 아니라, 그 자체만으로도 순례할 가치가 있는 세상의 성당 가운데 가장 웅장한 곳에 들어온 것처럼 느껴졌지. 아주 세밀한 소리마저도 단순히 그곳의 엄청난 크기 때문에 크게 증폭되어 들리는 것 같았어. 머리 위로 장엄하게 치솟은 성좌를 이루는 별들이 그려진 역의 천장은 연기로 얼룩지긴 했지만, 마치 이 세상의 크기를 다시 새롭게 펼쳐 보여주는 것만 같았지.

리즈가 작은 여행용 가방을 갖고서 가벼운 여름 드레스 차림으로 그 안내소에서 기다리고 있었어. 리즈가 나를 안아줬지. 내가 예상하고 마음의 준비를 했던 것보다도 더 꽉. 그리고 그녀의 포옹이 주는 위안 속에서 문득 루세시의 죽음이 마음 한가운데 놓인 차가운 돌덩어리처럼 느껴졌어. "첼시에 있는 우리 부모님의 아파트에 함께 있기로 하자." 리즈가 말했지. "거절하면 안 돼."

우리는 시내에서 택시를 타고 교통 체증으로 꽉 막힌 거리들과, 모든 교차로마다 앞으로 쏟아지는 보행자들의 거대한 벽을 뚫고 지나갔지. 그게 어떻게 손써볼 도리가 없는 혼란의 낭떠러지 끝에 서 있는 것 같은 1990년대 초기의 뉴욕의 모습이었어. 시간이 흘러 나중에는 내가 매우 다른 모습의 안전하고 깔끔하고 풍요로운 맨해튼에 살게 되었지만 말이야. 어쨌든, 그때 불빛과 열기로 가득 차 있던 뉴욕에 대한 첫인상은 결코 지울 수가 없어서 아직까지도 내게는 뉴욕의 진짜 모습으로 남아 있지.

리즈 부모님의 아파트는 8번가 바로 옆 호화로운 건물의 2층에 있었어. 이해하기 어려운 아방가르드 작품들로 유명한 작은 극장과 '월드 오브 셔츠 앤 삭스World of Shirts and Socks'라는 이름의 남성복 매장이 있는 28번가가 보이는 건물이었지. 아파트는 가구들이 빽빽하게 들어차 있는 작은 방 두 개가 딸려 있었어. 리즈의 말로는 부모님들이 뉴욕에 쇼핑하러 오거나 쇼를 보러 올 때만 아파트를 사용한다고 하더군. 아마 지난 3개월 동안 아무도 사용하지 않은 것 같더라고.

루세시의 장례식은 다음 날 아침 10시였어. 나는 아리안나에게 전화를 걸어 내가 어디에 묵고 있는지 말했고, 아리안나는 아침에 우리를 데리고 리버데일로 갈 차를 준비해놓겠다고 했지. 아파트에는 먹을 게 없어서 리즈와 나는 길을 따라 인도에 테이블들이 놓여 있는 작은 카페로 갔어. 리즈가 나에게 조나스에 관한 이야기들을 해주었는데 그렇게 대단한 것들은 아니었어. 그녀가 세 통의 편지를 받았는데 모두 짧은 편지들이었다고 하더군. 나는 조나스가 탄자니아에서 도대체 뭘 하는 건지 이해를 못 했지. 그는 생물학자라고 보는 게 맞았고, 적어도 인류학자가 아닌 생물학자가 되려는 사람이었으니까. 나도 조나스가 그곳에서 하는 일이 초기 인류의 뼈에서 화석화된 병원균을 추출해내는 것과 관련되었다는 건 알았지만 말이야.

"기본적으로," 리즈가 말했어. "조나스는 온종일 흙바닥에 주저앉아 페인트 붓으로 돌덩이의 먼지를 털어내고 있는 거지."

"재미있을 거 같은데."

"오 맙소사, 조나스에게는 그렇겠지."

나도 그럴 거라는 건 알았지. 조나스와 같이 방을 쓰면서, 재미를 쫓는 그의 겉모습과 달리 학업에 매우 진지하다는 것과 때로는 그 정도가 집착에 가까울 정도로 무서워진다는 걸 알았으니까. 그의 열정의 핵심은 인간이라는 동물이 진화에 있어 다른 개체들과는 확연히 구분되는 정말 독특한 유기체라는 사실에 있었어. 동물들의 세계에는 우리의 이성과 언어와 추상적 사고의 능력과 견줄 만한 것이 없었으니까 말이야. 그러나 이런 엄청난 선물에도 불구하고 우리는 지구상의 다른 모든 생물과 마찬가지로 육체적 한계는 어찌하지 못하고 얽매여 있어. 태어나고 나이를 먹으며 늙고 그리고 죽는 것, 이 모든 것이 상대적으로 짧은 시간 동안에 이루어지지. 조나스는 이걸 두고 진화론적인 관점에서 보면 완전히 말이 안 되는 거라고 하더군. 자연은 균형을 갈망하지만, 우리의 뇌는 뇌를 담고 있는 육체의 짧은 유통 기한과 전혀 일치하지 못하니까.

조나스가 생각해보라고 하더군. 인간이 200년이라는 시간을 살 수 있으면 세상이 어떻게 될까? 500년은 어때? 1000년은? 천 년 동안 축적된 신뢰할 만한 지혜가 있다면 사람이 어떤 천재성을 발휘할 수 있을까? 그는 현대 생물학의 가장 큰 실수는 죽음을 자연스러운 것으로 보고, 그것이 전혀 사실이 아님에도 죽음을 육체와는 분리된 별개의 실패로 이해하는 것이라고 믿었어. 암, 심장병, 알츠하이머, 당뇨병……. 조나스가 그러더군. 그 병들을 하나씩 치료하려고 하는 것은 벌 떼를 손바닥으로 찰싹찰싹 때리는 것과 같은 거라고. 벌 한두 마리를 잡을 수는 있겠지만 결국 벌 떼가 사람을 죽이게 될 거라는 말이지. 그의 말에 따르면, 중요한 건 죽음이라는 문제 전체를 직시하고 맞서서 그것을 뒤집어엎는 거라는 거야.

우리는 왜 결국 죽어야만 하는 거지? 우리의 육체적 속성들이 사고력의 힘과 균형을 이루는, 진화의 다음 단계로 나아가는 로드맵이 인간이라는 우리 종의 분자적 코딩 깊숙한 어딘가에 숨어 있을지도 모르잖아? 그리고 자연이 그 천재성을 발휘해 인간에게 준 재능들을 활용하여 스스로 그것을 발견해내기를 원하는 것이 자연의 의도라고 보면 말이 안 되는 것일까?

간단히 말해서 조나스는 인간의 상태에 대한 가설로서 불멸 영생을 주장하고 있는 거였어. 그리고 나에게 그런 그의 주장은 미치광이 과학자의 헛소리처럼 들렸지. 그의 주장에서 빠진 건 새로 갖다 짜깁기해놓은 신체의 각 부분과 생기를 불어넣을 피뢰침뿐인 것 같았어. 조나스에게도 이 말을 똑같이 해줬지. 나에게 과학이란 큰 그림을 그리는 일이 아니라 작고 세밀한 설계도를 그리는 일이었어. 조나스는 시간 낭비라고 매도하지만, 하나하나 뒤져서 확인해 나가는 겸허한 마음의 야심 찬 조사 말이야. 그래도 그의 열정은 매력적이었어. 심지어 괴짜 같아 보이는 그 점이 영감을 불러일으키는 면도 있었으니까. 누가 죽지 않고 영원히 살고 싶지 않겠어?

"내가 이해가 안 되는 건 조나스는 왜 그런 식으로 생각하느냐 하는 거야." 내가 말했지. "그것만 아니면 정말 분별력이 뛰어난 사람이잖아."

나는 가볍게 한 말이었지만 내 말이 뭔가를 건드렸다는 걸 알았어. 리즈가 웨이터를 부르더니 와인 한 잔을 더 주문했지.

"그러게, 거기에 대한 답이 있지." 리즈가 말했어. "너도 알 것 같은데."

"내가 뭘 아는데?"

"나에 대해서."

그렇게 나는 그 이야기에 대해서 알게 되었지. 리즈가 열한 살이었을 때 호지킨병Hodgkin's disease*으로 진단받았대. 그녀의 기도를 둘러싸고 있는 림프절들로부터 암이 시작되었던 거야. 수술, 방사선, 화학 요법 등 그녀는 모든 치료를 다 받았어. 그녀는 두 번이나 병세가 호전되며 증세가 나아지기도 했지만, 병이 재발하고 말았지. 치료 후 리즈는 현재까지 4년째 별다른 증상을 보이지 않는 중이었어.

"어쩌면 내가 완치되었는지도 몰라. 아니면 그들이 내게 그렇다고 말하고 있는 것이거나. 너는 결코 알 수가 없을 거야."

나는 어떤 반응을 보여야 할지를 몰랐어. 리즈의 이야기는 매우 고통스러웠지만 내가 어떤 위로를 전하더라도 그건 공허하고 진부한 말밖에는 안 되었을 거야. 하지만 어떤 면에서는 그녀의 이야기가 완전히 생소하지는 않은 아닌 것처럼 보였어. 우리가 처음 만난 날부터 나는 뭔가 있다는 걸 느꼈으니까. 그녀의 삶에 그늘

---

*악성 림프종.

진 자리가 있다는 걸.

"말하자면 나는 조나스의 반려동물 프로젝트 정도 되는 거지, 알겠지." 리즈가 계속 얘기했어. "나는 조나스가 해결하고 싶은 문제 같은 거라고. 생각해보면 지금 조나스가 하는 일은 꽤 고귀한 일인 거지."

"나는 그렇게 생각하지 않아." 내가 반박하듯 말했지. "조나스는 너를 맹목적으로 열렬히 사랑하고 있다고. 모두 다 너무 잘 아는 사실이잖아."

리즈가 와인을 한 모금 마시고는 잔을 테이블 위에 내려놨어. "팀, 내가 뭐 하나 물어볼게. 조나스 리어의 완벽하지 않은 점 하나만 얘기해볼래. 그가 항상 약속 시간에 늦는다거나 신호등에 서서 코를 파는 버릇이 있는 그런 것들을 말하는 게 아니야. 그런 것들보다는 중요한 것 말이야."

골똘히 생각해봤지. 리즈의 말이 맞았어. 나는 조나스에게서 완벽하지 않은 걸 찾아낼 수가 없었어.

"내가 하고 싶은 말이 바로 그거야. 잘생기고 똑똑하고 매력적이고 대단하고, 멋진 일을 할 운명을 갖고 태어났어. 태어난 이후로 조나스는 모두의 사랑을 받아왔어. 그리고 그것은 조나스로 하여금 죄책감을 느끼게 했지. 나는 그가 죄책감을 느끼게 만들어. 조나스가 나와 결혼하고 싶어 한다고 말했었나? 조나스는 항상 내게 졸라대. 리즈 말만 해, 그럼 내가 반지를 준비할게. 웃기는 일이지. 나, 스물다섯 살을 넘겨 살 수 없을지도 몰라, 아니 통계가 뭐라고 하든 간에 여하튼. 암이 재발하지 않는다고 해도 나는 아이를 가질 수가 없어. 방사선이 그렇게 만들어놨다고."

시간이 흘러 밤이 깊어갔어. 내 주변 도시의 모습이 변하는 걸 느낄 수 있었지. 도시의 에너지가 변하고 옮겨가는 중이었어. 블록 아래쪽에서 사람들이 극장에서 나오고 소리를 질러 택시를 잡고 술과 음식을 찾아 떠났지. 나는 지난 며칠 동안의 감정적 소모에 지치고 억눌려 있었어. 나는 웨이터에게 계산서를 달라고 손짓했지.

"내가 다른 것도 말해줄게," 우리가 돈을 지불하는 동안 리즈가 말했어. "조나스는 정말 너에게 감탄하고 있어."

그건 어떤 면에서는 정말 가장 이상한 이야기였어. "조나스가 나에게 감탄할 게 뭐가 있을까?"

"오, 감탄할 이유는 많아. 하지만 내 생각에 그 많은 이유가 하나로 정리될 수 있을 것 같아. 팀, 너는 조나스가 절대 될 수 없는 그 무언가 그런 존재거든. 진정한 진품이라고 하면 될까? 네가 겸손하기는 하지만 내가 말하려는 건 그게 아니야. 내 개인적인 생각으로는 네가 너무 겸손하기는 해. 너는 너 자신을 과소평가하고 있어. 하지만 뭔가 있어…… . 모르겠어, 너 자신에 대한 솔직한 회복력이라고 할까. 너를 만났던 그 순간에 나는 알아봤어. 너를 곤란하게 하려는 건 아니지만 암의 좋은 점 한 가지는, 그러니까 유일하게 좋은 점은 사람을 정직하게 만든다는 거야."

나는 당황했지. "나는 그냥 SATs를 잘 봐서 하버드에 오게 된 아이일 뿐이야. 나는 흥미로운 게 전혀 없는 사람인걸."

리즈가 자신의 와인 잔을 들여다보며 잠시 멈추었던 말을 이어갔어. "나는 너의 가족에 관해서 물어본 적이 없어. 나나 조나스는 너의 사생활을 캐묻고 싶지 않았던 거지. 내가 알고 있는 것들은 조나스가 내게 말해준 정도가 전부야. 너도 가족 얘기를 전혀 하지 않고, 가족들도 너에게 전화 한번 하지 않잖아. 너는 방학이 되면 집주인 할머니와 그 집의 고양이들과 함께 지내며 캠브리지에 남아 있어."

나는 어깨를 으쓱해 보였지. "집주인 할머니는 그렇게 같이 지내기 어렵고 힘든 분 아닌데."

"그래 나도 할머니가 그렇지 않을 것으로 생각해. 할머니는 성자처럼 좋은 분일 거야. 그리고 나도 그 누구 못지않게 고양이들을 좋아해. 그 숫자만 적당하다면 말이야."

"별로 할 말이 없어."

"그렇지 않을 거 같은데."

침묵이 흘렀지. 나는 뭔가를 삼키는 데 의외로 큰 노력이 필요하다는 걸 알게 됐어. 내 기관지가 쪼그라든 것만 같았거든. 마침내 내가 입을 열었을 때, 내가 뱉은 말은 마치 또 다른 세상에서 들려오는 말처럼 보였으니까.

"그녀가 죽었어."

리즈가 쓰고 있는 안경 뒤, 그녀의 시선이 오롯이 나에게 집중되었어. "누가 죽었는데, 팀?"

나는 마른침을 삼켰지. "엄마가 돌아가셨지."

"언제 돌아가셨는데?"

다 얘기하게 될 것 같았어. 너무 명확하게도 얘기를 멈출 방법이 없었지. "지난여름에. 우리가 알게 되기 바로 직전이지. 나는 엄마가 아프다는 걸 알지도 못했어. 그것도 아버지가 편지를 써서 알려줬거든."

"그때 너는 어디에 있었는데?"

"집주인 할머니와 그녀의 고양이들과 같이 있었지."

뭔가 일이 벌어지고 있었어. 댐이 무너진 것처럼 뭔가가 들이닥치고 있었어. 만약 내가 즉시 움직이지 않으면, 일어나 걸어 다니며 내 심장 박동과 폐 속의 공기의 흐름을 느끼지 않으면, 내가 산산이 부서져 무너져버릴 거라는 걸 알았어.

"팀, 왜 우리에게 얘기하지 않았어?"

나는 고개를 흔들었어. 갑자기 내가 부끄러워졌지. "모르겠어."

리즈가 테이블 너머로 손을 뻗어 살며시 내 손을 잡아주었지. 나는 안간힘을 썼는데, 그만 울기 시작했어. 엄마 때문에, 나 자신 때문에, 그리고 그의 기대를 저버렸다는 걸 알았던 나의 죽은 친구 루세시 때문에. 분명히 나는 뭔가 할 수 있었을 거야. 무슨 말이라도 할 수 있었을 거라고. 루세시의 주머니에 있던 그 메모가 나에게 그렇다고 말하는 건 아니었어. 나는 살아 있고 그는 죽었다는 사실 때문이었던 거야. 모든 사람 중에서도 나는 루세시가 자신을 원하지 않는 세상에서 살아가는 고통을 이해해줘야만 했던 거라고. 나는 내 손을 빼고 싶지 않았어. 리즈의 손길이 나를 땅에 발붙일 수 있게 해주는 유일한 길인 것 같았으니까. 나를 구해줄 그녀가 없었다면, 나는 스스로 땅에 내려오지 못하고 계속 하늘을 날고 있는 꿈속에 갇혀 있었을 테니까 말이야.

"괜찮아," 리즈가 그렇게 말해줬지. "괜찮아, 괜찮아……."

시간이 흘렀고 나와 리즈는 길을 걸었어. 나는 어디인지 모르는 곳이었지. 리즈는 여전히 내 손을 잡았어. 나는 근처에 물이 있다는 걸 느꼈고 곧 허드슨강이 나타났어. 낡아빠진 잔교들이 강 쪽으로 길게 뻗어 있었지. 넓은 강의 건너편에서는 호보켄의 불빛들이 도시와 그 안에서 일어나는 삶의 입체적 축소 모형을 만들어냈어. 공기에서는 짠 소금기와 돌 맛이 느껴지더라고. 강가 주변으로는 공원 비슷한 것이 있고 말이야. 지저분하고 더 이상 사용되지 않는 것처럼 보였지. 안전한 곳 같지 않았어. 그래서 우리는 12번가를 따라 북쪽으로 걸었고 다시 동쪽으로 방향을 틀기 전까지 아무 말도 하지 않았어. 그때까지 나는 무슨 일이 일어날지 전혀 생각하지 않다가 그제야 생각해보기 시작했지.

지난 한 시간 동안 리즈는 내가 그녀에게 털어놓았던 것처럼, 그녀가 나 아닌 다른 사람에게는 털어놓은 적이 없을 게 확실하다고 생각되는 이야기들을 들려주었어. 조나스를 생각해야만 한다는 건 분명했지. 하지만 리즈와 나는 가장 은밀한 진실을 공유한 남자와 여자이기도 했어. 한번 말하고 나면 절대 말하지 않은 것으로 되돌릴 수 없는 이야기들 말이야.

우리 둘은 아파트로 돌아왔지. 둘 사이에 몇 분 동안 중요한 말은 오가지 않았어. 긴장감이 느껴졌지. 리즈도 분명히 느꼈을 거야. 내가 뭘 원하는지 확실하게 말할 수는 없었지. 다만 단 1분도 그녀와 떨어지고 싶지 않은 마음뿐이었어. 나는 조그마한 방 한가운데 묵묵히 서서 내 기분이 어떤지 설명할 수 있는 단어들을 찾고 있었지. 뭔가 말을 해야만 했거든. 그럼에도 나는 아무 말도 할 수 없었어.

침묵을 깬 건 리즈였어. "그럼 나는 이만 자러 갈까 해." 그녀가 말했지. "그 소파를 펼쳐서 쓸 수 있어. 이불과 담요는 옷장에 있고, 다른 게 더 필요하면 나에게 말하면 돼."

"알았어."

나는 리즈에게 다가갈 수 없었어. 미치도록 그러고 싶었지만 말이야. 손 하나만 내밀면 닿을 거리에 그녀가 있고, 이미 우리는 모든 걸 공유했지. 그리고 나는 그녀의 모든 걸 사랑했어. 아마도 우리가 만난 그 순간부터 사랑하게 되었을 거야. 하지만 그래도 나에게 삶이라는 걸 일깨워 준 조나스가 있었지.

"네 친구 루세시, 성 말고 이름은 뭐였어?"

루세시의 이름을 떠올리는 데 사실 생각할 시간이 조금 필요하더라고. "프랭크, 하지만 그를 프랭크라는 이름으로 불러본 적이 없네."

"너는 프랭크 루세시가 왜 스스로 목숨을 끊었다고 생각해?"

"루세시는 어떤 여자를 사랑했어. 하지만 그녀는 그를 사랑하지 않았지."

그때야 비로소 이 모든 생각의 사슬이 완전하게 내게 명확해지더라고. 패닝에게 전화해. 내 친구는 그렇게 적어놓았지. 패닝에게 전화해서 말해. 사랑, 그게 전부 다야. 사랑은 고통이고 사랑은 빼앗기기 마련이라고 말해주라고.

"차가 몇 시에 온다고 했지?" 리즈가 물었어.

"8시."

"나도 같이 갈 거야, 알지."

"함께 가줘서 고마워."

잠깐 서로 말이 없었지.

"그런데," 리즈가 침실 문 쪽으로 가다가 멈추고 돌아섰어. "스테파니는 운이 좋은 여자야 정말. 네가 모르고 있을까 봐 혹시나 해서 하는 말이야."

그리고 리즈가 방을 나갔어. 나는 트렁크 팬티까지 벗고서 소파에 드러누웠지. 여러 다른 상황들에서 감히 그런 여자가 나를 자기 방으로 끌어들이는 상상을 했다면 스스로 한심하다고 생각했을 거야. 하지만 난 실제로는 마음이 편안해졌어. 리즈는 명예를 선택했지. 우리 둘 모두를 위한 결정을 내렸던 거야. 레스토랑에서도, 리즈와 내가 함께 걸을 때도, 내가 고민해봤을지도 모르는 배신이라는 측면에서 스테파니를 떠올리고 생각해본 적이 단 한 번도 없었어. 그 하루가 일 년 같이 느껴졌지. 창문들 너머로 도시의 요동치는 파도 소리가 들려왔어. 바다에서 들을 수 있는 그런 소리 말이야. 내 호흡에 박자를 맞춰 내 가슴속으로 기어들어 오는 것 같았지. 피곤함이 뼛속까지 전신에 파고들었고 나는 곧 잠에 곯아떨어졌어.

얼마쯤 뒤에 잠이 깼는데, 확실하게 누군가가 나를 지켜보는 느낌이 들었어. 누가 입이라도 맞춘 것처럼 희미하게 내 이마 위에 전기가 흐르는 듯한 느낌이 남아 있었지. 누군가가 나를 내려다보는 것 같은 생각에 팔꿈치에 기대어 몸을 일으켰어. 하지만 방은 텅 비었고 내가 꿈을 꾼 게 틀림없다고 생각했지.

루세시의 장례식에 대해서는 말할 게 별로 없어. 그의 장례식에 대한 자세한 이야기를 늘어놓는 것은 장례식에 참석한 이들만이 공유했던 슬픔과 드러내고 싶지 않았던 고통에 대한 모독이기도 해. 장례식이 진행되는 동안 나는 줄곧 아리안나를 지켜보았어. 그녀의 기분이 어떨지 궁금해하면서 말이야. 그녀는 알았을까? 나는 그녀가 알았으면 좋겠다고 생각하면서도 한편으로는 아니기를 바랐지. 아리안나는 그저 소녀일 뿐이었으니까. 그런 게 다 무슨 소용이 있겠어.

나는 루세시의 가족들이 점심 식사에 초대하는 걸 거절하고 내 짐을 챙기러 리즈와 함께 아파트로 돌아왔지. 팬 스테이션 승강장에서 리즈가 나를 안아주고는 뭔가 생각을 고쳐먹었는지 내 볼에 재빨리 입을 맞췄어.

"그래, 괜찮은 거지?"

나는 리즈가 나를 말하는 건지 아니면 우리 둘을 의미하는 건지 알 수 없었어. "그럼," 나는 그렇게 대답했어. "아주 좋아."

"만약에 너무 우울해지면 전화해."

나는 열차에 올라탔어. 내가 빈자리를 찾기 위해 열차 칸을 걸어가는 동안 유리창으로 리즈가 나를 지켜보았지. 아주 오래전 9월 클리블랜드로 가는 버스에 오르던 날이 생각나더라고. 창에는 빗방울이 떨어졌고, 엄마가 손에 쥐여준 구겨진 봉투가 무릎 위에 놓여 있었던 날. 내가 떠나는 걸 아버지가 지켜보는지 둘러 봤지만, 아버지는 떠나고 보이지 않았던 날 말이야. 나는 창가에 자리를 잡고 앉았어. 리즈는 아직 떠나지 않고 기다렸고, 나를 보고 웃으며 손을 흔들어줬어. 나도 손을 흔들어 인사했어. 기계 장치의 떨림이 심하게 느껴지면서 열차가 움직이기 시작했어. 그녀는 아직도 서서 지켜보고 있었어. 내가 탄 열차 칸의 움직임을 따라 그녀의 시선도 움직였지. 열차가 터널 안으로 들어가자, 그제야 리즈가 시야에서 사라졌어.

18장

1992년 5월. 나의 모든 학업 과정이 마무리됐고 수석으로 졸업하게 되었어. MIT, 콜롬비아, 프린스턴, 라이스 대학교에서 넉넉한 대학원 연구 장학금 제의들도 들어왔지. 하버드는 내가 계속 남아 있기를 원하더라도 내 마지막까지는 보지 않기로 이미 결정한 상태였어. 결국 내가 해야겠다고 느낀 분명한 선택은, 가능한 한 오랫동안 가능성을 누릴 수 있는 것을 선호하는 쪽으로 기우는 것이었지. 확실하게 약속한 것은 없었지만 말이야. 조나스는 여름 동안 다시 탄자니아로 돌아갔다가 시카고대학에서 박사 과정을 시작할 예정이었고, 리즈는 버클리로 가 르네상스 문학에 관한 석사 학위를 딸 계획이었어. 스테파니는 워싱턴으로 돌아가 정치 컨설팅 회사에서 일하기로 되어 있었지. 졸업식은 6월 첫째 주에 있을 예정이었어. 우리는 과거의 우리와 미래의 우리 삶 사이의 휴지기에 들어갔던 거지.

한편 그 시기에 정말 많은 파티가 열렸어. 휘청이는 맥주통 파티, 정장 차림의 무도회, 모두가 민트 줄렙을 마시고 모든 여자가 모자를 쓰는 정원 축제. 나의 믿음직한 전투 턱시도를 입고 분홍 나비넥타이를 매고 — 분홍 나비넥타이가 나의 트레이드 마크가 되어버렸다니까 — 린디와 일렉트릭 슬라이드 그리고 호키 포키와 범프를 추어댔지. 온종일 술에 취해 있거나 숙취에 시달렸어. 승리의 시간 뒤에는 대가가 따랐어. 내 인생에서 처음으로 아직 내가 떠나보내지 못한 그리운 사람들의 고통을 느꼈지.

졸업식 일주일 전, 조나스, 리즈, 스테파니 그리고 나는 차를 몰고 케이프로 갔어. 리즈네 집으로 말이야. 아무도 얘기하지는 않았지만 앞으로 다시 그렇게 넷이 함께 모이기는 힘들 것 같았어. 리즈의 부모님들도 케이프의 집에 계셨지. 돌아온 계절을 맞아 집의 문을 막 열어놓으신 거였어. 전에도 리즈의 부모님을 코네티컷에서 만난 적은 있었지. 리즈의 엄마 패티는 사무적이고 좀 위선적인 정중함과 억센 발음을 지닌 여성 원로 같은 느낌을 주는 사람이었지만, 아버지는 내가 만난 사람 중에서 가장 호감이 가는 느긋한 성격의 소유자였어. 키가 크고 안경을 쓴(리즈는 아버지의 시력을 물려받았더라고) 정직한 얼굴의 남자 오스카 매콤은 은행원이었어. 좀 일찍 은퇴했고 지금은 리즈 아버지 본인의 말을 빌리자면 "돈을 만지작거리면서" 하루를 보내고 있었지. 리즈 아버지는 딸을 정말 너무너무 사랑했어. 그건 누구의 눈에나 분명해 보이는 일이었어. 그 사실을 부정할 수는 없지만, 그녀의 아버지가 리즈를 아내보다 비교도 안 될 정도로 좋아했느냐는 알 수 없는 일이기는 했지. 리즈 아버지는 아내를 마치 새끼를 많이 낳은 푸들을 바라보는 것처럼, 넋이 나간 것처럼 애정이 과하게 담긴 표정으로 바라보고는 했거든. 리즈와 함께 있으면 그녀의 아버지 얼굴에는 미소가 가득했어. 리즈와 그녀의 아버지는 자주 프랑스어로 수다를 떨었지. 그의 다정함은 리즈 주위에 있는 모든 사람에게도 느껴질 정도였어. 리즈와 아버지가 '오하이오 팀'이라고 별명을 붙여준 나까지 포함해서 말이야.

오스터빌이라는 마을에 있던 그 집은 낸터킷 사운드Nantucket Sound가 내려다보이는 절벽 위에 있었어. 정말 거대한 집이었어. 방들이 셀 수도 없이 많았고, 잔디가 깔린 넓은 뒷마당과 해변으로 이어지는 삐걱거리는 계단까지 있었지. 확실히 수백만 달러짜리 집이었을 거야. 단지 집의 대지만 해도 말이야. 당시에는 내가 그런 것들을 계산해볼 능력이 안 되기는 했지만. 그 엄청난 크기에도 마치 내 집같이 편안한 느낌이 드는 과하게 꾸미지 않은 집이었어. 대부분의 가구가 누구나 알뜰시장에서 값싸게 사올 만한 것들처럼 보였지. 오후마다 바람이 집 주변으로 불어올 때면 마치 뉴욕 양키스 팀의 공격진처럼 집을 거침없이 꿰뚫고 지나가고는 했어. 바닷물은 여전히 수영을 즐기기에는 차가웠고, 시즌이라 해도 아직은 초여름이라서 마을에도 사람들이 무척 한산했지. 우리는 저녁이 되어 술자리가 준비되기 전까지는 춥지 않은 척 해변에 누워 있거나 아니면 현관 앞에서 노닥거리거나 카드 게임을 하기도 하고 책을 읽기도 하며 시간을 보냈어.

나의 아버지는 저녁 식사 전이라면 아마 맥주를 마셨을 거야. 텔레비전으로 뉴스를 보면서 말이지. 어쨌든 그 정도가 다였어. 엄마는 술은 전혀 마시지 않으셨고. 매콤 씨의 집에서 칵테일 아워는 흡사 신앙 같은 거였지.

저녁 6시가 되면 모두가 거실에 모이거나 기분 좋은 저녁이면 현관 앞에 모였지. 리즈 아버지가 저녁 시간을 위해 준비한 혼합

음료를 은쟁반에 담아 우리에게 안겨주었어. 예스러운 전통 위스키들과 톰 콜린스*와 차가운 잔에 올리브를 막대기에 꽂아 곁들인 보드카 마티니 같은 것들 말이야. 오븐에 데운 맛있는 견과류도 우아한 도자기 그릇에 담겨 함께 딸려 나왔어. 게다가 이어지는 저녁 식사에는 모자라는 법이 없는 넉넉한 양의 와인이 함께 나왔지. 간혹가다 식사 후에 위스키나 포트**를 더 마시기도 했어. 우리가 케이프에서 지내는 동안 내 간이 회복될 틈이 있기를 바랐지만 그럴 가능성은 전혀 없었지.

나와 조나스가 침실 하나를 같이 썼고 그 반대편 끝에 있는 방을 리즈와 스테파니가 같이 썼는데, 딱 그 중간에 리즈 부모님 방이 버티고 있었어. 학기 중에 리즈의 집을 방문했을 때는 당연히 우리가 집을 장악하고 잠자리 계획도 마음대로 했지. 하지만 이번엔 그렇게 할 수가 없었어. 그 상황에서는 우리가 꼭두새벽에 상당한 시간을 살금살금 기어 다니며 눈치를 보게 될 거로 생각했는데 리즈가 막아서더라고. "제발 우리 부모님 충격받고 쓰러지게 하지는 말자." 리즈가 그렇게 말했어. "그러지 않아도 이제 곧 우리 부모님들을 충분히 놀라도록 만들게 될 거라는 거 잘 알고 있잖아."

그런데 리즈가 그렇게 말해줘서 오히려 다행이었다고 해야 할까. 그때쯤 사실 내가 스테파니에게 좀 싫증이 나기 시작했거든. 스테파니가 멋진 여자이기는 했지만, 그녀를 사랑하는 건 아니었으니까. 스테파니에게는 내가 그녀를 사랑하도록 만들 무언가가

---

* 진에 레몬즙과 소다수와 얼음을 넣은 칵테일.
** 보통 식사 후에 마시는 단맛의 포르투갈산 적포도주.

없었거든. 모든 면에서 그녀가 사랑받을 만한 가치가 있기는 했지만 말이야. 내 마음은 딴 데 가 있기도 했고, 그 때문에 나 스스로 위선자처럼 느껴졌지. 뉴욕에서 루세시의 장례식을 치른 날 이후로 나와 리즈는 나의 엄마나 리즈의 암 그리고 우리가 뉴욕의 거리를 함께 걷고 구렁텅이로 떨어지기 전에 한발 뒤로 물러나 서로의 우정을 지키기로 한 날 밤에 대해서 말하지 않았어. 그렇지만 그날 밤이 우리 둘에게 흔적을 남겨놓은 건 분명했지. 그때까지 우리의 우정은 조나스를 통해 이어진 것이었어. 그런데 우정의 새로운 경로가 열린 셈이었지. 조나스를 통해서가 아닌 우회해서 이어진 우정, 그리고 그 새로운 길을 따라 개인적인 친밀함의 조류가 살아 숨 쉬며 흐르게 된 거야.

우리는 무슨 일이 일어났던 건지 알았어. 우리 둘이 그 현장에 함께 있었으니까 당연한 일이지. 내가 분명히 느꼈고 또한 나는 리즈 역시 느낀 게 틀림없다고 확신했어. 그리고 둘이 아무 일도 저지르지 않았다는 사실은, 우리 사이를 침대에서 살을 섞은 것보다도 유대감이 더욱 끈끈해지도록 해줬던 거고. 우리는 현관 가에 앉아 각자 다른 손님들이 두고 간 흰곰팡이 냄새가 나는 표지의 책을 읽곤 했고, 동시에 고개를 들다가 눈이 마주치기도 했어. 리즈의 입가로 얄궂은 미소가 번져가면 나는 따뜻하게 웃어 보이곤 했지. 우리 둘을 좀 봐, 우리는 서로에게 그렇게 속삭였던 거야. 우리는 정말 서로 믿고 의지할 수 있는 멋진 한 쌍이잖아. 우리가 얼마나 고결한지 사람들이 안다면 상을 안 줄 수가 없을 거야.

물론 나는 그런 상황에 대해 뭔가를 시도해볼 생각이 전혀 없었어. 나는 조나스에게 점점 더 많은 것들을 빚지고 있었고, 내가 뭔가를 시도해보려 해도 리즈가 그런 일을 받아줄 것으로 생각하지도 않았으니까. 조나스와 리즈 사이의 유대 관계는 정말 긴 사연이 있는 역사라고 할 만한 것이고, 나와 리즈 사이보다 훨씬 더 깊은 것이었어. 끝없이 늘어선 방들과 바다의 풍경들 그리고 낡아 보이는 우아한 가구들로 이루어진 그 집은 조나스와 리즈의 사이가 얼마나 진실한지 나에게 일깨워주었지. 나는 그 세계에 잠깐 발을 들여놓은 방문객일 뿐이었어. 사람들에게 환영받고 리즈가 감탄했다고 말해주기까지 했지만 나는 그저 방문객이었어. 부정할 수는 없다고 해도 리즈와 내가 함께한 하룻밤도 단지 거기까지일 뿐이었지. 하룻밤. 그래도 여전히 리즈 주위에 머무를 수 있다는 건 나에게 전율이 흐를 만큼 기쁜 일이었어.

리즈가 자신의 술잔을 입술에 갖다 대 기울이는 모습. 아주 작은 글자를 읽기 위해 안경을 이마까지 밀어 올리고 들여다보는 리즈의 버릇. 감히 뭐라고 설명하기도 힘든 그녀의 체취. 그녀에게서 나는 향기는 그 어떤 것과도 달랐으니까. 고통일까 아니면 짜릿한 쾌락이었던 걸까? 둘 모두였어. 나는 그녀 앞에서 내 몸을 씻어보고 싶었어. 리즈가 죽어가고 있다고? 난 그 문제에 대해서는 생각하지 않으려고 했어. 그녀 가까이 있는 것만으로도 행복했고, 있는 그대로 상황을 받아들이려고 했지.

케이프의 리즈네 집을 떠나기 이틀 전 리즈의 아버지가 저녁으로 랍스터를 먹을 거라고 선언했어(리즈의 아버지가 모든 요리를 다 준비했고, 나는 사실 리즈의 엄마 패티가 계란프라이 이상의 무언가를 만드는 것을 본 적이 없었어). 그날 저녁으로 랍스터를 먹는 건 나를 위한 거였는데, 놀랍게도 리즈의 아버지가 내가 랍스터를 먹어본 적이 없다는 걸 알더라고. 오후 늦게 리즈의 아버지가 수산 시장에서 꿈틀대는 검붉은 괴물들이 들어 있는 가방을 들고 돌아왔지. 그러고는 육식 동물의 함박웃음을 지으며 한 마리를 꺼내서 내가 들고 있게 했어. 분명히 누가 봐도 나는 겁에 질린 표정을 하고 있었겠지 뭐. 그러니까 모두가 기분 좋게 한바탕 크게 웃었을 테고. 그렇다고 내가 기분이 나쁘고 그랬던 건 아니었어. 솔직히 그 일로 리즈의 아버지를 조금 좋아하게 됐어. 온종일 꾸물꾸물 비가 내렸고 우리 모두 진이 빠졌는데 이제야 할 일이 생긴 거였지. 이런 사실을 알아차리기라도 한 것처럼 우리의 축제를 위해 태양까지도 제때 맞춰 얼굴을 내밀었다니까.

조나스와 나는 함께 뒤 현관 쪽으로 식사를 위한 테이블을 옮겼어. 그때 나는 조나스에게 무슨 일이 있다는 걸 눈치챘지. 지난 며칠 동안 그는 비밀스럽다고 할 수밖에 없는 태도로 행동했거든. 뭔가 일이 일어나고 있었던 거야. 칵테일 아워에 우리는 흑맥주 여러 병을 마셨고 (리즈의 아버지 오스카의 말로는 흑맥주가 유일하게 잘 어울리는 반주라고 하더라고) 그러고 나서 메인이벤트가 있었지. 맙소사. 그것도 아주아주 엄숙하게 오스카가 나에게 랍스터 턱받이를 선물하더라고. 그때까지 나는 이 유아처럼 유치한 관례에 대해 아는 바가 전혀 없었지. 나 말고는 턱받이를 한 사람은 아무도 없었기에 조금 기분도 상하고 화도 나더라고. 내가 랍스터의 집게발을 깨부수자마자 육즙이 터져 나와 내게 쏟아지고 테이블 전체가 웃음바다가 되기 전까지는 말이야.

그 완벽했던 장면을 한번 상상해보라고. 빨간 체크무늬의 식탁보가 깔린 테이블, 우스꽝스러울 정도로 풍요로운 축제, 낸터킷 사운드를 가로질러 우리를 향해 쏟아지는 황금빛 석양의 햇살. 그리고 태양은 자신이 쓰고 있던 모자를 비스듬히 살짝 기울여 작별 인사를 하는 덩치 큰 신사처럼 마지막 번쩍임과 함께 수면 아래로 사라졌지. 초에 불을 밝히자 반짝이는 불빛에 우리 얼굴이 환해졌어. 삶이 어떻게 그런 곳 그런 사람들 사이로 나를 이끌었던 거지? 부모님이 이 광경을 봤다면 과연 뭐라고 하셨을지 궁금해졌어. 엄마는 틀림없이 기뻐하셨을 거야. 엄마가 어디에 계시건, 그곳에서 엄마가 이런 나의 삶을 지켜보면 좋겠다고 생각했어. 아버지에 대한 건…… 잘 모르겠더라고. 내가 모든 관계를 다 끊어버렸으니까. 그때야 비로소 내가 얼마나 못되게 굴었는지 알았고, 연락해야겠다고 다짐하게 됐지. 아마 아버지가 내 졸업식에 참석하시기에 너무 늦어버린 건 아니었을 거야.

우리가 디저트까지 먹고 났을 때였는데 디저트는 딸기 대황 파이였어. 조나스가 자기 잔을 포크로 땡땡 가볍게 치며 우리의 이목을 집중시켰어.

"여러분, 잠시 주목해주시기를 부탁드려도 될까요."

조나스가 일어나 테이블을 돌아가서는 리즈의 곁에 가서 섰지. 좀 씩씩거리며 힘을 쓰더니 리즈가 자신을 바라보도록 그녀의 의자를 돌려놓았어.

"조나스," 리즈가 웃음을 터뜨리며 말했지. "도대체 뭐를 하려는 거야?"

조나스의 손이 주머니 안에서 무언가를 찾아 더듬거렸고 나는 바로 알아차렸어. 위가 철렁하고 떨어지는 것 같더니, 몸속의 다른 기관들도 전부 주저앉는 듯했지. 조나스가 한쪽 무릎을 꿇어앉으며 작은 벨벳 상자를 꺼내 들었어. 상자의 뚜껑을 열고 들어 올려서 리즈에게 보여줬지. 조나스의 얼굴에 잔뜩 긴장한 것처럼 보이는 미소가 떠오르더라고. 내 눈에도 상자 안의 그 보석이 보이더라. 여왕을 위해 준비한 것처럼 커다란 거였어.

"리즈, 나도 그동안 우리가 이 문제에 대해 같이 이야기해온 건 알아. 하지만 이제는 공개적으로 얘기를 했으면 해. 나는 지금까지 항상 너를 사랑해왔다는 걸 말하고 싶어."

"조나스, 나는 뭐라고 말해야 할지 모르겠어." 리즈가 시선을 들어 하늘을 보고는 불편한 듯 웃었어. 그녀의 볼도 당황한 듯 빨갛게 달아올랐지. "이건 너무 진부하잖아!"

"예스라고 대답해줘. 그러면 되는 거야. 너의 인생에서 필요한 모든 걸 해주겠다고 내가 약속할게."

난 먹은 걸 모두 토해내고 싶을 정도로 속이 안 좋아졌어.

"뭐해," 스테파니가 말했지. "도대체 뭘 기다리고 있는 거야?"

리즈가 고개를 돌려 자기 아버지를 보더라고. "적어도 조나스가 아빠에게 먼저 물어보기는 했는지 말해줘요."

리즈의 아빠 오스카는 웃기만 했어. 공모자였던 거지. "그래, 조나스가 나에게 물어보기는 했어."

"그래서 지혜로우신 현자께서는 뭐라고 하셨는데요?"

"얘야, 이건 정말 네가 결정할 문제야. 큰 변화의 한 걸음을 내딛게 되는 거라고. 하지만 내 의견을 묻는 거라면 나는 반대하지는 않을 거야."

"엄마?"

아주 희미하게 들릴 듯 말 듯 리즈의 엄마는 울고 있더라고. 리즈의 엄마 패티는 말없이 고개만 열심히 끄덕였지.

"맙소사," 스테파니가 끙끙거렸어. "아, 내가 더는 못 기다리겠네! 만약에 리즈가 조나스와 결혼 안 한다고 하면 내가 할게, 그래도 되지?"

리즈가 다시 고개를 돌려 조나스를 볼 때, 리즈의 시선이 내게서 잠깐 멈칫했던가? 내 기억은 리즈가 그랬다고 말하고 있어. 내가 그랬다고 상상했던 건지도 모르지만 말이야.

"그래, 글쎄 나는 음……."

조나스가 상자에서 반지를 꺼냈어. "반지를 끼워줘. 그것만 하면 돼. 이 세상에 살아 숨 쉬는 남자 중에서 나를 가장 행복한 남자로 만들어줘."

리즈는 아무 표정 없이 반지를 빤히 쳐다보았지. 젠장, 그 망할 반지 알이 이빨 하나만큼이나 크더라니까.

조나스가 말했어. "제발,"

리즈가 얼굴을 들었어. 그리고 말했지. "그래," 그리고 고개를 끄덕였지. "내 대답은 예스야."

"정말이지?"

"바보같이 굴지 마, 조나스. 물론이지, 정말이라고." 마침내 리즈가 미소를 지어 보였어. "이리 가까이 와."

리즈와 조나스 둘이 서로 안고서 키스했어. 그리고 조나스가 리즈의 손가락에 반지를 끼워줬지. 나는 멀리 바다를 바라봤어. 도저히 그 장면을 볼 수가 없었으니까. 하지만 드넓게 펼쳐진 푸른 바다마저도 나를 조롱하는 것만 같았지.

"오우!" 리즈의 엄마가 소리를 질렀어. "정말 행복해!"

"자, 그래도 너희 둘 오늘 밤에 몰래 숨어 돌아다니면 안 된다." 리즈의 아버지가 기분 좋게 웃었어. "여기 있는 동안은 둘이 각자 떨어져 다른 방을 써야 해. 혼인 첫날밤을 위해 좀 참으라고."

"아빠, 징그럽게 그러지 좀 말아요!"

조나스가 그녀의 아버지를 보며 돌아서서 손을 내밀었어. "감사합니다, 아버님. 진심으로 감사드려요. 리즈를 행복하게 해주기 위해서 저의 모든 것을 바치겠습니다."

둘이 악수했지. "그래, 나도 자네가 그럴 거라는 걸 알아."

리즈의 아버지가 준비해둔 샴페인을 꺼내 오고, 잔들이 채워졌어. 그리고 모두가 잔을 높이 들었지.

"행복한 부부를 위하여." 오스카가 리즈와 조나스를 축복했어. "건강하게 장수하며, 행복하고, 사랑이 가득한 가정을 이루기를."

샴페인이 기가 막히게 맛있더군. 틀림없이 매우 비쌌을 거야. 하지만 나는 마셔 넘기기가 너무 힘들었어.

나는 잠을 잘 수가 없었어. 자고 싶지도 않았고.

조나스가 실신해 곯아떨어졌다는 걸 확인하자마자 나는 집을 몰래 빠져나왔지. 자정이 한참 지난 시간이었고 낸터킷 사운드 하늘 위에는 꽉 차오른 하얀 달이 떠 있었어. 무슨 특별한 계획을 갖고 집을 나왔던 건 아니었어. 다만 쓸쓸함 때문에 혼자 있고 싶었던 것뿐이지. 신발을 벗고 해변으로 가는 계단을 내려갔어. 바람 한 점 불지 않았고 세상이 멈춰 선 느낌이랄까 그랬어. 아주 작은 파도만이 해안으로 몰려왔다가 쓸려나가고 있었지. 나는 걷기 시작했어. 그날 온종일 내렸던 비로 인해 발밑의 모래들은 여전히 축축하더라고. 내 머리 위로 보이는 집들은 모두 어둠에 묻혔고 일부 집들은 무덤처럼 빈틈없이 판자로 막혀 있었어.

멀리 누군가 모래사장 위에 앉아 있는 게 보이더군. 리즈였어. 뭘 어떻게 해야 할지 모르는 나는 잠깐 멈춰 서 있었어. 리즈가 샴페인 한 병을 들고 있었지. 그녀가 술병을 입에 갖다 대고 한참을 들이키더라고. 그리고 그녀도 내가 있는 걸 보았지만 고개를 돌려버렸어. 조금 마음에 상처가 되더라고. 이제는 나도 발걸음을 되돌릴 수가 없고 말이야.

리즈 곁에 가 앉았지. "뭐 해?"

"그래, 당연히 너일 거라고 생각했어." 리즈가 말꼬리를 흐리며 말했어.

"'당연히'라는 건 무슨 말인데?"

리즈가 샴페인을 한 모금 더 마셨지. 반지는 그녀의 손가락에 그대로 끼워져 있더라고. "나는 오늘 밤 네가 별로 말을 많이 하지 않았다는 거 알아. 예비 신부가 된 걸 축하해주는 건 세련되고 고상한 행동이라고, 너도 알잖아."

"그래, 축하해."

"확신에 찬 말투네." 리즈가 슬픈 듯 한숨을 내쉬었어. "젠장, 나 취했나 봐. 내게서 이거 좀 치워줘."

그녀가 나에게 술병을 넘겼는데, 보니까 몇 방울 남지도 않았더라고. 그래도 내가 몇 모금 마실 만큼은 남아 있기를 바랐는데 말이야. 술에 취하지 않고 정신을 차려야만 할 때도 있지만 그때는 그렇지 않았으니까. 샴페인 병을 반들반들 닦은 다음 집어서 멀리 던져버렸어.

"원하지 않는 일이었으면 왜 예스라고 대답한 거야?"

"모두가 다 나만 쳐다보고 있는데? 네가 한번 해보든지."

"그럼 취소해. 조나스는 이해해줄 거야."

"아니야. 조나스는 이해 못 할 거야. 그가 묻고 또 물을 거고 나도 결국 항복하고 말 거야. 그리고 조나스 리어와 결혼하는, 세상에서 가장 운이 좋은 여자가 되겠지."

우리는 한동안 아무 말 없이 가만히 앉아 있었어.

"뭐 좀 물어봐도 될까?" 내가 먼저 입을 열었어.

리즈가 빈정거리듯 웃더군. 그녀의 시선은 멀리 바다를 향해 있었어. "안 될 게 뭐가 있겠어? 다들 그러는데."

"뉴욕에서 그날 밤 말인데, 내가 자고 있을 때 무슨 일이 일어났어. 자다가 뭔가를 느꼈거든."

"그랬구나."

"응, 그랬어." 나는 리즈의 대답을 기다렸지. 하지만 리즈는 아무 말도 하지 않았어. "나에게 입 맞췄어?"

"그때 내가 그랬을 이유가 뭐였을까?"

리즈가 나를 똑바로 바라보았어. "리즈……."

"쉿, 조용히 해." 시간이 얼어붙은 것 같았어. 우리 둘의 얼굴이 불과 30센티미터나 떨어졌을까. 그때 그녀가 당황스러운 짓을 했어. 리즈가 자기 안경을 벗더니 내 손 위에 올려놓았지.

"그거 알아? 난 안경이 없으면 아무것도 볼 수 없어. 웃긴 건 다른 사람들도 나를 볼 수 없는 것 같다는 거야. 이상하지 않아? 내가 투명 인간이 된 거 같다니까."

나는 틀림없이 그렇게 할 수 있었어. 진작 그랬어야만 했던 거였어. 대체 내가 왜 안 그랬던 거지? 왜 리즈를 내 품에 안고 그녀의 입술에 입을 맞추고는 그녀를 어떻게 생각하는지 내 감정을 말하지 않았던 거지? 결과가 참담할까 봐? 나는 리즈에게 행복한 삶을 선물할 수 없다고 누가 말할 수 있겠어? 나와 결혼해줘, 그 순간 생각했지. 대신 나와 결혼해달라고. 아니면 다른 어느 누구와도 결혼하지 마. 너의 있는 모습 그대로만 있어줘. 그러면 너를 지금처럼 영원히 사랑할 거야. 당신은 나의 다른 반쪽이니까.

"이런, 맙소사," 리즈의 말이었어. "나 토할 것 같아."

그러더니 리즈가 얼굴을 돌리고 모래 위에다 구역질했어. 저녁으로 먹은 랍스터와 샴페인이 모두 뒤섞여 솟구쳐 올라오기에 나는 그녀 머리카락을 뒤로 모아 쥐고 있었어.

"미안해, 팀." 리즈가 흐느껴 울었어. "내가 미안해."

나는 리즈를 일으켜 세웠어. 그녀의 팔을 내 어깨에 둘러 부축하려는 동안에도 계속 멈추지 않고 사과의 말을 중얼거렸어. 그녀는 거의 무거운 짐 덩어리나 다름없었지. 어쨌든 나는 리즈를 가까스로 계단 위로 끌어 올려 현관 가에 있는 다이브 베드* 의자에 앉혀놓았어. 나도 완전히 녹초가 되어버렸지. 이 광경이 어땠겠어? 나는 스테파니가 자는 리즈의 방으로 그녀를 데리고 갈 수는 없었어. 게다가 집 안에서 자는 사람들을 깨우지 않고 그녀를 데리고 계단을 올라갈 수 있을지도 의심스러웠어.

나는 리즈를 다시 일으켜 세우고 거실로 데리고 갔지. 소파면 될 것 같았어. 리즈는 언제라도 잠이 안 와서 책이나 읽으려고 내려왔다고 말할 수 있을 테니까. 소파에는 코바늘 뜨개질로 뜬 담요가 놓여 있었어. 담요를 끌어당겨 리즈에게 덮어줬지. 그러자 그녀는 빠르게 깊은 잠에 빠져들더라고. 나는 부엌에서 물 한 잔을 갖다가 티테이블 위에 올려놓았어. 리즈가 쉽게 물이 든 잔을 찾을 수 있는 곳에 말이야. 그러고 나서 나도 의자에 앉아 그녀를 지켜봤지. 리즈의 호흡이 깊고 고른 게 느껴졌어. 그녀의 표정도 편안해지고.

나는 리즈가 다시 취기에 시달리지 않는 걸 확인하기 위해 좀 더 시간을 갖고 지켜보고는 일어났지. 그래도 내가 해야 할 일이 하나 더 남아 있었어. 리즈에게 몸을 숙이고 그녀의 이마에 입을

---

* 긴 쿠션 의자.

맞췄어.

"잘 자." 그녀에게 속삭였지. "잘 자, 그리고 안녕."

나는 위층으로 살금살금 기어 올라갔어. 동틀 녘이 멀지 않았더군. 창문 너머에서 새들이 지저귀는 소리가 들리기 시작했으니까 말이야. 나는 복도를 걸어가 조나스와 함께 쓰는 방으로 갔어. 문 손잡이를 살살 돌리고 조용히 방으로 들어가는데 내 뒤에서 문이 닫히는 소리가 들리더라고.

아침 6시에 택시가 와서 진입로에서 기다렸어. 나는 현관에서 가방을 갖고 기다렸고.

"어디로 갈까요?" 택시 기사가 물었어.

"버스 터미널요."

기사가 택시 앞 유리를 통해 슬쩍 올려다보더군. "정말 저기에 사는 거예요?"

"그럴 리가 전혀 없죠."

내가 차 트렁크에 가방을 넣고 있는데 집의 문이 열리더군. 스테파니가 입고 잤던 긴 티셔츠를 입은 채로 성큼성큼 다가왔어. 사실 그 티셔츠는 내 거였는데 말이야.

"몰래 도망가는 거야? 나 전부 다 봤어, 진짜야."

"네가 생각하는 그런 거 아니야."

"그래, 물론 아니겠지. 너는 진짜 나쁜 놈이야, 그거 알아?"

스테파니가 엉덩이에 손을 댄 채 머리를 흔들더군. "돌아버리겠네, 진짜. 내가 어떻게 그렇게까지 눈이 멀었던 거지? 모든 게 다 너무 분명했는데도."

"내 부탁 하나 들어줄래, 해줄 거지?"

"지금 나를 놀리는 거야?"

"절대 조나스가 알면 안 돼."

스테파니가 쓴웃음을 지었어. "와, 이건 진심인데 말이야, 난 이 난장판에 진짜 말려들고 싶지 않다고. 이 모든 건 다 네 문제야."

"그래, 그렇게만 생각하면 돼."

"내가 저 집 안에 있는 사람들에게 뭐라고 하면 되는 거지? 내가 이 빌어먹을 거짓말쟁이가 되면서까지."

잠시 생각했지. "뭐라고 해도 상관없어. 내 친척이 아프다고 하든지. 정말 아무 상관도 없으니까."

"말해봐. 이 모든 일이 벌어지는 동안 나에 대해서 생각은 해본 거야? 나를 좋아한 적이 한 번이라도 있기는 했던 거야?"

뭐라고 말해야 할지 모르겠더라고.

"나쁜 자식." 스테파니는 말을 내뱉고 성큼성큼 가버렸어.

나는 몸을 숙여 택시에 탔지. 택시 기사는 클립보드 위의 종이에 무언가 끄적거리고 있었어. "좀 쉽지 않죠, 손님." 그가 룸미러로 나를 힐끗 보며 그렇게 말하더군. "거짓말이 아니라, 나도 그런 일을 겪어봤어요."

"저 지금 아무 말도 하고 싶지 않아요, 죄송합니다."

그가 대시보드 위에 들고 있던 클립보드를 툭 던져버리더라고. "나는 단지 친절을 베풀려고 한 것뿐이라고요."

"네, 안 그래도 돼요." 나도 그렇게 말을 내뱉었고 그렇게 출발해 리즈네 집을 떠났지.

19장

나는 모두를 뒤로하고 떠났지.

졸업식에도 참석하지 않았어. 캠브리지로 돌아와서 내 물건들을 챙겨 짐을 쌌지. 3년쯤 시간이 지났는데도 여전히 짐은 많지 않더라고. 그러고 나서 라이스대학교의 생화학과에 전화했지. 내가 입학 허가를 받은 모든 학교 중에서 라이스는 내가 전혀 모르는 도시에 있으면서 거리도 가장 멀다는 장점이 있었어. 토요일이라 자동 응답기에 메시지를 남겨야 했지만 나는 예스라는 대답을 남겼지. 그러니까 라이스대학으로 가겠다고 말이야.

그리고 내 턱시도를 그만 처분해버릴까 하는 생각을 했어. 아마도 다음 주인에게 나름대로 쓸모가 있을 테니까. 하지만 그러는 건 신경질적이고 과하게 상징적인 행동 같더라고. 게다가 턱시도야 나중에라도 언제든 버릴 수 있는 거였으니까. 밖에는 이중 주차가 된 렌터카가 대기했어. 짐을 챙겨 넣은 가방을 닫고 나자 전화가 울려대더라고. 그냥 무시해버렸어. 내 물건들을 아래층으로 옮기고 기숙사 방 열쇠는 윈스롭 하우스 관리실에 반납한 후, 차를 몰고 떠나버렸지.

머시에는 한밤중에 도착했어. 내가 그곳을 마치 한 세기 동안 떠나 있었던 거 같더라고. 그날은 집 밖에 주차하고 차 안에서 잠을 잤는데 창을 두드리는 소리에 잠이 깼어. 아버지더군.

"너 여기서 뭐 하는 거니?"

아버지는 목욕 가운을 입고 있었는데, 일요일 아침 신문을 가지러 나왔다가 내가 타고 온 차를 발견한 거야. 더 이상은 외모에 신경을 쓰지 않는 것처럼 많이 늙으셨더라고. 면도도 안 하고, 입 냄새도 고약했어. 나는 아버지를 따라 집 안으로 들어갔지. 먼지가 아주 수북하게 쌓여 있고 오래된 음식 냄새가 나기는 했지만 집은 소름이 끼칠 정도로 변한 게 없었어.

"배고프니?" 아버지가 내게 물었지. "원래는 시리얼이나 먹고 끝낼 생각이었다만 계란도 먹을까 하는데."

"그 정도면 좋아요." 그렇게 대답했지. "사실 오래 머물 생각은 아니었어요. 그냥 안부 인사를 하려고 온 거예요."

"커피 좀 준비해야겠구나."

나는 거실에 앉아 있었어. 초조하고 긴장될 거로 생각했는데 안 그렇더라고. 거의 아무런 느낌도 없었어. 아버지가 부엌에서 커피가 담긴 머그잔 두 개를 들고 와서 내 맞은편에 앉으셨지.

"너 키가 좀 큰 거 같아 보인다." 아버지가 말했어.

"아니에요, 사실 키는 변한 게 없어요. 아버지 기억이 잘못된 거예요."

아버지와 나는 커피를 마셨어.

"그래, 대학 생활은 어땠니? 네가 졸업한 지 얼마 안 된 건 알아.

하버드에서 서류를 보냈단다."

"좋았어요, 감사해요."

"좋았다는 게 전부야?" 아버지가 되물었지. 하지만 그 물음은 짜증 섞인 그런 질문이 아니었어. 아버지는 단지 궁금해하는 것처럼 보였지.

"전체적으로는," 나는 어깨를 으쓱해 보였지. "어떤 여자와 사랑에 빠졌어요. 그게 잘되지는 않았지만요."

아버지가 잠시 말없이 생각에 잠기시더군. "네가 엄마를 보러 가고 싶어 할 것 같은데."

"그러는 게 좋을 것 같아요."

아버지에게 중간에 슈퍼마켓에 잠깐 들리자고 했지. 꽃을 준비하려고 말이야. 가게에 꽃이 많지 않더군. 데이지와 카네이션 정도가 다였으니까. 하지만 내 생각에는 엄마가 꽃에 크게 신경 쓸 것 같지는 않았어. 그래서 카운터를 보는 소녀에게 녹색의 것들을 좀 섞어서 보기 좋게 만들어달라고 했지. 아버지와 나는 차를 타고 마을을 빠져나왔어. 아버지의 뷰익 내부는 패스트푸드 쓰레기들로 가득했어. 맥도널드 봉투를 하나 들어 안을 봤지. 말라비틀어진 프렌치프라이 조각 몇 개가 봉투 안에서 뒹굴더라고.

"아버지, 식사를 이렇게 해결하시면 안 돼요." 내가 말했어.

그리고 우리는 공동묘지에 도착해서 차를 주차하고 남은 길을 걸어갔어. 기분 좋은 아침이었고 아버지와 나는 즐비하게 늘어선 무덤들 사이를 지나갔지. 엄마의 묘비는 납골 묘지들이 모인 곳에 있었어. 작은 묘비들이 다닥다닥 붙어 있는 데 말이야. 엄마의 묘비에는 로레인 패닝이라는 이름과 생일과 사망 일자만이 적혀 있었지. 엄마는 돌아가실 때 쉰일곱이셨더군.

나는 엄마의 묘비 앞에 가지고 간 꽃을 내려놓고 한 걸음 뒤로 물러섰지. 그리고 지난날들, 엄마와 내가 함께했던 것들, 내가 엄마의 아들이었던 그 시절을 떠올렸어.

"여기에 모신 것도 나쁘지 않네요." 내가 말했지. "여기일지도 모른다는 생각은 했거든요."

"나는 그렇게 자주 와보지는 않는다. 그러면 안 된다고 생각은 하지만." 아버지가 긴 한숨을 내쉬었어. "내가 정말 모든 걸 망쳐버렸어. 나도 안단다."

"괜찮아요, 이제 모두 끝났어요."

"내 몸도 망가지고 있어. 당뇨가 있고 혈압은 지붕을 뚫고 나갈 정도로 높지. 기억 못 하는 일들도 많아지고. 어제도 셔츠에 떨어진 단추를 하나 꿰매야 했는데 가위를 찾을 수가 없더구나."

"그럼 진료받으러 의사에게 가보세요."

"몸에 문제가 많을 것 같아." 아버지가 말을 멈췄어. "네가 사랑한다는 여자 말이야, 어떤 여자니?"

잠깐 생각해봤지. "똑똑하고, 아름답고, 좀 빈정거리는 말투를 가졌지만 웃기려고 그런 거고요. 한 번도 웃긴 적은 없지만요."

"사람이 원래 그런 거 같구나. 네 엄마도 그랬어."

나는 고개를 들어 봄 하늘을 올려다봤지. 1000킬로미터도 넘게 떨어진 캠브리지에서는 졸업식을 막 시작하려고 할 거야. 친구들이 나를 어떻게 생각할지 궁금했지.

"엄마는 너를 아주 많이 사랑했어."

"저도 엄마를 사랑했어요." 아버지를 보며 웃었지. "여기 괜찮은데요." 내가 말했어. "여기 데려와주셔서 감사해요."

아버지와 나, 우리 둘은 집으로 돌아왔어.

"네가 원하면 네 방을 치워놓을게." 아버지가 말했지. "방을 그 대로 손대지 않고 놔두기는 했는데 아마도 그렇게 깨끗하지는 않을 테니까 말이다."

"사실 저는 이만 가봐야 해요. 운전해서 갈 길이 멀거든요."

아버지의 얼굴이 좀 슬퍼 보였어. "그래, 그렇다면 할 수 없지." 아버지는 내 차까지 함께 갔어. "어디로 가는 거니?"

"텍사스로 가요."

"거기에 뭐가 있는데?"

"텍사스 사람들이 있겠죠." 나는 어깨를 으쓱했지. "학교들도 더 많고요."

"돈이 필요하지는 않니?"

"월급이 나올 거예요. 저는 문제없을 거예요."

"그렇구나, 그래도 돈이 더 필요하면 내게 말하려무나. 네가 부탁하는 건 언제든지 환영이야."

아버지와 나는 악수하고 나서 좀 어색하게 서로 포옹했어. 내가 제대로 짐작했다면, 아버지가 그리 오래 살지 못할 거 같았어. 그건 사실이 되었지. 심장마비로 돌아가시기 전까지 고작 네 번 더 볼 수 있었을 거야. 심장마비가 왔을 때 아버지는 집에 혼자 있었어. 주말이었기 때문에 누군가 아버지가 보이지 않는다는 걸 알아차리고 찾아볼 생각을 할 때까지 며칠은 지났던 거야.

나는 차에 탔지. 아버지는 차 옆에 계속 서 계셨어. 아버지가 창문을 내려보라고 손짓하셨지. "도착하면 전화하거라, 알았지?"

나는 아버지에게 알았다고 대답했고, 도착하고 나서 전화했어.

휴스턴에서는 내가 처음 본 아파트를 렌트했지. 아파트는 멕시칸 레스토랑의 뒤가 보이는 간이 녹음실이었어. 그리고 라이스대학교 도서관에서 책을 정리하는 일자리를 구해서 여름을 보냈지. 휴스턴은 이상해 보이는 도시였고 지옥의 입구보다도 뜨거운 곳이었는데 그게 또 나에게는 괜찮았어.

사람은 주변 환경 속에서 자아를 확인하게 되는데, 내 눈에 보이는 것은 모두 새것이거나 아니면 무너져 내리는 것들이었지. 상당히 흉물스러워 보이는 도시였어(낮은 저층의 소매점들과 허름한 아파트 단지들이 즐비하게 늘어섰고, 미치광이들이 운전하는 자동차들로 고속도로가 꽉 들어찼어). 그래도 대학교 주변은 크고 관리가 잘된 집들이었어. 큰 도로가 나무라기보다는 나뭇조각 같은 생생하게 살아 있는 참나무들로 가득 차서 꽤 쾌적하고 고급스러웠지. 600달러를 주고 연한 노란색의 1983년형 셰비 싸이테이션을 내 첫 차로 샀어. 주행 기록계에 이미 37만 킬로미터를 달린, 닳아빠진 타이어를 달고 있는 차였지. 스테이플 건을 써서 내려앉은 비닐 천장을 다시 붙이기도 했을 정도야.

조나스나 리즈에게서 어떤 소식도 듣지 못했는데, 그들은 내가 어디에 있는지도 몰랐으니 어찌 보면 당연한 일이겠지(한때 미국에서는 누군가가 오른쪽으로 갈 거라고 모두가 예상할 때 왼쪽으로 감으로써 흔적도 없이 사라질 수 있는 시절이 있었다니까). 조금만 수소문했더라면 그들은 아마 나를 찾을 수 있었을는지도 모르겠어. 몇몇 학과장들에게 제대로 전화만 했더라도. 하지만 이것도 그들이 원했어야 가능하다는 걸 전제로 하는 것이기는 해. 그들이 원하는 게 뭔지 나는 알 수가 없었어. 내가 그들이 원하는 걸 알아낼 방법도 없었지.

학기가 시작됐어. 내 학업에 관해서는 공부에 매몰되어 있었다는 거 말고는 달리 할 말이 많지는 않아. 나는 생화학과 비서와 친구가 됐어. 50대의 흑인 여성이었는데 사실상 그녀가 학과 사무실의 모든 것을 관리하는 사람이었지. 그녀 말로는 라이스대학의 생화학과 사람 누구도 내가 그곳에 입학할 것으로 예상하지 못했다고 하더군. 그녀 말로는 학과 사람들이 나를 두고 "1달러짜리를 1페니 주고 산 것과 다름없는 순종 경주 우승마"라고 말했다고 하더군. 나의 대학원 동료들을 비사교적이라고 묘사하는 건 당시로서도 매우 절제된 표현이었을 것 같아. 가든파티도 없을 정도였으니까. 그 친구들은 재미라는 것과는 아예 담을 쌓았다고. 그리고 나에 대한 교수들의 노골적인 편애 때문에 시기하기도 했지. 난 고개를 푹 숙이고 코를 길바닥에 박고 다니다시피 했어. 텍사스 시골에서 장거리를 운전하는 습관도 익혔지. 바람이 불고, 평평하고, 의미 있는 경계도 안 보이고 모든 땅덩어리가 다 똑같아 보였어. 완전히 내 마음대로 길 어딘가에 차를 세우고 물끄러미 바라보기를 좋아했지.

내가 계속해서 지녔던 동부의 생활 습관이 하나 있는데, 그건 「뉴욕 타임스」를 읽는 거였어. 그리고 그걸 통해서 조나스와 리즈의 결혼이 공식적인 게 되었다는 걸 알았지. 그 일이 있었던 건 1년이 지난 1993년 가을의 일이야. "코네티컷의 그리니치와 매사추세츠의 오스터빌에 거주하는 오스카 매콤 씨 부부는 딸 엘리자베스 크리스티나 양과 매사추세츠 베벌리의 조나스 애버트 리어 군의 혼인 소식을 알리게 되어 기쁘게 생각합니다. 신부는 하버드대학교를 졸업하고 캘리포니아대학교 버클리 캠퍼스에서 문학 석사 학위를 취득했으며, 현재는 시카고대학교에서 르네상스 연구로 박사 학위를 취득하기 위해 학업에 정진하고 있습니다. 신부와 마찬가지로 하버드대학교를 졸업한 신랑 역시 시카고대학교에서 세균학 박사 학위 취득을 위해 학업 중입니다."

이틀 뒤 아버지에게서 커다란 마닐라지로 만든 봉투를 하나 받았지. 안에는 또 다른 봉투가 하나 있었는데, 거기에는 그걸 전달하는 데 시간이 오래 걸려서 미안하다고 아버지가 메모지를 붙여놓았더라고. 그건 초대장이었고 당연한 결과겠지만 지난 6월의 소인이 찍혀 있었지. 나는 온종일 그 봉투를 옆으로 치워놓고 보지도 않았어. 그리고 다음 날 밤에 버번 위스키 한 병을 옆에 두고 부엌 테이블에 앉아서 봉투를 뜯었지. 결혼식은 1993년 9월 4일에 열릴 예정이더군. 하이애니스항의 세인트앤드류스 바이 더 시 St. Andrew's-by-the-sea*에서 말이야. 결혼 피로연은 오스카와 패트리샤 매콤의 오스터빌 41, 시 뷰 애비뉴 Sea View Avenue에 있는 저택에서 열리고. 초대장의 여백에 이렇게 적힌 게 눈에 띄었지.

제발, 제발, 제발 와줘. 조나스도 제발 와달라고 해. 우리는 네가 너무 보고 싶다고.

친애하는 L

나는 한동안 그 말을 쳐다봤지. 멕시칸 레스토랑의 지독한 악취를 풍기는 쓰레기통이 놓인 뒷골목을 마주하고 있는 내 아파트의 창가에서 말이야. 그런데 레스토랑의 부엌에서 일하는, 배가 뚱뚱한 작은 키의 라틴 아메리카계의 남자가 얼룩진 앞치마를 입고 문을 열고 나오더군. 남자는 쓰레기봉투를 하나 들고 있었어. 쓰레

---

* 미국 성공회 성당.

기통의 뚜껑을 열고 봉투를 통 안으로 집어 던지더라고. 그러고는 쨍 소리가 나게 뚜껑을 닫더군. 나는 그가 바로 레스토랑의 부엌으로 돌아갈 것으로 생각했는데, 그 남자는 들어가는 대신 담배에 불을 붙이고 계속 서 있더군. 허기진 것처럼 길게 담배를 빨며 연기를 들이마셨지.

나는 테이블에서 일어났어. 내가 그 물건을 양말로 싸서 책상에 보관하고 있었거든. 리즈의 안경 말이야. 그날 밤 해변에서 그걸 내 주머니에 넣어두고 택시에 탈 때까지도 깜박했던 거지. 그때는 돌려주기에 이미 너무 늦어버렸던 거야. 그리고 이제 내가 리즈의 안경을 써봤지. 내 얼굴에는 좀 작고 도수는 굉장히 세더라고. 다시 창가로 돌아가 앉아 골목에서 담배를 피우는 남자를 지켜봤어. 남자의 모습이 왜곡되어 멀리 있는 것처럼 보였지. 꼭 내가 망원경을 거꾸로 들고 반대쪽으로 보거나 수 킬로미터 깊이의 해저에 앉아서 고개를 들어 위를 보는 것 같았어.

20장

이제 시간을 좀 건너뛰어 앞으로 가려고 해. 시간이란 게 원래
그런 거잖아. 앞으로 나아가기만 하는 거. 나는 서둘러 박사 과정
을 마쳤어. 그러고는 스탠포드대학교에서 박사 학위 취득 후 연구
과정을 마치고 콜롬비아대학교에 교수로 임용되었지. 콜롬비아
에서는 적당한 때 종신직 교수가 되기도 했어. 관련 전문 분야에
서 꽤 알려진 인사가 되었지. 명성이 날로 높아졌고 세상이 내가
필요했어. 상당히 짭짤한 돈벌이를 위해 멀리까지도 여행을 갔지.
내 발자취를 따라 아무런 어려움 없이 보조금들이 흘러들어 왔다
니까. 그게 내 명성이었어. 대단했지. 서류의 빈칸들을 채울 일도
없었어. 나는 여러 개의 특허도 갖게 되었지. 그중에 두 개는 제약
회사에 터무니없을 정도의 엄청난 금액에 팔려서 노후가 완벽하
게 준비되고도 남을 정도였어. 중요한 학술 논문들도 심사했지.
여러 전문 위원회에도 이름을 올려놓았고, 미국 의회에 나가 증언
하기도 했어. 여러 차례 상원 특별 생명윤리 위원회, 대통령 과학

및 기술 위원회, NASA 자문 위원회, U.N. 생물 다양성 특별 위원회의 위원이 되기도 했어.

그러는 동안 나도 결혼했지. 첫 결혼은 내가 서른 살 때야. 첫 결혼 생활은 4년 동안 계속되었고, 두 번째 결혼은 그 반인 2년간 유지했어. 첫 번째와 두 번째 부인 모두 한때 나의 학생이었어. 그게 좀 감당하기 어려운 문젯거리가 되기도 했지. 남자 동료들이 눈을 흘긴다든가, 윗사람들의 찌푸린 눈살이나, 여성 동료들이나 친구 부인들이 주고받는 냉랭한 시선들 같은 거 말이야. 티모시 패닝은 바람둥이에 더러운 노인네가 되고 말았지(내 나이가 사십도 넘지 않았는데). 세 번째 부인인 줄리아나는 우리가 결혼할 때 겨우 스물세 살이었어. 우리 둘의 결합은 불타는 섹스의 용광로에서 빚어져 나온 충동적인 거였어. 그녀가 졸업하고 나서 두 시간 만에 우리는 서로 개처럼 싸웠지. 나는 그녀를 매우 좋아했지만 줄리아나가 당황해서 어리둥절해하고 혼란스러워한다는 걸 알게 됐어. 음악이나 영화에 대한 그녀의 취향이나, 그녀가 읽는 책들, 그녀의 친구들 그리고 그녀가 중요하다고 생각하는 것들 모두 내게는 이해되지 않았어.

나는 특정 연령대의 어떤 남자들과는 다르게 젊은 여성의 육체를 소유하는 것으로 자존감을 높이려고 하는 사람이 아니었어. 세월이 흘러가는 것을 비통해하지도 않았지. 또 필요 이상으로 죽음을 두려워하지도 않았고, 시들어가는 젊음을 슬퍼하지도 않았어. 오히려 반대로 성공이 나에게 선사해준 많은 것들을 즐겼지. 부와 존경과 권위와 레스토랑의 좋은 자리와 비행기의 뜨거운 타월, 이 모두가 역사가 정복자에게 선사하는 것이지. 그리고 나도 그 모든 것에 감사하던 시간이 있었어. 그러나 내가 뭘 하고 있는지는 매우 분명하게 느꼈지. 내가 잃어버린, 삶이 나를 부정했던 단 한 가지를 되찾으려고 노력했던 거야. 나의 아내였던 여자들과 그 중간에 만났던 많은 여자는 — 나보다도 한참이나 어렸던, 내가 한 명 한 명 침대로 끌어들일 때마다 점점 나이 차가 더 벌어지기만 했던 그 여자들 모두 — 리즈의 복제품이었어. 그들 모두 한눈에 알아볼 수 있는 신체적인 특징(하얗고, 날씬하고, 시력이 안 좋은)들을 갖고 있었지. 그렇다고 내가 그들의 외모를 말하는 것도 아니고, 그녀를 닮은 그들의 총명하고 전투적 기질을 뜻하는 것도 아니야. 내 말은 그 여자들이 모두 그녀이기를 원했다는 거야. 내가 살아 있다는 걸 느끼도록 말이야.

조나스와 내가 마주치는 일을 피하기는 어려웠지. 우리 둘은 같은 세계에 몸담고 있었으니까. 첫 번째 재회는 2002년 토론토에서 열린 콘퍼런스에서 이루어졌어. 2002년이면 이미 충분히 많은 시간이 지나갔는데도, 우리 둘 다 내가 갑자기 관계를 단절한 일에 대해 말을 꺼내기 힘들었어. 우리 모두 "너 대체 어떻게 지내는 거야?"라고 묻고 "너 진짜 하나도 안 변했구나"라며 인사했어. 마치 그동안에도 서로가 안부를 주고받았던 것처럼 계속 연락하자며 약속했지. 물론 조나스는 모든 과정을 마치고 하버드로 돌아갔어. 그게 그의 집안의 혈통이고 전통이었으니까. 조나스는 비밀로 했지만 자신이 일종의 돌파구를 찾기 직전이라고 느끼고 있었고, 나도 캐묻지는 않았어. 리즈에 관해서는 나에게 아주 기본적인 직업에 관련된 것들만 얘기해주더라고. 그녀는 보스턴 칼리지에서 학생들을 가르쳤어. 리즈는 그 일을 좋아했고 학생들도 그녀를 존경했다고 해. 책도 한 권 쓰고 있었지. 나는 조나스에게 안부를 전해달라고 말했고, 그때는 그렇게 넘어갔어.

그 이듬해 나에게 크리스마스카드 한 장이 왔지. 보통 사람들이 자신들의 아이들 모습을 보여주기 위해 사용하는 사진 카드 중 하나였는데, 엽서에는 조나스와 리즈 둘만의 모습이 있더라고. 꽤 건조한 지역에서 찍은 사진이었는데 둘은 머리부터 발끝까지 카키색으로 맞춰 입고 머리에는 진짜 피스 헬멧*을 썼어. 카드 뒤에 리즈가 몇 자 적었는데 마지막에 급하게 쓴 듯 휘갈겨놓은 거였지. 조나스가 우연히 너를 만났다고 말해줬어. 네가 잘 지내고 있다니 기뻐!

해가 거듭되면서 카드도 계속 왔어. 카드는 매번 다른 이국적인 풍경 속에 있는 둘의 모습을 담고 있었어. 인도에서는 코끼리 위에 앉은 모습, 중국에서는 만리장성 앞에 서 있는 모습, 그리고 빙하가 해안선을 이루는 곳을 배경으로 두꺼운 파카를 입고 뱃머리에 서 있는 그런 것들 말이야. 모두 아주 유쾌해 보이는 사진들이었지만 그럼에도 불구하고 뭔가 우울한 분위기가 느껴졌지. 보상이라는 개념이 느껴지는 분위기 같은 거. 우리는 정말 잘 살고 있어! 정말이야! 거짓말이 아니야, 신에게 맹세해!

하지만 나는 좀 이상한 점들을 알아차리기 시작했지. 조나스는 언제나 그랬듯이 건장한 남성의 표상 같은 모습이었지만, 리즈는 눈에 띌 정도로 급격하게 늙어갔어. 단지 육체적으로만 그런 게 아니야. 이전의 사진들에서는 그녀의 눈이 그 순간에 우연히 사진에 포착된 것처럼 카메라가 아닌 다른 곳들을 보고 있었지. 그런데 이제는 신문을 들고 포즈를 취하는 인질이라도 된 것처럼 카메

---

* 매우 더운 지역에서 머리를 보호하기 위해 쓰는 가볍고 단단한 소재로 만든 하얀 모자.

라를 똑바로 바라보았어. 미소마저도 그녀의 의지가 가식적으로 만들어낸 것처럼 보였지. 그냥 나의 상상에 지나지 않는 걸까? 더 나아가 점점 어두워져 가는 그녀의 눈빛이 나에게 보내는 메시지라고 생각하는 건 근거 없는 추측이 아니었을까? 그러면 그들의 몸은? 사막에서 찍은 첫 번째 사진에서는 리어가 뒤에서 그녀의 몸에 팔을 두르고 있었단 말이야. 그런데 시간이 지나면서 사진 속 둘의 거리가 점점 멀어졌어. 내가 2010년에 받은 마지막 사진은 분명히 센강 변의 어느 카페에서 찍은 사진이었어. 둘은 팔이 닿지 않을 만큼 멀찍이 마주 보고 앉았고 테이블에는 와인잔들이 놓여 있었지. 나의 옛 기숙사 룸메이트의 잔은 거의 비었는데 리즈는 잔에 손도 대지 않았더군.

그리고 그 무렵에 조나스에 대한 소문이 돌기 시작했지. 조나스가 언제나 별날 정도의 정열을 가진 사람이라는 건 익히 알고 있었어. 그렇다고 해도 내게 들려온 소문은 걱정스러울 정도로 사람을 불안하게 만드는 것이었어. 조나스 리어가 자제력을 완전히 잃고 무모하게 선을 넘고 있다는 소식이었지. 그의 연구가 망상 속으로 표류해 빨려 들어간다는 거야. 『네이처』에 실린 그의 최신 논문이 그 주제에 대해 다루었고, 사람들은 조나스와 관련해서 V로 시작되는 단어를 사용하기 시작했지. 그 이후로 조나스는 어떤 논문도 발표하지 않았고, 그의 비용으로 바가 있는 방에서 엄청난 흥을 발산하던 일상적인 콘퍼런스에도 나타나지 않았어. 그의 동료 중 몇몇은 그의 종신 교수직마저도 위태로울 지경에 이르렀다고 생각했지. 우리의 직업 세계는 상대에게 닥친 불행이나 위기에 대해 기뻐하는 분위기가 상당히 팽배한 게 사실이야. 그건 누군가의 몰락이 다른 누군가의 부상을 의미하기 때문이야. 하지만 나는 진심으로 조나스를 걱정했지.

줄리아나가 우리의 가짜 결혼 생활에 두 손 두 발을 다 들은 후 얼마 안 지났을 무렵이야. 나는 폴 키어넌이라는 남자에게서 전화 한 통을 받았어. 전에도 그를 한두 번 만난 적이 있었지. 그는 조나스의 후배 동료 학자로서 뛰어난 평판을 지닌 하버드의 세포 생물학자였어. 나와의 전화 통화가 그를 불편하게 만들었다는 건 느꼈지. 그는 조나스와 나의 오랜 친분에 대해서 알고 있더군. 키어넌이 내게 전화를 건 이유는 그와 조나스의 관계가 그의 종신 교수직 취득 건에 부정적인 영향을 미칠 수도 있다는 우려 때문이었어. 내가 그를 대신해 편지라도 써야 했던 걸까? 나의 첫 반응은 조나스 같은 사람을 알게 된 것만으로도 행운이라고, 철 좀 들라고 말하는 거였지. 조나스에 대한 소문들은 모두 저주받을 거라는 것도. 하지만 종신 교수 재직권 위원회의 불명예스러운 관행들을 볼 때 키어넌의 말에도 일리가 있다는 건 알았어.

"사실은 매우 많은 일들이 조나스의 아내와 관계가 있어요." 폴이 그렇게 말하더군. "그가 불쌍하다는 걸 아셔야만 합니다."

나는 실제로 전화 수화기를 떨어뜨리고 말았지. "무슨 얘기를 하는 겁니까?"

"죄송합니다, 알고 계실 것으로 생각했습니다. 두 분이 그렇게 가까운 친구 사이라고 하셔서요. 조나스의 아내 리즈가 매우 아픕니다. 상황이 좋지 않습니다. 제가 얘기하지 말 걸 그랬습니다."

"편지는 써드리죠." 그렇게 말하고 나는 전화를 끊었어.

도저히 어찌해야 할 바를 모르겠더군. 나는 리즈의 보스턴칼리지 전화번호를 찾아서 전화를 걸기 시작했지만, 곧 수화기를 내려놓고 말았어. 그렇게 많은 세월이 흘렀는데 내가 무슨 말을 할 수 있겠어? 리즈가 죽어가고 있어. 난 단 1초도 그녀를 사랑하지 않은 적이 없는데. 하지만 리즈는 다른 남자의 아내였지. 그런 시기에는 조나스와 리즈 둘의 결속과 관계가 무엇보다도 중요했어. 내가 부모님에게서 무언가 배운 것이 있다면, 그건 죽음의 여정이라는 건 배우자가 함께해줘야 하는 거라는 점이야. 어쩌면 과거의 비겁함과 소심함이 되살아난 것일지도 모르겠지만 나는 전화 수화기를 집어 들지 않았어.

나는 소식을 기다렸어. 매일 암울한 죽음을 지켜보는 기분으로 『타임스』의 부고란을 확인했지. 동료들에게도 무뚝뚝해졌고 친구들도 피했어. 난 아파트를 줄리아나에게 넘기고 웨스트 빌리지에 있는 방 하나짜리 아파트에 세를 얻었지. 사라지기 쉽게, 현실의 변두리로 도망가기 위해서 말이야. 리즈가 죽고 없어지면 난 어떻게 하지? 그때 알았어. 내가 머릿속 어딘가에 언젠가 어떻게 해서든 리즈와 함께할 거라는 생각을 꼭꼭 숨겨뒀다는 걸 말이야. 아마도 조나스와 리즈는 이혼할 거야. 아마도 조나스가 죽게 될 거야. 그런데 이제 내게는 아무런 희망도 없어.

그리고 크리스마스가 가까운 어느 날 밤 전화벨이 울렸어. 거의 자정이 다 되었을 때야. 나도 방금 잠을 자려고 침대에 들어갔을 때였지.

"팀?"

"네, 팀 패닝입니다." 나는 밤늦게 걸려온 전화에 화가 났기에 전화기 속 목소리의 주인도 알아보지 못했어.

"나야, 리즈."

가슴이 철렁 내려앉았지. 한마디 대꾸도 할 수가 없었어.

"여보세요?"

"어, 듣고 있어." 가까스로 대답했지. "목소리 들으니까 좋네. 어디야?"

"난 그리니치의 엄마 집이야."

리즈가 "나의 부모님 집이야"라고 말하지 않았다는 걸 알아차렸지. 리즈의 아버지 오스카는 더 이상 이 세상에 없었던 거야.

"나 네가 보고 싶은데." 리즈가 말했어.

"그럼, 물론이지, 봐야지." 난 연필을 찾기 위해 서랍 속을 미친 듯이 손으로 더듬었어. "모든 일정을 취소해놓을게. 언제 어디에서 볼 건지만 말해줘."

리즈는 다음 날 뉴욕으로 오는 기차를 탈 거라고 했어. 그녀가 먼저 처리해야 할 일이 있었고, 우리는 리즈가 그리니치로 돌아가기 전에 그랜드 센트럴에서 5시에 만나기로 했지.

먼저 도착해 기다리고 싶은 마음에 평소보다 아주 일찍 사무실을 나왔어. 온종일 비가 왔는데 초겨울 날씨에 해가 떨어지자 비가 눈으로 바뀌었지. 지하철은 사람들로 붐볐고 모든 게 아주 천천히 움직이는 것만 같았어. 그랜드 센트럴에 도착한 나는 몇 분 정도 여유 있게 그 유명한 사면 시계 아래에 가서 자리를 잡았지. 레인코트를 입고 팔 아래 우산을 낀 부주의한 통근 승객들이 나를 스치고 지나갔어. 여자들은 스타킹을 신은 발 위에 운동화를 신었고 사람들 머리에는 눈송이들이 들러붙어 있었지. 많은 사람이 크리스마스 시즌에 맞춰 환하게 장식된 쇼핑백들을 들고 있는 게 보이더라고. 메이시, 노드스트롬, 버그도르프 굿맨. 희망에 차 행복해하는 사람들을 생각하는 것만으로도 말할 수 없을 정도로 화나더군. 이런 때에 저들은 어떻게 크리스마스 생각을 할 수 있는 거지? 어떻게 아무 생각도 없을 수 있는 거지? 사람들은 여기서 무슨 일이 일어날지 알지도 못하는 거야?

그때 리즈가 나타났어. 리즈의 모습에 나는 거의 주저앉을 뻔했지. 내가 아주 오랜 잠에서 깨어나는 것처럼 느껴졌어. 리즈는 머리에 은색 스카프를 쓰고 검은 트렌치코트를 입고 있었어. 그녀는 발걸음을 재촉하는 군중 사이를 뚫고 내게 오는 중이었어. 말도 안 되는 생각이지만 나는 꿈속에서처럼 군중이 그녀를 집어삼켜서 내 쪽으로 오지 못할까 봐 걱정됐어. 그녀가 나를 보고는 웃었어. 그러고는 자신의 앞을 막은 남자 뒤에서 날 보고 "이쪽으로 와"라고 손짓했지. 나는 리즈를 향해 사람들을 밀고 나갔어.

"이렇게 보게 되는구나." 리즈가 말했지.

그러고는 내 삶에서 가장 따뜻하고 가장 가슴 깊이 와 닿았던 포옹이 이어졌지. 리즈의 냄새를 맡는 것만으로도 나는 행복해 죽을 것 같았어. 그러나 내가 느낀 건 행복만이 아니었어. 그녀의 모든 뼈마디와 내게 밀착되어 느껴지는 모든 부분이, 마치 내가 새를 안은 것처럼 느껴졌어.

리즈가 몸을 떼고 물러섰지. "너 정말 좋아 보인다." 그녀가 말했어.

"너도 그래."

리즈가 조그맣게 웃더라고. "너 진짜 나쁜 거짓말쟁이구나. 하지만 그런 너의 마음이 고마워." 리즈가 스카프를 벗자 화학 요법 치료 후에 다시 자라나는 창백한 머리카락들이 보였어. "나의 새로운 휴가에 대해 어떻게 생각해? 너도 이야기는 알고 있을 것 같은데 말이야."

고개를 끄덕였지. "조나스의 동료 교수에게서 전화를 받았어.

그에게서 얘기를 들었지."

"폴 키어넌이구나. 그 망할 교활한 인간. 너희 과학자라는 인간들, 정말 대단한 수다쟁이들이야."

"배고프지 않아?"

"아니, 전혀. 하지만 술은 마실 수 있어."

리즈와 나는 서쪽 발코니 쪽에 있는 바로 향하는 계단을 올라갔지. 그 얼마 안 되는 움직임마저도 리즈를 힘들게 만드는 것처럼 보였어. 우리는 중앙 홀이 보이는 가장자리 근처 테이블에 자리를 잡은 뒤, 나는 스카치위스키를 리즈는 마티니와 물 한 잔을 시켰어.

"우리가 여기서 처음 만났던 때 기억해?" 내가 물었어.

"네게 친구가 있었지, 안 그래? 끔찍한 일이 있었고."

"맞아, 그 친구 이름이 루세시였어." 그때까지 나는 아주 오랜 세월 동안 그 이름을 말해본 적이 없더라고. "그 일은 정말 내게 큰 의미가 있었어. 그리고 네가 나를 진짜 잘 돌봐줬고."

"장례식에도 함께 갔었고. 하지만 내 기억이 정확하다면 적어도 지금 그 말의 반은 반대였어. 어쩌면 반 이상이." 리즈가 나를 봤어. "팀, 너는 정말 좋아 보여. 성공이라는 말이 잘 어울리는데. 하지만 나는 항상 네가 성공할 걸 알았어. 계속 지켜봤으니까. 내 말에 하나만 대답해봐. 행복하니?"

"지금 난 행복해."

리즈가 웃더군. 그녀의 입술이 얇고 창백했어. "멋지게 피해 가는데, 패닝 박사."

나는 테이블 위로 손을 뻗어 리즈의 손을 잡았지. 리즈의 손이 얼음장처럼 차갑더군. "무슨 일이 일어나고 있는 건지 말해줘."

"나는 죽게 될 거야, 그게 다야."

"그건 내가 받아들일 수 없어. 뭔가 의사들이 할 수 있는 게 있을 거야. 내가 좀 알아보게 해줘."

리즈가 고개를 저었어. "의사들이 할 만큼 해봤어. 나는 싸워보지도 않고 물러서지는 않을 거야, 정말이야. 하지만 이제 백기를 들고 항복할 때가 됐어."

"얼마나 남은 건데?"

"4개월, 운이 좋으면 6개월. 그게 지금 내 상태야. 슬론 케터링에 있는 의사에게 계속 치료받고 있어. 온몸에 다 퍼졌데. 그 의사의 말이야."

6개월이라니. 그건 시간이 남아 있다고 말할 수도 없는 거였어. 도대체 내가 왜 그 많은 세월이 그냥 흘러가 버리게 놔둔 거지? "맙소사, 리즈……."

"그렇게 말하지 마. 미안하다는 말도 하지 말고. 나는 미안한 거 없으니까." 리즈가 나의 손을 꽉 쥐더군. "팀, 내 부탁을 하나 들어 줬으면 해."

"뭐든지 말해."

"네가 조나스를 도와줬으면 좋겠어. 너도 조나스에 관한 이야기들은 알고 있으리라고 생각해. 모두 다 사실이야. 그리고 지금은 남미에 가 있어. 그는 지금 이 상황을 무엇 하나 받아들이지 못해. 아직도 자기가 나를 살릴 수 있다고 생각하는 거지."

"내가 뭘 할 수 있는 거지?"

"그냥 조나스에게 얘기해줘. 조나스는 너를 믿으니까. 과학자가 아니라 친구로서 말이야. 조나스가 네 얘기를 얼마나 많이 하는 줄 알아? 그는 계속 관심을 두고 널 지켜봤다고. 아마 네가 아침 식사로 뭐를 먹는지도 알걸."

"말도 안 되는 소리. 틀림없이 나를 미워하고 있을 텐데."

"조나스가 너를 미워할 이유가 뭔데?"

그때조차도 나는 그 말을 못 했어. 리즈가 죽어가고 있는데도 나는 그녀에게 말할 수 없었어.

"그냥 모르는 척 그대로 놔둬. 절대 조나스에게 이유 같은 건 말하려 하지 말고."

"이런, 조나스는 그 이유를 알고 있다고. 아니면 자신이 이유를 안다고 생각하고 있어."

나는 충격을 받았지. "조나스에게 뭐라고 말한 거야?"

"사실대로 말했지. 네가 마침내 자신이 우리에게 과분할 만큼 좋은 사람이라는 걸 알게 된 거라고 말이야."

"그건 말도 안 돼. 그리고 그게 이유가 아니었다고."

"팀, 나도 그게 이유가 아니라는 걸 알아."

우리 둘은 더 이상 아무 말도 하지 않았어. 나는 내 잔의 위스키를 홀짝거렸지. 안내 방송이 계속 이어졌고, 사람들은 기차를 타기 위해 서두르며 겨울 어둠 속으로 사라졌어.

"우리는 좋은 전우였어, 너와 나 말이야." 리즈가 그렇게 말하고는 가냘픈 미소를 지어 보였지. "책임에 충실한."

"그래서 조나스가 그걸 절대 몰랐던 거고."

"너와 내가 조나스라는 이름을 가진 같은 사람을 얘기하는 거 맞아? 조나스는 그런 걸 상상도 못 했을걸."

"조나스와는 어땠어? 내가 말하는 건 최근 말고 그동안."

"불평하거나 탓할 수가 없지."

"하지만 너는 그러고 싶은 거고."

리즈가 어깨를 으쓱해 보였어. "가끔, 모두 다 그렇잖아. 조나스는 나를 사랑하고, 나를 돕고 있다고 생각해. 한 소녀가 다른 걸 뭘 더 원할 수가 있겠어?"

"누구인가 너를 이해하는 사람."

"그건 무리한 요구지. 나는 자신조차도 이해하지 못하는데."

갑자기 나는 화가 났어. "너는 복잡하고 어려운 고등학교 과학 프로젝트가 아니잖아, 젠장. 조나스는 자신이 고귀하다고 느끼고 싶은 것뿐이잖아. 조나스는 그게 어디지? 남미? 거기를 들쑤시고 다니는 대신에 여기에 너와 함께 왔어야만 하는 거라고."

"그게 지금의 상황에 대처하는 조나스만의 유일한 방식이야."

"이건 공평하지 않아."

"공평한 게 뭔데? 나는 암에 걸렸어. 그게 공평하지 않은 거야."

리즈가 나에게 무얼 말하는지 이해됐어. 그녀는 겁에 질려 있는데 조나스는 리즈를 혼자 남겨놨어. 아마도 리즈는 내가 조나스를 집으로 데려오기를 바랐겠지. 어쩌면 리즈가 정말 원한 건, 조나스에게 그녀를 어떻게 실망하게 했는지 깨닫게 해주기를 원했는지도 몰라. 그 두 가지 모두를 원했는지도 모르고. 내가 알았던 건 나는 리즈가 부탁하는 건 뭐든 꼭 할 거라는 것뿐이었어.

그러다 나는 두 사람 모두 꽤 오래 말이 없다는 걸 깨달았지. 리즈의 얼굴을 봤는데 뭔가 잘못되었다는 걸 알겠더라고. 실내여도 상당히 추웠는데 그녀가 힘들게 땀을 흘렸으니까. 리즈가 몸을 떨며 숨을 쉬었고 물컵을 잡으려 힘없이 손을 뻗었어.

"리즈, 괜찮은 거야?"

그녀가 손을 떨면서 물을 마셨지. 물을 엎지르다시피 컵을 테이블 위에 다시 내려놓고 팔꿈치를 테이블에 대고는 손바닥으로 이마를 떠받쳤어.

"솔직히, 안 좋은 거 같아. 나 실신할 거 같아."

난 급히 의자에서 일어났지. "병원에 가야겠다. 택시 잡을게."

리즈가 단호히 고개를 저었어. "아냐, 병원은 그만 갈 거야."

그럼 어떻게 할까? "걸을 수 있겠어?"

"잘 모르겠어."

나는 테이블 위에 지폐 몇 장을 던져놓고 리즈가 일어서는 걸 도왔어. 그녀는 쓰러지기 직전이었고 온몸의 무게를 내게 다 기대고 있었지.

"네가 항상 나를 부축해 옮기게 되네, 안 그래?" 리즈가 그렇게 중얼거리더군.

리즈를 택시에 태우고 기사에게 내 주소를 알려줬어. 이제 눈이 엄청 내리더라고. 리즈는 좌석에 등을 기대고 눈을 감고 있었어.

"여자분 괜찮은 거예요?" 무성한 검은 턱수염에 머리에 터번을 쓴 택시 기사가 물었지. 나는 그의 말이 무슨 뜻인지 알았어. 저 여자 취한 거야? 그걸 묻는 거였어. "여자분 안 좋아 보이는데. 내 택시 안에서 토하면 안 돼요."

기사에게 100달러짜리 지폐를 건네줬어. "이거면 되겠죠?"

차량끼리 서로 끈적끈적한 접착제라도 발라놓은 듯 꿈쩍도 안 하더군. 시내까지 가는 데만도 거의 30분이 걸렸어. 내리는 눈 속에서 뉴욕이 말랑말랑해지고 있었지. 화이트 크리스마스. 모든 사람이 얼마나 행복했겠어. 내 아파트는 2층이고, 리즈를 옮겨야만 했지. 나는 이웃 주민 하나가 문으로 걸어 나오기를 기다렸다가 그 이웃 남자에게 문을 열고 있어 달라고 부탁했어. 그러고 나서 리즈를 택시에서 내리게 하고 내 팔로 안아 올렸지.

"이런," 이웃 남자가 말했어. "여자분 너무 안 좋아 보이는데요."

그는 나의 아파트 문 앞까지 함께 올라와서 내 주머니에서 열쇠를 꺼내 문을 열어줬어. "911 응급 서비스에 전화를 걸어드릴까요?" 그가 물었지.

"괜찮습니다, 제가 알아서 할게요. 친구가 술을 좀 많이 마셨어요, 그게 다예요."

이웃 남자가 천박하게 윙크하더군. "나라면 하지 않을 어떤 짓도 하지 말아요."

나는 리즈의 코트를 벗기고 침실로 옮겼어. 그녀를 침대 위에 내려놓자 리즈는 눈을 뜨고 창문 쪽으로 얼굴을 돌렸지.

"눈이 오네." 마치 그게 세상에서 가장 놀라운 일이라도 되는 것처럼 그렇게 말하더군.

그녀는 다시 눈을 감았고, 나는 안경과 신발을 벗기고 담요를 덮어준 다음 불을 껐어. 창가에는 충전재가 지나치다 싶을 정도로 많이 들어간 푹신한 의자가 하나 있었는데, 나는 거기 앉아 책 읽기를 좋아했어. 깜깜한 방에서 그 의자에 앉아 리즈가 자는 동안 무슨 일이 일어나지는 않을지 지켜봤지.

얼마간 시간이 흐르고 잠들었던 나는 눈을 떴어. 시계를 봤는데 거의 새벽 2시가 다 되었더군. 침대에서 자는 리즈 곁에 가서 그녀의 이마에 손바닥을 대보았어. 열은 없었고 내 생각에 고비는 넘긴 거 같았어.

리즈가 눈을 뜨고 조심스럽게 주위를 둘러보더군. 마치 자신이 어디에 있는지 잘 모르는 것처럼 말이야.

"기분은 좀 어때?" 내가 물었지.

리즈가 바로 대답하지는 않았어. 리즈의 목소리는 정말 부드러웠어. "좋아진 거 같아. 놀라게 해서 미안해."

"그러지 마, 나는 아주 괜찮으니까."

"가끔 이런 일이 생겨. 하지만 괜찮아져. 언젠가 안 괜찮아질 때가 올 때까지는 그럴 거야."

리즈의 그 말에 난 할 말이 없었어. "내가 물 좀 가져다줄게."

욕실에서 물 한 잔을 받아 리즈에게 가져다줬어. 그녀가 베개에서 머리를 들어 물을 들이켰지. "내가 꿨던 꿈 중에서 가장 이상한 꿈을 꿨어." 리즈가 말했어. "화학 요법 때문에 그런 것 같아. LSD(환각제) 같은 것들. 난 화학 요법 치료는 끝났다고 생각했는데."

그때 내 머리에 생각난 게 있었어. "너에게 줄 선물이 있어."

"그래?"

"잠깐만 기다려봐."

리즈의 안경을 나의 책상에 보관하고 있었어. 침실로 돌아와서 그녀의 손에 안경을 올려놓았지. 리즈는 안경을 한참 살펴봤어.

"네가 이걸 언제쯤 돌려주게 될지 궁금했는데."

"나는 가끔 그걸 써보는 걸 좋아해."

"그런데 나는 너에게 줄 걸 아무것도 준비하지 못했네. 나는 정말 형편없는 사람이야." 리즈가 울먹였지. 아주 약간. 그녀가 고개를 들고 내 눈을 바라봤어. "네가 아는 그 모든 걸 너 혼자 망쳐버린 게 아니야."

"리즈?"

리즈가 손을 뻗어서 내 볼을 어루만졌어. "웃기지, 사람이 자신의 수명을 다 살고 나서야 갑자기 자기가 결코 제대로 산 게 아니라는 걸 깨달을 수도 있다니 말이야."

나는 리즈의 손가락들을 내 손으로 꼬옥 감싸 쥐었어. 창밖에는 쥐 죽은 듯 잠에 취한 도시에 눈이 내렸지.

"나에게 키스해줘." 리즈가 말했어.

"내가 그러기를 원하는 거야?"

"네가 한 말 중에 가장 멍청한 말이야."

그녀에게 입을 맞췄어. 리즈와 키스했어. 부드럽고 달콤한, 요란하지 않은 조심스러운 키스—평강이 깃들었다고 말하는 게 가장 옳은 표현일 거야— 세상의 흔적을 모두 지우고 모든 시간을 되돌리는 그런 입맞춤이었어. 찰나의 순간에 영원함이, 우주 만물의 옷자락 끝이 수면 위를 훑고 지나가는 것 같았지.

"그만해야겠어." 내가 말했어.

"안 돼, 그러면 안 돼." 리즈가 입고 있던 블라우스의 단추를 풀기 시작했지. "조심스럽게만 다뤄줘. 지금의 나는 부서져 없어질 만큼 연약하니까, 알겠지."

21장

———

리즈와 나는 연인이 되었어. 나는 연인이라는 그 단어를 진심으로 이해한 적이 없었던 것 같아. 성관계를 갖기는 했어도 섹스만을 의미하는 게 아니야. 유유하고, 세심하고, 존재하는지도 몰랐던 열정을 말하는 거야. 내 말은 리즈와 내가 절대적으로 옳은 선택을 했다는 확신으로 둘에게 가능한 가장 풍요로운 시간을 함께 했다는 뜻이야. 우리는 산책하기 위해 아파트를 나왔지. 도시를 백색으로 덮어버린 눈이 내린 뒤 살을 에는 추위가 덮쳤어. 리즈와 나 둘은 조나스의 이름은 입 밖으로 꺼내지도 않았지. 우리가 그의 이름이나 문제를 외면하려 했던 게 아니야. 단지 이제는 더 이상 문제가 되지 않았기 때문이었어.

우리 둘 다 리즈가 결국은 돌아가야 한다는 건 알았어. 리즈가 무턱대고 자기 삶 모두를 부정하고 돌아설 수는 없으니까. 나는 우리 둘이 멀어지거나 한순간도 그녀가 내 곁에 없는 걸 상상할 수 없었지. 리즈도 똑같은 생각일 거라고 믿었어. 리즈가 숨을 거

둘 때 곁에 있고 싶었어. 그녀가 사그라질 때 어루만지고 그녀의 손을 잡고 내가 얼마나 사랑하는지 말해주고 싶었지.

크리스마스가 지난 어느 날 아침, 잠에서 깨어 일어나보니 침대에 나 혼자더군. 리즈는 부엌에서 차를 마시고 있었는데, 그녀가 하려는 말이 무언지 알았어.

"나 돌아가야 해."

"알아." 그게 내 대답이었어. "어디로 갈 생각이야?"

"우선은 그리니치에 갈 거야. 엄마가 걱정하고 있을 게 너무 빤하니까. 그리고 보스턴으로 가겠지. 내 생각에는 그래." 그러고는 더는 말하지 않았어. 그녀 말의 뜻은 분명했지, 조나스가 곧 집에 올 거야.

"이해해." 할 수 있는 대답이 그것밖에 없었어.

우리는 택시를 타고 그랜드 센트럴로 갔어. 리즈가 돌아간다는 얘기를 한 후로 우리 둘은 몇 마디 하지 않았지. 마치 총살장에 끌려 나가는 기분이 들더군. 두려워하면 안 돼, 하고 나 자신에게 말했지. 당당하게 눈을 크게 뜨고 태연하게 꼿꼿이 서서 총성을 기다리는 남자처럼 행동해야 해.

리즈가 타야 할 기차의 탑승 안내 방송이 나왔어. 리즈와 나는 기차가 기다리는 승강장으로 걸어갔지. 그녀가 나를 안고 울기 시작했어. "나 이러고 싶지 않아." 리즈가 말했어.

"그러면 하지 마. 열차에 타지 마."

리즈의 망설임을 알아차리는 건 그렇게 어렵지 않았지. 단지 말 때문만이 아니라 그녀의 몸에서도 느낄 수 있었어. 리즈는 자신을 자유롭게 놓아줄 수 없었던 거야.

"가야만 해."

"그러니까 왜?"

"나도 모르겠어."

사람들이 서둘러 지나치고 있었어. 타닥, 하는 귀에 거슬리는 소음과 함께 머리 위에서 의례적인 안내 방송이 흘러나왔지. 뉴헤이븐, 브리지포트, 웨스트포트, 뉴케이넌, 그리니치…… 승객은 모두 승차하십시오. 문이 닫히는 중이었고 곧 잠기게 될 거였어.

"그럼 다시 돌아와. 해야 할 일들을 마무리하고 돌아와. 우린 어디든 갈 수 있어."

"어디?"

"이탈리아, 그리스, 아니면 태평양의 어느 섬, 상관없어. 누구도 우리를 찾을 수 없는 데로 가자."

"나도 그러고 싶어."

"그러겠다고 대답만 해줘."

잠깐 리즈가 얼어붙은 거 같더니 나에게 고개를 끄덕여 답해줬지. "그러자."

심장이 쿵쿵쿵 빠르게 뛰었어. "마무리 짓는 데 시간이 얼마나 필요해?"

"일주일, 아니야, 2주."

"열흘로 하자. 이 시계 밑에서 만나. 모든 걸 다 준비해놓을게."

"사랑해." 리즈가 말했어. "처음부터 그랬던 거 같아."

"난 그보다 더 전부터 사랑했어."

마지막 키스를 하고 리즈는 열차로 발걸음을 옮기다가, 다시 돌아서서 나를 끌어안았지.

"열흘이야." 그녀가 말했어.

나는 준비를 마쳤지. 몇 가지 해야 할 일들이 있었어. 급히 학장에게 휴직을 요청하는 이메일을 썼어. 휴직 요청이 받아들여졌는지 알려고 기다리지도 않을 작정이었지. 그런 건 신경을 쓰지도 않았어. 앞으로 6개월 뒤의 삶에 대해서는 생각해볼 여유도 없었으니까.

종양학자인 친구에게 전화를 걸어서 상황을 설명했지. 친구는 앞으로 무슨 일이 있을지 설명해주었어. 그래, 고통이 따를 거고 대부분 쉽게 사라지지 않을 거라더군.

"이건 너 혼자 알아서 하겠다고 할 일이 아니야." 친구가 말했지. 하지만 내가 대답하지 않자 친구가 한숨을 쉬더니 말하더군. "전화로 처방전을 해줄게."

"뭐 때문에?"

"모르핀, 도움이 될 거야." 친구가 말을 하다 멈췄지. "있잖아, 결국에는 말이야 엄격한 기준에서 봤을 때 많은 사람이 필요 이상으로 모르핀을 많이 복용하게 돼."

나는 이해한다고 그리고 친구에게 고맙다고 말했어. 어디로 가야 하지? 『타임스』에서 인구의 절반이 백 살까지 산다는 에게해의 어느 섬에 대해 읽은 적이 있어. 입증된 타당한 과학적 설명은 없지만, 대개 염소를 키우는 목동이었던 주민들은 그런 사실을 삶의 현실로 받아들였지. 기사에 한 남성 주민의 말이 인용되었는데 이렇게 말하더군. "여기의 시간은 다른 곳과 달라요." 나는 아테네로 가는 비행기 일등석 표 두 장을 사고, 인터넷에서 섬을 오가는 여객선의 운행 시간표를 확인했어. 배는 섬까지 일주일에 한 번 운행했지. 섬에 가려면 나와 리즈는 아테네에서 이틀을 보내야 했는데 도움이 안 되는 곳들도 있었어. 우리는 잃어버린 세계의 거대한 불멸의 기념물인 신전들을 방문하고 사라질 예정이었지.

약속한 날이 됐어. 나는 짐을 쌌어. 우리 둘은 밤 10시 비행기를 타러 역에서 바로 공항으로 갈 거였으니까. 나는 뭐 하나 제대로 생각할 수 없었고 기분은 표현하지 못할 정도로 널뛰었어. 내 심장 속에서 기쁨과 슬픔이 한데 뒤섞여 엉망이 되었으니까. 바보같이 나는 약속한 날 당일에 대해서는 아무런 계획도 세워놓지 않았고 오후 늦게까지 아파트에 멍하니 앉아 있어야 했지. 냉장고도 깨끗이 치워버린 탓에 집에는 먹을 것도 없었어. 내가 뭘 먹기나 할 수 있었을지 의심스러웠지만 말이야.

택시를 타고 역으로 갔지. 공교롭게도 약속 시간이 또 다섯 시였어. 리즈는 그리니치에 있는 엄마를 마지막으로 보기 위해 스탬퍼드행 암트랙을 탈 예정이었고, 그 후에 그랜드 센트럴로 오는 지선 열차를 탈 생각이었지. 한 블록 한 블록 거리를 지날 때마다 혼란스러웠던 내 감정들이 순수한 목적의식 속에서 단련되어 정화되었어. 아주 소수의 남자가 그랬던 것처럼 나도 애초에 내가 왜 태어났는지 알게 되었지. 내 인생의 모든 것들이 나를 그 순간으로 이끌었던 거야. 택시 기사에게 택시비를 지불하고 역 안으로 들어가 기다렸지. 토요일이었고 열차 승객들은 별로 많지 않았어. 유백색의 그 시계는 오후 4시 36분을 가리켰어. 리즈가 타고 올 열차는 20분 후면 도착하는 거였지.

스피커에서 안내 방송이 나오자 나의 맥박이 빨라지기 시작했어. 지금 16번 선로에 들어오는 열차는……. 승강장으로 가서 리즈를 마중할까 생각했지만 그러다 사람들 속에 묻혀 서로 길이 엇갈려버릴 수도 있지. 승객들이 중앙 홀로 몰려 들어왔어. 곧 중앙 홀은 다시 한산해졌고 리즈는 그들 속에 없었어. 어쩌면 다음 기차를 탔을지도 모르는 일이었지. 뉴헤이븐 라인은 30분마다 운행되니까 말이야. 나는 전화기를 확인해봤어. 들어온 메시지는 아무것도 없더라고. 다음 열차가 도착했지만 리즈는 그 열차에도 타고 있지 않았지. 무슨 일이 생긴 건 아닐까 걱정되기 시작했어. 아직 리즈가 마음을 바꿨다는 생각까지 들지는 않았지만, 그 생각은 날아오르기만을 기다리고 있었지. 6시가 되어서 리즈의 핸드폰으로 전화를 걸었어. 하지만 바로 음성 사서함으로 넘어가더군. 리즈가 핸드폰을 꺼놓은 건가?

계속 열차들이 도착했다가 떠나고, 나는 공황 상태에 빠져들어 갔지. 리즈가 오지 않을 거라는 게 너무 분명해졌어. 그래도 계속 희망을 품고 기다릴 수밖에 없었어. 끝이 안 보이는 심연 위에 손톱 끝으로 매달려 있는 기분이었어. 시간이 흐르고 다시 리즈에게 전화를 걸었으나 결과는 같았지. 엘리자베스 리어입니다. 지금은 전화를 받을 수 없습니다. 돌아가는 시곗바늘이 나를 조롱하더군. 9시가 되고 10시가 됐어. 다섯 시간 동안 같은 자리에서 기다렸던 거야. 내가 얼마나 바보 같았는지.

나는 역을 나와서 걷기 시작했어. 밤공기가 잔인할 정도로 춥더군. 터무니없는 농담이지만 도시가 거대한 동물의 사체 같아 보였어. 난 코트의 단추도 잠그지 않았고 장갑도 끼지 않았어. 칼바람이 내 몸을 때리는 고통을 그대로 느끼고 싶었지. 시간이 좀 지나고 나서 고개를 들어보니 내가 플랫아이언 근처 브로드웨이에 가 있더군. 그리고 짐가방을 역에다 두고 온 것을 깨달았어. 돌아가서 가방을 가져와야겠다고 생각했지. 분명히 누군가가 가방을 분실물 신고 센터에 가져다 놓기는 했을 거야. 하지만 그런 충동적인 생각도 곧 사라졌어. 짐가방 하나쯤 누가 신경이나 쓰겠어? 물론 모르핀은 걱정됐지. 누가 가방에서 모르핀을 발견하든지 신나게 즐길 테니까 말이야.

필름이 끊길 때까지 술을 퍼마시는 게 논리적인 다음 수순이겠지. 가장 먼저 눈에 띈 레스토랑으로 들어갔어. 오피스 빌딩 1층에 크롬과 석재로 아낌없이 치장해놓은 세련되고 고급스러운 곳이더군. 자정이 지난 시간이었지만 몇 커플이 앉아서 식사하고 있었어. 나는 바 쪽으로 가서 자리를 잡고 스카치위스키를 시킨 다음 단번에 들이키고, 바텐더가 선반에 병을 다시 올려놓기도 전에 잔을 채워달라고 했지.

"실례하지만, 패닝 교수님 아니세요?"

나는 몸을 돌려 의자 몇 개 건너편에 있는 여자를 봤어. 조금 살집이 있기는 했지만, 꽤 눈에 띄는 미모의 젊은 여자였어. 인도나 중동 쪽 혈통의 숯같이 까만 머리에 볼이 통통하고 매력적인 활 모양의 입을 갖고 있었지. 그녀는 흔히 말하는 섹시한 검은색 치마 위에 속이 다 들여다보이는 얇은 크림색의 상의를 입었어. 그녀의 앞에는 과일과 함께 무언가가 채워진 잔이 놓여 있고, 잔의 가장자리는 녹빛의 립스틱 자국이 반달 모양으로 찍혀 있었지.

"누구신지?"

그녀가 웃어 보였어. "저를 기억 못 하시는 거 같네요." 내가 대답을 안 하자 그녀는 말을 이어갔지. "분자 생물학 100? 2002년 봄 학기, 기억 안 나세요?"

"내 학생이었군요."

여자가 웃더군. "별로 좋지는 않았어요. 교수님이 제 점수를 C 마이너스를 줬거든요."

"이런, 미안하게 됐군."

"걱정하지 마세요, 악의는 없으니까요. 사실 사람들이 교수님에게 정말 많이 감사해야 하니까요. 제가 의대에 가지 않았기 때문에 많은 사람이 죽지 않고 살아 있을 테니까요."

그녀에 대한 기억이 전혀 없었어. 그녀 같은 수백 명의 젊은 여자들이 내 강의를 들으러 왔다가 가니까. 그리고 아침 8시에 추리닝을 입고 미친 듯이 노트북 자판을 두들겨대는 누군가를 멀리 강단에서 바라보는 것과, 밤의 야릇한 모험을 위해 옷을 차려입고 나온 누군가를 의자 세 개 정도 떨어진 거리에서 마주하는 것은 전혀 다른 일이기도 하고.

"그래서, 졸업 후에 어떤 일을 하고 있어요?" 의례적인 물음이었지만 더 이상 대화를 피할 수는 없게 된 것 같아서 뭔가 할 말을 찾았던 거야.

"출판 일요, 다른 곳 어디를 가겠어요?" 그러더니 그녀가 나를 똑바로 바라봤지. "이건 정말인데, 저 교수님에게 완전히 홀딱 빠져 있었어요. 저는 지금 심각한 얘기를 하는 거라고요. 많은 여학생이 그랬거든요."

"이름이……?"

여자는 내 바로 옆 의자로 자리를 옮겨서 내게 손을 내밀었어. 그녀의 손톱이 그녀 입술에 바른 립스틱과 같은 색으로 칠해져 있었지. "니콜이에요."

"니콜, 오늘 밤은 내게 정말 힘든 시간입니다."

"제가 보기에도 그런 것 같았어요. 위스키를 한 번에 털어 넣으시는 걸 보니까 알겠더라고요." 니콜이 아무 이유 없이 자기 머리를 쓸어 넘기더군. "교수님 어때요, 저에게 술 한잔 사주시겠어요? 저에게 C 학점 주셨던 걸 보상할 기회예요."

그녀는 자신이 무엇을 가졌고 그것으로 무엇을 할 수 있는지 아는 여자였고, 그 사실을 숨김없이 즐겼어. 나는 그녀의 어깨 너머로 레스토랑 안을 한 바퀴 훑어보았지.

"혹시……?"

"같이 온 사람이 있는 건 아니냐고요?" 여자가 잠깐 웃더군. "내 데이트 상대가 담배 피우러 밖에 나간 거나 그런 거 말씀하시는 거예요?"

나는 갑자기 당황스러움을 느꼈어. 그녀를 유혹하기 위해 했던 질문이 아니었으니까 말이야. "내 말은 당신같이 예쁜 여자라면 말이죠, 그러니까 그냥 그렇지 않을까 생각했어요."

"그랬군요, 짐작이 틀리셨네요." 여자는 손톱 끝으로 컵에 담긴 체리를 집어서 자신의 입속으로 가져갔어. 그녀의 눈은 나의 얼굴을 빤히 쳐다보고 있었지. 여자는 체리를 혀 위에 올려놓은 채 0.5초 정도 안 쓰러지게 균형을 잡더니 꼭지를 떼어내고는 빨간 고깃덩어리 같은 혀를 말아 입속으로 집어넣었어. 내가 그때까지 본 세상에서 가장 진부한 일이었다니까.

"교수님, 모르겠어요? 오늘 밤 나는 교수님 거라고요."

그녀와 택시를 탔고, 나는 완전히 취해 있었지. 택시가 좁은 도로를 지나며 통통 튀는 속에서, 나와 그녀는 풋내기 10대들처럼 정신없이 서로의 입술을 빨며 키스했어. 나는 모든 의지를 잃어버린 것 같았어. 모든 일이 될 대로 되라는 식으로 일어나고 있었지. 그래도 내가 원하는 뭔가가 있었는데 그게 뭔지 나도 잘 모르겠더라고. 치마 속으로 집어넣은 나의 한쪽 손이 치마를 따라 올라가 그녀의 성기의 살결과 걸치고 있는 레이스 속에서 길을 잃고 헤맸지. 다른 한 손도 그녀의 엉덩이를 들어 올리며 서로 엉덩이를 끌어당겼어. 그녀가 내 바지를 풀고 내 물건을 꺼내 자유롭게 해방해놓더니 내 무릎 사이에 얼굴을 갖다 처박더군. 택시 기사가 뒤를 힐끗 돌아보기는 했는데 아무 말도 하지 않았어. 그녀의 얼굴이 위아래로 움직이고 내 손은 그녀의 풍성한 머리카락을 휘감아 쥐었어. 나는 머리가 빙글빙글 숨을 쉴 수가 없었지.

택시가 멈추고 택시 기사가 말했어. "27달러 50센트요."

그 말 한마디가 온몸에 찬물을 끼얹는 것 같았어. 급히 옷매무새를 고치고 요금을 냈지. 내가 차에서 내렸을 때 그 여자는 ― 나탈리? 아니 나딘이었나? ― 이미 자기 아파트 입구 계단에서 치마를 매만지며 서 있더라고. 커다랗고 시끄러운 뭔가가 머리 위에서 덜컹거렸어. 내 생각에는 그녀와 내가 맨해튼 브리지 고가도로 근처의 브루클린 어딘가에 있는 게 아닌가 싶더군. 아파트 출입구에서 둘이 좀 더 버둥거렸는데 그녀가 나를 밀어냈어.

"여기서 기다려요." 그녀의 얼굴은 벌겋게 달아올랐지. 숨도 아주 빠르고 가쁘게 몰아쉬었고. "집 안에 정리해야 할 것들이 좀 있어요. 치우고 나서 문을 열어줄게요."

내가 말리기도 전에 그녀가 안으로 들어가버렸어. 인도에 서서 나는 그날 밤에 일어났던 일들을 순서대로 정리해보려고 했어. 그랜드 센트럴, 절망적인 기다림의 시간. 매서운 바람이 몰아치는 거리를 처량하게 걷던 나. 따뜻한 오아시스 같은 바와 그 여자는 ― 니콜, 그래, 그게 그 여자의 이름이었어 ― 미소 지으며 다가와서 손을 내 무릎 위에 올려놓았고, 그녀와 나는 누구나 예상할수 있듯이 서둘러 밖으로 나왔지. 그 모두를 다 기억하기는 했지만, 어느 것도 완전히 진짜 같지는 않았어. 추위에 홀로 남겨진 채 두려움이 몰려드는 걸 느꼈지. 나는 혼자 이런저런 생각들을 떠올리기가 싫었어. 어떻게 그럴 수 있었던 거지? 어떻게 리즈는 기차가 수없이 지나가는데도 나를 그곳에 혼자 서 있게 내버려 뒀던 거지? 그때 문이 바로 열리지 않았으면 말 그대로 폭발하고 말았을지도 몰랐어.

고통스러운 몇 분이 지나고, 문이 열리는 소리가 들리기에 몸을 돌렸더니 건물에서 한 여자가 나오는 게 보였지. 그녀는 좀 더 나이가 들어 보이고 아마도 라틴아메리카계인 것 같은 덩치가 큰 여자였어. 두꺼운 오리털 코트를 입은 그녀는 바람을 마주하고 나오며 몸을 잔뜩 웅크렸어. 건물 그림자 속에 서 있는 나를 보지는 못했지. 그녀의 뒤로 몸을 비켜 들어가며 문이 닫히기 직전에 문손잡이를 잡았어.

출입구 안쪽의 로비에서 느껴지는 온기가 내 몸을 감쌌지. 나는 우편함의 이름을 훑어 내려갔고, 그녀의 이름을 찾았어. 니콜 포우드, Apt. 0. 나는 지하층으로 계단을 내려갔고 문 하나가 보이더군. 처음에는 손가락 마디로 가볍게 노크했고, 아무 반응이 없어서 주먹으로 두드렸지. 내가 얼마나 화났는지 설명할 길이 없었어. 내 기분이 거의 분노와 같은 순수한 절망으로 변해갔지. 내가 한 번 더 주먹을 들어 올렸을 때 안에서 발소리가 나는 걸 들었어. 뉴욕의 어느 아파트나 그렇듯이 복잡한 자물쇠들을 풀어내는 소리가 들리기 시작하고, 잠금 쇠사슬 줄 너머 여자 얼굴만 간신히 볼 수 있을 정도로 문이 열리더군. 니콜은 화장을 모두 지워 여드름 자국까지 다 드러나 보이는 맨얼굴이었어. 다른 남자 같았으면 그게 무슨 의미인지 이해했겠지만 나는 머릿속이 너무 혼란스러워서 그런 걸 생각할 수도 없었어.

"나를 왜 밖에 세워둔 거야?"

"이러는 거 좋은 생각이 아닌 거 같아요. 돌아가세요."

"이해가 안 되는데."

그녀의 얼굴이 앞을 못 보는 사람의 얼굴처럼 굳었어. "일이 생겼어요, 미안해요."

어떻게 바에서 나를 유혹하기 위해 집요하게 다가오던 여자와 이 여자가 같은 여자일 수가 있는 거지? 바에서의 일은 뭐 게임 같은 거였나? 나는 잠금 쇠사슬 줄을 고리에서 날려버리고 문을 부수고 안으로 들어가고 싶었어. 어쩌면 그게 그녀가 원하는 것인지도 모르겠더라고. 그런 성향의 여자로 보이기도 했으니까.

"늦었어요. 당신을 밖에 세워두면 안 되는 줄은 알지만, 그래도 이제 그만 문을 닫을게요."

"부탁이야, 몇 분만이라도 몸을 덥힐 수 있게 해줘. 그러면 조용히 갈게, 약속해."

"팀, 미안해요. 나는 좋은 시간을 보냈어요. 어쩌면 또 언제 다시 그럴 수도 있을 거예요. 하지만 지금은 그만 가봐야 해요."

이건 인정 안 할 수가 없네. 그 순간에도 내 마음 한구석에서는 그 문을 굳게 잠그고 있는 쇠사슬 줄의 강도를 계산했다는 거 말이야. "나를 믿지 못하는 거지, 그게 이유야?"

"아뇨, 그건 아니에요. 단지……." 니콜은 말을 끝내지 않았어.

"맹세해. 이상한 짓 안 할게. 뭐든 네가 원하는 대로 말이야." 온순해 보이는 미소를 지어 보였지. "사실, 나 아직 좀 취한 상태고, 정말 술이 깨야만 한다고."

니콜의 얼굴을 보고 망설이는 걸 알아차렸지. 내 설득이 먹히고 있었던 거야.

"제발," 내가 말했지. "저 바깥은 얼어 죽을 것 같다고."

잠시 시간이 흐르고 그녀의 얼굴이 편안해지더군. "단 몇 분만이에요, 알았죠? 나 내일 일찍 일어나야만 해요."

나는 손가락 세 개를 들어 보였지. "맹세해."

니콜이 문을 닫더니 쇠사슬 줄을 풀고 다시 문을 열었어. 실망스럽게도 치마와 속이 다 들여다보이는 상의 대신에 목욕 가운과 볼품없는 플란넬 천으로 만든 잠옷으로 바뀌었더군. 그녀는 내가 안으로 들어가도록 옆으로 비켜섰지.

"커피를 좀 올려놓을게요."

아파트는 지저분해 보였어. 길거리 쪽으로 나 있는 높이 솟은 창문들, 싱크대에 쌓인 접시들이 기울어진 게 그대로 보이는 부엌 그리고 아마도 침실로 이어지는 것으로 보이는 복도. 오래된 진공관 TV를 마주하고 있는 소파에는 빨래가 수북이 쌓였더군. 책이라고는 눈에 보이지도 않고, 벽에도 수련과 발레리나들의 싸구려 박물관 포스터 몇 개 말고는 아무것도 없더라고.

"죄송해요, 정말 엉망이죠." 니콜이 그렇게 말하며 소파를 향해 손짓했어. "원하시면 저 빨래들은 그냥 옆으로 치우셔도 돼요."

니콜은 내게 등을 돌리고 있었어. 그녀가 수도꼭지에서 물을 틀어 주전자를 채우고 얼룩진 커피 머신에 물을 붓기 시작했지. 그리고 내게 뭔가 이상한 일이 일어나는 중이었어. 그건 일종의 유체 이탈 같은 거라고밖에 설명할 길이 없을 것 같아. 내가 마치 영화 속의 인물인 것처럼 멀리서 나를 관찰하는 것 같았어. 그렇게 몸과 영혼이 분리된 상태에서 내 자신이 니콜의 뒤에서 다가가는 모습을 지켜봤어. 그녀는 커피 머신에 분쇄된 커피콩을 체로 걸러서 넣고 있었지. 그녀를 막 껴안으려고 했을 때 니콜이 인기척을 느끼고는 나를 향해 돌아섰어.

"뭐 하는 거예요?"

내 몸은 니콜을 싱크대에 밀어붙였지. 나는 그녀의 목에 키스하기 시작했어. "내가 뭘 하는 거 같지?"

"팀, 그만해요. 정말이에요."

나는 안에서부터 끓어올랐어. 모든 감각이 요동치며 예민해졌어. "제기랄, 너 냄새가 너무 좋잖아." 나는 니콜의 목을 핥으며 맛을 봤어. 그녀를 통째로 마셔버리고 싶더군.

"당신 때문에 무서워 죽겠어요. 지금 당장 나가줘요."

"네가 그녀라고 말해봐." 도대체 어떻게 그런 말들이 나올 수 있었던 거지? 도대체 누가 얘기하고 있었던 거냐고? 나였나? "말해봐. 네가 얼마나 미안한지 내게 말해보라고."

"빌어먹을, 그만하라고!"

엄청난 힘으로 니콜이 나를 밀어내 버렸어. 두 발로 제대로 서 있지도 못한 채 나는 싱크대에 부딪히며 쓰러졌어. 얼굴을 들어보니 그녀가 서랍에서 긴 칼을 꺼내더군. 니콜은 그 칼을 나를 향해 총처럼 겨눴지.

"나가, 꺼지라고."

내 안에서는 어두운 기운이 퍼져 나가고 있었지. "그걸로 뭘 어떻게 하려고? 도대체 어떻게 나를 그곳에 덩그러니 서 있도록 내버려 둘 수 있었냐고?"

"소리 지를 거야."

"너 이 쌍, 망할 창녀 같은 계집 같으니라고."

비틀거리며 나는 니콜에게 달려들었어. 내가 뭘 하려던 걸까? 칼을 든 그 여자는 나에게 누구였을까? 리즈였던 걸까? 그녀가 사람으로 보이기는 했던 걸까? 아니면 내가 마주한 자신의 비참한 모습을 비추던 거울이었던 건 아닐까? 지금까지도 잘 모르겠어. 그 순간은 완전히 다른 사람이 모든 걸 소유했던 것처럼 보이니까. 나 자신을 위해 변명하려는 게 아니야. 그건 불가능한 일이잖아. 다만 일어났던 일들을 가능한 한 정확하게 설명하려는 것뿐이라고. 난 한 손을 뻗어 니콜의 입을 틀어막고 다른 한 손으로는 칼을 든 그녀의 팔을 휘어잡아 아래로 비틀어 돌렸어. 우리 둘의 몸이 가볍게 부딪치며 같이 바닥 위로 넘어졌어. 나는 니콜의 몸 위로 넘어지고 니콜의 몸은 내 아래에 깔렸는데, 두 사람 사이에 칼이 있었어.

칼이, 그 빌어먹을 칼이.

마룻바닥에 넘어지면서 느꼈어. 그 순간 느껴진 감각이나 그때 벌어진 일이 만들어낸 소리는 결코 다른 것과 착각하거나 헷갈릴 수 없는 거였어.

그리고 그 뒤에 이어진 일들 역시 겁에 질려 있던 나에게는 그에 못지않게 낯설기만 했어. 나는 이미 벌어진, 기억도 나지 않는 엄청난 일로 인해 악몽에 시달렸어. 니콜에게서 몸을 일으켜 일어났지. 피 웅덩이. 어둡고 진한 거의 검은색의 피가 그녀의 몸 아래에 고여 있었어. 내 셔츠에는 더 많은 피가 묻었지. 진홍색의 핏방울들 말이야. 칼날이 니콜의 흉골 바로 아래로 파고 들어가더니, 넘어지는 내 몸무게로 인해 흉강 안으로 깊숙이 꿰뚫고 들어간 거였어. 니콜은 천장을 바라본 채로 누워 있었어. 그녀는 얕은 호흡을 내뱉었는데 무언가에 조금 놀란 사람의 숨소리 정도의 소리만 들렸지. 이제 내 인생은 망한 건가? 이게 다라고? 이 망할 작은 일 하나로 모두 다 끝이라고? 조금씩 니콜의 눈이 초점을 잃어갔고 부자연스러운 평온함이 그녀의 얼굴에 퍼져 나갔어.

나는 싱크대로 가서 속에 있던 걸 다 토해냈어.

내 흔적을 지우기로 한 기억이 없어. 난 그런 계획을 한 적이 없어. 단지 상황에 따라 움직였을 뿐이야. 내가 살인자라는 생각을 하지 않았어. 오히려 오해의 소지가 있는 심각한 사고에 휘말린 남자라고 생각했지. 나는 러닝셔츠까지 벗어버렸어. 니콜의 피가 러닝셔츠까지는 스며들지 않았더군. 주위를 둘러봤지. 혹시라도 내가 만졌을지 모를 물건들을 확인하려고 말이야. 물론 그중에는 없애버려야 하는 그 칼도 있었지. 앞문은? 내가 손잡이를 만졌다면 문틀은? 나도 잘생긴 형사들이 작은 증거라도 찾기 위해 사건 현장을 샅샅이 뒤지는 텔레비전 쇼를 본 적이 있어. TV 형사들의 솜씨가 드라마틱한 목적을 위해 심하게 과장되었다는 건 알지만, 그래도 그게 당시에는 유일하게 참고할 수 있는 자료 같은 거였지. 니콜의 아파트를 건드리는 지금, 나중에 증거로 채집되고 검사가 이루어지기를 기다려서 유죄를 입증할 보이지 않는 나의 흔적들이 무얼까?

입을 헹궈내고 문손잡이들과 싱크대를 스펀지로 싹싹 닦아냈어. 물론 칼도 깨끗이 씻은 다음에 내 셔츠로 싸서 코트 주머니에 조심스럽게 넣어놨지. 나는 시체를 두 번 다시 쳐다보지도 않았어. 그렇게 하는 것 자체를 참을 수 없게 느껴졌으니까. 싱크대 위도 닦아내고 아파트의 나머지 구석구석을 살펴보려 돌아섰지. 뭔가 달라 보였어. 내가 뭘 보고 있었지?

집 안의 복도를 타고 소리가 들려왔어.

뭐가 최악인 거지? 수백만이 죽은 거? 세상 전체가 사라져버린 거? 아니, 가장 최악은 내가 들은 그 소리였어.

내가 미처 알아차리지 못했던 세세한 것들이 떠오르기 시작했지. 작은 분홍 속옷들이 한가득한 빨래 더미. 바닥에 널린 플러시천*과 플라스틱으로 만든 밝은색의 장난감들. 달콤한 파우더 냄새에 가려진 특유의 대소변 냄새. 나는 건물에서 나오는 여자를 봤던 걸 기억해냈어. 그 여자가 그 시각에 건물을 나선 건 우연이 아니었던 거야.

그 소리가 다시 들려왔지. 도망가고 싶었지만 그럴 수가 없었어. 내가 그 소리에 신경을 곤두세워야 한다는 건 고행과 마찬가지였어. 평생 짊어지고 가야 할 바윗덩어리였지. 천천히 복도를 걸어갔고 한 걸음 한 걸음 떼어놓을 때마다 공포가 찰싹 달라붙어 따라왔어. 조금 열린 문틈 사이로 *끄지* 않고 켜놓은 창백한 불빛이 새어 나왔지. 그 냄새가 점점 강해져서 내 입에서조차 그 냄새의 맛이 느껴질 정도였어. 겁에 질려 문턱에 멈춰 섰지만 내게 필요한 것이 무엇인지는 알았지.

조그마한 여자 아기는 깨어서 사방을 둘러보고 있었어. 6개월, 한 살, 난 그런 걸 알아보는 데는 재주가 없었지. 아기의 침대 위에는 판지를 잘라 만든 동물 모양의 모빌이 매달려 달랑거렸어. 아기는 팔을 흔들고 매트리스에 다리를 차며 줄에 매달린 동물 모양의 판지들이 뒤흔들리게 하고 있었지. 아기가 다시 그 소리를 냈어. 기쁨에 찬 작은 비명 말이야. 내가 뭘 할 수 있는지 봤어요? 엄마, 와서 좀 봐요. 하지만 아기의 엄마는 다른 방에서 피 웅덩이가 된 바닥 위에 누워 있었지. 시간의 깊은 심연을 바라보면서.

---

* 실크나 면직물을 우단보다 털이 좀 더 길고 두툼하게 짠 것.

내가 뭘 했냐고? 내가 아기 앞에 엎드려서 용서를 구했을까? 아니면 내가 더러운 살인자의 손으로 아기를 안아 올리고 앞으로 아기가 엄마 없이 살아가게 될 현실에 대해 미안하다고 말했을까? 내가 경찰에 전화를 걸고 아기의 침대 옆에서 경찰이 올 때까지 밤을 새우며 자리라도 지켰을 것으로 생각하는 거야?

다 집어치워. 나는 겁쟁이니까. 나는 도망갔다고.

하지만 그 밤은 거기에서 끝난 게 아니었어. 결코 그렇지 않았다고.

올드 풀턴 스트리트에서 브루클린 브리지의 통로로 이어지는 계단을 내려왔지. 다리 중간쯤에서 칼과 피 묻은 셔츠를 꺼내서 강물 속으로 던져버렸어. 새벽 5시가 거의 다 된 시각이었고 곧 도시가 깨어나기 직전이었지. 이미 교통 체증이 심해졌어. 아침 일찍 움직인 통근자들, 택시와 배달 트럭들 그리고 몇몇 자전거를 탄 사람들까지 말이야. 자전거를 탄 사람들은 추위에 맞서 마스크로 얼굴을 가렸고 바퀴가 달린 악마들처럼 바람 소리를 일으키며 나를 빠르게 지나쳐 갔어. 뉴욕의 거리를 걸어 다니는 행인보다 외롭고 잊힌 익명의 존재는 없는 것처럼 보이지. 그럼에도 불구하고 만약 누군가 그런 이유로 뉴욕 거리의 행인이 되고자 했다면 그건 환상일 뿐이야. 오가는 사람들의 움직임은 지나칠 정도로 추적당하고 있어. 나는 워싱턴 스퀘어의 길거리 좌판 매대에서 얼굴을 감추기 위해 값싼 야구 모자 하나를 사서 쓰고 공중전화를 찾았어. 911로 전화를 거는 짓은 하면 안 됐어. 전화를 걸면 바로 추적당할 테니까 말이야. 전화번호 안내에서 뉴욕 포스트의 번호를 알아내고는 전화를 걸어 지역 사회부를 부탁했지.

"뉴욕 대도시권 담당입니다."

"살인 사건을 제보하려고 합니다. 여자 하나가 칼에 찔려 죽었습니다."

"잠깐만요, 전화 주신 분은 누구시죠?"

나는 주소를 알려줬어. "경찰은 아직 모르고, 문은 열려 있습니다. 그냥 가서 봐요." 그렇게 말하고 전화를 끊었지.

그러고도 각기 다른 공중전화를 이용해서 데일리 뉴스와 타임즈에 두 통을 더 걸었지. 하나는 블리커 스트리트에서 다른 하나는 프린스에서. 그때쯤 되자 아침 거리가 한창 북적이더군. 나도 내 아파트로 돌아가야만 할 것 같았어. 내 아파트는 당연히 내가 있어야 할 곳이고, 그보다 중요한 건 나는 갈 곳이 없었어.

그리고 그때 내가 그랜드 센트럴에 놔두고 온 가방이 생각나더군. 그 일이 나를 어떻게 니콜의 죽음과 연결할지는 알 수 없었지만, 최소한 빨리 해결하는 것이 최선이었지. 지하철을 타고 그랜드 센트럴로 갔어. 그리고 곧바로 역에 엄청난 숫자의 경찰들이 있다는 걸 알게 되었지. 이제 나는 주변 환경에 대한 초자연적인 기이한 자각과 끊임없는 두려움에 시달리는 삶을 선고받은 살인자가 되었어. 안내소에서 나보고 아래층에 있는 분실물 보관소로 가보라고 하더군. 카운터 뒤에 있는 여자에게 운전면허증을 보여주고 가방의 생김새를 설명했지.

"제 기억에 가방을 중앙 홀에 놔두었던 것 같아요," 나는 당황해 허둥대는 여행객처럼 보이려고 애쓰며 그렇게 말했어. "우리 짐이 너무 많았거든요. 그래서 깜박했던 것 같아요."

내 이야기가 카운터 뒤의 여자에게는 조금의 관심거리조차 안되었던 것 같더라고. 여자는 보관품 진열대 속으로 사라지더니 잠시 뒤 내 가방을 갖고 돌아왔지. 종이 한 장과 함께.

"여기 빈칸들에 기재 사항을 적고 맨 아래에 사인해요."

이름, 직장과 직급, 소셜 시큐리티 넘버. 마치 자백하는 기분이 들더군. 손이 너무 심하게 떨려서 펜도 제대로 쥘 수가 없었어. 도대체 내가 얼마나 멍청하고 우스꽝스러워 보이던지. 매일같이 종이를 위해 숲을 벌목하게 만드는 도시에서 기껏 종이 양식 하나를 더 채워 넣는 것뿐이었는데 말이야.

"선생님의 운전면허증을 복사해야 합니다." 여자가 말했어.

"꼭 그래야 해요? 제가 좀 급한데요."

"이거 봐요, 내가 만든 규칙이 아니에요. 선생님 가방을 갖고 갈 거예요, 말 거예요?"

운전면허증을 건네줬지. 여자는 면허증을 복사하고는 돌려줬고, 복사한 면허증 사본을 양식에 스테이플러로 함께 묶어놓더군. 그러고는 카운터 밑의 서랍에 넣었어.

"분실물로 들어오는 가방이 많은가 보네요," 내가 뭔가 한마디 해야 한다는 생각에 떠보았지.

여자가 휘둥그레 눈을 굴리더니 말하더군. "선생님, 여기 안에 들어와서 보관된 물건들을 한번 보시면 아실 거예요."

난 택시를 잡아타고 아파트로 왔지. 돌아오는 내내 상황을 정리해봤어. 내가 아는 한 니콜의 아파트는 깨끗했어. 내 몸이 닿은 모든 곳을 닦아냈으니까. 택시 기사를 빼고는 내가 그녀의 아파트에 들어가거나 나오는 것을 본 사람도 누구 하나 없었어. 그게 문제일 수도 있지만 말이야. 바텐더 역시도 걱정해야 하기는 했지. 실례하지만, 패닝 교수님 아니세요? 바텐더가 우리 얼굴을 꽤 가까이에서 보기는 했지만, 니콜의 그 말이 들릴 정도의 거리에 있었는지는 확실하게 기억나지 않았어. 내가 현찰로 계산했었나 아니면 신용카드로 계산했었나? 현찰이라고 생각했지만 확신할 수는 없었어. 바로 거기에 내 흔적이 남아 있지만 그걸 누가 쫓아 추적할 수가 있을까?

위층으로 올라간 나는 가방을 침대 위에 올려놓고 열어 보았지. 놀랄 일도 아니었지만, 모르핀은 없어졌고 나머지 다른 것들은 그대로 남아 있었어. 주머니들도 다 뒤져서 털어봤지. 지갑, 열쇠들 그리고 핸드폰. 밤새 핸드폰의 배터리가 다 닳아 없어졌더군. 침실용 탁자 위에 있는 충전기에 핸드폰을 꽂아두고 침대에 누웠지. 내가 잠잘 수 없을 거라는 걸 알면서도 말이야. 앞으로 다시 잠을 잘 수 있을 거라는 생각은 하지 않았어.

충전되면서 핸드폰이 울리기 시작하더군. 지역번호 401로 시작되는 똑같은 번호로부터 새 메시지 네 개가 들어와 있었어. 로드아일랜드? 내가 아는 사람 중에 로드아일랜드에 누가 있지? 그리고 그때 핸드폰을 들고 있는데 핸드폰 벨이 울렸어.

"티모시 패닝 씨인가요?"

누구 목소리인지 알 수 없었어. "네, 제가 패닝 박사입니다."

"아, 의사셨군요. 그럼 모든 상황이 설명되네요. 저는 로이스 스완이라고 해요. 웨스터리 병원 중환자실 간호사예요. 어제 오후에 여기로 엘리자베스 리어라는 이름의 환자가 실려 왔습니다. 그분을 아시나요?"

가슴이 철렁 내려앉는 것 같았어. "환자는 지금 어디에 있나요? 무슨 일이 있나요?"

"환자는 보스턴에서 암트랙 열차로부터 내려져서 앰뷸런스를 타고 이곳으로 실려 왔어요. 계속 선생님께 연락하려고 했는데,

선생님이 환자의 담당 내과의이신가요?"

로이스 스완이라는 간호사가 전화를 건 이유가 분명해지졌지. "그렇습니다," 거짓말이었지. "환자의 상태는 어떤가요?"

"안타깝게도 리어 부인께서는 돌아가셨어요."

나는 아무 말도 하지 않았어. 침실이 무너져 내리고 있었어. 침실만이 아니라, 온 세상이 말이야.

"여보세요?"

터져 나오려는 울음을 참으려고 애를 썼어. "네, 듣고 있습니다."

"환자가 이곳에 실려 왔을 때 의식이 없었어요. 리어 부인이 깨어나 정신이 돌아왔을 때는 그분 곁에 저 혼자였고요. 부인께서 제게 선생님의 이름과 연락처를 알려주셨어요."

"부인께서 남기신 말씀이 있었나요?"

"아뇨, 없었어요. 기력도 매우 쇠하고 상태가 좋지 않으셨어요. 제가 선생님의 번호를 제대로 들었는지도 자신 없더라고요. 그리고 몇 분 후에 부인께서 돌아가셨어요. 환자의 남편분께 연락하려고 했지만, 그분은 해외에 계신 게 확실한 것 같았어요. 저희가 부인의 사망 사실을 전해야 할 분이 또 있을까요?"

전화를 끊었어. 나는 베개를 집어 들고 얼굴 감싸 덮어버렸지. 그러고는 마구 비명을 지르기 시작했어.

22장

 며칠 동안 니콜의 살인에 관한 기사가 타블로이드판 신문의 1면을 도배하다시피 했지. 그리고 신문의 기사들을 통해 나는 니콜에 대해 좀 더 알게 되었어. 스물아홉 살인 그녀는 메릴랜드의 칼리지 파크 출신으로 이란 이민자 집안의 딸이었지. 니콜의 아버지는 엔지니어였고 엄마는 도서관 사서였더군. 세 명의 형제자매도 있었어. 벡워스 앤드 그라임스Beckworth and Grimes에서 6년 동안 일하며 부편집장 자리에까지 올랐고, 니콜과 배우인 아기의 아빠는 최근에 이혼했지. 그녀는 모든 면에서 평범했고 훌륭했어. 열심히 일했고, 헌신적인 친구였고, 사랑받는 딸이며 아기와 사랑에 빠진 엄마였지. 그녀는 한때 댄서가 되고 싶어 했대. 그녀에 관한 많은 사진이 실려 있었지. 그중 한 사진 속에서는 아이였던 니콜이 레오타드*를 입고서 작은 소녀 플리에를 선보이고 있더라고.

---

* 무용수나 여자 체조 선수가 입는 것과 같은 몸에 딱 달라붙는 타이츠.

이틀 뒤 조나스로부터 리즈의 부고를 전하는 전화 한 통을 받았어. 나는 깜짝 놀란 것처럼 보이려고 최선을 다했지. 그리고 그의 더듬거리는 목소리를 들으며, 내가 실제로 리즈를 잃은 상실감을 마치 처음인 것처럼 전부 다시 경험하고 있다는 것을 알았어. 조나스와 나는 지난 옛일들을 얘기하며 한동안 길게 통화했지. 중간중간 우리는 리즈가 했던 행동이나 말들을 떠올리며 웃기도 했어. 안 그럴 때는 그가 울고 있는 소리를 들으며 오랫동안 침묵이 이어졌지. 조나스가 나와 리즈에 대해 알거나 의심하고 있다는 징후를 찾기 위해 대화 중간중간에 귀를 곤두세우고 듣기도 했어. 하지만 아무것도 알아내지 못했지. 리즈가 말한 그대로였어. 조나스는 완전히 눈이 멀어 있었던 거야. 그런 건 상상할 수도 없을 정도로 말이야.

나는 여전히 나에게 아무 일도 없다는 사실에 좀 놀랐어. 내 아파트 문을 두드리는 노크 소리도, 쇠사슬 줄 너머로 정장을 입은 시커먼 사내들이 경찰 배지를 꺼내 보이며 버티고 서 있는 일도 일어나지 않았어. 패닝 박사님, 우리 얘기 좀 할 수 있을까요? 어떤 기사에도 바텐더나 택시 기사의 이야기는 보이지 않았지. 결과적으로는 내게 좋은 일이었던 것이 사실이지만, 사법 당국이 나를 체포하러 올 거로 생각했지. 참회하게 될 것으로 생각했어. 무릎을 꿇고 앉아 자백하게 될 거라고 말이야. 그렇게 되지 않는다면 이 세상은 그야말로 말도 안 되는 곳일 뿐일 테니까.

리즈의 장례식에 참석하기 위해 보스턴행 셔틀을 탔어. 장례식은 하버드 야드가 보이는 캠브리지에서 치렀지. 교회는 장례식에 참석한 사람들로 꽉 들어찼어. 가족, 친구, 동료, 리즈가 가르쳤던 학생. 그 짧은 생이었는데도 리즈는 많은 사람에게 사랑받았더군.

사람들 눈에 띄지 않으려고 뒤쪽 좌석에 자리를 잡았어. 나는 그곳에 모인 사람 중 많은 이들을 알았고, 그 얼굴들 하나하나를 알아보면서 그들이 얼마나 가슴이 먹먹한지 느껴졌어. 조문객 중에 한 남자가 눈에 들어왔는데 비록 통통 부은 알코올 중독자의 얼굴이었지만 그가 올컷 스펜스라는 걸 알아차렸지. 그가 나를 기억하지 못할 것으로 생각하기는 했지만, 리즈의 관이 밖으로 옮겨질 때 올컷과 잠깐 눈이 마주쳤어.

리즈의 관이 묻히고 장례식이 끝난 뒤 스피 클럽의 회원들은 준비된 식사를 하기 위해 클럽의 건물로 갔지. 미리 조나스에게 일찍 돌아가야 할 일이 있다고 말해두었지만, 조나스는 완고하게 고집을 부렸고 나도 어쩔 수 없더라고. 서로가 건배하며 추억을 되살리고 술을 들이부었지. 그곳에 있던 일분일초가 내게는 고문이었어. 사람들이 떠나기 시작하자 조나스가 나를 한쪽으로 데려갔지.

"정원으로 나가자. 너에게 얘기할 게 있어."

올 게 왔구나, 하고 생각했지. 모든 게 드러나 난장판이 될 것으로 생각했어. 우리는 서재를 통해 밖으로 나와 안뜰로 내려가는 계단에 앉았지. 그날은 유난히 따뜻했는데, 내가 맞이하지 못할 것으로 생각했던 봄이 선심 쓰듯 맛보기를 허락하며 나를 조롱하는 것만 같았어. 봄이 올 때쯤이면 나는 분명히 교도소에 가 있을 것 같았거든.

조나스가 안주머니에 손을 넣더니 휴대용 술병을 꺼내서 길게 한 모금을 마시고 내게 병을 건네주더군.

"추억들이지." 조나스가 말했어.

나는 어떻게 반응해야 할지, 뭐라고 해야 할지 모르겠더라고. 대화를 이끌어가는 건 조나스의 몫이었으니까.

"너까지 말하지 않아도 돼. 내가 다 망쳐버렸다는 걸 아니까. 같이 있어줘야 했는데 그러지 못했어. 아마 그게 최악일 거야."

"나는 리즈가 이해했을 거라고 생각해."

"리즈가 어떻게 이해할 수 있었겠어?" 조나스는 다시 술을 마시고 입을 닦았어. "사실, 내 생각에는 리즈가 나를 떠나려고 했던 것 같아. 그럴 만도 했으니까."

내 가슴이 철렁하더군. 그러면서 한편으로는 조나스가 그게 나 때문이라는 걸 알았다면 이미 말하고도 남았을 거라는 생각이 들었어. "바보 같은 소리 하지 마. 리즈는 아마도 자신의 엄마를 보러 가는 길이었을 거야."

조나스가 수긍한다는 듯 어깨를 들썩해 보였어. "그게, 글쎄, 내가 알기로는, 코네티컷에 가는 데 여권은 필요 없잖아."

여권, 그것까지는 미처 생각을 못 했었는데. 난 아무 말 않고 가만히 있었어.

"그게 너를 이렇게 밖에서 따로 얘기하자고 부른 이유는 아니지만," 그렇게 조나스가 말을 이어갔어. "너도 나에 관한 이야기들을 들어봤을 것 같은데."

"조금."

"모두가 내가 헛짓하고 있다고 생각하지. 하지만 그 사람들이 틀렸어."

"조나스, 오늘은 그 이야기를 하기에 좋은 날이 아닌 것 같아."

"사실은 오늘이 가장 완벽한 날이야. 팀, 난 거의 다 해냈다고. 이제 정말 얼마 안 남았어. 볼리비아에 어떤 장소가 있어. 사원이야, 최소한 천년은 된 사원. 전설에 따르면 거기에 바이러스에 감염돼 죽은 사람의 무덤이 있다고 해. 바로 내가 찾아오던 거지. 새로운 이야기도 아니야. 그와 비슷한 이야기들이 세상에 널렸거든. 내가 보기에는 그 모든 이야기를 아무것도 아니라고 치부하기에는 지나칠 정도로 비슷한 이야기들이 넘쳐나지만, 거기에는 또 다른 주장이 있지. 중요한 건 이제 내가 확실한 증거를 갖고 있다는 거야. 몇 달 전에 CDC*에 있는 친구 하나가 나를 찾아왔어. 그 친구는 내 연구에 관한 이야기를 들은 적이 있고, 우연히 내가 관심을 가질 만한 일에 대해 알게 된 거야. 5년 전에 미국인 관광객 한 팀이 볼리비아의 라파스에 있는 병원에 간 적이 있어. 그들 모두 한타바이러스**처럼 보이는 것에 감염되었지. 그들은 정글에서 일종의 생태 여행 같은 것을 하던 중이었어. 그런데 이제부터가 중요해. 그들 모두는 말기 암 환자들이었다는 거지. 그 생태 여행은 말하자면 그들의 마지막 소원 중 하나였던 거고. 알잖아, 죽기 전에 당신이 항상 하고 싶어 하던 일을 해라."

나는 조나스의 이야기가 어디로 흘러가고 있는 건지 알 수가 없었어. "그래서?"

"이제 재미있는 이야기들이 시작되지. 그들 모두가 치료되어서 회복한 거야. 한타바이러스뿐만이 아니라 암까지도. 4기 난소암, 수술 불가능한 교모 세포종, 모든 림프관에 전이가 일어난 백혈병이 암의 흔적도 남지 않고 완벽하게. 더욱 놀라운 건 그들이 단지 치유되었을 뿐만 아니라 회복된 것 이상으로 훨씬 건강해졌다는 거야. 노화 과정이 역전된 것 같았어. 그들 중 가장 젊은 사람이 쉰여섯 살, 가장 나이 많은 사람이 일흔 살이었는데 스무 살짜리처

---

* 미국질병관리센터.
** 유행성 출혈열의 병원체.

럼 보일 정도가 되었다니까."

"그거 대단한 이야기인데."

"장난해? 이건 엄청난 사건이라고. 만약 이 연구가 성공한다면, 이건 역사상 가장 중요한 의학적 발견이 될 거라고."

나는 여전히 그의 이야기에 회의적이었어. "그게 사실이라면 왜 나는 그 일에 대해 아무 이야기도 듣지 못했던 거지? 어떤 논문에도 그런 이야기는 있지도 않았어."

"좋은 질문이야. CDC에 있는 내 친구는 군이 관련되었다고 의심하고 있어. 모든 자료가 USAMRIID*로 넘어갔다는 거야."

"군이 그걸 원할 이유가 뭔데?"

"누가 알겠어? 어쩌면 그들도 그냥 명성을 얻거나 인정받고 싶은가 보지. 그건 너무 긍정적인 관점에서의 견해이기는 하지만 말이야. 어느 날 상대성 이론을 골똘히 생각하던 아인슈타인이 나타나더니 다음날 맨해튼 프로젝트가 시작되고, 일본 땅에 커다란 구멍이 생겼지. 전에 없었던 일도 아니잖아."

조나스의 말에 일리가 있었어. "그 사람들 검사는 해봤어? 네 명의 환자 말이야."

조나스가 다시 위스키를 마시더군. "그러게, 그게 좀 문제야. 그들 모두가 죽었어."

"하지만 네가 말하기를……"

"아, 암 때문이 아니었어. 그들 모두 일종의…… 그러니까 가속화된 거야, 그들의 몸이 감당할 수 없을 정도로. 누군가 동영상을 촬영해놨는데. 그들이 실제로 정신착란 상태로 흥분해서 가만히

---

* 미군 감염질환연구센터.

있지를 못하더라고. 그들 중 가장 긴 생존 기간은 86일이었어."

"그건 어마어마하게 심각한 문제야."

조나스가 나를 뚫어지게 쳐다봤지. "팀, 생각해봐. 뭔가 있다고. 나는 제때 그걸 찾아내지 못해서 리즈를 살리는 데 실패했고, 앞으로 사는 동안 그 사실 때문에 시달릴 거야. 하지만 난 멈출 수가 없어. 단지 '리즈의 죽음에도 불구하고'가 아니라 리즈 때문에 말이야. 매일 15만 5000명이 죽어가고 있어. 우리가 여기에 얼마나 오래 앉아 있었지? 10분 정도? 그 시간 동안 리즈 같은 사람들 천 명 이상이 죽었어. 각자 나름의 삶이 있는 사람들이고, 사랑하는 가족들이 있을 텐데. 팀, 나는 네가 필요해. 그리고 그건 네가 가장 오래된 친구이기 때문만이 아니라 내가 아는 가장 똑똑한 놈이기 때문이야. 솔직하게 말할게. 나는 돈 때문에 경제적으로 어려움을 겪고 있어. 아무도 이 연구를 더 이상 도와주려고 하지 않아. 아마도 너의 명성이면, 알잖아, 모든 게 좀 쉬워질 거야."

나의 명성이라니. 조나스가 그 명성이라는 게 얼마나 가치가 없는 것인 줄 알면 좋았을 텐데. "조나스, 나는 잘 모르겠어."

"나를 위해서 할 수 없다면 리즈를 위해서 도와줘."

내 안에서 과학자로서 호기심이 발동했다는 건, 그래 인정할게. 그러나 조나스가 말한 프로젝트나 조나스와 두 번 다시는 얽히고 싶지 않다는 것 역시 사실이었어. 인류 중 1000명이 소멸한다는 그 얼마 안 되는 10분이었지만 나는 정말 마음속 깊이 조나스를 경멸하게 됐지. 어쩌면 줄곧 그를 경멸해왔을지도 모르지. 조나스의 깨닫지 못하는 어리석음과 괴물 같은 자아, 그리고 자신을 과시하려는 허세 모두를 경멸했어. 친구로서의 내 헌신을 이용하려는 그의 노골적인 의도도, 모든 정답을 손아귀에 쥐고 있다는 그의 확고한 믿음도 경멸했어. 그가 이 지질맞은 상황에 대해 아무것도 모른다는 것도 그리고 무엇보다도 조나스가 리즈를 혼자 죽도록 내버려 두었다는 사실을 경멸하지 않을 수 없었지.

"생각 좀 해봐도 될까?" 대답을 피하기 위한 쉬운 방법이었지. 그런 의도는 없었지만 말이야.

조나스가 뭔가 말하기 시작하다 말을 멈추더군. "이해해. 너도 네 평판이 고민되겠지. 믿어줘, 나는 그 일이 어떻게 돌아가는 건지 알아."

"그게 아니야. 네가 말한 그 일은 정말 엄청난 책임감을 느끼고 전념해야 할 일이야. 그런데 나는 지금 할 일이 산더미처럼 쌓여 있다고."

"나는 너를 쉽게 포기하지 않을 거야, 알잖아."

"나도 네가 그러지 않을 거라는 걸 알지."

우리는 한동안 아무 말 않고 조용히 있었어. 조나스는 정원을 바라보고 있었지만, 나는 그가 사실 정원을 보는 게 아니라는 걸 알았지.

"재밌군. 난 항상 이런 날이 올 거라는 걸 알고 있었어. 정작 이렇게 되니 믿을 수가 없지만 말이야. 아무 일도 없었던 것 같아. 무슨 말인지 알지? 내가 집에 돌아가면 리즈가 책상에 앉아서 학생들의 과제물에 점수를 매기고 있거나 아니면 부엌에서 무언가를 열심히 젓고 있을 거 같거든." 조나스가 숨을 길게 내쉬고 나를 쳐다봤지. "내가 너에게 좀 더 좋은 친구가 됐어야 하는 건데. 그렇게 많은 시간이 지나가게 내버려 두면 안 되는 거였어."

"잊어버려." 그렇게 말할 수밖에 없었어. "나의 잘못이기도 해."

우리의 대화는 거기까지였어. "그래," 조나스가 말했어. "팀, 이렇게 와줘서 고마워. 네가 리즈를 위해서는 와줄 거라는 걸 알았어. 하지만 그래도 나에게는 큰 의미가 있는 일이야. 결정하게 되면 내게 알려줘."

조나스가 가고 난 후에도 나는 한참 앉아 있었어. 건물은 조용했지. 조문객들도 떠나 각자 삶의 자리로 돌아갔으니까. 정말 운이 좋은 사람들이구나 하는 생각이 들더군.

그러고는 조나스에게서 아무 소식도 듣지 못했어. 겨울이 지나 봄이 되고 또 여름이 되고, 나는 결국 모든 흔적이 연결되지 못한 채 내가 자유인으로 남을 수 있을 거라고 믿기 시작했지. 조금씩 니콜의 죽음에 대한 기억이 나의 모든 생각과 행동에서 자취를 감췄어. 물론 완전히 사라진 건 아니었어. 종종 예고도 없이 그 기억이 되살아났지. 깊은 죄책감으로 나의 모든 감각을 마비시켜서 숨을 제대로 쉴 수 없는 지경에 이르기도 했어. 그래도 정신이라는 놈은 영리해서 스스로 지탱해낼 방법을 찾아내는 법이지. 하늘이 너무 청명해서 아주 커다란 파란 지붕이 도시 전체를 감싼 듯한, 시원하고 건조했던 유독 화창한 어느 여름날 나는 사무실을 나와 지하철로 걸어가는 10분 내내 내가 완전히 끝장났다는 생각을 전혀 하지 않았다는 걸 알아차렸어. 아마도 결국 그렇게 삶은 계속될 수 있었을 거야.

가을에는 다시 강의를 시작했지. 새로운 대학원 조교들 한 무리가 나를 기다리고 있더군. 대학 행정처가 나를 고문하는 걸 즐기기라도 하는 건지 조교들 대부분이 여자였어. 하지만 굳이 말하자면 내게 그렇고 그런 날들은 이미 끝났다고 말하는 게 그 시절에 대한 적절하고 절제된 표현이었을 거야. 내 삶은 수도승의 삶과 다를 바 없었고 앞으로도 쭉 그럴 거였을 테니까. 나는 성실히 연구하며 학생들을 가르쳤고, 남자건 여자건 누구와도 어울리지 않았지. 그리고 조나스가 마침내 연구를 위한 기금을 지원받아서 볼리비아로 떠날 준비를 한다는 소식도 전해 들었어. 잘된 일이라고 생각했지.

1월 말의 어느 날이었어. 나는 사무실에서 학생들의 실험실 실습에 관한 평가를 하고 있었는데, 누군가가 노크했어.

"들어와요."

남자와 여자 둘이 들어왔지. 바로 그들이 누구이며 무엇 때문에 왔는지 알겠더라고. 아마도 단박에 내 얼굴에 죄책감이 드러났을 거야.

"잠시 시간을 내주시겠어요, 패닝 교수님?" 여자가 물었어. "저는 레이날도 형사이고 이쪽은 펠프스 형사입니다. 괜찮으시다면 몇 가지 묻고 싶습니다."

"물론입니다." 나는 놀란 척했지. "앉으시죠, 형사님들."

"괜찮다면 저희는 서 있겠습니다."

대화는 15분 정도밖에 이어지지 않았지만 내게 올가미를 조여 오고 있다는 걸 느끼기에는 충분한 시간이었어. 한 여자가 나타났던 거야. 그 베이비시터였지. 그녀는 불법 체류자였고 그게 바로 형사들이 내 사무실 문을 노크하는 데 그렇게 오랜 시간이 걸리게 했던 거였어. 베이비시터는 나를 스치며 흘깃 본 것이 전부였지만, 그녀가 설명한 인상착의가 바텐더의 설명과 일치했던 거지. 바텐더가 내 이름까지 기억하지는 못했지만, 니콜이 "많은 여학생이 그랬거든요"라며 자신도 나에게 홀딱 빠져 있었다고 말한 부분을 우연히 주워들었던 거야. 그리고 그게 형사들이 니콜의 대학교 성적표를 확인하도록 만들었고, 베이비시터가 말한 용의자의 인상착의와 놀라울 정도로 닮은 나에게 오게 한 거지.

나는 형사들의 질문에 의례적으로 부정하며 대답했어. 아뇨, 문제의 그 술집에 간 적이 없습니다. 아뇨, 나는 내 수업을 들었던 학생 중에 있었다는 그녀를 기억하지 못합니다. 신문에 난 기사들을 보기는 했지만 나와는 관계없다는 말이었지. 아뇨, 그날 밤에 내가 어디에 있었는지 기억이 안 납니다. 정확히 언제죠 그게? 아마도 집에서 자고 있었을 것 같은데요.

"흥미롭군요. 집에서 주무시고 계셨다고요?"

"어쩌면 책을 읽었는지도 모르죠. 불면증이 좀 있으니까요. 정말 기억나지 않습니다."

"이상하네요. 왜냐하면 말이죠, TSA* 자료에 따르면 교수님은 그날 비행기를 타고 아테네로 가도록 예약되어 있었거든요. 이 점에 대해서 생각나거나 해주실 얘기가 있을까요, 패닝 박사님?"

범죄자의 식은땀이 손바닥을 축축하게 적시더군. 형사들이 비행기 표에 대해 알고 있는 게 당연하겠지. 내가 어떻게 그렇게 멍청했던 거지?

"좋습니다," 나는 짜증이 난 것처럼 보이려고 최선을 다하며 말했어. "이 이야기까지는 나오지 않기를 바랐는데 당신들이 내 사생활까지 꼬치꼬치 캐물으려 하니 할 수 없군요. 친구와 함께 떠나려고 했습니다. 결혼한 친구와요."

한쪽 눈썹을 선정적으로 치켜뜨더군. "그 여자분 이름을 말해 주실 수 있을까요?"

---

* 미국 교통 안전청.

머릿속이 어지러워졌지. 형사들이 우리를 연결할 수 있을까? 나는 비행기 표를 현찰을 주고 샀고 그것도 우리의 흔적을 지우기 위해 각각 따로 샀거든. 심지어 리즈와 나의 좌석은 서로 옆자리도 아니었어. 탑승 전에 우리 자리를 정할 계획이었거든.

"죄송합니다, 그건 말씀드릴 수 없군요. 제가 말할 처지가 못 되는 일입니다."

"신사는 애인과의 비밀을 말하지 않는다, 그런 건가요?"

"그런 거죠."

레이날도 형사가 재미있어하며 건방지게 웃더군. "다른 남자의 아내와 밀월여행을 떠나는 신사라…… 교수님이 그걸로 무슨 상을 탈 수 있을지 궁금하네요."

"그럴 생각 없습니다, 형사님."

"그런데 왜 안 가셨어요?"

나는 가장 순수해 보이는 어깻짓을 해 보였지. "그녀가 마음을 바꿨어요. 그녀의 남편은 나의 동료예요. 시작부터 어리석은 생각이었죠. 그게 전부입니다."

10초 동안 아무도 말하지 않았어. 분명 내가 자신을 비난하며 시간을 채웠어야 하는 공백이었지.

"오늘은 이만하면 됐습니다, 패닝 박사님. 바쁘신데 시간 내주셔서 감사합니다." 레이날도 형사가 명함을 주더군. "다른 게 생각나면 전화 주세요, 아셨죠?"

"그렇게 하죠, 형사님."

"제 말뜻은 빠짐없이 모두 다라는 말이에요."

나는 형사 둘이 건물에서 완전히 빠져나간 것을 확실히 해두기 위해 30분을 더 기다렸다가 지하철을 타고 집으로 돌아갔어. 내게 시간이 얼마나 있는 거지? 며칠? 아니면 몇 시간? 형사들이 나를 목격자들에게 확인시키는 데까지 시간이 얼마나 걸리는 거지?

내가 생각할 수 있는 선택지는 하나밖에 없었어. 조나스의 사무실로 전화를 걸었지만 아무도 전화를 받지 않았어. 그래서 위험을 무릅쓰고 이메일을 썼지.

조나스, 그동안 너의 제안에 대해 쭉 생각해봤어. 시간이 오래 걸려서 미안해. 이렇게 늦게 결정해서 내가 얼마나 도움될지 모르겠지만 나도 너의 연구에 참여하고 싶어. 출발이 언제야? TF.

난 컴퓨터 앞에 앉은 채 그대로 새로 고침 버튼을 계속 누르며 기다렸지. 30분 후에 조나스의 답장이 왔어.

이렇게 기쁠 수가. 우리는 3일 후에 출발해. 이미 정부에 네 비자도 승인받아놨어. 이제 내가 인맥이 없는 사람이라는 말은 하지 마. 네 팀의 인원으로 얼마나 더 필요할 것 같아? 너를 알아서 하는 말인데, 네가 매력적인 여자 조교들을 몇 명 데리고 오면 현장 분위기가 확실히 밝아질 거야.

서둘러서 그 굼뜬 엉덩이를 움직이라고, 친구. 우리가 세상을 바꾸게 될 거야. JL.

23장

더 이상 할 말이 많지는 않아. 나는 갔고, 감염됐지. 그리고 감염 자 중에서 나만 혼자 살아남았어. 그리고 그렇게 이 세상의 지배 권을 쟁취할 종족이 탄생하게 됐지.

어느 날 밤 조나스가 방에 갇힌 나를 보러 왔어. 내 몸이 변하고 나서 한참 후였고 그때쯤 나는 주변 환경에 적응했어. 그게 몇 시 였는지 알 수 없는데, 붙잡혀 있는 나에게 사실 시간 같은 건 이미 의미가 없었지. 나의 계획들은 잘 진행되었어. 나와 나의 공모자 들은 이미 빠져나갈 길까지 확인해놓았으니까 말이야. 우리를 지 켜보던 마음 약한 남자들. 우리는 매일매일 그들의 생각 속으로 뚫고 들어갔어. 그들의 마음을 우리의 사악한 꿈으로 채워놓으며 그들을 우리의 무리 속으로 끌어들였지. 그들의 물러터진 영혼이 무너져 내렸고, 곧 우리의 것이 될 순간이었어.

스피커에서 조나스의 목소리가 들리더군. "팀, 나 조나스야."

그게 그의 첫 방문은 아니었어. 유리창 뒤에 있는 조나스의 얼굴을 수도 없이 많이 봤으니까. 그런데도 내가 깨어난 이후로 조나스는 직접 말을 걸어온 적이 없었지.

지난 몇 년 동안 그의 모습은 놀라울 정도로 변해 있었어. 머리도 길어지고, 얼굴에 거친 수염도 자라났고, 눈빛에 광기도 돌았지. 그는 내가 결국 그렇게 되고 말 것으로 생각하던 정신 나간 과학자의 모습 그대로가 되었지.

"네가 말을 할 수 없다는 건 알아. 젠장, 난 네가 내 말을 이해나 할 수 있는지도 알 방법이 없어."

조나스가 뭔가 고백하려고 한다는 걸 알겠더라고. 인정할게, 나는 그가 해야만 했던 말들에 거의 아무런 관심도 없었다는 것 말이야. 그의 혼란스러운 양심, 그걸 내가 신경 써야 하나? 그리고 조나스의 방문은 나의 식사 시간을 방해하는 것이기도 했고. 평생 야생 짐승의 고기 맛을 좋아하지 않았지만, 이제는 살아 있는 토끼의 날고기 맛을 즐기게 되어버렸거든.

"뭔가 안 좋은 일이 벌어지고 있는데, 나는 정말 점점 이 일을 통제하지 못하게 되고 있어."

사실이야, 그게 내 생각이었어.

"빌어먹을, 팀, 난 리즈가 보고 싶다고. 난 리즈의 말을 들었어야만 했어. 너의 말도 들었어야만 했고. 네가 나에게 말을 할 수 있으면 좋으련만."

난 생각했지. 조나스 넌 곧 내 말을 듣게 될 거야.

"팀, 나에게는 아직 한 번 더 기회가 있어. 나는 아직도 이 연구가 성과를 거둘 거라고 믿는다고. 어쩌면 내가 이 일을 시간을 끌며 능청을 부리면, 군이 손을 떼고 물러날지도 몰라. 아직 내가 모든 걸 되돌릴 수 있다고."

희망은 영원하다, 안 그래?

"문제는, 실험 대상이 어린아이여야만 한다는 거야." 이 말을 하고는 조나스가 한동안 말이 없었어. "내가 이런 말을 하고 있다니 나도 믿기지 않아. 군이 결국 그 애를 데리고 왔어. 나는 군이 그 애를 데려오기 위해 무슨 짓을 했는지 알고 싶지도 않다고. 팀, 나 진짜 미쳐 죽을 거 같아. 군이 데려온 여자는 겨우 작고 어린 여자아이일 뿐이라고."

어린아이. 아주 흥미로운 문젯거리가 생긴 거야. 조나스가 자기 자신을 경멸할 만도 하더군. 나는 그의 불행이 기뻤지. 사람이 얼마나 바닥까지 추락할 수 있는지 알았던 나였어. 조나스라고 안 된다는 법은 없잖아?

"그들은 그 여자아이를 에이미 NLN이라고 부르더군. NLN, no last name 성이 없다는 말이야. 어느 고아원에서 아이를 데려왔대. 오, 전지전능하신 하느님이시여 제발 좀. 그 아이는 제대로 된 이름도 갖고 있지 않다니까. 그 아이는 갑자기 어디선가 문득 나타난 소녀일 뿐이야."

한 미치광이 남자의 마지막 희망을 위한 가엾은 희생양이 되어, 삶이 송두리째 뽑혀버린 그 불행한 아이에게 불쌍한 마음이 들더군. 그러나 그런 생각을 하는 동안에도 내 안에서 새로운 생각이 싹트더라고. 젊음의 순수함 그대로인 어린 여자아이라니. 물론 그렇지, 그 대칭성을 부정할 수가 없더군. 그건 나를 위한 메시지였어. 그 아이를 마주하는 건, 내게 시험이나 마찬가지였지. 멀리서 군인들이 다가오는 군화 발소리가 들렸어. 갑자기 어디선가 문득 나타난 그 여자아이. 에이미 NLN. 누가 알파이고 누가 오메가인 거지? 누가 시작이고 누가 끝인 거냐고?

"팀, 너 리즈를 사랑했던 거야? 말해도 괜찮아."

그래, 그게 내 생각이고 대답이었어. 그래, 그래, 그래, 백번 천 번 몇 번을 물어도 그렇다고. 리즈가 내게 유일하게 중요한 존재였다고. 나는 리즈가 죽어가는 마지막을 지켜볼 만큼 그녀를 사랑했다는 말이다.

"너도 알고 있지? 경찰이 나를 만나러 왔었어. 경찰은 너와 리즈가 같은 비행기에 타기로 했다는 걸 알고 있었어. 재밌는 게 뭔지 알아? 사실 나는 리즈가 그래서 기뻤다는 거야. 리즈는 그녀가 원하는 대로 자신을 사랑해줄 수 있는 누군가를 가질 자격이 충분했어. 나는 결코 리즈에게 해줄 수 없는 일이었지. 그러니까 내가 하고자 하는 말은, 그게 너여서 다행이라는 거야."

이게 가능한 일이야? 말이 되냐고? 나의 눈, 악마 같은 짐승의 눈에서 눈물이 흐르기 시작했다는 게?

"그래," 조나스가 목을 고르더군. "내가 온 건 이 말을 해주려 했던 거야. 팀, 이 모든 일들에 대해서는 내가 미안해. 그리고 네가 그걸 알아줬으면 한다. 너는 내가 가져본 최고의 친구였어."

이제 날이 어두워졌어. 텅 빈 도시의 하늘에 왕관을 씌우듯 별들이 떠올랐어. 마지막 인간이 이곳을 걸어간 후 1세기가 지나고도 여전히 아무도 자기 얼굴이 천 배쯤 비치는 것을 보지 않고는 이 거리들을 나처럼 걸어 다닐 수 없어. 상점의 창문들, 식품 잡화점들과 부자의 저택들, 온통 거울로 마무리된 고층 건물의 벽면들. 거울들의 거대한 수직 묘지라고 해야겠지. 내가 보고 있기는 한데 뭘 보는 거지? 인간인 남자? 괴물? 아니면 악마? 냉혈의 괴물인 건가 아니면 천국의 잔인한 도구인 건가? 첫 번째는 생각할 수 없는 일이고 두 번째도 마찬가지야. 이제 누가 괴물인 거지?

나는 걷고 있어. 귀 기울여 들어보면 아직도 돌에 새겨진 인파의 발소리를 들을 수 있지. 도시의 중심에는 숲이 자라났어. 뉴욕한복판에 숲이 생겼다고! 동물들의 소리와 냄새로 살아 숨 쉬는거대한 녹색의 향연. 물론 쥐들은 여기저기에 널려 있지. 그것들은 놀라울 정도로 크게 자란다고. 한번은 내가 개나 멧돼지이거나세상에 전혀 새로운 종이 나타났다고 생각할 정도로 큰 것을 본적도 있어. 비둘기들이 하늘을 선회하며 날고, 비가 내리고, 우리가 없어도 계절은 계속 바뀌어가. 그리고 마침내 겨울이 되면 모든 것이 눈으로 덮이게 돼.

추억들의 도시, 거울들의 도시. 나 혼자인가? 맞기도 하고 아니기도 하고. 나는 많은 후손을 거느린 남자니까. 내 후손들은 숨어있지. 한때 이 섬을 집이라고 불렀던 이들 일부는 여기에 있어. 그들은 잊힌 대도시의 도로 아래에서 잠자는 중이지. 나의 대사들이라고 할 수 있는 다른 이들은 마지막으로 사용되기를 기다리며또 다른 곳에 누워 있어. 자는 동안 나의 후손들은 인간이었던 그들 본래의 모습으로 돌아가게 돼. 꿈속에서 인간으로서의 그들의삶을 다시 체험하게 되는 거야. 어떤 세상이 진짜일까? 오직 그들이 깨어났을 때만 굶주림이 인간이었던 삶의 기억을 지워버리고그들을 장악하게 돼. 그러면 그들의 영혼이 내게 쏟아져 들어오고나는 후손들을 그들의 모습 그대로 행동하게 놔둬. 그게 내가 그들에게 베풀 수 있는 유일한 자비니까.

요컨대 트웰브. 오, 나의 형제들이여. 너희는 오로지 이 세상에이용만 당하였으니! 형제들이 나를 가리켜 신이라고 생각했던 모습 그대로 그대들에게 말하였으나, 결국 나는 형제들을 구원하지 못하였도다. 내가 이런 날이 올 것을 알지 못했노라고 말하지는 않을 것이로다. 처음부터 형제들의 운명이 기록되었으니, 그대들은 그대들의 모습 그대로였을 뿐이었다. 그것이 우리 모두의 진실이 되는도다.

인간이라 불리던 종족을 기억하라. 우리는 거짓을 말하였고, 서로를 속였으며, 타인의 것을 탐하여 도적질하지 아니하였던가. 우리는 서로 다투어 싸웠으며 세상과도 겨루어 전쟁을 일으켰나니, 우리가 수많은 생명의 목숨을 거두어 수확하였도다. 우리는 대지를 저당 잡아 담보로 삼고 보잘것없는 것들에 재물을 아끼지 않아왔나니. 우리가 사랑하였을지라도 결코 충분하지 아니하였으며, 서로를 알지도 못하였도다. 우리가 세상을 잊었기에 이제 세상이 우리를 기억하지 못하는구나.

얼마나 많은 시간이 지나야 시기하고 질투하는 자연이 이 세상을 다시금 차지할 것인가? 그 전에 마치 우리가 이곳에 존재한 적도 없었던 것처럼 되지 아니하겠는가? 건물들이 무너지리라. 고층 건물들이 조각조각 부서져 땅으로 쏟아져 내리리라. 나무가 싹을 틔우고 우거진 가지를 거침없이 펼칠 날이 올지어니. 바다들이 일어나 남은 흔적을 지울진저. 예언하길, 언젠가 모든 곳에 다시 물만 보이리라 하였으니, 거대한 대양이 하나로 온 세상을 뒤덮게 되리라.

태초에, 신이 하늘과 땅을 창조하였으나, 땅이 형체를 이루지 못하고 공허하였으며 어둠이 깊음 위에 자리하였더라. 신의 기운이 수면 위를 움직여 나아가니. 만약 신이라는 게 있다면 신은 우리를 어떻게 기억할 것인가? 그가 우리의 이름을 알기나 할까? 모든 이야기는 그들이 시작된 곳으로 돌아갔을 때가 이르러야 비로소 끝이 나. 신을 대신해 기억하는 일 말고 우리가 또 무엇을 할 수 있을까?

나는 텅 빈 도시의 거리 속으로 길을 떠나고 언제나 다시 돌아오지. 그리고 뒤집힌 하늘 아래의 계단들 사이에 나의 자리를 잡아. 그리고 사면 시계를 봐. 그 시계의 신음하는 모습은 언제나 늘 똑같지. 시간은 마지막 열차가 역을 빠져나가던, 인간이 떠나던 그 순간에 맞춰 얼어붙었어.

3부

—

아들

텍사스 공화국
인구 204,876명
A. V. 122년 3월
베르겐스피요르드호 발견 21년 후

이 세상은 무대인 거야
모든 남자와 여자는 연기하는 배우일 뿐
그들 모두 각자 등장할 때와 퇴장할 때가 있으며
자신이 살아 있는 동안 많은 배역을 연기하게 되지.
— 셰익스피어, 『당신이 원하는 대로』

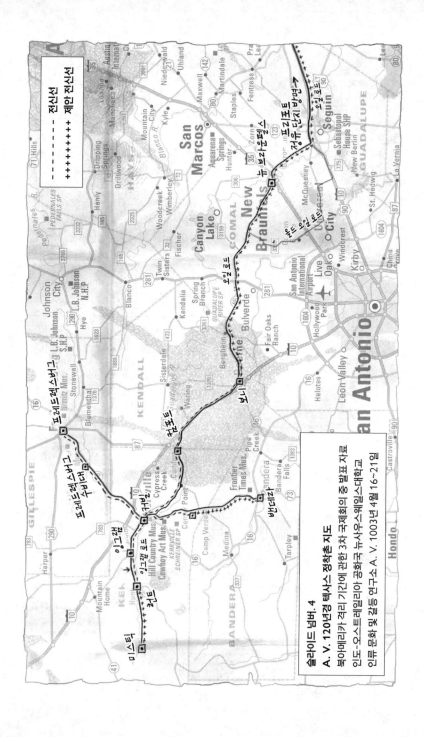

24장

쉰다섯 살의 텍사스 공화국 대통령 피터 잭슨은 그의 아들에게 작별 인사를 하기 위해 어슴푸레 밝아오는 새벽녘에 커빌의 출입구 앞에 서 있었다.

사라와 홀리스도 방금 막 도착하였다. 케이트는 아직 병원에서 근무하는 중이었지만 남편인 빌에게 딸들을 데리고 오겠다고 이미 약속해놓았다. 케일럽은 헐렁한 면 드레스를 입은 핌이 아기 테오를 안고 있는 동안 그들의 마지막 물건을 마차에 싣고 있었다. 쟁기질에 어울리는 힘세 보이는 말 두 마리는 마구를 걸친 채 한가로이 노닥거리는 중이었다.

"이만하면 된 것 같은데." 마지막 나무상자를 밧줄로 잡아매며 케일럽이 말했다. 케일럽은 긴소매의 작업복 상의와 작업용 멜빵바지를 입고 있었다. 머리도 멋대로 자라도록 놔둔 모습의 그는 자신의 소총인 레버액션 .30-06의 장전 상태를 확인하고 총을 마차 좌석에 올려놓으며 말했다. "어두워질 때까지 헌트로 가려면 우리는 정말 서둘러야만 해요."

그들은 사륜 짐마차를 타고 이틀 거리의 외곽 정착촌으로 가려던 참이었다. 오랫동안 사람들이 외곽 정착촌들에서 집을 짓고 농사를 지으며 살아왔지만, 최근에야 겨우 제 모습을 갖춰가며 정착촌으로 인정받게 된 것이다. 케일럽도 살 집을 짓고 우물을 파고 울타리를 두르는 등 정착을 위한 준비를 하는 데 이미 2년이라는 시간을 투자하고서야 이제 핌과 아기를 데리러 돌아오게 된 거였다. 좋은 토양과 깨끗한 강물 그리고 사냥감이 가득한 울창한 숲. 피터가 생각하기에 삶을 시작하기에 그보다 나쁜 조건의 지역들도 많았다.

"아직은 떠나면 안 돼." 사라가 말했다. "네가 케이트와 아이들을 보지 않고 떠나면 정말 서운해할 거야."

이 말과 함께 사라는 핌에게 수화를 했고, 핌은 단호한 얼굴로 남편 케일럽을 향해 돌아섰다.

당신도 빌이 어떤지 알잖아. 케일럽도 핌에게 수화로 자기 생각을 전했다. 우리 여기서 온종일 기다릴 수도 있다고.

안 돼, 우리 기다려야 해.

핌이 일단 마음먹으면 말로 실랑이를 해봐야 소용없는 일이었다. 케일럽은 항상 자신이 오일 로드에서 군인들과 함께 지낼 때 핌이 그의 곁에 함께 머물렀던 것도, 그녀의 완고함 때문이었다고 얘기했다. 피터도 그 말이 틀린 말이 아니라는 걸 알았다. 케일럽이 결국 두 손 두 발 다 들고 장교로 군대를 제대하고 제 발로 걸어 나온 바로 다음 날 핌과 결혼한 것도 모두가 다 아는 사실이었다. 그가 자주 얘기하듯 당시 군에 제대를 기다리는 사람들이 많았던 것도 아니었는데 말이다. 커빌의 모든 것이 그랬듯이 군대도 이미

시대의 변화를 따라 흩어져 버렸을 때였으니까. 20년 전 텍사스 공화국의 법률이 정지되고 해체된 원정대를 기억하고 있는 사람 역시 거의 없었다. 그리고 전투에 나가 싸울 수 있는 사람이 남지 않았다는 건 당시 케일럽의 삶에서 가장 실망스러운 일 중의 하나였다.

케일럽은 커빌과 보니 사이의 전신선을 구축하는 임무에 배속되어 막노동자와 별반 다르지 않은 군 생활을 했었다. 그리고 그건 피터가 알던 군대의 모습과는 다른 것이었다. 커빌을 둘러싼 도시의 장벽에서도 병력이 철수하고 남아 있는 군인은 없었다. 장벽 주위로 불을 밝히던 경계등들도 하나씩 불이 나갔고 수리되지 않았다. 지난 10년 동안 커빌의 장벽 출입구도 문이 닫혀본 적이 없었다. 모든 세대가 바이럴을 무서운 괴담에 등장하는 부기맨의 이야기를 어른들이 조금 과장한 것 정도로 생각했다. 그에 반해 어른들은 태초 이래 모든 연장자가 그래왔듯이 자신들이 훨씬 더 힘들고 의미 있는 삶을 살아왔다고 믿었다.

어쨌든 케이트의 남편인 빌은 늦을 것 같았다. 빌은 만사에 긍정적인 태도를 지닌 남자였다. 유머 감각을 찾아보기 힘든 성숙한 케이트와 비교해보면 훨씬 더 낙관적인 성격이라 둘 사이에 서로의 성격을 상쇄시키는 면이 있었다. 그리고 당연한 일이겠지만 빌이 딸들을 끔찍이 사랑한다는 건 의심할 게 없었다. 하지만 그는 산만하고 두서가 없으며, 술과 카드 게임을 즐기고 직업 윤리 같은 건 찾아보기 힘든 사람이었다. 피터는 사라와 홀리스에게 호의를 베풀기 위해, 그의 행정부 내에서 봉투에 우표를 붙일 정도의 능력만 있으면 되는 세무국의 하위직 일자리를 빌에게 주기도 했다. 하지만 빌은 목공 일과 편자공 일 그리고 차량을 운전하는 일을 잠깐씩 전전하다 그만뒀던 것과 마찬가지로, 세무국의 일도 얼마 못 하고 그만두었다. 그는 그냥 딸들을 돌보며 종종 케이트에게 식사를 차려주고, 밤이면 도박하러 몰래 집을 빠져나가는 생활 패턴에 만족해하는 것처럼 보였다. 케이트의 말로는 도박에서 돈을 따기도 하고 잃기도 했지만, 여하튼 돈을 따는 경우가 조금 더 많았던 것 같았다.

케일럽과 핌의 아기 테오가 찡얼거리기 시작했다. 기저귀를 갈아주기 위해 사라가 핌에게서 아기 테오를 받아 안고 있는 동안, 케일럽은 기다리며 말들의 발굽을 청소해줬다. 이윽고 빌이 오지 않을 거라는 생각이 막 들기 시작할 때쯤 케이트가 딸들을 데리고 나타났다. 빌은 미안한 듯 멋쩍은 표정으로 그 뒤를 따라오는 모습이 보였다.

"어떻게 빠져나온 거니?" 사라가 딸 케이트에게 물었다.

"여성 중역께서는 걱정 안 하셔도 돼요. 제니 이모가 알아서 처리해주기로 했어요. 게다가, 딸을 해고해버리기에는 엄마가 나를 너무 사랑하잖아요."

"진짜, 네가 나를 그렇게 부를 때마다 정말 싫어."

엘르와 여동생 메리(모두가 버그라고 부르는)가 핌에게 달려들자, 핌은 무릎을 꿇고서 두 아이를 함께 끌어안아 주었다. 두 여자아이의 수화 실력은 아직 단순한 문장을 구사하는 정도에 불과했기에, 두 아이 모두 평평한 손바닥으로 가슴 위에 원을 그리며 사랑해요라는 말을 주고받았다.

나 보러 와. 핌이 수화를 하고는 케이트를 쳐다봤고, 케이트가 바로 핌의 뜻을 딸들에게 전해줬다.

"그래도 돼요?" 버그라고 불리는 메리가 신나서 물었다. "언제가요?"

"언제 갈 수 있는지 기다려보자," 케이트가 대답했다. "아마 아기가 태어난 다음에 갈 수 있을 거야."

마음이 편치 않은 문제였다. 사라는 핌이 둘째 아이를 낳을 때까지 케일럽과 그녀의 이주를 미루기를 원했다. 하지만 핌과 케일럽의 둘째 아이는 여름이 거의 다 끝날 때까지도 태어나지 않을 거였고 그러면 농사를 위한 작물을 심기에는 너무 늦어버리는 상황이었다. 또 핌 역시도 그녀의 고집스러운 성격 그대로 출산 때문에 혼자 돌아올 생각은 하지 않았다. 전에도 해봤잖아요. 핌은 그렇게 말했다. 어려우면 얼마나 어렵겠어요?

"엄마 제발요, 네?" 엘르도 졸랐다.

"기다려봐야 한다고 했잖아."

모두가 돌아가며 끌어안고 작별 인사를 했다. 피터는 사라를 힐끗 쳐다봤고, 사라도 피터가 자기를 쳐다봤다는 걸 느꼈다. 그들의 자녀들이 그들의 품을 영원히 떠나려고 하는 순간이었다. 부모들이 원했을 법한 일이었고 또 부모들은 이를 위해 수고해왔겠지만, 그래도 그 일을 맞닥뜨려 몸소 겪는다는 건 전혀 다른 문제였다.

케일럽이 피터의 손을 잡고 악수하고는 그를 자신의 근육질 가슴으로 당겨 안았다. "그럼 이제 작별 인사는 된 거겠죠. 제가 좀 바보 같은 말을 하면 짜증 내실 거예요? 그러니까, 사랑해요, 그런 거요. 아버지는 여전히 형편없는 체스 플레이어지만요."

"연습한다고 약속하마. 또 누가 아니? 머지않아 네가 나를 체스 경기장에서 만나게 될지도 몰라."

케일럽이 씨익 웃어 보였다. "그렇죠? 제가 계속 말씀드렸잖아요. 이제 정치는 그만하시라고요. 이제 정말 좋은 여자를 만나서 정착하실 때라고요."

그 얘기를 들으며 피터는 매일 밤 나도 그 생각을 하며 눈을 감고 잠자리에 든다는 걸 네가 알면 얼마나 좋을까 하는 생각을 했다.

피터가 목소리를 조금 낮추고 물었다. "내가 하라고 한 건 그대로 한 거니?"

케일럽이 마음에 들지 않는다는 듯 한숨을 내쉬었다.

"네 아비를 기쁘게 해라, 그런 말이 있지."

"네, 네, 저도 그 말이 마음에 들기는 해요."

"그래서 내가 보낸 강철 구조물은 사용했니? 그게 중요해."

"아버지가 말한 그대로 했어요, 진짜라니까요. 적어도 핌이 저를 쫓아냈을 때 잠잘 곳은 만들어놨다니까요."

피터는 고개를 들어 며느리를 봤다. 피터의 며느리 핌은 마차 자리에 올라앉아 기다리는 중이었다. 자신에게 쏟아지던 모든 사람의 관심에 지쳐버린 아기 테오는 며느리의 팔에 안겨 곯아떨어졌다.

케일럽을 잘 돌봐주렴. 피터가 며느리에게 수화로 말을 건넸다.

그럴게요.

너희 아기들 역시 말할 것도 없고.

피터의 며느리 핌이 알았다고 웃어 보였다. 네, 아기들도요.

이제 케일럽도 사륜 짐마차의 좌석에 올라앉았다.

피터가 말했다. "조심하거라, 행운을 빈다."

기억에 오래 남을 두 사람의 출발 순간, 마차가 출입구를 통과해 나가는 모습을 보며 모두 뒤로 물러났다. 빌과 그의 두 딸이 먼저 자리를 떴고 얼마 안 있어 케이트와 홀리스가 그들을 뒤따라갔다. 그날 피터의 스케줄이 꽉 차 있었는데도 그는 선뜻 그 하루를 시작하기가 쉽지 않았다.

그리고 그건 확실히 사라도 마찬가지였다. 두 사람은 아무 말 없이 그들의 자녀들을 태운 마차가 멀어져가는 모습을 함께 지켜보았다.

"나는 왜 가끔 애들이 우리를 키우고 있다는 생각이 드는 거지?" 사라가 말했다.

"얼마 안 있으면 곧 애들이 우리를 키울 날이 올걸."

사라가 코웃음을 쳤다. "그럼 이제 뭔가 기대해볼 만한 일이 생긴 건가?"

아직까지는 멀어져가는 마차의 모습이 눈에 보였다. 마차는 오래된 경계선을 지나 오렌지 존으로 들어섰고, 그 너머로는 얼마 안 되는 작은 땅들에서만 작물을 경작하고 있었다. 기본적으로 인력이 충분하지 않기도 했고, 먹고 살아야 할 사람들도 많지 않았기 때문이다. 커빌의 인구 자체가 겨우 5000명 정도로 줄었고 피터가 생각하기에는 4997명이었던 것 같았다.

"빌은 구제 불능이야." 피터가 말했다.

사라가 한숨을 내쉬었다. "그런데도 케이트는 아직 빌을 사랑하고 있으니 참. 엄마로서 뭘 어떻게 해야 하는 거지?"

"내가 다시 일자리를 줘볼 수도 있어."

"난 빌은 가망이 없다고 생각해." 사라가 피터를 흘깃 쳐다봤다. "말이 나와서 말인데, 재선에 나오지 않겠다는 이유는 뭐야?"

"그 얘기는 또 어디서 들은 거야?"

사라가 민망하다는 듯 어깨를 으쓱해 보였다. "아, 그냥 지나가다 들었어."

"체이스에게서 들은 모양이군."

"또 누가 있겠어? 체이스는 안달이던데, 그럼 사실인 거야?"

"나는 아직은 결정 안 했어. 아마 10년이면 충분한 거겠지만 말이야."

"사람들이 그리워할 텐데."

"난 사람들이 신경이나 쓸지 모르겠는데."

피터는 사라가 마이클에 관해 물어볼지도 모른다고 생각했다. 무슨 소식 좀 들었어? 내 동생이 적어도 잘 지내기는 하는 거야? 둘은 마이클에 대한 자세한 이야기는 피했다. 가슴 아픈 현실이었으니까. 마이클은 암시장에 발을 담그고 있으며, 거기에 더해 좀 미쳐 보이는 어떤 프로젝트에 대한 소문도 돌았다. 그리어까지 덩크와 한 패거리가 되었다. 선박 수로의 무장 시설에는 리크를 가득 실은 트럭들뿐만 아니라 그 외의 다른 것들도 매일같이 운반되고 있었다. 그게 무엇인지는 신만이 알 정도로 비밀이 철통같이 유지되었다.

하지만 사라는 마이클에 관해 물어보지 않았다. 대신 그녀는 다른 것을 물어봤다. "비키는 어떤 생각을 가지고 있는 거야?"

사라의 그 물음에 피터는 죄책감을 느끼고 말았다. 피터는 몇 주 아니 심지어 몇 달 동안 비키를 보러 가야 한다고 생각만 해왔기 때문이다.

"비키를 보러 가기는 해야 하는데." 피터가 말했다. "어떻게 지내고 있을까?"

피터와 사라는 여전히 눈으로 마차가 가는 길을 쫓으며 어깨를 나란히 하고 서 있었다. 마차는 이제 점보다 조금 크게 보일 정도로 멀어져 갔다. 마차는 작은 언덕을 올라 내리막길을 가나 싶더니 곧 사라져 눈에 안 보이고 말았다. 사라가 몸을 돌려 피터를 봤다.

"나라면 더 이상 미루지 않을 거야." 사라가 그렇게 대답했다.

그의 하루는 곧 의례적인 업무들로 채워졌다. 세금 납부를 거부하는 정부공여농지 이주 농민들을 어떻게 처리할 것인가를 결정하기 위한 세금 징수 책임자와의 회의, 새로운 재판관 임명, 다가오는 지역 입법부와의 만남을 위한 의제 결정, 간략한 설명과 함께 체이스가 그의 앞에 올려놓은 서명해야 할 다양한 서류.

3시가 되자 아프가가 피터의 집무실을 찾아왔다. 대통령이 시간을 낼 수 있을까? 다른 참모들은 모두 피터가 원하는 대로 대통령인 그를 이름으로 불렀지만, 의전을 고집하는 군나르는 그러기를 거절했다. 언제나 그는 피터를 '대통령님'이라고 불렀다.

문제는 총이었다. 구체적으로 말하면 총이 부족했다. 군대는 항상 개조된 민간 무기와 군사 무기의 조합으로 운영했다. 무기의 대부분은 포트 후드에서 공급했는데, 텍사스는 과거 상당히 무장이 잘 되어 있던 지역이기도 했다. 사실상 모든 집들이 총기 보관함을 갖췄을뿐더러 주 전체에 무기 제조 공장들이 있어서 수리와 재장전을 위한 부품과 물품들을 충분히 공급해왔다. 하지만 많은 시간이 흘렀고 어떤 총들은 다른 것들에 비해 훨씬 오랫동안 사용되고 있다. 구식 브라우닝 1911이나 반자동 SIG 사우어 그리고 군용 베레타 M9과 같은 금속 프레임의 권총들은 적절한 유지 보수를 통해 거의 온전한 상태를 유지했다. 하지만 군의 기본 무기라고 할 수 있는 M4나 AR-15 소총뿐만 아니라 글록 같은 폴리머 프레임의 권총들은 브라우닝 1911, 반자동 SIG 사우어, 군용 베레타 M9과 같은 정도로 장기간의 수명이 보장되지 않았다. 플라스틱 케이스가 피로도 증가로 인한 균열하는 등의 문제로 약해지는 탓에 점점 더 많은 총기가 사용할 수 없게 되었다. 게다가 일부는 밀거래를 통해 민간인들에게 유출되었으며, 그냥 분실되는 것들도 적지 않았다.

하지만 이것 역시도 문제의 한 부분에 지나지 않는 것들이다. 더 다급한 문제는 탄약의 공급이 줄어든다는 사실이었다. 전쟁 전의 탄창에서 총알을 발사한 지 수십 년이 지났다. 진공 상태로 티프티의 벙커에 비축한 물품들을 빼고는 뇌관과 코르다이트 화약은 20년 이상 유통될 수가 없었다. 군대의 모든 탄약은 이미 사용한 놋쇠 탄피에 탄약을 재충전해서 만드는 형편이었다. 그게 아니면 두 곳의 군수품 공장에서 조달하는 빈 탄피를 이용해 생산하는 중이었다. 군수품 공장 한 곳은 와코와 빅토리아 근처에 있었다. 총알을 만들기 위해 납을 땜질해 사용하는 건 어렵지 않았다. 정말 까다롭고 힘든 건 추진체를 제작하는 일이었다.

무기 등급의 코르다이트 화약은 많은 양의 니트로글리세린을 비롯한 매우 불안정한 화학 물질들의 복잡한 혼합 과정을 통해 만들어졌기 때문이다. 가능한 일이기는 했으나 쉽지 않은 일이었다. 또한 그런 일에는 노동력과 전문성 모두 필요한데, 현재는 그러한 인력 공급이 현저하게 부족했다. 군대의 규모도 겨우 2000명 정도로 축소된 상태였다. 그중 천오백 명은 각 행정 단위의 마을들에 흩어져 배치되었으며, 오백 명은 커빌의 기지에 주둔했다. 그런데 그들 중에 화학자라고는 한 명도 없었다.

"우리 둘 다 지금 여기서 무슨 얘기를 하고 있는지 잘 안다고 생각합니다." 피터가 말했다.

아프가는 서류 더미가 잔뜩 쌓인 피터의 큰 책상 너머에 앉아서 자신의 손끝을 바라보고 있었다. "저도 그게 마음에 들지는 않습니다. 하지만 암시장은 생산 능력을 갖추고 있고, 우리가 과거에 그들과 거래를 안 해본 것도 아닙니다."

"덩크는 티프티와는 다릅니다."

"마이클은 어떻습니까?"

피터가 인상을 찌푸렸다. "마음 아픈 주제군요."

"그는 석유 생산 전문가였습니다. 마이클은 기름을 다룰 줄 압니다. 이 일을 할 수 있을 거예요."

"그의 배는 어떻게 하고요?" 피터가 되물었다.

"마이클은 대통령님의 친구입니다. 대통령님이야말로 이게 다 무슨 일인지 저에게 설명해주셔야 합니다."

피터가 길게 숨을 들이마셨다. "나도 그럴 수 있었으면 좋겠습니다만, 그 친구를 20년 넘게 보지를 못했습니다. 그뿐만 아니라, 우리는 암시장에다 탄약이 부족하다는 말까지 했습니다. 우리의 속셈까지 먼저 드러내 보여줬다고요. 주말이 되면 덩크가 이 의자에 앉아 있게 될 거예요."

"그러니까 덩크에게 겁을 주세요. 우리를 위해 일하거나 아니면 끝이라고요. 거래는 끝이고 우리는 지협을 급습해서 덩크를 끝장내는 거죠."

"저 제방 길을 건너가자고요? 피바다가 될 게 뻔합니다. 그리고 내가 말을 전부 마치기도 전에 덩크는 모두 허세라는 걸 알아차릴 겁니다."

피터가 의자에 뒤로 몸을 기댔다. 피터는 자신이 아프가의 조건을 덩크에게 전달하는 장면을 상상해봤다. 덩크가 내 면전에 대고 웃기나 하겠지?

"이건 채찍밖에 없군요. 효과가 있을 리가 없어요. 우리가 덩크에게 줄 수 있는 게 뭐가 있죠?"

군나르가 얼굴을 찌푸렸다. "돈 말고 뭐 총이나 매춘부면 될까요? 지난번에 제가 확인해봤을 때 덩크는 그것도 다 충분히 갖고 있습니다. 게다가 그놈은 현실적으로 민간인들에게는 영웅이나 다름없습니다. 지난 일요일에 무슨 일이 있었는지 아십니까? 갑자기 여자들을 가득 태운 5톤짜리 트럭이 도로 작업단이 묵고 있는 밴데라의 야영지에 나타났습니다. 트럭에서 운전사가 '여러분의 좋은 친구 덩크 위더스가 보내는 선물'이라는 메시지를 꺼내 보였답니다. 그 망할 일요일에 말입니다."

"그래서 도로 작업단은 여자들을 돌려보냈나요?"

군나르가 코웃음을 쳤다. "아뇨, 여자들을 교회에 데려갔다더군요. 정말 그랬다고 생각하십니까?"

"글쎄요, 뭔가 일이 있었던 게 틀림없군요."

"덩크에게 직접 물어보십시오."

군나르가 농담이라고 한 말이기는 했지만, 그렇다고 농담이기만 한 것은 아니다. 마이클도 고려해야만 했다. 모든 문제에도 불구하고 피터는 그가 적어도 자신과 대화하는 데는 동의할 것으로 생각하고 싶었다.

"그렇게 하게 될지도 모르겠군요."

군나르가 자리에서 일어나려고 하는데 체이스가 문을 열고 들어섰다.

"포드, 무슨 일이죠?" 피터가 물었다.

"또 다른 싱크홀이 생겨났습니다. 아주 큰 겁니다. 이번에는 집

두 채가 내려앉았습니다."

봄 내내 싱크홀이 계속 생겨났다. 땅속에서 우르릉거리는 소리가 들리고 잠시 뒤 땅이 무너져 내리고는 했다. 지금까지 가장 큰 싱크홀의 크기는 그 너비가 15미터가 넘었다. 이 지역이 진짜 말 그대로 무너져 내리고 있는 거야. 피터는 그런 생각이 들었다.

"사상자는요?" 피터가 물었다.

"이번에는 사상자가 없습니다. 두 집 모두 비어 있었습니다."

"그래요, 그거 다행이네요." 포드는 아직 뭔가 기다리는 눈빛으로 피터를 바라보았다. "다른 게 또 있습니까?"

"이번에는 정부가 성명서를 내야 할 것 같습니다. 사람들이 대통령께서 싱크홀과 관련해서 어떤 조치를 하고 있는지 알고 싶어 할 겁니다."

"어떤 것들을 말하는 거죠? 땅에다 대고 얌전히 좀 있으라고 말이라도 해야 하는 건가요?" 포드가 아무 말도 하지 않고 있자 피터가 한숨을 내쉬었다.

"좋습니다, 뭐라도 써보세요. 그러면 제가 사인하죠. 사고에 대한 공학적 대책을 세우고 상황을 통제하고 있다, 기타 등등." 피터가 포드를 보며 눈썹을 치켜올렸다. "아셨죠?"

아프가 참지 못하고 웃음을 터뜨릴 것만 같아 보였다. 맙소사, 이거 한도 끝도 없겠어. 피터의 생각이었다. 피터가 자리에서 일어났다.

"저기, 군나르, 가서 바람 좀 쐬고 오죠."

피터는 대통령이 됐다. 그리고 그건 특별히 대통령이 되고 싶다는 바람을 갖고 있어서가 아니라 비키의 부탁을 거절하지 못했기 때문이다. 비키가 세 번째 연임에 성공하고 난 직후 그녀의 오른손에 떨림 현상이 나타났다. 그리고 그 증상은 의사당 계단에서 굴러 발목이 부러지는 등 일련의 사고들로 이어졌다. 언제나 정확하고 깔끔했던 비키의 필체가 미끄러지듯 휘갈겨 쓴 것처럼 보일 정도로 엉망이 되어버렸고, 그녀의 말투도 모든 억양이 사라지고 이상할 정도로 단조로운 어조로 바뀌었으며, 손 떨림 증상이 다른 손으로까지 번지며 무의식적으로 목을 흔드는 모습도 보이기 시작했다. 피터와 체이스가 비키의 외부 일정을 최소화함으로써 그런 상황을 가까스로 숨겼다.

하지만 취임 2년 차의 절반 정도에 접어들던 무렵에 그녀가 더 이상 대통령직을 수행할 수 없다는 것이 분명해졌다. 그리고 수정 계엄령을 대체한 텍사스 헌법에 따라 현직 대통령인 비키는 그녀를 대신해 대통령직을 이어갈 후임자를 선임할 권한을 가졌다. 당시에 피터는 비키의 두 번째 임기 중간쯤에 맡게 된 영토관리부 장관으로서 행정부 내에서 일하고 있었다. 영토관리부 장관의 직책은 내각에서도 사람들에게 가장 인지도가 높은 자리 가운데 하나였다. 대통령인 비키도 그녀가 뭔가 큰일을 위해 피터를 훈련하는 중이라는 사실을 군이 숨기려 하지 않았다. 그럼에도 불구하고 피터는 비키와 오랜 세월 동안 호흡을 맞춰온 체이스가 비키의 후계자가 될 것으로 여겼다. 비키가 피터를 그녀의 집무실로 불렀을 때만 해도 피터는 분명히 그녀와 체이스 행정부로의 전환에 대해 논의할 것으로 생각했다. 하지만 비키의 집무실에서는 판사 한 명이 성경을 들고 서서 그를 기다리고 있었다. 2분 후 피터는 텍사스 공화국의 대통령이 되었다.

그리고 피터는 비키가 모든 것이 시작되었던 그때부터 그녀의 후계자를 키울 생각에서 자신을 대통령으로 만들려고 했다는 걸 이해했다. 2년 후에 피터 자신이 대통령 선거에 나서서 쉽게 승리했다. 또한 누구도 이의를 제기하지 않는 상황에서 두 번째 임기를 위한 선거에도 출마했다. 이런 결과는 국가의 최고 경영자로서 피터의 개인적인 인기의 영향이 어느 정도 있었던 것이 사실이다. 비키가 예상했던 대로 그의 가치는 매우 높았다. 하지만 한편으로는 피터가 사람들을 행복하게 만들기 쉬운 때 대통령에 취임하게 된 것 또한 사실이다.

커빌 자체는 무의미한 곳이 되어갔다. 다른 여러 정착촌과 같은 마을 하나에 지나지 않게 되는 데 시간이 얼마나 걸릴까? 사람들이 점점 더 외곽으로 이주해 정착할수록 중앙 집권적인 권위에 관한 생각들은 힘을 잃어갔다. 입법부가 보니로 이전한 후로는 거의 만난 일이 없었다. 금융 자본들도 이주하는 사람들을 따라 각 마을로 이동했다. 사람들은 사업을 시작하고, 시장에서 결정된 가격을 따라 거래하고, 자신들의 조건을 내세워 삶을 협상해 나갔다. 프레데릭스버그에서는 민간 투자자 그룹이 돈을 모아, 말하자면 첫 번째 은행을 열기도 했다.

그래도 여전히 문제들이 있기는 했다. 오직 연방 행정부만이 도로, 댐, 전신선 같은 중요한 사회 기반 시설 프로젝트들에 대한 자원들을 소유했다. 하지만 이마저도 계속 그렇게 유지될 것 같지는 않았다. 피터가 자신에 대해 솔직해질 때면, 자기가 배를 항구로 인도하는 것처럼 텍사스 공화국을 그렇게 잘 운영하는 것은 아니라는 걸 이해했다. 그는 체이스에게 기회를 주자는 생각도 했었다. 끝없이 비공개로 논쟁하며 보낸 공직에서의 20년의 경험이라면 누가 봐도 충분했다. 피터는 농사를 지어본 적이 한 번도 없었다. 토마토조차도 심어본 적이 없을 정도였다. 하지만 그는 배울 수 있었고, 무엇보다도 쟁기에는 의견이라는 것이 없었다.

비키는 은퇴해 마을의 동쪽에 있는 작은 목조 주택에 머물러왔다. 사람들이 오래전에 이주한 바람에 그녀의 많은 이웃집이 비어 있었다. 피터가 현관 앞에 올라섰을 때는 날이 이미 어두워졌다. 거실에는 불이 하나만 켜져 있는 게 보였다. 발소리가 들리더니 문이 열리며 비키의 동거인인 메레디스가 천에 손을 닦으며 모습을 드러냈다.

"피터." 예순 살쯤 되었을 메레디스는 날카로운 눈빛의 파란 눈을 가진 자그마한 체구의 여자였다. 그녀는 수년째 비키와 함께 살았다. "온다는 얘기를 못 들었어요."

"죄송합니다, 미리 얘기를 해뒀어야 했는데."

"아니에요, 어서 들어오세요." 메레디스가 뒤로 물러났다. "비키는 깨어 있어요. 그리고 저는 마침 그녀의 저녁 식사를 준비할 참이고요. 오신 걸 알면 기뻐할 거예요."

비키의 침대는 거실에 있었다. 피터가 안으로 들어서자 비키가 눈을 돌려 그를 봤다. 베개로 받쳐 올린 그녀의 머리가 좌우로 흔들렸다.

"이-제-야아 뵈에-엡-느은-구-우운-요."

비키는 마치 단어를 목 안으로 삼켰다가 다시 뱉어내는 것처럼 보였다. 피터는 의자를 끌어다 그녀의 침대 옆에 앉았다. "기분은 좀 어떠세요?"

"오우-느-르은-벼어얼-로-나-브으지-아안-아-요."

"오랫동안 뵈러 오지 못해서 죄송합니다."

비키의 손이 담요 위에서 가만 있지를 못한 채 쉴 새 없이 이리저리 방황했다. 그녀가 비록 일그러진 모양이기는 했지만 웃어 보였다. "괴에엔-자나-요-보오-다-시이피-나-도오-바바빠-스-으니-가-요."

메레디스가 쟁반을 들고 거실 문 안으로 들어와서 침대 옆 협탁 위에 올려놓았다. 쟁반 위에는 맑고 묽은 죽 한 그릇과 빨대가 꽂힌 물 한 잔이 놓여 있었다. 그녀는 비키의 머리 뒤를 손으로 받쳐 베개에서 앞으로 들어 올린 다음, 목에 면으로 만든 턱받이를 묶어주었다. 밤이 완전히 어두워졌고 창문에는 거울에 비치듯 거실 안의 모습이 비쳤다.

"제가 해도 될까요?" 피터가 메레디스에게 물었다.

"비키, 피터가 저녁 식사 하는 걸 도와드려도 될까요?"

"아-안-되에엘-거-모-이-게-서-요."

"조금씩 떠주시면 돼요." 메레디스가 그의 팔등을 가볍게 두드리며 말했다. 그리고 피터에게 희미한 미소를 지어 보였다. 메레디스의 얼굴이 피로로 어두워 보였다. 아마 몇 개월 동안 편히 긴 잠을 자지도 못했을 것이기에, 작은 도움마저도 고마울 뿐인 것 같았다. "제 도움이 필요하다면 부엌에 있을 테니 부르세요."

피터는 건조하게 갈라진 비키의 입술에 빨대를 물리고 그녀가 물로 목을 축이는 것부터 도왔다. 그러고 나서 입에 조금씩 죽을 떠 넣어줬다. 그 얼마 안 되는 묽은 죽을 목뒤로 넘기는 것마저도 비키에게는 얼마나 힘들고 수고스러운 일인지가 한눈에 들어왔다. 그마저도 입에 넣은 죽 대부분은 입가를 타고 질질 흘러내렸고, 피터는 턱받이로 비키의 턱을 닦아줘야 했다.

"저엉-마알-재-미-서-요."

"뭐가요?"

"피이-터-가-이-러-케-나-르을-아-기-바아압-머어-기-
드-머-겨어-즈우-고-이-자-나-요."

피터는 비키에게 죽을 좀 더 떠먹여 주었다. "제가 할 수 있는 최
소한의 거예요. 비키도 여러 번 나에게 숟가락으로 떠먹여 주다시
피 했잖아요."

죽을 넘기는 비키의 목 근육들이 펌프질하듯 불거져 올라오다
가라앉았다. 그 장면을 지켜보는 것만으로도 피터는 힘들었다.

"서언-거-우운-도오-으은-어떠어-케에-대어-가-고-이-
서요?"

"뭔가 본격적으로 시작한 건 아직 없습니다. 그동안 바쁘기도
했고요."

"쓰으을-데에-어업-느-허-프우웅-떠-지-마-아-요."

비키는 어김없이 피터의 잘못을 지적했다. 물론 그녀는 언제나
그랬다. 이번에도 먹는 것보다 흘러나오는 게 더 많았지만, 피터
는 비키의 입에 죽을 한 숟가락 더 떠넣었다. "케일럽과 핌도 정착
촌으로 떠났어요."

"다다앙-시이-느은-다-시이-우-으을-하으-거-브우-니-
에-요. 고온-꽤에엔-차으-나-지으-거-으-요."

"네? 저는 농사를 지으면서 살 수 없을 것으로 생각하시는 거예
요?"

"나으은-피-터-다-시이-느을-아-라아-요. 다아앙-시이-
느은-미으-츠-버-르을-거-으-요."

비키는 다른 말을 더는 하지 않았다. 피터는 죽 그릇을 옆으로
치워 내려놓았다. 비키가 먹은 죽의 양은 정말 얼마 되지 않았다.
그가 고개를 들어 다시 그녀를 봤을 때 그녀는 눈을 감고 있었다.

그는 램프의 불을 끄고 그녀를 지켜보았다. 잠들었을 때만 비키의 육체적인 동요가 잠잠히 가라앉아 조용해졌다. 몇 분이 지나고서 피터는 등 뒤의 소리를 들었다. 메레디스가 부엌으로 이어지는 복도에 서 있는 것을 보았다.

"늘 그래요." 메레디스가 목소리를 낮춰 조용히 말했다. "잠시 비키가 제정신으로 돌아왔다가는 다음 순간……." 그녀는 말을 다 하지 않고 끊었다.

"제가 할 수 있는 게 뭐가 있을까요?"

메레디스가 한쪽 손을 피터의 팔뚝에 올리고 눈을 마주쳤다. "비키는 피터 당신을 매우 자랑스럽게 생각해요. 당신이 해놓은 일들을 보는 것만으로도 비키는 행복해해요."

"제 도움이 필요하면 언제든 연락을 주세요. 뭐가 되었든지 간에요, 네?"

"오늘 오신 건 정말 딱 때를 맞춰서 오신 거예요, 안 그래요? 오늘 오신 게 마지막 방문이 되는 게 좋을 것 같아요."

피터는 비키가 누운 침대 쪽으로 몸을 돌리고 담요 위에 있던 그녀의 한 손을 들어 올렸다. 잠든 비키의 손은 떨리지 않았다. 그는 손을 잡고 잠시 그녀에 관한 생각들을 떠올리다가 몸을 앞으로 숙여 볼에 입을 맞추었다. 전에는 한 번도 해보지 않은 일이다.

"고마워요." 피터가 나직이 속삭였다.

피터는 메레디스를 따라 현관으로 나왔다. "아시겠지만 비키는 당신을 정말 아껴요." 메레디스가 말했다. "비키는 그런 말을 자주 하는 사람이 아니에요. 심지어 저에게조차도요. 성격이 그런 사람이니까요. 하지만 그렇게 말했어요, 비키가."

"저 역시도 비키를 사랑합니다."

"비키도 알고 있어요." 둘은 작별 인사로 포옹을 했다. "잘 가요, 피터."

불도 다 꺼진 거리는 조용했다. 손가락 하나를 눈에 갖다 대자 바로 물기가 묻어났다. 글쎄, 피터가 대통령이기는 했지만, 원한다면 그도 울 수는 있었다. 아들이 곁을 떠났고 다른 이들도 그럴 것이다. 그의 인생도 모든 것이 사라져갈 시기에 접어든 것이다. 얼굴을 들어 하늘을 봤다. 사람들이 별에 관해 얘기한 것들은 사실이었다. 별을 보면 볼수록 더 자주 보게 된다는 말. 세상을 지켜보며 사람을 안심시키는 힘을 가진 그들의 존재는 위안이 되기 때문이다. 그러나 항상 그랬던 것은 아니다. 피터는 멈춰 서서 수많은 별이 전혀 다른 무언가를 의미했던 때를 기억하며 바라봤다.

25장

그들은 마차 옆 흙바닥 위에서 잠을 자며 헌트에서 밤을 보내고 둘째 날 오후에 미스틱 타운십에 도착했다. 마을은 초라한 벽지의 소도시였다. 작은 대로에 집 몇 채와 잡화점 그리고 우체국에서부터 감옥의 기능까지 몽땅 하는 정부 건물 하나가 있었다. 그들은 작은 중심가를 지나 울창한 나뭇가지와 잎의 터널을 통과해 강을 따라 서쪽으로 이동했다. 핌은 이전에는 정착촌에 가본 적이 없었기에 보이는 모든 것들이 그녀의 눈을 사로잡았다. 저 나무들 좀 봐, 핌이 아기에게 수화를 했다. 저 강들도 봐봐. 세상을 봐보라고.

그들은 날이 저물기 시작할 무렵 케일럽이 만들어놓은 농장에 도착했다. 높은 위치에 지어진 집은 과달루페강을 내려다보았으며, 말들을 넣어 두는 작은 방목장이 딸려 있었다. 집과 방목장 사이에는 검은 토양의 밭이 놓였고, 집 뒤에는 옥외 화장실이 마련되어 있었다. 케일럽이 사륜마차에서 내려 바구니 안에서 자는 아기 테오를 향해 팔을 뻗었다.

"어때?"

아기 테오가 태어난 이후 케일럽은 아기가 있는 곳에서는 언제나 말과 수화를 동시에 사용하는 습관을 들였다. 주위 다른 누가 없더라도 아이는 말하는 것과 수화하는 게 별반 다르지 않다고 생각하며 자랄 것으로 생각했기 때문이다.

이거 다 당신 혼자 한 거야?

"음, 나도 도움을 받았지."

나머지도 보여줘.

케일럽은 핌을 집 안으로 데리고 들어갔다. 1층에 방이 두 개였고 유리가 끼워진 제대로 된 창문들이 있었으며, 난로와 펌프를 갖춘 부엌이 딸렸고 셋이 잠을 잘 다락방으로 올라가는 계단이 있었다. 마룻바닥은 톱질로 만든 참나무 판자로 되었는데, 디디고 서 있는 발에 견고함이 느껴졌다.

"여름에는 잠을 자기에 실내가 너무 더울 거지만, 뒤쪽에 잠을 잘 돌출 현관 공간을 만들 수 있어."

핌이 웃고 있었다. 그녀는 마치 자기 눈으로 보고 있는 것들을 믿을 수 없다는 표정이었다. 당신이 언제 그걸 만들 시간이 있기나 하겠어?

"할게, 걱정하지 마."

둘은 마차에서 하룻밤을 지내는 데 필요한 정도의 짐들을 챙겨 내렸다. 며칠이 지나면 케일럽은 필요한 물품들을 챙기기 위해 다시 13킬로미터 떨어진 마을에 가야 할 것이다. 우유와 한두 마리의 염소와 닭 같은 것들 말이다. 파종할 씨들은 이미 준비되었고, 땅도 쟁기질해서 흙을 갈아엎어 놓았다. 둘은 집 뒤편 텃밭에 옥수수와 콩도 번갈아 줄지어 재배할 계획이다. 첫해는 시간에 쫓기며 지나갈 것이다. 케일럽이 바라는 건 그 후로는 모든 것이 예측이 가능할 정도로 자리를 잡고 안정되는 것이다. 삶이라는 것이 결코 그렇게 쉽지는 않겠지만.

둘은 간단히 저녁 식사를 마친 후, 케일럽이 마차에서 집 안으로 옮겨 온 매트리스를 1층 바닥에 깔고 그 위에 누웠다. 케일럽은 혹시 핌이 그들 가족 셋만 이렇게 멀리 나와 지내는 것에 대해 무서워하거나 아니면 적어도 불안해하는 것은 아닌지 궁금했다. 핌은 한 번도 커빌의 장벽 밖에서 밤을 지내본 적이 없었기 때문이다. 하지만 지금 그녀는 그의 걱정과는 정반대로 보였다. 핌은 완전히 편안해했으며 앞으로 그들의 상황이 어떻게 바뀌어갈지 매우 궁금해하고 있었으니까 말이다. 물론 그럴 만한 이유가 있기는 했다. 그녀가 어린 소녀였을 때 겪었던 일들이 그녀를 강인하게 만든 원천이었다.

핌은 천천히 자기 삶을 되찾아왔다. 처음 사라가 핌을 고아원에서 집으로 데려왔을 때, 케일럽에게 핌의 모습은 사람처럼 보이지 않았다. 핌의 무뚝뚝한 몸짓들과 쉰 듯한 목소리에 케일럽은 불안함을 느끼기도 했다. 간단한 친절을 베푸는 것에도 핌이 이해 못하는 반응을 보이거나, 심지어 화내기도 하는 태도 때문에 더욱 그랬다. 하지만 사라가 핌에게 수화를 가르치기 시작하면서 그런 상황들이 변하기 시작했다. 모든 단어를 판독하는 것으로부터 시작하여 한 번의 손놀림으로 전체 문장과 생각을 표현하고 이해하는 단계로 발전해갔다.

상황의 변화는 즉흥적으로 일어났다. 도서관에서 빌려 온 책 한 권이 도움되었다. 케이트가 그 책을 케일럽에게 공부해보라고 주었을 때, 그는 핌이 사용하던 몸짓 중 많은 것들이 만들어낸 것들이라는 사실을 알았다. 핌과 그녀의 엄마만이 그리고 일정 부분 케이트와 그녀의 아버지만이 공유하는 사적인 은어의 거품 같은 것이었다. 그때가 케일럽이 열네다섯 살쯤 되었을 무렵이다. 그리고 그는 자신이 풀지 못하는 문제들에 대해서는 매우 불편해하는 똑똑한 소년이었다. 핌 또한 그에게 관심이 생기기 시작한 것처럼 보였다. 핌은 어떤 사람일까? 케일럽은 다른 사람들과 의사소통하듯 핌과 이야기할 수 없다는 사실에 화나면서도 매력을 느꼈다. 그는 핌이 가족들과 의사소통하는 동작들을 부호화하기 위해 핌을 주의 깊게 관찰했다. 그리고 혼자 방의 거울 앞에 서서 대화와 임의적인 원리들 모두를 몇 시간씩 수화로 연습했다. 안녕, 오늘 기분이 어때? 꽤 괜찮아, 고마워. 오늘 날씨 어떤 거 같아? 비를 좋아하기는 하지만 날씨가 좀 더 따뜻해졌으면 좋겠어.

이제 케일럽이 핌과 다양한 주제들에 관해 이야기할 수 있는 자신감을 얻을 때까지 자신의 새로운 능력을 감추는 일이 중요했다. 그리고 기회는 그의 가족 모두가 댐의 배수로로 놀러 나간 날 오후에 찾아왔다. 다른 사람들이 모두 물가에서 소풍을 즐길 때 케일럽은 댐 꼭대기로 기어 올라갔다. 그곳에서 그는 콘크리트에 앉아 일기를 쓰는 핌을 보았다. 핌은 언제나 무언가를 쓰고 있었고, 케일럽은 그녀가 무슨 이야기들을 쓰는 건지 궁금했다. 그가 다가가자 핌이 그를 흘깃 쳐다봤다. 그녀는 검은 눈을 가늘게 뜨고서 그를 강렬하게 바라보다 이내 무시하듯 다른 곳으로 시선을 돌려버렸다. 귀 뒤로 넘긴 그녀의 긴 갈색 머리는 윤이 났으며 햇빛을 받아 반짝였다. 케일럽은 그런 핌의 모습을 보며 잠시 멈춰 서 있었다. 핌은 케일럽보다 세 살이 많았으며, 말하자면 그의 눈에 그녀는 성인이나 다름없었다. 단도직입적으로 말해 핌은 커가면서 조금 차가워 보이는 도도한 모습의 매우 예쁜 여자가 되었다.

분명 케일럽이 나타난 것을 반기지 않는 모습이었지만 그렇다고 되돌아가기도 이미 늦어 보였다. 케일럽은 핌에게 다가갔고 핌은 지루하다는 표정의 웃음을 지으며 고개를 옆으로 돌려 그를 바라봤다.

안녕. 케일럽이 수화를 했다.

핌이 연필을 올려놓은 노트를 닫았다. 너 나한테 키스하고 싶은 거지, 안 그래?

예상치도 못한 그녀의 질문이 너무 직선적이라 케일럽은 당황했다. 내가 그랬나? 그 모든 게 그게 다였던 건가? 이제는 핌이 정말로 케일럽을 보며 웃었다. 그녀의 눈이 웃고 있었다.

내가 무슨 말을 하는지 네가 알고 있다는 걸 알아. 핌이 수화를 했다.

케일럽이 자기 손으로 답을 찾아 대답했다. 나 배웠어.

나를 위해서 아니면 너를 위해서?

케일럽은 모든 걸 들켜버린 거 같았다. 둘 다를 위해서.

너, 전에 누구와 키스해본 적 있어?

케일럽은 누군가와 키스해본 적이 없었다. 그러나 그가 해보고 싶었던 것이기는 했다. 케일럽은 자기 얼굴이 빨개지는 것을 느꼈다.

몇 번 해봤어.

아니네, 넌 해본 적 없어. 손은 거짓말하지 않아.

그는 그녀의 말이 무슨 말인지 바로 알아차렸다. 그렇게 공부하고 연습했는데도, 핌이 단지 몇 초 만에 그에게 까발려 놓은 그 명백한 사실을 그는 미처 알아차리지 못한 것이다. 수화는 매우 단도직입적이고 직선적인 언어라는 걸 말이다. 수화라는 간결한 수

사적 대화술 안에서는 사람들이 상대와 대화하며 자신을 보호하기 위해 진실을 반쯤 숨기고 회피할 만한 공간이 거의 없었다.

하고 싶어?

핌이 일어나 케일럽을 마주 보고 섰다. 좋아.

그렇게 둘은 키스했다. 케일럽은 이건 자신이 꼭 해야만 한다고 생각하고, 고개를 옆으로 살짝 틀고 몸을 앞으로 숙이며 눈을 감았다. 둘의 코가 부딪치더니 살짝 비껴가며 둘의 입술이 부드럽게 맞닿았다. 그리고 케일럽이 느끼기도 전에 끝나버렸다.

좋았어?

그는 정말로 그런 일이 일어났다는 사실이 믿기지 않았다. 많이. 케일럽은 자세히 설명했다.

그럼 이번엔 네 입술을 벌려봐.

이번이 더 좋았다. 케일럽의 입 안으로 약한 압력이 느껴졌고, 그것이 핌의 혀라는 것을 깨달았다. 그는 그녀가 이끄는 대로 따랐고 둘은 진짜 키스를 하고 있었다. 케일럽은 줄곧 키스라는 게 입술과 입술을 맞댄 채 단순히 피부만 훑고 다니는 행위인 거라고 상상해왔지만, 사실 그보다는 훨씬 더 복잡하다는 걸 이제 이해하게 되었다. 그건 건드린다는 느낌보다는 엉키는 것에 더 가까운 것이었다. 둘은 서로의 입 속을 휘저으며 한동안 그렇게 키스하다가 핌이 키스는 그만이라는 듯 뒤로 걸음을 물렸다. 케일럽은 키스를 더 하고 싶었다. 아주 오랫동안 더 할 수 있을 것 같았다. 하지만 곧 핌이 왜 키스를 멈췄는지 알았다. 댐 아래에서 사라가 둘의 이름을 부르고 있었다.

핌이 케일럽을 보고 웃었다. 너 키스 잘해.

그게 전부였다. 한동안 그랬다. 그러다 적절한 때가 오자 둘은 또 키스하고 다른 것들도 했지만 그리 대단한 것들은 아니었다. 그리고 다른 여자아이들도 따라왔다. 그래도 댐 위에서의 그 짧았던 시간이 케일럽의 마음속에 인생의 뚜렷한 한 점으로 분명하게 박혔다.

케일럽이 열여덟 살이 되어 군에 입대했을 때 지휘관이 집으로 보낼 편지를 쓸 사람이 있어야 한다고 하자, 그는 핌을 선택했다. 그의 편지는 음식에 대한 말도 안 되는 온갖 웃기는 불평들과 친구들과의 유쾌한 이야기들로 꽉 차 있었다. 하지만 그녀가 보내온 편지는 삶에 대한 풍부한 고찰이 가득한, 그가 여태껏 읽어본 것들과는 사뭇 달랐다. 때때로 그녀의 편지들은 시처럼 들리기도 했다. 나뭇잎들 위에 떨어진 햇살이 어떻게 보이는지, 지나가는 지인이 건넨 말 한마디, 음식을 요리하는 냄새, 그런 것들을 묘사하는 핌이 쓴 한 글귀가 케일럽의 마음을 사로잡고 며칠이나 머릿속에서 맴돌고는 했다. 단호한 간결함의 수화와는 달리 핌의 글은 그녀의 내면에 더욱 가깝고 진실로 가득 찬 풍부한 감성으로 넘쳐흐르는 것처럼 보였다.

케일럽은 더 많은 핌의 이야기를 듣기 위해 그녀에게 가능한 한 자주 편지를 썼다. 그건 마침내 그녀의 목소리를 듣게 되었다는 걸 의미했다. 얼마 오래가지 않아 그는 그녀와 사랑에 빠졌다. 그리고 케일럽이 3일의 휴가를 얻어 커빌로 돌아와 편지가 아닌 얼굴을 마주하고 그녀에게 고백했을 때, 핌이 눈으로 웃어 보이며 수화를 했다. 언제서야 마침내 그걸 깨닫게 된 거야?

그런 추억들을 되새기다가 케일럽은 깊은 잠에 빠져들었다. 얼마쯤 시간이 흐르고 깨어 보니 핌이 보이지 않았다. 하지만 핌은 올빼미 같은 습관이 있기에 크게 걱정하지는 않았다. 아기 테오도 여전히 잘 자니까. 케일럽은 바지를 입고 등에 불을 밝힌 채 문 옆에 둔 총을 들고서 밖으로 나왔다. 핌은 장작을 패기 위해 사용하던 나무 그루터기에 등을 기대고 앉아 있었다.

괜찮은 거야?

불 끄고 이리 와 앉아. 핌이 수화로 말했다.

기온이 아직 찬데도 핌은 잠옷만 입고 있었고 발도 맨발인 채였다. 케일럽은 그녀 옆에 자리를 잡고 앉은 뒤 등의 불을 껐다. 어둠 속에는 그들만의 대화 방식이 있었다. 핌이 그의 손을 잡고 그의 손바닥에 작게 글씨를 썼다. 봐봐.

뭘?

전부 다.

케일럽은 핌이 무슨 말을 하고 있는지를 이해했다. 이게 다 우리 거야.

나 여기가 마음에 들어.

그렇다니 내가 기쁘다.

그때 케일럽이 풀숲에서 뭔가 움직이는 것을 알아차렸다. 다시 소리가 났고, 둘의 왼쪽에서 풀이 바스락거리는 소리가 들렸다. 너구리나 주머니쥐는 아니었다. 좀 더 큰 놈이었다.

핌도 케일럽의 갑작스러운 경계심에 신경이 곤두섰다. 뭐야?

가만 있어.

그가 등에 다시 불을 켜고 주위를 환하게 밝혔다. 모두 같은 방향에서 들려오기는 했지만 바스락거리는 소리가 이제는 주위 여기저기에서 들렸다. 케일럽은 소총을 겨드랑이 아래에 낀 다음 팔꿈치로 몸에 바짝 밀착시키고 자세를 잡았다. 한 손에는 등을 들고 다른 한 손으로는 소총을 받치고서 소리가 나는 곳을 향해 살금살금 기어갔다.

불빛에 뭔가 비쳤다. 번쩍이는 눈들이 보였다.

어린 사슴이었다. 사슴은 불빛에 놀라 얼어붙은 채 케일럽을 바라보았다. 그 어린 사슴뿐만 아니라 다른 사슴들도 여러 마리가 있었다. 전부 여섯 마리였다. 잠시 사람도 사슴도 움직이지 않고 서로 놀란 채 그대로 마주 보았다. 그러더니 한마음이라도 된 듯 사슴 떼가 일제히 돌아서서 잽싸게 달아나 버렸다.

케일럽이 뭘 할 수 있었을까? 케일럽 잭슨이 호탕하게 웃는 거 말고 뭐를 더 할 수 있겠어?

26장

———

"됐어, 랜드. 이제 해봐."

마이클은 압축기 밑 부분과 바닥 사이의 좁은 틈에 등을 대고 누워 있었다. 밸브가 열리는 소리가 들리고 파이프라인을 따라 가스가 움직이기 시작했다.

"어떤 것 같아?"

"버티고는 있는 것 같아."

제발 새지는 말아다오. 나는 이미 내 오전 시간의 반을 너한테 쏟아부었다고. 마이클은 생각했다.

"이런 제길, 압력이 떨어져요."

"젠장." 그는 이미 머리에 떠오른 모든 봉합 부위들을 확인해둔 뒤였다. 가스가 대체 어디서 새고 있는 거야? "어휴, 빌어먹을, 그만 꺼버려."

마이클이 바닥에 몸을 비비며 틈을 빠져나왔다. 두 사람은 하부 기계실 층에 있었다. 위쪽 난간 통로 쪽에서 금속끼리 부딪치는 소리와 아크 용접기들의 타다닥거리며 불꽃 튀는 소리 그리고 작업자들끼리 서로 부르는 소리가 모두 엔진실의 반향에 의해 한층 증폭되어 크게 들렸다. 마이클이 바깥 햇빛을 못 본 지 이미 48시간이 지났다.

"뭐 짚이는 거라도 있어?" 마이클이 랜드에게 물었다.

랜드는 바지 주머니에 두 손을 꽂은 채 서 있었다. 그는 말과 같은 기개 혹은 인상이 풍기는 남자였다. 강인한 얼굴에 섬세해 보이는 작은 눈과 마흔다섯 살을 넘은 나이에도 불구하고 회색 머리 몇 가닥 보이지 않는 웨이브 진 검은 머리를 가졌기 때문이다. 차분하고 믿을 수 있는 랜드. 그는 한 번도 아내나 여자 친구 얘기를 한 적이 없다. 덩크의 매춘부들을 찾아간 적도 없었다. 마이클은 다그쳐 묻지도 않았는데, 그런 건 아주 사소한 문제에 지나지 않는 것일 뿐이다.

"충전기 어딘가에 문제가 있을 수도 있어." 랜드가 말했다. "멀쩡해 보이기는 하지만 말이야."

마이클이 난간 통로를 올려다보며 소리를 질렀다. 누군가는 내 목소리를 듣겠지.

"패치 어디 있어?"

패치의 진짜 이름은 바이런 스즈만스키였다. 패치라는 그의 별명은 드문드문 보이는 하얀 사각형의 빈자리만 없다면 숯처럼 새까맸을 그의 수염 때문에 생겨난 것이다. 마이클의 다른 많은 작업자와 마찬가지로 그도 고아원에서 자라났다. 그리고 군대에서 한동안 일하면서 엔진에 대해 몇 가지를 배웠고, 그 후에는 정비사로 민간 정부를 위해 일했다. 그에게는 친척도 없고, 결혼한 적이 없을 뿐만 아니라 결혼할 생각 역시 없었다. 마이클이 아는 한 어떤 나쁜 버릇도 없고, 외로운 것에 그다지 크게 신경을 쓰지 않았다. 게다가 수다스럽지 않았을뿐더러 지시에 불만을 지니지도 않았으며 일하기를 좋아하는 사람이다. 달리 말하면 마이클의 목적에 완벽하게 딱 들어맞는 사람이었다. 170센티미터의 키에 철사같이 마른 그는 다른 사람들은 숨도 쉬지 못할 배의 비좁은 틈 바구니에서 온종일 보냈다. 마이클의 작업자들은 누구도 불평할 수 없을 정도로 급여를 받았지만 그래도 패치에게는 그만큼 급여를 더 많이 지급해왔다. 그리고 마이클이 증류주 양조장에서 버는 돈들은 한 푼도 빠짐없이 베르겐스피요르드호에 털어 넣었다.

위에서 누군가가 얼굴을 작업 난간 밖으로 내밀었다. 위어였다. 위어가 용접 마스크를 이마까지 벗어 올리고 말했다. "패치는 선교에 있는 것 같은데요."

"누구 좀 보내서 패치를 데려오라고 해."

마이클이 자신의 공구 가방을 집어 들려고 몸을 구부리는데 랜드가 그의 팔을 툭 쳤다. "손님이 왔는데."

마이클이 고개를 들어봤더니, 덩크가 계단을 걸어 내려오고 있었다. 마이클에게 덩크가 필요한 만큼 덩크에게도 마이클은 없어서는 안 되는 존재였다. 그렇다고 둘 사이가 그렇게 쉬운 관계는 아니었다. 그러니 덩크가 마이클의 진짜 목적을 모른다는 건 말할 필요도 없는 일이다. 덩크는 베르겐스피요르드호를 별나고 기이한 방해꾼 정도로 생각했다. 마이클이 덩크의 주머니에 더 많은 돈을 채워줘야 할 시간을 쓸데없이 낭비하는 정교한 취미 거리 정도로 말이다. 왜 마이클이 군이 180미터짜리 선박을 다시 바다에 띄우려고 하는지 알아보려고조차 하지 않는 건 덩크의 지적 능력의 한계를 드러내는 증거일 뿐이겠지만.

"미치겠군." 마이클이 말했다.

"내가 가서 사람들 좀 데려올까? 덩크 열 받은 것 같은데."

"그걸 어떻게 알아?"

랜드가 자리를 비켰다. 계단 끝을 내려와 멈춰선 덩크는 엉덩이에 두 손을 받치고 지친 표정으로 기계실을 둘러봤다. 그의 얼굴 문신은 예전에 머리카락들이 있던 헤어라인에서 갑자기 뚝 끝났다. 평생 고단했던 삶이 노화라는 측면에서 덩크에게 별 도움이 되지는 못했지만, 그는 탱크처럼 건장했다. 아직도 재미 삼아 범퍼를 붙잡고 차를 들어 올리기를 즐길 정도였으니까.

"뭐를 도와줄까, 덩크?"

덩크의 웃음은 마이클에게 병 속에 있는 코르크가 생각나게 했다. "정말 내가 여기 좀 더 자주 와봐야 할 것 같아. 이 물건들의 반은 어디에다 쓰는 건지도 모르겠다고. 저기 있는 저것들 좀 보라고." 덩크가 소시지처럼 살집이 두꺼운 손가락을 흔들어댔다.

"워터 재킷 펌프라는 거야."

"어디에다 쓰는 건데?"

그날 하루가 별로 한 것도 없이 지나가는 중이었고 이제는 덩크와 씨름해야 했다. "기술적인 문제야. 너와는 별로 상관없어."

"내가 왜 여기 왔을 거 같은데, 마이클?"

다섯 살짜리들처럼 스무고개라도 하자는 건가. "선박 수리에 갑자기 흥미라도 생긴 거야?"

덩크의 시선이 마이클의 얼굴에 싸늘하게 꽂혔다. "내가 여기 온 건 말이야, 마이클. 네가 나에 대한 의무를 다하지 않기 때문이야. 미스틱이 이주를 원하는 사람들에게 개방되었다고. 새로운 정착촌이 생기는 거고, 그건 곧 수요가 생겼다는 뜻이지. 새로운 증류기를 만들고 가동해야 한다고. 나중이 아니라 오늘 당장."

마이클이 작업 난간에 대고 소리를 질렀다. "아직도 패치를 못 찾은 거야?"

"찾고 있어요!"

그러고는 다시 덩크를 향해 돌아섰다. 그 녀석은 진짜 황소 같아 보였다. 쟁기에 묶여 있는 편이 좋았을 정도로. "나 지금 당장은 좀 바빠."

"우리의 계약 조건을 다시 말해줘야 하겠군. 네가 증류기로 마술을 부리면 너는 거기서 생기는 이익의 10퍼센트를 갖는 거지. 그렇게 기억하기 어려운 게 아니라고."

마이클이 다시 작업 난간을 향해 소리를 질렀다. "오늘도 가끔은 좋을 때가 있을 거 같네!"

다음 순간 마이클은 격벽에 몸이 날아가 부딪혔고 덩크의 팔뚝이 목을 짓누르고 있었다.

"이제는 내 말에 집중할 수 있겠지?"

덩크의 넓적하고 움푹 파인 코가 마이클의 얼굴과 불과 몇 센티미터도 안 떨어졌고, 그가 숨을 내쉴 때마다 시큼한 포도주 냄새가 났다.

"이거 봐 친구, 진정해. 애들 보는 앞에서 이럴 필요가 없잖아."

"쌍, 너는 나를 위해서 일해야 하는 거라고."

"내가 요점을 다시 정리해줘야 할 것 같은데. 지금 내 목을 부러뜨리면 당장은 기분이 좋을 거야. 하지만 너도 더 이상은 리크를 얻지 못해."

"괜찮은 거야, 마이클?"

랜드가 다른 두 사람, 파스타우와 위어와 함께 덩크의 뒤에 서 있었다. 랜드는 손에 긴 렌치를 꽉 쥔 채였고 파스타우와 위어도 긴 파이프를 쥐고 있었다. 셋 다 그날 작업을 위해 장비를 챙긴 것처럼 아무렇지 않다는 듯 렌치와 파이프를 손에 들었다.

"사소한 오해야." 마이클이 대답했다. "덩크 어때? 여기서 문제를 만들 필요가 없잖아. 내가 네 얘기에 집중할게, 진짜야."

덩크는 오히려 마이클의 목을 더 세게 눌렀다. "개수작질 집어치워."

마이클이 덩크의 어깨 너머로 위어와 파스타우를 쳐다봤다. "너희 둘은 가서 증류기 상태가 어떤지 확인해봐. 상황이 어떤지 좀 보고 와서 내게 말해줘, 무슨 말인지 알지?" 그리고 그는 덩크를 봤다.

"문제가 해결됐잖아. 나, 네 얘기를 분명하고 똑똑하게 듣고 있다고."

"20년이야. 네 헛소리와 이 짓을 참아온 게. 이…… 미친 너의 취미를."

"네 기분은 아주 잘 이해하겠어. 이제 내가 말할 차례인 거 같은데. 새 증류기들이 만들어질 거고 가동될 거야. 아무 문제 없을 거라고."

덩크가 계속 이글거리는 눈으로 마이클을 노려봤다. 무슨 일이 벌어질지 말하기 어려웠다. 마침내 덩크가 마이클을 배의 연료 저장고 벽에 마지막으로 강하게 한 번 밀어붙이고 나서 뒤로 돌아섰다. 그러고는 마이클의 작업자들을 향해 서서 차갑게 노려봤다.

"너희 셋도 좀 더 조심하는 게 좋을 거야."

마이클은 덩크가 보이지 않을 때까지 기침을 참았다.

"맙소사, 마이클." 랜드가 그의 안색을 살폈다.

"덩크가 오늘 하루 일진이 사나운가 봐. 녀석도 진정하고 이성을 찾겠지. 너희 둘은 가서 일하고, 랜드는 나하고 얘기 좀 해."

위어가 눈살을 찌푸렸다. "가서 증류기 확인은 안 해도 되는 거예요?"

"어, 아냐, 내가 이따가 가볼 거야."

위어와 파스타우가 일하러 돌아갔다.

"덩크를 그렇게 자극하면 안 돼." 랜드가 말했다.

기침 때문에 마이클이 다시 말을 멈췄다. 그는 모든 일이 한편으로는 이상하게 만족스러우면서도 조금 바보 같다는 생각이 들었다. 사람이란 자기 자신이 될 때 기분이 좋은 법이기는 하니까. "근처에서 그리어를 본 적 있어?"

"아침에 수로 위쪽으로 배를 타고 나가던데."

그렇군, 식사를 주는 날이었어. 마이클은 항상 그리어가 걱정됐다. 에이미가 아직도 매번 그리어를 죽이려고 달려들었기 때문이다. 하지만 그리어는 그마저도 담담히 받아들일 뿐이었다. 그리고 처음부터 마이클과 그리어와 함께했던 랜드를 제외하고는 작업자 가운데 누구도 그 일에 대해서는 몰랐다. 에이미와 카터와 쉐브론 마리너호, 그리고 6일마다 그리어가 어김없이 실어 나르는 피를 채워 넣은 주머니에 관한 것들 말이다.

랜드가 주위를 둘러봤다. "바이럴들이 다시 돌아오기 전까지 시간이 얼마나 있을 것 같아?" 그리고 그가 목소리 낮춰 마이클에게 조용히 물어봤다. "이제 거의 시간이 다 된 것 같은데."

마이클이 어깨를 으쓱해 보였다.

"내가 고마워하지 않는 건 아니야. 우리 모두 고마워하고 있어. 하지만 사람들은 준비하고 싶어 한다고."

"사람들이 빌어먹을 일들을 제대로 끝낸다면, 아마 우리는 일이 벌어지기 전에 멀리 떠날 거야." 마이클은 자신의 공구 가방을 들어 올려 어깨에 멨다. "그리고 이런 젠장, 누가 가서 제발 패치 좀 찾아와. 오전 내내 기다리고 싶지는 않다고."

그리고 마침내 저녁이 되어서야 마이클이 배 밑바닥에서 나왔다.
무릎이 깨질 듯 아팠고 목도 마찬가지였다. 그렇다고 어디에서 가스가 새는 건지 찾은 것도 역시 아니었다.

하지만 그는 결국 새는 곳을 찾아낼 것이다. 늘 그래왔으니까. 오늘 온종일 애쓰고도 못 찾아낸 가스가 새는 자리 말고도 수 킬로미터에 이르는 베르겐스피요르드호의 전선과 철사와 파이프를 싹 다 뒤져서 모든 누출 부위와 녹슨 리벳과 닳아 해어진 철사를 찾아낼 것이다. 그러고 나서 몇 달 안에 배터리를 충전하고 엔진들을 시운전할 때 모든 것이 제대로 작동하면 그들의 준비가 끝날 것이다. 마이클은 그날을 상상해보는 걸 좋아했다. 펌프가 돌아가고 물이 독dock 안으로 쏟아져 들어오고, 수문이 열리며 2만 톤의 베르겐스피요르드호가 우아하게 버팀대 위를 미끄러져 바다로 진수되는 날 말이다.

20년 동안 마이클은 다른 건 생각해본 일이 없었다. 암시장으로 들어온 건 그리어의 생각이었다. 정말 천재적인 발상이었다. 그리어와 마이클은 돈이 필요했다. 그것도 아주 많은 돈이. 그들이 뭘 팔아야 했을까? 그리어에게 베르겐스피요르드호에서 가져온 신문을 보여주고 나서 한 달 뒤, 마이클은 사촌의 집Cousin's Place이라고 알려진 도박장의 밀실에서 테이블을 사이에 두고 덩크 위더스와 마주 보고 앉았다. 마이클도 그가 양심이라고는 찾아볼 수 없는 비정상적인 성질을 지닌 남자로, 오직 가장 실용적인 우선순위들에 따라서만 행동한다는 것은 알았다. 마이클의 목숨 따위는 그에게 아무것도 아니었다. 왜냐하면 그 누구의 목숨도 그에게는 중요하지 않았으니까.

하지만 덩크도 마이클의 명성은 무시하지 못했고, 그도 자신이 해야 할 일을 했다. 커빌의 출입구들은 개방을 눈앞에 둔 상태였고 사람들은 정착촌들로 물밀듯 몰려 나갈 것이 너무나 뻔했다. 마이클은 기회가 넘쳐난다는 걸 가르쳐줬지만 과연 암시장이 급격히 늘어나는 수요를 감당해낼 능력이 있을까? 마이클이 만약 암시장의 생산 능력을 세 배, 아니 네 배 늘려줄 수 있다고 덩크에게 말한다면 덩크는 과연 뭐라고 했을까? 또 그가 어떤 방해도 받지 않는 탄약의 공급을 보장할 수 있다면? 더 나아가 마이클이 암시장이 군대나 국가 권력의 통제를 완전히 벗어나 안전하게 활동하면서도 커빌이나 정착촌들에 파고 들어갈 장소를 알고 있으면? 요컨대 무엇보다도 마이클이 덩크 위더스를 그가 상상했던 것보다도 훨씬 더 부자로 만들어줄 수 있다면?

그렇게 해서 지협이 만들어졌다.

초기에는 많은 시간이 그냥 허비되었다. 베르겐스피요르드호의 나사 하나라도 조이기 위해서 마이클은 덩크의 신뢰를 얻어야만 했다. 3년 동안 마이클은 덩크 위더스를 전설로 만들어줄 거대한 증류기들의 건설을 감독했다. 마이클은 그 대가에 대해 모르지 않았다. 얼마나 많은 주먹다짐을 했기에 한 남자가 피투성이가 되고 치아가 모두 부러졌을까? 얼마나 많은 시체가 뒷골목마다 버려졌을까? 얼마나 많은 아내와 아이가 폭행당하거나 목숨을 잃었을까? 그 모든 게 그가 만들어낸 정신적 독약 때문이 아니었을까?

마이클은 그런 문제들에 대해서는 생각하지 않으려고 했다. 중요한 건 오직 베르겐스피요르드호 하나뿐이었다. 모든 건 베르겐스피요르드호가 요구한 대가였고, 피로 그 값을 치른 것이다.

아울러 마이클은 자신의 진짜 계획을 위한 토대를 마련했다. 그일은 정유 시설에서부터 시작했다. 조심스러운 탐문이 그 시작이었다. 지루해하는 사람이 누구야? 만족하지 못하는 사람은? 또 제대로 쉬지 못하는 사람은? 랜드 호건이 마이클의 첫 번째 목표가 되었다. 랜드는 마이클과 함께 오랫동안 증류탑에서 일했던 동료였다. 랜드를 스카우트하고 나자 다른 기술자들도 따라나섰고, 여기저기에서 사람들을 모았다.

그리어도 며칠 동안 길을 나섰다. 그러고 나서 얼마 후 더플백 하나와, 그들이 지불하기로 한 평생 쓰고도 남을 돈의 대가로 5년 동안 지협에서 함께하겠다고 약속한 남자 하나를 지프에 태워서 돌아왔다. 사람들의 숫자가 계속 늘어나더니 마이클과 그리어는 곧 세상에서 더는 잃을 게 없는 54명의 건장한 남자들을 모았다. 그리고 마이클은 그들에게 일정한 패턴이 존재한다는 걸 알았다. 돈에 끌려 온 것은 맞지만 그들이 추구하는 것은 뭔가 손으로 만질 수 있는 그런 것이 아니었다. 엄청나게 많은 수의 사람이 목적의식이라 할 만한 것 없이 표류하듯 살아가고 있었다. 하루하루가 지나간 다른 날과 구분이 안 될 정도로 의미가 없었다. 그러나 새로 합류하는 사람이 생길 때마다 마이클이 그들 한 명 한 명에게 베르겐스피요르드호를 보여줄 때면, 그들의 눈빛이 변하는 것을 어렵지 않게 볼 수 있었다.

여기에는 늘 그렇고 그런 일상을 뛰어넘는 무언가가 있었다. 인류가 멸종될 위기 이전의 시대로부터 온 무언가가 말이다. 마이클은 그 사람들에게 과거를 보여주며 그를 통해 미래를 보게 한 거였다. 우리가 정말 이걸 고쳐서 작동하도록 만들 거라고요? 언제나 그들이 물어본 질문이었다. '이걸'이라고 부르면 안 되고 '그녀를'이라고 불러야 해. 마이클은 그들이 베르겐스피요르드호를 부르는 법부터 바로잡아 주었다. 그리고 말이야, 우리가 그녀를 고치는 게 아니라, 그녀를 잠에서 깨워 다시 일어나게 하는 거야.

그리고 이건 항상 통하는 건 아니었지만, 마이클의 규칙은 이랬다. 일한 지 3년이 지나고 마이클이 어떤 작업자를 믿게 되면, 그는 그 작업자를 외떨어진 오두막으로 데려가 의자에 앉히고 나쁜 소식을 들려줬다. 대개 사람들은 그 상황과 나쁜 소식을 잘 받아들였다. 잠시 믿지 못하는 시간이 흐르고, 우주와 힘을 겨루기라도 하듯 진실을 알기 위해 애썼다. 증거를 제시하라고 요구하지만 마이클은 거절했고, 거부와 저항이 결국 수긍으로 바뀌어 갔다. 마침내 우울한 감정 속에서 고마움을 주고받게 된다. 그들은 어쨌든 살아남은 자들 가운데 있게 될 것이다. 3년을 채우지 못하거나 혹은 오두막에서의 시험을 통과하지 못한 사람은 글쎄, 안타깝다는 말밖에 할 말이 없다. 그 뒤처리는 그리어의 몫이었고 마이클은 뒤로 물러나 거리를 두고 모른 척했다. 그리어와 탈락자는 물 한가운데로 들어가고 그렇게 탈락자는 물속으로 조용히 사라져 다시는 모습을 드러내지 않았다. 그 후로는 탈락자의 이름을 들을 수가 없었다.

독을 수리하는 데 2년 그리고 배 안의 물을 빼내고 선체를 다시 물 위에 띄우는 데 또 2년 그리고 뒤로 돌려 독 안으로 들여놓는 데 1년이 걸렸다. 선체를 버팀대 위에 올려놓고 수문을 밀봉한 후, 독 안의 물을 뺀 날은 마이클의 인생에서 가장 긴장되던 날이었다. 버팀대가 과연 선체의 무게를 버틸 수 있을지 알 수 없었다. 선체에 금이 가는 등 손상이 생길 수 있었다. 정말 오만가지의 일들이 잘못되고 두 번 다시는 기회가 없을지도 몰랐다.

한 줄기 햇살이 줄어드는 물과 선체의 밑바닥 사이를 비집고 퍼져 나왔다. 작업자들이 일시에 모두 기쁨의 환호성을 질러댔지만, 마이클이 느끼는 감정들은 그들과는 사뭇 달랐다. 그는 의기양양한 기쁨보다는 운명이라는 느낌을 받았다. 마이클은 혼자서 독의 바닥으로 이어지는 계단을 내려갔다. 마이클의 작업자들 모두가 환호성을 멈추고 조용히 그 모습을 지켜보았다. 물이 발목에 찰랑거리는 가운데 그는 마치 거대하고 성스러운 유물에 다가가기라도 하는 것처럼 배에 다가갔다. 물이 다 빠지고 나자 배는 전혀 새로운 물건이 되어 있었다. 당당한 몸집을 자랑하는 온전하게 드러난 배의 크기에 그는 경악했다. 배의 흘수선 아래로 드러나 보이는 굴곡은 흡사 여자의 부드러운 몸매를 생각나게 했으며 뱃머리 쪽에서 툭 튀어나온 둥글납작한 모양의 선체 일부는 사람의 코나 총알의 앞 끝부분처럼 보였다. 마이클은 선체 밑으로 들어갔고, 이제 그 육중한 배의 모든 무게가 그의 머리 위에 놓였다. 마치 산 하나가 그의 머리 위 공중에 매달려 있는 것처럼 말이다. 마이클이 팔을 들어 올려 선체에 한 손을 갖다 대보았다. 차가운 선체에서 윙윙거리는 듯한 느낌이 손가락 끝에 와 닿는 것 같았다. 마치 배가 살아 있어서 그 숨결이 느껴지는 것 같았다고나 할까. 이건 사명이다, 하는 확신이 마이클의 핏줄을 타고 온몸에 흘러넘쳤다. 그의 삶에 있어서 꿈꿔볼 만한 다른 모든 가능성이 사라지는 것 같았다. 그가 죽는 날까지 이 배 말고 다른 목적은 어떤 것도 존재하지 않게 된 거였다.

그날 이후로 자신의 요트인 노틸러스호를 바다로 몰고 나가는 것 외에 마이클은 지협을 떠나지 않았다. 연대와 결속을 과시해 보이는 정치적으로 현명한 행동이기는 했지만, 마이클 자신은 지협을 떠나 자리를 비우지 않는 진짜 이유를 알았다. 그는 지협 말고는 이제 더 이상 다른 어느 곳에도 속해 있지 않다는 걸.

마이클은 그리어를 찾아 뱃머리 쪽으로 걸어갔다. 습기를 잔뜩 머금은 3월의 바람이 불어왔다. 오래된 조선소 단지의 한 부분인 지협은 채널 브리지에서 400미터쯤 떨어진 수로 쪽으로 돌출되어 있었다. 해안에서 90미터가량 떨어진 곳에 마이클의 요트인 노틸러스호가 닻을 내리고 정박해 있었다. 요트의 선체는 아직 단단했고 돛도 탄탄하고 빳빳했다. 그런 요트의 모습에 벌써 몇 달 동안 몰고 바다로 나가지 못한 마이클은 미안함을 느꼈다. 마이클에게 노틸러스호는 선구자적인 존재였다. 베르겐스피요르드호가 아내와 같은 존재라면 노틸러스호는 사랑을 가르쳐준 존재였다.

마이클은 그리어의 보트가 보이기도 전에 채널 브리지 밑의 은빛 물결 속을 휘젓고 있는 대형 보트의 모터 소리를 들었다. 그리어가 보트를 천천히 몰고 들어오는 동안 마이클이 서비스 선착장으로 내려갔다. 그리어가 마이클에게 줄을 던졌다.

"어땠어요?"

그리어가 선미를 묶고 마이클에게 그의 소총을 건넨 다음 부두 위로 올라왔다. 이제 갓 일흔을 넘긴 그리어는 황소가 나이 들어가는 것처럼 늙었다. 한동안 상대를 뿔로 들이박을 순간을 기다리며 코웃음을 치고 씩씩거리다가, 다음 순간 파리 떼에 둘러싸여 들판에 누워 있는 황소처럼 그렇게.

"음," 마이클이 먼저 말을 건넸다. "에이미가 소령님을 죽이지 않았네요. 완전히 계 타신 거나 마찬가지예요."

그리어가 아무 대답도 하지 않았다. 마이클은 그가 괴로워한다는 걸 알아차렸다. 이번 방문에 문제가 있었던 거였다.

"루시어스, 그녀가 뭐라고 했어요?"

"뭐라고 했냐고? 이 일이 어떤지 알면서 왜 그래."

"솔직히, 정말 어떤지는 잘 모르겠어요."

그리어가 어깨를 으쓱해 보였다. "그건 내게 드는 느낌 같은 것이지. 그녀가 가지고 있는. 어쩌면 아무것도 아니고."

마이클은 더 이상은 물어보지 않기로 했다. "사실 소령님과 얘기하고 싶은 게 있어요. 오늘 덩크와 충돌이 좀 있었어요."

그리어는 밧줄을 감는 중이었다. "덩크가 어떤지 알잖아. 내일 이맘때쯤 되면 오늘 일 다 잊어버릴걸."

"이번 건은 그렇게 쉽게 넘어가지 않을 것 같아요. 상황이 안 좋았어요."

그리어가 고개를 들어 마이클을 봤다.

"제가 실수했네요. 녀석의 성질을 건드렸어요."

"무슨 일이 있었는데?"

"덩크가 기관실에 내려왔어요. 증류기에 관해 늘 있던 문제 때문에요. 랜드와 몇몇 친구들이 덩크를 사실상 억지로 제게서 떼어놨어야 했어요."

그리어가 미간을 찌푸렸다. "그동안에 쌓인 게 커졌군."

"제 생각도 그래요. 덩크가 걸림돌이 되고 있어요." 마이클이 잠시 말을 멈췄다가 다시 이어갔다. "때가 된 거 같아요."

그리어는 아무 말 않고 조용히 들었다.

그가 잠시 생각하더니 고개를 끄덕였다. "그런 상황이라면, 자네 말이 맞을 거야."

그리어와 마이클은 사람들의 명단을 검토했다. 그들이 누구를 믿을 수 있고 어떤 이들을 믿을 수 없는지. 또한 누구누구가 이쪽과 저쪽의 경계에서 줄을 타고 있는지 그리고 조심스럽게 접근해야 할 사람이 누구인지 말이다.

"자네는 지금 당장은 납작 엎드려 있어야 해." 그리어가 말했다. "랜드와 내가 준비해놓을 테니 말이야."

"소령님이 그게 최선이라고 하신다면요."

야간 조명등이 하나둘씩 켜지면서 독이 환하게 밝혀졌다. 마이클은 거의 밤을 새우고 일할 것이다.

"자네는 배를 준비시키는 일만 끝내." 그리어가 말했다.

사라가 책상에서 눈을 떼고 고개를 들었다. 제니가 문간에 서 있었다.

"사라, 보셔야 할 게 좀 있어요."

사라가 제니를 따라 병동으로 내려갔다. 제니가 사라를 위해 커튼을 젖혔다. "DS가 뒷골목에서 그를 찾았대요."

사라가 자기 사위를 알아보는 데 시간이 좀 걸렸다. 사위의 얼굴은 완전히 묵사발이 된 상태였고 양팔도 깁스를 했다. 제니와 사라 둘이 바깥쪽으로 물러나 나왔다.

"저도 차트를 보고서야 빌인 걸 알았어요." 제니가 말했다.

"케이트는 어디에 있어?"

"케이트는 야간 근무조예요."

시간은 거의 4시가 다 되어가는 중이었고, 케이트가 언제 문 안으로 걸어 들어올지 알 수가 없었다.

"케이트가 못 들어오게 막아줘."

"뭐라고 말하는 게 좋을까요?"

사라가 잠시 생각에 잠겼다. "케이트에게 고아원에 가보라고 해. 고아원 방문을 해야 할 때가 되지 않았어?"

"잘 모르겠어요."

"알아봐. 어서 가."

사라가 병실로 들어갔다. 그녀가 다가오자 빌은 하루가 얼마나 힘든 날이 될지 안다는 듯한 눈빛으로 고개를 들어 사라를 봤다.

"좋아, 그래 무슨 일이 있었던 거야?" 사라가 물었다.

그가 고개를 돌려버렸다.

"빌, 자네에게 정말 실망했어."

그가 벌어져 있는 입으로 대답했다. "그 정도는 알아요."

"도대체 그 작자들에게 빚을 얼마나 진 거야?"

빌이 대답했다. 사라는 침대 옆의 의자에 털썩 주저앉았다. "어떻게 그렇게까지 멍청할 수가 있지?"

"내가 계획했던 건 이런 게 아니었어요."

"그 녀석들은 진짜 자네를 죽일 거야. 어쩌면 내가 그놈들에게 제발 그렇게 해달라고 부탁하는 게 낫겠어."

빌이 울기 시작했고 이에 사라는 당황했다.

"아 진짜, 그만 좀 하라고." 사라가 말했다.

"어떻게 할 수가 없어요." 부어오른 빌의 코에서 콧물이 흘러내렸다. "케이트를 사랑해요. 딸들도요. 정말, 정말 죄송해요."

"미안하다는 말은 도움이 안 돼. 그들이 자네에게 돈을 마련할 시간을 얼마나 준 거야?"

"다시 다 되찾아 올 수 있어요. 하룻밤만 기다려주세요. 많이도 필요 없어요. 첫판을 시작할 정도면 충분해요."

"케이트가 이런 형편없는 속임수에 속아 넘어가 사는 거야?"

"케이트가 알 필요는 없잖아요."

"좋은 말로 물어봤잖아, 빌. 시간이 얼마나 있는 거야?"

"늘 그렇죠, 3일요."

"뭐가 늘 그렇다는 거야? 아냐 아냐 잠깐만, 그냥 대답하지 마."

사라가 그냥 자리에서 일어났다.

"장인어른에게는 말하지 말아주세요. 저를 죽일 거예요."

"그러겠지."

"장모님 죄송해요. 제가 다 망쳤어요. 저도 잘 알아요."

제니가 숨을 조금 몰아쉬며 헐떡이는 모습으로 나타났다. "됐어요, 케이트는 따돌린 것 같아요."

사라가 시계를 흘깃 쳐다봤다. "그러면 케이트가 올 때까지 자네에게 한 시간 정도 시간이 있을 거야, 빌. 자네가 솔직하게 실토하고 용서를 구하는 게 좋을 것 같은데."

빌은 겁에 질린 것 같았다. "장모님은 어떻게 하실 건데요?"

"자네는 그 어면 도움도 받을 자격이 없어."

27장

닭장을 만들던 케일럽의 눈에 한 사람이 먼지가 풀풀 날리는 길을 걸어 올라오는 모습이 들어왔다. 늦은 오후 시간이었고 핌과 아기 테오는 집에서 쉬고 있었다.

"자네의 집에서 연기가 피어오르는 걸 봤지." 케일럽 앞에 다가와 선 그는 유쾌하고 오랜 세월을 견뎌낸 얼굴에 턱수염이 덥수룩한 남자였다. 그는 챙이 넓은 밀짚모자를 쓰고 멜빵바지를 입고 있었다. "이제 우리가 이웃이 된 것 같아서, 잠깐 들러서 인사하려고. 필 테이텀, 그게 내 이름이야."

"케일럽 잭슨입니다." 둘은 악수했다.

"우리는 바로 저 산등성이 반대편에 있어. 사람들 대부분이 오기 전부터 그곳에 있었어. 나와 내 아내 도리언, 그렇게 둘이 살지. 우리에게는 다 큰 아들이 하나 있는데 그 아이도 밴데라에서 자기 터전을 가꾸기 시작했어. 그런데 잭슨이라고 했나?"

"네, 그분이 제 아버지입니다."

"이게 무슨 일이야. 아니 자네 여기까지 나와서 뭘 하는 거야?"

"다른 사람들과 마찬가지죠. 견디면서 만족하고 사는 거죠." 케일럽이 장갑을 벗었다. "저희 집에 가서서 제 가족들과 인사라도 하시죠."

핌이 이제는 꺼놓고 사용하지 않는 난로 옆의 의자에서 아기 테오를 무릎에 앉혀놓고서 그림책을 보여주고 있었다.

"핌," 케일럽이 수화를 하며 핌을 불렀다. "여기는 우리 이웃인 테이텀 씨야."

"잭슨 부인, 안녕하세요?" 테이텀이 그의 모자를 벗어 가슴에 댔다. "굳이 저 때문에 번거롭게 일어나지 않으셔도 됩니다."

만나게 돼서 정말 반갑습니다.

케일럽이 자신이 실수했다는 걸 알아차렸다. "이런, 제 아내가 청각 장애인인 걸 미리 설명해드렸어야 했는데. 아내가 테이텀 씨를 만나게 되어서 반갑다고 합니다."

테이텀이 조용히 고개를 끄덕였다. "내게도 청각 장애가 있는 사촌이 있었어, 얼마 전에 죽었지만. 말하는 사람의 입술 모양을 읽어서 말을 알아듣는 방법을 배우기도 했는데 불쌍한 사촌은 자기만의 세계에서 살다가 갔어." 그가 목소리를 크게 했다. 사실 많은 사람이 그러기는 했지만. "아들이 잘생겼어요, 잭슨 부인."

테이텀 씨가 뭐라고 하는 거야?

당신이 아름다워서 당신이랑 잠자리하고 싶대. 케일럽이 여전히 모자의 챙을 만지작거리는 손님을 향해 돌아섰다. "아내가 감사하대요, 테이텀 씨."

무례하게 굴지 마. 테이텀 씨에게 차라도 드시고 싶은지 물어봐.

케일럽이 핌의 질문을 테이텀에게 대신 물었다.

"저녁 식사 전에는 집에 돌아가야 하지만 잠깐 앉았다 가는 건 괜찮을 것 같군. 아내에게 고맙다고 말해주겠나."

펌은 주전자에 물을 채우고 썰어놓은 레몬 조각들을 넣은 다음 두 남자가 앉아 있는 테이블에 올려놓았다. 두 남자는 날씨라든가 부근의 농장들이나 케일럽이 어디에서 가축을 구해야 하는지 그리고 가축의 가격으로 얼마나 주어야 하는지 같은 자질구레하고 사소한 것들에 관한 이야기들을 나누었다. 펌은 아기 테오를 데리고 자리를 비켜주었다. 펌은 아들을 데리고 강가로 내려가 둘이 조용히 앉아 있는 것을 좋아했다. 케일럽은 테이텀과 그의 아내가 좀 쓸쓸해한다는 걸 알았다. 테이텀 부부의 아들은 헌트의 한 댄스파티에서 만난 여자와 함께 작별 인사도 하는 둥 마는 둥 부모의 곁을 떠난 거였다.

"자네 아내가 임신한 것 같은데." 테이텀이 말했다. 둘은 펌이 내준 레몬워터도 다 마시고 이제는 얘기만 하고 있었다.

"네, 9월에 출산 예정이에요."

"산기가 있으면 부를 의사가 미스틱에 한 명 있기는 하지." 테이텀이 케일럽에게 귀띔해주었다.

"알려주셔서 감사합니다." 케일럽은 테이텀의 목소리에서 그에게 아픈 사연이 있다는 걸 느낄 수 있었다. 테이텀 부부에게는 집을 떠나 독립한 아들 말고도 다른 자녀가 하나 더 있었다. 어쩌면 하나가 아니라 몇이 더 있었을지도 모를 일이었다. 그들 모두가 다 생존해 성장하지는 못했다 하더라도 말이다. 모두 오래된 과거의 일이었지만 딱히 그런 것도 아니었다.

"자네 부부 모두에게 폐를 끼쳤군." 문을 열고 나가려던 테이텀이 말했다. "이웃에 젊은 사람들이 있다는 건 좋은 일이야."

그날 저녁 핌이 테오를 목욕시킬 때 케일럽이 테이텀과 나눴던 대화를 그녀에게 다시 들려주었다. 처음에는 발버둥 치며 야단법석을 부리던 아기 테오가 이제는 주먹을 쥐고 물장난을 치며 즐거워하는 것처럼 보였다.

테이텀 씨 부인을 보러 갈까 봐, 핌이 수화를 했다.

내가 같이 갈까? 케일럽은 핌이 통역해줄 사람이 필요할 것 같아서 한 말이었다.

그런데 핌은 케일럽이 제정신이 아니라는 듯 그를 쳐다봤다. 웃기는 소리 하지 마.

그의 이 대화는 며칠 동안 계속되었다. 어쨌든 케일럽이 생각했던 모든 계획 중에, 핌과 케일럽 그리고 아기 테오가 살아가는 데 다른 사람들의 도움이 필요하다는 걸 고려하지 못한 건 분명한 사실이었다. 어떤 면에서 보면 핌과의 사적인 관계의 풍요로움이 다른 관계들을 사소한 것으로 보이게 만드는 면이 있었다. 또한 케일럽 자신의 성격이 그렇게 사교적이지 못한 면도 있었다. 그래서인지 그는 다른 사람들과의 상호 작용보다는 자기 생각을 고집하는 편이다.

핌이 살아가는 세상이 다른 사람들의 삶의 범위보다 매우 제한적이라는 것 또한 사실이다. 핌에게 가족 외의 인간관계는, 수화를 할 줄 모르더라도 그녀가 말하고자 하는 것을 직감적으로 이해할 수 있는 소수의 사람과만 유지되었다. 핌에게는 문제가 안 되는 일이기는 했지만, 그녀는 종종 혼자였다. 핌은 그 시간들을 글을 쓰며 보내고는 했다. 그리고 지난 몇 년 동안 케일럽은 핌의 글을 엿보고 싶은 충동을 참지 못하고서 꽤 여러 차례 일기장을 훔쳐

본 적이 있다. 그녀가 그에게 썼던 편지들과 마찬가지로 일기들은 모두 훌륭하기만 했다. 때때로 그녀의 일기들은 다양한 문제들에 대한 걱정과 의심들을 다루기도 했지만, 대부분은 삶에 대한 긍정적인 생각들로 채워졌다.

그리고 케일럽은 핌이 그림을 그리는 걸 본 적이 없는데 일기장에는 상당수의 스케치들도 있었다. 대개 익숙한 풍경들을 묘사해놓은 것들이었다. 새나 동물을 그린 그림들이 아주 많았고 그녀가 아는 사람들의 얼굴을 그린 그림들도 있었다. 한데 유독 케일럽의 얼굴을 그린 그림은 한 장도 없는 것 같았다. 케일럽은 핌이 왜 그림들을 보여주지 않았는지 또 왜 그림을 그린다는 사실을 자신에게 숨겼는지 궁금했다. 그녀의 그림 가운데 최고라고 할 수 있는 건 바다의 풍경을 그린 그림들이다. 그게 정말 놀라운 일인 건, 핌은 바다를 본 적이 한 번도 없기 때문이다.

그래도 핌은 친구가 필요할 것이다. 필 테이텀이 케일럽과 핌을 방문한 지 이틀 후, 핌이 케일럽에게 몇 시간 동안 테오를 봐줄 수 있는지 물어봤다. 핌은 옥수수빵을 싸서 테이텀 부부를 방문할 계획이었다. 케일럽은 테오가 바구니 안에 누워 낮잠을 자는 동안 오후 내내 정원에서 일하며 시간을 보냈다. 그러다 날이 저물기 시작하자 케일럽은 핌이 걱정되기 시작했는데 마침 핌이 아주 기분이 좋아서 집에 돌아왔다. 케일럽이 어떻게 다섯 시간 가까이나 얘기할 수 있었는지 묻자 핌이 웃으며 이렇게 수화를 했다. 여자들에게 그런 건 중요하지 않아. 우리는 서로를 항상 잘 이해한다니까.

다음 날 아침 생필품을 사고 핸섬이라고 부르는 커다랗고 검은 거세마의 말발굽을 새로 갈기 위해 짐마차를 끌고 마을로 갔다.

마을로 가는 김에 우체국 역할을 하는 정부 건물에 들러 핌이 케이트에게 쓴 편지도 부쳐야 했다. 그 외에도 이런저런 심부름과 볼일을 생각해뒀다. 특히 케일럽은 그 지역의 더 많은 사람과 안면을 트고 싶었다. 핌의 대인 관계도 넓혀줄 겸, 케일럽은 만나는 남자들에게 그들 아내의 안부를 물어볼 수도 있으리라 생각했다. 그러면 핌이 그다지 외롭지 않다고 생각하게 될 것 같았다.

마을은 그렇게 활기가 넘치는 곳은 아니었다. 불과 몇 주 전 그와 핌이 마을을 지나 농장으로 가던 당시만 해도 드문드문 사람들이 보였는데, 지금은 아무도 보이지 않았다. 마을 사무소도 문을 닫았고 말 편자를 만드는 편자공의 가게도 문이 닫혀 있었다. 하지만 잡화점에서는 그렇게 운이 나쁘지 않았다. 잡화점 주인은 조지 페티브루라는 이름의 홀아비였는데, 외곽으로 나온 다른 많은 남자와 마찬가지로 말이 적고 무뚝뚝한 편이었으며 굼뜬 면이 있었다. 그래서인지 케일럽은 조지가 어떤 사람인지 도통 알 수 없었다. 조지는 복잡한 상점 안에서 케일럽을 따라다니며 주문 내용을 받아 적었다. 밀가루 한 자루, 사탕무 설탕, 굵은 쇠사슬 한 줄, 바느질 실, 닭장용 철사 30미터, 못 한 봉지, 돼지기름, 옥수숫가루, 소금, 등잔용 기름, 그리고 사료 20킬로그램, 이게 케일럽이 주문한 물품 전부였다.

"그리고 탄약도 좀 사고 싶은데요." 조지가 계산대에서 가격을 계산하는 동안 케일럽이 말했다. ".30-06탄 있어요?"

조지의 표정은 당신이나 누구나 다 마찬가지요, 하며 확실히 못을 박아두는 것 같았다. 그는 연필로 계속 숫자들을 적어 나갔다. "여섯 개 드릴 수 있어요."

"한 상자에 몇 개나 들어 있는데요?"

"상자가 아닙니다. 개수 단위예요."

조지가 장난치는 거 아닌가 하는 생각이 들었다. "네? 고작 그게 전부라고요? 언제부터 그렇게 된 거예요?"

조지가 그의 엄지손가락으로 자기 어깨 뒤를 가리켰다. 계산대 뒤쪽 벽에 붙어 있는 안내문이 보였다.

현상금 100달러
마운틴 라이온
사체를 헌트 정착촌 사무실에 제시할 것.

"가지고 있던 재고가 많았던 것도 아닌데 마을 사람들이 아주 탈탈 털어갔어요. 요즘은 탄약 구하기도 쉽지 않고……. 총알 하나당 1달러에 드릴게."

"말도 안 돼요."

조지가 어깨를 으쓱해 보였다. 거래는 거래였고, 조지에게는 어느 거래나 매한가지였다. 케일럽은 그에게 엿이나 먹으라고 욕을 해주고 싶었다. 그러나 한편 생각해보면 마운틴 라이온은 잘못 엉키고 싶은 상대가 아니기도 했다. 조지가 계산서를 떼어냈다.

"투자라고 생각해요." 조지가 받은 돈을 자물쇠가 딸린 돈통에 넣으며 말했다. "당신이 마운틴 라이온을 잡아서 자루에 넣어 가져온다면 이게 그렇게 비싼 건 아닐 거예요, 그렇죠?"

물건을 모두 마차에 실었다. 그리고 케일럽은 텅 빈 거리를 찬찬히 둘러봤다. 대낮에 쥐 죽은 듯 조용한 마을 거리라니. 빌어먹을 너무하잖아, 기분 나쁘게 말이야. 대부분은 자신이 마을을 방문한 것에 대해 나눌 이야깃거리가 너무 없다는 사실에 실망한 탓이기도 했지만, 케일럽은 마을의 상황이 좀 불안하게 느껴졌다.

막 마을을 빠져나오려던 참에 그는 테이텀이 얘기해준 의사가 생각났다. 의사를 만나 인사하고 가는 게 좋겠지. 의사의 이름은 엘라쿠아였다. 테이텀의 말로는 엘라쿠아는 한때 커빌의 병원에서 일했고, 은퇴 후에 여기 정착촌으로 오게 됐다고 했다. 마을에 집들이 많은 것은 아니었기에 엘라쿠아의 집을 찾는 일은 어렵지 않았다. 밝은 노란색으로 칠해진 크지 않은 집의 현관에 의사 브라이언 엘라쿠아라고 쓰인 간판이 붙어 있었다. 그의 집 마당에는 흙받기가 녹슨 픽업트럭 한 대가 주차되어 있었다. 케일럽은 말들을 묶어놓고 문을 두드렸다. 현관문의 유리창에 드리워진 커튼 사이로 눈 하나가 빠끔히 나타나 밖을 살폈다.

"무슨 일요?" 그의 목소리가 어찌나 큰지 적대적으로 들릴 정도였다.

"엘라쿠아 선생님이신가요?"

"당신은 누구요?"

순간 케일럽은 의사를 만나고 가야겠다고 생각한 게 후회됐다. 의사라는 이 남자에게 뭔가 문제가 있어 보였기 때문이다. 어쩌면 엘라쿠아가 술에 취한 건지도 모르겠다는 생각이 들었다. "저는 케일럽 잭슨이라고 합니다. 필 테이텀 씨와 이웃이고요. 테이텀 씨가 마을에 의사가 한 분 있는데 선생님이시라고 해서요."

"당신이 아픈 거요?"

"아뇨, 저는 그냥 인사를 드리러 온 겁니다. 저희 부부가 이곳에 새로 이주해 온 지 얼마 안 되어서요. 아내가 임신한 상태이기도 하고요. 시간이 여의찮으시면 다음에 다시 오도록 하겠습니다."

케일럽이 현관에서 발길을 돌리려고 하는데 엘라쿠아가 문을 열고 나왔다. "잭슨이라고 했소?"

"네, 그렇습니다."

의사라는 엘라쿠아는 눈처럼 하얀 거친 말갈기 같은 머리카락과 그에 어울려 보이는 턱수염을 길렀다. 허리에 살이 붙은 뚱뚱한 부랑자 같은 모습이었다. "들어와도 좋을 것 같소만."

평퍼짐한 실내복을 입고 불안해 보이는 그의 아내가 응접실에 앉아 있는 두 사람에게 차를 내왔는데 맛이 그다지 좋지는 않았다. 엘라쿠아는 현관문에서의 퉁명스럽고 불친절한 행동에 대해서는 별다른 설명을 하지 않았지만, 케일럽은 아마도 이 지역에서는 다들 그렇게 하나 보다, 하고 생각했다.

"그래 아내가 임신한 지는 얼마나 되었소?" 둘이 의례적인 이야기들을 나누고 난 뒤 엘라쿠아가 케일럽에게 물었다. 그리고 케일럽은 그가 휴대용 술병에서 뭔가 조그마한 것을 꺼내 자신의 차 속에 넣는 것을 봤다.

"4개월 정도 됐습니다." 케일럽은 엘라쿠아가 경계심을 푸는 걸 느낄 수 있었다. "제 장모님이 사라 윌슨입니다. 혹시 아실지도 모르겠어요."

"혹시 아냐고? 내가 자네 장모를 교육한 사람인데. 사라의 딸도 병원에서 일하는 걸로 알고 있네만."

"그건 케이트고요. 제 아내는 핌입니다."

엘라쿠아가 잠시 생각에 잠겼다. "핌은 기억이 잘 안 나는데, 오, 아냐 잠깐만." 그가 안타깝다는 듯이 고개를 저었다. "그 가엾은 아이 말이로군. 그녀와 결혼하다니 자네 착한 사람이구먼."

케일럽은 그런 말을 전에도 들어본 적이 있었다. "제 아내는 그 반대라고 생각할 거예요."

"한편으로 생각하면 누가 말 못 하는 아내를 원하지 않겠나? 이쯤 되니 이 두 가지 생각을 어떻게 정리해야 할지 모르겠군."

케일럽은 그냥 엘라쿠아를 바라보기만 했다.

"그래," 엘라쿠아가 목을 고르고 난 후 말했다. "자네 아내가 원한다면 내가 불러서 상태가 어떤지 확인할 수도 있어."

현관문을 나서면서 케일럽은 핌이 부탁했던 편지가 문득 생각났다. 그는 엘라쿠아에게 혹시 우체국 기능을 하는 정부 건물이 문을 열었을 때, 자기 대신 편지를 부쳐줄 수 있는지 물어봤다.

"그렇게 하지. 그 건물 사람들이 출근하는 법이 없지만 말이야."

"사실 저도 그 점이 의아해요." 케일럽이 말했다. "마을에 사람이라고는 하나 없이 텅 빈 것 같거든요."

"난 미처 그런 줄도 몰랐는데." 엘라쿠아가 의심스럽다는 듯 인상을 찡그렸다. "마운틴 라이언 때문일 수도 있어. 이 지역에서 사고가 일어나고 있으니까 말일세."

"사람이 공격당한 적이 있나요?"

"사람을 공격했다는 얘기는 들어본 적이 없어. 다 가축들이었지. 현상금 때문에 많은 마을 사람들이 마운틴 라이언을 찾아 나섰지. 내 생각을 묻는다면 바보 같은 짓이라고 생각한다네. 그런 일들은 위험하기 마련이거든."

케일럽은 마차를 타고 마을을 빠져나왔다. 뭐 여하튼 핌의 편지를 부치려고 애는 썼고, 의사인 엘라쿠아는 글쎄, 핌이 과연 그의 도움을 받아 출산하려고 할지 심각하게 의심스러워졌다. 그리고 마운틴 라이언, 그건 그렇게 걱정되지 않았다. 그건 그냥 커빌밖으로 나와 살기로 한 사람들이 지불해야 할 대가 같은 거였으니까. 그래도 핌에게 한동안 테오를 데리고 강가에 나가지 말라고 해둘 생각이었다. 핌과 아기 테오, 두 사람은 그 문제가 잠잠해질 때까지는 집에서 멀리 나가지 않는 편이 나을 테니까.

케일럽은 핌과 저녁 식사를 하고 잠자리에 들었다. 비가 내렸고 지붕 위를 두드리는 빗방울 소리가 밤에 편안함을 더했다. 어둠이 깊은 한밤중에 케일럽은 날카로운 비명을 듣고 잠에서 깼다. 겁에 질린 그가 잠깐 아기 테오에게 무슨 일이 생긴 걸까 의심하는 사이, 다시 바깥에서 비명이 들려왔다. 그의 귀에 들려오는 소리는 두려움의 울부짖음이었다. 두려움과 죽음의 고통으로 겁에 질린 소리. 어둠이 깊은 밤에 짐승 하나가 죽어갔다.

아침이 되자 케일럽은 집 뒤의 덤불을 뒤졌고 잡목 가지들이 여러 군데 부러져 있는 곳을 발견했다. 아직 마르지 않은 피가 끈적끈적하게 들러붙은 짧은 털 다발들과 뻣뻣한 머리털 같은 것들이 땅바닥에 널려 있었다. 케일럽은 너구리일지도 모른다는 생각이 들었다. 혹시 남아 있을지 모르는 흔적을 찾아보았지만 밤새 내린 비에 씻겨 나간 듯 눈에 띄는 흔적은 보이지 않았다.

다음 날 아침 케일럽은 걸어서 산등성이 너머 테이텀의 집으로 갔다. 테이텀 부부의 농장 규모는 그의 농장과 비교해 엄청나게 큰 규모였으며, 충분한 크기의 헛간과 철제 솔기 지붕을 얹은 집을 갖췄다. 그리고 창문마다 블루보닛bluebonnet*을 담아놓은 상자들이 달려 있었다. 포동포동한 뺨에 회색 머리를 쪽진 도리언 테이텀이 문 앞에서 케일럽을 반겨주고는, 남편이 덤불을 제거하고 있는 농장의 먼 가장자리로 안내해주었다.

---

* 수레국화.

"뭐? 마운틴 라이언이라고?" 필이 더운 열기에 이마의 땀을 닦으려고 모자를 벗었다.

"마을에 도는 소문은 그래요."

"아주 오래전에 마운틴 라이언들이 살기는 했지. 그런데 이제는 다 사라지고 없을 텐데, 내 생각에는 그래. 그것들은 가만 있지 못하는 잡것들이라고."

"저도 그렇게 생각해요. 아마 별거 아닐 거예요."

"그래도 나도 눈여겨보고 주의할게. 그리고 자네 아내가 만들어다 준 옥수수빵 고맙다고 전해줘, 알았지? 도리가 자네 아내가 와서 정말 좋아했다니까. 둘이서 몇 시간 동안이나 메시지를 적어가며 얘기했거든."

케일럽이 집으로 돌아가려다 발을 멈추고 물었다. "마을 분위기는 보통 어때요?"

테이텀은 수통의 물을 마시고 있었다. "무슨 말이야?"

"아뇨, 그게 마을이 너무 조용해서요. 대낮인데도 그런 게 이상해 보이니까요." 막 말을 뱉어놓고서는 바로 바보 같다는 생각이 들었다. "정착촌 사무실도 문이 닫혀 있고 편자공 가게도 마찬가지고요. 저는 말 편자를 새로 갈아주려고 했거든요."

"사람들은 보통 마을 주변에 있어. 주노는 아마 아파서 쉬는 거 아닐까." 주노 브랜드, 편자공의 이름이었다.

"그런 거겠죠, 네."

필이 덥수룩한 수염 사이로 웃어 보였다. "하루 이틀 있다가 다시 가봐. 분명 주노가 가게에 있을 거야. 그래도 무슨 난처한 일이 생기면 우리에게 말하라고."

케일럽은 자신이 숲에서 발견한 것에 대해서는 핌에게 말하지 않아야겠다고 생각했다. 핌을 겁먹게 할 이유도 없고 너구리 한 마리 죽은 게 그렇게 대단한 일도 아니었으니까. 하지만 그날 밤 핌과 둘이서 설거지하면서 핌에게 테오와 함께 집 가까이 있으라는 당부를 한 번 더 했다.

당신 너무 걱정이 많아. 핌이 수화를 했다.

미안해.

미안해할 건 아니야. 핌이 싱크대에서 돌아서더니 길고 느긋하게 입을 맞춰 키스를 해오는 바람에 케일럽이 놀랐다. 그런 마음도 내가 당신을 사랑하는 이유 중의 하나인걸.

케일럽이 진부하지만 능글맞게 눈썹을 꼬리 흔들듯 찡긋거렸다. 이거 내가 생각하는 그걸 의미하는 거 맞지?

가서 테오 먼저 재우고.

하지만 그럴 필요가 없었다. 아기 테오는 이미 깊은 잠에 빠졌으니까.

28장

———

다른 밤들을 그렇게 시작했던 것과 마찬가지로, 그녀는 45번가
와 5번가 모퉁이에 있는 짓다 만 오피스 빌딩의 꼭대기에서 밤을
시작했다. 바람은 온기를 품었는데도 거셌고, 하늘에 별은 두꺼운
먼지가 내려앉은 것처럼 빼곡히 들어찼다. 그리고 엠파이어스테
이트 빌딩과 록펠러 센터 같은 거대한 건물들의 윤곽이 완벽한 검
은 실루엣으로 하늘에 구멍을 뚫어놓은 것처럼 보였다. 패닝이 가
장 좋아하는 거대한 크라이슬러 빌딩도 우아한 아르데코 양식의
왕관 모양을 한 꼭대기와 함께 주변의 모든 건물 위로 우뚝 솟아
있었다.

알리시아는 자정이 지난 시간이 가장 좋았다. 왠지 모르게 고요
함이 더 풍성했으며 공기도 더 맑았기 때문이다. 그녀는 모든 사
물의 핵심, 즉 세상의 소리와 냄새와 질감의 가장 짙은 채도에 좀
더 다가선 것처럼 느껴졌다. 밤의 어둠이 그녀를 관통해 피를 타
고 흘렀다. 알리시아는 짙은 어둠의 밤을 들이마셨다가 내뱉었다.

지배할 수 없는 불굴의 어둠, 지고하다 할 수밖에 없었다.

그녀는 지붕을 가로질러 건설 크레인으로 넘어가서, 그 위를 오르기 시작했다. 건물 상층부의 노출된 철제 대들보에 부착된 건설 크레인은 지붕 위로 30미터 더 높게 솟아 있었다. 물론 계단이 없는 것은 아니다. 하지만 계단은 그녀에게 과거의 유물과 같이 거의 기억하지도 못하는 삶의 별난 모습이 되어버렸기에 신경조차 쓰지 않았다. 수십 미터 길이의 크레인의 붐boom*은 건물의 서쪽 면과 평행을 이뤘다. 그녀는 작업 난간을 걸어 내려가 붐의 끝까지 갔고, 그 끝에는 긴 갈고리 사슬이 어둠 속에 매달려 있었다. 알리시아는 그것을 윈치로 들어 올리고 브레이크를 푼 후, 붐을 따라 갈고리를 뒤로 끌어당겼다. 붐이 주 기둥과 만나는 곳에 발을 딛고 설 수 있는 작은 플랫폼이 보였다. 그녀는 갈고리를 그곳에 놓고 다시 끝으로 돌아가 사슬의 브레이크를 재설정한 후 플랫폼으로 돌아왔다. 알리시아는 배고픔이 곧 채워질 것 같은 간절한 기대감으로 가득 찼다. 똑바로 서서 고개를 높이 쳐들고 갈고리를 꽉 쥐어 주먹을 쥐었다.

그리고 뛰어내렸다.

그녀의 몸이 빠르게 떨어졌다. 요령은 낙하 속도와 상승 운동량이 완전하게 균형을 이루는 정확한 타이밍에 갈고리를 놓는 거였다. 그리고 그 지점은 대략 갈고리가 그리는 호의 뒷부분 3분의 2쯤이 될 것이다. 그녀의 몸은 여전히 가속이 붙는 상태로 바닥과 사이를 두고 휙휙 지나갔다. 그녀의 몸과 감각과 생각 모두 속도와 공간과 하나가 되어 조화를 이루고 있었다.

---

* 크레인이 물건과 자재를 옮기는 데 사용하는 팔에 해당하는 부분.

마침내 알리시아가 갈고리를 놓았다. 몸을 뒤집으며 무릎을 가슴까지 끌어당겨 붙였다. 공중제비를 세 번 돌고 나서 몸을 풀었다. 거리 건너편의 편평한 지붕이 목표였다. 반기는 인사 소리가 들려왔다. 환영해, 알리시아.

무사히 착지했다.

그녀의 힘과 능력은 더 강해졌다. 흡사 자신의 창조주 앞에서 그녀 안에 있는 강력한 구조적 기제가 숨김없이 폭발하여 드러나는 것만 같았다. 도시의 상공이라는 공중의 공간도 그녀에게는 하찮기 그지없을 뿐이었다. 알리시아는 엄청나게 먼 거리도 뛰어넘을 수 있으며, 아주아주 좁은 난간에도 사뿐히 내려앉을 수 있고, 눈에 보이지도 않을 것 같은 작은 틈새에 매달리는 것도 가능했다. 중력이란 게 그녀에게는 장난에 지나지 않게 되어버렸고, 새처럼 맨해튼의 하늘을 날아다녔다. 그리고 그때마다 마천루의 유리 벽들에는 공중에서 다이빙하며 쏜살같이 쇄도하고, 급강하하며 급습하는 그녀의 모습들이 고스란히 비쳤다.

얼마 후 알리시아는 자신이 육지와 바다의 경계인 3번가 위에 있다는 걸 알았다. 애스터 플레이스에서 몇 블록 떨어진 곳에서는 침수된 지하 세계로부터 물이 거품을 일으키며 솟구쳐 올라와 육지를 침식해왔다. 그녀는 건물 사이를 탁구공이 튀기듯 이리저리 건너뛰며 거리로 내려왔다. 깨진 조개껍데기들이 폭풍 해일에 밀려온 해조류의 마른 겉껍질들 사이 여기저기에 널려 있었다. 알리시아는 무릎을 꿇고 보도블록에 귀를 갖다 댔다.

분명히 그들은 이동하고 있었다.

쇠 살대는 쉽게 열렸고 그녀는 그걸 터널 안으로 집어 던져 떨어뜨린 다음, 갖고 있던 횃불에 불을 밝히고 남쪽을 향해 걷기 시작했다. 그녀의 발밑에서는 검은 물 한줄기가 철벅거리며 뒤었다. 패닝의 많은 무리가 식사하는 중이었다. 악취와 오줌의 지린내가 가득한 곳곳에 그들의 배설물이 보였다. 그리고 어김없이 그들이 먹어 치운 생쥐와 그보다는 좀 더 큰 쥐들과 도시의 축축한 지층에 사는 생명체들의 뼈다귀 같은 잔해들도 바닥에 뒹굴었다. 어떤 배설물들은 시간이 얼마 안 되었고, 다른 것들도 오래되었다고 해봤자 불과 며칠 안 됐다.

애스터 플레이스 지하철역을 통과한 알리시아는 이제 바다가 가까이 있다는 게 느껴졌다. 거대하게 팽창해 부풀어 오르는 바다는 영역을 넓히기 위해 끊임없이 압박을 가해오며, 세상을 자신의 차갑고 푸른 살덩어리로 짓눌러 침몰시키려 했다. 그녀의 가슴이 빨리 뛰기 시작했고 팔뚝의 솜털들이 쭈뼛 곤두섰다. 알리시아는 자신에게 속삭였다. 단지 물일 뿐이야, 그냥 물일 뿐이라고…….

차단 벽이 나타났고 거의 안개와 같은 가느다란 물보라가 가장자리들에서 뿜어져 나왔다. 알리시아는 물보라 가까이 다가가서, 잠깐 망설이다가 손을 뻗어 차가운 물보라를 얼굴 쓰다듬듯 어루만져 보았다. 차단 벽의 반대편에서는 수 톤에 달하는 압력이 벽의 무게에 1세기 동안 정체된 채 버둥거렸다. 패닝의 설명에 따르면, 맨해튼의 지하철 시스템 전체가 해수면 아래라 마치 재앙이 일어나기를 기다리는 것과 다름없다고 했다.

허리케인 윌마가 터널들을 침수시킨 후에야 도시의 지도층 인사들이 물이 침범해 들어오는 것을 막기 위해 일련의 육중한 문들을 만들기 시작했다. 그리고 바이러스가 급속도로 퍼져 나가며 극심한 고통을 겪던 시기, 전기 공급이 끊겼을 때 안전장치가 문들을 완전하게 봉쇄했다. 그렇게 지치지 않고 밀려드는 바닷물이

1세기가 넘도록 만에 꽁꽁 묶여 갇혀버렸다.

겁내지 마, 무서워하지 마…….

알리시아의 뒤에서 날쌘 움직임 소리가 들렸다. 그녀는 빙그르르 돌아서며 횃불을 높이 쳐들었다. 횃불이 온전히 미치지 못한 어둠의 언저리에서 오렌지빛 눈 한 쌍이 번쩍번쩍 빛났다. 큰 덩치의 수컷이었지만 갈비뼈가 드러나 보일 정도로 마른 바이럴이었다. 그는 선로 사이에 쪼그려 앉아서, 입에 쥐 한 마리를 날카로운 이빨 끝으로 물고 있었다. 쥐는 바이럴의 이빨에 물린 채 찍찍거리고 몸부림치며 털 하나 없는 꼬리를 이리저리 휘둘렀다.

"뭘 봐?" 알리시아가 소리를 질렀다. "당장 여기서 꺼져."

녀석이 턱을 꽉 다물었다. 그러자 핏방울이 원을 그리며 튀고 피를 빨아 마시는 소리가 들렸다. 바이럴은 피가 다 빨려 나간 채 뼈만 담긴 빈 주머니 같은 털가죽을 바닥에 뱉어냈다. 그 모습을 본 알리시아의 배가 요동쳤지만 그건 역겨움 때문이 아니라 허기 때문이다. 그녀는 일주일째 피를 마시지 않았다. 바이럴이 손톱을 다 드러내고서 고양이처럼 허공을 긁어대며 이렇게 말하는 것 같았다. 이건 또 뭐지?

알리시아가 횃불을 창처럼 휘둘렀다. "저리 가, 훠이, 빨리 꺼져."

마음에 든다는 표정으로 마지막으로 알리시아를 한 번 쳐다보고 바이럴이 쏜살같이 몸을 움직여 어디론가 사라졌다.

패닝은 벌써 커튼을 쳐 동트는 것에 대비해두고, 늘 그렇듯이 중앙 홀 위쪽 발코니의 테이블에 앉아서 촛불을 켜놓고 책을 읽었다. 알리시아가 다가가자 그가 눈을 들어 그녀를 봤다.

"사냥은 만족스러웠나?"

알리시아가 의자를 끌어다 앉으며 말했다. "배 안 고팠어요."

"그래도 먹어야만 해."

"그건 당신도 마찬가지죠."

패닝이 다시 읽고 있던 책으로 시선을 돌리자 알리시아도 흘긋 그 책의 제목을 훔쳐봤다. 덴마크 왕자 햄릿의 비극.

"나는 도서관에 다녀왔어."

"그런 것 같네요."

"이건 굉장히 슬픈 연극인데, 아니 슬프다기보다는 화난다고 해야 할까." 패닝이 어깨를 으쓱했다. "몇 년 동안 이걸 읽지 않았는데 지금 다시 보니 좀 다른 느낌이야." 그가 어떤 특정 페이지를 찾는 것 같더니 알리시아를 보고 교수님처럼 손가락을 들어 올렸다. "자, 들어봐."

내가 마주쳤던 영혼은

아마도 악마였을 것이다

아름다운 모습으로 위장할 줄 아는 힘이 있는 악마, 그래 아마 그랬을 거야

그는 연약하고 우울함에 허덕이는 영혼들을 다룰 줄 아는 자

나의 연약함과 우울을 핑계 삼아

나를 학대하며 죽이려 하겠지. 내가 증거를 찾아내리라

이보다도 더 확실한 증거를. 연극을 해야 하리

왕의 양심을 끄집어낼 연극을.

알리시아가 아무 반응을 보이지 않자 패닝이 눈썹을 치켜올리며 그녀를 봤다. "셰익스피어의 팬이 아니군?"

패닝의 기분이 그랬다. 그는 며칠이고 입을 다물고 지내며 끝도

없이 생각에 빠져 있다가 아무 예고 없이 말을 걸어오고는 했다. 최근 들어서는 잘난 체한다 싶을 정도로 그의 말투도 변해 대수롭지 않다는 듯한 무미건조한 쾌활함을 풍겼다.

"그 부분 왜 좋아하는지 알 거 같아요."

"좋아한다는 말은 정확한 표현이 아닐 거야."

"마지막 부분은 이해가 안 되기는 하지만, 왕이 누구를 말하는 거예요?"

"좋은 지적이야."

가느다란 햇살 한 줄기가 커튼 사이를 비집고 들어와 바닥에 하얀 선들을 그려놓았다. 패닝이 알리시아보다 햇빛에 더 민감했는데도 새어 들어온 햇빛을 신경도 안 쓰는 것 같았다. 패닝에게 햇살이 닿는다는 건 이루 말할 수 없는 고통인데도 말이다.

"팀, 당신의 무리가 깨어나고 있어요. 사냥하고 있다고요. 터널들을 돌아다니면서요."

패닝은 아무런 반응도 보이지 않고 계속 책만 읽었다.

"내 말 듣고 있어요?"

패닝이 인상을 쓰며 고개를 들어 알리시아를 봤다. "글쎄, 그래서 그게 뭐 어떻다고?"

"그건 우리 약속과 다르잖아요."

비록 읽는 척하는 것에 불과했지만 패닝은 다시 책으로 시선을 돌리고 눈길을 떼지 않았다. 알리시아가 의자에서 일어났다. "난 솔저를 보러 갈 거예요."

패닝이 송곳니를 드러내 보이며 하품하더니 창백한 입술로 미소를 지어 보였다. "난 여기 있을게."

알리시아는 자기 고글을 손에 움켜쥐고 43번가 쪽으로 나와 북쪽 매디슨 애비뉴로 향했다. 봄은 천천히 오는 중이다. 그늘진 곳에는 아직도 눈 더미들이 녹지 않고 쌓여 있는 것이 보였다. 거리에도 나무 몇 그루만이 새싹을 틔웠을 뿐이다. 알리시아의 마구간은 63번가 공원의 동쪽 동물원 바로 남쪽 아래였다. 그녀는 솔저의 담요를 치우고 마구간에서 말을 끌고 나왔다. 두 계절 사이에 끼여버린 공원은 모든 게 정지된 듯 정적이 흘렀다. 알리시아는 연못 옆 바위에 앉아 말이 풀을 뜯어 먹는 것을 지켜보았다. 솔저는 자신의 위엄을 지키며 나이가 들어갔다. 단지 아주 조금이기는 해도 예전보다 더 쉽게 지치는 듯하지만, 녀석은 여전히 건강했고 발걸음도 당당했다. 솔저의 꼬리와 수염에도 흰 털들이 생겨나기 시작했고 발에도 덥수룩한 털들이 더 많이 났다. 알리시아는 솔저가 배불리 풀을 뜯어 먹은 것을 보고는 녀석의 등에 안장을 걸치고 올라탔다.

"솔저, 우리 조금만 운동해볼까, 어때?"

알리시아는 솔저를 몰아 풀밭을 가로질러 나무 그늘 속으로 이끌었다. 야성이 속에서 용틀임 치던 솔저를 처음 만난 날이 떠올랐다. 그날 솔저는 자신이 무슨 계시라도 되는 듯 키어니 수비대의 잔해 바깥에 홀로 서 있었다. 마치 이제 나는 당신의 것이고 당신은 내 것이야. 우리는 언제나 함께할 거야, 하고 말하는 것 같았다. 알리시아는 솔저를 속보로 걷게 하고 가볍게 달리게도 하며 녀석을 몰아 나무들을 지나쳐 갔다. 둘의 왼쪽으로는 도시의 녹색 심장의 젖줄인 40억 리터의 물을 품고 있는 저수지가 있었다. 97번가 횡단보도에 이르러 알리시아가 솔저에서 내렸다.

"곧 돌아올게."

그녀는 숲속으로 가서 부츠를 벗고 숲속 빈터의 가장자리에 있는 적당한 나무를 골라 기어 올라가, 그 위에서 등을 웅크린 채 몸의 균형을 잡고 기다렸다.

마침내 그녀의 소원이 이루어지기라도 하듯 어린 암사슴 한 마리가 목을 낮게 구부리고 귀를 획획 움직이며 발끝으로 살금살금 걸어오는 것이 눈에 들어왔다. 알리시아는 조용히 꼼짝도 하지 않은 채 사슴이 다가오는 것을 지켜봤다. 좀 더 가까이, 조금만 더 가까이 와.

테이블에서 꼼짝하지 않던 패닝이 책에서 눈을 떼고 고개를 들더니 웃어 보였다.

"오 이런, 지금 내 눈앞에 있는 게 뭐지?"

알리시아가 그녀의 어깨에 있던 사냥한 암사슴을 바 위로 던져 올려놓았다. 죽은 사슴의 머리는 몸에 매달려 힘없이 덜렁거렸고 분홍색 혀는 입 밖으로 기다랗게 삐져나왔다.

"내가 말했잖아요." 그녀가 말했다. "당신도 정말 뭐를 먹기는 해야 한다고요."

29장

　예정대로 첫 총소리들이 울려 퍼지고 둑길의 끝 쪽 멀리에서 연달아 폭발음이 들렸다. 오전 1시였다. 마이클과 랜드는 퀸셋식 막사Quonset hut* 밖에 몸을 숨기고 있었다. 날카로운 불빛과 웃음소리와 함께 막사의 문이 벌컥 열리며 한 남자가 구르듯 비틀거리며 한쪽 팔을 매춘부의 어깨에 두른 채 걸어 나왔다.

　그는 꼬르륵 숨넘어가는 소리와 함께 죽었다. 마이클과 랜드 그리고 그들의 무리는 남자를 쓰러진 자리에 그대로 내버려 두었다. 죽은 남자의 목 주위로 철사가 파고 들어간 자리에서는 피가 흘러나와 땅바닥을 검게 물들였다. 마이클은 그와 함께 걸어 나온 매춘부 앞으로 다가갔다. 마이클이 아는 얼굴이 아니었다. 랜드의 손이 그녀의 입을 틀어막았다. 공포에 질린 그녀의 비명은 그의 손에 갇혀 축축하게 젖은 채 흘러내려 사라졌다. 그리고 여차하면

---

* 반원형의 군대 막사나 창고.

그 매춘부는 그렇게 열여덟 살이 된 날 하루를 무사히 넘기지 못하게 될 처지에 놓였다.

"네가 조용히만 하면 아무 일도 없을 거야, 알았어?"

어린 매춘부는 짧은 빨간 머리에 살찐 몸집의 소녀로 과하게 짙은 화장을 한 눈을 크게 뜨고서 고개를 끄덕였다.

"내 친구가 네 입을 막은 손을 뗄 거야. 그러면 너는 내가 찾는 놈이 어느 방에 있는지 내게 얘기해주는 거야."

랜드가 조심스럽게 그녀의 입에서 손을 뗐다.

"복도 끝에 있는 마지막 방이에요."

"확실해?"

어린 매춘부가 겁에 질려 고개를 마구 끄덕였다. 마이클이 그녀에게 사람들의 이름을 보여줬다. 네 명은 앞쪽 방에서 카드를 치는 중이었고 다른 둘은 뒤쪽 칸막이에 있었다.

"됐어, 그럼 이제 여기서 꺼져."

매춘부는 황급하게 달아났고 마이클이 자기와 같이 온 자들을 둘러봤다. "우리는 두 팀으로 짝지어 들어갈 거야. 랜드와 내가 한 팀이고 나머지가 또 한 팀으로, 모두가 준비될 때까지 바깥쪽 방에서 대기하는 거야."

그들이 안으로 들어서자 안에 있던 덩크의 부하들이 테이블에 앉은 채 눈을 치켜뜨고 보기는 했지만 그게 전부였다. 그들은 모두 동지였으니까. 모두가 그랬듯이 한잔하거나 카드 게임을 하고 칸막이 안에서 몇 분의 행복을 맛보려는, 그런 똑같은 이유로 막사에 온 것이 분명했다. 마이클과 다른 이들이 복도를 따라 사라져 문들 앞에 자리를 잡는 동안 두 번째 팀도 방 여기저기에 흩어져 위치를 잡았다. 신호가 떨어지고 문들이 활짝 열렸다.

덩크가 옷을 벗은 채 누웠고, 한 여성이 그의 엉덩이 위에서 바쁘게 요분질하고 있었다.

"마이클, 이게 무슨 짓이야?" 하지만 마이클이 랜드와 다른 사람들과 함께 있는 것을 보자 그의 표정이 바뀌었다. "아, 이러지 말라고."

마이클이 매춘부를 보고 말했다. "산책하러 나가는 게 어때?"

매춘부는 바닥에 있던 드레스를 낚아채고 문밖으로 달려 나가 도망쳤다. 막사의 다른 곳들에서도 비명과 고함 그리고 창문 깨지는 소리가 뒤섞여 들려오더니, 총성 한 방이 울렸다.

"어차피 조만간에 벌어질 일이었어." 마이클이 덩크에게 말했다. "나름대로 최선을 다해 깔끔하게 끝내는 게 좋을 거야."

"너는 네가 지랄 맞을 만큼 똑똑한 줄 알지? 여기서 걸어 나가는 순간 너는 죽은 목숨이야."

"막사는 이미 우리가 깨끗하게 다 해치웠어, 덩크. 마지막으로 너 하나 남았을 뿐이야."

덩크가 얼굴에 환하게 가짜 미소를 지어 보였다. 그의 허세 뒤에서 덩크 자신도 밑바닥이 보이지 않는 깊은 구렁텅이 속을 들여다보고 있는 걸 아는 것 같았다. "알았어, 더 많은 몫을 원하는 거군. 그래 좋아, 그렇게 하지. 네 몫을 더 떼어줄게."

"랜드?"

랜드가 두 주먹으로 철사를 꽉 쥔 채 앞으로 나섰고, 다른 세 명이 일어서려는 덩크를 옴짝달싹 못 하게 붙들고는 매트리스 위에 밀어 눌렀다.

"이런 염병할, 마이클!" 덩크가 물고기가 꼼지락거리는 것처럼 몸부림치려 애썼다. "내가 너한테 아들처럼 잘해줬는데!"

"너는 그게 얼마나 웃기는 거였는지 모르는구나."

철사가 덩크의 목 주위를 감싸 두르자 마이클은 방에서 나왔다. 덩크의 마지막 수하들이 두 번째 칸에서 몸부림치며 약간의 소동을 일으켰다. 다음 순간 마이클은 마지막 괴성과 함께 무언가 육중한 것이 바닥에 쿵 하고 떨어지는 소리를 들었다. 앞쪽 방에서는 그리어가 마이클을 기다렸고, 방 안의 뒤집힌 카드 게임 테이블 사이에는 시체들이 널브러져 있었다. 그중 하나는 파스타우의 시체였는데 총알이 그의 눈을 관통한 것으로 보였다.

"이제 끝난 건가요?" 마이클이 물었다.

"매클레인과 다이벡이 트럭 하나를 타고 도망쳤어."

"둘은 둑길에서 차를 세워 멈추고 다른 데로 가지는 않을 겁니다." 마이클이 죽은 채 누워 있는 파스타우의 얼굴을 바라봤다. "우리 중에 죽은 사람이 또 있나요?"

"내가 들은 건 없어."

그들은 밖에서 기다리는 5톤 트럭에 시신들을 실었다. 사망자는 모두 서른여섯 명으로 덩크의 핵심 측근인 살인자와 포주와 도둑이었다. 시체들은 부두로 옮긴 후 대형 모터보트에 싣고 수로로 가 물속에 던져버렸다.

"여자들은 어떻게 할 거야?" 그리어가 물었다.

마이클은 자신의 최고의 용접공 가운데 하나였던 파스타우에 대한 생각에 잠겨 있었다. 이 시점에서 어떠한 손실도 심각한 걱정거리였기 때문이다.

"패치에게 기계 창고들 중 하나에 여자들을 가두고 감시하라고 하죠. 우리가 움직일 준비가 되면 수송선에 여자들을 태워서 여기서 내보내 버리죠."

"여자들이 여기서 있었던 일에 관한 이야기들을 퍼뜨리고 다닐 텐데."

"글쎄요, 여자들 이야기의 근원지가 어딘지 생각해보세요."

"무슨 말인지 알겠네."

시체들을 실은 트럭이 출발했다.

"재촉하려는 건 아닌데," 그리어가 이야기를 꺼냈다. "로어는 어떻게 할 생각이야?"

그렇지 않아도 마이클은 몇 주 동안이나 그 문제에 시달렸고, 언제나 그의 답은 똑같았다. "제 생각에 로어가 이 일을 감당할 만한, 유일하게 신뢰할 수 있는 사람인 것 같아요."

"내 생각도 그래."

마이클이 그리어를 향해 돌아섰다. "여기서 일하길 원치 않는 게 확실해요? 제 생각에는 소령님도 잘하실 것 같은데요."

"그건 내 역할이 아니야. 베르겐스피요르드호는 자네 일이고. 걱정하지 마. 내가 군대는 항상 준비시켜놓을 테니까."

둘은 꽤 오랫동안 조용히 말이 없었고, 독을 밝히는 환한 불빛들은 반점처럼 보였다. 마이클의 작업자들은 오늘도 밤새워 일할 거였다.

"제가 물어봐야겠다고 생각하던 게 있는데요." 마이클이 입을 열었다.

그리어가 고개를 비스듬히 돌려 마이클을 봤다.

"소령님의 환상 속에서, 배에 다른 사람이 누가 있는지 소령님이 볼 수 없다는 건 알고 있지만……."

"단지 섬과 별 다섯 개뿐이었어."

"네, 알아요." 그렇게 말하고는 마이클이 머뭇거렸다. "어떻게 말해야 할지 모르겠지만, 혹시 그게…… 제가 그곳에 있는 것 같다는 느낌은 안 드셨나요?"

그리어가 마이클의 물음에 당황한 것처럼 보였다. "정말 내가 말할 수 있는 게 없어. 내가 본 환상에 그런 건 없었으니까."

"저에게는 솔직하게 말씀하셔도 돼요."

"그건 나도 알아."

둑길에서 총소리가 들려왔다. 다섯 발의 총성이 먼저 들리고 잠시 끊기더니 신중하고 차분한 마지막 두 발의 총성이 더 들렸다. 다이벡과 매클레인도 추적해 마무리한 거였다.

"이제 다 정리가 된 거군." 그리어가 말했다.

랜드가 그리어와 마이클 쪽으로 걸어왔다. "모두 다 독에 모여 있어."

갑자기 마이클에게 그 말의 무게가 무겁게 느껴졌다. 많은 사람의 죽음을 요구하지 않았고 일은 예상보다 쉽게 마무리되었다. 이제 그가 모든 것을 책임지게 되었고, 그건 곧 그가 지협의 주인이라는 말이다. 마이클은 권총 탄창을 확인하고 공이치기를 내린 다음 권총집에 집어넣었다. 이제부터 마이클은 권총을 절대 손에서 내려놓을 수 없게 되었다.

"좋아, 36일 후에 저 유조선을 바다에 띄우는 거야. 자, 쇼를 시작해보자고."

30장

아이오와 자유주

(예전의 홈랜드)

인구 12,139명

보안관 고든 유스터스는 3월 24일 아침을 매년 그날마다 그래 왔던 것처럼 리볼버를 넣어둔 권총집을 침대 기둥에 걸어두는 것으로 시작했다.

왜냐하면 무기를 지니는 것은 옳은 일이 아니기 때문이다. 경우에 맞는 일도 아니었다. 그도 다음 몇 시간 동안은 다른 모든 남자처럼 추위 속에서 아픈 관절을 무릅쓰고 서서, 상황이 지금과 달랐다면 어땠을까를 반추하는 한 남자에 지나지 않을 것이다.

감옥 뒤쪽에 방 하나가 있었다. 그가 집에 돌아갈 수 없었던 그날 밤 이후로 10년 동안 그 방은 잠을 자며 머무는 거처가 되었다. 그는 언제나 자신이 넘어졌다가도 회복하고 벌떡 일어나 일을 잘 해낼 사람이라고 생각해왔다. 또 운수가 사나워진 첫 번째 사람은 아닌 것 같았다. 하지만 그에게서 뭔가가 빠져나간 후 다시는 돌아오지 않는 것 같았다. 침대 하나와 싱크대 그리고 앉을 수 있는 의자 하나와 복도 끝에 화장실이 갖춰진, 그가 사는 콘크리트 박스도 그러기는 마찬가지였다. 술에 만취한 사람이 아니고는 그곳에 그와 함께 있으려고 하지 않았다.

아이오와의 3월이 늘 그렇듯 바깥에는 해가 뜻뜻미지근하게 떠올랐다. 유스터스는 난로에 주전자의 물을 데운 후, 날이 곧게 선 면도기와 비누를 함께 들고 대야가 있는 데로 왔다. 금이 간 낡은 거울에 비친 얼굴을 들여다보았다. 젠장, 별로 보기 좋은 모습은 아니야. 앞니의 반은 이미 어디론가 사라져버렸고 왼쪽 귀는 떨어져 나가 분홍빛 속살이 드러나 보였다. 게다가 한쪽 눈도 뿌옇게 흐려지는 바람에 보이지 않아 쓸모없었다. 덕분에 그는 어린아이들의 이야기에 나오는 다리 밑에 사는 늙고 비열한 도깨비처럼 보였다. 면도하고 물을 철버덕철버덕 튀며 얼굴과 겨드랑이를 씻은 후 물기를 닦아냈다.

아침 식사라고는 돌처럼 딱딱하게 굳은 비스킷 몇 개뿐이었다. 그는 테이블에 앉아 입 뒤쪽의 치아들로 비스킷을 으스러뜨린 후, 싱크대 밑에 있는 병에서 따라온 옥수수 위스키 한 잔으로 적시고 목뒤로 삼켜 넘겼다. 유스터스가 술을 즐겨 마시는 편은 아니었지만 아침에 술 한 잔을 즐기는 걸 좋아했다. 특별히 오늘 아침, 3월 24일의 아침에는 더욱 아침에 술 한 잔으로 목을 적시는 걸 좋아했다.

그는 모자를 챙겨 쓰고 코트를 입은 후 밖으로 나섰다. 마지막 남은 눈도 녹아 없어졌고 땅은 다시 질척질척한 진창이 되었다. 교도소는 아직도 사람들이 사용하는 구도심의 몇 안 되는 건물 중 하나였다. 구도심의 다른 건물들 대부분은 이미 수년째 비어 있는 상태였다. 두 손에 입김을 불어 넣으며, 유스터스는 이제 돌무더기와 검게 타버린 목재 몇 개 말고는 남은 게 없이 폐허가 된 돔을 지나 언덕을 내려갔다. 거기에는 사람들이 여전히 플랫랜드라고 부르는 곳이 있었다. 플랫랜드도 사람들이 오래전에 노동자들의 낡은 숙소를 다 뜯어내 장작으로 써버린 탓에, 옛날의 흔적이라고 남아 있는 것은 별로 없었다.

여전히 플랫랜드에 사는 사람들이 몇 있기는 했으나 숫자는 그렇게 많지 않았다. 그곳에 대한 기억들이 너무나 끔찍한 탓이다. 아직 플랫랜드에 남아 있는 이들은 보통 빨간 눈들의 시대가 끝난 후 태어난 비교적 젊은 사람들이었거나, 아니면 구시대로부터 이어져 온 심리적 연결 고리를 끊어내지 못하는 아주 나이가 많은 사람들이었다. 하지만 그곳은 수돗물도 없는 판잣집들과 더러운 오수가 거리 여기저기에 물줄기를 이루어 흘렀다. 쓰레기 더미를 뒤지는 깡마른 개들과 아이들의 숫자가 얼추 비슷한, 지저분한 매립장 같은 곳이 되어버렸다. 그런 그곳의 모습을 볼 때마다 유스터스는 가슴이 아프고 쓰라렸다.

이렇게 되리라고는 생각하지 못했다. 유스터스에게는 계획이 있었고, 그래서 희망도 존재했었다. 물론 첫 몇 해 동안 많은 사람이 텍사스로 이주했고, 유스터스 자신도 그럴 것이라고 예상했다. 그때 그는 그렇게 생각했다. 좋아, 갈 사람은 가라지. 그리고 아이오와에 남기로 한 사람들은 빨간 눈들의 몰락을 단순한 속박으로부터의 해방이 아니라 그 이상의 것, 즉 잘못된 것을 바로잡고 다시 시작해 밑바닥에서 새로운 삶을 건설할 수 있다는 것을 진심으로 믿었던 따뜻한 영혼을 지닌 사람들일 것이라고.

하지만 많은 숫자의 사람들이 텍사스로 이주해 빠져나가는 것을 지켜보면서 유스터스는 불안해졌다. 아이오와에 남기로 한 사람들은 실천적 행동주의자들이 아닌 몽상가들이었다. 남기로 한 사람 가운데 많은 이들은 단지 너무 허약해 길을 떠나기 어려운 사람들이었다. 또 어떤 이들은 이주를 두려워했고, 또 다른 이들은 자기 일을 남이 결정해주는 것에 너무 익숙해져서 무언가를 해낼 능력이 전혀 없는 사람들일 뿐이었다.

유스터스가 아이오와에 남은 사람들을 위해 나름의 노력을 다해왔지만, 어떻게 하면 도시가 제대로 돌아가게 할 수 있는지 방법을 아는 사람이 전혀 없었다. 남은 사람 중에는 엔지니어도 배관공도 전기 기사도 의사도 없었다. 빨간 눈들이 남겨놓은 기계를 움직이고 이용할 수는 있지만, 고장이 나 멈춰 선 기계를 고칠 수 있는 사람은 아무도 없었다. 3년이 지나자 발전소도 멈춰 섰고, 수도 시설을 통한 물 공급과 하수 설비도 5년 만에 사용할 수 없게 되었다. 그리고 10년이 지나자 사용할 수 있는 게 아무것도 남지 않았다. 아이들을 교육하는 것도 불가능해지고 말았다. 글을 읽을 줄 아는 성인들이 몇 안 되었고, 대부분 글을 읽을 줄 안다는 것의 의미와 중요성을 알지 못했기 때문이다.

겨울은 집에서 사람이 얼어 죽을 만큼 추위가 가혹했으며 여름도 날씨가 잔인하기는 마찬가지였다. 한 해는 가뭄이 들었다가 다음 해에는 폭우가 쏟아져 모든 걸 망쳐놓았다. 강물에서는 더럽고 악취가 났는데도 사람들은 별수 없이 양동이에 강물을 담아 집으로 가져갔다. 그 때문에 흔히 '강물 열병'이라고 부르던 병으로 많은 사람이 죽고 말았다. 키우던 가축들도 반 정도 죽었는데, 말과 양 그리고 돼지 모두를 잃게 되었다.

빨간 눈들이 제대로 작동하는 사회를 만들 모든 도구를 남겨놓았는데도 불구하고 하나가 빠졌다. 실제로 도구들을 이용해 정상적인 사회를 만들려는 의지가 없었던 것이다.

플랫랜드를 가로지르는 길은 강과 합쳐지는데, 유스터스는 그 길을 따라 동쪽 경기장으로 갔다. 그 너머에는 공동묘지가 있었다. 유스터스는 줄지어 늘어선 묘비들을 지나 발걸음을 옮겼다. 많은 묘비 앞에서 펄럭이며 타던 촛불로 홈이 파인 양초와 아이들의 장난감 그리고 마른 야생화의 긴 잔가지들이 녹아내리는 눈 더미 속에서 드러났다. 묘와 묘비가 질서정연하게 정리가 잘 되어 있었다. 한 가지는 분명했다. 이곳에 남은 사람들은 무덤을 파는 일에는 정말 능숙하다는 점 말이다. 그는 자신이 찾아가던 한 묘비 앞에 이르러 멈춰 서고는 그 옆에 몸을 웅크리고 앉았다.

니나 보히스 유스터스
사이먼 티프티 유스터스
사랑하는 아내와 소중한 아들

두 사람은 서로 몇 시간 간격을 두고 세상을 떠났다. 그리고 유스터스는 이틀이 지나도록 그 사실에 대해 듣지 못했다. 그 역시도 강물 열병에 시달리며, 사이코 같은 꿈속에서 헤맸기 때문이다. 그는 지금도 자신이 헤매고 있던 그 꿈이 무엇이었는지 기억하지 못하는 것이 고맙기만 했다. 창궐한 그 전염병은 낫처럼 도시를 날카롭게 휩쓸고 지나갔다. 누가 살아남고 누가 죽을지의 문제는 완전히 운에 따라 무작위로 선택된 것처럼 보였다. 건강한 성인마저도 유아나 혹은 70대의 노인들처럼 그 전염병에 무릎을 꿇고 굴복해 목숨을 잃을 가능성이 컸기 때문이다. 병의 진행은 발열과 오한 그리고 폐 깊숙한 곳에서부터 나오는 기침과 함께 빠르게 이루어졌다. 종종 그 전염병은 몇 분 만에 감염자의 몸을 장악하며 검은 죽음의 공포를 울부짖고 난 후에야 소멸하는 것처럼 보이고는 했다.

사이먼은 총명해 보이는 눈과 기분 좋은 웃음소리를 가진 조심성 많은 세 살배기 어린아이였다. 유스터스는 누구에게도 그렇게 가슴속 깊은 사랑을 느껴본 적이 없었다. 심지어 니나에게도 그렇게까지 깊은 사랑을 느껴보지는 못했다. 니나와 유스터스는 아들 사이먼을 두고 서로에 대한 사랑이 얼마나 작아 보이는지 비교해가며 농담하기도 했다. 물론 농담은 농담일 뿐 사실이 아니었지만 말이다. 자신들의 아들을 사랑하는 건 분명 니나와 그가 서로를 사랑하는 것과는 또 다른 사랑이었으니까.

그는 묘비 옆에서 몇 분을 더 머물렀다. 그는 자기 가족들 사이에 있었던 평범하고 사소한 일들, 그러니까 같이 했던 식사, 서로 주고받았던 대화의 한 토막, 그리고 아무 이유 없이 마주 잡았던 손길 등을 떠올리는 것을 좋아했다. 반면 유스터스는 저항군으로서 활동했던 일들은 거의 아무것도 떠올리지 않았는데, 그건 이제 더 이상 의미가 없는 일인 것 같아서였다. 또한 투사로서의 니나에 대해 전해지는 무용담들도 과장된 것들이 많았고, 그런 과격함은 그녀의 아주 작은 부분에 지나지 않았기 때문이다. 그녀의 진정한 자아는 오직 남편인 유스터스 자신만 알았다.

마음의 쓸쓸한 빈자리가 충만하게 차오른 느낌에 그는 이제 돌아가야 할 때가 되었다는 생각이 들었다. 그렇게 또 1년이 지났구나, 하는 생각과 함께. 그는 묘비를 어루만지며 작별 인사를 하고 미로처럼 늘어선 묘비들 사이를 되돌아 걸어갔다.

"어이, 아저씨!"

그 소리에 유스터스가 뒤돌아서자마자 주먹만 한 눈 덩어리

하나가 그의 머리 위를 훅하고 스쳐 지나갔다. 십 대 소년 3명이 15미터 떨어진 묘비들 사이에서 바보들처럼 큰 소리로 깔깔거리며 웃고 있었다. 하지만 유스터스의 얼굴을 제대로 본 순간 십 대들의 웃음소리가 갑자기 멈췄다.

"아, 씨! 보안관이야!"

10대들은 유스터스가 뭐라고 한마디를 하기도 전에 부리나케 달아났다. 그건 그가 십 대들에게 말하고 싶었던 것이 있었기에, 정말 기분이 안 좋아지는 일이었다. 유스터스는 그 아이들에게 이렇게 말하고 싶었다. 괜찮아, 난 상관없어. 내 아들 사이먼도 살아 있다면 너희 나이쯤 되었을 거야.

유스터스가 교도소 안으로 들어서자 부보안관인 프라이 로빈슨이 그의 자리에 앉아 부츠를 책상에 올려놓고 고개를 푹 숙인 채 옷깃에 코를 박고는 코를 골며 자는 것이 보였다. 아직 스물다섯 살도 안 된 프라이는 너부데데하게 생긴 낙천적인 얼굴에 면도를 안 해도 되는 둥근 턱을 가지고 있었다. 정말이지 그냥 아이 같기만 한 녀석이었다. 아이오와에서 가장 똑똑한 놈이라고 할 수는 없었지만 그렇다고 가장 멍청한 놈도 아니기는 했고, 무엇보다도 유스터스와 가장 오래 함께하고 있는 사람이다. 그 점이 중요했고 그래서 믿을 구석이 있는 놈이었다. 유스터스가 자신의 뒤로 문을 쾅 소리가 나도록 세게 닫자 프라이가 깜짝 놀라 벌떡 일어섰다.

"맙소사, 고르도. 도대체 왜 그러는 거예요?"

유스터스가 허리에 권총집을 둘러찼다. 사실 허리에 권총을 차는 건 쇼나 다름없었다. 항상 총알이 장전된 상태기는 하지만 빨간 눈들이 남겨놓은 탄약들을 거의 다 써버린 상황이다. 게다가 아직 남아 있는 것들이라 해도 발사가 제대로 될지 믿을 수가 없기 때문이다. 이미 여러 번 총알이 발사가 안 됐던 일이 있었다.

"루디에게 밥 줬어?"

"보안관님이 저 깨우시기 전에 주려던 참이었어요. 도대체 어디를 갔다 오신 거예요? 저는 보안관님이 아직 뒷방에 계신 줄 알았다고요."

"니나와 사이먼을 보러 갔었어."

프라이가 멍하니 유스터스를 바라보더니 이해됐는지 말했다. "이런, 24주기네요, 그렇죠?"

유스터스가 어깨를 으쓱해 보였다. 뭐라고 할 말이 있겠어?

"원하시면 여기 일은 제가 처리할 수 있어요. 그냥 들어가서 하루 쉬시는 게 어때요?" 프라이가 말했다.

"그럼 가서 뭐 하라고?"

"잠을 자거나 아니면 뭐 술 마시고 뻗으셔도 되고요."

"저를 믿으세요, 생각하고 있었다고요."

유스터스가 아침 식사를 들고 루디가 갇혀 있는 감옥으로 갔다. 아침 식사라고 해봐야 오래된 비스킷 두 개와 얇게 저며 썬 생감자 하나가 전부였다.

"이거 봐, 정신 차리고 일어나."

침상에 누워 있던 루디가 수척한 몸을 일으켜 세웠다. 절도와 폭행, 한마디로 루디는 온갖 문젯거리를 일으키고 다녔다. 하도 감옥을 자주 들락날락한 덕에 자신이 제일 좋아하는 감옥이 있을 지경이었다. 그리고 이번에는 폭음과 풍기 문란으로 감옥에 들어왔다. 루디는 거칠게 콧김을 내쉬는 끔찍한 소리와 함께 가래 덩어리를 목 밖으로 밀어 올려서 변기통으로 쓰는 양동이에 뱉어냈다. 그러고서 혁대가 없어서 흘러내리는 바지를 주먹으로 끌어올린 채 감옥의 창살 쪽으로 느릿느릿 다가왔다. 그 모습을 보며 유스터스가 생각했다. 다음에는 그냥 혁대를 차게 하는 게 낫겠어. 저놈이 모두를 위해서 스스로 목매는 좋은 일을 할지도 모르잖아. 유스터스가 좁고 긴 쟁반 구멍 사이로 아침 식사를 밀어 넣었다.

"이게 다야? 비스킷과 생감자 하나?"

"뭐를 더 바라? 지금 3월이라고."

"여기 서비스도 예전과 달리 너무 형편없어졌네."

"그러니까 한 번이라도 문제를 일으키지 말아 보라고."

루디가 침상에 앉아 비스킷을 한 입 물어뜯었다. 유스터스도 그런 말을 할 입장은 아니었지만, 갈색에 흔들거리듯 불안정해 보이는 루디의 치아는 더럽고 역겨웠다. 루디가 말할 때마다 빵부스러기가 사방으로 뿜어져 나왔다. "해럴드는 언제 오는 거야?"

해럴드는 판사였다. "그걸 내가 어떻게 알아?"

"저 양동이 좀 바꿔줘."

유스터스가 이미 복도를 반쯤 걸어 나갔을 때였다.

"나 진짜 심각하게 말하는 거라고!" 루디가 소리를 질렀다. "여기 똥 냄새가 진동한단 말이야!"

유스터스는 앞쪽 사무실로 돌아와 책상에 앉았다. 프라이는 자신의 리볼버를 닦고 있었다. 하루에 한 열 번은 그 짓을 하며 시간을 보내는 것 같았다. 그에게는 그 권총이 애완견 같은 건지 모를 일이지만 말이다.

"뭐가 문제예요?"

"식사가 별로 마음에 안 든다나."

프라이가 경멸스럽다는 표정으로 인상을 썼다. "저 인간은 정말 감사한 줄 알아야 해요. 제 식사도 그것보다 별반 낫지도 않다고요." 프라이가 리볼버를 닦던 걸 멈추고 코를 쿵쿵거렸다. "젠장, 이게 무슨 냄새지?"

"야, 이 자식들아," 루디가 뒤쪽에서 고함을 질렀다. "너희들에게 주는 선물이야!"

루디가 감옥 안에서 의기양양한 표정으로 빈 양동이를 손에 들고 있었고, 똥과 오줌이 복도를 따라 거무죽죽한 갈색 강물처럼 흘러내렸다.

"내가 너희가 준 빌어먹을 감자를 어떻게 생각하는 줄 알아? 바로 이렇게 생각한다고."

"와 쌍, 진짜 돌아버리겠네," 프라이가 고함을 질렀다. "너 이 자식, 이거 네가 다 치워!"

유스터스가 자신의 부관을 향해 몸을 돌렸다. "프라이, 열쇠를 내놔."

프라이가 자신의 벨트에서 고리를 풀고서 열쇠를 유스터스에게 건네줬다. 유스터스가 손가락 하나를 공중에 휘두르며 말했다. "루디, 내가 진심으로 하는 말이야. 너 이 자식 이번에 진짜 큰일 난 거야."

유스터스가 문을 열고 감옥 안으로 들어간 다음, 문을 닫고는 창살 사이로 열쇠를 자물통에 꽂고 다시 잠가버렸다. 그러고 나서 끼었던 반지를 자신의 주머니 깊숙이 집어넣었다.

"이게 뭐 하자는 짓이야?" 루디가 물었다.

"고든?" 프라이가 조심스럽게 유스터스를 쳐다봤다. "뭐 하는 거예요?"

"잠깐만 기다려." 유스터스가 자신의 리볼버를 꺼내 거꾸로 돌려 손에 쥐더니 권총 손잡이로 루디의 얼굴을 후려갈겼다. 녀석이 뒤로 비틀거리며 바닥에 쓰러졌다.

"미쳤어?" 루디가 감옥 벽에 막힐 때까지 뒤로 엉금엉금 기어가서 혀로 입안을 훑더니 피투성이가 된 이빨을 손바닥에 뱉어냈다. 놈이 썩은 긴 치아 뿌리가 보이게 이빨을 집어 들어 보이며 말했다. "이것 좀 봐! 이제 내가 뭐로 식사할 수 있겠어?"

"네 녀석이 그게 필요하기나 할지 잘 모르겠는데."

"네가 자초한 일이야, 이 자식아." 프라이가 말했다. "됐어요, 고르도, 이 새끼에게 마대 걸레를 주고 이거 다 치우라고 하죠. 놈도 정신이 번쩍 들었을 거예요."

하지만 유스터스는 그렇게 생각하지 않았다. 정신이 번쩍 들었을 거라고, 그게 대체 무슨 말인데? 그는 자신이 느끼는 게 무엇인지 알 수 없었지만 분명 그의 안에서 뭔가가 꿈틀거리며 일어나고 있었다. 루디가 자신이 왜 맞았는지 모르겠다는 듯 분한 표정을 짓자, 그 모습이 역겹기만 했다. 마치 그 장면이 유스터스의 삶에서 잘못되고 뒤틀린 모든 문제를 고스란히 드러내 보이는 것만 같았다. 유스터스는 권총을 다시 권총집에 집어넣었다. 아마도 이를 본 루디는 최악의 상황은 일단락되었다고 생각했을 것이다. 하지만 유스터스는 그를 일으켜 세운 후 녀석의 얼굴을 벽에다 냅다 집어 던졌다. 살찐 바퀴벌레가 발밑에서 밟혀 터져 나가는 것처럼 뭔가가 축축하면서도 바삭바삭하게 으스러지는 소리가 들렸다. 루디가 고통에 울부짖는 비명을 질렀다.

"고든, 심각하게 말씀드리는데요," 프라이가 말했다. "이제 저 문을 열어둬야 할 시간이 되었다고요."

유스터스는 화난 게 아니었다. 분노라든가 화라든가 하는 감정은 그에게서 사라진 지 이미 수년 전이었다. 그가 느끼는 감정은 안도감이었다. 루디를 다시 감옥의 반대편으로 집어 던졌고, 그런 행동은 계속되었다. 주먹, 권총 손잡이, 부츠의 앞머리, 멈추지 않고 계속 이어졌다. 프라이가 유스터스에게 그만 멈추라고 애원하다시피 했지만 그런 말은 유스터스의 머릿속에 하나도 들어오지 않았다. 병에서 코르크 마개가 빠진 것처럼 그의 안에서 뭔가가 봉인이 해제되어 말을 타고 전속력으로 달리는 것처럼 점점 더 고조되었다. 루디는 바닥에 뻗어서 방어하기 위해 팔로 얼굴을 가렸다. 이 한심한, 인간 같지도 않은 놈. 인두겁을 뒤집어쓴 구제 불능 쓰레기. 네가 바로 이곳의 모든 문제 덩어리라는 걸 깨닫게 해주지.

프라이가 자물통에 열쇠를 꽂고 문을 열어 안으로 들어왔을 때, 유스터스는 녀석의 머리를 침상 모서리에 갖다 던지려고 목덜미를 잡고 일으켜 세우고 있었다. 얼마나 만족스럽게 으스러지는 소리가 날까. 프라이가 뒤에서 유스터스를 붙잡았다. 하지만 유스터스는 팔꿈치로 프라이의 허리 한가운데를 쳐 그를 뒤로 넘어뜨리고, 루디의 목을 팔목으로 둘러 감싸버렸다. 루디의 몸은 팔다리가 두툼한 자루에 엉성하게 바느질된 커다란 헝겊 인형같이 느껴졌다. 유스터스는 이두근으로 루디의 기관지를 조이며, 압력을 높이기 위해 자기 무릎을 그의 등 뒤로 밀어 넣었다. 이제 한 번만 세게 힘을 쥐어 잡아당기면 루디는 끝이었다.

그리고 그때 하얀 눈송이들이 보였다. 프라이가 방금 유스터스의 머리를 때린 부지깽이를 들고 거친 숨을 몰아쉬며 쓰러진 유스터스의 머리 위에 서 있었다.

"맙소사, 고르도, 방금 그거 뭐 하려던 거예요?"

유스터스가 눈을 깜박거릴 때마다 눈송이들도 하나씩 깜빡깜

빡 사라져갔다. 머리는 통나무가 쪼개진 듯 아팠고 그의 속도 별로 좋지 않았다.

"내가 좀 흥분했던 것 같군."

"저 새끼가 쓰레기이기는 하지만 이게 뭐예요."

유스터스가 고개를 돌려 상황을 파악했다. 루디가 다리 사이에 두 손을 끼워 넣은 채 태아처럼 둥글게 몸을 말고 있었다. 녀석의 얼굴은 시뻘겋게 퉁퉁 부어 날고기처럼 보였다.

"내가 녀석에게 정말 멋지게 본때를 보여줬어, 안 그래?"

"남자라면 어쨌든 염치없이 엉망이 된 자기 몰골을 기회 삼아 이용해 먹으려고 하지는 않을 거예요." 프라이가 루디를 보고 말했다. "너 내 말 들었어? 너 이 자식, 이 일에 대해서 한마디만 내 뱉어도 사람들이 배수로에 처박힌 네 시체를 보게 될 거야, 알았어?" 그러고는 유스터스를 보고 말했다. "죄송해요, 그렇게 세게 치려던 건 아니었는데 말이에요."

"괜찮아."

"재촉하려는 건 아닌데, 당분간 자리를 비우시는 게 좋을 것 같아요. 일어설 수 있겠어요?"

"루디는 어떻게 하고?"

"제가 처리할 수 있어요. 일단 일어나 보세요."

프라이가 유스터스를 부축해 일어나는 걸 도왔고, 유스터스는 바닥이 흔들려 보이는 어지럼증이 사라질 때까지 잠시 감옥의 쇠 창살을 붙잡고 있어야 했다. 부어오른 그의 오른손 관절들은 피투성이가 된 채로 뼈를 따라 피부가 찢어진 상태였다. 주먹을 쥐어 보려 했으나 관절들이 마음대로 움직여주지 않았다.

"괜찮아요?" 프라이가 그를 지켜보았다.

"어, 그런 것 같군."

"가서 머리 좀 식혀요. 그리고 그 손도 좀 어떻게 하고요."

감옥 문 앞에서 유스터스가 발걸음을 멈췄다. 프라이가 루디를 편한 자세로 앉히는 중이었다. 루디의 셔츠는 쏟아지는 피를 받아낸 턱받이처럼 빨갛게 피투성이가 되었다.

"그거 알아? 자네 말이 맞았어." 유스터스가 말했다.

프라이가 고개를 들어 그를 봤다. "왜요? 뭐가요?"

유스터스는 자신이 한 일에 대해 후회되지는 않았다. 나중에 그럴지는 모르더라도 말이다. 많은 일들이 그랬다. 당연히 취해야 하는 반응과 행동을 보이는 데는 시간이 걸렸다.

"아마도 나는 어쨌든 오늘 하루는 그냥 쉬는 게 나았을지도 모르겠다는 말이야."

31장

알리시아가 밤 시간을 마구간에서 지내기 시작했다.

패닝은 그녀가 보이지 않는다는 것도 거의 몰랐다. 깨어 있는 시간 동안 자신이 온전히 빠져 있는 책들 가운데 한 권에서 눈 한 번 제대로 떼지 않고서, 패닝은 이렇게 말할지도 모르는 일이었다. 너의 그 말 말이야, 내가 신경 쓸 일은 아니지만 그래도 나는 네가 왜 그 말이 필요한지 이해가 안 돼.

패닝의 마음은 멀리 딴 곳에 가 있는 것 같았고 그의 생각은 베일에 싸여 알 수가 없었다. 그랬다. 그가 변했고 뭔가 달라졌다. 그의 변화는 땅속 깊은 곳에서부터 우르릉거리며 지각 변동이 일어난 것 같은 느낌을 주었다. 바이럴 같은 종족에게 정확히 잠이라 부를 만한 게 있는지는 모르지만, 패닝은 잠도 자지 않고 지냈다. 과거에는 환한 낮 시간이 그를 우울함에 지쳐 기진맥진하게 만들기도 했다. 그럴 때면 그는 두 눈을 감고 손가락들을 가지런히 얼기설기 맞물린 손을 무릎에 올려놓은 채, 꿈꾸는 것 같은 최면 상태에 빠지고는 했다.

알리시아는 패닝의 꿈들에 대해서 알았다. 시곗바늘은 지칠 줄 모르고 쉼 없이 돌아가고 이름을 알 수 없는 사람들이 떼 지어 지나가는 그의 꿈은 사랑도 희망도 없는, 그리고 오직 사랑과 희망으로 참고 견뎌내야 할, 목적도 없고 연민마저 메말라 버린 우주 한가운데서 무언가를 영원히 기다리는 악몽이었다.

알리시아도 그와 비슷한 자신만의 꿈을 꾸었다. 그녀의 아기 로즈의 꿈을 말이다.

알리시아도 가끔 옛날 일들을 생각했고, 패닝은 "뉴욕은 언제나 추억의 장소였어"라고 말하기를 즐겼다. 그녀는 마치 죽은 자가 산 자를 그리워하는 것처럼, 자신이 영원히 버리고 떠나온 왕국의 시민들인 친구들을 그리워했다. 알리시아가 기억하는 게 뭐냐고? 자기 양아버지였던 대령과 어둠 속에 홀로 남겨진 소녀였던 자신, 그리고 그녀가 퍼스트 콜로니의 파수꾼으로 보낸 몇 년 동안이 정말 어떻게 느껴졌는지까지 다 기억했다. 그녀에게도 꿈에 자주 떠오르는 어느 날 밤이 있었는데, 그것이 무언가를 정의하고 있는 것만 같았다.

그녀는 피터에게 별을 보여주려고 그를 데리고 발전소의 지붕 위로 올라갔었다. 둘은 낮의 타는 듯한 열기로 여전히 따뜻한 콘크리트 바닥 위에 나란히 누워 밤하늘을 보며 그냥 그렇게 이야기했다. 그때까지 피터가 밤하늘을 제대로 본 적이 없었던 탓에 그날의 밤하늘은 더욱 대단해 보이기까지 했다. 그리고 그날 둘은 그들 속에 감추어져 있던 자신들의 모습을 끄집어 드러냈다.

그거에 대해 생각해봤어? 알리시아가 피터에게 물었다. 뭐에 대해서 생각해봤냐는 거야? 피터가 되물었다. 알리시아는 거기에서 대화를 끝내고 싶지 않았기 때문에, 초조해하며 신경질적으로 말했다. 너 내 입으로 그걸 말하게 할 거야? 짝짓기 말이야, 피터. 아기를 갖는 거. 그리고 한참 시간이 지난 후에 알리시아는 자신이 그에게 하던 진짜 이야기는 자신을 구원해서 제대로 된 삶으로 이끌어달라는 부탁이었다는 것을 깨달았다. 하지만 항상 모든 것이 때늦었던 것처럼 그마저도 너무 늦어버렸다. 대령이 그녀를 버린 날 밤 이후로 알리시아는 더 이상 정상적인 사람으로 남아 있을 수가 없었다. 그래서 그녀는 포기해버렸다.

그렇게 세월이 흘렀다. 패닝은 그와 알리시아에게는 시간이라는 것의 흐름과 의미가 인간과는 다르다고 말했고 실제로 그랬다. 계절이 바뀌고 해가 바뀌고 하루하루가 끊임없이 아이스크림 녹아내리듯 사라져갔다. 패닝과 알리시아, 그 둘은 서로에게 무엇이었을까? 패닝은 친절했고 알리시아를 이해했다. 우리는 같은 길을 걸어온 거야. 그는 그렇게 말했다. 나와 함께 있도록 해, 리시. 나와 함께 있으면 모든 게 끝날 거야.

알리시아가 패닝을 믿었을까? 패닝이 그녀의 마음속 가장 깊숙한 진실을 아는 것처럼 보이던 때도 있었다. 무슨 말을 할지, 무엇을 물어볼지, 언제 얼마나 오랫동안 이야기를 들어줘야 할지 아는 것처럼 보였다. 나에게 그 여자아이 이야기를 해봐. 그의 목소리가 얼마나 부드럽고 다정하게 들리던지, 전에는 알리시아가 그런 목소리를 들어본 적이 없는 것 같았다. 그의 목소리를 듣고 있으면 진주로 채워진 욕조에서 떠다니는 것만 같았으니까 말이다. 나에게 너의 딸 로즈 이야기를 해줘.

그럼에도 불구하고 그에게는 베일에 가려져 꿰뚫어 볼 수 없는 다른 영역이 있었다. 완전히 꾸며낸 듯한, 상황에 맞지 않는 유쾌함은 오히려 사람을 불안하게 만든다. 그것과 마찬가지로, 깊은 생각에 잠겨 오랜 시간 동안 계속되는 그의 음울한 침묵은 알리시아를 불안하게 만들었다. 게다가 밤이면 패닝이 밖을 돌아다니기 시작했는데 그건 지난 수년간 하지 않았던 행동이다. 그러고도 그는 알리시아에게 뭐라고 말 한마디도 해주지 않았다. 그가 단순히 바람을 쐬러 나갔던 일일 수도 있지만 말이다. 그래서 알리시아는 그를 쫓아가보기로 했다.

사흘 밤 동안 패닝은 특별한 목적지 없이 쓸쓸히 거리를 배회하며 여기저기 돌아다니기만 했다. 그러더니 나흘째 되는 날 밤에 알리시아를 놀라게 만드는 일이 일어났다. 패닝이 신중한 발걸음으로 천천히 도심으로 들어가서 웨스트 빌리지를 향해 갔다. 이윽고 출입문에서 거리로 이어지는 계단이 있는 별다른 특징이 없는 5층짜리 주거용 건물 앞에 가서 멈춰 섰다. 알리시아는 그 블록의 위쪽에 있는 옥상 난간 뒤에 몸을 숨겼다. 몇 분이 지나는 동안 패닝은 움직이지 않고 건물의 전면을 찬찬히 훑어보았다. 갑자기 알리시아는 패닝이 옛날에 이곳에 살았을 거라는 생각이 들었다. 패닝은 무슨 생각이 떠오른 듯 성큼성큼 계단을 걸어 올라가 문 앞까지 가더니 어깨로 문을 강제로 밀어 열고서는 안으로 들어가 사라졌다.

안으로 들어간 패닝은 꽤 오랫동안 머물며 나타나지 않았다. 한 시간 그리고 두 시간이 그렇게 지나갔다. 알리시아는 슬슬 패닝이 걱정되기 시작했다. 그가 조만간 문밖으로 다시 나오지 않는다면 해 뜨기 전에 역으로 돌아오기에는 시간이 모자랄 거였기 때문이다. 마침내 패닝이 문밖으로 나오는 모습이 보였다. 그런데 맨 아래 계단까지 내려온 그가 멈춰 섰다. 패닝은 마치 알리시아가 근

처에 있다는 사실을 알아차리기라도 한 듯 거리를 눈으로 쭉 살펴
보더니, 그녀가 숨어 있는 곳을 정확히 바라보며 시선을 고정했
다. 알리시아도 급히 머리를 난간 아래로 숙이며 옥상 바닥에 몸
을 납작 엎드렸다.

"알리시아, 거기 있다는 거 다 알아. 하지만 괜찮아."

알리시아가 다시 고개를 들어 거리를 내려다보았을 때 패닝은
어디론가 사라지고 길은 텅 비어 있었다.

패닝은 그날 밤 일에 대해서 아무 말도 하지 않았고 알리시아도
캐묻지 않았다. 어렴풋이 단서가 될 만한 것을 보기는 했지만, 그
의미까지는 알리시아가 이해할 수 없었다. 왜 그 많은 시간이 흐
른 후에야 패닝이 순례를 시작한 걸까?

그 후로는 밤에 패닝이 다시 밖으로 나서는 일이 없었다.

그다음에 무슨 일이 일어날지는 패닝도 예상했던 게 분명하다.
알리시아 역시 확실히 그렇게 하려고 마음먹었다. 건물의 내부
는 난파선처럼 엉망이었다. 벽에는 검은 곰팡이의 얼룩이 잔뜩 번
져 있고, 발밑의 바닥도 약해질 대로 약해져 들썩거렸다. 머리 위
로 한참 높은 천장에서는 물이 새 계단통으로 떨어졌다. 알리시아
가 이층으로 올라가서 보니 문 하나가 누군가를 초대해놓은 것처
럼 활짝 열려 있었다. 그 아파트의 내부는 거의 부서진 것 없이 대
부분 잘 보존되었다. 먼지가 두껍게 앉았기는 했지만, 가구들도
원래 자리에 그대로 멀쩡하게 놓여 있고 책과 잡지와 여러 다양한
장식품들이 그들의 자리를 차지하고 있었다. 알리시아가 생각했
던 것처럼 모든 게 패닝이 인간이었던 시절의 마지막 시간 그대로
얼어붙어 있었다. 깔끔하게 정리된 방들 사이를 지나다니면서 알

리시아는 자신이 무엇을 느끼고 있는지 알아차렸다. 패닝은 그녀가 자신이 과거에 어떤 남자였는지를 알기 원했던 거였다. 알리시아는 새롭고 더 깊은 친밀감을 느꼈다.

침실로 들어갔는데 그곳은 패닝이 살던 아파트의 다른 공간들과는 달라 보였다. 좀 더 최근까지 사용되었던 것 같은 뭐라 딱히 설명할 수 없는 느낌이 들었다. 방 안의 가구들은 단출했다. 책상과 서랍장 그리고 창문가의 충전재가 빵빵하게 채워진 의자들 모두가 깔끔하게 제작된 가구들이었다. 침대 중앙에 남은 움푹 들어간 자리는 분명 인간 체적의 흔적이었음이 틀림없었다. 베개에도 잔디가 뜯겨 나간 것처럼 비슷한 흔적이 남아 있었다.

침대 옆 협탁에 안경 하나가 놓여 있는 게 보였다. 알리시아는 안경을 보자마자 주인이 누구였는지 알 수 있었다. 그 안경은 패닝이 들려준 이야기의 일부였으니까. 알리시아는 조심스럽게 안경을 들어 살펴보았다. 철사처럼 가느다란 안경테로 된 작은 안경이었다. 구멍처럼 움푹 들어간 자리가 있는 침대와 침구류와 손에 닿는 거리에 놓인 그 안경까지, 과거에 패닝이 잠을 자던 그 자리가 그녀가 볼 수 있도록 그대로 남겨졌다.

나에게 보라는 거군. 패닝은 내가 뭐를 보기를 원하는 거야?

알리시아는 침대 위에 누웠다. 그녀가 눕자 매트리스가 힘없이 주저앉아 버렸는데 안의 구조물이 다 삭아 없어졌을 걸 생각하면 당연한 일이다. 그 주저앉은 매트리스 위에서 알리시아는 얼굴에 안경을 썼다.

알리시아가 안경 렌즈를 통해 세상을 보는 순간, 마치 그녀 자신이 패닝이 되어버린 것만 같았다. 그건 그녀로서는 절대 뭐라고 설명할 수가 없는 일이었다. 패닝의 과거와 고통이 그녀에게 침노하는 물길처럼 쏟아져 들어왔고, 그 안에 담긴 진실이 고압 전류처럼 그녀의 심장을 쥐어짜는 것만 같았다. 그렇겠지, 당연히 그랬을 거야.

날이 밝아오는 새벽에 알리시아는 다리 위에 있었다. 이리저리 요동치는 거센 물결에 대한 두려움이 크기는 했지만, 그 두려움마저 아무것도 아닌 것처럼 사소해 보였다. 그렇기에 그녀는 두려움 따위는 접어두기로 했다. 떠오르는 태양이 뒤에서 길고 깊숙이 햇빛을 비추었고, 알리시아는 솔저의 등에 탄 채 앞서가는 자기의 그림자를 따라 다리를 건너가기 시작했다.

32장

사람들이 배수로 밑에 있는 유수지에서 빌의 시체를 발견했다. 전날 밤 빌은 옷과 신발을 챙겨서 병원을 몰래 빠져나왔는데 그 후로 흔적도 없이 행방이 묘연했었다. 누군가가 자신이 다른 날 밤과 착각했을 수도 있다며 여지를 두기는 했지만, 그날 밤 사람들이 도박 테이블에서 빌을 봤다고 말했다. 빌은 도박장에서 살다시피 했기에 오히려 그가 그곳에 가지 않았다면 그게 더 놀랄 일이었을 것이다.

빌의 사인은 추락사였다. 30미터 높이의 댐 꼭대기에서 떨어진 후 유수지까지의 긴 경사로를 타고 미끄러졌고, 유수지의 배수구에 몸이 처박힌 채 걸려 있던 거였다. 빌 스스로 뛰어내린 걸까 아니면 누군가 그를 밀어버린 걸까? 빌의 생활은 사람들이 생각했던 것과는 완전히 달랐기에, 사라는 케이트가 자신에게 얼마나 많은 것을 비밀로 숨겨왔는지 궁금해졌다. 하지만 그건 이제 확인해봐야 할 문제가 아니었다.

문제는 남아 있는 빚이 얼마나 되느냐 하는 거였다. 케이트 그리고 홀리스와 사라가 모아둔 돈을 모두 합친다고 하더라도 빌이 진 빚의 절반도 못 됐다. 빌의 장례를 치르고 사흘 뒤 홀리스가 모은 돈을 들고 H타운에 있는 사촌의 집이라고 불리는 곳을 찾아갔다. 모두가 사촌의 집이라고 부르기는 했지만, 사촌이라고 불리던 남자는 정작 수년 전에 죽고 없었다. 그는 이러한 선의의 진정성이 자신이 암시장과 맺어온 오랜 관계와 더불어 문제를 해결할 수 있기를 바랐다. 하지만 그는 낙심한 채 고개를 절레절레 흔들며 돌아왔다. 암시장과 도박장, 즉 H타운을 움직이는 인물들이 모두 바뀌었고 홀리스는 어떤 배려를 받거나 영향력을 행사할 수도 없었다. "이거 문제가 커질 것 같아." 그는 그렇게만 말했다.

케이트와 딸들은 사라와 홀리스의 집에서 같이 지냈다. 오랫동안 봐온 운명을 받아들인 케이트는 정신이 나간 듯 멍한 상태였지만, 두 딸의 슬픔을 지켜보는 일은 가슴이 산산조각 나는 아픔이었다. 어린아이들의 눈에 빌은 그저 그들의 아빠일 뿐이었다. 아이들의 아빠에 대한 사랑은, 빌이 아이들로부터 아빠라는 존재를 영원히 빼앗아가는 선택을 함으로써 어떤 의미에서는 자신들을 외면해버렸다는 사실에도 변하지 않고 그대로였기 때문이다. 아이들이 자라면서 그들의 상처도 아빠를 잃었다는 상실감이 아닌, 아빠에게 버림받았다는 아픔으로 변할 것이다. 사라는 아이들을 그런 고통에서 건져내기 위해서 무슨 짓이라도 하려 하겠지만, 그녀가 할 수 있는 것은 고작 그 상황이 어서 끝나 정리되기를 바라는 것뿐이었다.

이틀이 지난 후, 사라는 집에 돌아와 홀리스가 근심 가득한 얼굴로 식탁에 앉아 있는 것을 보았다. 케이트는 한쪽에서 바닥에 앉아 딸들과 카드 게임을 하고 있었다. 한눈에 봐도 사라는 자기 딸이 손녀들의 주의를 딴 데로 끌기 위해 노력하는 중이라는 것을 알아차렸다. 뭔가 심각한 일이 일어난 것이 틀림없었다. 홀리스가 사라에게 누군가가 문 아래 틈으로 밀어 넣고 간 쪽지를 보여주었다. 쪽지에는 어린아이가 써놓은 것 같은 삐뚤빼뚤한 글씨로 두 단어가 적혀 있었다. "여자아이들이 예쁘네."

홀리스는 침대 밑에 놔둔 자물쇠가 달린 궤에 리볼버 한 자루를 보관하고 있었는데, 그것을 꺼내서 장전한 후에 권총을 사라에게 주며 당부했다.

"누구든 저 문으로 들어오는 놈이 있거든 쏴버려."

그리고 그날 밤 홀리스가 무슨 짓을 벌이기라도 한 건지 사라에게 일언반구도 하지 않았지만, 밤새 사촌의 집은 불에 활활 타 잿더미가 된 채 폭삭 주저앉아 사라졌다.

다음 날 아침 사라는 케이트와 함께 아마도 십중팔구는 아주 많은 날이 지난 뒤에야 미스틱 정착촌에 도착할 편지를 부치러 우체국으로 갔다. 한번 왔다 가. 아이들이 이모가 보고 싶어서 견딜 수가 없대. 케이트가 핌에게 쓴 편지는 그게 다였다.

33장

그래, 나는 지쳤어. 기다리는 거에 지쳤고, 생각하는 거에 지쳤어. 나는 내 자신이 지긋지긋해.

나의 알리시아, 네가 얼마나 나에게 잘해주었는데. 솔라멘 미제리스 소초스 아부이세 돌로리스 Solamen miseris socios habuisse doloris, 고통에 신음하는 중에 친구가 있다는 건 가련한 자들에게 위안이 되지. 알리시아, 너를 생각할 때면 그리고 우리가 서로에게 어떤 존재였는지를 생각하면, 나는 어린 시절 처음으로 이발소에 갔던 게 생각나. 나의 응석이라 생각하고 이야기를 들어줘. 기억이란 내가 모든 것을 감당해내는 나만의 방식이고 그 이야기 속에는 네가 생각하는 것들보다 훨씬 더 많은 의미가 담겨 있어.

어린 시절 마을에는 이발소가 하나뿐이었고 그곳은 말하자면 마을의 클럽 하우스 같은 곳이었어. 토요일 오후에 아버지와 함께 남자들만의 기운으로 가득 찬 그 신성한 수컷들의 공간을 방문했지. 면도 후에 바르는 탤크talc라든가 가죽과 토닉의 냄새 같은 이

발소 안의 자질구레한 것들에게 사람을 취하게 만드는 중독성 같은 것이 있었어. 머리빗들마저도 소독을 위한 연한 청록색의 용기 안에서 유유자적 목욕을 즐기는 것처럼 보였지. 쉬익, 치지직, 하는 소리가 나는 AM 라디오에서는 녹색 경기장에서 벌어지고 있는 남성들 경기의 중계방송이 흘러나왔지.

나는 아버지 옆에 놓인 금이 가 해어진 빨간 비닐 의자에 앉아 기다리며, 남자들이 이발하고 얼굴에 비누 거품을 바르고 면도하는 걸 구경했어. 이발소의 주인은 제2차 세계 대전에 참전한 유명한 폭격기의 조종사였다고 했는데, 금전 등록기 뒤쪽 벽에는 당시 젊은 전사였던 그의 사진이 하나 걸려 있었지. 그가 이발하며 놀리는 가위질과 와글와글 수염을 밀어내는 면도칼질에 조그만 마을의 모든 사람 머리가, 얼굴에는 고글을 쓰고 목에는 스카프를 두른 채 사무라이들을 조각조각 날려버리려고 하늘의 끝자락을 가로지르던 그의 머리와 완벽히 똑같은 모습으로 다듬어졌어.

내 차례가 됐는데 사실 소환되어 불려 나간 거나 마찬가지였지. 거기에 있던 많은 남자와 마치 행운을 빌듯 수많은 미소와 윙크를 주고받았어. 나는 크롬 도금이 된 의자 팔걸이 위에 걸쳐진 나무 판자 위에 올라가 앉았어. 그게 내 자리였으니까. 그러면 이발사는 망토를 휙 흔들어 보이는 기마 투우사처럼 나에게 씌우려는 긴 천을 털어 폈어. 곧이어 내 목에 화장실 휴지를 둘러 감은 후, 몸 전체를 그 긴 천으로 감쌌지. 그런데 그 모양이 마치 내가 목을 참수하는 플라스틱 통 안에 들어가 앉아 있는 것 같았어.

그러고 나면 거울들이 내 눈에 들어왔지. 내 앞뒤의 벽에 거울이 하나씩 있었는데, 거기에는 나와 똑같은 모습이 — 거울에 비친 내 모습이 반사되어 보인 것이 다시 반사되어 비치고 그게 다시 되비치고 — 영원히 이어지는 차갑기만 한 골목을 따라 반사되어 다시 튀어나오기를 거듭하고 있었어. 그건 정말 실존적 존재에 대한 메스꺼움을 느끼게 하는 광경이었지. 인피니티. 물론 그 단어의 뜻은 알았지만, 소년의 세상은 불변의 유한한 것이지. 그래서 끝도 없이 이어지는 그 골목의 한가운데를 들여다보며, 도장으로 찍어내듯 백만 개쯤 한 치의 틀림도 없이 늘어서 있는 내 얼굴을 바라보는 건 몹시 당황스러웠어.

반면에 이발사는 태평스럽게 내 머리를 깎기 시작하면서도 어른들의 다양한 이야깃거리에 대해 나의 아버지와 가볍게 대화를 나눴지. 내가 거울에 비친 나의 첫 모습에 시선을 집중하면, 거울에 비친 또 다른 모습들은 눈에 들어오지 않을 것으로 생각했었지. 한데 정작 효과는 그 반대가 되고 말았어. 나는 그 모습 뒤에 숨은 한도 끝도 없이 무수히 많은 그림자 같은 자아들을 더 또렷하게 의식하게 되었던 거지.

그런데 그때 뭔가 다른 일이 일어났고 나의 불편함이 누그러들었어. 이발소를 가득 채운, 사람의 감각을 건드리는 온갖 자극들이 나의 목을 미세하게 간지럽히는 이발사의 섬세한 가위질과 함께 어우러져 나를 황홀경에 빠뜨리며 편안하게 만들어준 거야.

이윽고 이런 생각이 들었어. 나는 그냥 한 명의 작은 아이가 아니야. 나는 사실 하나의 커다란 무리라는 생각 말이야. 더 멀리 내다보면서 나의 셀 수 없을 만큼 무한한 무리 사이에서 미묘한 차이들을 확인했던 것으로 생각해. 첫 번째 아이의 두 눈의 사이는 좀 더 가까이 붙어 있었고, 두 번째 아이의 귀는 눈으로 봐서는 알 수 없을 만큼 조금 더 머리 위쪽에 있었고, 세 번째 아이는 의자에 좀 더 몸을 낮춰 구부정하게 앉아 있었던 거지. 나의 이론을 확인해보기 위해서 나는 이런저런 작은 변화를 시도해보았어. 내 시선의 각도를 바꾸고, 코를 찡그리고, 한쪽 눈을 깜박이는 것 같은 작은 시도를 말이야. 내가 변화를 줄 때마다 거울에 비치는 이미지들도 같은 반응을 보였지. 그럼에도 나는 나의 동작과 그것의 복제된 다양한 반영들 사이의 가장 짧은 시간적 간극, 즉 가장 작은 시차가 있다는 걸 알아차렸어.

이발사는 내가 얌전히 있지 않으면 실수로 내 귀를 잘라버리게 될지도 모른다고 겁을 줬지만 — 그보다는 더 유쾌한 웃음이 터졌지 — 그런 경고는 내게 아무런 영향을 미치지 못했고 나는 완전히 새로운 발견을 즐겼지. 일종의 게임이 되어버린 거야. 패닝이 말하기를, 혀를 내밀어. 패닝이 말하기를, 손가락 하나를 들어. 내가 정말 달콤한 권력을 갖게 됐다고! "이런, 아들," 아버지가 꾸짖으셨지. "장난 좀 그만 쳐." 하지만 나는 장난을 치던 게 아니야 — 장난과는 거리가 멀었지. 그렇게 내가 살아 있다는 걸 느껴본 건 처음이었어.

삶은 우리에게서 그 감정을 빼앗아버리지. 하루하루 어린 시절의 짧은 멋진 순간들이 사라져. 물론 우리를 우리 자신답게 회복시켜주는 건 사랑이지. 오직 사랑만이 할 수 있는 일이고 우리 또한 그러기를 원해. 하지만 사랑마저도 빼앗기거나 사라져버려. 사랑이 없다면 뭐가 남을까? 구속과 고난이겠지.

나는 죽음에 이르지 못하면서도 영원히 죽어가고 있어. 내가 하고 싶은 말은 이거야. 나도 너처럼 죽어가고 있어, 나의 알리시아. 내가 아주 오래전 어린 시절 거울 속에서 본 게 너였고, 이제 이 거리에 즐비하게 늘어선 유리들 속에서 너를 보고 있지. 희망으로 만들어진 사랑과 함께 슬픔으로 빚어진 또 다른 사랑이 있어.

나의 알리시아, 나는 너를 계속 사랑했어.

이제 너는 나를 떠났고 나 역시 이런 날이 올 거라는 걸 알았어. 그래, 홀로 성큼성큼 걸어 들어오는 너의 얼굴에는 분노가 가득했었지. 네가 나에게 얼마나 화났는지, 배신감에 너의 눈이 얼마나 섬뜩하게 빛났는지, 너의 입술이 뱉어내는 말들마다 어떻게 그렇게 정당한 분노를 담아내고 있었는지, 그랬어. 이건 우리의 약속과 다르잖아요. 네가 말했지. 당신이 그들을 건드리지 않고 가만히 내버려 두겠다고 한 거 아니었나요.

하지만 말이야, 나처럼 너 역시 우리가 그럴 수 없다는 걸 알아. 우리의 목적은 정해져 있다는 걸 말이야. 피 맛을 느낄 수 없다면 희망은 혀에 아무 의미 없는 단맛과 같은 거야. 알리시아, 사람들이 이겨내야 할 혹독한 시련이 아니라면 우리는 도대체 뭐인 거지? 우리는 신의 이빨 사이에 낀, 세상을 향한 칼날이라고.

알리시아, 나의 보잘것없는 거짓말과 속임수를 용서해줘. 사실 너는 내가 기만하는 걸 손쉽게 만들어줬어. 변명하자면 나는 거짓말하지는 않았어. 네가 물어보기라도 했다면 얘기를 해줬을 거야. 너는 믿고 싶었기에 믿은 것뿐이야. 너 자신에게 물어볼지도 모르겠군. 이거 봐, 누가 누구를 미행했던 거지? 누가 감시하는 자였고 누가 감시당하고 있던 거야?

밤이면 밤마다 매일 밤, 너는 학생들 머릿수를 세고 다니는 여교사처럼 터널들을 확인하고 돌아다녔어. 솔직히 말해서 네가 그렇게 쉽게 속다니 조금 실망스러웠어. 너 정말 나의 모든 자녀가 여기에 있다고 믿었던 거야? 과연 내가 그렇게 경솔했을까? 내가 무의미한 영생을 살아가는 것에 만족했을까? 나는 과학자라고.

모든 일에 체계적이고 꼼꼼한 사람이야. 내 눈은 어디에나 있고 모든 걸 지켜보고 있다니까. 나의 계승자들, 곧 나의 많은 무리.

나는 그들과 함께 다니며 밤을 즐기고 그들이 보는 것을 보고 그리고 내가 무엇을 알게 되었을까? 거의 버려지다시피 한 무방비의 거대한 도시. 자신들의 권리와 몫을 주장하는 작은 마을들과 목장들. 풍요로움에 폭발적으로 땅에 흘러넘치는 인간들. 그 인간들은 우리의 존재를 까맣게 잊어버린 채 그들의 일상에 관한 그렇고 그런 걱정에만 정신이 팔렸지. 날씨가 어떨까? 댄스파티에 뭐를 입고 가야 할까? 내가 결혼해야 하는 거야? 아이를 낳을까 말까? 그럼 아이 이름은 뭐라고 지어야 하지?

알리시아, 그들에게 가서 뭐라고 말해줄 거지?

하늘이 나에게 같이 장난 좀 쳐보자는데 어쩌겠어. 나로서는 만족스러운 일이 될 거니까 말이야. 내가 그 구세주, 문득 나타난 소녀라고 불리는 에이미 NLN을 너무 오랫동안 기다려왔는데. 에이미는 침묵과 무한함과 전술적인 침착함으로 나를 조롱하고 있다고. 에이미는 나를 몰아내고 없애버리고 싶은 강렬한 열망을 품었고 실제로도 그렇게 하려고 할 거야. 알리시아, 나는 네가 무슨 생각을 하는지 알아. 그래, 나의 천박한 동료들 트웰브의 죽음 때문에 내가 에이미를 경멸하는 건 틀림없어. 에이미에게서 멀리 떨어져 있어! 에이미가 내 야비한 동료들과 얼굴을 마주하는 날은 나의 지루하고 우울한 유배 생활 중 가장 행복한 날이 될 테니까. 그녀의 희생은 대단한 거였어. 그건 정말 신이 입을 맞추고 축복했다고 할 만했지. 그 사건은 ― 젠장 내가 감히 그 단어를 써도 될까? ― 내게 희망이라는 걸 갖게 했다니까. 알파가 없으면 오메가가 있을 수 없고, 시작이 없으면 끝이 있을 수 없는 거 아니야?

그녀를 나에게 데려와. 내가 너에게 말했어. 인간과 다투는 건 나의 싸움이 아니야. 그건 그보다 더 고귀한 목적을 달성하기 위한 대가일 뿐이라고. 나의 사랑하는 리시, 에이미를 내게 데려와. 그러면 나머지는 살려주도록 하지.

오, 나는 환상 같은 건 갖고 있지 않아. 나는 네가 무슨 짓을 할지 알아. 언제나 알고 있으면서도, 그래도 언제나 너를 사랑했어. 역설적으로 말이야. 넌 내 무리의 다른 이들보다 더 나은 존재고, 우리는 각자 자신의 역할을 다해야만 해.

그렇게도 기다리고 기다리던 날이 왔어. 너는 물었지. 누가 왕이며 우리는 누구의 양심을 따라야 하는 거예요? 그게 나일까 아니면 다른 누가 또 있을까? 창조주는 그의 피조물들을 불쌍히 여겨야만 하는 걸까? 곧 알게 되겠지. 무대는 준비됐고, 모든 불은 꺼졌으며 배우들은 모두 제자리를 잡고 섰어.

자, 이제 시작해보자고.

4부

—

강도

A. V. 122년 5월

죄수의 목숨을 넘겨주는 배심원들
법정의 선서를 마다하지 않은 그들 중에도 도둑이 하나
아니 어쩌면 둘은 있을걸
그들의 죄가 자신들이 심판한 죄수의 죄보다 더 지독하다고.
- 셰익스피어, 『되갚음』

34장

"모두 엔진 꺼."

새벽 4시 40분, 어둠 속에서 그들은 마지막 남은 50미터를 노를 저어 해변으로 가, 모터보트를 모래사장 위로 끌어 올렸다. 남쪽으로 수백 미터 떨어진 곳에서는 하늘에서 부탄가스가 타는 불빛이 깜박거렸다. 마이클이 자신의 소총을 점검하고 권총을 힘껏 잡아당겨 장전한 후 다시 권총집에 꽂아 넣었다. 그와 함께 온 다른 이들 모두도 똑같이 자신들의 무기를 챙겼다.

그들은 세 개의 팀으로 인원을 나눈 후 서둘러 모래 언덕 위로 올라갔다. 랜드의 병력은 작업자들의 숙소를 점거하고, 위어의 팀은 통신 및 통제실을, 그리고 가장 인원이 많은 마이클의 팀은 그리어의 병력과 합류하여 군대 막사와 무기고를 확보하기로 했다. 총격전이 있다면 바로 그곳에서 일어날 것으로 예상했다.

마이클이 무전기를 입에 갖다 댔다. "루시어스, 정위치에서 대기하고 있나요?"

"대기 중이다, 오버. 자네 신호를 기다리고 있어."

정유 시설은 감시 초소가 있는 이중 울타리로 보호되며 주변 나머지 지역들에는 트립 와이어 지뢰들을 설치해 철저한 방어가 이루어졌다. 북쪽에서 접근하는 유일한 방법은 문을 뚫고 돌진해 들어가는 것뿐이다. 그리어가 앞에 제설기를 장착한 유조차로 정면 돌파를 하기로 했다. 그러면 무장한 사람들을 태운 트럭 두 대가 그 뒤를 따라 들어가게 될 거였다. 그리고 필요하다면 뒤에 따라오는 50구경과 유탄 발사기로 무장한 픽업트럭이 감시 초소들을 날려버릴 계획이다. 마이클의 명령은 가능한 한 사상자를 내지 않도록 하라는 거였지만 그렇게 하면…….

각 팀과 병력이 빠르게 흩어졌다. 마이클과 그의 병력도 앞뒤로 출입문이 있는 긴 퀸셋식 군대 막사들 주변에 위치를 잡았다. 막사 안에는 제대로 무장된 50명 정도의 군인들이 있을 것으로 예상했는데, 어쩌면 그보다 더 많을지도 몰랐다.

"1팀."

"시작해도 좋다."

"2팀."

"알았다, 오버."

마이클이 차고 시계의 시간을 확인했다. 04시 50분. 그는 패치를 쳐다봤고 패치가 고개를 끄덕였다.

마이클이 갖고 있던 조명탄을 머리 위로 쳐들고 발사했다. 펑소리와 함께 빛이 비치자 주변의 시설물들이 빛과 그림자 덩어리로 모습을 드러냈다. 몇 초 뒤에 패치가 유탄 발사기로 최루탄을 쐈다. 정유 시설 출입구에서 고함과 총성이 들려왔고 제설기를 장착한 커다란 트럭이 울타리를 뚫고 들이닥쳤다. 막사들의 문 밑에서 최루탄이 고운 가루를 마구 뿜어대기 시작했다. 막사들의 문이 활짝 열리자 마이클의 병력이 흙에다 대고 최저표척사격grazing fire[*]을 퍼부었다. 도망치던 군인들이 혼란 속에서 휘청거리며 뒤로 물러났다. 그리고 숨이 막혀 기침하고 침을 뱉는 군인들의 뒤에서 더 많은 숫자의 남자들이 그들을 향해 돌진했다.

"무릎 꿇고 앉아! 무기 버려! 손은 머리 위로 올려!"

도망갈 길이 없어지자 군인들이 무릎을 꿇고 앉았다.

"모두 상황 보고해."

"2팀, 이상 무."

"루시어스?"

"사상자 없음. 네 쪽으로 가고 있어."

"1팀?"

마이클의 부하들이 두껍고 묵직한 끈으로 군인들의 양손과 발목을 묶기 위해 앞으로 나섰다. 군인들 대부분은 아직까지도 기침하는 중인데, 그중 몇 명은 불쌍해 보일 정도로 심하게 구토도 하고 있었다.

"1팀, 보고해."

정전기로 딱딱거리는 신경 거슬리는 잡음이 나더니 목소리가 들렸다. "이상 무." 하지만 랜드의 목소리가 아니었다.

"랜드는 어디 있는 거야?"

잠시 정적이 흐르더니 웃음소리가 들렸다. "랜드에게 시간 좀 줘요. 저 여자 정말 대단한데요."

---

[*] 탄도의 높이가 지표면에서 1미터 이내가 되게 하는 사격 방식.

모든 게 지나칠 정도로 순조롭게 끝났다. 어떤 형태의 충돌이 되었건, 마이클도 그보다는 더 격렬한 싸움이 있을 거라고 했는데 말이다.

"이 총들은 사실상 무용지물이나 마찬가지인데."

그리어가 마이클에게 군인들의 총을 보여주었는데, 그중 어느 총도 탄창에 탄약이 두 발 이상 들어 있지 않았다.

"무기고는 어때요?"

"먼지 하나 없이 깨끗해."

"그건 정말 안 좋은 소식인데요."

그리어가 힘주어 고개를 끄덕였다. "그래, 우리 이 일에 대해서는 뭔가 조치해야만 해."

그때 랜드가 로어를 마이클에게 끌고 왔다. 손목이 묶여 있던 로어는 마이클을 보자 잠깐 당황했지만, 곧 정신을 차리고 침착해졌다.

"내가 많이 보고 싶었나 봐, 마이클?"

"안녕, 로어." 로어에게 짧게 인사하고 마이클이 랜드에게 말했다. "손을 풀어줘."

랜드가 로어의 손목을 묶었던 줄을 풀어주자, 로어가 그를 향해 오른손으로 주먹을 세게 날렸다. 랜드의 왼쪽 눈이 반쯤 감겼고 그의 뺨에는 로어의 주먹 자국이 남았다. 그 모습을 보던 마이클은 잠깐 가슴이 뿌듯해짐을 느낄 뻔했다.

"자리를 옮겨서 얘기 좀 하지." 마이클이 말했다.

그는 로어와 정유소 소장실로 향했는데, 그곳은 로어의 사무실이었다. 지난 15년 동안 정유 공장을 맡아 운영해온 사람이 바로 로어였다. 날이 밝았고 사무실 안이 햇볕을 따뜻해졌다. 마이클이 자기 입장과 상황을 로어에게 분명히 이해시키기 위해 책상 뒤 로어의 자리에 가 앉았고, 로어는 그를 마주 보고 앉았다. 로어도 나이가 들어 보였다. 햇빛 아래에서 일하는 그녀의 일을 생각해보면 그건 당연한 일이지만, 그녀의 살아 숨 쉬는 육체적 강인함은 여전해 보였다.

"그래, 네 친구 덩크는 어때?"

마이클이 로어에게 웃어 보였다. "이렇게 보게 되니 반갑네. 조금도 안 변했어."

"지금 농담이나 하자는 거야?"

"나는 진심으로 한 말인데."

로어가 화가 잔뜩 난 표정으로 시선을 돌렸다. "마이클, 원하는 게 뭐야?"

"연료가 필요해. 중유, 좋은 기름은 아니지."

"뭐 이제는 기름까지 손대려고? 힘든 일이야. 추천하지 않아."

마이클이 길게 숨을 내쉬었다. "이 상황이 네 마음에 들지 않는다는 건 알아. 하지만 그럴 만한 이유가 있어."

"그래?"

"중유를 얼마나 가졌어?"

"마이클, 내가 너에 대해서 항상 가장 좋아했던 게 뭔지는 알지?"

"아니, 뭐였는데?"

"나도 기억이 안 나네."

로어가 변한 게 없이 똑같다는 말은 사실이었다. 마이클은 마주 앉은 그녀에게 끌렸고 설렘에 전율을 느꼈다. 그녀가 가지고 있는 힘, 매력은 조금도 달라지지 않은 채 그대로였다.

마이클이 의자에 깊숙이 몸을 기대어 앉아 손끝을 마주 대며 말했다. "5일 후에 너는 이곳에서 커빌의 저장고로 대량의 기름을 수송하기로 되어 있어. 거기에 저장 탱크의 기름까지 더해보면, 이 근처 어딘가에 30만 리터 정도의 물량을 가지고 있을 것 같은데 말이야."

로어가 관심 없다는 듯 어깨를 으쓱해 보였다.

"그건 예스라는 대답이나 마찬가지인가?"

"사실, 내가 알 바 아니고 엿이나 먹으라는 말이었어."

"어쨌든 내가 찾아낼게."

로어가 한숨을 쉬었다. "좋아, 그래, 30만 리터. 조금 모자랄 수도 있고 더 될 수도 있고, 만족해?"

"그래, 그런데 내가 그게 전부 필요해."

로어가 잘못 들었나 싶어 고개를 갸우뚱했다. "뭐라고?"

"유조차 스무 대면 우리가 6일 이내에 그걸 전부 옮길 수 있을 거야. 그 후에 너의 인력들을 모두 풀어줄게. 다치는 사람도 없을 거고, 다른 속임수 같은 것도 없어. 약속할게."

로어가 마이클을 뚫어지게 쳐다봤다. "그 많은 걸 어디로 옮긴다는 거야? 그리고 무슨 빌어먹을 이유로 30만 리터의 중유가 필요한 거지?"

아, 그러게.

유조차들에 기름이 채워지고 있었고, 첫 수송 행렬은 오전 9시가 되면 출발할 준비를 마칠 것 같았다. 마이클은 5일 동안 시계에서 눈을 떼지 못하고 모두에게 계속 소리를 질러댔다. 젠장, 빨리 좀 서둘러.

실수 하나가 별거 아닐 수도 있지만, 때로는 치명적인 문제를 일으킬 수 있다는 건 누구나 아는 사실이다. 위어의 팀이 통신 및 통제실을 장악할 당시 무선 기사가 메시지를 보내는 중이었는데, 그가 죽는 바람에 그 메시지가 무엇이었는지 알 길이 없어졌다. 그 무선 기사가 바로 그날 아침 기습의 유일한 사망자이기도 했다.

"빌어먹을 어떻게 그런 일이 일어난 거야?"

위어가 어깨를 으쓱했다. "롬바르디는 무선 기사가 무기를 갖고 있다고 생각했죠. 그리고 무선 기사가 우리에게 무기를 겨누는 것처럼 보이기도 했고요."

롬바르디가 무기라고 생각했던 건 고작 스테이플러였을 뿐이었다.

"그 뒤로 어떤 메시지가 들어온 게 있었어?" 그래, 당연히 롬바르디 너였겠지. 방아쇠 당기는 거에 환장한 미친 새끼라는 생각을 하며 마이클이 물었다.

"아직까지는 아무것도 없어요."

마이클은 자책했다. 무선 기사의 죽음은 유감스러운 일이지만 그것이 마이클이 화난 진짜 이유는 아니다. 마이클과 그의 수하들은 무전기를 먼저 뺏었어야만 했다. 어리석은 실수였다. 그리고 어쩌면 처음 하는 실수가 아닐지도 몰랐다.

"연락하도록 해." 그렇게 말하고 나서 마이클에게 더 나은 생각이 떠올랐다. "아니야, 12시까지는 그냥 기다리도록 해. 12시가 되면 정유소를 점검하려고 연락이 올 거야."

"뭐라고 말해야 하는 거예요?"

"미안한데 우리가 그만 무선 기사를 쏴 죽였어. 그가 우리에게 사무용품들을 흔들었다니까."

위어가 말없이 마이클의 얼굴을 쳐다보았다.

"잘 모르겠어요, 이해가 안 돼요. 뭔가 일반적인 걸 말해야 할 것 같은데요. 모든 게 다 정상이야, 오늘은 어때, 날씨 진짜 좋지 않아, 뭐 그렇게 말해야 하는 거 아니에요?"

위어가 서둘러 자리를 떴고, 마이클은 뒷자리에서 로어가 기다리고 있는 험비로 걸어갔다. 랜드가 수갑을 안전 가로대에 건 후 로어의 손에 채우고 있었다.

"누구 한 사람을 같이 데려가는 게 좋을 것 같은데." 랜드가 말했다.

마이클이 수갑의 열쇠를 넘겨받은 후 운전석에 올라타고 룸미러로 로어를 힐끗 쳐다봤다. "얌전히 굴 거야 아니면 베이비시터를 하나 붙여줄까?"

"너희가 쏴 죽인 그 친구 이름이 쿨리였어. 벌레 하나도 밟아 죽이지 못하는 친구였지."

마이클이 랜드에게 말했다. "괜찮을 거야. 그냥 연료나 빨리 옮기도록 해."

차로 해협까지 가는 데 세 시간이 걸렸다. 로어는 한마디도 하지 않은 채 조용히 있었고 마이클도 그녀와 대화하려고 노력하지 않았다. 로어에게는 견디기 힘든 아침이었다. 끝장난 경력, 같이 일하던 친구의 죽음, 여러 사람 앞에서의 공개적인 망신, 마이클을 경멸할 이유는 아주아주 많았다. 그녀는 적응할 시간이 필요했다. 특히 마이클이 자신에게 한 이야기들을 감안하면 더욱 시간을 갖고 생각해봐야 했다.

둘은 차를 타고 철조망을 지나 둑길을 따라 내려갔다. 그리고 마이클은 부두 끝에 있는 기계 창고 뒤에서 차를 멈췄다. 거기부터는 베르겐스피요르드호의 모습이 보이지 않는 곳이다. 마이클은 깜짝쇼를 하듯 멋지게 자신의 배를 로어에게 공개하고 싶었다.

"자, 그래서 나를 여기에 왜 데려온 건데?"

마이클이 로어가 앉아 있는 쪽의 문을 열고 그녀의 손을 수갑에서 풀어줬다. 로어가 차에서 내리자 그는 자신의 권총을 빼서 그녀에게 건넸다.

"이게 뭔데?"

"보다시피 권총이지."

"그런데 이걸 나에게 준다고?"

"네가 선택해. 나를 쏘고 험비를 뺏어 타고 가면 해가 떨어질 때쯤 커빌에 도착할 수 있을 거야. 그게 아니고 나와 여기에 같이 있으면 이게 다 무슨 일인지 알게 될 기회를 얻는 거고. 하지만 지켜야 할 규칙이 몇 가지 있지."

로어는 한쪽 눈썹만 치켜뜬 채 말없이 마이클의 얼굴을 바라봤다.

"첫 번째 규칙, 내가 허락하지 않으면 너는 여기를 떠날 수 없어. 죄수나 인질이라는 말이 아니라 이제 우리와 하나라는 거야. 일단 무슨 일이 일어나고 있는 건지 내 얘기를 듣고 나면 왜 그렇게 해야 하는지 이해될 거야. 두 번째 규칙, 말하자면 내가 대장이라는 거지. 네 생각을 말하는 건 괜찮아. 하지만 어떤 경우에도 내 수하들 즉 작업자들이 있는 곳에서는 내 결정에 반대하지 마."

로어는 그가 완전히 제정신이 아니라는 표정으로 마이클의 얼굴을 쳐다봤다. 그래도 마이클은 제안을 마무리해야 했고 로어는 선택해야만 했다.

"내가 왜 미쳤다고 너의 계획에 함께해야 하는 거지?"

"왜냐하면 말이야, 이제부터 내가 너에게 자기 삶에 대해서 알고 있다고 생각한 모든 것을 송두리째 바꿀 물건을 보여주려고 하거든. 그리고 너, 마음속 깊은 곳에서는 나를 믿고 있잖아."

로어가 마이클의 얼굴을 뚫어지게 보더니 크게 웃었다. "이 빌어먹을 놈의 코미디는 절대 멈추는 법이 없구나, 안 그래?"

"내가 너에게 못 할 짓을 했다는 건 알아. 그리고 나도 내가 한 짓이 부끄럽고. 너는 더 좋은 것들을 가질 자격이 있으니까. 하지만 내가 그런 데는 그럴 만한 이유가 있었어. 내가 너에게 하나도 안 변했다고 말한 건 사실이야. 그리고 그 이유로 인해 너를 여기에 데려온 거고. 네 도움이 필요해. 네가 거절할 이유가 충분하다는 걸 알지만 그래도 거절하지 않기를 바라."

마이클을 바라보는 로어의 얼굴에는 의심스럽다는 표정이 그대로 드러나 보였다. "그래서 지금 덩크는 어디 있는 건데?"

"이 일은 암시장과 손톱만큼도 상관없는 일이야. 나는 단지 돈과 사람이 필요했던 것뿐이었으니까. 그리고 그보다 더 중요한 건, 내가 그 모든 걸 비밀에 부쳐두고 싶다는 거지. 5주 전에 덩크와 그의 수하들은 한 놈도 빠짐없이 몽땅 해협의 물길 속으로 사라져버렸어. 이제 더 이상 암시장 같은 건 없어. 오직 나와 나에게 충성하는 자들만이 남았지." 마이클이 들고 있던 권총을 다시 로어에게 내밀어 보였다. "탄창에는 총알이 꽉 차 있고 약실에도 한 발 더 장전되어 있어. 이걸로 뭘 어떻게 할지는 네게 달렸지."

로어가 받아 든 권총을 한참 바라보았다. 그리고 마침내 길게 무거운 한숨을 내쉬고는 입고 있던 청바지의 허리춤 척추의 아래쪽에 권총을 꽂아 넣었다.

"괜찮다면 이건 내가 계속 갖고 있을게."

"물론, 이제 그건 네 거야."

"내가 미친 거지."

"옳은 선택을 했을 뿐이야."

"벌써 후회되는데. 그리고 이 말은 이번 한 번만 하고 끝내도록 하겠지만, 너는 정말 내 마음에 큰 상처를 줬어. 그건 알고 있어?"

"알아. 잘못했다고 생각하고 미안하고, 사과해."

짧은 침묵이 흐르고, 로어가 고개를 딱 한 번 끄덕이더니 말했다. "그래서 뭐지?" 로어와의 문제가 해결됐고 상황도 수습되었다.

"마음의 준비를 해야 할 거야."

마이클은 로어가 아래쪽으로부터 베르겐스피요르드호를 올려다 보게 하고 싶었다. 그게 베르겐스피요르드호를 보는 가장 멋진 방법이기 때문이다. 아니 단지 베르겐스피요르드호를 보기만 하는 것이 아니라 경험하는 최고의 방법이고, 그렇게 해야만 베르겐스피요르드호가 갖는 의미를 이해할 수 있게 되는 거였다.

둘은 계단을 이용해 드라이 독의 바닥으로 내려왔다. 마이클은 로어가 선체에 다가가기를 기다렸다. 배의 측면은 매끄럽고 우아한 곡선을 그렸다. 모든 리벳도 빈틈없이 단단하게 마무리되었고, 선체 아래의 거대한 프로펠러들이 거침없이 그 모습을 드러냈다. 다가가던 로어가 걸음을 멈추고 위를 올려다봤다. 마이클은 그녀가 뭐라고 먼저 말을 꺼내기를 기다렸다. 두 사람의 머리 위에서 어마어마하게 큰 배의 금속 선체가 마치 거대한 소리굽쇠라도 되는 것처럼, 쨍쨍거리며 울리는 발걸음 소리와 남자들이 서로를 불러대는 소리 또 압축 공기 드릴이 윙윙거리며 돌아가는 소리를 한껏 증폭시키고 있었다.

"배가 있다는 건 알았는데……."

로어가 고개를 돌려 옆에 서 있던 마이클을 바라봤다. 그리고 그녀의 눈빛에서 온갖 생각이 복잡하게 교차하는 것을 읽을 수 있었다.

"배의 이름은 베르겐스피요르드야." 마이클이 말했다.

로어가 두 팔을 벌리고 주위를 돌아보며 물었다. "이 모든 게 전부?"

"응, 그녀를 위한 거지."

로어가 앞으로 걸어가 머리 위로 오른팔을 뻗어 올려 배의 선체에 손을 대고 지그시 눌러보았다. 그랬다. 독에서 물을 빼내던 날, 온통 녹슬었던 베르겐스피요르드호의 그 누구도 무너뜨릴 수 없는 위엄을 드러내던 날 아침, 마이클 역시 로어와 마찬가지로 그렇게 했었다. 계속 선체에 손을 대고 있던 로어가 깜짝 놀란 듯 손을 떼고 뒤로 물러섰다.

"나를 두렵게 만드는군." 그녀가 말했다.

"나도 알아."

"부탁인데, 그냥 바쁘게 일하는 것뿐이라고 말해줄래. 내가 보고 있다고 생각하는 걸 정말 보고 있는 게 아니라고 말이야."

"네가 뭐를 보고 있다고 생각하는데?"

"구명정 한 척."

로어의 얼굴에는 핏기가 가셨고, 그녀는 눈을 어디에다 둬야 할지 갈팡질팡하는 것처럼 보였다.

"유감스럽지만, 내 생각에도 그런 것 같군." 마이클이 말했다.

"너는 거짓말하고 있는 거야. 이 모든 게 다 네가 꾸며낸 거잖아."

"좋은 소식은 아니지. 미안해."

"어떻게 네가 그런 일을 아는 게 가능하지?"

"그 얘기를 하자면 설명해야 할 것들이 너무 많아. 하지만 그건 일어날 일이야. 바이럴들이 돌아오고 있어, 로어. 그것들이 정말로 완전히 없어진 게 아니었다고."

"이건 미친 짓이라니까." 그녀의 혼란이 분노로 변했다. "네가 미친 거야. 네가 무슨 말을 하고 있는지 알기나 해?"

"나는 내가 무슨 말을 하는지 정확히 알고 있는 것 같은데."

"나는 이 일에 절대 발을 들여놓고 싶지 않아." 로어가 뒷걸음질을 쳤다. "사실일 리가 없어. 그럼 왜 사람들이 모를까? 그들도 알고 있어야 하는 거잖아, 마이클."

"우리가 그들에게 얘기해주지 않았으니까."

"돌겠네, 그 빌어먹을 '우리'가 누구인데?"

"나와 그리어, 그리고 소수의 몇 명. 이걸 달리 말할 방법이 없으니까, 그냥 그렇게 말할게. 이 배에 타지 못하는 사람은 모두 죽게 될 거야. 그리고 우리는 지금 시간에 쫓겨. 남태평양에 섬이 하나 있어. 우리 생각에 그곳은 안전할 거 같아. 아마도 유일하게 안전한 곳일 거야. 배에 700명의 승객을 태울 수 있는 식량과 연료가 있어. 어쩌면 몇 명은 더 태울 수 있을지도 모르지."

마이클은 이 일이 손쉬우리라고 생각해본 적이 한 번도 없었다. 이상적인 상황이라면 상대의 심리적인 충격을 줄여주려고 했을 것이다. 하지만 로어는 맞서려 했을 거였다. 로어 드비어의 타고난 본성이 그랬고, 그녀는 그렇게 만들어진 여자였다. 오래전 마이클과 그녀 사이에 있었던 일이 로어에게는 아마도 고통스러운 기억이며 그녀를 순식간에 분노하게 만들고 때때로 그녀의 신경을 건드리는 후회 덩어리였을 것이다. 그러나 마이클에게는 그렇지 않았다. 그녀는 그를 이해하는 몇 안 되는 사람 중의 하나였기에, 로어는 그의 삶의 일부였고 좋은 기억이었다. 삶을 버티고 감당할 만하게 만들어주는 사람들이 있는데, 바로 로어가 마이클에게 그런 사람이었다.

"그래서 너를 여기로 데려온 거야. 우리는 갈 길이 아직 한참 멀었어. 중유가 필요하기는 하지. 하지만 그게 전부는 아니야. 그래, 나를 위해 일하는 남자들 너도 봤지. 그들은 열심히 일하고 믿을 수 있는 사람들이지만 거기까지야. 나는 네가 필요해."

로어의 고민과 갈등은 계속되었고 아직 해야 할 이야기가 좀 더 남아 있었다. 그럼에도 불구하고 그의 말이 힘을 얻기 시작하는 것을 마이클이 봤다.

"그래 너의 말이 사실이라고 해도," 로어가 말했다. "내가 할 수 있는 일이 대체 뭐가 있을까?"

마이클은 베르겐스피요르드호에 모든 걸 다 쏟아부었다. 그리고 이제 이걸 주려고 하는 것이다.

"나는 로어 네가 이 배 베르겐스피요르드호를 모는 방법을 배웠으면 좋겠어."

35장

장례식은 이른 아침에 열렸다. 묘지 앞에서 간단한 장례식만이 이루어졌을 뿐, 메레디스의 요청으로 다음 날까지 비키의 죽음에 대한 공식적인 발표는 이루어지지 않았다. 비키는 그녀의 지위와 명성으로 인한 높은 지명도에도 불구하고, 밖으로 드러나거나 알려진 것은 별로 많지 않은 조심스럽고 신중한 사람이었다. 그녀의 개인적인 삶에 대해서도 소수의 사람만이 알 정도였다.

우리 몇몇만 함께하도록 합시다. 피터가 길지 않은 추모사로 그녀의 죽음을 기렸으며, 페그 수녀가 그 뒤를 이었다. 메레디스가 마지막으로 나섰는데 차분한 모습이었다. 아마도 지난 몇 년 동안 그 순간을 준비해올 시간이 있었기 때문일 것이다. 그럼에도 메레디스는 감정이 북받쳐 말을 제대로 잇지 못했다. 그녀 역시 비키의 죽음에 대해 전혀 준비가 안 된 사람 중의 하나일 뿐이었다. 그렇게 메레디스는 장례식에 참석한 이들을 울고 웃게 만드는 재미있는 일련의 일화들을 소개해주었다. 장례식이 끝날 무렵에는 모두가 같은 말을 나눴다. 비키가 정말 기뻐했을 거예요.

　이제는 메레디스 혼자 남겨진 집으로 사람들이 자리를 옮겼다. 거실에 있던 침대도 치워져 보이지 않았다. 피터는 정부의 관료들과 군 인사들 그리고 몇 명의 친구들이 전부인 조문객 사이에서 자리를 옮기며 이야기를 나눴다. 이윽고 그가 그만 자리에서 일어나 떠날 준비를 하자 체이스가 피터를 한쪽으로 끌고 갔다.

　"피터, 시간이 괜찮으면 의논하고 싶은 문제가 있는데요."

　올 것이 왔구나. 피터는 그렇게 생각했다. 시기적으로 그럴 만한 때가 되기도 했다. 이제 비키도 사라졌으니 체이스는 자신에게 걸림돌이 될 만한 것은 없다고 생각했을 수도 있는 일이었다. 피터와 체이스는 부엌으로 자리를 옮겼다. 체이스가 턱수염을 만지작거리며 평소의 그답지 않게 초조해 보였다. "이러는 게 저도 좀 어색하기는 합니다만……." 체이스도 자신이 평소 같지 않다는 걸 인정했다.

　"포드, 더 말하지 않으셔도 괜찮습니다. 저는 이번에 출마하지 않기로 결심했거든요." 이 말이 얼마나 쉽게 나오던지 정작 말을 한 피터 자신이 조금 놀랍다는 생각이 들 정도였다. 피터는 모든 무거운 짐을 내려놓는 것 같은 기분이 들었다. "제가 전적으로 지지해드리겠습니다. 아무 문제도 없으실 거예요."

　그런데 체이스는 오히려 당황해하는 것 같더니 웃음을 터뜨리기까지 하는 거였다. "뭔가를 오해하신 것 같군요. 저도 이제는 그만 사임하고 물러나고 싶습니다."

　그만 피터는 어안이 벙벙해지고 말았다.

　"나는 비키가…… 편안히 떠날 때를 기다렸습니다. 그녀가 나에게 실망할 거라는 걸 알았으니까요."

"하지만 저는 당신이 항상 대통령의 자리를 원하시는 걸로 생각했습니다."

체이스가 어깨를 으쓱했다. "네, 뭐 그랬던 때도 있었죠. 비키가 후임자로 당신을 선택했을 때는 속도 쓰리고 화가 나기도 했었죠. 그것까지 부인하지는 않겠습니다. 하지만 이제는 더 이상 그렇지 않아요. 우리가 함께해오는 동안 의견 차이들도 있었죠. 아마도 비키의 생각이 맞았어요. 대통령의 자리에 어울리는 사람은 당신입니다."

내가 어떻게 이렇게까지 끔찍하게 판단을 잘못할 수 있는 거지? "내가 뭐라고 해야 할지를 모르겠습니다."

"'포드, 행운을 빌어요'라고 한마디만 해요."

피터는 그렇게 했다. "그럼 이제 무슨 일을 하실 거예요?"

"올리비아와 저는 밴데라로 갈까 생각해요. 좋은 목초지가 있는 곳이잖아요. 전신망도 들어가 있고, 철도 건설을 위한 도면이 가장 먼저 나온 곳이기도 하죠. 개인적인 생각으로는 50년쯤 후면 손주들을 부자로 만들어줄 수 있을 것 같아요."

피터가 고개를 끄덕였다. "일리가 있는 생각이네요."

"이건 진심인데, 정말 다시 선거에 나설 생각이 아니라면 동업에 관해 얘기해볼 생각도 있다니까요."

"정말이에요?"

"음, 사실 이건 올리비아의 생각이에요. 남편에 대해 잘 아는 그녀는 내가 모든 세부 사항들을 파악하고 있다는 걸 알아요. 피터는 망가진 하수구들을 제때 고치고 싶어 하죠. 나는 당신의 사람이고요. 하지만 목축업에는 그보다 더 많은 것이 필요해요. 배짱도 필요하고 자본도 필요한 일이에요. 사업에 피터의 이름을 걸어두는 것만으로도 많은 기회가 열릴 거고요."

"저는 소에 대해서는 아는 게 정말 아무것도 없는데, 포드."

"나는 다 알겠어요? 배우는 거지. 요즘 모든 사람이 다 그러고 살아요, 안 그래요? 우린 좋은 팀이 될 거예요. 지금까지도 그래왔고요."

피터도 인정하지 않을 수 없는 사실이기에, 체이스의 생각이 흥미로웠다. 어쨌든 무엇보다도 지난 세월 동안 자기와 그가 친구가 되었다는 걸 깨닫지 못한 건 분명했다.

"그런데 제가 선거에 나가지 않으면 누가 나가게 되는 거예요?"

"그게 중요한가요? 우리는 지금 이미 정부 규모가 반으로 줄었어요. 앞으로 10년이 더 지나면 이곳은 텅텅 비어 유적으로나 남을 거 같은데요. 사람들은 자기들 나름의 방식대로 살아갈 거고요. 내 생각에 다음 대통령의 자리에 앉는 사람은 정부의 기능을 청산하고 불 끄고 문 닫고 나가는 인물이 될 것 같은데 말입니다. 내가 아직은 피터의 고문이니까 마지막으로 조언하자면, 강하게 밀고 나가서 부자가 되고, 후손들에게 부를 남겨줘라, 뭐 그 정도. 자기 삶을 즐기며 살아요, 피터. 당신은 그럴 자격이 있어요. 나머지는 어떻게 되겠죠."

피터는 체이스의 말에 반박할 수 없었다. "얼마나 빨리 답을 드려야 하는 거예요?"

"나는 비키가 아니에요. 시간을 갖고 생각해보도록 해요. 이건 큰 변화에 도전하는 거잖아요. 나도 그 점은 이해해요."

"고마워요." 피터가 말했다.

"뭐가요?"

"전부 다요."

체이스가 기분 좋게 활짝 웃어 보였다. "천만에요. 그래도 사직서는 대통령님 책상 위에 올려놨습니다."

체이스가 떠난 뒤 피터는 부엌에서 계속 서성거렸고, 몇 분쯤 지난 후에는 거의 모두 돌아가 남은 사람이 없다는 걸 깨달았다. 그도 메레디스에게 작별 인사를 하고 현관으로 걸어 나오는데 아프가가 바지 주머니에 두 손을 넣고 서서 기다리는 것이 보였다.

"체이스가 사임하고 물러났어요."

아프가가 한쪽 눈썹을 치켜떴다. "방금 그랬나 보군요?"

"장군께서는 혹시 대통령 선거에 나설 생각이 없으신가요?"

"하! 전혀요."

그때 젊은 장교 하나가 집 앞길을 뛰어 올라오는 것이 보였다. 숨이 차고 땀에 흠뻑 젖은 것으로 보아 상당히 먼 거리를 그렇게 뛰어온 것이 분명했다.

"무슨 일이지, 젊은 친구?" 피터가 물었다.

"대통령님 그리고 장군님," 젊은 장교가 숨을 헐떡이며 말했다. "가서 확인해보셔야 할 게 있습니다."

군인 네 명이 의사당 앞에 주차된 트럭 한 대를 둘러싸고 경계를 서고 있었다. 피터가 트럭 뒷문의 빗장을 풀고 가림막을 한쪽으로 열어젖혔다. 트럭 뒤 짐칸에는 군용 대형 나무상자가 꼭대기까지 가득 실려 있었다. 군인 두 명이 첫 번째 줄에 있는 상자 하나를 밖으로 끌어내 땅바닥에 내려놓았다.

"이런 상자들을 못 본 지가 몇 년은 된 것 같은데요." 아프가가 말했다.

상자들은 덩크의 벙커에서 나온 것이었다. 안에는 플라스틱

띠에 둘러싸여 진공 상태로 밀봉된 .223, 5.56, 9mm, .45 ACP 탄약 등이 들어 있었다.

아프가가 탄약 한 개를 감싸고 있는 포장을 뜯고 손에 들었다. 그가 탄약에 빛을 비추어 보고 감탄하며 휘파람을 불었다. "이거 물건이 좋은데. 게다가 군대 전용이야." 아프가가 탄약을 들고 돌아서더니 군인 한 명에게 물었다. "상병, 지금 자네 권총에 몇 발이나 장전되어 있나?"

"약실에 한 발 그리고 탄창에 한 발입니다, 장군님."

"자네 권총을 좀 빌려주겠나."

군인이 권총집에서 자신의 권총을 꺼내 아프가에게 건넸다. 권총을 받은 아프가는 약실의 탄약을 제거하고 탄창 위에 방금 포장을 뜯어낸 새 총알을 끼워 장전한 다음 권총을 피터에게 건넸다. "직접 쏴보시겠습니까?"

"좋으실 대로 하시죠."

아프가가 3미터 떨어진 사각형 모양의 땅을 겨누고는 방아쇠를 당겼다. 기분 좋게 귀를 울리는 총성이 들리고 흙먼지가 날아올랐다.

"어디 우리가 또 무엇을 배달받은 건지 확인하도록 하죠." 피터가 말했다.

군인들이 두 번째 나무상자를 끄집어냈다. 그 안에는 제작된 날짜의 모습 그대로 새것처럼 보이는 12정의 M16과 여분의 30발짜리 탄창들이 첫 번째 상자와 비슷하게 진공 상태로 밀봉 포장되어 있었다.

"이 트럭을 누가 몰고 왔는지 본 사람이 있나?" 피터가 물었다.

아무도 본 사람이 없었다. 트럭은 그냥 문득 나타났고 발견했을 뿐이다.

"그럼 덩크가 대체 왜 이걸 우리에게 보낸 걸까요?" 아프가가 물었다. "대통령께서 덩크와 저에게는 말하지 않은 어떤 거래를 하신 게 아니라면요."

피터가 어깨를 으쓱해 보이며 말했다. "저는 덩크와 거래한 게 없는데 말입니다."

"그럼 이 일이 어떻게 된 거죠?"

피터도 알 수 없는 일이었다.

36장

━━━━━

그녀는 옛 20번 고속도로를 타고 텍사스로 접어들었다. 43일
째 되는 날의 아침, 알리시아는 북미 대륙의 반을 횡단해서 온 거
였다. 처음에는 해안가에 쌓인 각종 잔해물과 쓰레기를 뚫고 길을
만들다시피 해야 했다. 또한 바위투성이인 애팔래치아산맥의 습
곡들을 가로질러 내륙을 이동하느라 속도가 느렸다. 하지만 그 이
후로는 길이 좀 평탄해져서 알리시아도 어렵지 않게 여정을 조금
이나마 즐기며 올 수 있었다. 날씨가 점점 따뜻해지더니, 나무들
도 꽃망울을 터뜨리기 시작하고 대지에 봄기운이 완연했다. 며칠
동안은 온종일 비가 내리더니 해가 쨍하고 떠올라 햇살을 마구 비
추기도 했다. 그리고 날마다 맞이하는 밤은 놀라웠다. 넓은 밤하
늘을 활짝 펼쳐진 별빛이 채웠고 떠오른 달은 그 사이로 자기의
길을 따라 흐르듯 굴러가고 있었다.

하지만 이제 그들은 쉬기 위해 멈춰 섰다. 알리시아는 주유소의
차양 그늘 속에 누워버렸고 솔저는 근처에서 풀을 뜯었다. 몇 시

간 뒤면 알리시아와 솔저는 강행군을 해야 했다. 알리시아는 몸이 점점 무거워지며 자신이 잠에 빠져드는 걸 느꼈다. 여기까지 오는 여정 동안에 계속 반복되어온 패턴이다. 며칠 계속 깨어 있는 동안에는 고통스러울 만큼 신경을 곤두세우고 경계를 늦추지 않다가도, 어느 순간 하늘에서 총을 맞고 떨어진 새처럼 깊은 잠에 빠지고는 했다.

그녀는 어떤 도시에 대한 꿈을 꾸었다. 뉴욕은 아니지만 그렇다고 그때까지 그녀가 보았거나 알던 도시도 아니다. 그 도시는 빛의 섬처럼 어둠 속을 둥둥 떠다녔고, 웅장한 성벽이 도시를 둘러싸 모든 위험으로부터 보호해줬다. 그리고 성벽 안쪽에서는 생기로 가득 찬 사람들의 목소리와 음악과 기쁨의 비명을 내지르며 노는 아이들의 소리가 들려왔다. 그 소리들은 반짝이는 빗방울처럼 알리시아의 몸 위에 내려앉았다. 그런 행복한 도시에서 살기를 알리시아가 얼마나 갈망했던가! 알리시아는 도시를 향해 갔고, 그 성벽의 주위를 돌며 들어갈 입구를 찾았다. 하지만 입구라고는 하나도 없는 듯 보였다. 그때 문 하나가 눈에 들어왔다. 아이 하나 지나갈 수 있을 만큼 아주 작은 문이었다.

알리시아가 무릎을 꿇고 손잡이를 돌렸지만 문은 꼼짝도 하지 않았다. 그 순간 그녀는 그때까지 들리던 성벽 안의 목소리들이 멀어져간다는 걸 깨달았다. 그녀의 머리 위에서 성벽이 어둠 속으로 솟구쳐 올라가고 있었다.

나를 들여보내 줘! 알리시아는 주먹으로 문을 쾅쾅 두드려대기 시작했고, 공포가 그녀를 집어삼키고 있었다. 거기 누구 없어, 제발! 여기 성 밖에 나 혼자뿐이라고! 그러나 여전히 문은 열리지 않았다. 그녀의 울음이 울부짖음으로 변하고, 그녀는 보았다. 눈앞에 더 이상 문이 보이지 않는다는 것을. 나를 혼자 남겨두지 말라고! 저 멀리 도시가 조용히 사라졌다. 사람들도 아이들도 모두 같이 사라졌다. 알리시아는 더 이상 주먹질할 수 없을 때까지 땅을 두드려대고는, 두 손에 얼굴을 대고 울며 바닥에 쓰러졌다. 왜 나를 혼자 두고 떠나간 거야. 왜 나를 떠났냐고…….

황혼이 물들기 시작할 무렵 알리시아가 잠에서 깼다. 꼼짝하지 않고 누운 채 눈을 깜박이며 꿈에서 깨어나, 팔꿈치로 몸을 받치고 일으킨 후 은신처의 가장자리에 서 있는 솔저를 봤다. 솔저도 몸을 반쯤 돌리고 검은 한쪽 눈으로 그녀를 보고 있었다.

"좋아, 준비됐어. 가자."

커빌은 이제 나흘 거리였다.

37장

케이트와 두 딸이 그들과 함께 지낸 지 한 달이 조금 더 되어갔다. 처음 같이 살기 시작했을 때 케일럽은 크게 신경을 쓰지 않았다. 주위에 가족이 함께 머물고 있다는 게 핌에게 좋은 일이기도 했고, 케이트의 딸들도 아기 테오를 예뻐했다. 그러나 몇 주의 시간이 흐르면서 케이트가 염려되기 시작했다. 케이트가 별다른 변화 없이 계속 우울한 것처럼 보였고, 그런 그녀의 우울함이 연기처럼 집 안을 채우고 있었기 때문이다. 케이트는 집안일도 거의 하지 않았고 긴 시간을 잠자며 보내거나 그것도 아니면 집 현관 앞 계단에 앉아 멍하니 먼 곳을 바라보았다.

케이트는 언제까지 저렇게 정신 줄을 놓고 맥이 빠져 시간을 보내려는 거지?

핌이 아침 식사를 끝내고는 설거지를 마치고 수건에 손을 닦으며 케일럽을 똑바로 쳐다봤다. 케이트는 내 동생이고 남편을 잃은 지 얼마 안 되었단 말이야.

그는 케이트의 상태가 좀 나아졌다고 생각했지만 그런 말을 하지는 않았다. 그렇게 말할 필요가 없기 때문이다.

케이트에게 시간을 줘, 케일럽.

케일럽이 집을 나설 때, 현관 앞마당에서는 엘르와 버그가 이제 기어 다니기 시작한 아기 테오와 함께 놀고 있었다. 아기 테오는 정말 놀라운 속도로 기어 다니기 시작했다. 케일럽은 두 여자아이에게 그들의 사촌 아기 테오가 집에서 멀리 떨어져 돌아다니지 않게 잘 지켜보라고 상기시켰다.

그리고 케일럽이 충격과 고통의 울음소리를 들었을 때 그는 말들에게 쟁기를 매던 중이었다. 케이트와 펌이 집에서 뛰쳐나왔다. 케일럽도 다시 집 마당으로 쏜살같이 달려 돌아갔다.

"이것들을 떼줘요! 저리 가! 저리 가라고!"

맨살인 엘르의 다리에 수백 마리는 되어 보이는 개미들이 우글우글 달라붙었다. 케일럽이 엘르를 들쳐 안고서 물을 담아놓은 여물통으로 달렸다. 아이는 품에 안겨서 비명을 지르며 몸을 비틀었다. 케일럽은 엘르를 여물통의 물속에 푹 담가놓고, 손으로 아이의 다리를 정신없이 위아래로 훑어가며 개미들을 떼어냈다. 곧이어 개미들은 케일럽의 몸으로 옮겨와 달라붙기 시작했다. 개미들이 팔과 손 그리고 셔츠 옷깃의 안쪽에서 살을 물어 구멍을 뚫을 때마다 전기가 흐르는 것 같은 통증이 느껴졌다.

마침내 엘르가 조용해지더니 비명 대신 딸꾹질을 하며 흐느꼈다. 죽은 개미들이 시꺼멓게 떠올라 물 위를 떠다니고 있었다. 케일럽이 엘르를 안아 올려서 케이트에게 안겨주었고, 케이트는 엘르의 몸을 타월로 감싸주었다. 아이의 다리가 온통 부어오른 상처 투성이였다.

집 안에 연고가 있어. 핌이 수화를 했다.

케이트는 엘르를 안고 자리를 떴고, 케일럽은 머리 위로 입고 있던 셔츠를 벗은 후 세차게 흔들어서 개미들을 털어냈다. 그 역시도 여기저기 수없이 개미들에게 물어뜯겼으나 조카딸인 엘르에게 비할 바는 아니었다.

테오와 버그는 어디에 있어? 그가 핌에게 물었다.

둘은 집 안에 있어.

개미들에게는 힘든 봄이었다. 사람들 말로는 습한 겨울과 건조한 봄 그리고 일찍 찾아온 여름에다가, 날씨는 기함할 정도로 덥다고 했다. 숲에는 개미총들이 꽉꽉 들어찼는데 일부 개미총들은 엄청나게 크고 높게 솟아 올랐다.

핌이 근심스러운 얼굴로 케일럽을 쳐다봤다. 우리가 할 수 있는 일이 있을까?

이게 계속되지는 않을 거야. 끝날 때까지 아이들은 집 안에 있게 하는 게 좋겠어.

하지만 그런 상황은 끝나지 않았다. 다음 날 아침, 집 주위의 땅이 우글거리는 개미들로 시꺼멓게 뒤덮였다. 케일럽은 모든 개미총에 불을 놓기로 결심하고, 헛간에서 연료통 하나를 들고 와 숲의 가장자리로 가져갔다. 폭이 1미터쯤 되고 높이는 그 절반쯤 되는 가장 큰 개미총을 골라 등유를 뿌리고 성냥불을 붙여 던진 후 뒤로 물러나 지켜보았다.

검은 연기가 뭉게뭉게 피어오르자 개미들이 떼를 지어 개미총에서 기름과 불에 튀겨지고 타서 폭발했다. 그와 동시에 개미총 겉의 딱딱하게 군은 흙더미가 화산같이 불거져 오르기 시작했다. 그러더니 썩은 과일처럼 입을 벌리며 갈라져 큰 구멍이 생기고,

흙이 옆으로 흘러내렸다. 케일럽이 놀라 몸을 휘청이며 뒤로 물러났다. 맙소사 저 아래에 대체 뭐가 있는 거야? 수백만 마리의 작은 개미들의 거대한 식민지였을 개미총이 이제 연기와 불길 속에서 광란에 휩싸여 있을 것이 틀림없었다.

개미총이 무너져 내렸다.

케일럽이 조심스럽게 앞으로 다가갔다. 개미총의 구멍에서 마지막 불길이 뿜어져 나왔고, 남은 거라고는 땅에 얕게 움푹 팬 자국뿐이었다.

핌이 그의 옆에 와 섰다. 무슨 일이야?

잘 모르겠어.

케일럽이 서 있는 곳에서 또 다른 다섯 개의 개미총이 눈에 들어왔다.

내가 마차를 가져와야겠어. 집 안에 들어가 있어.

어디를 가는데? 핌이 수화를 했다.

기름을 더 사 와야 할 것 같아.

38장

포섬 맨Possum Man이 실종되었다.

포섬 맨뿐만이 아니라 개들, 그것도 아주 많은 개가 사라졌다. 보통 도시는 개들로 우글거렸고, 특히 플랫랜드에 개들이 많았다. 그 망할 개들을 마주치지 않고서는 열 걸음도 가기가 힘들었는데 말이다. 모두 비쩍 마른 다리에 엉켜 붙은 더러운 털로 볼썽사나웠다. 병에 걸린 눈곱이 잔뜩 낀 끈적거리는 눈으로 쓰레기 더미에 코를 박고 킁킁거리거나, 진흙 속에서 구더기 같은 벌레가 꿈틀거리는 똥 덩어리를 찾아 먹는 그런 개들이었다.

그런데 어느 날 갑자기 그런 개들이 한 마리도 보이지 않았다.

포섬 맨은 옛 경계 근처의 강가에서 살았다. 포섬 맨은 그가 하는 일에 어울리게 생겼는데, 창백하고 뾰족한 코에 좀 튀어나온 검은 눈과 얼굴 옆으로 삐죽 나온 귀를 가졌다. 포섬 맨은 자기 나이의 반이나 되었을까 싶은 여자와 함께 살았는데, 누가 같이 살기를 원할 여자는 아니었다.

그녀의 말에 따르면 자신과 포섬 맨은 밤늦게 마당에서 무슨 소리가 나는 것을 들었는데, 그 소리의 주인공이 전에도 주머니쥐 사육장에 들어왔던 여우들일 것으로 생각했다는 거였다. 그래서 포섬 맨이 총을 갖고 밖으로 나간 후 총성이 한 방 울렸는데, 그게 마지막이었다고 했다.

유스터스는 토네이도가 휩쓸고 가기라도 한 것 같은 주머니쥐 사육장의 남은 잔해들 옆에 무릎을 꿇고 앉아 현장을 살폈다. 혹시 발자국 같은 흔적이 있었다고 할지라도, 마당의 흙이 너무 단단하게 다져진 채 굳어버려서 유스터스가 찾을 수 있는 건 아무것도 없었을 것이다.

몇 미터 떨어진 곳에서 한 쌍의 주머니쥐가 트라우마에 빠진 목격자들처럼 흙 속에서 꼼지락거리며 유스터스를 애처롭게 바라보고 있었다. 그 주변에는 주머니쥐들의 사체가 피투성이의 살덩어리로 갈기갈기 찢긴 채 여기저기 나뒹굴었다. 사실 주머니쥐들은 귀여운 짐승들이다. 가장 가까이에 있던 녀석이 그를 향해 깡충깡충 뛰어오자 유스터스가 손을 뻗어주었다.

"그럴 생각일랑 하지 말아요." 여자가 유스터스에게 경고했다. "심술 고약한 나쁜 놈들이라고요. 당신의 손가락을 물어뜯어 버릴걸요."

유스터스가 얼른 손을 뒤로 거둬들였다. "당신 말이 맞아요."

그가 일어나 여자를 봤다. 그녀의 이름은 레나인가 르네인가 뭐 그랬던 것 같았는데, 그가 본 사람 중 가장 흉하게 생긴 사람이었다. 그녀의 부모가 포섬 맨에게 그녀를 주고 음식과 맞바꾸었다는 것도 완전히 그럴 법한 일이었다. 그런 거래가 흔하게 일어났으니까 말이다.

"총을 찾았다고 했죠?"

여자가 집 안으로 들어가 총을 가지고 나왔다. 유스터스가 노리쇠를 움직여 빈 탄창을 빼냈다. 그가 여자에게 총을 어디에서 발견했는지 물었다. 여자의 눈동자들이 서로 같은 방향을 보지 않았기 때문에, 여자는 대화하는 데 어려움을 겪었다.

"아마 당신이 서 있는 데쯤 될 거예요."

"그리고 다른 소리는 못 들었다고 했죠, 총성 말고는."

"내가 이미 말했던 그대로예요."

유스터스는 어쩌면 그녀가 포섬 맨을 총으로 쏜 뒤 시신을 강으로 끌고 가 강물 속에 던져버리고, 자신의 흔적을 지우기 위해 주머니쥐 사육장을 부수고 엉망으로 만든 것은 아닌지 궁금해지기 시작했다. 글쎄, 만약 이 사건이 여자의 소행이라면 아마도 그럴 만한 충분한 이유가 있을 테고, 그렇다면 유스터스도 이 사건에 대해서는 더 이상 아무것도 하지 않을 생각이었다.

"사람들에게는 제가 알리도록 하죠. 혹시라도 그가 돌아오면 우리에게 알려주세요."

"정말 안으로 들어오지 않으시겠어요, 보안관님?"

여자는 어떤 의미 있는 표정을 담아 유스터스를 바라보았고, 유스터스는 그 의미가 무엇인지 이해하는 데 약간의 시간이 필요했다. 그녀의 엉뚱하게 어긋나 보이는 시선이 그의 몸을 위아래로 쓱 훑더니 매섭게 여기저기를 뜯어보고 있었다. 그런 행동은 아마도 상대를 유혹하려는 것으로 생각되는 것이었으나, 유스터스의 눈에는 그보다는 마치 가축이 자기 자신을 팔아넘기려고 수작을 거는 것처럼 보였다.

"사람들이 당신은 여자가 없다고 하던데요."

유스터스는 당황하지 않았다. 뭐, 글쎄 조금 당황하기는 했는지도 모를 일이다. 하지만 여자는 평생 누군가의 소유물처럼 다루어져 왔고, 그녀에게는 다른 선택의 여지가 없었다.

"사람들이 하는 말을 다 믿지 말아요."

"하지만 그 사람이 죽었으면 나는 어떻게 하라고요?"

"아직 주머니쥐 두 마리가 남아 있잖아요, 안 그래요? 키워서 불려요."

"저기 있는 쟤네들요? 쟤네 둘 다 수컷이에요."

유스터스가 총을 돌려줬다. "분명 뭔가 방법을 찾아낼 수 있을 겁니다."

그리고 그는 교도소로 돌아왔다. 프라이는 어김없이 책상에 부츠를 신은 발을 올려놓고는 그림책을 뒤적이고 있었다.

"여자가 보안관님을 다리 걸어 자빠뜨리려고 하죠?" 그림책에서 눈을 떼지 않은 채 프라이가 물었다.

자신의 책상으로 가서 앉으며 유스터스가 말했다. "어떻게 알았어?"

"사람들이 그래요, 그 여자가 그런다고." 프라이가 책 페이지를 넘겼다. "여자가 포섬 맨을 죽였다고 생각하세요?"

"그 여자가 그랬을 수도 있겠지." 유스터스가 프라이가 들고 있던 책을 가리키며 물었다. "그거 뭐를 보고 있는 거야?"

프라이가 유스터스에게 표지가 보이도록 책을 머리 위로 높이 쳐들었다. 괴물들이 사는 나라.

그걸 보며 유스터스가 말했다. "그 책 좋은 책이야."

그때 한 남자가 문을 활짝 열고 들어오더니 모자를 팡팡 세게 치며 먼지를 털어냈다. 유스터스도 아는 남자로 그와 그의 아내는 강 건너편의 땅에 농사를 짓고 있었다.

"보안관님. 아, 부보안관님." 남자는 유스터스와 프라이를 차례로 돌아보며 가볍게 고개를 끄덕이며 인사했다.

"바트, 무슨 일이야?"

바트가 불안한 듯 목을 고르더니 말했다. "제 아내요, 제 아내가 안 보여요. 어떻게 된 건지 아무리 찾아도 보이지 않아요."

그게 오전 9시였고. 정오가 되자 유스터스에게 접수된 똑같은 실종 신고가 14건이나 되었다.

39장

케일럽이 짐마차를 타고 마을에 도착한 건 오후 시간이 반쯤 지났을 때였다. 마을은 완전히 쥐 죽은 듯 조용했고 어디에서도 사람 그림자조차 찾아볼 수 없었다. 마을 도로에 두 시간이나 있었지만 사람은 한 명도 보이지 않았다.

잡화점의 문도 걸어 잠가놓았다. 케일럽이 인상을 잔뜩 쓰며 창문에 눈을 바짝 갖다 대고 들여다보았지만 가게 안에서 움직임이라고는 아무것도 보이지 않았다. 그는 무슨 소리라도 들어보려고 몸을 꼼짝도 하지 않고 가만히 있었다. 이런 빌어먹을 모두 다 어디 간 거야? 조지는 왜 대낮에 가게 문을 닫은 거지? 케일럽이 건물 주위를 살피며 골목으로 걸어 들어갔다. 뒷문이 조금 열려 있는 것이 보였는데, 누가 강제로 문을 열었는지 문틀이 쪼개진 상태였다.

그는 일단 총을 가지러 자신의 마차로 돌아갔다.

케일럽이 총구의 끝으로 가게의 뒷문을 천천히 밀어 열면서 안으로 들어갔다. 창고 안이었다. 창고는 물건들로 빈틈없이 꽉 차 있었다. 높게 쌓아 올린 사료 자루들과 울타리용 철사 더미들 그리고 거기에 가지런히 감아놓은 쇠사슬과 밧줄 더미들까지, 사람 하나 지나다닐 수 있을 정도의 공간 외에는 틈이 없었다.

"조지?" 케일럽이 잡화점 주인의 이름을 불러봤다. "조지, 여기 가게 안에 있는 거예요?"

그는 발밑에서 뭔가가 바사삭거리며 부서지는 것과 그 소리를 느꼈다. 사료 자루 하나가 찢어져 구멍이 났고, 그가 그걸 살펴보려고 무릎을 꿇고 앉았을 때 머리 바로 위에서 높은 고음의 딸깍거리는 소리가 들려왔다. 그는 비틀거리며 뒤로 물러나 총구를 잽싸게 위로 휙 들어 올렸다.

너구리였다. 너구리가 쌓아놓은 사료 자루 더미 위에 자리를 잡고는 뒷발로 일어선 채 두 앞발을 마주하고 비비며 자기는 아무것도 아는 게 없다는 표정으로 케일럽을 바라보았다. 바닥 위에 어질러진 것들? 이거 봐, 나는 모르는 일이라고.

"어서, 저리 꺼져." 케일럽이 총구를 앞으로 찔러댔다. "네 가죽을 벗겨서 모자로 만들어 쓰기 전에 당장 여기서 꺼지라고."

너구리가 날째게 사료 더미 아래로 내려오더니 문밖으로 사라졌다. 심호흡으로 마음을 진정시킨 케일럽은 구슬 커튼을 젖히고 가게 안으로 들어갔다. 조지가 하루 장사한 영수증을 보관해두는 그의 자물쇠 달린 돈통은 늘 있던 대로 계산대 아래에 그대로 놓여 있었다. 진열대 사이를 돌아다니며 살펴보았지만 이상한 점은 보이지 않았다. 계산대 뒤쪽에 2층으로 이어지는 계단이 있었는데 추측하기로는 아마도 2층에 조지가 사는 살림집이 있을 것 같았다.

"조지, 2층에 있는 건가요? 나 케일럽 잭슨이에요. 올라갑니다."

커다란 방 안으로 들어선 케일럽은 가구들에 덮개가 씌워져 있고 창문들에는 커튼이 쳐져 있는 것을 발견했다. 독신남의 지저분한 살림살이를 예상했던 케일럽은 방 안의 아늑함에 자못 놀랐다. 하지만 조지는 한 번 결혼했던 적이 있고, 큰 방은 한 곳은 거실, 다른 한 곳은 침실로 나누어져 있었다. 식탁, 머리 받침대에 레이스 장식 덮개가 씌워진 소파와 의자들, 무너져 내린 매트리스가 올려진 주철 침대, 보통 한 집안에서 몇 세대를 이어오며 그들과 함께 옮겨 다녔을 법한 화려한 조각으로 장식된 옷장.

모든 게 잘 정리 정돈이 된 것처럼 보였지만 방 안을 둘러보는 동안 케일럽의 눈에 이상한 점들이 들어오기 시작했다. 식탁 의자 하나가 쓰러진 상태였고, 조리용 냄비와 실뭉치와 등잔 같은 물건들과 책들이 바닥에 떨어져 있었다. 커다란 전신 거울 하나가 틀에 끼워진 채 깨졌는데, 거울에 거미줄이 비치는 것처럼 한가운데가 물결처럼 동심원을 그리고 있었다.

케일럽이 침대 쪽으로 다가가자 강렬한 악취가 확 풍겨왔다. 오래된 구토물이 썩은 그런 생물학적인 악취였다. 조지의 요강이 침대의 머리 판 부근 바닥에 놓여 있었는데 바로 거기에서 악취가 풍겨 나왔다. 담요들은 불안에 잠을 못 이루는 사람이 뒤척이다가 발로 밀어놓은 것처럼 매트리스 발치에 접힌 채로 뭉쳐진 상태였다. 침대 옆 탁자에 조지의 총신이 긴 .357 리볼버 한 자루가 놓여 있는 것이 보였다. 케일럽이 리볼버의 탄창을 열고 사출봉을 밀어보았다. 총알 여섯 개가 그대로 손바닥 위에 미끄러져 떨어졌는데 그중 하나는 이미 발사돼 사용된 것이었다. 그가 돌아서서 총을 겨눈 채 방을 훑어보더니 총구를 아래로 내린 채 깨진 전신 거울을 향해 걸어갔다. 깨진 거울의 중심에 총알 한 발이 뚫고 지나간 구멍이 보였다.

이 방 안에서 무슨 일이 일어났던 게 분명했다. 조지가 무슨 이유에서인가 아팠던 건 확실해 보였지만 그거 이상의 뭔가가 있었다. 강도가 들었나? 하지만 조지의 돈통은 누가 건드린 흔적도 없이 그대로였다. 그리고 무엇보다 거울에 난 총구멍이 이상했다. 거울에 남은 총탄의 흔적이 뭔가 의도적이었던 것처럼 보이기는 했다. 어쩌면 마치 조지가 침대에 누워 거울에 비친 자기 모습을 향해 쏜 것처럼, 사실은 사격 대상이 없거나 빗나간 것일 수도 있는 것처럼 보였다.

골목에서 케일럽은 기름 탱크로부터 자신이 가져온 통들에 연료를 가득 채우고 통들을 모두 짐마차에 실었다. 아예 돈을 내지 않고 떠나는 것은 좋은 생각이 아닐 것 같았고, 그가 생각하기에 최선은 계산대 밑에 메모와 함께 돈을 놓아두는 거였다. "가게 문이 열린 채 아무도 없어서 돈을 놔두고 갑니다. 등유 60리터를 채웠고, 만약 돈이 모자란다면 일주일 뒤에 다시 왔을 때 나머지를 지불하겠습니다, 케일럽 잭슨."

잭슨은 마을을 빠져나오는 길에 잡화점의 일을 신고하려고 마을 사무소에 들렀다. 적어도 누군가가 잡화점의 문을 고치고 조지에게 무슨 일이 생긴 건지 확인하게 될 때까지는 문을 잠가두어야 한다고 생각했기 때문이다. 하지만 마을 사무소 역시 사람이 아무도 없었다.

케일럽은 땅거미가 질 때가 되어서야 집에 돌아왔다. 그는 마차에서 싣고 온 등유를 내리고 말을 작은 방목장에 다시 넣어둔 다음 집으로 들어갔다. 봄이라 쓰지 않는 난로에서 일기를 쓰며 핌은 케이트와 함께 앉아 있었다.

필요한 건 다 사 왔어?

케일럽이 고개를 끄덕였다. 케이트가 그렇게 말이 없어지다니 정말 이상한 일이었다. 케이트는 뜨개질하던 손끝에서 눈을 떼 그의 얼굴을 보지도 않았다.

마을은 어땠어?

케일럽은 대답하기를 주저했지만 이내 수화로 핌에게 답해주었다. 너무 조용했어.

그들은 저녁으로 옥수수 케이크를 먹고 고투 게임을 몇 판 한 다음 잠자리에 들었다. 핌은 머리를 대자마자 잠에 곯아떨어졌지만 케일럽은 쉽게 잠들지 못했다. 아니, 거의 잠을 자지 못했다. 밤새 그의 마음은 수면을 깨고 들어가지 못한 채 계속 통통 튕겨 다니는 물수제비를 뜨는 돌처럼, 잠이 들락말락 졸다 깨다를 반복하기만 했다.

새벽녘이 되어 날이 밝아오기 시작하자 케일럽은 잠을 자보려고 애쓰기를 그만 포기하고 집 밖으로 조용히 나왔다. 땅이 이슬에 촉촉하게 젖었고 아직 지지 않고 떠 있는 별들도 하얗게 밝아오는 하늘 속으로 천천히 사라지는 중이었다. 여기저기에서 새들이 지저귀는 소리가 들려왔지만 오래 가지 못하고 끊어지고 말았다. 봄기운이 몰려오는 남쪽으로 지평선에서 번쩍이는 구름 장벽이 요동치고 있는 게 보였다. 그렇군, 봄 폭풍우가 오는군. 케일럽의 짐작에 폭풍우가 비를 뿌리며 그곳까지 오기 전에 20분 정도의 여유가 있을 듯했다. 그는 잠시 폭풍우가 몰려오는 모습을 더 지켜보다가 헛간에서 등유 한 통을 꺼내와 숲의 가장자리로 질질 끌고 갔다.

그런데 그는 자신이 무엇을 보고 있는 건지 이해되지 않았다. 이건 그냥 말이 안 되는 일이었다. 아마도 빛 때문에 그런가, 하고 생각했지만 그건 아니다.

그 많던 개미총들이 모두 사라지고 보이지 않았다.

40장

───────

아침 6시, 암시장의 보스 마이클 피셔는 아침 태양이 떠오르는 것을 보기 위해 부두에 서 있었다. 짙은 구름이 잔뜩 낀 흐린 새벽, 수로의 물은 조류 사이에 끼여 조금의 움직임도 없이 갇혀 있었다. 내가 잠들고 시간이 얼마나 흘렀던 거지? 그는 그다지 피곤하다고 느끼지 않았다. 정확히 말하면 마이클은 마치 막연하게 극단적이고 위험하다고 느끼는 감춰진 에너지 같은 것을 끌어내 자기 자신을 불사르는 것처럼, 피곤하다는 따위의 감각은 이미 초월했다. 그 에너지를 다 소모하고 나면 자신도 풀썩 한 줌의 연기를 일으키며 끝날 것 같은 기분이 들었다.

마이클은 제대로 기억하기도 힘든 어렴풋한 계획을 고민하며 베르겐스피요르드호의 선체 깊숙한 곳에서 일어나 나왔다. 그리고 차가운 새벽 공기가 얼굴을 살짝 건드리고 지나가는 순간 자기가 무슨 생각을 하고 있었는지, 무엇을 하려고 했는지 깨끗이 잊어버리고 말았다. 그는 무작정 발걸음을 옮기기 시작했다가 부두까지

왔다는 걸 깨닫고 그 자리에 서 있었다. 21년이었다. 그 많은 시간이 지나갔다니 놀랍기만 했다. 사람이 사는 데 발목이 콱 붙잡혀 있다 보면, 욱신거리는 무릎과 쓰려오는 위장에 시달리며 거울 속 본인의 모습도 제대로 알아보지 못한 채, 어떻게 이 모든 일들이 일어나게 됐는지 이해가 안 돼 당황하기 마련이다. 그마저도 그게 정말 그의 인생이 맞는다면 말이다.

베르겐스피요르드호는 준비를 거의 다 마친 상태나 다름없었다. 추진 장치, 유압 장치, 항법 장치. 전자 기기, 안정 장치, 조타 장치. 물품들도 다 채워졌고, 담수화 장비도 가동되고 있었다. 배의 기본적인 기능과 형태만 유지될 수 있도록 가장 필수적인 것들만 남겨 두고 나머지는 모두 거둬낸 덕에, 베르겐스피요르드호를 바다에 떠다니는 연료 탱크라고 불러도 이상하지 않을 정도였다.

그러나 여전히 많은 것들이 운에 달렸다. 예를 들면, 베르겐스피요르드호가 실제로 물에 뜰 수 있을까? 종이 위에 열심히 계산해놓은 숫자와 현실은 전혀 다른 문제였다. 또 배가 물에 뜬다 해도, 천여 개의 재사용된 철판과 100만여 개의 나사와 리벳 그리고 부분 용접을 해서 주먹구구식으로 꿰맞춰 놓은 선체가 긴 항해 기간을 버텨낼 수 있을까? 연료도 충분하기는 한 거야? 날씨는? 특히 케이프 혼을 일주하며 살펴보는 동안 문제는 없을까?

마이클은 이미 자신이 항해하고자 하는 물길들에 대해 찾아볼 수 있는 자료들은 모두 검토를 마친 상태였고, 그로부터 얻은 정보는 그렇게 반가운 것들이 못 되었다. 전설적인 폭풍우들과 방향타를 단번에 부숴버릴 수도 있는 무시무시하게 격렬한 역류 그리고 단 몇 초 만에 배를 내리꽂아 침몰시킬 수도 있다는 바다 위로 우뚝 솟아오르는 거대한 파도들. 그 모두 다 실체를 알지 못하기에 감당할 수 없는 두려움이 커져갔다.

마이클은 뒤에서 누가 다가오는 인기척을 느꼈다. 로어였다.

"좋은 아침이야." 로어가 인사를 했다.

"비가 올 거 같은데."

로어가 수로의 수면을 바라보며 어깨를 으쓱했다. "그래도 아직은 충분히 좋은 날씨야."

그녀의 말에 담긴 속뜻은 말하자면 이런 거였다. 우리가 이렇게 두 눈을 뜨고 아침을 맞이할 수 있는 날이 얼마나 더 있을 거 같은데? 앞으로 새벽을 볼 수 있는 날이 며칠이나 될 거 같은데? 그냥 즐길 수 있는 동안 즐기자, 뭐 그런 거였다.

"조타실에 대한 준비는 어떻게 되고 있어?" 마이클이 물었다.

로어가 힘없이 숨을 내쉬었다.

"걱정하지 마," 마이클이 말했다. "너는 해낼 거니까."

이제는 구름에 분홍빛이 감돌기 시작했고, 갈매기들도 수면 위를 낮게 날아다니고 있었다. 마이클도 정말 좋은 아침이구나, 하는 생각이 들었다. 그리고 갑자기 마음이 뿌듯해졌다. 자신의 배 베르겐스피요르드호가 자랑스러웠다. 베르겐스피요르드호는 세상의 반을 돌아와 자신의 가치를 증명해내고서, 그들에게 기회를 준 거였다. 할 수 있다면 기회를 잡아, 하고 말하는 것처럼 말이다.

둑길에 불빛 하나가 나타났다.

"그리어 소령님이군." 마이클이 말했다. "가봐야겠어."

마이클은 부두를 따라 걸어 올라갔고 첫 번째 유조차의 운전석에서 내려오는 그리어를 보았다.

"이게 마지막이야." 그리어가 말했다. "저장 탱크 열아홉 개를 모두 비웠으니까 마지막 하나만 남아 있게 된 셈이지."

"무슨 문제는 없었어요?"

"로젠버그 수비대 남쪽에서 순찰대가 우리를 발견하고는 눈을 동그랗게 뜨고 예의 주시하고 있었어. 내 생각에는 순찰대가 우리를 커빌로 가는 수송대라고 생각한 거 같아. 지금쯤이면 우리 꽁무니에 붙어 추격하고 있을 것으로 생각했는데, 보다시피 확실히 그렇지는 않군."

마이클이 그리어의 어깨 너머로 랜드에게 손짓했다. "자네도 이거 알고 있었어?"

유조차들 위에는 남자들이 가득 올라타 작업 중이었고, 랜드가 마이클에게 엄지손가락 하나를 치켜세워 보였다.

마이클이 다시 그리어의 얼굴을 봤다. 그는 확실히 지쳐 보였다. 그의 얼굴은 해골처럼 바짝 말랐다. 칼처럼 휘어진 광대뼈가 솟아났고, 빨갛게 충혈된 눈은 안으로 움푹 파여 들어갔으며, 피부도 밀랍처럼 창백하고 생기 없이 축축해 보였다. 서리같이 하얀 수염이 그의 뺨과 목덜미를 덮었고, 그가 숨 쉴 때마다 시큼한 냄새가 났다.

"가서 뭐 좀 먹도록 하죠." 마이클이 말했다.

"나는 가서 잠을 좀 자는 게 좋을 것 같은데."

"먼저 저와 아침 식사부터 하고 난 후에요."

부두에는 식당과 휴식을 위한 간이침대가 갖춰진 텐트가 마련되어 있었다. 마이클과 그리어는 각자의 그릇에 묽은 오트밀 죽을 담아서 테이블에 앉았다. 몇 명의 다른 이들도 자리에 앉아 고개를 숙이고 기계적으로 죽을 입 안으로 떠넣으며 아침 식사를 하는 중이었다. 그들의 얼굴도 피로로 핼쑥해 보이기는 마찬가지였고 모두가 말없이 죽을 먹었다.

"다른 건 다 준비가 잘되어가는 거야?" 그리어가 물었다.

마이클이 어깨를 으쓱해 보였다. 대체로 그렇다는 의미였다.

"언제쯤 독에 물을 채우기 시작할 거 같아?"

마이클이 죽 한 숟가락을 입 안에 떠넣었다. "배는 하루 아니면 이틀이면 준비가 끝날 거예요. 로어는 자신이 직접 선체를 검사하고 싶어 해요."

"우리 로어, 신중한 여자였군."

텐트의 저쪽 끝에서 패치가 들어오는 모습이 보였다. 초점을 잃은 눈으로 휘청거리며 텐트를 가로질러 가서 죽이 들어 있는 솥의 뚜껑을 열었다가 마음이 변했는지 죽 대신에 간이침대 하나를 골라 누웠다. 그렇다고 총을 맞고 쓰러진 사람이 무릎을 꿇고 항복하는 정도의 모습은 아니었지만, 그는 죽 대신 잠을 청했다.

"자네도 눈 좀 붙여야 하지 않겠어." 그리어가 말했다.

마이클이 고통스러운 웃음을 지어 보였다. "그러는 게 좋겠죠?"

그리어와 마이클 둘은 아침 식사를 끝내고 적하장으로 갔고 그곳에 마이클의 픽업트럭이 주차되어 있었다. 유조차 두 대가 벌써 연료를 다 옮기고서 한쪽 옆으로 비켜 서 있었다. 그때 마이클의 머릿속에 아이디어 하나가 떠오르기 시작했다.

"유조차 한 대는 탱크에 기름이 가득 차 있는 그대로 둑길 끝으로 옮겨 놔. 우리 유황 점화기 남은 게 좀 있나?"

"있을 거야."

다른 설명은 더 필요 없었다. "내가 처리하도록 할게."

마이클이 자신의 픽업트럭에 올라타 핸들 아래에 있는 선반에 그의 베레타 권총을 집어넣었다. 그리고 손잡이의 총신이 짧은 산탄총 한 정과 여분의 탄약이 꽂혀 있는 총신 걸이용 탄띠도 좌석

사이에 끼워져 있었다. 옆 조수석에 배낭이 하나 놓여 있는데 그 안에는 더 많은 여분의 탄약과 갈아입을 옷, 성냥과 구급상자, 그리고 쇠 지렛대와 에테르 한 병과 천, 노끈을 감아 봉해놓은 마분지로 만든 서류철이 하나 들어 있었다.

마이클이 시동을 걸었다. "저기, 제가 한 번도 감옥에 들어가본 적이 없어서 그런데요. 감옥에 갇히면 어때요?"

그리어가 창문가에 얼굴을 들이밀며 씨익 웃었다. "음식은 여기보다 나을 거야. 낮잠을 자는 것도 짜릿하고."

"그럼, 그래도 뭔가 기대해봐도 좋을 게 있기는 한 거군요."

그리어의 얼굴이 일그러지는가 싶더니 곧 차분해졌다. "그가 그녀에 대해서 알면 안 돼. 카터에 대해서도 마찬가지고."

"그거 아세요, 소령님이 정말로 제 일을 어렵게 만들고 계신다는 거."

"그녀가 원하는 거야."

마이클이 자신의 친구 그리어의 얼굴을 몇 초 더 쳐다봤다. 그렇게 나빠 보이지는 않았다. "가서 잠 좀 주무세요."

"오늘 해야 할 일 목록에는 추가해놓을게."

마이클은 그리어와 악수를 나누고 트럭의 기어를 넣었다.

41장

"모두 진정해요!"

강당에 사람들이 인산인해를 이루었다. 앉을 수 있는 좌석이 꽉 찼을 뿐만 아니라 더 많은 사람이 강당의 뒤와 좌석 사이사이의 복도를 꽉 메웠다. 강당 안에 씻지 않은 사람들과 두려움의 냄새가 자욱하게 풍겼다. 강당의 앞에서는 얼굴이 벌겋게 달아오른 채 땀을 뻘뻘 흘리고 있는 시장이 연단에서 사람들을 향해 조용히 하라며 애먼 의사봉을 무의미하게 마구 내려치고 있었다. 시장의 뒤에서는 자유주 평의회 의원들이 ― 유스터스가 눈여겨봐 온 바로는 아무짝에도 쓸모없는 비효율적인 집단에 지나지 않는 ― 시험에서 부정행위를 하다가 적발된 한 무리의 학생들처럼 죄책감에 시선을 피하며 이리저리 뒤적거릴 서류들과 옷매무새를 고치기 위해 다시 잠글 단추들을 찾았다.

"내 아내가 실종됐다고요!"

"내 남편요! 내 남편 본 사람 있어요?"

"나는 애들요! 둘이에요!"

"개들에게는 도대체 무슨 일이 일어난 거죠? 이걸 알아차린 사람이 누구라도 있기는 해요? 개들이 한 마리도 안 보인다고요!"

의사봉을 두드리는 소리가 더욱 커졌다. "이런 빌어먹을, 여러분, 제발 좀!"

하지만 상황은 진정되지 않고 계속됐다. 유스터스가 강당의 반대편에 서 있는 프라이를 맙소사, 이거 정말 재밌어질 거 같지 않아, 하는 표정으로 힐끗 쳐다봤다.

마침내 시장의 목소리가 들릴 만큼 강당 안이 조용해졌다. "됐어요, 훨씬 낫군요. 우리는 여러분이 불안해하고 왜 이런 일이 일어났는지 답을 알고 싶어 한다는 걸 잘 압니다. 보안관을 이 앞으로 모시겠습니다. 우리에게 희망의 빛을 비춰주실지도 모르는 분이죠. 고든 보안관?"

유스터스가 연단에 올라갔다. "글쎄요, 우리도 현재로서는 여러분보다 이 상황에 대해 더 많이 안다고 말할 수 있는 게 없습니다. 지난 며칠 밤 동안 약 70여 명의 주민이 사라졌습니다. 이 정도가 우리가 아는 전부라는 걸 이해해주시기 바랍니다. 나와 부보안관 프라이는 아직 모든 농장을 돌아보지도 못했습니다."

"그럼 왜 밖에 나가 실종자들을 찾으러 돌아다니지 않는 거죠?" 누군가가 소리를 질렀다.

유스터스가 소리를 지른 사람을 확인하기 위해 강당에 모여 있는 사람들을 훑어봤다. "가아, 여기 내가 사람들과 얘기하려고 와 있기 때문이야. 내가 이야기를 끝낼 수 있게 이제 네 얘기는 그만하자고."

강당의 반대쪽에서 다른 누군가가 소리를 질렀다. "그래, 입 다

물고 보안관 얘기를 들어보자고!"

그러자 더 많은 고함과 사람들이 서로 주고받는 불안에 휩싸인 목소리들이 곳곳에서 터져 나왔다. 유스터스는 그 상황을 그대로 내버려 둔 채 지켜보았다.

"이미 제가 얘기한 것처럼," 유스터스가 말을 이어갔다. "우리는 사라진 사람들이 어디로 갔는지도 모릅니다. 지금까지 일어난 사건들을 종합해 요약하자면, 실종자들은 그 이유가 뭐가 되었든지 간에 한밤중에 잠에서 깨어 일어나 집 밖으로 나갔고 그러고는 다시 돌아오지 않았다는 겁니다."

"누가 사람들을 납치해 가는 건지도 몰라요!" 또다시 가아가 소리를 질렀다. "어쩌면 그 납치범이 이 강당에 있을지도 모른다고요!"

가아의 그 말의 효과는 바로 나타났다. 사람들이 서로 다른 사람들을 의심과 불안이 섞인 눈빛으로 쳐다보기 시작했다. 나지막한 웅성거림이 강당 안에 물결처럼 퍼져 나갔다. 혹시 그게……?

"지금 우리는 어떤 가능성도 배제하고 있지 않습니다." 그렇게 말하면서도 유스터스는 그 말이 얼마나 무기력하게 들리는지 알았다. "하지만 방금 그 얘기는 가능성이 그리 커 보이지는 않습니다. 우리는 정말 많은 숫자의, 70여 명의 실종자에 대해 얘기하고 있습니다."

"어쩌면 범인이 한 명이 아닌 여러 명일 수도 있죠!"

"가아, 자네가 여기에 올라와서 이 회의를 진행하고 싶기라도 한 거야?"

"아니 저는 그냥 말을……."

"자네는 지금 사람들을 겁주고 있다고. 나는 자네가 사람들로 하여금 서로를 곁눈질하며 공포 속에 빠지게 하는 걸 가만히 보고만 있지 않을 거야. 우리 모두가 아는 것처럼 실종자들은 전부 자기 발로 걸어 나가서 사라졌다고. 이제 내가 너를 데려다 감옥에 처넣기 전에 입 다물고 가만히 있어."

그러자 이번에는 앞줄에 앉아 있던 여자 하나가 일어섰다. "내 아이들이 도망이라도 갔다는 거예요? 걔네들은 겨우 여섯 살과 일곱 살밖에 안 됐다고요!"

"레나, 내 말은 그게 아니야. 우린 지금 내가 사람들에게 얘기하는 것 이상의 어떤 정보도 갖고 있지 않다는 말이야. 사람들이 지금 할 수 있는 최선은 우리가 문제를 해결할 때까지 집 안에 있는 거라고."

"그러면 내 아내는요?" 말하는 사람이 누구인지 보이지 않았다. "내 아내가 한밤중에 갑자기 벌떡 일어나 나를 버리고 떠났다는 말이에요?"

시장이 다시 연단 앞으로 나서서 양손을 모두 머리 위로 들어 올렸다. "내 생각에 보안관이 하려고 하는 말은……."

"보안관이 알려준 건 아무것도 없어! 당신도 들었잖아! 그는 아무것도 모른다고!"

모두가 다시 고함을 질러대기 시작했고, 그걸 되돌리거나 진정시킬 방법이 없었다. 어떻게 손써볼 도리 없이 상황이 격해지기만 했다. 유스터스는 무대 건너편의 프라이를 쳐다봤고, 무대 측면 쪽을 향해 고개를 젖혀 보였다. 시장이 다시 의사봉을 들고 두들겨대기 시작하자, 유스터스는 무대 뒤로 빠져나가 문 앞에서 프라이를 만났다. 두 사람은 강당 밖으로 나왔다.

"뭐, 생산적이기는 했지만," 프라이가 말했다. "그래도 서로에게 총을 쏴대기 전에 빠져나와서 다행이에요."

"나라면 그런 농담은 하지 않겠어. 이게 어떻게 된 일인지 알아내지 못하면 사람들이 우리에게 가장 먼저 총을 쏴댈걸."

"실종자들이 아직 살아 있을 것으로 생각하세요?"

"아니."

"어떻게 하실 생각이세요?"

날은 화창하고 따뜻했으며 구름 한 점 없는 하늘에 해도 중천에 떠 있었다. 유스터스는 이와 비슷했던 어느 날을 기억하고 있었다. 여름 초입의 봄날, 대지가 꽉 움켜쥐던 주먹을 펴고 살이 찌듯 물이 오르는 나무들의 무성한 잎사귀들과 녹색 내음이 가득했던 날이다. 자기 어깨 위에서 몸의 균형을 잡고 있는 사이먼과 니나와 함께 강가를 걸었다. 그날은 아이가 배부르게 먹었던, 엄청난 선물처럼 도저히 착각이라고 할 수 없는 날이었다. 집에 돌아와서는 사이먼을 눕혀 낮잠을 재웠다. 그리고 문간에서 유스터스 한 사람만을 향한 특별한 웃음으로 유혹하던 니나와 함께 화창한 오후에 은밀하고 나른한 사랑을 나누기 위해 둘이 발끝으로 살금살금 조심스럽게 침실로 들어갔다. 언제나처럼 똑같은 농담을 했다. 자기는 어떻게 이렇게 지지리도 못생긴 추한 내 얼굴에 입을 맞출 수 있는 거야? 하지만 니나는 그의 얼굴에 입을 맞출 수 있었고, 그렇게 했다. 그런 날은 그게 마지막이었고, 유스터스에게 그날 같은 또 다른 날은 기대할 수 없게 되었다.

"사라진 사람들을 찾아야지."

42장

아프가는 피터가 늘 있던 곳에서 그를 찾았다. 피터는 자신의 책상에 앉아 긴 시간 동안 계속해서 서류 더미들 속을 헤매고 있었다. 모든 걸 체계적으로 정리해주던 체이스가 떠난 지 단 이틀 밖에 안 되었을 뿐인데, 피터는 벌써 늪에 빠진 것처럼 밀려드는 서류들 속에 갇혀 완전히 일에 치이고 있었다.

"시간 있으세요?"

"뭔지 모르지만, 간단히 빨리 끝내주세요."

아프가가 피터의 건너편 의자에 앉았다. "체이스가 대통령님에게 멋지게 한 방 날렸군요. 체이스가 그렇게 쉽게 사임하게 해주시면 안 되는 거였어요."

"제가 무슨 말을 할 수 있겠어요? 제가 너무 순진했던 거죠."

아프가가 목을 골랐다. "저기 문제가 좀 생겼습니다."

피터는 서류 양식을 채워 나가고 있었다. "장군님도 그만두시려고요?"

"아마도 지금 바로 그럴 거 같지는 않은데 말입니다. 오늘 아침 로젠버그로부터 연락을 하나 받은 게 있습니다. 지난 며칠간 많은 수의 유조차들이 로젠버그를 통과해 이동했다는데 정작 여기 커빌에 나타난 유조차는 단 한 대도 없습니다."

피터가 고개를 들어 아프가를 봤다.

"말씀드린 그대로입니다."

"정유 단지에서는 뭐라고 해요?"

"모든 게 계획에 따라 일정대로 진행되고 있다, 기타 등등. 그리고 오늘 아침 현재 그쪽에서 아무 소식도 없고, 우리 쪽에서 정유 시설을 호출해도 반응이 없습니다."

피터가 의자에 등을 기대고 앉았다. 하느님 맙소사.

"정유 시설을 점검하도록 병력은 이미 보내놨습니다." 아프가가 말을 이어갔다. "하지만 우리가 알게 될 사실이 뭔지는 이미 알 것 같습니다. 어쨌든 대통령님께서는 탄환을 받기 위해서 녀석에게 원하는 걸 넘겨주셔야만 하겠지요."

"도대체 뭐 때문에 덩크가 우리의 기름을 원하는 거죠?"

"제 짐작에 덩크가 원하는 건 기름이 아닐 겁니다. 녀석이 연극하는 겁니다. 놈이 뭔가를 원하는 거죠."

"예를 들면 어떤 거요?"

"그건 모르겠습니다. 덩크가 원하는 게 작은 건 아니겠지요. 배전·발전국의 말에 따르면 우리에게 현재 열흘 정도는 충분히 버틸 기름이 있다는군요. 배급제를 통해 할당하면 열흘보다는 며칠 더 버틸 수 있고. 그리고 우리가 정유 시설을 탈환한다고 하더라도 전기가 계속 돌아가도록 전력 시스템을 매끄럽게 회복할 만큼 충분한 기름을 뽑아낼 방법이 없습니다. 2주 안에 도시 전체가 암흑 속에 갇히게 될 겁니다."

덩크가 그들을 궁지에 몰아넣었고, 내키지 않았지만 피터도 그걸 인정하지 않을 수 없었다. 덩크의 멋진 한 수였다. 하지만 그렇다고 해도 퍼즐의 한 조각이 맞아떨어지지 않았다.

"그런데, 덩크가 우리에게 총과 탄약을 트럭 한가득 보내놓고 난 후에 우리의 기름을 모두 약탈해 갔다고요? 앞뒤가 맞지 않는 것 같은데요."

"그 총들과 탄약은 다른 사람이 보낸 것일지도 모릅니다."

"그것들은 군수 창고에서 나온 물건들이에요. 덩크의 암시장만 그런 물건들을 가지고 있고요."

아프가가 몸을 움직여 자세를 바꿔 앉았다. "글쎄요, 고려해야 할 또 다른 문제가 있습니다. 먼저 사촌의 집이라고 불리던 도박장이 불에 타 잿더미가 되어버리더니, 그 후에 덩크의 매춘부들 중 하나가 커빌에 나타나 그쪽에서 무슨 일이 벌어졌다고 말하고 다녔다는 소문이 돌았죠. 엄청난 총격이 있었다고요."

"덩크의 암시장에서 권력 투쟁이 발생했다는 말씀을 하시는 거군요."

"그냥 소문에 지나지 않는 이야기일 수도 있죠. 그 소문이 어떤 관계가 있는지는 알 수 없지만, 그래도 염두에 두고 고려해야 하는 문제인 건 맞는 것 같습니다."

"그 여자는 지금 어디에 있죠?"

"그 여자요?" 아프가는 거의 웃음을 터뜨릴 뻔했다. "그걸 누가 알겠습니까?"

총과 탄약 그리고 기름이 서로 관련되었다니, 도대체 어떻게 그럴 수 있다는 거지? 도시 전체를 인질로 삼는다는 건 덩크의 짓이 아닌 것 같았다. 게다가 군대가 아직은 덩크의 지협을 공격해 점령하고 그의 사업을 완전히 박살 낼 정도의 무기는 충분하다. 둑길은 죽음의 덫이나 마찬가지였기에 양쪽에 대량 사상자가 발생할 것이 분명했다. 하지만 일단 화약 연기와 먼지가 걷히고 나면 덩크 위더스는 몸에 50개 정도는 되고도 남을 총구멍이 뚫린 채 죽어서 도랑에 누워 있거나 아니면 밧줄에 묶인 채 공중에서 버둥거릴 게 뻔했다.

피터는 생각했다. 자, 그러니까 그 기름을 실어 나르는 유조차 사건이 단순히 연극이 아니라고 생각해보자고. 유조차 사건이 정말로 기름을 뭔가를 위해 쓰려는 거라고 가정해보자고.

피터가 물었다. "우리가 그의 배에 대해 알고 있는 정보는 뭐가 있죠?"

아프가가 눈살을 찌푸렸다. "많지 않습니다. 지난 몇 년 동안 그 빌어먹을 물건을 본 외부인은 아무도 없습니다."

"하지만 크잖아요."

"사람들 말로는 그렇다더군요. 그 배가 이 일들과 관련되었다고 생각하시는 겁니까?"

"나는 뭘 고민해봐야 하는지 모르겠어요. 하지만 분명 우리가 놓친 게 있어요. 우리 트럭에 실려 온 그 탄약들을 이미 각 부대에 보급했나요?"

"아뇨, 아직 아닙니다. 지금 군 창고에 있습니다."

"그러면 탄약 보급부터 하도록 하죠. 그리고 지협에 순찰대를 보내세요. 프리포트의 상황을 파악하는 데는 시간이 얼마나 걸릴까요?"

"몇 시간이면 됩니다."

오후 3시가 조금 지났다. "주변에 병력을 배치하도록 하세요. 군인들에게는 훈련이라고 해두시고요. 그리고 기술자들도 출입구에 대기시키고요. 정유 시설은 지난 10년 동안 가동이 멈춰본 적이 없습니다."

아프가가 조심스러운 표정으로 피터를 바라봤다. "사람들이 눈치챌 겁니다."

"후회하게 되는 것보다는 낫습니다. 이 모든 게 우리에게는 말이 안 되지만, 누군가에게는 완벽하게 말이 되거든요."

"지협은 어떻게 할까요? 계획을 준비할 때까지 오랜 시간을 마냥 기다리고 싶지는 않습니다."

"나도 그러고 싶지 않습니다. 대책을 세우세요."

아프가가 의자에서 일어났다. "한 시간 안에 준비해서 보고하겠습니다."

"그렇게 빨리요?"

"지협 안으로 들어가는 길은 하나뿐이죠. 계획이라고 해도 복잡할 게 없습니다." 아프가가 문 앞에서 돌아서서 말했다. "이건 완전히 미친 짓이죠, 압니다. 하지만 어쩌면 지금까지 우리가 기다려온 기회일 수도 있습니다."

"그렇게 볼 수도 있겠죠."

"그 자리에 앉아 있는 게 체이스가 아니라는 사실이 기쁠 따름입니다."

아프가가 피터를 혼자 남겨두고 방을 나갔다. 단지 5분이었다. 그리고 이제 피터의 책상 위에 쌓여 있는 서류들은 완전히 하찮은 일들로밖에 보이지 않았다. 피터는 의자를 돌려 창문을 마주 보고 앉았다. 분명 화창한 아침으로 시작했던 날씨가 바뀌는 중이었다.

커빌의 하늘 위에는 짙고 무거운 먹구름이 낮게 깔려 맴돌았다. 거센 돌풍이 나무 꼭대기들을 세차게 때리며 지나가고, 번개가 번쩍이며 하늘을 순간적으로 새하얗게 밝혔다. 천둥소리가 하늘 위를 우르르 쾅쾅 굴러가고 나자 첫 번째 빗방울들이 떨어지며 유리 창문을 천천히 하나둘씩 무겁게 때리기 시작했다.

마이클, 너 도대체 무슨 빌어먹을 짓을 하려는 거지?

43장

앤서니 카터, 트웰브 중의 트웰브. 그가 잔디깎이의 시동을 끄고 파티오 쪽을 바라보자 이미 테이블 위에 아이스티가 올려져 있는 것이 보였다.

이렇게 빨리? 벌써 다시 정오가 되었다고? 카터가 턱을 돌려 하늘을 올려다봤다. 표백해놓은 것처럼 창백하고 지나치게 후텁지근한 휴스턴의 여름 하늘이었다. 그는 머리에 두른 손수건과 모자를 벗고서 이마에 흐르는 땀을 닦아냈다. 차가운 아이스티 한 잔이 제격인 날씨였다.

우드 부인, 그녀도 그걸 잘 알았다. 물론 아이스티를 갖다 놓은 건 우드 부인이 아니지만 말이다. 카터는 그게 누구였는지 정확히 알지 못했다. 1년 매 계절 그리고 매일 하루도 빠짐없이, 꽃모종이 실려 있는 나무 판들과 부엽토 자루들을 문 앞까지 배달해놓고, 카터의 망가진 연장들을 고쳐놓고, 그곳의 시간이 흐르도록 해놓은 그 누군가가 동일한 사람이라는 것만 알았다.

카터는 자신의 잔디깎이를 그늘로 밀고 가 깨끗이 닦아내고 파티오로 갔다. 잔디밭 저쪽 끝에서는 에이미가 아직도 흙먼지를 뒤집어쓰고 일하는 것이 보였다. 에이미가 있는 쪽에는 생강들이 좀 자라났는데 어찌나 미친 듯이 자라는지 항상 잘라내서 손질해줘야만 했다. 거긴 우드 부인이 항상 여름의 색으로 채워 넣고 싶어했던 화단들과 맞닿아 경계를 이루고 있었다. 오늘은 코스모스 세 판이 배달됐는데, 헤일리가 뽑아서 머리에 꽂아두기를 좋아했던 분홍색 코스모스들이다.

"차가 준비됐어요." 카터가 소리를 질렀다.

에이미가 얼굴을 들어 그를 쳐다봤다. 목에 스카프를 두르고 있는 그녀는 흙먼지가 묻은 손으로 땀을 닦아내느라 얼굴에도 흙이 묻어 있었다.

"먼저 드세요." 에이미는 그렇게 말하더니 손으로 얼굴에 붙은 각다귀를 찰싹 때려잡았다. "저는 이것부터 먼저 끝내고 싶어요."

카터는 테이블에 앉아 차를 한 모금 마셨다. 항상 그렇듯 완벽한 맛이었다. 달지만 너무 달지 않았고, 유리잔 속에 띄워놓은 얼음들이 잔의 표면에 상쾌해 보이는 물방울들을 맺혀놓았다.

그의 등 뒤, 집 안에서는 놀고 있는 여자아이들의 밝은 목소리가 들려왔다. 어떤 때는 바비 인형들에게 옷을 입혀보며 노는 소리였고, 어떤 때는 TV를 보는 소리가 들렸다. 같은 영화들을 반복해서 보는 소리가 카터에게 들리고는 했다. 그중 하나는 슈렉이었고 다른 하나는 프린세스 브라이드였다. 두 여자아이 즉 헤일리와 여동생은 늘 집 안에 틀어박혀서 엄마가 집으로 돌아오기만 기다렸기에 카터는 아이들에게 미안한 마음을 갖고 있었다. 하지만 카터가 창문으로 집 안을 들여다볼 때는 아무도 보이지 않았다. 집 안과 밖은 두 개의 완전히 다른 세상이었다. 방들은 모두 비었으며, 심지어 그 안에는 사람이 살고 있다는 낌새라도 알려줄 만한 가구조차도 보이지 않았다.

카터는 이 문제에 대해 시간을 갖고 생각해보기도 했고, 정말 많은 것들에 대해서 따져봤다. 이 공간은 도대체 뭐지, 하는 생각 말이다. 그리고 그가 내린 최선의 결론은 그곳이 병원에 있는 것과 같은 일종의 대기실이라는 거다. 사람들이 잡지를 뒤적거리며 차례를 기다리다가, 자신의 이름이 불리면 다음 장소가 무엇이든 간에 자리를 이동하게 되는 곳 말이다. 에이미는 정원을 "세상 뒤에 있는 또 하나의 세상"이라고 불렀으며 카터의 생각에도 에이미의 생각이 맞는 것 같았다.

카터는 하루가 어떻게 흘러갔는지 생각해봤다. 그는 곧 다시 일을 시작해야만 했다. 스프링클러의 머리도 교체해야 하고, 물 위의 부유물을 걷어내는 등 수영장 청소도 해야 한다. 또 테두리를 모두 두르는 일도 끝내야 했다. 그는 정원을 우드 부인이 돌아올지 모를 날을 위해 준비해둔 것처럼 잘 관리해놓고 싶었다. 카터 씨, 정원을 이렇게 아름답게 잘 관리하고 계셨다니요. 당신은 정말 신이 보내주신 사람이에요. 당신 없이 내가 뭘 했는지 모르겠어요. 카터는 그날이 오면 서로 주고받을 이야기들에 대해 생각하는 것을 좋아했다. 예전에 그랬던 것처럼 우드 부인과 그는 두 친구가 그렇듯이 파티오에 앉아 기분 좋은 대화를 나누게 될 것이다.

하지만 그 순간만큼은 카터도 정원 가장자리의 열기가 식어가는 동안 잠시 앉아 땀을 식히며 쉬는 것을 즐겼다. 정원은 사람들이 생각을 정리하는 곳이고, 지금 카터도 그의 생각들을 다시 떠올려보는 중이었다. 그는 사형수 교도소인 테럴에 있는 자신을 울가스트가 찾아왔던 일 그리고 밴을 타고 사방이 춥고 눈 덮인 산 뿐인 곳으로 가서 의사들이 놔주는 주사를 맞았던 일을 기억했다. 주사는 못 견딜 만큼 최악은 아니었지만 그를 끔찍할 정도로 아프게 만들었다. 정작 최악이었던 것은 그의 머릿속에서 들리는 목소리였다. 나는 뱁콕이야. 나는 모리슨이고. 나는 차베스라고 하고, 배프스, 터럴, 윈스턴, 소사, 에콜스, 램브라이트, 마르티네스, 라인하르트……. 카터는 자신이 다른 사람의 꿈속에 들어간 것처럼 사람들이 죽어가는 소름 끼치는 장면들을 보기도 했다.

카터도 잠시 학교에 다녔고 윌리엄 셰익스피어가 쓴 책을 한 권 읽기도 했다. 사실 그는 그 책을 많이 읽지는 못했다. 책의 글이 마치 믹서에 잘게 부수어 꺼내놓은 것 같아서 얼마나 헷갈리고 어려웠던지. 하지만 교실 벽을 동물들과 등산가들의 포스터나 "손을 뻗어 별을 따"와 "친구를 사귀고 싶으면 친구가 되어줘" 같은 글귀들로 채워놓았던, 예쁜 백인 여자인 코Coe 선생님이 반 학생들에게 비디오 하나를 보여주었다. 카터는 사람들이 항상 칼싸움에 휘말리게 되고 해적처럼 옷을 입고 다니는 것 때문에 그 비디오가 마음에 들었다. 코 선생님은 남자 주인공인 햄릿이라는 왕자가 미치게 되는데, 그 이유는 누군가가 왕자의 아버지 귀에 독약을 부어 넣어 죽였기 때문이라고 설명해줬다. 그 이야기에는 다른 내용들이 더 있었지만, 카터의 머릿속에서 들리는 목소리들이 그 부분을 생각나게 했기에 그 내용이 기억났다. 그 목소리들은 귀에 독약을 들이붓는 것 같았다.

그 일이 얼마나 오래갔는지 카터가 확실히는 기억 못 하지만, 한동안 그런 일은 계속되었다. 그들은 추하고 더러운 여러 가지 일들을 속삭이고서 사라지고는 했는데, 그들 이야기의 대부분은 그들의 이름으로, 마치 만족하지 못한다는 듯 지칠 줄 모르고 계속 떠들어댔다. 그러다가 카터에게 제로의 목소리가 들려오는 순간 태풍이 들이닥치기 전의 대기처럼 모두 조용해졌다. 사실 '들린다'라는 말은 정확한 표현이 아니었다.

제로는 상대가 자기 생각을 따라 생각하도록 만들었다. 제로가 그의 머릿속으로 들어온다는 건 마치 한 발짝을 앞으로 내디뎌 빛이 없는 구멍으로 굴러떨어지는 것과 같았고, 그 끝 바닥에는 기차역이 있었다.

겨울 코트를 입은 사람들이 발걸음을 재촉하는 중이었고 스피커에서는 선로의 번호와 각 선로의 열차들이 어디로 가는지를 안내하고 있었다. 뉴헤이븐, 라치몬트, 카토나, 뉴로셸, 다 카터는 모르는 곳들이었다. 날씨는 추웠고, 바닥은 녹은 눈으로 미끄러웠다. 그는 사면 시계가 있는 안내소 앞에 서 있었다. 그는 누군가 중요한 사람을 기다렸다. 기차 하나가 도착하고 또 다른 기차가 들어왔다. 그녀는 어디에 있는 거지? 무슨 일이 있는 걸까? 그녀는 왜 전화도 안 하고 받지도 않는 거야? 기차가 꼬리를 물고 들어왔다. 기대는 갈수록 강해지더니 마지막 승객들이 급히 지나쳐 가자, 그의 희망에 잔인한 찬물이 끼얹어졌다. 그의 심장이 산산조각이 났지만, 여전히 그는 자리를 뜰 수 없었다. 멈추지 않는 시곗바늘은 그를 조롱하는 것만 같았다. 올 거라고 약속했는데 그녀는 도대체 어디에 있는 거지? 얼마나 그녀를 품 안에 안기를 원했는데. 리즈 너는 내게 가장 중요한 유일한 사람이라고. 네가 훌쩍 떠나려 할 때 너를 붙잡을 수 있는 유일한 사람이 내가 되게 해줘…….

그 후로 카터는 완전히 미쳐버렸다. 그는 최악의 행동을 하면서도 멈출 수 없는 자신을 바라보는, 길고 나쁜 꿈을 꾸는 것 같았다.

사람들을 먹어 치우고, 인간을 조각조각 찢어버리고, 어떤 경우에는 죽이지 않고 맛만 보기도 했다. 거기에는 어떤 이유도 맥락도 없었다. 단지 제로가 원했기 때문이었다.

그는 차 안에 있던 연인들도 생각났다. 그들은 어디론가 급히 가는 중이었고 카터는 나무 위에서 그들을 덮쳤다. 이 사람들을 그냥 내버려 둬, 그들이 너에게 뭘 어떻게 했는데. 그의 머릿속에서 생각은 그렇게 했다. 하지만 그의 허기는 그런 생각 따위는 신경도 쓰지 않고 하고 싶은 대로 했다. 일어나는 충동대로 그들을 죽이고 싶어 했다.

카터는 자동차의 보닛 위에 힘껏 내려앉아, 그들에게 자기 얼굴과 이빨과 발톱들과 그리고 이제 자신이 무엇을 하려는지 오랫동안 자세하게 보여주었다. 그 둘은 젊은 남녀였다. 운전대를 잡은 건 남자였고 그 옆에는 아내로 보이는 여자가 앉아 있었다. 짧은 금발 머리의 여자가 동그랗게 놀란 눈으로 카터를 바라보았다. 자동차가 좌우로 요동치며 흔들리기 시작했고 도로 위를 이리저리 미끄러지며 나아갔다. 남자가 소리를 질렀다. 이런 쌍! 그리고 다시 이런 미친! 하지만 여자는 아무 반응도 보이지 않았다. 그때 보닛 위 괴물의 모습에 어찌할 바를 모르고 마비된 듯 종잇장처럼 하얗게 질린 여자의 눈이 카터의 눈을 똑바로 꿰뚫고 지나갔고, 카터는 꼼짝도 못 하고 얼어붙었다. 정말 기괴한 일이었다.

하지만 그 순간 카터가 총을 보고 말았다. 총신이 손가락을 집어넣을 만큼의 길이인 크고 반짝이는 권총을 남자가 차의 핸들 위에 받치고서 자신을 겨누려고 애썼다. 자, 그 물건을 겨누는 짓 따위는 그만둬. 아직도 카터인 그의 한구석이 그렇게 생각했다. 앤서니, 사람에게 절대 총을 겨누면 안 돼. 아마도 이건 그의 엄마나 다른 누군가의 목소리에 대한 기억이었을 것이다. 그네 위에서 펌프질하듯 몸을 흔드는 아이가 점점 더 빨리 더 높게 공중으로 솟아오르는 것처럼, 차는 길게 굽은 커브 길을 돌고 있었고 카터도 잠시 몸이 굳어버렸다. 그리고 차가 구르기 시작했을 때 총성과 화염과 함께 권총이 발사되었고, 카터는 어깨에 약간의 날카로운 따가움을 느꼈다. 하지만 벌에 쏘인 것보다도 덜한 느낌이었고, 다음 순간 카터가 깨달은 건 자신이 도로 위를 구르고 있다는 거였다.

때맞춰 일어나 다가온 그는 차가 옆으로 쾅 하고 쓰러져 미끄러지는 것을 보았다. 차는 360도를 회전하더니 차 지붕으로 땅을 치며 뒤집혔고, 폭발하듯 유리창이 깨지며 금속이 찢겨 나가는 소리가 들렸다. 차가 아스팔트 위를 통나무처럼 계속 구르고 또 굴러가다, 마지막으로 차 지붕이 아스팔트 위를 때리며 뒤집혀 멈출 때까지 반짝이는 조각들이 튕겨 나왔다.

모든 게 너무 조용했다. 그들은 마을에서 수 킬로미터 떨어진 시골 깊숙이 들어와 있었다. 파편들이 불이 붙은 채 연기를 내뿜으며 도로 위에 어지럽게 널려 있는 것이 보였다. 카터는 휘발유 냄새와 플라스틱이 녹는 것 같은 뜨겁고 강한 냄새를 느꼈다. 그는 뭔가 느껴져야 한다는 건 알았지만 그게 무엇인지는 알지 못했다. 그의 안에서 여러 가지 생각들이 제대로 순서를 맞출 수 없는 영화의 각 장면처럼 온통 뒤죽박죽 섞였다.

카터는 허둥지둥 차로 달려가 웅크리고 앉아서 안을 들여다보았다. 두 남녀는 안전벨트를 맨 채 차 안에 거꾸로 매달렸고, 으스러진 대시보드가 그들의 허리를 짓눌렀다. 머리에 큰 쇳덩어리가 박힌 남자는 죽었지만 여자는 숨이 붙어 있었다. 피투성이가 된 여자는 눈을 크게 뜨고는 앞을 바라보고 있었다. 여자의 얼굴과 셔츠, 손과 머리카락 그리고 입술과 혀와 이빨까지 온통 시뻘겋게 피로 물들었다. 대시보드 아래쪽에서 검은 연기가 스멀스멀 뿜어져 나오는 것이 보였다. 카터가 밟고 있던 유리 조각이 깨지자, 그 소리에 여자가 몸의 다른 부분은 움직이지 못한 채 천천히 얼굴만 그를 향해 돌렸다.

"거기 누구 있어요?" 그녀가 입술을 움직여 말할 때마다 그녀의 입술 주위로 피거품이 맺히며 뺨을 타고 흘러내렸다. "제발 좀, 거기…… 누구…… 있어요?"

그녀는 카터를 정면으로 보고 있었고, 카터는 그녀가 앞을 보지 못한다는 걸 그때 알게 되었다. 여자는 시각 장애인이었던 거다. 픽 하는 부드러운 소리가 나더니 첫 번째 불길이 대시보드 아래쪽으로 번지며 모습을 드러냈다.

"이런, 맙소사." 여자가 신음했다. "당신 숨 쉬는 소리가 들린다고요. 제발, 대답해줘요."

카터에게 뭔가 일이 일어나고 있었다. 이상한 일이. 앞을 보지 못하는 여자의 눈이 거울이 된 것처럼, 그녀의 눈에서 카터가 본 건 바로 자신이었다. 그 작자들이 그를 바꾸어놓은 괴물이 아닌 인간이었던 자신. 카터는 영혼이 깨어나는 것 같았고 자신이 누구였는지 기억해냈다. 그는 여자의 부름에 대답하려고 애썼다. 여기 있어요. 그렇게 말하고 싶었다. 당신 혼자 있는 게 아니에요. 내가 한 짓 정말 미안해요. 하지만 괴물이 된 카터의 입으로는 그 말들을 할 수 없었다. 불길이 번졌고 운전석은 연기로 가득 찼다.

"맙소사, 내 몸에 불이 붙었어. 제발요, 이런 제발, 제발……."

여자가 그를 향해 손을 뻗었다. 아니, 카터는 그녀가 자신을 향해서 손을 뻗은 게 아니라는 걸 알아차렸다. 그녀는 그에게 손을 뻗은 거였다. 여자가 손에 뭔가를 움켜쥐고 있었다. 여자의 몸에 심한 경련이 일어났고, 그녀의 목을 타고 입으로 쏟아져 나오는 피 때문에 숨을 쉬지 못했다. 그녀의 손에 힘이 풀리더니 쥐고 있던 것이 땅에 떨어졌다.

아기들의 입에 물리는 고무젖꼭지였다.

아기는 뒷자리의 아기 캐리어 안에 벨트를 맨 채 거꾸로 매달려 있었다. 곧 차가 폭발할 거였다. 카터는 땅바닥에 납작 엎드려 뒤 창문으로 미끄러져 들어갔다. 아기는 깨어서 울고 있었다. 캐리어는 창문을 빠져나올 수 없을 것 같았다. 아기를 캐리어에서 꺼내야만 했다. 캐리어 벨트의 잠금장치를 풀고 아기의 어깨를 벨트에서 빼내자, 연약한 울음소리만큼이나 가벼운 아기의 몸이 그의 팔 안으로 미끄러져 들어왔다. 분홍색 잠옷을 입고 있는 작은 여자아이. 아기를 가슴에 꼭 안고서 카터는 몸을 이리저리 비틀어 차 밖으로 빠져나오자마자 뛰기 시작했다.

하지만 그게 카터가 기억하는 전부였다. 이야기는 그쯤에서 끝났다. 그 아기가 어떻게 되었는지도 모른다. 트웰브 중의 트웰브, 카터는 불길이 차를 집어삼키기까지 겨우 세 걸음밖에 뛰지 못했다. 연료 탱크에 불이 붙자마자 차는 산산조각이 나면서 날아가버렸다.

그는 다른 건 절대 먹지 않았다.

아, 그가 먹기는 했다. 쥐, 주머니쥐, 너구리 그런 것들은 먹었다. 이따금 개를 먹기도 했는데, 그럴 때면 항상 미안한 생각이 들었다. 하지만 오래가지 않아 세상은 조용해졌고, 그의 구미를 자극할 인간들도 얼마 남지 않았다. 그리고 시간이 더 흐르자 이제는 인간이 더 이상 남아 있지 않다는 사실을 알았다.

그는 제로에게도 문을 닫아버렸다. 아니 트웰브의 나머지 모두를 차단해버렸다. 그들과 얽히고 싶지도, 그들의 일에 끼어들고 싶지도 않았다. 카터가 쌓아 올린 벽 한쪽에는 제로와 다른 트웰브들이, 그리고 다른 한쪽에는 카터 자신이 있었다. 그 벽이 얇고 그렇게 튼튼한 것이 되지 못했기에 카터가 원하면 그들의 이야기들을 들을 수는 있었지만, 그는 어떤 대답도 반응도 되돌려 보내지 않았다.

외로운 시간이었다.

그는 자신의 도시가 물에 잠겨가는 것을 지켜봤다. 그리고 그 빌딩 안에 자신을 위한 장소를 마련했다. 원 앨런 센터One Allen Center. 높은 고층 건물이었고 밤에는 그 꼭대기에 올라가 별들 사이에 설 수 있었기에 벗으로서 그들을 가깝게 느꼈다. 해가 바뀌어갈수록 건물들 주위로 수위가 계속 높아졌고, 어느 날 밤 거대한 바람이 삽시간에 들이닥쳤다. 카터도 살면서 허리케인을 한두 번 겪어보기는 했지만, 그때까지 보아왔던 것과 달랐다. 그날 밤의 폭풍우는 고층 건물들을 술 취한 사람이 비틀거리는 것처럼 이리저리 흔들어댔다. 벽들에 금이 가며 깨지고 창틀에서 유리창들이 깨져 나가고 모든 게 혼란에 휩싸였다. 신이 세상에 지치고 절망해서 종말이 오는 건 아닌지, 카터는 궁금할 지경이었다. 물이 차오르면서 건물이 흔들리고 하늘이 울부짖는 소리를 내자, 이 모든 게 신의 뜻이라면 자신을 데려가 달라고 신에게 기도하기 시작했다. 자신이 저지른 모든 일들에 대해서 거듭 잘못했다고 빌었다. 이 세상을 떠날 수 있는 더 좋은 곳이 있다면, 자신이 그럴 자격이 없지만 그래도 그곳을 보고 싶다고 기도했다. 그런 기회를 얻지 못할 것으로 생각하면서도, 신이 혹시 자신을 용서할 수 있을지도 모른다고 생각하고 기도했다.

그의 귀에 어떤 소리가 들려왔다. 100만 개의 영혼들이 지옥의 문을 열고 비명을 지르며 폭풍 속으로 쏟아져 나오는 것 같은, 가슴을 갈기갈기 찢어발기는 잔혹하고 끔찍한 소리가 들렸다. 칠흑 같은 어둠 속에서 거대한 검은 형체가 나타났다. 그것이 점점 커지더니 번개가 번쩍였다. 카터는 그것이 무엇인지 볼 수 있었지만 도저히 자기 눈을 믿을 수 없었다. 배였다. 그것도 휴스턴의 도심에. 배는 거대한 용골을 도심의 거리에 질질 끌면서 곧장 그를 향해 왔고, 마치 신이 던진 볼링공처럼 앨런 센터의 고층 건물들을 볼링 핀이라도 되는 듯 마구 들이박았다.

카터는 바닥에 엎드리고 충격에 대비해 머리를 감싸 안았다.

그런데 아무 일도 일어나지 않았다. 갑자기 모든 게 조용해졌다. 심지어 바람도 멈춰 아무 소리도 들리지 않았다. 카터는 어떻게 그럴 수 있는지 의아해졌다. 한순간 하늘이 미친 듯 날뛰고 있었는데 다음 순간 쥐 죽은 듯 조용해지다니. 그가 일어나 창문 밖을 내다보았다.

그의 머리 위 구름에 둥근 창이 난 것처럼 하늘이 뻥 뚫렸다. 카터는 생각했다. '눈'이다. 그게 이거구나. 그는 태풍의 눈 한가운데 들어온 거다. 아래를 내려다봤다. 배는 건물의 옆면을 들이박은 채 기대어, 길모퉁이에 주차된 택시처럼 멈춰 서 있었다.

카터는 건물의 벽면을 타고 아래로 내려왔다. 태풍이 다시 몰려올 때까지 남은 시간이 얼마나 될지 알 수 없었다. 그가 아는 건 그곳에 멈춰 선 배를 메시지처럼 느꼈다는 것뿐이다. 마침내 그는 복도와 파이프가 미로처럼 얽혀 있는 배의 선체 안으로 들어왔다.

그래도 길을 잃은 것 같은 기분은 들지 않았고, 보이지 않는 어떤 힘이 자신의 모든 행동을 이끄는 것 같았다. 기름이 둥둥 떠 있는 바닷물이 발 주변에서 철벅거렸다. 그는 한 방향으로 나아가다가 이내 다른 방향으로 미지의 힘에 이끌려갔다. 복도 끝에서 은행의 금고같이 생긴 육중한 철문 하나가 나타났다. T1이라고 쓰여 있었다. 저장 탱크 1번이었다.

물이 너를 지켜줄 거야, 앤서니.

카터는 흠칫 놀랐다. 누가 나에게 말하는 거야? 그 목소리는 자신이 숨 쉬는 공기에서도, 발밑에서 찰랑거리는 물에서도, 자신을 둘러싼 배의 금속 선체에서도, 사방에서 들려오는 것 같았다. 목소리가 그를 완벽히 부드러운 담요처럼 둘러 감았다.

그는 여기에 있는 너를 찾을 수 없어. 안전하게 여기 있도록 해. 그러면 그녀가 너를 찾아올 거야.

그때 그는 에이미의 존재를 느꼈다. 그녀는 다른 이들처럼 어둡지 않았고, 그녀의 영혼은 빛으로 빚어진 듯했다. 엄청난 흐느낌에 그의 몸이 쥐어뜯기듯이 요동치더니, 외로움이 그를 떠나가고 있었다. 그것은 베일처럼 그의 영혼으로부터 솟아올랐다. 그 뒤에 남은 것은 세상과 그 모든 비애에 관한 거룩하고 아름다운, 전혀 다른 종류의 슬픔이었다. 그는 철문의 손잡이를 잡았고 천천히 손 아래로 돌렸다. 배의 벽체 너머 바깥에서는 다시 바람이 울부짖었다. 비가 거세게 내리고 천둥과 번개가 하늘을 수놓으며 흔들었다. 바닷물이 물에 잠긴 도시의 거리를 휩쓸고 지나갔다.

안으로 들어가, 앤서니.

문이 열렸고 카터는 안으로 들어갔다. 이제 그는 배의 몸 안에 들어왔다. 쉐브론 마리너호 안에. 하지만 더 이상 그 안에 있는 것이 아니었다. 그는 넘어지고 구르고 떨어졌다. 그리고 넘어져 구르고 떨어지기를 멈춘 때, 카터는 눈도 뜨기 전에 자신이 어디에 있는지 알 수 있었다. 꽃향기가 느껴졌기 때문이다.

카터는 자신이 아직 차를 다 마시지 않았다는 걸 깨달았다. 에이미는 코스모스 작업을 다 끝내고 화단을 정리하고 있었다. 그는 에이미에게 잠시 쉬라고 하고 자신도 바로 잡초를 뽑으러 가야겠다고 생각했다. 하지만 그는 에이미가 그렇게 하지 않을 걸 알았다. 그녀는 아직 할 일이 남아 있을 때는 쉬지 않았다.

에이미에게 기다림은 힘든 일이었다. 단지 그녀가 직면해야 할 문제들 때문만이 아니라 그녀가 이미 포기한 것들 때문이다. 에이미가 그 일에 대해서 제대로 입 한번 열어본 적이 없기는 했지만 그건 에이미답지 않은 일이었다. 그래도 카터는 알 수 있었다. 그 자신도 누군가를 사랑하고 이 세상에서 사랑하는 사람들을 잃는다는 것이 어떤 것인지 알기 때문이다.

제로가 에이미와 카터를 찾으러 올 거라는 건 분명한 사실이었다. 카터는 제로, 그 남자가 어떤 자인지 알았다. 제로, 그는 세상이 자신의 슬픔을 담아내 보여주는 거울이 되기 전까지는 절대 멈추지 않을 자였다. 문제는 카터도 제로가 조금 불쌍하다고 느낀다는 거였다. 카터 자신이 같은 경험을 해본 탓일 것이다. 그가 틀린 건 그의 질문이 아니라 질문하는 방식이었다.

카터가 의자에서 일어나, 모자를 쓴 채 땅바닥에 무릎을 꿇고 일하는 에이미에게 갔다.

"낮잠 잘 잤어요?" 에이미가 고개를 들어 그를 보며 물었다.

"내가 잠을 잤다고요?"

에이미가 잡초를 뽑아 잡초 더미 위에 던져놓았다. "코 고는 소리를 직접 들었어야 했어요."

이런, 카터에게는 처음 듣는 이야기였다. 그렇지만 생각해보니 잠시 눈을 쉬게 하느라 그랬을 수도 있겠다는 생각이 들었다.

에이미가 발뒤꿈치에 힘을 주어 일어서더니 새로이 꽃을 심은 화단 위로 두 팔을 활짝 벌려 보였다. "자, 어때요?"

카터가 한 걸음 뒤로 물러나 화단을 살폈다. 모든 것이 깔끔했다. "이 코스모스들 예쁜데요. 우드 부인이 좋아하겠어요. 헤일리도 그렇고."

"물을 줘야 할 것 같아요."

"내가 할게요. 에이미는 잠시 땡볕을 피해 쉬도록 해요. 아직 차가 테이블에 그대로 있어요."

카터가 문 근처에 있는 수도꼭지에 호스를 연결하고 있을 때 아스팔트 위를 미끄러지는 부드러운 자동차 타이어 소리가 들렸다. 디날리 한 대가 거리를 따라 다가오는 것이 보였다. 차가 코너에서 멈추는가 싶더니 천천히 앞으로 다가왔다. 카터는 까맣게 선팅된 유리창을 통해 비치는 우드 부인의 윤곽을 보았다. 차는 거의 움직임이 없는 것 같았지만 그렇다고 멈추어 서지는 않으면서, 유령이 지나가는 것처럼 집 주위를 천천히 돌다가 속도를 높여 빠르게 떠나버렸다.

에이미가 카터 옆에 다가와 섰다. "저도 아까 여자아이들이 노는 소리를 들었어요." 디날리가 오래전에 사라지기는 했지만 에이미 역시 길 쪽을 지켜보았던 거였다. "이거 가져왔어요."

에이미가 물뿌리개 막대를 하나 들고 있었다. 잠깐 카터는 그것이 뭐와 어떤 상관이 있는 건지 얼른 생각이 떠오르지 않았다. 그래, 그건 당연히 코스모스 때문이었다.

"괜찮아요?" 에이미가 물었다.

카터는 대답 대신 어깨를 으쓱해 보였다. 그는 물뿌리개 막대를 호스 끝에 끼워 넣고 수도꼭지를 틀었다. 카터가 호스를 화단으로 끌고 가 코스모스에 물을 뿌리기 시작하는 동안 에이미는 파티오로 돌아가 앉았다. 하지만 그는 코스모스를 심고 물을 뿌리는 일들이 전혀 의미가 없다는 걸 알았다. 그곳에 곧 가을이 찾아올 것이다. 그러면 잎들은 말라 떨어지고 정원의 생기도 퇴색하고 바람이 거세지기 때문이다. 서리가 풀의 끄트머리들을 갉아 먹고 우드 부인의 시신도 수영장에 떠오를 것이다. 모든 것이 계획대로 이루어졌다. 그래도 카터는 물뿌리개 막대를 코스모스 화단 위로 이리저리 옮겨가며 계속 꽃에 물을 줬다. 앞뒤 그리고 다시 앞뒤, 물뿌리개를 계속 부지런히 움직였다. 그의 가슴은 언제나 아주 보잘것없는 것이라도 변화를 만들 수 있다고 믿기 때문이다.

44장

————

    온종일 세찬 비가 내렸고, 모두가 집에 갇힌 채 짜증이 나 있었다. 케일럽은, 여동생에 대한 핌의 인내심이 바닥나는 중이라는 걸 느꼈다. 무슨 일이 벌어지기는 할 거라는 것도 알았다. 며칠 전까지만 해도, 그런 상황이 잘 극복될 수만 있다면 그도 핌의 그런 변화를 반겼을지도 몰랐다.

    비가 그치고 구름이 걷히자 해 질 녘에 가까워졌다. 밝은 햇살이 들판을 낮게 가로지르며 비췄고 모든 것들이 비에 흠뻑 젖은 채 반짝였다. 케일럽이 개미 떼를 찾아 집 주변의 땅을 샅샅이 훑었지만, 정말 개미가 한 마리도 보이지 않았기에 모두가 밖에 나가 하루의 남은 시간을 즐겨도 좋다고 허락할 수밖에 없었다. 남은 개미총들도 주위의 흙과 별로 다를 것이 없는 무너진 타원형의 진흙 더미에 지나지 않을 뿐이었다. 긴장하지 마, 그는 스스로 속삭였다. 너는 고립감에 시달리고 있는 거라고, 그게 다야.

    케일럽이 말들을 보러 간 사이 케이트와 핌은 진흙 파이를 만드는 아이들을 보고 있었다. 케일럽은 방목장의 끝 쪽에 날씨가 안 좋은 날 말들이 몸을 피할 수 있도록 앞이 뚫린 쉼터를 하나 만들어놓았다. 지금도 그곳에서 자기 말들을 찾을 수 있었다. 핸섬은 그렇게 나빠 보이지 않았지만, 젭은 숨을 몰아쉬며 흰자위를 드러내 보였다. 그뿐 아니라 젭은 자신의 왼쪽 뒷발을 땅에 대지 못한 채 들고 있었다. 젭은 케일럽이 말발굽 중앙의 융기된 부분에 난 작은 관통상을 살펴볼 수 있게, 주인이 자기 다리를 충분히 오랫동안 굽혀서 들고 있도록 놔두었다. 뭔가 길고 예리한 것이 상처 구멍 안에 박혀 있는 것이 보였다. 케일럽은 헛간으로 가서 고삐와 바늘코 펜치와 밧줄을 갖고 돌아왔다. 그가 젭에게 고삐를 걸고 있을 때 케이트가 그에게 걸어오는 것이 보였다.

"말이 불편해 보이네."

"녀석의 발굽에 뭔가 뾰족한 게 박혔어."

"도와줄 손이 필요해?"

그 혼자서도 일을 하는 데 문제없었지만, 갑자기 돕겠다고 나선 케이트의 관심을 거절하는 것도 곤란한 일이었다. "밧줄로 젭을 움직이지 못하게 해야 해. 녀석의 고삐만 잡고 있어줘."

케이트가 젭의 입 근처에 있는 가죽끈을 붙잡았다. "녀석이 아파 보이네. 말이 이렇게 숨 쉬는 거 괜찮은 거야?"

케일럽이 말의 뒤쪽에 웅크리고 앉았다. "의사는 너잖아. 네가 내게 알려줘야지."

그가 말의 발을 들어 올렸고 다른 한 손으로는 펜치를 비스듬히 상처에 갖다 댔다. 하지만 펜치로 쉽게 잡을 만큼 충분히 길지 않았다. 마침내 펜치의 끝이 박혀 있는 것의 끝을 물자, 젭이 체중을 뒤로 이동시키며 머리를 쳐들고 울부짖었다.

"젠장, 녀석이 못 움직이게 해!"

"나도 힘쓰고 있다고!"

"얘는 말이라고, 케이트. 녀석에게 네가 주인이라는 걸 보여줘."

"나에게 뭐를 바라는 거야, 젭을 한 대 세게 때리기라도 하라는 거야?"

그러나 젭은 순순히 따라주지 않았다. 케일럽이 다시 방목장 밖으로 나가더니 2밀리미터 굵기의 긴 쇠사슬을 가지고 돌아와서, 고삐를 따라 감으며 콧잔등 위로 올려 둘렀다. 그는 젭의 턱까지 감아 단단히 조여 당기고 쇠사슬을 케이트에게 쥐어줬다.

"이걸 잡고 있어." 그가 말했다. "말의 사정을 봐주면 안 돼."

새로운 방법이 젭의 마음에 들지 않았을지는 모르지만 쇠사슬은 효과가 있었다. 펜치 끝으로 잡아당기자 그 불쾌한 물체가 서서히 모습을 드러냈다. 케일럽이 잡아 뺀 물체를 들어 빛에 비추어 보았다. 약 5센티미터 정도의 길이로 새 뼈처럼 반투명하고 딱딱한 물건이었다.

"가시나 뭐 그런 거같아 보이는데." 케일럽이 말했다.

젭은 여전히 숨을 거칠고 빠르게 몰아 쉬었지만 그래도 긴장은 많이 풀린 모습이었다. 녀석의 입가에는 침방울들이 붙어 늘어졌고 목과 옆구리는 땀에 젖어 번들거렸다. 케일럽은 말발굽을 물로 씻어낸 후 상처에 아이오딘을 부었다. 핸섬은 쉼터 근처를 어슬렁거리며 조심스럽게 그들의 모습을 지켜보았다. 케이트가 고삐를 잡고 있는 동안 케일럽은 젭의 발굽을 가죽으로 만든 말 양말에 집어넣고 노끈으로 단단히 묶어놓았다. 이제 그가 할 수 있는 건 거의 다 한 셈이고, 밤새 움직이지 못하게 묶어두고 아침에 차도가 있는지 보기로 했다.

"도와줘서 고마워."

케이트와 케일럽은 헛간 문 앞에 서 있었고, 해는 이제 막 저물려고 했다.

"그래," 마침내 케이트가 말을 꺼냈다. "최근에 내가 별로 그렇게 좋은 친구가 되지 못했다는 건 알아."

"괜찮아, 잊어버려. 모두 다 이해하니까."

"그 문제에 대해 너 그렇게 굴 필요 없어, 케일럽. 우리가 서로를 알고 지낸 게 도대체 얼만데."

케일럽은 아무 말을 하지 않았다.

"빌은 망나니에다가 나쁜 자식이었어. 그래, 그건 나도 알아."

"케이트, 우리 이럴 필요 없어."

케이트는 화났다기보다는 그냥 체념한 것처럼 보였다. "나는 다른 사람들이 모두 어떻게 생각하고 있는지 안다는 걸 말하는 것뿐이라고. 그리고 사람들 말이 틀린 것도 아니야. 하지만 사람들은 사실 진실의 절반도 모른다고."

"그럼 왜 빌하고 결혼했던 거야?" 말을 해놓고는 케일럽은 스스로 깜짝 놀라고 말았다. 자신도 모르게 그 질문이 툭 튀어나와 버렸기 때문이다. "미안해, 질문이 좀 직설적이었네."

"아냐, 당연한 질문이야. 정말이야, 나도 스스로 계속 물어봤으니까." 잠시 둘 사이에 말이 없어지고 대화가 끊겼다. 그러더니 곧 케이트의 표정이 조금 밝아졌다. "핌과 내가 어렸을 때 누가 너와 결혼할지를 두고 싸웠다는 걸 알아? 진짜 몸싸움을 말하는 거야, 서로 때리고 머리를 끄집어 당기고 기타 등등."

"너 나를 놀리는구나."

"그렇게 기분 좋아서 행복한 표정 짓지 마. 핌과 나 둘 중의 하나가 병원에 실려 가지 않은 게 신기할 정도였다고. 한번은 핌의 일기장을 훔쳤나? 내가 열세 살쯤 되었을 때일 거야. 진짜 재수 없는 밥맛 덩어리였을 때지. 맙소사, 핌의 일기장에 있는 이야기들은 전부 너에 대한 것들이었어. 네가 얼마나 잘생겼는지, 얼마나 똑똑한지 그런 것들. 너와 핌의 이름을 쓰고는 그 위에 커다란 하트를 그려놓았더라니까. 징그러웠다고."

케이트의 이야기를 듣던 케일럽은 재미있다는 생각이 들었다. "그래서 어떻게 됐어?"

"어땠을 거 같은데? 핌은 나보다 나이가 많았고, 싸움은 공정하지 않았다고." 케이트가 고개를 저으며 웃었다. "널 좀 봐봐. 너무 좋아하네."

사실이었다. 케일럽은 그 이야기들이 재밌고 기분이 좋았다. "재미있는 이야기인 건 맞지. 나는 전혀 몰랐으니까."

"야, 그렇다고 잘난 체는 하지 마. 나는 네 발 앞에 내 몸을 던질 생각은 없었으니까."

케일럽이 웃었다. "다행이다."

"게다가 그건 근친상간처럼 보일 거잖아." 케이트가 몸서리를 쳤다. "어, 억, 진짜 역겹다."

들판에 짙은 어둠이 내렸다. 케일럽은 케이트와 자기 사이의 우정에 대해 잊고 있었다는 걸 깨달았다. 아직 어린아이였던 시절 케이트와 케일럽은 남매만큼이나 가까운 사이였지만, 그들의 삶에 일어나는 변화는 어쩔 수 없었다. 군 입대와 훈련, 케이트의 의사 수련, 빌과 핌, 아기 테오와 케이트의 두 딸, 그리고 그들 각자의 계획들. 그들의 우정도 뒤죽박죽이 되어버렸다. 둘이 지금처럼 이야기를 나누어본 지도 수년은 더 된 것 같았다.

"음. 그건 그렇고 내가 왜 빌과 결혼했는지는 아직 대답을 안 한 거지? 내가 왜 결혼했냐 하면 말이야, 그 답은 아주 간단해. 내가 그를 사랑했기 때문에 빌과 결혼한 거야. 이유에 대해서는 어떤 것 하나만 특정해서 얘기할 수는 없어. 사람이 어느 하나의 이유만을 고를 수도 없는 거잖아. 빌은 다정하고 기분만 좋은 쓸모없는 인간이었고, 그런 그가 내 남자였어." 그러고는 케이트가 얘기를 잠시 멈추더니 말했다. "그런데 나 그냥 네가 말들과 씨름하는 걸 도우려고 나왔던 건 아니야."

"아니라고?"

"난 네가 무엇 때문에 불안해하는지 물어보려고 따라 나온 거야. 내 생각에 핍은 아직 눈치를 못 챈 거 같지만, 핍도 곧 알게 되겠지."

케일럽은 덜미를 잡힌 것 같은 기분이 들었다. "별일 아닐 수도 있어."

"난 너를 알아, 케일럽. 뭔가 큰일이 있는 거야. 그리고 내게는 챙겨야 할 두 딸이 있어. 우리, 문제가 생긴 거야?"

그는 대답하고 싶지 않았지만 케이트가 대답을 안 할 수 없게 막다른 골목으로 몰고 갔다.

"확실한 건 아닌데, 그럴지도 모르겠어."

그때 방목장에서 말들이 시끄럽게 우는 소리가 들리는 바람에 케일럽의 주의가 그쪽으로 쏠렸다. 그리고 뭔가 부서지는 커다란 굉음이 들리고 쿵쿵거리는 일련의 소리가 규칙적으로 강하게 들려왔다.

"빌어먹을, 저게 대체 무슨 소리야?" 케이트가 말했다.

케일럽이 헛간에서 등잔을 집어 들고 다급히 방목장으로 뛰어갔다. 젭이 옆으로 쓰러진 채 머리를 세차게 흔들었고, 녀석의 두 뒷발이 경련을 일으키며 쉼터의 벽을 계속 걷어차고 있었다.

"얘 왜 이러는 거야?" 뒤따라온 케이트가 케일럽에게 물었다.

젭은 죽어가는 중이었다. 녀석의 장의 힘이 풀리며 변이 쏟아지고, 그다음은 방광. 젭의 몸이 세 번 격렬하게 경련을 일으키더니 마지막으로 거세게 한 번 떨리고는 온몸이 굳어버렸다. 그리고 마치 철삿줄에 매달린 것처럼 몇 초 동안 미동도 없이 그 자세 그대로 있더니, 숨을 한 번 내쉬고 조용해졌다.

케일럽은 죽은 젭의 사체 옆에 앉아 녀석의 얼굴에 등잔불을 비추어 보았다. 말의 입에서 피로 물든 거품이 부글부글 끓는 것처럼 흘러나왔다. 옆으로 누운 젭의 눈이 등잔불에 반짝이며 위를 향해 있었다.

"케일럽, 총은 왜 들고 있는 거야?"

그가 자기 손을 내려다봤다. 그랬다. 헛간에 숨겨놓았던 조지의 커다란 .357 리볼버였다. 등잔을 움켜쥐고 헛간을 나올 때 갖고 나왔던 게 틀림없었다. 자신이 자각하지 못할 정도로 저절로 한 행동일 것이다. 게다가 공이치기도 젖혀놓은 상태였다.

"무슨 일인지 나한테 말해달라고, 좀." 케이트가 말했다.

케일럽은 리볼버의 공이치기를 앞으로 밀어 제자리에 놓더니, 앉은 채로 발꿈치에 힘을 줘서 몸을 돌려 집 쪽을 바라봤다. 촛불에 창문들이 환하게 밝혀져 있었다. 핌은 저녁 식사를 준비할 테고, 케이트의 두 딸은 바닥에 앉아 놀거나 책을 보고 있으며, 아기 테오는 높은 유아용 의자에 앉아 야단법석을 부릴 게 뻔했다. 어쩌면 아기 테오는 벌써 곯아떨어졌을지도 몰랐다. 가끔 테오는 정작 저녁 식사 시간에는 세상모르고 잠에 푹 빠져 있다가 몇 시간 뒤에 배고픔에 깨어나 아등바등 울어대기도 했으니까 말이다.

"말해, 케일럽."

그가 일어나서 리볼버를 바지의 허리춤에 끼워 넣고 셔츠를 엉덩이까지 내려 총을 가렸다. 등잔 불빛 가장자리에 서 있는 핸섬은 조문객처럼 머리를 숙이고 있었다. 불쌍한 녀석, 케일럽에게 그런 생각이 들었다. 마치 핸섬은 아침이 오면 자기의 유일한 친구의 사체를 쓸모없는 땅의 한편으로 끌고 가야 한다는 걸, 그리고 케일럽이 나머지 연료를 써서 친구의 사체를 태워 없앨 거라는 것을 아는 것처럼 보였다.

45장

유스터스와 프라이는 오후 늦게까지 가장 외곽에 있는 농장들 대부분을 조사하고 다녔다. 가구들은 넘어지고 침대는 어지럽혀져 있었다. 권총과 총은 떨어진 자리에 그대로 있었는데, 한두 발 정도 발사한 듯했다.

그리고 살아 있는 사람은 한 명도 보이지 않았다.

둘이 강을 따라 6~7킬로미터 떨어진 곳에 있는 옛 ADM 에탄올 공장 근처의 쓰레기장 같은 마지막 농장을 확인한 것은 6시가 넘어서였다. 작은 집에 침실은 하나뿐이었다. 폐목재와 썩어가는 아스팔트 지붕널들이 몽땅 부서져서 집 구조 자체가 쓰러져갔다. 유스터스는 여기까지 나와서 사는 사람이 누구였는지 몰랐으며, 앞으로도 알 수 없을 것 같았다.

유스터스는 아픈 다리에서 심한 통증이 느껴졌다. 게다가 어두워지기 전에 마을로 돌아갈 시간도 빠듯했다. 이에 둘은 말에 올라 북쪽을 향해 가기 시작했는데, 100미터 정도 갔을 때 유스터스가 말을 멈춰 세웠다.

"우리 저 에탄올 공장 좀 살펴보도록 하지."

프라이가 안장 머리 위로 몸을 숙인 채로 말했다. "보안관님, 우리 해가 지기 전까지 두 시간밖에 남아 있지 않아요."

"자네, 사람들에게 보여줄 거 하나 없이 돌아가고 싶어? 자네도 사람들이 난리 치는 거 다 보고 들었잖아."

프라이가 잠깐 생각하더니 말했다. "그럼 빨리 끝내도록 하죠."

둘은 말을 달려 공장 안으로 들어갔다. 공장은 세 채의 긴 이층 건물이 U자 형태로 늘어섰으며, 그보다 훨씬 큰 네 번째 건물이 그 건물들 사이의 광장 같은 공간을 가로 막고 서 있었다. 창문 하나 없는 네 번째 건물은 파이프들과 활송 장치들이 미로같이 곡물 창고로 연결되었는데, 그냥 거대한 콘크리트 덩어리 하나가 서 있는 것처럼 보였다. 차량들과 다른 기계들의 녹슨 뼈대가 잡초 사이에 널려 있었고, 정체된 공기는 차갑기까지 했다. 유리가 깨져서 없어진 건물의 창문들 사이로는 새들이 날아다녔다. 긴 지붕이 무너져 주저앉은 비교적 작은 세 채의 건물들은 그냥 껍데기에 지나지 않아 보였지만, 네 번째 건물은 대부분 견고한 상태 그대로 문제없어 보였다. 유스터스는 이 네 번째 건물을 확인하고 싶었다. 납치한 수백 명의 사람을 어딘가에 숨긴다면, 이 네 번째 공장 건물보다 더 적합한 곳이 없을 것 같았기 때문이다.

"자네 안장에 수동 충전형 전등이 있지 않아?" 유스터스가 묻자 프라이가 전등을 꺼냈다. 유스터스가 전등의 전구에 불이 들어올 때까지 크랭크를 돌려댔다.

"그 전등 3분 이상은 불이 안 들어올 거예요." 프라이가 유스터스에게 주의를 주었다. "실종된 사람들이 여기에 있다고 생각하는 거예요?"

유스터스는 자신의 권총 상태를 확인하고, 약실을 닫은 다음 다시 권총집에 집어넣었다. 그러나 권총집의 끈은 풀어놓은 상태로 놔두었다. 프라이도 자신의 총을 확인하고 똑같이 했다.

"곧 알게 되겠지."

적하장의 문들 중 하나가 조금 열려 있는 것이 보였다. 둘은 몸을 낮춘 후 문 사이로 몸을 굴려 들어갔다. 냄새가 그들의 코끝을 강하게 찔렀다.

"내 생각에는 이게 답이 된 것 같군." 유스터스가 말했다.

"어휴, 제기랄, 냄새 더럽게 지독하네." 프라이가 코를 틀어막았다. "우리 정말 여기를 들여다봐야만 하는 거예요?"

"정신 줄 꽉 붙잡아."

"진심인데, 저 토할 거 같아요."

유스터스가 크랭크를 몇 번 더 돌려 전등을 충전시켰다. 사물함들이 늘어선 복도가 건물의 주요 작업 공간으로 이어지는 것이 보였고, 한 걸음 앞으로 나아갈 때마다 악취가 더욱 심해졌다. 유스터스는 젊은 시절부터 안 좋은 일들을 보아왔지만 직감적으로 이번 일이 최악일 거라는 확신이 들었다. 두 사람이 복도 끝에 이르자 스윙 도어 하나가 보였다.

"제 생각에 말이에요, 이제 제 연봉 협상을 해야 할 때가 된 것 같네요." 프라이가 목소리를 낮추어 말했다.

유스터스가 권총을 뽑아 들었다. "준비됐어?"

"지금 농담하는 거예요?"

둘이 스윙 도어를 밀고 들어갔다. 빠르게 순서대로 눈에 들어온 몇 가지의 사실들로 인해 유스터스의 등에 소름이 쫙 끼치며 정신이 바짝 들었다. 첫 번째는 악취였다. 썩은 내가 숨이 막힐 정도로 끔찍해서 유스터스가 내키지 않는 점심 식사라도 했더라면 다 게워낼 판이었다. 그리고 악취에 더해, 공기 중에 퍼지는 엔진의 윙윙거리는 소리 같은 밀도 높은 울림이 있었다. 방 한가운데 커다랗고 시커먼 덩어리가 놓인 것이 보였는데, 그 덩어리의 가장자리를 따라 뭔가 움직이는 것 같았다. 유스터스가 앞으로 나아가며 가까이 다가가자 사체들에 붙어 있던 파리 떼들이 폭탄 터지듯 일시에 날아올랐다.

그건 개들의 사체였다.

유스터스가 권총을 뽑아 들었을 때 프라이가 뭐라고 고함을 질렀다. 하지만 위에서 무언가 육중한 것이 그를 덮쳐 바닥에 쓰러뜨리기 직전에야 그 소리가 들릴 만큼 프라이는 먼 거리에 있었다. 그 많은 사람이 실종되었을 때, 유스터스는 이런 일이 일어나리라는 걸 눈치채야만 했다. 그는 기어서라도 빠져나가려고 애썼지만, 몸 안에서 괴상한 일이 일어나고 있었다. 일종의…… 빙빙 돌며 소용돌이치는 느낌, 현기증을 느꼈다. 결국 이렇게 되고야 말았다. 유스터스는 자살하기 위해 권총을 꺼내려 손을 뻗어보았지만, 놀랍게도 권총집이 비어 있었다. 그의 손이 마비되더니 축축하게 젖어갔다. 그리고 몸의 나머지 부분들도 그렇게 마비되고 축축하게 물들어버렸다. 그는 추락하고 있었다. 그의 머릿속에서 소용돌이가 빙빙 돌았고 그는 점점 더 아래로, 아래로, 아래로 빨려 들어갔다. 나의 사랑하는 니나 그리고 사이먼. 난 두 사람을 결코 잊지 않을 거야, 약속해.

하지만 정확히 그 일이 일어나고야 말았다.

5부

탑승자 명단

A. V. 122년 5월

우리는 우리에게 유리한 조류에 올라타야만 하는 걸세,
그러지 않으면 우리의 기회를 모두 포기해야 할 테니까.

- 셰익스피어, 『줄리어스 시저』

46장

페그 수녀가 사라를 데리고 나온 건 거의 9시가 다 되어서다.

"와줘서 고마워요." 이제는 나이가 들어 늙은 수녀가 말했다. "언제나 변함없이 큰 의미가 있는 일이에요."

가장 작고 어린 아기들부터 아직은 어린 청소년들까지 116명의 아이를 모두 검진하는 데는 꼬박 이틀이 걸렸다. 고아원의 아이들을 돌보는 일은 사라가 오래전에 그만둘 수도 있었고, 그랬다 하더라도 페그 수녀 역시 이해했을 것이다. 그래도 사라는 그렇게 할 수 없었다. 밤에 아이가 아프거나, 혹은 열로 쓰러지거나, 아니면 그네를 타던 아이가 뛰어내리다 땅을 잘못 디뎠을 때 도움을 요청받고 달려간 건 사라였다. 페그 수녀 역시 언제나 자신의 고아원 문을 복되게 해줄 사람이 누구일지 한순간도 의심해본 적이 없다는 웃음으로 그녀를 맞아주었다. 우리 없이 세상이 어떻게 돌아갈 수 있겠어요?

사라는 페그 수녀가 이 여든 살은 되었으리라고 짐작했다. 그 나이 많은 여자가 어떻게 거의 문제가 끊이지 않는 고아원을 계속 관리해 나갈 수 있는지, 기적에 가까운 일이다. 세월이 흐르면서 까다롭던 페그 수녀도 많이 누그러들었다. 그녀는 자신이 돌봐왔던 아이들이나 새로이 들어온 아이들에게 모두 감상적으로 이야기했고, 세상의 모든 엄마가 그렇듯이 아이들이 세상에 나아가 어떻게 살아가는지, 누구와 결혼했는지, 자녀를 가졌다면 그 자녀들까지도 계속 관심을 가지고 지켜보았다. 사라는 페그 수녀가 말이 많지 않다는 것을 알기는 했지만, 홀리스와 케이트와 핌이 사라의 가족인 것과 마찬가지로 페그 수녀와 사라는 가족이었다. 사라의 가족은 페그 수녀의 가족이었으며, 수녀 역시 사라의 가족 중 한 명이었다.

"별말씀을요, 수녀님. 제가 아이들을 도울 수 있어서 기쁜걸요."

"케이트에게서는 무슨 소식이 있나요?"

페그 수녀는 케이트의 사정을 아는 몇 안 되는 사람 중의 하나였다.

"아직까지는 별다른 소식이 없지만, 이렇게까지 소식 듣기가 힘들 줄은 몰랐어요. 편지를 주고받는 데 시간이 엄청나게 많이 걸려요."

"빌에게 굉장히 힘든 일이었어요. 그래도 케이트는 자신이 어떻게 해야 할지 알 거예요."

"그 아이는 항상 그런 거 같기는 해요."

"제가 선생님을 위해 기도해드려도 괜찮을까요?"

"저는 괜찮을 거예요, 정말요."

"그러시리라고 생각은 하지만, 어쨌든 기도해드릴게요."

둘은 작별 인사를 하고, 사라는 캄캄한 거리를 지나 집으로 향했다. 거리 어디에서도 불을 밝힌 곳을 찾아볼 수 없었는데, 그런 상황은 발전기의 연료 공급 문제와 관계되었다. 정유 단지에 사소한 문제가 발생했다는 것이 정부의 공식 설명이다.

사라는 홀리스가 테이블 위에 등유 등잔을 켜놓은 채 독서용 의자에 앉아 졸고 있는 것을 발견했다. 배 위에는 부담스러울 정도로 두꺼운 책 한 권을 올려놓고서 말이다. 그들이 지난 10년 동안 살아온 집은 첫 번째 정착촌 이주 열풍 속에 방치되었고, 작은 목조 이층집은 사실상 무너지는 중이었다. 지금은 도서관을 관리하는 홀리스가 근무가 없는 시간이면 집을 고치는 데 공을 들인 지도 2년이 되어간다. 이 곰 같은 남자가 먼지가 쌓인 책장들 사이로 카트를 끌고 다니고 아이들에게 책을 읽어주며 시간을 보내게 되리라고 누가 생각이나 했겠는가? 하지만 홀리스는 도서관 일을 좋아했다.

사라는 옷장에 자기 웃옷을 걸어놓고 차를 마시기 위해 물을 끓이러 부엌으로 갔다. 홀리스가 사라를 위해 항상 그렇게 해놨듯이 난로는 아직 따뜻했다. 그녀는 주전자의 물이 끓기를 기다린 다음, 싱크대 위의 선반에 깔끔하게 줄지어 세워놓은 통들에서 꺼낸 허브들로 채워진 거름망에 물을 부었다. '레몬밤', '스피어민트', '로즈힙스', 기타 등등. 통마다 홀리스가 손수 적어놓은 허브의 이름이 붙어 있었다. 홀리스의 말로는 가장 작은 사항들에도 집착하는 도서관 사서의 직업병 같은 거라고 했다. 사라 혼자 내버려 두었다면 아마도 필요한 허브들을 찾는 데만 30분은 족히 걸리고도 남을 일이었다.

사라가 거실로 들어가자 홀리스가 몸을 꿈틀거리며 잠에서 깼다. 눈을 비비고는 아직 잠이 덜 깬 채 웃어 보였다. "지금 몇 시나

됐어?"

사라도 테이블로 가서 앉았다. "모르겠어, 아마 10시쯤?"

"내가 그쯤에 잠들었던 것 같은데."

"물이 아직 뜨거운데 차 만들어다 줄까?" 하루를 끝낼 때쯤에 둘은 같이 차를 마시고는 했다.

"아냐, 내가 만들어 올게."

홀리스가 느릿느릿 부엌으로 가서 김이 모락모락 올라오는 머그잔을 들고 돌아와 잔을 테이블 위에 내려놓았다. 그런데 그가 자리에 앉지 않고 사라 뒤로 가서, 그녀의 어깨에 두 손을 올리더니 힘을 주어 엄지손가락들로 근육을 풀어주기 시작했다. 사라가 고개를 앞으로 숙였다.

"오, 좋은데." 그녀가 신음 소리를 냈다.

홀리스는 사라의 목을 좀 더 주무르다가 그녀의 양어깨를 감싸 쥐고는 일련의 우두둑 소리를 내며 어깨를 둥글게 돌렸다.

"아, 아아, 아파."

"힘주지 말고 긴장 풀고." 홀리스가 말했다. "맙소사, 돌덩어리 같이 뭉쳐 있잖아."

"당신도 100명의 아이를 신체검사하면 마찬가지일걸."

"그래, 우리의 늙은 마녀는 어떤지 말해봐"

"홀리스, 그렇게 고약하게 말하지 마. 그분은 성인saint이라고. 나도 그 나이쯤 되었을 때 수녀님의 에너지 반만이라도 갖고 싶어. 오오, 그래 거기." 홀리스는 자신의 즐거운 작업을 계속했고, 조금씩 사라에게 쌓인 하루의 긴장과 피로가 씻겨 나갔다.

"당신이 원하면 다음에는 내가 해줄게." 사라가 말했다.

"바로 그거지, 이제야 말이 통하는군."

사라는 갑자기 죄책감이 들었다. 그리고 남편을 보기 위해 얼굴을 뒤로 젖혔다. "내가 그동안 당신에게 신경을 별로 쓰지를 못했어, 그렇지?"

"그런 거지 뭐."

"그러니까 당신 말은, 나이가 들어간다는 거구나."

"내 눈에 당신은 아직 예뻐."

"홀리스, 우리는 이제 할아버지 할머니라고. 내 머리도 딱 보기에 하얗고, 손도 육포처럼 뻣뻣하고 볼품없다고. 거짓말 아니잖아, 우울하다니까."

"거, 참 말 많네. 다시 앞으로 엎드려."

사라가 테이블 쪽으로 머리를 숙이고 두 팔로 머리를 감싸 받쳤다. "사라와 홀리스," 그녀가 한숨을 내쉬었다. "늙은 부부, 우리가 언젠가 이렇게 될 줄 누가 알았겠어?"

둘은 차를 마시고 옷을 벗고 잠자리에 들었다. 보통은 한밤에도 길거리에서 사람들이 이야기하는 소리, 개가 짖는 소리 그리고 이런저런 생활 속 작은 소음들이 들렸다. 하지만 발전소의 전력 공급이 끊기고 나서는 모든 것이 조용해졌다. 사실이었다. 오랜만이었다. 한 달 아니 두 달만인가? 그러나 오래된 리듬, 결혼 생활에 대한 몸의 기억들은 아직 거기서 기다리고 있었다.

"생각해봤는데," 사라가 잠시 후 말했다.

홀리스는 사라의 뒤에 몸을 포개고 그녀의 몸에 팔을 두르고 있었다. 그들은 그런 자신들의 모습을 서랍 안 두 개의 숟가락이라고 부르고는 했다. "당신이 그럴지도 모르겠다는 생각이 들었어."

"애들이 보고 싶어. 미안해, 전과 같지 않아. 괜찮을 것으로 생각했는데 그렇지가 않아."

"나도 애들이 보고 싶어."

사라가 몸을 돌려 홀리스의 얼굴을 봤다. "정말 그렇게 많이 신경이 쓰여? 솔직하게 말해봐."

"상황에 따라 다르겠지. 당신 생각에 정착촌에 도서관 사서가 필요할 것 같아?"

"알아볼 수는 있지. 하지만 분명 의사는 필요할 거야. 그리고 나는 당신이 필요하고."

"지금 병원은 어떻게 하고?"

"제니에게 맡기면 돼. 그럴 만한 준비가 돼 있어, 제니는."

"사라, 당신은 제니에 대해서 언제나 불만만 말하잖아."

사라가 당황하며 놀랐다. "내가 그래?"

"얘기를 꺼내면 멈추지 않는데."

사라는 정말 자신이 그런지 의아해졌다. "뭐, 누군가가 업무를 인수받을 수 있을 거야. 우리는 그곳 생활이 어떤지 보러 방문하는 것부터 시작할 수 있어. 상황을 파악해야지."

"알잖아, 애들이 실제로는 우리가 그곳으로 이주하는 것을 반기지 않을 수도 있어." 홀리스가 말했다.

"그럴 수도 있지. 하지만 상황이 괜찮고 모두가 동의한다면 투자해서 농장을 지을 수도 있어. 아니면 마을에서 뭔가를 시작하거나. 나는 병원을 개원할 수도 있어. 그리고 맞아, 당신 정착촌에서 자기 도서관을 열 수 있을 만큼 충분한 책을 갖고 있잖아."

홀리스가 의심스럽다는 듯 인상을 썼다. "우리 모두가 그 작은 집에서 다닥다닥 붙어살게 될 텐데."

"그럼 우리는 밖에서 자지 뭐. 난 상관없어. 걔네들은 우리 애들이잖아."

홀리스가 길게 숨을 내쉬었다. 사라는 그가 뭐라고 할지 알고 있었다. 단지 그 말을 하는 걸 듣는 게 중요했다.

"그래서 언제 떠나고 싶은 건데?"

"그게 중요한 건데," 사라가 그렇게 말하고는 홀리스에게 키스했다. "나는 내일을 생각하고 있어."

루시어스 그리어가 드라이 독 바닥의 조명등 아래에 서서, 멀리서 한 사람이 밧줄에 매달린 작업용 의자에 앉아 배의 옆을 이리저리 왔다 갔다 하는 모습을 지켜보고 있었다.

"미치겠군," 로어가 소리를 질렀다. "이 빌어먹을 용접 누가 한 거야?"

그리어가 한숨을 쉬었다. 지난 여섯 시간 동안 로어는 사실상 자신이 승인했던 것들을 거의 다 보지 못했다. 그녀가 작업용 의자를 독까지 낮추고 의자에서 내려섰다.

"지금 당장 작업자 여섯 명을 이리로 오라고 해. 이 용접 작업을 했던 멍청이들은 빼고 말이야." 로어가 고개를 들어 위를 봤다. "위어! 위에 있어?"

작업 난간 사이로 위어가 얼굴을 내밀었다.

"작업용 의자 세 개를 더 매달아 둬. 그리고 가서 랜드를 데려오고. 여기 이 용접 부위들 해 뜰 때까지 작업을 다시 해야 해." 로어가 곁눈질로 그리어를 봤다. "아무 말 마세요. 저도 15년간 정유 단지를 관리해왔다고요. 제가 뭘 하고 있는지는 알고 있어요."

"로어, 나는 아무 불평도 하지 않을 거야. 마이클이 너를 여기로 부른 이유가 있을 테니까 말이야."

"저는 융통성이 없고 고집이 세니까요."

"난 그런 말 안 했어. 네가 스스로 한 말이다, 그건."

로어가 뒤로 물러서서 엉덩이에 두 손을 올리고 눈으로 바쁘게 선체를 훑어보았다.

"제 얘기에 답 좀 해주실래요." 로어가 말했다.

"좋아."

"이 일이 헛짓거리라는 생각을 해보신 적은 없어요?"

그리어는 로어의 솔직한 성격이 마음에 들었다. "전혀."

"한 번도요?"

"그런 의심이 한 번도 안 들었다고 말할 수는 없겠지. 의심은 인간의 본성이니까. 중요한 건 저걸로 우리가 무엇을 하는가지. 난 이제 늙었어. 나에게는 이것저것을 생각할 시간이 없어."

"흥미로운 사고방식이네요."

밧줄 한 쌍이 베르겐스피요르드호 선체 옆으로 내려오더니 두 쌍의 밧줄이 더 내려졌다.

"있잖아요," 로어가 말했다. "지난 세월 동안 나는 마이클이 자신에게 어울리는 여자를 찾아 정착할 수 있을지 궁금했어요. 저 2만 톤짜리 강철 덩어리가 내 경쟁 상대일 거라고는 꿈에도 생각조차 못 했다고요."

랜드가 뱃전에 나타났고, 그와 위어가 작업용 의자를 끌어 올리기 시작했다.

"아직 내가 여기에 필요한가?" 그리어가 물었다.

"아니에요, 가서 주무세요." 로어가 랜드에게 손을 흔들어 보였다. "잠깐만 기다려. 올라갈게."

그리어는 독을 벗어나 트럭을 타고 둑길을 따라 달렸다. 통증이 심해졌다. 더는 숨길 수 없으리라는 것을 그도 알았다. 어느 때는 얼음으로 만들어진 칼로 찌르는 것처럼 차갑고 시렸으며, 어느 때는 불타는 불씨가 몸 안에서 이리저리 구르고 있는 것처럼 뜨겁고 화끈거렸다. 통증을 조금도 참기 어려웠다. 실제로 그가 어렵게 소변을 보게 될 때면, 소변 줄기는 마치 동맥에서 출혈이 일어나고 있는 것처럼 보였다. 입안에서는 항상 기분 나쁜 시큼하고 오줌 같은 맛이 느껴졌다. 그리어는 지난 몇 달 동안 스스로에게 정말 많은 이야기들을 해왔지만, 실제로 눈에 보이는 결말은 단 하나뿐이었다.

둑길은 끝부분에서 길이 좁아지며 양쪽이 바닷물에 둘러싸여 있었다. 그 병목 구간에는 열두 명의 무장한 남자들이 지키고 서 있었다. 그리어가 옆으로 차를 나란히 갖다 대자 유조차 운전석에서 패치가 내려 다가왔다.

"저쪽에 별일은 없어?" 그리어가 물었다.

패치는 치아 사이에 뭐가 꼈는지 계속 이 사이를 혀로 훑으며 뭔가를 빨아댔다. "군이 순찰대를 보낸 거 같아요. 서쪽에서 불빛들이 보였는데 해가 지고는 아무 일도 없어요."

"여기 사람을 더 보내줄까?"

패치가 어깨를 으쓱해 보였다. "오늘 밤은 괜찮을 거 같아요. 지금으로서는 순찰대도 그저 우리가 뭐 하는지 염탐이나 하는 건데요." 패치가 그리어의 얼굴을 뚫어지게 쳐다봤다. "괜찮아요? 안색이 안 좋아 보여요."

"신발을 벗고 쉬기만 하면 괜찮아질 거야."

"그럼, 원하시면 유조차 운전석에 가서 좀 쉬세요. 눈 좀 붙이시라고요. 말씀드린 것처럼 여기 지금은 아무 일도 없어요."

"확인해봐야 할 일들이 있어. 아마 나중에나 다시 올 거야."

"우리는 계속 여기 있을 거니까요."

그리어는 트럭을 돌려 자리를 떴다. 일단 자신이 그들의 시야에서 멀어지자 차를 둑길 가에 세우고 내려서 트럭의 펜더 위에 손을 대고 몸의 균형을 잡았다. 그러고는 자갈들 뒤에 토했다. 토라고 해도 물과 계란 노른자 같은 액체 방울들 말고는 나올 것이 별로 없었다. 한동안 그리어는 그 자세 그대로 몸을 가누고 있었고, 더 토해낼 것이 없다는 생각이 들자 운전석에서 수통을 꺼내 입을 헹궈내고 손바닥에 물을 부어 얼굴을 적시고 닦았다.

그에게는 외로움이 최악이었다. 고통을 참는 것도 그렇게 고통스럽지는 않았다. 그리어는 무슨 일이 벌어지게 될지 궁금했다. 자신에게 삶에 대한 기억이 남지 않을 때까지 이 세상이 멀어져가는 꿈처럼 흐물흐물 녹아내리게 될지, 아니면 그 반대가 될지 궁금했다. 눈이 부시도록 화창한 날에 태양을 응시하던 남자가 결국 햇빛을 참지 못하고 얼굴을 돌려버리는 것처럼 아주 생생한 신의 은총으로 자기 앞에 삶의 모든 일들과 사람들이 떠오르게 될까?

그리어가 고개를 들어 하늘을 봤다. 습한 바다의 공기에 가려져 흔들리듯 보이는 별빛들이 은은했다. 그는 자신이 배운 대로 생각을 하나의 별에 집중하고 눈을 감았다. 에이미, 내 말이 들려?

고요함. 그리고. 네, 루시어스.

에이미, 미안해. 하지만, 내 생각에 나는 죽어가는 것 같아.

47장

어느 봄의 오후, 피터는 정원에서 일하고 있었다. 밤새 비가 지나가기는 했지만 맑은 하늘이었다. 셔츠 소매까지 걷어붙인 그는 부드러운 흙에 괭이를 푹 찔러 넣었다. 지난 몇 달간 눈이 내리는 걸 보며 통조림통들의 음식을 비워가는 동안, 다시 신선한 채소를 먹으면 얼마나 좋을지 계속 생각했다.

"뭐 좀 가져왔어요."

에이미가 피터의 뒤에서 몰래 다가와 웃으며 물 한 잔을 건네자 잔을 받아 물을 마셨다. 이빨이 시릴 정도로 차가운 물이었다.

"그만 안으로 들어가는 게 어때요? 날이 어두워지고 있어요."

그랬다. 집도 그림자를 길게 늘어뜨렸고, 산등성이 너머로 마지막 햇살이 떨어지고 있었다.

"할 일이 많이 남았는데." 피터가 말했다.

"그건 항상 그렇잖아요. 내일 해도 되는 일이고요."

피터와 에이미는 소파에 앉아 저녁 식사를 했고, 늙은 개는 그들의 발 옆에 코를 박고 있었다. 식사 후 에이미가 설거지하는 동안 피터는 난로에 불을 피웠다. 장작은 타닥타닥 소리를 내며 빠르게 불붙기 시작했다. 어느 한 시간이 가져다주는 풍요로운 만족감. 둘은 담요를 덮고 난로의 불길이 번져 오르는 것을 지켜봤다.

"내가 책 읽어줄까?"

딴에는 좋은 생각이라고 피터가 물었다. 에이미가 피터를 잠깐 놔두고 자리를 뜨더니 곧 부서져 버릴 것 같은 두꺼운 책 한 권을 들고 돌아왔다. 소파에 기대어 앉은 에이미가 책 표지를 열고 목을 고르고는 읽기 시작했다.

"『데이비드 코퍼필드』(찰스 디킨스 지음) 1장 「내가 태어났도다」"

내가 내 인생의 영웅이 되든지 아니면 다른 누가 그 역할을 대신하든지, 이 이야기는 반드시 읽어야만 한다. 내 삶의 첫 시작을 알림으로써 내 인생을 시작하기 위해, 내가 듣고 확신하는 바대로 나는 금요일 밤 12시에 태어났음을 밝혀두고자 한다. 시계가 자정을 알리는 종을 울리기 시작함과 동시에 나도 울기 시작했다는 이야기를 들었다.

책 읽어주는 걸 듣다니, 얼마나 멋진 일인가. 귀에 들리는 단어들을 따라 이 세상에서 다른 세상으로 옮겨 가게 된다. 그리고 책을 읽어주는 에이미의 목소리는 그중 가장 사랑스러운 부분이었고, 그녀의 목소리는 강하지 않은 부드러운 전류처럼 그의 몸속을 타고 흘렀다. 피터는 에이미의 목소리를 영원히 지치지 않고 들을 수 있을 것 같았고 둘의 몸은 가까이 맞닿아 있으며, 그의 영혼은 두 곳에 동시에 존재했다. 놀라운 감흥이 비처럼 쏟아지는 이야기 속의 세상에, 그리고 잠과 깨어 있는 상태가 확고한 경계로 분리되지 않고 연속적인 상태의 일부인 것처럼 에이미와 함께 살고 있었다. 언제나 같이 있었던 집에서 말이다.

마침내 그는 이야기가 멈췄다는 걸 깨달았다. 내가 졸았던 건가? 하지만 그는 더 이상 소파에 앉아 있지도 않았다. 어떻게 된 일인지 자신도 모르는 사이 피터는 계단을 올라와 있었다. 방 안은 어두웠다. 그의 얼굴에 느껴지는 공기는 차가웠고, 에이미는 자신의 옆에서 잠들어 있었다. 지금 몇 시지? 그리고 그가 느끼는 이 감정, 뭔가 잘못되었다는 이 느낌은 뭐지? 그는 담요를 옆으로 젖히고 침대를 빠져나와 창가로 갔다. 하늘에 뜬 느긋하고 태연해 보이는 반달이 바깥을 군데군데 비추어줬다. 저기, 정원의 가장자리 저기에서 뭔가 움직인 건가?

남자였다. 남자는 검은색 정장을 입고 인내심을 갖고 뭔가를 관찰하듯, 등 뒤로 두 손을 돌려 잡은 자세로 창문을 올려다보았다. 달빛이 그의 얼굴 윤곽을 또렷하게 드러내며 비스듬히 그 남자의 얼굴을 비췄다. 피터는 경계심이라기보다는 이 밤의 불청객을 기다려온 것 같은 느낌을 깨닫는 경험을 했다. 약 1분 정도가 지났을까. 피터는 정원에 있는 그 남자를 보고 있었고, 정원에 있는 그 남자도 피터를 보았다. 그러고는 남자가 정중하게 턱 끝을 까닥하며 인사하는 거 같더니, 그 이방인은 돌아서서 발걸음을 돌리고 어둠 속으로 사라졌다.

"피터, 무슨 일이에요?"

피터가 창가에서 물러나며 돌아섰다. 에이미는 침대에 앉아 있었다.

"밖에 누가 있었어." 그가 대답했다.

"누가? 누구요?"

"그냥 어떤 남자. 그 남자가 우리 집을 쳐다보고 있었는데, 지금은 가고 없어."

에이미가 잠시 아무 말도 하지 않았다. 그러더니, "그 남자 패닝일 거예요. 나는 그 사람이 언제 나타날지 항상 궁금했거든요."

그 남자의 이름 따위는 피터에게 아무 의미가 없었다. 내가 패닝이라는 사람을 알았나?

"괜찮아요." 에이미가 피터를 위해 담요를 옆으로 당겨 비켜주었다. "침대에 와서 자요."

피터는 침대의 담요 속으로 기어들어 갔고 곧 이방인에 대한 기억은 중요하지 않게 되었다. 담요의 푸근한 무게감과 옆에 있는 에이미, 그가 원하는 건 그게 전부였다.

"그가 원하는 게 뭐 같아?" 피터가 물었다.

"패닝이 원하는 게 뭐냐고요?" 에이미는 따분하다는 표정으로 피곤한 듯 한숨을 쉬었다. "그는 우리를 죽이고 싶어 해요."

깜짝 놀란 피터가 잠에서 깼다. 그리고 무슨 소리가 나는 게 들리자, 그는 숨을 들이마시고 참았다. 다시 소리가 들렸는데, 그건 발밑 마루판이 삐거덕거리는 소리였다.

그는 몸을 옆으로 굴리고 오른손을 마루로 뻗어 권총을 잡아 움켜쥐었다. 삐거덕거리는 소리는 앞쪽 복도에서 들려왔고, 누군가 한 사람이 걸어오는 것 같았다. 그들은 소리를 내지 않으려고 노력했다. 그들은 그가 깨어 있다는 걸 모르는 상태였다. 기습하기에는 피터가 유리한 입장이었다. 그는 침대에서 일어나 방을 가로

질러 앞 창문 쪽으로 가서 밖을 보았다. 현관을 지키던 보안 특무대원 둘이 보이지 않았다.

피터가 권총의 안전장치를 풀었다. 침실의 문은 닫힌 상태였다. 문을 열 때 경첩에서 소리가 크게 난다는 건 알았다. 문을 여는 순간 침입자가 그의 존재를 알아차리게 될 거였다.

피터는 문을 당겨 열고 복도를 빠른 걸음으로 걸어갔다. 부엌은 비어 있었다. 그는 보폭 하나도 놓치지 않고 권총을 앞으로 겨눈 채 코너를 돌아 거실로 들어갔다.

남자 하나가 벽난로 옆에 있는 낡은 흔들의자에 앉아 있었다. 남자는 얼굴을 약간 옆으로 돌린 자세였고, 그의 눈은 벽난로 안에서 마지막으로 타고 있는 불씨를 응시하는 중이었다. 그는 피터를 전혀 신경 쓰지 않는 것처럼 보였다.

피터가 총을 겨눈 채 그의 뒤로 다가갔다. 키가 크지는 않지만 단단한 체격으로 넓은 어깨가 의자를 꽉 채웠다. "내가 볼 수 있게 손을 들어."

"깼구나, 잘됐네." 남자의 목소리는 일상적이었고 차분했다.

"손을 들라고, 제기랄."

"알았어, 알았다고." 그는 손가락을 다 편 채로 손을 몸에서 멀리 떼어놓았다.

"천천히 일어나."

남자는 의자에서 일어났고, 피터는 권총의 손잡이를 꽉 쥐었다. "이제 돌아서서 나를 봐."

남자가 돌아섰다.

맙소사, 피터는 생각했다. 이런 미친, 이런 미친.

"그 물건 나에게 겨누는 거 좀 그만두면 안 될까?"

마이클도 그들 모두가 그렇듯 나이가 들었다. 차이점은 피터가 아는 마이클이, 피터가 가지고 있는 기억 속의 모습이 순식간에 20년을 뛰어넘어 자기 앞에 와 있다는 것이다. 그건 한편으로는 거울을 마주 보는 것 같은 느낌이었다. 스스로 인식하지 못했던 자신의 변화를 다른 사람의 얼굴에서 확인하는 것 말이다.

"보안 특무대원 둘은 어떻게 된 거야?"

"걱정하지 마. 두 요원의 두통은 역사의 기록에 남을 만한 일이 겠지만 말이야."

"궁금해할까 봐 얘기하는데, 특무대원들 교대 시간은 2시야."

마이클이 자신의 시계를 봤다. "90분의 시간이 있는 거군. 내 생각에 그 정도면 시간이 충분할 것 같은데."

"무엇을 할 시간을 말하는 거야?"

"대화."

"너 대체 우리 기름을 갖고 무슨 장난을 친 거야?"

마이클이 아직 피터가 손에 쥐고 있는 총을 보고 눈살을 찌푸렸다. "피터, 진심인데 말이야. 너 나를 겁주고 있다고."

피터가 겨누고 있던 권총을 내려놓았다.

"말이 나와서 말인데, 너에게 줄 선물을 가져왔어." 마이클이 마룻바닥에 있는 배낭을 가리켰다. "괜찮을까……?"

"이런 제길, 편하게 하던 대로 해."

마이클이 방수포에 쌓인 병 하나를 꺼내서, 포장을 풀고 피터가 볼 수 있도록 들어 보였다.

"나의 최신 레시피야. 네 머릿속에 앉은 묶은 때를 바로 싹 다 벗겨줄걸."

피터가 부엌에서 샷 글라스 두 개를 가져왔다. 그가 돌아왔을 때, 마이클은 이미 자신이 앉았던 흔들의자까지 소파 앞에 있는 작은 테이블로 옮겨놓았다. 피터는 마이클을 마주 보고 앉았다. 테이블 위에는 마분지로 만든 커다란 서류철이 하나 놓여 있었다.

"친구들을 위하여." 마이클이 말했다.

피터의 코안에서 마신 술의 향이 폭발했는데, 꼭 그냥 알코올 자체를 들이부은 것만 같았다.

마이클이 맛을 감상하듯 입맛을 다셨다. "내 입으로 평가한다 면 말이야, 나쁘지 않아."

피터가 눈시울을 붉히며 기침이 나오는 것을 참았다. "그래서, 덩크가 너를 보낸 거야?"

"덩크?" 마이클이 뚱한 표정을 지었다. "아니, 우리 오랜 친구는 수하들과 함께 시간이 아주 오래 걸리는 헤엄을 치고 있지."

"나도 그럴 거라는 의심이 들었지."

"나에게 고마워할 거까지는 없지만, 내가 보낸 총들은 받았어?"

"네가 왜 총을 보냈는지는 수수께끼로 남겨두고 말이야."

마이클이 서류철을 들고 묶여 있는 끈을 푼 뒤 서류 세 개를 꺼 냈다. 그림처럼 보이는 것 한 장과 손글씨로 뒤덮인 종이 한 장 그 리고 신문 하나. 신문의 1면 발행인란에는 "인터내셔널 헤럴드 트 리뷴"이라고 인쇄된 것이 보였다.

마이클이 친구의 잔에 술을 다시 채우고 피터의 앞으로 밀어놓 았다. "마셔."

"또 마시고 싶지는 않은데."

"나를 믿어봐. 더 마시고 싶어질 테니."

마이클은 피터가 무슨 말이라도 꺼내기를 기다렸고, 그의 친구
는 창가에 서서 밤의 어둠 속을 응시하고 있었다. 마이클의 생각
에 그 어둠 속에서 피터가 볼 수 있는 것은 많지 않을 것 같다.

"피터, 미안해. 이게 좋은 소식이 아니라는 건 알아."

"어떻게 그렇게 지랄 같을 정도로 확신하는 거지?"

"너도 내 말을 믿게 될 거야."

"그게 네가 가진 패의 전부야? 너를 믿으라고? 너와 얘기하는 것
만으로도 나는 다섯 건의 중대 범죄를 저지르고 있는 거라고."

"일어날 일이야. 바이럴들이 돌아오고 있어. 그것들은 처음부
터 정말로 사라진 게 아니었다고."

"이건…… 정신 나간 얘기야."

"나도 그랬으면 좋겠다."

마이클은 아주 오래전 테오와 함께 현관에 앉아 배터리의 용량
이 떨어지고 있다는 얘기를 한 이후로 누군가에게 이렇게까지 미
안한 생각이 든 적이 없었다.

"이 또 다른 바이럴은……." 피터가 말을 이어가려 했다.

"패닝, 제로라고 하지."

"그걸 왜 그렇게 부르는 거지?"

"그가 자신을 그렇게 정의하고 있으니까. 실험 대상 0번, 첫 번
째 감염자. 레이시가 콜로라도에서 우리에게 준 열세 명의 실험
대상에 관한 기록들은 트웰브와 에이미에 관한 내용들이었어. 하
지만, 그 바이러스는 어딘가로부터 왔어야 했는데 그게 어디였을
까? 그게 패닝, 그가 숙주였어."

"그러면 그는 뭘 기다리고 있는 거지? 왜 수년 전에 진작 우리를
공격하지 않았던 거냐고?"

"내가 아는 건, 패닝이 진작 우리를 공격하지 않은 게 다행이라는 것뿐이야. 우리에게 필요한 시간을 벌어줬으니까 말이야."

"그리고 그리어는 이 모든 걸 그러니까 일종의…… 환상을 통해서 알았던 거고."

마이클은 잠자코 기다렸다. 그는 가끔은 그렇게 해야만 한다는 걸 알았다. 사람의 마음이 어떤 사실들을 거부할 때는, 그런 심리적 저항이 일련의 과정을 거쳐 끝나도록 내버려 두어야 한다는 걸 말이다.

"커빌의 문을 개방한 지 21년이 지났어. 그런데 이제 너는 여기 슬그머니 숨어들어 와서 그게 큰 실수였다고 말하고 있다고."

"힘들다는 건 알아. 하지만 네가 알 수 있는 일이 아니었잖아. 그 누구도 몰랐어. 사람들은 계속 살아가야만 했고."

"나는 사람들에게 뭐라고 말해야 하는 거지? 어느 나이 많은 남자가 몹시 나쁜 꿈을 꿨는데, 결국 모두 죽게 될 것 같습니다?"

"너는 사람들에게 아무 말도 하지 않아도 돼. 사람들의 반은 너의 말을 믿지 않을 거고, 나머지 반은 돌아버릴 테니까. 대혼란이 올 거고, 모든 게 다 망가지고 무너져 내리겠지. 사람들은 이거저거 따져 생각해보겠지. 배에 태울 수 있는 사람은 700명뿐이야."

"이 섬으로 가야만 한다고."

피터가 그리어의 그림을 무시하는 듯한 손짓을 했다. "이건 그냥 그리어의 머릿속에서 나온 그림에 지나지 않아."

"피터, 이건 그냥 그림이 아니야, 지도라고. 이 그림이 어디에서 왔는지 누가 정말 알겠어? 그건 그리어의 몫이고 역할이지, 나의 것이 아니라고. 하지만, 그리어가 그 섬을 본 데는 이유가 있어. 그것만큼은 나도 알아."

"그래 너는 항상 지긋지긋할 정도로 현명해 보였어."

마이클이 어깨를 으쓱해 보였다. "적응하는 데 시간이 걸린다는 점은 인정할게. 하지만 퍼즐의 모든 조각이 맞아떨어진다고. 이 편지를 읽어봐. 베르겐스피요르드호도 그곳으로 가고 있었어."

"그럼 누가 배에 탈지를 누가 결정하게 되는 거지? 너?"

"대통령은 너야. 당연히 그건 네가 할 일이지. 하지만 내 생각에 네가 동의할……."

"난 아직 아무것도 동의하지 않았어."

마이클이 숨을 들이마셨다. "내 생각에 우리가 특정한 기술들이 필요하다는 거에 동의할 것 같은데. 의사들, 엔지니어들, 농부들, 목수들, 그런 기술자들. 그리고 분명히 우리는 리더십이 필요하고, 거기에는 네가 포함돼."

"말도 안 되는 소리 하지 마. 사실 나는 웃기는 소리라고 생각하지만, 네가 말하는 것들이 맞는다고 해도 나는 갈 수가 없어."

"그건 다시 생각해보도록 하지. 우리는 정부가 필요할 거고, 정부의 전환은 가능한 한 문제없이 원활하게 이루어져야 해. 하지만 그건 나중 문제지." 마이클이 배낭에서 가죽에 싸여 있는 노트를 한 권 꺼냈다. "배에 태울 사람들 명단을 좀 작성해봤어. 내가 아는 사람 중에 조건에 맞는 사람들의 이름이야. 그리고 그들의 직계가족까지. 나이도 고려 사항 중의 하나였고, 대부분 마흔 살 미만이야. 그렇지 않으면 직무 내용들이 분야별로 나누어져 있어."

피터가 노트를 받아 열고서 첫 페이지부터 읽기 시작했다.

"사라와 홀리스," 피터가 그들의 이름을 읽었다. "너에게 좋은 일이군."

"빈정거릴 필요는 없잖아. 네가 궁금해할까 봐 말해주는 건데,

케일럽 이름도 그 안에 있어."

"아프가는? 아프가 이름이 안 보이는데."

"그 사람이 왜? 예순다섯 살인데?"

피터가 역겹다는 표정으로 고개를 저었다.

"아프가가 너의 친구라는 건 알아. 하지만 우리는 인류를 재건하는 일을 얘기하고 있는 거라고."

"아프가는 내 친구일 뿐만 아니라, 군의 사령관이기도 하다고."

"얘기한 것처럼 이건 제안이고 추천일 뿐이야. 하지만 진지하게 생각해. 나 자신도 이 문제에 대해 수도 없이 고민해왔다고."

피터가 아무 말 없이 나머지 부분을 읽고서 고개를 들었다. "여기 이 마지막 분류에 있는 쉰여섯 개의 점은 뭐지?"

"그건 나를 돕는 사람들이야. 내가 배에 그들의 자리를 주겠다고 약속해놨어. 그것만큼은 물릴 생각이 없어."

피터가 테이블 위로 노트를 획 던졌다. "넌 제정신 아니야."

마이클이 몸을 앞으로 당겨 숙였다. "이 일은 일어나게 돼 있어, 피터. 너도 받아들여야 해. 그리고 남은 시간도 많지 않아."

"20년이라는 시간이 있었는데, 이제 와서 엄청난 비상사태가 코앞에 닥쳤다고 말하는 거군."

"베르겐스피요르드호를 수리하는 데 필요한 만큼의 시간이 걸린 것뿐이야. 내가 좀 더 빨리 끝낼 수 있었다면, 그렇게 안 했을 리 없고. 그랬다면 우리는 이미 오래전에 떠났을 거라고."

"그리고 어떻게 사람들을 공포에 몰아넣지 않고 배에 태울 수 있지?"

"아마도 그렇게 하기는 힘들겠지. 총을 써야겠지."

피터는 그냥 마이클을 쳐다보기만 했다.

"나는 세 개의 선택지가 있다고 봐." 마이클이 말을 이어갔다. "첫 번째는 배정이 가능한 자리들에 대한 공개 추첨이지. 하지만 나는 이 방법에 대해서는 분명하게 반대해. 두 번째는 우리가 선택하는 거야. 명단에 있는 사람들에게 무슨 일이 일어날지 얘기해주고, 여기에 남거나 배를 타고 떠나거나 둘 중에서 하나를 선택하게 하는 거지. 우리는 그들을 여기서 빼내는 동안 최대한 질서를 유지하고. 나는 이 방법이 재난을 불러올 것으로 생각하고 있어. 우리가 이 일을 완전히 비밀에 부쳐 숨길 수도 없는 데다가, 군이 우리를 지원하지 않을 수도 있으니까. 세 번째는 우리가 배에 태워 갈 사람들에게 아예 처음부터 아무 말도 하지 않는 거지. 우리가 신뢰할 수 있는 주요 인물 몇 사람만 빼고 말이야. 그 사람들을 포함한 나머지 사람들을 한밤중에 몰래 다 빼내는 거야. 그렇게 일단 모두가 지협으로 옮겨지고 나면, 그때 그들은 행운아라는 좋은 소식을 얘기해주는 거지."

"행운이라고? 젠장, 나는 우리가 여기 앉아서 이런 식으로 얘기하고 있다는 것 자체를 믿을 수 없어."

"실수하지 마. 행운아가 그들이라는 것뿐이니까. 그들은 자신들의 삶을 살아가게 될 거야. 아니 그 이상이지. 정말로 안전한 곳에서 그들의 인생을 다시 시작하고 있을 테니까."

"그러면 너의 배는 실제로 사람들을 그곳까지 데리고 갈 수 있는 거야? 이 버려져 있던 배가?"

"그러기를 바라고 있어. 아니, 나는 그럴 거라고 믿고 있어."

"너도 확신은 없는 거 같은데?"

"우리는 그동안 최선을 다했어. 하지만 장담할 수 있는 건 없을 뿐이야."

"그러니까 이 운이 좋은 700명의 사람이 어쩌면 그냥 그대로 바다 밑바닥으로 가라앉았을지도 모른다는 거군."

마이클이 고개를 끄덕였다. "정확히 말하자면 그럴 가능성이 아예 없는 건 아니지. 나는 지금까지 너에게 거짓말한 적이 없어. 그리고 지금 그럴 생각도 없고. 하지만 그 배는 어찌 되었건 전 세계를 한 번 횡단했던 배야. 그리고 다시 그렇게 할 거고."

하지만 둘의 대화는 갑자기 밖에서 들려온 목소리들과 문을 세차게 세 번 두드리는 소리에 중단되고 말았다.

"그럼," 마이클이 말하고는 자기 무릎을 탁 쳤다. "우리 둘의 시간은 끝난 것 같군. 내가 한 얘기 생각해봐. 그런데 그건 그거고, 우리 이걸 정말 그럴듯하게 해야 할 것 같다." 마이클은 자기 배낭에 손을 뻗어 베레타 권총을 꺼냈다.

"마이클 뭐 하는 거야?"

마이클이 건성으로 권총을 피터에게 겨누었다. "인질처럼 보이게 연기나 잘해."

군인 둘이 방 안으로 뛰어들었고, 마이클은 두 손을 올리고 자리에서 일어났다. "항복" 마이클이 가장 가까이에 있는 군인이 성큼성큼 두 걸음을 걸어오는 것을 보면서 그렇게 말했지만, 군인은 총의 개머리판을 들어 올려 마이클의 머리를 향해 휘둘렀다.

48장

루디는 배가 고팠다. 정말이지 열 받게 배가 고파 돌아버릴 것 같았다.

"이거 봐!" 쇠창살 사이로 얼굴을 들이밀고 캄캄한 복도를 향해 소리를 질렀다. "내가 여기 있다는 걸 잊어버린 거야 뭐야? 야, 이 자식들아, 여기서 배고파 뒈지게 생겼다고!"

고함을 지르는 게 아무 의미가 없었다. 이른 오후 이후로 사무실에는 아무도 없었으니까. 프라이도 유스터스도 그림자조차 보이지 않았다.

루디는 배 속이 텅 비었다는 걸 잊어보려 애쓰며 침대에 털썩 주저앉았다. 엿 같은 감자 하나를 위해 그가 무엇을 포기할지.

루디는 좁은 침대 위에 벌러덩 뒤로 누워서 진정해보려고 노력했다. 아직도 몸 여기저기가 아프고 욱신거렸다. 몸의 자세를 바꿀 때마다 다른 통증들이 느껴졌다. 좋아, 그래 내가 충분히 맞을 만한 짓을 했어. 내가 맞을 짓을 안 했다는 게 아니야. 하지만 프라이가 문을 열고 들어와 막지 않았다면 어떻게 됐을까? 망할 루디는 죽었겠지, 그래 그거야.

루디는 한동안 이런저런 잡생각을 하며 시간을 썼고, 배에서 꼬르륵 소리가 들렸다. 이제는 몇 시나 되었을지 가늠도 안 됐다. 아마도 늦은 시간일 것이다. 프라이가 그에게 식사를 가져다주지 않아서 하루의 리듬까지 다 깨져버렸다. 뭔가 비춰 볼 수 있는 빛이라도 있다면, 책 한 권이라도 있다면 좋겠다고 생각했을지도 몰랐다. 그는 글을 읽을 줄도 모르고 책의 요점을 이해하지도 못하겠지만 말이다.

고든 유스터스, 이 쌍놈 자식.

시간은 더 흘렀고, 가슴 철렁하는 공포에 루디가 잠이 깬 건 한참 깊은 잠 속에 빠져 있을 때였다.

바깥 어디에선가 여자가 비명을 지르는 소리가 들렸다.

창문은 벽 위의 높은 곳에 나 있었고, 루디가 밖을 보려고 창틀 위로 코를 들어 올리려면 발끝으로 서서 창살을 붙잡아야만 했다. 이제는 바깥에서 시끄러울 정도로 많은 소리가 한꺼번에 들려왔다. 총소리와 고함과 비명. 시꺼먼 형체 하나가 창가를 스치고 지나가더니 두 개가 더 지나갔다.

"여기!" 루디가 그들 뒤에 대고 소리를 질렀다. "어이, 나 여기 안에 갇혀 있다고!"

뭔가 일이 벌어지는 중인데, 결코 좋은 일이 아닌 게 분명했다. 그는 몇 번 더 소리를 질렀지만 아무도 멈춰 서거나 대답하지 않았다. 비명이 잦아드는가 싶더니 다시 터져 나오고, 전보다 더 크게 들리더니 많은 사람이 동시에 비명을 질러댔다. 루디는 자신이 어디에 있는지 크게 떠들어대는 것이 아마도 좋을 일이 없을 거라는 생각이 들었다. 그는 창살에서 손을 떼고 뒤로 물러났다. 밖에서 무슨 일이 일어나든지 간에 깡통 안에 갇힌 쥐새끼 같은 꼴이 되어버린 거였다. 입을 닥치고 있어야 해.

다시 세상이 잠잠해졌다. 1분이나 지났을까. 루디는 건물의 앞문이 열리는 소리를 들었다. 그는 바닥에 엎드려 침상 밑으로 기어 들어갔다. 의자가 삐거덕거리는 소리와 발을 질질 끌며 걷는 소리 그리고 서랍을 여는 소리가 들렸다. 누군가 뭔가를 찾고 있는 것 같았다. 그리고 루디의 귀에 열쇠들이 찰캉찰캉 흔들리는 소리가 들렸다.

"보안관?"

답이 없었다.

"부보안관 프라이야? 너냐고?"

연한 녹색 빛이 복도를 가득 채웠다.

같은 시각, 저 멀리 떨어진 텍사스의 정착촌 미스틱의 주변 땅속에서도 바이럴 셋이 모습을 드러내는 중이었다.

자신을 보호하던 고치를 벗어나려고 애쓰는 번데기처럼 무리의 개체들이 단계적으로 모습을 드러냈다. 처음에는 진주빛 발톱의 끝부분이 그리고 뼈 같은 긴 손가락들이 나왔다. 그다음 털 하나 보이지 않는 매끈하고 윤이 나는, 인간의 모습이라고는 하나도 남지 않은 그들의 얼굴이 흙을 뚫고 별들을 향해 솟아올랐다. 일어난 바이럴들은 개처럼 몸을 흔들어 흙을 털어내고 오랜 시간 쓰지 않았던 사지를 뻗으며 몸을 풀었다. 바이럴들은 자신들의 상황을 파악하는 데 약간의 시간이 필요했다. 깜깜한 밤이었고, 그들은 들판에 있었다. 밭으로 갓 일구어진 들판이다. 무리의 대장인 첫 번째로 모습을 드러낸 바이럴은 홀아비 가게 주인 조지 페티브루, 두 번째는 마을의 편자공이었던 주노 브랜드, 세 번째는 나흘 밤 전에 가족들의 농장에서 한밤중에 집 밖 화장실로 가다가 납치당한 정착촌 헌트에 살던 열네 살의 소녀였다. 하지만 그들은 남은 기억이 아무것도 없기에, 본래의 정체성은 기억할 수 없었다. 그들의 기억에 남아 있는 건 주어진 임무뿐이었다.

농가 건물 하나가 바이럴들의 눈에 들어왔다.

농가의 굴뚝에서는 연기가 느릿느릿 피어올랐고, 바이럴들이 집을 둘러쌌다. 집에는 문이 앞뒤로 두 개가 있었다. 문과 씨름하는 것이 그들의 본성에는 맞지도 않는 것이며 문손잡이를 잡고 돌리는 인간의 우아하고 조심스러운 습관이 그들에게 어울리는 행동도 아니지만, 그렇게 하는 것이 그들의 임무였다.

바이럴들이 집 안으로 들어갔고, 그들은 모든 감각을 이용해 집 안을 훑었다. 위에서 소리가 들렸다.

누군가 코를 골았다.

첫 번째 바이럴, 우두머리가 살금살금 계단을 올라갔다. 놈의 움직임은 매우 정교해서 마루판자 하나 삐걱거리지 않을 정도였으며, 공기 한 점마저도 건드리지 않는 것 같았다. 이층에 있는 방에서는 집주인들이 잠이 든 후에도 부주의하게 켜놓은 등잔 불빛이 희미하게 새어 나왔다. 커다란 침대에는 남자 한 명과 여자 한 명, 두 사람이 잠자고 있었다.

바이럴이 자는 여자를 향해 몸을 숙였다. 여자가 구부린 한쪽 팔은 베개 밑으로 쑤셔 넣고 다른 팔은 담요 위로 드러낸 채, 왼쪽으로 돌아누워 있었다. 은은한 등잔 불빛 아래에서 매끄럽게 빛나는 여자의 피부가 맛있어 보였다. 바이럴이 턱을 벌리고 얼굴을 여자에게 가져갔다. 감추어놓았던 주사기를 드러낸 것처럼 바이럴의 이빨이 여자의 살 속 미세한 공간들 사이로 미끄러지듯 들어갔고, 그렇게 끝났다.

여자가 몸을 떨고 신음을 내며 뒤척였다. 여자는 아마도 장미의 가지를 쳐주다가 가시에 찔리는 꿈을 꿨을 것이다.

바이럴은 침대의 반대쪽으로 갔다. 남자는 목과 머리만을 드러내고 담요를 푹 덮은 채 자고 있었다. 바이럴은 가래가 끓는 것 같이 대깍거리며 코를 고는 남자가 여자만큼 깊이 잠든 것이 아니라는 것을 감지했다. 놈은 키스하려는 것처럼 몸을 앞으로 숙이며 고개를 한쪽으로 틀었다.

그런데 남자가 번쩍 눈을 떴다. "오 이런 씨……!"

깨어난 남자는 한쪽 손바닥을 바이럴의 이마에 대고 다가오지 못하게 밀며 다른 한 손을 베개 밑으로 집어넣었다. "도리!" 남자가 큰 소리로 여자의 이름을 불렀다. "도리, 일어나!" 바이럴도 너무 놀란 나머지 꼼짝 못 하고 있었다. 이러면 안 되는 거였다. 예상하지 못한 상황이었다. 그리고 여자의 이름, 도리. 그 이름이 바이럴의 마음을 뒤흔들어놓았다. 내가 도리라는 여자를 알아? 내가 이 남자도 아는 거야? 이 두 사람, 한때 내 삶 속에서 알았던 사람들이었나? 그리고 이 남자는 베개 밑에서 무엇을 찾으려는 거지?

그건 총이었다. 울부짖는 소리와 함께, 남자는 총신을 바이럴의 입 속으로 밀어 넣고 총구를 바이럴의 입천장에 꽉 붙인 다음 방아쇠를 당겼다.

천둥소리가 나고, 피가 포물선을 그리며 튀고, 바이럴의 뇌 덩어리가 두개골 정수리를 뚫고 나와 천장으로 튀었다. 엄청난 무게의 바이럴의 몸이 앞으로 흔들렸다. 이제는 여자도 잠에서 깨어,

겁에 질려 움직이지도 못한 채 맹렬한 기세로 비명을 질렀다. 다른 바이럴들이 계단을 뛰어 올라왔다. 남자는 죽은 바이럴의 시체를 옆으로 밀어버리고 문을 부수고 뛰어 들어오는 첫 번째 바이럴에게 총을 쐈다. 하지만 사실상 남자는 제대로 조준하고 총을 쏘는 게 아니다. 단순히 방아쇠를 당길 뿐이다. 세 번째 총알이 대충 바이럴의 몸을 맞추기는 했지만 그게 전부였다. 방아쇠를 두 번 더 당기고 나자 공이치기가 빈 약실에 가서 꽂혔다. 바이럴 중 하나가 그를 향해 뛰어올랐다. 남자는 그 상황에서 자신이 생각할 수 있는 유일한 것 하나를 손에 움켜잡았다. 등유 등잔이다. 그는 등유 등잔을 자신을 향해 달려드는 침입자들에게 던졌다.

그의 조준은 정확했다. 바이럴이 불길 속에서 몸이 터져 나갔다. 그리고 모든 것이 불길에 휩싸였다.

그 느낌은 누군가가 사정 봐주지 않고 복부에 무시무시한 주먹을 날린 것처럼 에이미를 강타했다. 에이미는 손에서 모종삽을 떨어뜨렸다. 몸을 수그리고 무릎을 꿇으며 손으로 땅을 짚었다.

"에이미, 괜찮아요?"

카터가 걱정스러운 듯 그녀의 곁에 무릎을 꿇고 앉았다. 에이미는 대답하려고 했지만 말이 나오지 않았다. 그녀의 호흡이 가슴에 꽉 막혔기 때문이다.

"어디가 아픈 거예요? 말해봐요, 무슨 일인지."

그와 같은 때, 케일럽 잭슨도 갑작스러운 연기 냄새에 당황하여 잠에서 깨어 일어났다. 그렇지 않아도 현관문 옆의 의자에서 자고 있었는데 말이다. 조지의 리볼버도 의자 옆 테이블에 올려두고 자신의 소총은 무릎에 올려놓은 상태였다. 케일럽에게 든 첫 번째 생각은 자기 집에 불이 났다는 것이고, 온몸에 소름이 끼친 그는 충격에 의자에서 벌떡 일어났다. 하지만 아니었다. 방은 흐트러짐 없이 조용했고 문제가 없어 보였다. 연기 냄새는 자기 집이 아니라 다른 곳에서 흘러 들어오는 거였다. 그는 손에 권총을 쥐고 밖으로 나왔다. 서쪽 산등성이 너머의 하늘이 화재로 붉게 타오르고 있었다.

"에이미, 제발," 카터가 말했다. "당신이 나를 겁먹게 하고 있다고요."

에이미는 몸을 부들부들 떨었고, 말 한마디도 할 수가 없었다. 많은 이들이 느끼는 엄청난 고통과 공포가 한꺼번에 그녀에게 다가왔던 거다. 막혔던 호흡이 풀리고 공기가 그녀의 폐로 다시 흘러 들어갔다.

"시작됐어요."

시티 오브 미러 1

1판 1쇄 인쇄 2023년 1월 17일
1판 1쇄 발행 2023년 1월 30일

지은이 저스틴 크로닌
옮긴이 박한진
펴낸이 김영곤
펴낸곳 아르테

책임편집 곧은
문학팀 김지연 임정우 원보람
출판마케팅영업본부장 민안기
마케팅2팀 나은경 정유진 박보미 백다희
출판영업팀 최명열
해외기획팀 최연순 이윤경
제작팀 이영민 권경민
표지 디자인 정인호 본문 디자인 함익례

출판등록 2000년 5월 6일 제406-2003-061호
주소 (10881) 경기도 파주시 회동길 201 (문발동)
전화 031-955-2100 팩스 031-955-2151

아르테는 (주)북이십일의 문학, 교양 브랜드입니다.

ISBN 978-89-509-5346-1 04840
      978-89-509-7032-1 04840 (세트)